15世纪的帖木儿帝国

莫卧儿帝国

一幅世界征服者成吉思汗黄金后裔的跨国征战图

EMPIRE OF THE MOGHUL

包丽英 / 著

内蒙古出版集团

内蒙古人民出版社

图书在版编目（ＣＩＰ）数据

莫卧儿帝国 / 包丽英著 .-- 呼和浩特 : 内蒙古人民
出版社 ,2015.8

ISBN 978-7-204-13589-9

Ⅰ . ①莫… Ⅱ . ①包… Ⅲ . ①长篇历史小说—
中国—当代　Ⅳ . ① I247.5

中国版本图书馆 CIP 数据核字 (2015) 第 205698 号

莫卧儿帝国

作　　者	包丽英	
策　　划	朱莽烈　张惠钧	
责任编辑	朱莽烈　于汇洋	
装帧设计	宋双成	
出版发行	内蒙古人民出版社	
地　　址	呼和浩特市新城区中山东路 8 号波士名人国际 B 座 5 楼	
印　　刷	内蒙古爱信达教育印务有限责任公司	
开　　本	740×1060　1/16	
印　　张	23.75	
字　　数	450 千	
版　　次	2015 年 9 月第 1 版	
印　　次	2015 年 9 月第 1 次印刷	
印　　数	1 — 5000 册	
书　　号	ISBN 978-7-204-13589-9/I · 2636	
定　　价	39.00 元	

如发现印装质量问题，请与我社联系。联系电话 : (0471) 3946120

故事梗概

莫卧儿是蒙古一词的转音，巴布尔以此献给他的母亲。他的母亲是东察合台汗国羽奴思汗的次女，成吉思汗的嫡传后裔。

帖木儿去世后，其第三子米兰沙的孙子卜撒因一度将河中地区重新统一起来。卜撒因有重建帝国的雄心，将疆土分封给自己的儿子们，其中四子乌马尔分得费尔干纳地区，乌马尔就是巴布尔的父亲。

巴布尔生长在一个动乱的年代。十一岁时，父亲意外亡故，身为长子的巴布尔继承了父亲的王位。这个王位并不意味着尊荣与富贵，坐上它成为巴布尔一生艰辛的开始。年少的巴布尔既要抵挡昔班尼汗（从血统上来说，昔班尼汗是成吉思汗长子术赤的嫡传后裔，巴布尔的身上则流着成吉思汗的次子察合台的血液）所率领的乌兹别克人的侵入，又想恢复祖先的荣光，他第一次攻打撒马尔罕就因大臣试图拥立他的异母弟而陷入进退失据的境地。之后，他大部分的岁月都在动乱、战争和颠沛流离中度过。在中亚的屡屡挫败，迫使他向印度次大陆发展，他攻占印度北部平原，为莫卧儿帝国开基。

一切奋斗都要付出代价，种种艰难复杂的环境使巴布尔得到极大的锻炼，他娴于各种武艺，舞刀射箭莫不精通，后来，他成为一个运筹决胜的英明统帅。不仅如此，他还是一个才情纵横的诗人、史学家、文学家，他在戎马倥偬间写下了文情并茂，对后世产生深刻影响的《巴布尔回忆录》。从这部著名的回忆录里我们可以看到一个真实的巴布尔：对婚姻的羞怯，少年时代对同性恋人的痴迷，会软弱，会忧虑，却最终一往无前……

长期的奔波，生活不稳定，酗酒和服食毒品，以及印度酷热的天气损害了巴布尔的健康，他于四十七岁英年早逝。他留给长子胡马雍的是一个草草创建的不稳定的帝国，但幸运的是，胡马雍有一位优秀的儿子。胡马雍逝后，十四岁的阿克巴登临帝位，自此，莫卧儿帝国迎来了自己最强盛的时代。

阿克巴十八岁亲政。这时的印度仍是纷乱一片，他虽然占据了印度的中央，可四周力量比他强大的王公仍有许多。但祖先传给他的血液中奔流着征服者的各种要素：野心、信心、坚强、荣誉感和才能，使他在征服印度的道路上畅通无阻。

一个幅员辽阔的帝国建立起来了，其版图包括北自克什米尔，南至哥达瓦利河上游，西起喀布尔，东到布拉马普特拉河的广大地区。这些武功足以使阿克巴成为历史上伟大的帝王之一。在阿克巴统治的半个世纪，他推行了宽容的宗教政策，这使他的政权真正扎根于印度；他加强了中央集权，促进了社会经济的繁荣；他的皇宫华丽，有漂亮的花园；他喜欢与猎豹一起狩猎，喜欢骑凶猛的骆驼、战象和打马球；他善于绘画，也长于编制挂毯和地毯；虽然他阅读能力不佳，只能靠他人读给他听，但他经常会找那些深奥难懂的书卷来研究，由此获得了渊博的知识，最后，他竟成了一位爱好文学与艺术的文盲学者；他给予了诗人、画家、建筑家、艺术家较高的地位，亲自监督印度教史诗《摩诃婆罗多》的翻译。在他的提倡和保护下，文学、艺术、绘画、音乐等每一个艺术领域都出现了繁荣景象。

巴布尔创建了莫卧儿帝国，然而，莫卧儿帝国却因阿克巴而走上了统一和强盛之路。

Contents

Contents

第一卷
以帖木儿王的名义

对一切不低头的人，就要将其打倒
剥夺他，压倒他，以迫使他服从
　　　　　　　　——巴布尔语

1

　　酒宴尚未结束，阿黑昔的山谷里已经开始起风。

　　建在悬崖峭壁上的阿黑昔城堡灯火通明，宴会厅里热闹非凡，乌马尔王正在这里举行宴会，参加宴会的人都是他身边的侍从或宫女。

　　身为卜撒因王的第四个儿子，乌马尔王在父亲活着时并未受到来自父亲的特别关注，这使他变得既好斗又谨小慎微。他喜欢狩猎，也喜欢攻打别人的城池，但有时，他会待在自己的城堡中深居简出。

　　乌马尔王的身材矮胖，脸庞圆润白净，平素爱穿紧身的外衣，并且总把腰带系得紧紧的，以便将肚腹上的赘肉全都收勒进去。只是这样一来，他时常会感到呼吸困难，唯有站着才能让他感觉舒服。

　　他是一位虔诚的逊尼派教徒，每天做五次礼拜，时时都在读《古兰经》。除《古兰经》外，他还喜欢读《五宝诗》和《波斯诸王纪事》等书籍，他是个没有才气的诗人，这使得他写的诗最终无法传世。

　　黄昏降临时，乌马尔王差不多一个人就喝了两坛子马奶酒。从早晨就开始的宴会令他以及他身边的侍从、宫女的体内都蓄积了太多的酒液，他不得不解开腰带，让他的肚子像充了气的气囊一样鼓胀起来。

　　再到后来，他索性连外套也脱去了，只留一件贴身内衣，而且，为了坐得舒适些，他敞开肚皮，像个肥胖慵懒的老妇人一样将身体挺挺地靠在绵软的背垫上。

长条桌上的烤羊肉和烤马肉早就变冷了，米饭、面包、水果几乎一点没动，唯有一堆不知是满的、空的还是半空的酒坛子横七竖八地扔了一地。难得今天乌马尔王兴致格外高涨，他举着酒碗，不时吆喝侍从和宫女跟他干杯，他们越喝得东倒西歪，他越开心地大声说笑。

他的眼神变得恍恍惚惚，如果有哪一个大胆的侍从或宫女在他又白又凉的肚皮上摸上一把，他会假装拔出剑来，嚷嚷着要杀了他们。侍者们送上最后几坛马奶酒后，壮起胆子钻到别的房间睡觉去了，宫女们不胜酒力，也趁乌马尔王不注意，一个跟一个悄悄溜出了宴会大厅。

只有几个乌马尔王最亲近的侍从留下来陪伴他，不过，他们醉意蒙眬，不多时就如同约好一般，撇下他们的主人各自倒头睡去。乌马尔王一无所知，依旧自斟自饮，自说自话，后来，他还自己抱起酒坛，给自己倒了一碗酒。当他端起酒碗时，酒碗突然变得格外沉重，一阵浓浓的倦意袭来，他立刻将身体跌进松软的鸭绒床垫里，说睡就睡着了。酒碗倒扣在他的肚皮上，酒液洇湿了他身体下面的褥垫，除了偶尔皱皱眉头，他的睡相堪比婴儿香甜。

如今，偌大的宫殿之中，每个人都在沉睡。不知何时，烛灯全都熄掉了，整个宫殿陷入无边的黑暗之中。外面的风倒是越刮越大了，如同千军万马拥挤着从峡谷中穿过，发出阵阵令人惊恐的啸鸣。

风起云涌。铅黑色的云朵被风赶着，一团一团向阿黑昔城堡的上空汇聚。

先是一道闪电撕开雨幕，接着，闷雷从云端滚过，躲藏在雨幕之后的雨珠仿佛士兵得到命令，从隐蔽处闪身而出，争先恐后地向阿黑昔城堡发起第一轮攻击。硕大的雨珠急促地拍击着墙壁和屋顶，像要破壁而入。

转眼间，暴雨倾盆。巨雷变成了用来攻打城池的投石机，由闪电操纵着，将一枚枚巨石投射在城堡四周。

建在峭壁边缘的阿黑昔城堡禁不住疾风、暴雨、闪电、巨雷长时间的夹攻，门窗、房梁和墙壁开始互相交错推挤，"吱嘎"作响。

情况如此糟糕，城堡中的人却还在安然熟睡，即使巨雷就在耳边炸响，也无法将他们震醒。

不知过了多久，城堡摇摇欲坠。这时，他们当中有一个人因为胸口闷热难耐从床上坐了起来。

这个唯一醒来的人是乌马尔王。

乌马尔王坐在黑暗中，倾听着雨声和雷声。他并没有意识到任何危险，相反，他惦记着放在阳台上的鸽笼。

乌马尔王喜欢鸽子，尤其是信鸽，他喂养的数百只信鸽中有十只是来自欧洲的最名贵的品种。平素，有专人替他照顾这些鸽子，不过，此刻除他以外，其他所有的人都在沉睡当中，不得已，他只能自己去阳台上取回鸽笼。

乌马尔王摸索着点亮烛台，擎在手上。借着烛光，他看到他亲信的侍从和侍女有的趴在桌上，有的抱着酒坛，有的互相靠着，有的敞胸露怀躺在地上，一个个睡得正香。他不由得笑了，谁也没叫，步履踉跄地独自向阳台走去。

乌马尔王伸手打开了通往阳台的门，一阵冷风夹裹着凌厉的雨鞭差一点将他抽倒。手中的烛火顿时熄灭了，乌马尔王不禁浑身哆嗦起来，但想到鸽子的处境，他不得不咬着牙摸到门外。

一道闪电照亮了阳台，他看到在笼中瑟瑟发抖的鸽子。他急忙一手拎起一只鸽笼，就在这时，一声巨雷在他的头顶炸响，雷声响过之后，乌马尔王毫无预感地带着他的鸽子，连同他珍爱的城堡和城堡中的所有人，一起飞向谷底。

这一天是回历899年赖买丹月星期一（1494年6月8日）。

2

回想起那件事确定发生之后的一切，巴布尔仍有一种惊心动魄的感觉。

那个晚上，他睡得极不踏实，雷雨交加的天气，他往往不得安睡。在害怕打雷这一点上，他与任何一个蒙古人无异。为了消除惶恐不安的心绪，他起身点亮油灯，开始读那本歇里甫爱丁所著的《帖木儿武功记》。

歇里甫爱丁是沙哈鲁、兀鲁伯时代帖木儿帝国最著名的学者之一。由他所著的《帖木儿武功记》影响深远，这本书连同许多巴布尔喜欢的诗集一样，他无论走到哪里都带在身边，百读不厌。

那个晚上也是如此。他读了很久，直到油灯变得越来越昏暗，他才放下书和衣而眠。他觉得自己并没有入睡，恍惚间却已置身于阿黑昔城堡附近。

他独自站在峡谷这边，对面就是阿黑昔城堡。

太阳像剪纸一样悬挂在城堡屋顶的顶端，光线并不强烈，他看到父王的两只大鸽笼在对面城堡的阳台上闪闪发光。

像鸽笼一样闪射着光芒的还有鸽子的翅膀和眼睛。不同以往的是，它们并没有像往常一样被关在笼中，而是自由自在地环绕宫殿低飞。

这是十只毛色各异、体型漂亮的信鸽，巴布尔原本对它们很熟悉，可此刻，它们异乎寻常的飞翔姿势让他产生了些许陌生和敬畏感。

一只信鸽停落在圆形的屋顶上，可能是认出了小主人吧，它的眼睛朝向巴布尔，发出温柔的"咕咕"的叫声。

接着是另一只，又一只……

巴布尔一直目不转睛地看着它们。蓦然，他的眼前黑了一下，等他重新睁开眼睛，他看到阳台的门大开，一个身材敦实、白净的脸上蓄着胡须的男人从里面走了出来。男人的周身被金黄色的光芒所笼罩，胡须像一根根金丝在阳光下熠熠生辉。巴布尔盯着他看了好一会儿，才认出这个人是他的父亲乌马尔王。

巴布尔想要呼唤父亲，嗓子却仿佛被堵上了棉絮，根本发不出一点声音来。他只能眼睁睁地看着父亲仰望屋顶，看着父亲向他钟爱的鸽子挥挥手，看着十只鸽子听话地落在父亲的肩头和手臂之上，甚至，他只能看着父亲转过头，慈爱地向他微微一笑，随即，父亲和他的鸽子以及鸽笼化作一团火焰腾空而起……

直到这时，巴布尔才大叫一声，惊醒过来。

从梦中醒来的巴布尔大汗淋漓，头痛欲裂。

他的耳边传来轻轻的敲门声，一开始，他以为是幻觉。敲门声持续着，他不得不喊了一声："进来！"

门，被轻轻地推开了。一位年方十五六岁，披着长发、穿着一袭白色睡袍的少女蹑手蹑脚地走了进来。

少女的手里擎着一盏外形有点像橘瓣的油灯。

摇曳的灯光照着她温静优雅的脸容，巴布尔定了定心神，将睡袍松落的带子系好，语调平静地唤道："姐。"

来者正是巴布尔的胞姐含画。

含画年长巴布尔四岁，他们同为库夫人所出。库是东察合台汗国身份高贵的二公主，他们的外祖父羽奴思汗是东察合台汗国图格鲁汗的玄孙——如同巴布尔是帖木儿王之三子米兰沙的玄孙一样——当年，帖木儿曾凭借图格鲁汗的力量攫取了权力，后来又依靠攫取的权力将图格鲁汗和图格鲁汗的儿子赶出了西察合台汗国。在此后百余年的时间里，无论是兴盛的帖木儿帝国还是被灭亡后四分五裂、各守一方的帖木儿的子孙们，他们与东察合台汗国之间的战争从来没有真正停止过。

在这种不间断的内耗下，东察合台汗国的势力范围被不断蚕食，最后只剩下中国新疆的部分以及周围之地，即便如此，东察合台汗国还勉强算得上相对统一的汗国。沙哈鲁王在世时，多次用兵东察合台汗国，图格鲁汗的后人威思汗不敌，不得不将自己的小儿子羽奴思作为人质送到帖木儿帝国。

羽奴思在沙哈鲁和兀鲁伯的身边一天天长大。因为他做过人质，在东察合台汗国，只有一部分人支持他，大部分人都支持他的哥哥也先不花。也先不花像他的五世祖图格鲁汗一样，是个怀有野心的人，他出兵攻打过去西察合台汗的领土，一度攻下费尔干纳。

米兰沙的孙子卜撒因从沙哈鲁一系夺取王位后，出兵将也先不花击败，接着，他娶了羽奴思的胞姐，与羽奴思结为亲家。在得到羽奴思效忠的保证后，他派人将羽奴思护送回东察合台汗国，让羽奴思继承了汗位。

羽奴思从幼年时代起就在沙哈鲁和兀鲁伯身边接受教育，在此期间受业于《帖木儿武功记》一书的作者、著名学者歇里甫爱丁达十二年之久。歇里甫爱丁欣赏羽奴思的聪明，对他倾囊相授，这一切都为羽奴思未来拥有丰富的学识和多种技艺打下了坚实的基础。

成年后，羽奴思性情和顺，举止端方，言谈动听，机智勇敢，且长于书法、绘画，善于骑射，被人尊称为羽奴思大师。羽奴思汗的正妻伊散夫人也是一位具有高深文化修养的女子，羽奴思即位时，她和羽奴思坐在同一条白毡上，被部众抬起，拥立为大汗。婚后，伊散夫人为羽奴思汗生下三个女儿，但没有生育儿子。羽奴思汗视三个女儿如掌上明珠，他与妻子一道，花费心血，让她们接受突厥文和波斯文的教育，当她们长大成人时，无论哪一个都堪称人品出众、才貌双全。她们的美名像鲜花的芬芳一样传播开来，在东察合台汗国、帖木儿帝国以及蒙古本土，有许多或年轻或年长的汗王希望娶她们为妻。

羽奴思汗饮水思源，将长女嫁给卜撒因的长子阿合马，将次女嫁给卜撒因的四子乌马尔。只有三女儿，他将她嫁给了杜格拉特部的首领马黑麻，当年他陷入困境时，这位首领曾经给予过他帮助。

羽奴思汗活着时算不得一位酷爱女色的君主，除了伊散夫人之外，他还娶了一位得到他宠爱的夫人，这位夫人名叫沙，世人皆以沙夫人称之。沙夫人为羽奴思汗生下两儿两女，其中一位女儿嫁给了卜撒因的三子马合谋。她的两个儿子年纪都比伊散夫人的三个女儿小，他们是巴布尔时常挂在嘴边的舅汗。羽奴思汗当然还有其他一些妻妾，但她们都没有为他生下子女。

在羽奴思汗的七个儿女特别是五个女儿当中，二女儿库并非容貌最美丽、体态最窈窕的一个，却是她父亲心目中最聪慧、最明理，为人处事最练达的一个。事实上，与她的同胞姐妹或者同父异母的姐妹以及两个弟弟相比，她完全不必以美丽自负，她只需智慧、勇气和主见兼具就已深得父亲欢心。羽奴思汗爱屋及乌，他在世期间，对女婿乌马尔可谓有求必应。

库夫人身怀有孕时，伊散夫人受到女儿和女婿的邀请，来到费尔干纳，住进了安集延（今大宛）美丽的王宫。巴布尔出生后，羽奴思汗本人也经常到安集延居住一段时日。羽奴思汗喜欢教含画弹琴，教巴布尔念诗，他的大部分时间都与外孙女和外孙儿待在一起，尽情享受儿孙绕膝承欢的天伦之乐。他公然承认他是一个偏心的父亲和外祖父，对此他有自己的理解，他认为真主从来没有赐予人类长在胸膛正中的心脏，证明真主允许为人父母者偏心。

库夫人一生只生下含画和巴布尔姐弟。含画自幼在外祖母身边接受严格的教育，养成了端庄沉肃、不苟言笑的性格。她天生颖悟，于琴棋书画无所不通。她继承了生母的聪慧，又有着不亚于三姨母忽布夫人的清丽容貌，为此，她的外祖父母和父母都对她爱如珍宝。

巴布尔五岁那年，羽奴思汗在东察合台汗国病故，库夫人的同父异母弟马哈木继承了汗位。侯葬礼结束，伊散夫人按照丈夫生前留下的遗嘱，与二女儿和女婿共同生活，直到去世前才返回家乡。

巴布尔七岁时，含画出于对弟弟的疼爱，主动承担起长姐的责任，将巴布尔带在身边，亲自照看。她年龄不大，却是一位严厉的老师，对巴布尔管教甚严。这些年来，巴布尔对她又敬、又爱、又怕。

此时，含画走过来，坐在巴布尔身边，用灯照了照他的脸。她的目光里流露出内心的关切，还有几分忧虑。

巴布尔稍稍垂下眼睑，"姐。"

含画温和地问道："你的脸色不好，怎么了？是不是做了什么噩梦？刚才，我听到了你的喊声。"

"是吗？"

"是啊。我被吓了一跳，才来敲了你的门。"

"姐。"

"什么？"

"你怎么也没睡？"

"我睡不着。"

"你也睡不着吗？"

"嗯。可能是一直打雷的缘故吧，心里很乱。你呢？"

"也许。我睡了一会儿，好像做了一个梦，就醒了。"

"我想是。你喊了一声，声音很大。我知道你从小怕打雷，本来想过来看看你睡熟没有，走到门口，正好听到你的喊声。"

巴布尔抬眼望着含画，欲言又止。

含画将油灯放在桌上，试探着问道："你的梦，很可怕吗？"

巴布尔重又忆起梦中的情景，想到父王与他的那群鸽子腾空而起的一刻，他的心颤抖起来，不祥的预感挥之不去。

他回答说："我忘记了。"

即使对姐姐，他也不想讲述他的梦境，那似乎意味着不孝。

含画没有追问。她随手翻翻巴布尔放在桌子上的《帖木儿武功记》，体贴地转开了话题："还在读这本书吗？"

"是。"

"你对艾米的《胜利书》怎么看？"

"叙事和写作手法都粗糙一些——怎么说呢——也是一本难得的史书。"

"我也喜欢《帖木儿武功记》，歇里甫爱丁真是一位了不起的史家和文学家，他叙事的语言流畅优美，令人百读不厌。"

"是啊，歇里甫爱丁倾注在字里行间的豪情壮志颇能反映出沙哈鲁、兀鲁伯时代军事、经济、文化的繁荣。我不否认，我崇敬帖木儿王，但有的时候，我情不自禁地要为沙哈鲁王的勇敢和仁慈感动。姐姐你不是也常说吗，与帖木儿王相比，沙哈鲁王更让你感觉亲切？你说的正是我心中所想。特别是从圣女泉回来后，每当我掩卷沉思，总有一声叹息是为沙哈鲁王而发。多么奇特！一位古往今来少有的明智君主，竟然毕生为情所困，又将无奈和无悔珍藏心底，至死无悔。还有，我也时常好奇，他倾其一生所爱恋的究竟是怎样的女人？我简直想象不出她的高贵与美丽……"

说到这里，巴布尔不由感慨地轻轻叹了口气。他叹气的样子，在含画的眼里从来都很可爱。

含画好奇地追问："你的意思是说，史书之外的沙哈鲁王，内心其实始终深藏不为世人所知的爱情？"

巴布尔自觉失言，脸上稍稍露出羞怯之色。

原本，作为弟弟的他，一向将姐姐视为老师，在姐姐面前，他似乎还不到谈论这个话题的年龄。

好在含画的心思全在沙哈鲁王身上，她甚至顾不上考虑自己如此急切地追问尚且是个孩子的弟弟，会不会有失姐姐的身份。

"是吗？"在巴布尔的印象里，她很少这样执着。

巴布尔犹豫了一下。

他很清楚，此时此刻，与回忆可怕的梦境相比，他宁愿与姐姐谈论这个话题，至少，它能让他分散一下内心的忧虑。

"应该没错，这些都是塞西娅讲的。这是一个很长的故事，哪天闲暇，我从头讲给姐姐听。"

"好。说真的，我也想听听塞西娅的故事。据说，塞西娅本人就像塞西娅洞和圣女泉一样充满传奇色彩。"

"塞西娅是一位智慧的老人，她给我讲了很多很多的故事，还为我治好了困扰我多年的疾病。我尊敬她，喜欢她，也很想念她。"

"我了解你对塞西娅的心意。自从你回到费尔干纳，前前后后至少派出五拨人马去探望塞西娅,可他们每一次都说找不到你描述的那个地方,最后无功而返。你不觉得奇怪吗? 这到底是怎么一回事呢? 难道塞西娅已经离开了圣女泉,或者说,她已经离开了人世? ”

"我坚信她还活着,像你和我一样健健康康地活着,我对此没有丝毫怀疑。塞西娅曾经跟我说过,我是一个与她有缘的人,因为这样我才能够找到她并且在她身边治好病。那些人找不到她,一定是因为他们都与她没有这样的缘分罢了。不只是他们,倘若我与她的缘分尽了,恐怕她也不会再见我。塞西娅就是如此奇特的老人。她若不在人世了,我一定会有感觉。”

嘴里说着塞西娅的事情,巴布尔的一颗心却在胸腔里忽上忽下,摇摆不定,这让他很难受,他不得不停下来。

巴布尔低落的情绪影响到含画的谈兴,一时间,姐弟二人不约而同地从对方脸上移开视线,默然无语。

外面,天光已经放亮,雨仍旧下个不停。

3

阴雨蒙蒙的上午在忐忑不安中度过,中午时分,来自阿黑昔的凶讯传遍了安集延的王宫上下。

巴布尔以一种令人惊讶的镇定接受了这一残酷的事实。

他设法安慰身边所有陷入哀痛中的亲人们。当天下午,他带着两位异母弟只罕杰尔、那昔和乌马尔王的五个女儿、众多妻妾以及大臣、将领火速赶赴阿黑昔,为不幸身亡的父亲处理丧事。

隆重的葬礼结束后,年仅十一岁的巴布尔(巴布尔出生于回历 888 年穆哈兰月六日,即公元 1483 年 2 月 14 日)依靠外祖母、母亲以及多数将臣的拥戴,闪电般地在阿黑昔登临王位。

多少人梦寐以求的王位,巴布尔却是在一种极其困难的条件下得到它的。一切都不同于昔日帝国的昌盛时期,等待巴布尔的绝非什么歌舞升平。事实上,日益动荡的局势充满种种变数,为应对未来随时可能降临的危机,即位伊始,巴布尔便在力所能及的范围内着手整肃吏治,整顿军队。

首先,他权衡再三,决定对父王身边的大臣哈三委以重任。他让哈三担任安集延的监治官和掌门官。监治官和掌门官是一个非常重要的职位,等于巴布尔身边的全权大臣,拥有一人之下、万人之上的权力。哈三的优点是机智活跃,勇武善射,缺点是缺少深沉的心机,容易被人利用。这些情况巴布尔都了解。至于巴布尔为什么在十多个比较合适的人选中最终选定哈三,一则因为哈三是这一特定时期他的主要拥护者，二则因为哈三年轻时曾侍奉过巴布尔的外祖母伊散夫人，颇受夫人青睐。巴布尔从小到大一直钦佩外祖母敏锐的头脑与远见，也愿意遵从她的任何意愿。

其次，巴布尔委任了几位重要将领协助他驻守费尔干纳盆地除安集延以外的重要城池。他将治理奥什的任务交给了哈斯木，将阿黑昔和马尔格兰分别委以乌宗和舍黑。将费尔干纳诸城分而治之对巴布尔来说的确是一种不得已而为之的行为，年幼的巴布尔尚未培植起属于自己的势力，不得不继续倚重父王在世时的心腹将臣。在选择任用官员上，除个人才能之外，巴布尔能信用他们的唯一标准是：这些人在乌马尔王去世后必须对巴布尔本人表示效忠。

最后，巴布尔对父亲留下的所有将臣、官吏与士兵，按照他们各自的身份地位，一并予以封赏。

做出上述一系列重要人事安排后，巴布尔在亲人和将臣的簇拥下回到了安集延的王宫。每天，他坐在父亲的宝座上处理政务，示人以从容不迫，他只将那刻骨铭心的忧虑，悄悄隐藏在精明干练的背后。

忧虑，像一条令人厌恶、令人恐惧的巨蟒，无时无刻不在缠绕和逼迫着巴布尔。面对一双双窥探的眼睛，巴布尔必须将所有的凄惶、所有的无助埋在心底，让自己的脸上永远挂着乐观、刚强的微笑。每天都是如此疲惫，似乎只有每星期一次回到外祖母的身边时，他才能卸下伪装。

外祖母独自居住的寝房里永远弥漫着淡淡的茶香。只要他回来，外祖母第一件要做的事就是让他用热水泡脚，泡过脚，外祖母会为他端来一杯热气腾腾的香茗。他舒适地坐在床上品茶，外祖母则坐在他的身边，手法娴熟地为他揉搓、按摩小腿与脚心。每当此时，他都会感到格外放松，而放松之余，他总会情不自禁地将内心深藏的所有烦恼向外祖母和盘托出。

外祖母心甘情愿地扮演着一个忠实听众的角色，她总是默默地听他说话，从不试图打断他。什么时候他讲完了，外祖母才会停下按摩，为他续一杯茶，然后徐徐地将自己的一些想法说出来。对巴布尔而言，这些含有真知灼见的想法往往对他很有启发，甚至使他重新燃起斗志。

巴布尔哪里知道，在这些艰难的日子里，有一个女人——这个女人正是他的外祖母伊散夫人——坚定地守护在他的身边，用自己一双敏锐的眼睛，努力为他捕捉着危机来临的方向。

作为陪伴丈夫羽奴思汗经历了无数血雨腥风的女人，伊散夫人拥有一双常人不具备的慧眼，更能看清各种潜藏的危险。事实上，这种危险由内及外，无处不在。毕竟，对内而言，一个十一二岁的少年尚且没有机会树立起足够的威信，将臣们拥立巴布尔，只是因为他是乌马尔王的长子，人们尚且需要借助他的身份稳定局势，以图从中谋取利益；对外而言，巴布尔不能不加紧提防他的那些虎视眈眈的伯王和叔王们。尤其是阿合马王，他身为乌马尔王的长兄，又素怀贪婪之心，四弟猝然离世，他怎么可能不对土地肥沃的费尔干纳垂涎三尺？

这个晚上不同以往，伊散夫人绝口不提任何与政务有关的话题，她只讲了几个笑话给巴布尔听。这些笑话十分精彩，巴布尔被逗得前仰后合，一切烦恼烟消云散，后来，他躺在外祖母的床上，沉沉睡去。

伊散夫人为巴布尔盖好毯子，温情地俯视着他的脸。片刻，她悄悄走开，在屋中的挂毯前停下脚步。

伊散夫人的卧房既整洁舒适又朴实无华。房间中，除了各种必备的生活用具和一张悬挂着蓝色帷幔的松木包金大床外，鲜见华贵的装饰品。只有一样算作装饰品的东西，那就是墙上的挂毯了。

六尺见方的挂毯织工精美，色彩协调，浅蓝色的底面独出心裁地配上灰褐色的图案，给人以流畅和醒目的印象。挂毯的图案是一幅费尔干纳地图，地图的下方还用金丝刺绣着十六行行文优美的突厥诗。

有谁读过这些诗文，哪怕这个人从来不曾到过费尔干纳，也会对费尔干纳的美丽风景产生无尽的遐想。挂毯的设计者是含画，十六行诗的作者是巴布尔，去年，姐弟俩共同将挂毯作为生日礼物献给了他们的外祖母。

可以想象得出，伊散夫人收到这样一份充满了孝心的礼物该有多么自豪，她当即吩咐仆人们将它悬挂起来，当宾客们陆续来到她的房间做客时，无不对挂毯的别具匠心交口称赞。

褐色线条的地图一目了然。从图中可以看出，费尔干纳东邻喀什噶尔，西为撒马尔罕，南接巴达赫尚边境诸山，只有北面相邻的城镇皆已荒芜废弃。著名的锡尔河自东北向西流经该盆地，经过忽毡以北及沙鹿海牙以南后折而向北，流入咸海。

下面十六行诗，用简约优美的文字勾勒出费尔干纳诸城的特色、物产的丰饶和乌马尔王的功绩。

诗中说，卜撒因王活着时，仿效帖木儿王分封诸子，将费尔干纳盆地赐给他的第四个儿子乌马尔。不过两万平方公里的土地，位于农业定居区的边境，乌马尔王却充分运用自己的智慧，将它治理得十分富庶。

诗中还说，费尔干纳共有七座城池，五个在锡尔河南，两个在锡尔河北。巴布尔在介绍其中几个著名的城池时可谓字斟句酌。

对于锡尔河北部的两座城池阿黑昔和卡散，巴布尔用了这样的诗句：卡散还在阿黑昔之北。它小巧玲珑，空气洁净，是个养人的好地方。

另外，巴布尔坦言，与阿黑昔相比，他更喜欢安集延。这一点，他似乎与他的父王乌马尔完全不同。

在费尔干纳，阿黑昔属于仅次于安集延的大城，位于安集延以西约一百一十里处。乌马尔王喜欢阿黑昔无与伦比的甜瓜、肥美的白羊和卡散清新的空气更胜过喜欢市集繁华的都城安集延，他奉命据守费尔干纳时，就搬到了阿黑昔城堡居住——这是一个原因；而他一年中的大部分时间都选择住在阿黑昔城堡的另一个原因是，阿黑昔城堡堪称世界上最坚固的城堡之一，它建在悬崖峭壁的边缘，锡尔河从山谷中流过，山谷就是它的城壕。

没想到，最坚固的往往也是最脆弱的，乌马尔王最终竟命丧于此。

乌马尔王居留阿黑昔时，巴布尔就奉命驻守安集延。

河南诸城中，最繁华富裕的当属首府安集延。安集延盛产谷物、水果，其中尤以梨、甜瓜和葡萄享誉天下。安集延的城堡规模在河中地区仅次于撒马尔罕和碣石城，城池有三道门，要塞门在南面。水流分九个渠道流入城内，城壕外有一条砂石大路环绕城堡，大路外就是郊区了。

安集延的野鸡尤其肥美，其肥美程度从当地人的自夸可见一斑，当地人说，一只加了配料的野鸡，四个壮汉也休想吃完。

在安集延，所有的人都能使用突厥语。另外，当地不仅物产丰饶，还"出品"美男子，唯一不足之处是，该地多瘴气，人们在秋天常得病发烧。

巴布尔在提到安集延时用了六行诗文来介绍它的地位、物产和人文环境，可见他是多么钟爱这座城市。

除安集延外，巴布尔还特别提到了奥什城。

奥什位于安集延东南四十八里，气候适宜，水流丰富，是一座景致迷人的城池。每到春天，到处盛开着郁金香和玫瑰。河流两岸，果园广布，花园临河而建，园中盛开着艳丽夺目的紫罗兰。

位于奥什城堡东南的巴拉库赫山中，盛产一种带有白色和红色纹理的石头，莹润光洁，犹如玉石一般，人们常常采来制作刀把、带扣和其他装饰品。

交扎清真寺建在巴拉库赫山的山脚下，一条大渠沿山坡流过。清真寺外厅之下，有一片阴凉的草地，游人们常常在这里休息，他们躺在草地上，让渠水流到身上，据说这样会给人们带来好运。

巴布尔用一种赞美的口吻说，奥什城的规模与繁华程度或许远不如安集延，但就气候和景色而言，却没有其他任何一座城池堪与奥什城相比。

此外，对于其他三个城市：马尔格兰、伊斯法拉和忽毡，巴布尔也在诗文中一一介绍了它们的可爱之处。

伊散夫人一遍又一遍地读着这些诗文，不知不觉中，泪水溢满了她的眼眶。她清楚地知道，危险正在迫近，谁也无法阻挡。

4

伊散夫人的担心很快变成了现实。

费尔干纳如同一只肥美的山兔，正在引来猎犬的追逐。让伊散夫人始料未及的是，竟有两只猎犬觊觎着同一只猎物。

起初，在得到乌马尔王病逝的消息后，巴布尔的大伯王阿合马和大舅汗马哈木分别派使者送来厚礼，并以得当的措辞对乌马尔王的亡故表示哀悼。时隔不久，阿合马王和马哈木汗竟不约而同地向费尔干纳发起攻击，巴布尔腹背受敌，不得不缩紧兵力，全力防守首都安集延以及河北大城阿黑昔。

阿合马王的军队进展迅速，一举攻下忽毡和马尔格兰诸城，来到距安集延不足五十里的库巴 (今库瓦) 驻扎。与此同时，马哈木汗率领的蒙古大军也正在进逼阿黑昔城。鉴于阿合马王的威胁迫近，巴布尔权衡再三，不得不派人向正在库巴休整的伯王求情，希望伯王能够放过他这位亲侄儿。他的呈文颇具文采，反映了他作为诗人多愁善感的特质，他这样恳求伯王："王是伟大的君主，真主赐予王广大的土地，我，巴布尔，既是王的臣民，也是王的子侄，如果王愿意将费尔干纳交给我治理，那将与王亲自治理费尔干纳无异。"

阿合马王最初看到巴布尔的信中无处不在的谦恭言辞时，内心深处也产生过片刻的动摇，但他是一位温和少言、耳软心活的君主，没有大臣和将领们的支持，他无法决定任何事情。他立刻召开会议，与将领商议是否应该回到撒马尔罕，结果并未让他感到意外，多数将领坚决反对退兵，他们觉得，现在正是将费尔干纳据为己有的绝好时机，无论如何不能无功而返。

阿合马王是个需要别人为他拿主意的人，既然将领们愿意为他夺得费尔干纳肥沃的土地，他也就没有理由表示反对。

于是，大军休整之后，继续从库巴向安集延方向进军。

也许天意使然，这一次进军很快变成了阿合马王本人的噩梦。

首先，在从库巴向安集延进军的路上，阿合马王的军队要经过一条污浊不流动的小河，小河上面只有一座狭窄的小桥可以通过。不知为什么，军队在蜂拥过桥时居然发生了拥挤，许多马匹和骆驼都掉入河中淹死，军队的士气因此受到很大影响。许多信奉伊斯兰教的将士将眼前发生的不幸视为真主的惩罚，而另一部分信奉萨满教的蒙古将士则将出师以来的一切不顺都归结为长生天对帖木儿的子孙巴布尔的护佑。

其次，在离安集延不足二十里处，王的军队遇到巴布尔的大将哈斯木的顽强抵抗。两军对垒，哈斯木身先士卒，手下将士英勇无畏，经过激烈的拼杀，王的军队遭受了前所未有的重创。

当天晚上，阿合马王梦到自己的军队中成群的马匹死亡，他认为这是真主对他的最后警告。第二天早晨，他又一次召开军前会议。对阿合马王而言，这真是一次让他哭笑不得的会议，这一次，原先坚决主战的将领们居然一反常态，集体噤声，而前一次主和的将领却仿佛一夜间变成了口才惊人的演说家，他们慷慨陈词，滔滔不绝，在他们面红耳赤的劝说下，阿合马王别无选择，只能同意与巴布尔讲和，并在得到巴布尔效忠的保证后离开战场。

乘兴而来，扫兴而归。意志消沉的大军仍经库巴回师撒马尔罕。回师的路途对阿合马王来说更加艰难，与王的梦境一样，他的军队里爆发了可怕的瘟疫，成批成批的战马死掉。这且不论，一些将士包括阿合马王本人在内都染上了致命的疾病。阿合马王心怀沮丧，充满忧惧，越到后来，他越丧失了战胜疾病的勇气，这使他尚未返回撒马尔罕便撒手人寰。

阿合马王的死讯很快传到了安集延。

消除了来自撒马尔罕方面的威胁，巴布尔可以集中精力对付已经打到阿黑昔城下的大舅汗马哈木了。他与几个亲信将臣商议后，决定派在安集延一战中立下大功的哈斯木率领五百骑兵，驰援守护阿黑昔的乌宗。同时，为增强阿黑昔军民抵御蒙古军队的决心，巴布尔还派人给留在阿黑昔的姐姐含画送来一封密信。按照巴布尔信中的安排，含画与大母法提玛夫人和异母弟只罕杰尔一道打开了城中府库，为穷苦百姓发放粮食，为军队发放药品。

此时，东察合台汗国蒙古军队丝毫不敢松懈，在马哈木汗的亲自指挥下，对阿黑昔发起攻击。

来犯的东察合台军队建制仍以骑兵为主，问题是，这支军队显然不能与当年西征时的蒙古大军相提并论了。作为成吉思汗的直系后裔，马哈木得以称汗，但与他的先祖成吉思汗或者察合台汗相比，马哈木勇武有余却缺乏谋略，他的攻城手段单调，接连遭到挫折后仍选择一味强攻。

阿黑昔守军进行了英勇的抵抗。蒙古军队久攻不下，产生了焦躁情绪，最后马哈木汗本人也失去信心，将军队撤回沙鹿海牙休整。

巴布尔决定亲自到沙鹿海牙拜见大舅汗。对于年轻的王的这个有些鲁莽的决定，巴布尔手下的将领多数表示反对。巴布尔耐心地劝说他们："汗好比我的父亲，我们有着亲近的血缘关系，这是天意都改变不了的事实。我们原本就应该比任何人亲近。如今，我愿意对汗表示效忠，让我们之间因争夺利益而产生的误会随风消散，那无论对他、对我，都是一件幸事。"

尚且年幼的巴布尔一言九鼎，将领既知无法劝说他，只好按要求去做准备。

13

哈斯木和檀巴勒自告奋勇陪巴布尔前往,他们带了一队精兵,每个人都暗藏利器,以防不测发生时随时保护巴布尔。

阿黑昔守城战开始前,檀巴勒只是一名普通的将领,在阿黑昔保卫战中,他足智多谋,英勇无敌,引起哈斯木对他的关注。哈斯木天性爱才,他向巴布尔举荐了檀巴勒,巴布尔遂将檀巴勒擢为大将军。

巴布尔的到来令马哈木汗有些意外。不过,马哈木汗还是很高兴地接待了他的外甥,他坐在花园中一座四面有门的大毡房里,接受了巴布尔的跪拜,然后,他让巴布尔起身,坐在他的身边。

巴布尔的彬彬有礼和俊秀容貌增加了马哈木汗对他的好感,在接下来的宴会中,马哈木汗对巴布尔愈发表现出慈爱之情。考虑到巴布尔第二天还要返回阿黑昔,马哈木汗将自己最珍爱的一套中国瓷器送给巴布尔作为礼物,同时,他还答应巴布尔,如果巴布尔遇到困难,可以到天山脚下他的驻地找他。

舅甥二人前嫌尽释。次日,巴布尔怀着愉快的心情返回阿黑昔。

马哈木汗一来为兑现诺言;二来汗国军队前番攻打阿黑昔小小一城久战无功,让马哈木汗领教了巴布尔的抵御决心;三来念及巴布尔终究是他的亲外甥,且外甥已明确对他表示归顺,在这种情况下,费尔干纳掌握在外甥手中,犹如掌握在他自己手中一样。鉴于此,在沙鹿海牙休整数日后,马哈木汗便依照他与巴布尔的约定,率领大军,徐徐撤回东察合台汗国。

几乎同时解除了来自伯王和大舅汗的威胁,巴布尔稍稍松了口气,关注的目光遂重新投向帝国首都撒马尔罕。

5

阿合马王的猝然离世,令撒马尔罕的御座上缺少了一位主人。阿合马王膝下无子,群臣贵族经过商议,决定迎立阿合马王的三弟马合谋继承王位。目前,马合谋已是卜撒因留在人世间的最年长的儿子。

马合谋原来据有昆都士、巴达赫尚诸地直至兴都库什山,那时,他从未想过自己有朝一日会与王位有缘。

巴布尔应邀参加了三伯王的即位仪式。帖木儿王统治时期,将首都定在撒马尔罕。这以后,经过帖木儿帝国中几代君王的治理和建设,撒马尔罕已经成为一个商业繁荣、居民富庶、有着众多花园和高大建筑物的城市。

只可惜,由于此次是为参加伯王的即位大典而来,时间安排得紧凑,巴布尔没有机会实施他的游览计划,他只好随遇而安,寄希望于下回光临。

当胡思老以司仪的身份堂而皇之地出现在庄严的会场上时,人群中不由响起了一片轻微的"嘘"声。这是巴布尔第一次见到胡思老。

胡思老用比诗歌还要优美的语言赞颂了帖木儿王建立的伟大帝国，赞颂身为帖木儿王的嫡系后人——卜撒因的三儿子马合谋智慧超群，作战勇敢，经历过人世间的一切艰难困苦百折不回，当之无愧地受到先主在天之灵的护佑。

总之一句话，马合谋继立为王乃天意使然。

巴布尔的身边坐着他的族伯忽辛。

忽辛是帖木儿王的次子奥美的曾孙，新王马合谋及巴布尔本人则是帖木儿王的三子米兰沙的后人。卜撒因在世时，忽辛一心追随卜撒因，为统一河中地区立下赫赫战功，卜撒因如愿登上王位后，作为酬报，慷慨地将呼罗珊地区交给忽辛治理。事实上，巴布尔从孩提时代起，就对忽辛的名字十分熟悉，如今终于见到这位须发都已花白、风采却不减当年的族伯，心中不免升起几分真切的敬意。

忽辛似乎也很留意巴布尔，只是他的心里一直在想着别的事情，并没有顾上与巴布尔交谈。

平心而论，忽辛既不喜欢阿合马，也不喜欢马合谋。二人是卜撒因的儿子不假，他们的心胸才智却无法与其父相提并论。在帖木儿帝国的第三代君王兀鲁伯被其子刺迪夫派人暗杀，以致造成帝国政局混乱的那些日子，倘若不是出于对卜撒因的抱负及才干的欣赏，忽辛也不会倾其兵力，助卜撒因从沙哈鲁一系夺得王位。卜撒因去世后，忽辛的尊敬不复存在。

忽辛并不是一个野心勃勃的帖木儿后王，他一生从未觊觎过撒马尔罕的宝座。在他的内心深处，他始终希望坐在这个宝座上的，是一位如卜撒因一般有着坚强意志和清醒头脑的英锐之主，而非马合谋这般志大才疏的庸碌之辈。

何况，他是如此厌恶胡思老。

谁也说不上究竟从何时开始，也许是卜撒因王统治的中后期吧，生活在中亚的贵族当中开始流行蓄养娈童。其中，马合谋在这方面的恶癖可以说是登峰造极。由于他欲求无度，在他统治的地区，凡是家中"不幸"生下漂亮男孩的父母，不少人都会在孩子尚且年幼时，就想方设法将孩子送往他处抚养，或者干脆举家搬迁，以此避开孩子成为娈童的命运。千躲万防，终究还会有人成为牺牲品。

胡思老或许就是这样的牺牲品。好在，他比其他娈童懂得随遇而安，懂得最大限度地利用自己的资本，清秀的容貌、出众的口才以及善于察言观色的本领就是他的资本。当他成年后，马合谋对他更加钟爱和信任，不仅将除巴达赫尚以外从阿姆河到兴都库什山之间的所有地区都赐给他管理，而且一再赐给他奴仆和军队。到马合谋被迎立为王时，胡思老个人的伴当达到两万多人，绝不亚于王本人所掌握的军队，而他也摇身一变，成为权倾当朝、炙手可热的重臣。

童年的不幸记忆挥之不去，造就了胡思老变态的性格。他对权力和财富有着疯狂的攫取欲望，似乎只有权力和财富才能弥补命运对他的亏欠。除此之外，他并没有安全感，也不信任任何人，他利用马合谋对他的宠爱，用尽心机排除异己，这且不论，他不肯安分的眼睛，还一直盯着马合谋的王位……

忽辛自己没有蓄养过娈童，对马合谋的癖好深恶痛绝。他无法不忧虑帝国的命运，他知道，胡思老拥有的军队数量不亚于马合谋本人，若马合谋执迷不悟，一味信用胡思老，只怕终有一天会将帝国拖进灾难的深渊。

怀着同样忧虑的，并非忽辛一人。巴布尔其实有着如族伯一样敏锐的目光。

他知道，众王和贵族之所以将马合谋推上王位，想必是因为没有比这更好的选择。国不可一日无君，至少马合谋比其他人更具有资格。

只能选择具有资格的人，这真是对帝国辉煌不再的绝妙讽刺。

即位大典结束后是极尽奢华的酒宴。从宴会的安排上颇能反映出马合谋的一些性格特点。应该说，巴布尔的这位身材矮胖、长着稀疏的长胡须、寡于言笑的三伯王，同时也是一个严守规则的人，对于召开的会议、赏赐的礼品，甚至招待和宴会，他一向很讲究，决不允许有丝毫马虎。

既然是宴会，大家便很自觉很默契地避开战争和一切不幸的话题，只谈女人和酒。对于这两个话题忽辛哪样都不感兴趣，巴布尔则是没有发言权，他从不饮酒，另外还是个孩子的他身边也没有女人。忽辛一言不发尚且可以喝酒解闷，巴布尔则比族伯更加感到索然无味。默坐了一会儿，他悄然离开了王宫。第二天，他便向伯王辞行，回到了自己的封地。

行前，他给族伯忽辛留下一封信，表达了自己多年来对族伯的崇敬之情。

6

性格古板的马合谋完全仰赖他哥哥阿合马王在天之灵的护佑，受到阿合马王遗留下来的大臣们拥戴，顺利登临撒马尔罕王位。即位伊始，出于巩固自身地位的需要，马合谋王为他的长子麻素提迎娶了阿合马王的次女萨利哈。

萨利哈年方二八，体态妖娆，眉目如画，是阿合马王众多女儿中容貌最美丽的一个。她风致楚楚，身边的人和亲戚们都习惯将她称作"白皙公主"，久而久之，许多人竟然忘了她"萨利哈"的本名。

马合谋王膝下子女众多。长子麻素提、次子伯升豁儿、三子阿利在其父病逝后都身不由己地卷入王位之争，最后无一善终。幼子外斯的命运稍好于三个哥哥，却也是英年早逝。其三女迪丹婷容修态，肤光胜雪，素有帖木儿帝国第一美女之称，比堂姐白皙公主更胜一筹。遗憾的是迪丹先天不足，后来某年，巴布尔的外祖母伊散夫人曾派人向迪丹求亲，因迪丹病体虚弱，不宜婚配，迪丹的母亲匝达夫人遂将自己的五女儿宰纳卜许配给了巴布尔。这些都是后话。

盛大的婚礼定于四个月后举行，巴布尔在阿黑昔的王宫接到马合谋王的邀请。马合谋王派来的使者与位高权重的阿黑昔监治官哈三有着很近的亲戚关系，使者带给巴布尔的礼物是一袋用金子和银子制作的杏仁。

礼物不可谓不贵重，言辞不可谓不恭谨，但显然，马合谋王另有所图。

一开始，巴布尔对于三伯王的诡计毫无警惕之心。他并非不知道使者在离去前曾与哈三有过一次长谈，而哈三也以愿意效忠马合谋王作为搪塞，可他的确忽略了后来发生的一些事情。比如，在短短的四个月间，哈三对他的态度在不经意间多了一些简慢……比如，哈三突然像个喜欢炫耀的孩子一样频繁地更换华丽的丝袍……又比如，哈三对乌宗、哈斯木、舍黑这些一直深受巴布尔信任的将领和大臣极尽造谣中伤、打击排挤之能事……

巴布尔努力说服自己不去注意这些细节，他宁愿相信哈三。哈三或许是个贪婪的人，可在父亲猝然去世后，哈三却是他——乌马尔王的长子巴布尔——最坚定的支持者，这也是巴布尔能够放心地将安集延监治官这一重要职务交给哈三的主要原因。巴布尔的梦想是成为一个像他的六世祖帖木儿王那样伟大的征服者，或者，像六世祖帖木儿王那样，以建立超越成吉思汗的功业为毕生追求。巴布尔的身上，既流动着帖木儿王的血液，也流动着成吉思汗的血液，这使他天生具有一种优越感，他不允许自己变成一个心胸狭窄的君王。

只可惜，任何一厢情愿的"好意"都不能改变世间万物的运行轨迹。在巴布尔前往撒马尔罕参加堂兄麻素提的婚礼时，哈三秘密与巴布尔的异母弟只罕杰尔取得了联络，准备以武力协助只罕杰尔坐上王位。

哈三的阴谋最先为哈斯木察知，他第一时间将哈三的异动禀报给了伊散夫人。伊散夫人不愧是一位陪伴羽奴思汗多年，经历过无数风雨且头脑清醒冷静的女人，她得到密报后，处变不惊，决定为孙子除去哈三这个毒瘤。俟哈斯木离去，她暗中派了一个办事机灵的心腹家仆化装成铁匠潜入城防堡垒打探哈三的行踪，当她得知哈三已于前日出城打猎，立刻召来哈斯木、乌宗、舍黑、多斯特商议对策。这四人皆与哈三结过私怨，一致同意先下手为强。

伊散夫人命他们稍做准备。当天中午，四员将领趁着哈三出猎未归，各自率领一支军队以奉王命视察守备为名强行进入城堡。一进城堡，哈斯木就下令将忠于哈三的将领全部逮捕，并宣布了对哈三的免职令。按照哈斯木的打算，还想在城外劫住哈三，就地处死，不料哈三提前得到了消息，一刻不敢停留，直奔撒马尔罕而去。

哈三逃到撒马尔罕时，巴布尔刚刚参加完堂兄的婚礼，正在返回安集延的途中。他已得知哈三叛逃的消息，传令哈斯木回防阿黑昔城。他预感到三伯王首先希望谋夺的，必定是阿黑昔城。

果不其然，哈三在撒马尔罕得到马合谋王的暗中支持，很快集结起一支军队，包括他自己的部下约一千人，兼程向阿黑昔进发。这些人到达杏仁村时人困马乏，哈三下令休息一宿。早候在村外，对哈三的行踪了若指掌的哈斯木见时机成熟，率五百将士攻入村中。其时正值深夜，哈三的人疲惫不堪，都在熟睡中，许多人被喊杀声惊醒，仓促应战。迷离闪动的火光中不断有人死去，有些人开始溃逃。哈斯木抡动弯刀，四处寻找着哈三，这员对乌马尔王和巴布尔忠心耿耿的猛将，绝对不能容忍哈三的背叛行径。哈三刚刚砍倒一个士兵，正寻机逃跑，哈斯木在人群中看到了他，对他举弓搭箭。哈三的侍卫注意到这一险情，为救主人，也向哈斯木举起了弓箭。哈斯木不愧是久经沙场的老将，一刻也没犹豫，双臂一松，顿时，一支利箭带着啸声，离弦而去，可是这一箭并非对着哈三，而是稍稍偏离，射向哈三的侍卫。或是天意，哈三的侍卫在中箭的瞬间，举着的箭也离手了，这一箭，正中哈三的面颊。

哈三应声落马。

哈斯木催马来到哈三的面前。哈三仰面朝天躺在地上，眼睛睁得很大，直瞪着夜空。箭从他的面颊穿过后脑，显得分外诡异和恐怖。死在自己人的箭下，想必此时此刻他一定死不瞑目。

哈三一死，手下将士或逃或降，哈斯木一战成功，天蒙蒙亮时带着哈三的首级以及俘虏凯旋了。

依靠哈斯木等人的忠心拥戴，巴布尔暂时稳定了封地——费尔干纳诸城的局势。

7

马合谋王在首都撒马尔罕惊闻败绩，心情忧闷，乃至郁郁成疾。这一病倒，一天重似一天，回历900年阿赫鲁月（1495年1月），在他继位不到六个月的时间便撒手人寰，死时只有四十三岁。

马合谋王逝后，生前受他信任的托孤重臣胡思老既不急于发丧，也不急于召集大王子麻素提和他的几位弟弟前来共同商议王位继承之事。巴布尔猜测，胡思老的初衷，无非是想趁撒马尔罕局势混乱之机自己登临王位，只是他一厢情愿的想法并未得到多少人的支持。甚至可以说，对于这样一位凭借着比女人还要俊美的容貌以及狡黠善变的心机而赢得荣华富贵的"王的近侍"，无论他拥有怎样的权势，阿合马王以及马合谋王遗留下来的许多王公贵族和大臣将军都不可能愿意拥立他，他们宁愿从马合谋王的儿子当中选择他们未来的国君。

胡思老也并非不知道这一点。与王位无缘，他索性怀着贪婪和不甘，放手夺取国库的资财和撒马尔罕城外肥沃的土地，他的行为引起普通士兵和百姓的强烈不满，他们聚集起来，开始围攻城池。几番攻击，他们没能成功，城中另有支持胡思老的力量，这些人凭借兵精城固，很快平息了暴动。

马合谋王生前，曾将喜萨尔赐给自己的长子麻素提，将布哈拉赐给次子伯升豁儿，并命他们前往封地。马合谋王去世时，他们两位都不在身边。撒马尔罕发动的平民起义被军队镇压后，几位与胡思老交好的将领先将他安全地转移到了喜萨尔，继而为谁接替王位发生了激烈争论。争来争去，支持伯升豁儿的一派占了上风，这样，年仅十八岁的伯升豁儿便在梦幻中被推上了帖木儿帝国的王位。

马合谋王病逝的消息传到东察合台汗国马哈木汗的耳中，他当即亲率军队来到康拜附近，意欲趁伯升豁儿立足未稳一举拿下撒马尔罕城。伯升豁儿尚且年轻，也正希望通过一场大战来树立起自己的威信，他与亲信将领商议后，决定出城与马哈木汗决战。这支军队装备精良，与马哈木汗的军队激战于康拜附近。三天三夜后，马哈木汗战败，不得不退守沙鹿海牙。

差不多同时，巴布尔也在积极行动。这位十二岁的少年，不失时机地派大将哈斯木先行夺取了伊斯法拉堡，随后围攻忽毡城。忽毡城原本就归巴布尔的父亲乌马尔王管辖，乌马尔王去世后，阿合马王以武力夺取了该城。如今，趁伯升豁儿与马哈木汗开战，巴布尔希望重新夺回父亲的属地。

事情远比预想的还要顺利，巴布尔率领军队刚刚到达忽毡城下，忽毡城守将就大开城门投降了旧主的继承人。巴布尔节节胜利，萌生了继续进军收复乌拉提尤别的念头。乌拉提尤别曾属乌马尔王统治，乌马尔王去世后，其兄将该地赐给了侄子阿利。阿利侦知巴布尔率领大军前来，命人将城中所有的粮食和饲草都运入山区。坚壁清野，时值冬季，巴布尔的军队粮草不济，不得不退回安集延。

巴布尔回到安集延不久，马哈木汗派人攻取了乌拉提尤别，此后，直到回历908年（1503），此城一直归属于东察合台汗国的马哈木汗。

忽辛王对胡思老的憎恶可谓根深蒂固，他将胡思老视为马哈谋一朝衰落的根源。胡思老被迫离开撒马尔罕退居喜萨尔后，忽辛王于回历901年冬季（1495年12月）兵发喜萨尔，与大王子麻素提的军队沿河岸对峙。

其时，麻素提已派胡思老驻守昆都士，得知忽辛王攻打喜萨尔，胡思老派弟弟瓦利增援麻素提。忽辛王久经沙场，一面分出五六百精卒由长子巴迪率领，抢渡下游渡口，借以分散对岸敌人的注意力，他自己则沿河岸上行去攻打昆都士。麻素提虽得瓦利增援，但这两个人在是否主动过河进攻以及如何进攻的问题上发生分歧，麻素提一气之下退回喜萨尔，瓦利不敌巴迪，一战败回自己的封地。

作为马合谋王生前最宠信的人，胡思老拥有的权势远远超过一般的王子及贵族，他的军队更达三万之众，封地面积也远远超过马合谋诸子。忽辛王在昆都士虚晃一枪，折回喜萨尔，麻素提心生怯意，主动放弃喜萨尔，前往撒马尔罕投奔弟弟伯升豁儿。忽辛王围攻喜萨尔，不愿追随麻素提又不愿投降忽辛王的诸王子与贵族纷纷离开封地，投奔了巴布尔。

巴布尔在安集延按照帖木儿帝国王子的习俗升座，向归附者致礼，并下位与诸王子亲切寒暄，王子们则搭腿坐在巴布尔的右手边。

巴布尔每日与王子们饮宴，表面置身事外，内心却无时无刻不在关注着喜萨尔的战事。很快，他得到确切的战报，忽辛王到达喜萨尔当天，就对喜萨尔进行了围攻，他命将士开掘坑道，又对城池发射弩石、大炮，却始终无法攻下城池。祸不单行，王子巴迪也在进攻胡思老时失利，不得不引军退回喜萨尔与父亲会合。本来父子兵合一处，势力有所壮大，怎奈正赶上喜萨尔春雨连绵，呼罗珊军队不胜其苦，忽辛王与儿子商议后，决定退回哈烈。

同年赖买丹月（5—6月），在撒马尔罕发生了一场贵族叛乱。说起叛乱的原因，确有几分可笑：伯升豁儿不愧是马合谋的儿子，身为国君的他，非常宠爱权臣阿布都拉的几个儿子，其亲密程度与恋人无异。爱屋及乌，伯升豁儿赋予了阿布都拉一人之下、万人之上的权力。这种不正常的状况引发了其他权贵的不满，他们联合起来，在五月中旬的一天秘密接回了伯升豁儿的弟弟阿利，宣布他为新国君，同时将伯升豁儿送到城堡之中软禁起来。

阿利即位后，原想将哥哥送到兰宫。兰宫位于撒马尔罕的要塞里，是帖木儿王修建的一座高大建筑物。在帖木儿帝国，王子即位必须在兰宫举行仪式，而当某个王子被送到兰宫，则意味着此人生命的终结。阿利的计划并不成功，伯升豁儿的亲信对于阿利的企图早有预料，他们在阿利动手之前，将伯升豁儿秘密转移到了城堡东部要塞的一处建筑物中。这里有一间房子的后门与外界相通，幸运的伯升豁儿在亲信们的保护下顺利逃脱了。

仅仅两天，伯升豁儿借助撒马尔罕城中支持他的力量重新夺回王位。他抓住了弟弟阿利，命人将阿利送往兰宫执行火笔刺目之刑，行刑者实在不忍心对只有十五岁的王子动手，假装将他刺瞎复命，不出两日将这个孩子救了出去。

阿利侥幸逃过一劫，回到封地布哈拉。他立刻致信大哥麻素提、堂弟巴布尔，请求他们出兵，围攻撒马尔罕，务将伯升豁儿废黜。此举正中巴布尔下怀。问鼎帖木儿帝国的王位，再现六世祖帖木儿时代的辉煌是巴布尔自幼始终不渝的目标，自从大伯和三伯相继去世，他无时无刻不在关注着撒马尔罕的王位之争，他希望坐在那个位置上的人是他本人而非三伯王诸子。他从来坚信帖木儿王的后代中，只有他才有能力将四分五裂的帝国重新统一起来。

麻素提一方，忽辛王已从喜萨尔和昆都士撤军，他和胡思老放了心，可以考虑与阿利、巴布尔合围撒马尔罕。麻素提对王位居然落入弟弟伯升豁儿的手中本就耿耿于怀，他觉得这是他夺回王位的最好时机。

胡思老仍派弟弟瓦利增援麻素提，巴布尔则从安集延兵发撒马尔罕。闪瓦鲁月（6—7月中）三支人马陈兵撒马尔罕城下。面对危险，伯升豁儿手下的大臣、将领团结一致，凭借撒马尔罕高大坚固的城墙进行了顽强的抵抗，三支人马围攻都城达四个月之久却寸步难进。转眼冬季来临，三支人马均人困马乏，反观伯升豁儿，倒是准备充足，不得已，三支人马相约撤军。

麻素提最先撤走。多年来，他一直倾心爱慕巴鲁剌思部（系当年成吉思汗次子察合台受封的四千户之一）的一位蒙古贵族之女，虽说攻城一无所获，他却有幸与这位女子结为连理。自得到心爱的女子，麻素提对王位再无兴趣。

8

回历902年冬季（1497年1月），阿利在准备不充分的情况下，发动了对驻守库芬的乌兹别克人的攻击，这些乌兹别克人是支持伯升豁儿的。乌兹别克人担心己方势单力孤，向伯升豁儿求援，伯升豁儿派出大将迎击阿利，阿利的先锋部队率先受挫，乌兹别克人乘胜追击，一鼓作气打败了阿利，阿利只得退回布哈拉。兄弟俩的这次兵戎相见，让乌兹别克人看透了帖木儿帝国中蕴藏的巨大离心力，他们很快做出抉择，投奔了其时国力、军力正如日方升的昔班尼汗。

昔班尼汗是术赤（成吉思汗长子）第五个儿子昔班的后人。在蒙古四大汗国中，金帐汗国曾是最强盛也是地域最广阔的第一汗国，当拔都、别儿哥、昔班等人相继去世，汗国的实力在接踵而至的汗位之争中被严重削弱了。直到阿不海尔成为金帐汗国的第九任大汗，汗国的颓势才被改变。

阿不海尔在位的三十余年（1312—1342），在原来金帐汗国的基础上建立了兴盛的月即别（即乌兹别克）汗国。阿不海尔去世后，月即别汗国也就是乌兹别克汗国只继续强大了十余年便渐渐衰落，直到一百余年后，阿不海尔的余威方才被他的后人昔班尼继承下来并且发扬光大。

伯升豁儿一再遭受弟弟阿利的侵袭，实在难咽这口恶气。俟阿利败退，他亲自引军追击阿利。阿利边战边退，一路退回布哈拉。巴布尔曾与阿利有约，互为应援，阿利在布哈拉附近与伯升豁儿激战之际，巴布尔率军从安集延出发，准备助战阿利。伯升豁儿闻知巴布尔已从安集延出兵，担心遭到夹击，便仓皇撤退了。

伯升豁儿既退，巴布尔改变了与阿利会合的计划，派哈斯木和康巴尔率轻骑追击伯升豁儿。二将当天傍晚追上了伯升豁儿，伯升豁儿猝不及防，被追兵射杀和俘虏了许多手下。好在，他本人在将士们的保护下，安全逃脱了。

两天后，巴布尔与哈斯木、康巴尔会合，兵发设拉子堡。设拉子堡兵力不强，守将坚守一日，被迫投降。巴布尔在设拉子堡委任了自己的亲信，继续兵进撒马尔罕。巴布尔的军队军纪严明，秋毫无犯，当他驻扎在距撒马尔罕约十二里的一片名叫汗营的草地时，城内以及附近的百姓纷纷来到汗营兜售各类商品，这使巴布尔的驻营地变得犹如市集一般热闹。

撒马尔罕周围有许多水草丰美的草地，这些草地的名字颇有几分奇特，比如说叫作"沼泽""汗营""深池""犁地"等等，都是根据各自所拥有的最醒目的标志所起，很容易加以区分和记忆。事实上，每当有其他军队围攻撒马尔罕时，无一例外会选择在其中一个草地驻扎。

汗营是位于撒马尔罕城东的一片草地，距城东墙不足十二里，有一条湍急的小河在汗营四周环绕回流，如同粗细不一、弯弯曲曲的线条划过，只在中间划出一块刚够扎营的地方。

回绕的河流在首尾即将相接时折向西北，留出一个十分狭窄的出口。舍黑已将军队部署在撒马尔罕西北约八里处的深池草地，巴布尔觉得驻扎在汗营利于与伯升豁儿对峙，遂将军队布置在这里。

伯升豁儿数次出城与巴布尔厮杀，皆以失败告终。经过一个半月的艰苦努力，巴布尔夺取了除撒马尔罕城外的所有城堡、山地与平原。为了早日拿下撒马尔罕城，巴布尔送信给族伯忽辛王，希望族伯发兵相助。不出一个月，巴布尔接到族伯的回信，方才知道族伯正忙于平定其长子巴迪的叛乱。忽辛王偏爱幼子穆札法尔，命长子与幼子交换封地，岂料巴迪拒不从命。忽辛王一怒之下，出兵攻打这位忤逆子。忽辛王不愧是久经沙场的帖木儿后王，他兼程袭击巴迪，一路上十分注意隐蔽行踪。巴迪一方则明显准备不足，甚至当其父已进至离他只有一个夜晚的路程时，他还在饮酒作乐。直到父王兵临城下，他才仓促迎战。

如此一来，双方交战的结果可想而知。

忽辛王轻而易举地战胜了长子，诛杀了众多巴迪的伴当。巴布尔在内心深处无疑是蔑视巴迪的，他很清楚身为忽辛王的长子，巴迪的个人生活其实相当腐化堕落。据说，巴迪日常使用的酒杯、器皿都是由白银和黄金制成的，哪怕简简单单的一个坐垫，也极其奢华讲究。这且不论，巴迪手下的农奴园丁亦锦衣玉食，巴布尔觉得，这样的王子，这样的军队，不败天理不容。

从长子手中夺回封地后，忽辛王引军返回了呼罗珊。对于巴布尔的邀请，他以国内局势未稳为由婉言拒绝了。

后续的消息由巴布尔派往呼罗珊的使者带回：巴迪失败后，被忽辛王剥夺了一切权力，不得已，他只得率残兵败将投奔了驻守昆都士的胡思老。胡思老倒是收留了他，为他提供了大量的马匹、骆驼、大小毡房以及武器，还派他攻打大王子麻素提。胡思老与麻素提之间素来矛盾重重，巴迪很清楚这是胡思老欲借他与麻素提的血战削弱他们双方的力量，他佯攻几次，抽身而退，走山路前往坎大哈。

巴布尔一时无法攻下撒马尔罕城，只好暂时在迪达尔城堡及附近村庄越冬。

伯升豁儿坚守孤城，处境岌岌可危，他与将领们商议后，决定向占领了土耳其斯坦的昔班尼汗求援。

事实上，在帖木儿王的所有后人中，唯独昔班尼汗对还只是一名少年的巴布尔不敢掉以轻心，相反，他一直将这个少年视为自己征服帖木儿帝国的真正对手。经过数日的准备，昔班尼汗亲率大军攻打迪达尔城堡。巴布尔不是巴迪，他在兵力方面固然有所欠缺，勇气方面却不逊于任何一方。昔班尼汗首战失利，暂时退回撒马尔罕城，准备补充给养后再行攻城。他万没想到，他举兵相助，伯升豁儿反对他未攻下迪达尔城堡产生蔑视之意，且丝毫不加遮掩。胜败本为兵家常事，短暂的接触，昔班尼汗看透了伯升豁儿的狭隘和无情，他不愿意再为这种人消耗自身实力，忍气在撒马尔罕小住一日，次日引兵退回了土耳其斯坦。

昔班尼汗既退，伯升豁儿失去一切外援，不得不独立抗击巴布尔的攻城。七个月坚持不懈的围攻，加上经过冬季，撒马尔罕城内不可避免地发生了粮荒，伯升豁儿又勉强坚守了一段时间，不得不带着二百多个饥饿的家人和亲信弃城而逃，前往昆都士投奔了胡思老。

伯升豁儿离开前，将国库中能够带走的珍贵之物洗劫一空。

巴布尔进驻布斯坦宫，这是他第一次成为撒马尔罕的主人。他的雄心壮志是像他的六世祖帖木儿那样，以撒马尔罕为帝国中心，厉兵秣马，南征北战，重新统一起四分五裂的帖木儿帝国。

幼年的记忆早已淡漠，上次参加三伯马合谋王的即位仪式时因时间不允许，没能游览撒马尔罕城，巴布尔一直深以为憾。此次，能以主人的身份踏入这座著名的"真主保留之城"，巴布尔倒别有一番滋味在心头了。

哈斯木、舍黑、檀巴勒等一干武将对什么名胜啊古迹啊之类的东西丝毫不感兴趣，巴布尔原本是个不拘小节的人，动员了他们半天，最后只有洪赛愿意陪他一同游览撒马尔罕城。

据说，撒马尔罕城当年为亚历山大大帝所建，城中居民皆为逊尼派。撒马尔罕城城东为费尔干纳和喀什噶尔，城西为布哈拉与花剌子模，城北为塔什干及沙鹿海牙，城南为巴里黑。一条宽阔清澈的河流从城北八里处流过，流经一处叫作科希克的小丘，故此河被当地人称为科希克河。

一条巨大的灌溉渠从科希克河分流出来，从撒马尔罕以南流过，灌溉着撒马尔罕的花园、郊区以及它的附属城镇。

撒马尔罕的冬天很冷，下雪的时候不似喀布尔那么多，夏天的气候状况、舒适程度也稍稍逊色于喀布尔。但这座历史名城的水果在帝国数一数二，葡萄、甜瓜、苹果、石榴都闻名且行销于帝国各地，尤其是苹果和葡萄，甜美多汁，没有其他地方的苹果和葡萄可与之相比。

巴布尔小的时候，他的父亲乌马尔王每当与兄长相会于撒马尔罕，回到封地时都会带许多苹果和葡萄给儿女品尝。此时正值冬春交季，巴布尔与洪赛也就无福品尝这些时令水果了。

诸事繁杂，巴布尔坚持为自己放了三天的假。这三天中，他将军政要务全部委以自己的开蒙恩师舍黑处理。

巴布尔首选参观撒马尔罕的建筑物，其中最著名的建筑物多为帖木儿王及孙子兀鲁伯修建。巴布尔和洪赛用了整整一天时间参观了四层巨大楼房——兰宫、迪尔库夏花园的绿松石门、宗教学校和圆屋顶的清真寺。晚上，君臣二人在市集吃了一顿便餐。返回布斯坦宫前，作为赏赐之用，巴布尔命人买了不少刚刚出炉的馕，号称世界第一的康纸，以及行销世界各地的深红色天鹅绒。

第二天，巴布尔与洪赛骑马参观了兀鲁伯天文观测台。观测台位于科希克山脚下，有三层之高，里面陈列着兀鲁伯于回历847年（1444）命天文学家们编撰完成的天文历表《古烈干历表》。此前，帝国普遍采用的是《伊儿汗历表》（该历表系蒙古四大汗国之一的伊儿汗国创立者旭烈兀组织天文学家编撰完成），由于《古烈干历表》更为先进准确，一百五十余年后仍通行于世界。

从兀鲁伯天文台出来，君臣二人去"王的澡堂"洗了澡，"王的澡堂"是首都撒马尔罕最具特色同时也是收费最为高昂的澡堂，澡堂的地面都是用五颜六色的石头铺镶而成的，美得令人惊叹。

洗过澡，吃了一顿可口的烤肉面包大餐，巴布尔与洪赛相偕来到建在科希克山麓的平原花园。花园为兀鲁伯在位时所建，最奇妙的是其中的石柱，有螺旋形的，有多面形的，各式各样，皆雕刻精致。另外还有一个瓷厅，瓷厅中用以镶墙的瓷砖都是兀鲁伯派人不远万里从中国采办的。

在撒马尔罕，有王公贵族们建造的无数花园，这些花园各具特色，各有千秋，唯其中遍植叶榆、柏树和白杨，空气清新、景致优美别无二致。

撒马尔罕辖有六个土绵（土绵：蒙古语"万"之意，元明时指万户。所谓万户，既是一种军事组织，也是一种行政单位，往往由数个或更多部落组成。帖木儿帝国是蒙古汗国的延续，帖木儿王立国伊始，就采取了蒙古汗国的行政建制，唯土绵的定义有所延伸，不但指万户，也指大的行政区的首府），其中最大的土绵为布哈拉区，东距撒马尔罕城三百里，该地盛产甜瓜，品种和质量均属帝国之首。对润肠极有帮助的李子干是人们馈送亲友的另一佳品。此外，布哈拉鸡鹅最多，酒的提纯技术也最先进，人们在这里能够喝到度数很高的烈酒。

在撒马尔罕所属的土绵中，最有名的当然还是碣石城。碣石城位于撒马尔罕城南一百零八里处，它之所以闻名于世是因为帖木儿帝国的建立者就出生在这里。巴布尔很想乘机参观一下这两个著名的土绵，哈斯木表示反对，他以撒马尔罕初下，局势尚未平稳说服巴布尔，巴布尔只得作罢。

如此的消闲与快乐于巴布尔只有短短的两天而已，他的三天休假计划由于军队中出现了特殊的状况不得不宣告结束。不知什么缘故，士兵们开始三三两两擅自离开撒马尔罕逃回费尔干纳，开始，巴布尔还惩办了一些开小差的将士，后来，随着将士大批离去以及升任大将军的檀巴勒也不告而别，巴布尔意识到他面临的危机已远远超出了他所能掌控的范围。

9

心力交瘁中，巴布尔病倒了，这一次的病来势凶猛，巴布尔发着高烧，有四天的时间几乎讲不出话来。他的身边，只有洪赛和康巴尔不眠不休地守护着他，哈斯木和舍黑担心伯升豁儿卷土重来，每日亲自巡视城防，不敢有丝毫懈怠。

巴布尔的病时重时轻，迁延了半个月才彻底好转。这时，差不多有十封信同时送到巴布尔的手上。这些信是巴布尔的外祖母、母亲和姐姐写给他的，看了这些信，巴布尔才知道在他生病期间，他的舅汗——东察合台汗国的马哈木汗又一次从塔什干出兵，准备趁外甥留在撒马尔罕之际，一举夺取费尔干纳。

东察合台军队兵进阿黑昔，遭到乌宗和檀巴勒二员将领的顽强抗击。其间，巴布尔的异母弟只罕杰尔在檀巴勒和母亲法提玛夫人的督促下，每日都在城墙上巡视和督战，而巴布尔的外祖母、母亲和姐姐则与大母法提玛一道，组织城中老弱妇孺，照顾伤员，运送物资、食品。

正如巴布尔所知，他的外祖母伊散夫人的确是位心思缜密的妇人，她敏锐地觉察出自檀巴勒擅自返回阿黑昔后，法提玛一直都在着意笼络他，她着意笼络的，还有巴布尔信任的阿黑昔守将乌宗。

乌马尔王生前有四位妻子和许多姬妾，身后留下三子五女。在诸妻中，地位最尊贵的自然是伊散夫人的女儿库。作为东察合台汗国羽奴思汗的次女，库的身上流着成吉思汗和察合台汗的血，能够娶库为妻，是乌马尔此生最大的荣耀。

巴布尔是乌马尔王的长子。他的生母库夫人地位崇高，但不是乌马尔王的第一位夫人。乌马尔王的第一位夫人名叫法提玛，出身于留在中亚地区的蒙古万户，是乌马尔王还很年轻时所娶的第一位妻子。她比库夫人晚两年生下儿子只罕杰尔以及另外两个女儿。她是个很有心计的女人，本来，她的内心一直妒忌着库夫人的才貌和地位，但表面上，她却与库夫人相处得如姐妹一般。库夫人受到她的蒙蔽，直到很久之后，才发现她是个可怕的女人。

巴布尔有两个异母弟，除只罕杰尔外，还有一个异母弟叫作那昔，系乌马尔王的妾所生，比巴布尔小四岁。巴布尔继承父位时，他还是个孩子。

四年前，乌马尔王意外离世，人们在仓促间将巴布尔推上王位。当时的一切发生得太过突然，法提玛没有任何思想准备。不，说没有思想准备还不够准确，事实上她根本不能接受人们的决定。

她不能接受。可在当时当地，她又有什么资格抗拒命运的不公呢？

那个时候，她的儿子年龄尚幼，不到十岁，几乎没有人看好他们母子，万般无奈之下，她只能选择沉默。

对法提玛而言，巴布尔是库的儿子，永远是库的儿子，由库的儿子继承王位绝不是她希望看到的结果。作为乌马尔王的第一位妻子，她像珍惜唯一的亲生儿子只罕杰尔（与帖木儿王的长子同名）一样珍惜她的野心。事实上，在那些无望的漫长的时光里，她只能靠幻想来缓和内心的痛苦。

她为等待而痛苦。

经过四年痛苦的等待，机会终于来了。儿子一天天长大，十三岁的少年英姿勃勃，身边开始拥有一批包括檀巴勒在内的这种强权人物的追随，而巴布尔远在撒马尔罕作战，她第一次感到被真主抛弃了许久的她以及儿子赢来了眷顾。她毫不怀疑，只要运筹得当，她一定能从巴布尔的手中夺回王权。

是的，她要将这王权交在自己儿子的手中，只有交在儿子手中的权力才会带给她荣耀和安全感。

法提玛急迫又不动声色地实行着她的计划。最先察觉她阴谋的正是伊散夫人，她曾数次派人将阿黑昔的情况通报给巴布尔，可惜，巴布尔正在生病未能了解这些情况。在局面变得不可收拾之前，伊散夫人决定带着至亲骨肉和随从离开阿黑昔，前往撒马尔罕与外孙会合。

法提玛听从乌宗的建议，对于这些人的离去假装不知。伊散夫人的手下都是能征善战的蒙古亲卫，法提玛不愿意拼个两败俱伤。反正，她的目的只是从巴布尔的手上夺回丈夫的封地，交给自己的儿子，既然她的目的达到了，她乐得顺水推舟，让忠于巴布尔的人赶紧离去。

随着越来越多的将士离开撒马尔罕，巴布尔变得越来越势单力孤，他召哈斯木等人议事，众将都觉得应该放弃撒马尔罕返回安集延。巴布尔做出撤离的决定时，正是他统治撒马尔罕的第一百天。

巴布尔在途中与外祖母、母亲、姐姐会合，得知阿黑昔已落入只罕杰尔手中。他们决定前往安集延，守卫安集延的是深受巴布尔信任的一员老将，一行人甫至忽毡，不幸的消息传来，安集延的守将遭到檀巴勒和乌宗的围攻，无法坚守，已将安集延献给了二王子只罕杰尔。

在那一刻，巴布尔只觉得眼冒金星，大脑一片空白。

失去了撒马尔罕，又失去了阿黑昔和安集延，意味着巴布尔从高高在上的君王一夕间变成了一无所有的流浪汉，这种转变让他无所适从。只剩忽毡还在他的手上，问题是忽毡人少地贫，这样的地方，他和数百将士将很难长久立足。

库希望能与法提玛谈判，由巴布尔和只罕杰尔共享王位，伊散夫人明智地否定了女儿的想法。她向巴布尔分析了整桩事情，断言，现在费尔干纳的命运并非掌握在法提玛手中，而是掌握在野心勃勃的檀巴勒手中。法提玛倚靠檀巴勒，原本是想借助此人的力量将亲生儿子拱上王位，不用多久，她就会发现她是多么一厢情愿，只罕杰尔得不到费尔干纳，他充其量只能成为檀巴勒的傀儡。

巴布尔无法不信服外祖母的推断，这让他的心情更加沮丧。檀巴勒的能力为他所知，他从来不曾正视过檀巴勒的野心。舍黑和洪赛都曾提醒过他不能重用檀巴勒，他还是一意孤行，在短短的时间内将檀巴勒从一名普通将领提升为大将军，并且赋予了他超出其他将军的权力。如今，他为他的轻信付出了代价，他得收拾这乱局，可他有一种力不从心的感觉。

哈斯木的内心同样充满愧疚。

当初，正是他将檀巴勒举荐给少主巴布尔的，这是他的失误。他只看到檀巴勒的军事才能，根本没看透他的野心。

思前想后，他觉得还是应该向马哈木汗借兵攻打安集延，与檀巴勒相抗。他觉得，与其一筹莫展地看着安集延和阿黑昔被檀巴勒据为己有，不如将费尔干纳献给马哈木汗。毕竟，从血统上来讲，马哈木汗既是巴布尔的大舅汗，又是成吉思汗的嫡传后裔，万一马哈木汗成为费尔干纳的主人，至少强过一个乱臣势大欺主，将帖木儿王的后人排斥出封地之外。

何况，以哈斯木对巴布尔的了解，他深信，只要解决了目前的困境，未来未必就没有其他机会。

10

巴布尔的想法与哈斯木不谋而合。哈斯木稍稍安排了一下，前往塔什干请求汗出兵相助。马哈木汗多年来一直觊觎着费尔干纳，得知费尔干纳发生内乱，决定应外甥之请，出兵安集延。岂料汗的军队刚刚越过谷地，檀巴勒和乌宗就很有先见之明地派来了使者，使者能言善辩，以大量财宝和效忠之词动摇了汗的决心。想到只罕杰尔也是自己的外甥，目前的混乱局面不过是兄弟间的王位之争，汗不愿再蹚这趟浑水，遂停止前进，数日后又退回了自己的领地塔什干。

汗的行为对巴布尔而言无异于釜底抽薪。得不到马哈木汗的支持，许多人对巴布尔失去信心，他们纷纷选择了离开，最后，除了至亲骨肉，巴布尔身边只剩下二百多人，将领中只有哈斯木、舍黑、洪赛、康巴尔、德尔维希以及一些年轻将领还在忠心耿耿地追随着他。

此时，胡思老也在积极行动。他率领军队将大王子麻素提从喜萨尔赶了出去，又将喜萨尔交给被其异母弟瓦利废黜的二王子伯升豁儿治理。作为这一举动的回报，伯升豁儿需派兵协助瓦利攻打巴里黑。巴里黑是忽辛王的治下，瓦利首战成功，缴获了包括十多万只羊和三千峰骆驼在内的众多战利品。

麻素提失去领地，如同丧家之犬，在亲信的劝说下，不得不前往呼罗珊投奔忽辛王。忽辛王善意地收留了他，待之以子侄之礼。麻素提并不真的信任忽辛王，勉强在呼罗珊待了一段时间后，又悄然离去，前往巴里黑投奔了胡思老。也许在麻素提的内心深处，胡思老仍是过去那个亲自教养他并陪伴他长大的心腹护卫，他哪里知道，胡思老权倾一时，已有问鼎天下的野心。他先是假惺惺地收留了麻素提，不久便翻脸软禁了这位倒霉的大王子，派人用铁钎刺瞎了麻素提的双眼。忠诚的仆人设法将麻素提救出，一路辗转，重又投奔了忽辛王。

逼走麻素提，胡思老将伯升豁儿接到喜萨尔，重新立他为君，至此，伯升豁儿与阿利之间的手足相残便成了时间问题。一切都在胡思老的掌握之中。胡思老最放心不下的还是巴布尔，即使巴布尔境况不佳，变成了居无定所的流浪汉，他对这位年轻的王子仍然不敢掉以轻心。

二百多将士对于忽毡这样的贫瘠之地来说无疑是个巨大的负担，巴布尔不愿坐以待毙，决定再次攻打撒马尔罕。进军途中，经过杜格拉特部，多年前，库夫人的胞妹忽布夫人嫁给了该部首领马黑麻，巴布尔凭借这种姻亲关系说服了马黑麻将其所属的一个村庄借给他的军队驻跸。

巴布尔以这个临时驻地为据点，四处出击。这些战斗没有明确的目的性，最后均无果而终。马黑麻冷眼看着巴布尔的种种失败，耐性消磨殆尽，加上部民多次抗议，他不愿再收留巴布尔，委婉地下了逐客令。巴布尔黯然离开村庄，前往乌拉提尤别以南的夏牧场，那里是只罕杰尔或者说檀巴勒的势力还未达到的地方。

巴布尔的内心隐藏着深深的无助感，即使在他生平最亲近的外祖母、母亲和姐姐面前，他也不敢让她们看出他的苦闷。闲暇时，他大量地阅读，偶尔也会写写诗写写日记，借以驱赶内心的彷徨和绝望。某天，他萌生了将自己的经历写成一部书的念头，前提是他得活下来。

不知道是不是坚持到最后一刻的信念为巴布尔的事业带来了转机？正当巴布尔准备离开夏牧场，试图寻机与乌宗和檀巴勒决战时，驻守马尔格兰一年之久的将领多斯特派人来请巴布尔。使者对巴布尔说，乌宗和檀巴勒曾多次派兵蹂躏美丽的马尔格兰城，马尔格兰的居民都十分怀念巴布尔统治时期和平安逸的生活，希望迎回故主，以抵御檀巴勒的进攻。

与哈斯木、舍黑、康巴尔等人一样，多斯特也是巴布尔的父亲乌马尔王留给儿子的重要将领。多斯特本质上是个反复无常、见风使舵的小人，他并不认为忠诚是身为臣子必备的品质，在檀巴勒的势力变得强大时，他毫不犹豫地抛弃了巴布尔，宣誓效忠二王子只罕杰尔。这样的人突然派来使者迎请巴布尔，哈斯木等人不能不心怀疑虑，巴布尔与他们的想法不同，既然四处躲避也难逃覆亡的命运，那么，还不如抓住这仅有的机会，做一次赌博。

几天的急行军后，巴布尔来到马尔格兰，多斯特亲自出城，将巴布尔迎入城中。双方兵合一处，多斯特表现得异常服从，巴布尔遂将双方军队重新作了部署，由哈斯木和康巴尔率领，分别攻打安集延以南山区和阿黑昔周边。

大部分军队被派了出去，只余少数军队守城。数日后，乌宗、檀巴勒挟持着二王子只罕杰尔前来攻打马尔格兰，舍黑怀疑是多斯特从中捣鬼，巴布尔坚信至少这时的多斯特并无反心。他亲率军队出城，双方在城外发生激战，面对巴布尔麾下英勇顽强的将士，乌宗、檀巴勒竟然不能接近马尔格兰城池一步。

马尔格兰的战事呈现胶着状态，哈斯木与康巴尔那边反倒捷报频传：哈斯木顺利收得安集延以南山区；康巴尔在顺利肃清阿黑昔周边反抗力量后，兵临阿黑昔城下。守卫阿黑昔城的副将与康巴尔有着一样的经历，他们的父亲都做过东察合台汗国羽奴思汗的家奴，后得到羽奴思汗的拔擢，成为一名将领。康巴尔与副将是旧识，他花费了一番心思，说服了副将，二人里应外合，一举夺取了阿黑昔城堡。康巴尔将阿黑昔暂时交予副将守卫，他则挥师与哈斯木会合，准备合力攻打安集延。至此，一切事情都开始向好的方向转变，只有一件事让人感到奇怪，那就是：对于如何收买了副将，康巴尔之前之后对任何人都绝口不提。

11

乌宗、檀巴勒听说安集延被围，惊慌失措，急忙从马尔格兰撤军，欲解安集延之围。巴布尔尾随而至，途中收到哈斯木和康巴尔的急报，急报的大意是说，安集延的守城将领是乌宗的姐夫，此人心向巴布尔，有意献城，但不明巴布尔心意。巴布尔当即修书一封，应允为守将加官晋爵，保证其家人及财产安全。得到巴布尔的承诺，守将打开城门。乌宗、檀巴勒至安集延城下，见大势已去，檀巴勒便裹挟着只罕杰尔逃往奥什，乌宗则重归巴布尔麾下。

度过了两年艰难的逃亡生活，巴布尔又坐回了安集延的王座。

巴布尔大宴有功将臣，乌宗也在被邀之列。面对哈斯木、康巴尔等人鄙夷的目光，乌宗倒也坦然，借献酒之机，向巴布尔提出欲往喜萨尔做一名牧场主。巴布尔以他特有的大度答应下来，乌宗只说一句话：他日必报此恩。

檀巴勒仍在奥什蠢蠢欲动，巴布尔不敢掉以轻心，命舍黑征集了大量盾牌、铁铲、斧子及其他军事装备，并储备了大量的粮食。巴布尔仍想从檀巴勒手中夺回奥什，他憎恶檀巴勒，他更憎恶的或许是异母弟只罕杰尔。他很想让只罕杰尔以及他的生母法提玛夫人从自己眼前永远消失。

胡思老那边也在行动。巴布尔接到了乌宗的一封信，得知胡思老密令手下用弓弦勒死了伯升豁儿王，王死时年仅二十三岁，未留下子嗣。巴布尔对堂兄的惨死充满遗憾，他很清楚，胡思老与檀巴勒一样，都是野心勃勃的卑鄙小人，任何时候，他都不能对他们掉以轻心。

乌宗说过他要报答巴布尔饶恕他的恩德，这封信是他兑现诺言的一个举动。经历了过往，乌宗算是看穿了也厌倦了帖木儿王后人间的争斗，他从此就在喜萨尔的牧场安闲度日，直至在那里终老。

时至冬季，战事稍停，为了补充安集延粮秣储备的不足，巴布尔率领军队出城驻扎在附近冬营地，隔三四天就会前往河边密林狩猎。这个密林中生活着许多马鹿和野猪，小灌木丛中散布着很多野兔和野鸡，附近高地上则有许多黄色的狐狸，它们比任何其他地方的狐狸都跑得更快。

这是两年来巴布尔最消闲的时光。檀巴勒并不消闲，他多次派使者往返于奥什与塔什干之间。檀巴勒的叔父是马哈木汗宠信的大臣，同父异母的兄长则是塔什干的守门官，檀巴勒首先说服和收买了这两个人，在这两个人的帮助下，说动马哈木汗派出一支五千余人的援军，助檀巴勒夺回卡散。

巴布尔在冬营地获知这个消息，来不及返回安集延，就直接率领现有的兵马前去迎战东察合台军队。可能是气候严寒的缘故，双方斗志都不强，几次短兵相接，都是没有决出胜负便各自撤军。马哈木汗趁机派人说合，巴布尔、檀巴勒权衡利弊，被迫在大汗的主持下达成如下协议：忽毡河朝安集延一边归巴布尔治理，朝阿黑昔一边归只罕杰尔治理，只罕杰尔与巴布尔协力攻打首都撒马尔罕，一旦夺取撒马尔罕，巴布尔需撤出安集延，将安集延交给只罕杰尔治理。

协议签订后，只罕杰尔在檀巴勒的陪伴下前往阿黑昔接管该城池，巴布尔则撤回安集延。巴布尔的心情沮丧到了极点，本来他有机会从檀巴勒手中夺回奥什，不料大舅汗摇摆不定，时而支持他，时而支持只罕杰尔，以致他父亲留给他的遗产——费尔干纳王国再次支离破碎。

伊散夫人和库夫人的心情显然与巴布尔不同。巴布尔的军队刚刚进城，二位夫人便带着一位衣着华贵的年轻女孩来与巴布尔相见。女孩容貌端庄，言谈举止于不经意间流露出几分冷傲。按照库夫人的指引，女孩以宫廷礼节见过巴布尔，态度不卑不亢。巴布尔不知她是何许人，只顾看着她发呆。

库夫人推了推儿子，小声说道："发什么愣啊？你不认识她了吗？她是你的堂妹阿依霞呀。"

听到"阿依霞"这个名字，巴布尔先是愣了愣，继而羞红了一张脸。

阿依霞垂下头，遮住了眼神中的一丝失望。

多年前，巴布尔的大伯王阿合马和父王乌马尔都还活着时，一次把酒言欢中，兄弟二人为当时尚且年幼的巴布尔和阿依霞定了儿女亲事。如今，阿合马王与乌马尔王都已不在人世，世事多艰，阿依霞只能前来投奔巴布尔，她这样做，既是为了完成婚约，也是为了寻求未来夫家的庇护。

极度羞怯中，巴布尔忘了让阿依霞起身。两个年轻人就保持着那样的姿势，谁也不知道该说什么。

库夫人在一旁用责备的目光看着儿子，见儿子完全一副不知所谓的样子，她不觉叹了口气，俯身扶起阿依霞。作为母亲，对于这个即将成为儿媳的女孩，她的内心充满了慈爱之情。

前来迎接巴布尔的人群中没有含画，含画正在西花园督促仆人们搭建新婚彩帐和帷幕长廊。婚礼的日期已然确定，含画不愿让母亲与外祖母太过劳累，她要自己来筹办弟弟的婚礼。

接下来的两个多月，宫里宫外都在为巴布尔的婚事忙碌着。这种喜庆的气氛最终感染到巴布尔本人，他暂且忘掉了流浪与战争的艰辛对他造成的影响，每隔几天都会出城打猎，再用打到的猎物举办宴会。一切似乎都显得称心如意，只除了巴布尔与阿依霞之间依然无话可说。

有一次，巴布尔在母亲的安排下邀请阿依霞出城游玩。黄昏时，他们坐在河边默默凝视着落入云层的粉红色巨大球体。春风依旧有几分寒峭，即将结成夫妻的两个人中间只隔着一掌的距离，这无疑是他们最为亲密的时刻。遗憾的是，巴布尔既粗心又没经验，一点都没发现身边的人眼中隐隐闪耀的泪光。相反，他只顾怀念着自己在塞西娅洞度过的快乐时光，幻想着能与佐维然再次相遇。

于是，巴布尔错过了与阿依霞彼此相知的唯一机会。当初婚的激情过去，他们的关系便日渐淡漠、日渐疏远了。

12

巴布尔依旧将檀巴勒和胡思老视为对手，同时他很清楚，他最大的敌人始终是昔班尼汗。作为成吉思汗的长子术赤的后人，昔班尼汗掌握着行将灭亡的金帐汗国最后一支精锐铁骑，鉴于汗国在斡罗斯（今俄罗斯）的统治不能如前继续，昔班尼汗不得不挟汗国余威向中亚、西亚扩张。金帐汗国与帖木儿帝国利益冲突的结果，是进一步削弱了两大蒙古集团的力量。

巴布尔时刻关注着昔班尼汗的动向。听说乌兹别克军队势如破竹，已攻克撒马尔罕周边诸城，他通过书信与只罕杰尔或者说檀巴勒商议，要求他们与他共谋进退。巴布尔并不认同堂兄阿利的王位继承权，而今大敌当前，他宁可先与阿利联手，将昔班尼汗和他率领的乌兹别克军队逐出帖木儿帝国。只罕杰尔与巴布尔原本有过协议，不好直接拒绝，只得耍了个滑头，答应巴布尔随后发兵相助。巴布尔不疑有他，择日率领军队赶赴撒马尔罕。

途中，巴布尔得知昔班尼汗已攻下布哈拉，便立刻赶往碣石。在碣石，他听说昔班尼汗已兵不血刃拿下了撒马尔罕。巴布尔对这个消息将信将疑，第二天，一位从撒马尔罕逃到碣石的将领向他证实了这个消息。原来，阿利的生母别赫拉夫人不愿与昔班尼汗为敌，擅作主张与昔班尼汗达成秘密协议：昔班尼汗娶她为妻，将她的儿子阿利作为亲子赐予相应的领地，她则说服儿子献出撒马尔罕城。

巴布尔生平第一次对女人怀有如此深刻的蔑视。陆续逃到碣石的将领带来了更坏的消息：昔班尼汗准备一鼓作气攻取碣石城。巴布尔兵微将寡，只罕杰尔又迟迟不肯发兵前来，他担心自己不是昔班尼汗的对手，不得不暂避锋芒，取道喜萨尔与大舅汗会合。仅仅四天，巴布尔听说那个愚蠢的女人为自己的愚蠢行为付出了怎样的代价：昔班尼汗杀害了她的儿子阿利，同时取消了与她的婚约，她已年老，昔班尼汗觉得她岂止不配做自己的妻子，连做妾与情人都不配。

巴布尔被阿利的冤死进一步激怒了。他召来哈斯木、康巴尔、洪赛、舍黑等亲信将领商议下一步的行动，一开始，哈斯木沉默不语，康巴尔、洪赛、舍黑面面相觑，都觉得此举太过冒险。巴布尔平静地道出自己的想法："撒马尔罕从六世祖开国之初就是帖木儿帝国的首都，城中的居民被愚蠢的女人出卖，决不会真正心向侵略者昔班尼汗和他的乌兹别克军队。我们在这种时候展开突袭，他们即使不支持我们，也决不会为乌兹别克人卖命。"

康巴尔、洪赛、舍黑依旧难于决断，哈斯木思索良久，承认巴布尔的分析也有一定道理。巴布尔毫不气馁，从哈斯木开始，一个一个地说服了军中诸将，两个星期后，巴布尔率领军队急速开回撒马尔罕城下。

正值午夜，巴布尔见己方所处的位置恰好在城外林荫路上的深堑桥，不由心生一计。他组织了一支精锐的先遣队，由哈斯木率领，借着夜色掩护，在情人洞对面的城墙上架起云梯，悄无声息地占领了绿松石门。主力由绿松石门入城，巴布尔派哈斯木、舍黑分兵包围了城中两个要塞。其时其地，乌兹别克人尚在睡梦中，丝毫不知道他们就要成为刀下之鬼。

天色微明时，巴布尔几乎不费吹灰之力拿下了撒马尔罕城。他暂且将指挥部设在一所宗教学校，待城中局势稍稍平稳，一些显贵人物和富商前来拜见巴布尔，给他的军队送来慰问品。昔班尼汗还在城外，巴布尔丝毫不敢掉以轻心，他很清楚他这次的计划能够成功毕竟有一些偶然性：其一，乌兹别克人没想到会有军队敢来偷袭，以致失于防范；其二，昔班尼汗率领主力正在铁门附近作战，不在城中；其三，如巴布尔所料，城中无论权贵还是贫民都视乌兹别克人为入侵者。当巴布尔的军队攻入城中时，最先被惊醒的市民迅速通知了其他人，大家一起行动起来，用棍棒、铁铲、石头打杀了四五百分散于城中其他地方的乌兹别克人。

撒马尔罕既下，周边一些城池的城主相继归附了巴布尔。昔班尼汗挥令主力数次来攻，皆被巴布尔击退，不得已，昔班尼汗暂且退守达布西城堡。数日后，巴布尔得到消息，忽辛王像巴布尔夺取撒马尔罕那样，以突袭的方式拿下了哈烈城。巴布尔被这个消息所鼓舞，分别派出几队使者和信差，试图说服那些拥有实力的领主共同出兵，一举将昔班尼汗赶出帖木儿帝国。

遗憾的是，巴布尔的提议并没有得到太多支持，除了马哈木汗派出几百名蒙古将士，二弟只罕杰尔派了一百多名士兵来援之外，其他人都没有向巴布尔派出一兵一卒。巴布尔的至亲们这时从安集延赶来与巴布尔团聚。阿依霞已近临盆，入城不久，产下一女，可怜的孩子只存活了一个月。这是巴布尔的头一个孩子，随着这个孩子的亡故，巴布尔与阿依霞之间的夫妻关系更加名存实亡了。

第二卷
翻云覆雨手

在恐惧和贫乏之后，我们得到了安全
一个新世界的新生活展现在我们面前
——巴布尔语

1

夏初，为了与昔班尼汗作战，巴布尔进军至新花园，他要在这里待上一段时间，以征集军队，完善装备。

待一切准备完毕，巴布尔离开新花园，寻找与昔班尼汗决战的机会，这样的机会在七天后来临，巴布尔第一次领教了在旷野中作战的昔班尼汗的"迂回战法"，这其实是最典型的蒙古战法：前锋与后援尽力一同驰骋，以便在最短的时间对敌人实施有效包围，一旦接近敌方阵地，便万箭齐发。若敌人难抵其锋，则突入敌阵，与敌人短兵相接；若对方早有准备，突击不能奏效，则迅速后撤。只是，无论进攻还是撤退，队形都绝不散乱，如同一体般驱驰而走。

再攻，再退，再攻，如是反复。

双方均有不少将士命丧此役。第三天，巴布尔不得不退守撒马尔罕城，坚守不出。昔班尼汗也不堪再战，暂时回到铁门休整。

不久，昔班尼汗率领军队来到撒马尔罕城下，巴布尔站在城门之上，先发五箭，箭无虚发：一支射中一个百人长，一支射中一个千人长的坐骑，还有两支箭射中两个士兵，最后一支箭擦着昔班尼汗的头盔呼啸而过。昔班尼汗虽留意防备，却在闪身躲避时用力过猛，从一侧跌落马下，狼狈异常。眼见昔班尼汗落马，撒马尔罕的将士受到鼓舞，很快打退了乌兹别克人的第一次进攻。

昔班尼汗首攻受挫，并不气馁。年轻的巴布尔是一个比帖木儿帝国中任何其他人都更让他感兴趣的对手，这样的对手，反而更能激起昔班尼汗的斗志。他在第一次进攻失利后并未立刻发起第二次进攻，相反，他命军队只围不攻，随即示威性地抢先收割了城外成熟的谷物。巴布尔不敢出城，只能眼睁睁地看着自己和城中军民的口粮变成了昔班尼汗的战马饲料。

半个月后，昔班尼汗对撒马尔罕城发起第二次进攻。这一次，他佯攻骆驼颈旁边的壁垒，在这里架起二十六架云梯，每一架云梯的宽度够容三个人同时攀登，在甘兰门也配备了七八百名精兵，午夜时，乌兹别克人从壁垒和甘兰门发起进攻，攻势凌厉，巴布尔疲于应付。岂不料昔班尼汗将真正的主力放在了绿松石门，并在这里率先得手，突入城中。

巴布尔得知绿松石门失守，忙召来哈斯木商议对策，哈斯木建议分出一支军队前往救援。哈斯木手下有一位年轻将领名叫胡契，原是普通的十人长，因他在守卫甘兰门的战斗中表现英勇，哈斯木慧眼独具，就在战场上将他擢为百人长。哈斯木交给胡契一支两百人的精锐骑兵，命他全力收复绿松石门。胡契以全速赶至绿松石门，正遇上那些因暂时获得胜利而得意忘形，在城中疯狂抢掠的乌兹别克人。胡契一刻也不耽搁，在愤怒的百姓协助下，将一半乌兹别克人杀死，一半逐出城外。

胡契立下了第二个大功，哈斯木将他擢为千人长。胡契两战成名，自此跻身于高级将领的行列。

昔班尼汗见一时无法占领撒马尔罕，不再发动进攻，只是从城外将城中的军民团团围困起来。巴布尔无计可施，派人分别向大舅汗马哈木、忽辛王以及二弟只罕杰尔求救，寄希望于他们能够派来援军。

派出信使的第二天，巴布尔忙里偷闲，邀请外祖母伊散夫人，参观城中某些著名的建筑，其中兰宫与王的澡堂，他第一次攻占撒马尔罕时曾与洪赛一起游历过，从那时起，他一直对这些壮美的建筑念念不忘。

伊散夫人像巴布尔一样对撒马尔罕这个美丽的城池充满好奇。作为思儿阿吉大将军的掌上明珠以及羽奴思汗的妻子，她在东察合台汗国生长和嫁人，后来又随二女儿居住在费尔干纳。她的一生中，除了她的家乡，她最熟悉的地方就只有安集延和阿黑昔。她清楚地记得，丈夫在去世之前，不止一次对她说过，他最大的遗憾是有生之年不能再看一眼撒马尔罕和哈烈。当然，比这更让他感到遗憾的是，他终其一生也无法重现先祖察合台汗的荣光。

成吉思汗的次子察合台活着时，察合台汗国是一个统一、强大的汗国。察合台死后，汗国在并不漫长的时间里一分为二。此后，不知有多少东察合台汗国和西察合台汗国的继承者梦想着将汗国重新统一起来，遗憾的是他们谁也没能做到，包括一度攻占了河中地区的图格鲁汗在内，最终还是败在了帖木儿王的手下。

察合台汗的后人风光不再。倒是与成吉思汗有着血缘及近密的族缘关系，又以娶了血统纯正的、成吉思汗家族的公主为荣的帖木儿王在撒马尔罕立都，接下来是帖木儿王的儿子沙哈鲁，孙子兀鲁伯……后来，兀鲁伯被自己的亲生儿子弑杀，帝国的权力始从帖木儿王的幼子沙哈鲁一系转给了王的次子米兰沙一系，米兰沙的孙子，头脑清醒、聪明能干的卜撒因再次统一河中地区，入主撒马尔罕。

可以说，从始至终，东察合台汗国的君主包括图格鲁汗在内都不曾长久君临撒马尔罕。自图格鲁汗去世，东察合台汗国更加江河日下。羽奴思汗空怀壮志，可惜无所作为，甚至他本人，都是作为人质在沙哈鲁父子身边长大。若非卜撒因王为了对付不肯归附的羽奴思的兄长，汗位的人选也不会落在羽奴思的身上。

这的确是一种遗憾，也是一种无可争辩的事实。

现在，身上兼有成吉思汗和帖木儿王两个世界征服者血统的巴布尔竟然实现了他外祖父的梦想，堂而皇之地回到撒马尔罕，成为它的主人。

接下来，人们不禁要问，巴布尔真的能够长期据守撒马尔罕吗？

真的能吗？

伊散夫人摇摇头，竭力想驱散掉在心头萦绕的忧虑。是啊，现在不是担心这些事情的时候，不管怎么说她都要好好看看这座美丽的城市，哪怕只是暂时的，她也应该为她的外孙感到骄傲。

快要进入城堡时，伊散夫人走下马车，坚持与巴布尔一起步行。在一位撒马尔罕向导的带领下，他们来到一座大清真寺的门前。大清真寺巍峨耸立在城堡的铁门附近，墙体完全用石头筑成，前面的拱门上刻有《古兰经》的诗句，诗句同样用巨大的字母写成，即使在四里之外也能看清。

诗句曰：

　　　　这是伊不拉欣奠立的基础。

巴布尔与伊散夫人做了祈祷，进入城堡的要塞，来到兰宫门前。

这座富丽堂皇的，并以其美轮美奂的雕刻而令人叹为观止的宫殿，由于战争和年久失修的关系，宫内宫外许多地方都显现出颓败的痕迹。巴布尔对外祖母说，他一定要在重新统一河中地区之后重新修葺兰宫，伊散夫人微笑点头，内心里，她像外孙一样知道，这个愿望多半没有机会实现。

游毕兰宫，已经快到吃午饭的时间了。

早晨出发前，巴布尔命侍从去买了烤馕、李干和布哈拉酒回来，此时，他们正等候在兰宫外面。

撒马尔罕有着世界上最好的面点师傅和烤匠，特别是其中一家叫作"仁慈之水"的烤店烤出的馕松软甜香，细细咀嚼，口感与银果面包颇有几分相像。巴布尔记得他第一次吃到这种烤馕时，仿佛又回到圣女泉边，在那里，他曾与银丝如雪的塞西娅以及像岩石一样朴实、像山风一样清新的巴巴乌拉和佐维然一道度过了他这一生中最短暂也是最快乐的时光。

再来说说李干和白酒。用产自撒马尔罕布哈拉地区的李子果肉晒成的李干既甜酸适口，又是润肠的最好果品。伊散夫人进城那天品尝过，对它的美味与药效赞不绝口。布哈拉地区的制酒工艺也堪称一流，整个河中地区味道最浓烈的酒就产自那里。巴布尔攻取撒马尔罕那天，用布哈拉酒来庆祝胜利，他手下的将士们开怀畅饮，每个人都喝得烂醉如泥。

烤馕、李干和布哈拉酒在撒马尔罕城的市场上都能买到，巴布尔特意吩咐侍从要到城中最有名最正宗的店铺去买这几样东西。从兰宫出来，马车载着伊散夫人和巴布尔来城东的迪尔库夏花园，从绿松石门沿着一条两边栽种着白杨的林荫大道来到建在园中的一座巨大亭阁，巴布尔请伊散夫人坐在侍从带来的红色天鹅绒上，他们打算就在这里用餐。

伴着徐徐微风和幽幽花香，一顿简单的午饭被祖孙二人吃得浪漫无比。吃过午饭，向导又引着巴布尔和伊散夫人来到"王的澡堂"。澡堂建在距兀鲁伯王兴建的宗教学院和一个有着高高圆屋顶的寺院不远的地方，巴布尔想让外祖母在这里泡个热水澡，放松一下。澡堂占地面积很大，里面的地面全用五颜六色的石头铺成，十分美丽。在东察合台汗国和费尔干纳，伊散夫人从来没有见过设施如此齐全的澡堂。

洗过澡已是下午，游玩算是告一段落。伊散夫人很享受这种与心爱的外孙相伴游玩的时光，不过，她不希望巴布尔为了陪她，耽误处理政事。

巴布尔想写些东西，派手下人去买了不少高品级的白纸送回他的军帐。撒马尔罕的造纸技术数一数二，以前，父亲经常会托人带些产自撒马尔罕的纸张给他和姐姐练字写诗。后来，他开始写回忆录时，又派人专程前往撒马尔罕为他采购大量的这样又细又白的纸回来。

2

外援迟迟不至。

为了缓解内心的压力，巴布尔在看书或休息的时候，偶尔会听洪赛弹弹琴唱唱歌，有时也请乐师为他演奏。

洪赛与巴布尔的老师舍黑一样，都是乌马尔王生前最信任的大臣。与舍黑相比，巴布尔发现他本人更喜欢跟谦逊谨慎又豁达开朗的洪赛相处。作为学生，巴布尔算得上很了解他的老师舍黑了，舍黑为人精明干练，对政事多有匡补，对巴布尔本人也忠心耿耿，可他有一个致命的缺点：贪淫好色。

这许多年来，舍黑倚仗乌马尔和巴布尔父子赋予他的权势，对肉欲贪得无厌，他甚至像巴布尔的三伯马合谋王一样，在家中蓄养了许多娈童。而这，恰恰是巴布尔内心深处最为反感的一件事情。

洪赛不同，他绝没有舍黑的恶习。巴布尔时常会有一种奇怪的感觉，从小到大，他还从未见过比洪赛快乐、更不懂得忧愁的人。当他找洪赛相陪时，为了逗他开心，洪赛经常会即兴弹奏或演唱几首既活泼又诙谐的歌曲，洪赛的歌声优于他弹琴的技巧，他的嗓音豪迈奔放，动人心魄。

巴布尔从不找阿依霞做伴。对于有生以来的第一次婚姻，巴布尔表现出出人意料的羞怯与畏缩，他始终无法像母亲所希望的那样与阿依霞自在相处，更谈不上恩恩爱爱，亲密无间。事实上，许多时候他倒更像他的蒙古祖先，愿意住在设于城边的军帐中，与将士们待在一处。

不记得从哪天开始，每天下午时分，巴布尔都会听到从他军帐后面的树林里隐隐约约传来悠扬、美妙的琴声，这琴声让他如痴如醉，以至于四天或者五天之后，他产生了一个愿望。这愿望一经产生，就转化为一种强烈的不可遏制的冲动，巴布尔为这冲动所驱使，决定进入树林里一探究竟。

他不想惊动舍黑，听老师对他冠冕堂皇的训诫，他在悄悄出行时只带了洪赛和几名武艺出众的侍卫。

寻找琴声的经历好似一次有趣的探险，越往树林里面走，越觉得琴声千回万转、无处不在。所有的人都被这天籁般的琴声迷住了，包括洪赛在内，他怀着几分嫉妒几分不甘心，语调惆怅地对巴布尔说，从今以后，他只能保留一展歌喉的权利，而再不会去碰他所喜爱的六弦琴或者竖笛了，倘若他在今天之后仍旧自不量力的话，一定会成为他人的笑柄。

对于洪赛的"自省"，巴布尔一笑置之。他所猜测的事情要美妙许多，他的脑海里不断臆测着琴师的模样，那一定是一位像他的外祖父一样喜欢穿着白色的长袍，颏下飘着整齐的胡须，举止优雅、气度高贵且聪明非凡的长者。他怀抱着这样的想象循着琴声站到了琴师的身后。

正如他所料。琴师果真穿着一件纯白色的长袍，盘膝端坐在古松下的一方青色的高台上。巴布尔看到的只是一个背影，可那优雅的背影呈现出来的绝世风采足以令他浮想联翩。

琴师显然还不知道几个不速之客就要扰乱他的宁静了。他专注地弹着琴，他的世界里只有琴弦和琴声。阳光透过枝叶洒在他白色的长袍上，映出斑驳的光影，他置身于光影与美妙的旋律中，逍遥得像一位世外高人。

巴布尔蓦然感到自己的鼻尖和眼窝隐隐有些酸涩。似乎已经很久，至少从父亲去世的那一天起，他就很难再有这般心动的感觉了。在不知不觉中，他的心越来越像辽阔的草原上孤独屹立的石头，石头的外表被岁月风化得凹凸不平，石头的里面更加冰冷坚硬。心变成了石头未尝不是一件可悲的事情，除此以外，巴布尔实在不知道自己还能用什么样的姿态去面对艰辛的环境。

巴布尔原以为，他一生注定要这样度过了。

这一刻，他伫立在琴师的身后，一颗心柔软地像奶油一样，接着，奶油融化了，变成了两颗泪滴，缓慢地流过他的面颊。

琴声由急切转为舒缓，又由舒缓转为激昂，巴布尔的一颗心也随着琴声起伏不定。兴之所至，琴师改变了坐姿，几乎整个人都俯在了琴面之上，直到手指灵活地拨出最后一串音符，他才重又坐直了身体。

最后一串音符，绵长、伤感、悠扬，戛然而止。

当风中的回音也从耳边消失时，天地间刹那归于寂静。

良久，琴师举起双手，伸向天空。他感谢大自然赋予他的灵感。这时，他听到洪赛轻微的咳嗽声。

他回过头。

所有的人在他回头的一刻呆若泥塑。

3

这个琴师……

不是长者，绝对不是！

琴师像玉石一样润洁的脸上哪有一星半点衰老的痕迹？不！只是这样说分明还不够准确，事实上，让巴布尔和洪赛以及侍卫惊讶不已的是，他们一心以为如此超凡脱俗、品格卓越的琴师，根本就是一位十五六岁的少年，或者说，根本就是一位比盛开的水仙花还要俊美还要清雅的少年！

面对突然出现在自己面前的一群不速之客，少年同样遮掩不住满脸的惊讶表情，他呆呆站着，红润的嘴唇微微张开，一双明亮的大眼睛也在浓密的睫毛下灵活地转动着。忽然，他在人群中看到了巴布尔，稍稍犹疑了一下，脸上随即绽开了比带着露珠的花瓣还要可爱的笑容。

巴布尔早被眼前这不可思议的一幕惊得目瞪口呆，对于少年友好的表示，他视而不见，不语不动。他甚至忘记了拭去腮边可能会让他觉得丢脸的泪痕，也不知道他脸上的恍惚神情正在融化他之前所有的刚毅。他甚至不知道，这一刻，他的表现比少年本人还要羞涩，还要脆弱。

不知过了多久，少年站在青台上，开口了，他的声音像他的琴声一样清越动听，"你们是谁？从哪里来？"

洪赛看了巴布尔一眼，他很愿意代主人做出回答，"这是我们的王，巴布尔。我们来自军营。"

少年显然并不意外，相反，他倒是为自己确定了某件事情而沾沾自喜。他跳下青台，以右手抚胸，深深鞠躬，行了一个典型的东察合台汗国的觐见礼。巴布尔依然定定地望着他，既不知道该说些什么，又像一个女孩子一样臊得满脸通红。

天真的少年丝毫看不出巴布尔内心的慌乱，他用他那好听的嗓音向巴布尔做着自我介绍，巴布尔却在极度羞怯中只听清了其中几句："我叫八部里，是东察合台人，我舅父康巴尔是您……"

康巴尔是蒙古人，年幼时做过羽奴思汗的奴隶，后因战功被羽奴思汗擢为将军。库夫人出嫁的时候，他和哈三都是作为库夫人的媵人来到费尔干纳王宫，得到乌马尔王的重用。康巴尔的个性十分独特，他不像哈三那样能说会道，也不会刻意逢迎，每当乌马尔王对他委以重任，他必定全力以赴，既勤奋又睿智，可一旦事情做完，他就会变得极其懒散。

巴布尔继承父位后，康巴尔由于身体缘故，在巴布尔一朝并没有担任任何重要职务，尽管如此，巴布尔对他宠遇依旧。

洪赛与康巴尔的私交甚好，听说少年是康巴尔的外甥，不免心生喜爱。他瞟了眼神情尴尬的巴布尔，笑眯眯地对少年说："我叫洪赛，是你舅父的朋友。我经常去你舅父那里，怎么以前从来没有见过你？"

少年微笑了。他微笑的时候，精致的鼻翼和敏感的唇角都调皮地抖动着，眼睛里也闪现出紫玉一般动人的光泽。他诧异于巴布尔的沉默，但他很愿意回答洪赛的问题，"三年前，我随家人搬到了撒马尔罕居住。这一次，王的军队进城后，舅父把我接到了他的军营。"

"莫非，这些天都是你在弹琴？"

"是啊，我来军营时间不长，除了舅父，没有多少认识人，弹琴可以解闷。"

"这六弦琴，谁教你的？"

"我父亲。他在羽奴思汗的宫廷做过乐师。"

"那你父亲……"

"他几年前去世了。三年前，我母亲改嫁给了我的堂叔，这也是我搬来撒马尔罕居住的原因。"

"你母亲可是康巴尔的姐姐？"

"是。我母亲……去年年初，我母亲也……舅父知道了我母亲的事，才将我接到了他的身边。"少年说着，语气变得沉重起来。

洪赛有点后悔自己勾起了少年的伤心事，他尴尬地轻咳了几声，匆匆转换了话题，"原来是这样。嗨，我说，老康巴尔居然有你这样一位琴艺出众的外甥，真是他的福气。我干脆直说吧，唔，小伙子，不是夸你啊，你才多大的人，这弹琴的技艺就出神入化，炉火纯青了。真不知道你是怎么做到的！我想，就算你父亲在世，与你相比恐怕也得甘拜下风吧？"

　　说到弹琴，少年果然重又变得开朗起来。他得意地向洪赛和巴布尔眨眨眼睛，巴布尔心虚地移开目光，脸上的红晕更加浓重了。

　　少年不无得意地说道："父亲也像您这样夸赞过我呢。我十二岁生日那天，他喝多了酒，突然对我说，他的儿子我从小就很特别，与别的孩子不太一样。他还说我无论对乐曲的感悟力还是弹琴的技巧都比他这位汗国最有名的琴师还要出色，他已经做不了我的老师了。对于他而言，弹琴是他经过后天不断努力才取得的技巧，对于我，却如同长生天赐给我的一样唾手可得的礼物。最让他感到奇怪的是，在我的心里似乎就装着一本本乐谱，我需要做的只是用我的双手把它们展现出来而已。或许，我出生就是为了做一名琴师吧，弹琴就是我最快乐的事情。"

　　洪赛频频点头。他见巴布尔从始至终沉默着，以为巴布尔太过腼腆以至于找不到话说，未做他想。他个人倒是极欣赏少年，尤其是少年坦率诚实、天真烂漫的性格。他略一思索，自作主张地对少年发出邀请，"八部里，你的琴的确弹得很好，是我见过的琴师里最好的。以后，你可以经常过来给我们巴布尔王演奏吗？我想，你的琴声会让他得到放松。"

　　少年的脸上旋出欢快的笑靥。他将探询的目光投向巴布尔，巴布尔古怪的表情令他琢磨不透。少年有几分沮丧，对于洪赛的邀请，他既没敢答应，也没敢拒绝，只是无可奈何地向洪赛笑了笑。

　　洪赛回过头，用尊敬的口吻低声询问："王，这样可以吗？"

　　巴布尔没有回答。

　　"王，我们回去吗？"洪赛又问。

　　巴布尔依然一言未发。

　　洪赛不得不提高了嗓门："王，我们回去吧。"

　　巴布尔像从梦中惊醒一样，迷惑地看了看洪赛，随后，他清醒过来，目光仓促地掠过少年的脸。

　　他的目光正好遇上少年探询的目光。

　　巴布尔的内心刹那间腾起了烈火。火焰无情地烤炙着他，他发现自己的一颗心好似擂鼓一般"咚咚"跳个不停。在突如其来的寂静中，他怀疑所有的人，包括少年在内都能听到他心跳的声音，这让他感到羞愧无比。怀着莫可名状的心情，他一言不发，像逃一样掉头离去。

洪赛与侍卫急忙跟上了巴布尔。走出几步，洪赛回头看了少年一眼，他恍然看到水仙花一样的少年吃惊的眼神。他的内心同样感到不可思议，如此粗鲁无礼，这可不是他所熟悉的王。

王，他到底怎么了？

4

回到营地，巴布尔对洪赛说，他要一个人看会儿书，谁也不要打扰他。洪赛忙着去找老朋友康巴尔喝酒聊天，答应着，离去了。

巴布尔将自己关进了王帐。

傍晚，库夫人派了两个侍女来军帐催请儿子到她那里吃晚饭。尽管一点胃口没有，巴布尔还是收起诗稿，乖乖地跟着侍女走了。巴布尔知道，要是他不去，一定会引起母亲对他的担忧，到时候，母亲不只会亲自来看望他，想必还会询问他发生了什么事，而他的心事，又万万不能让母亲知道。与其惹来这样的麻烦，倒不如像任何事都不曾发生过一样。

库夫人的帐子离巴布尔的王帐不远。在巴布尔流离失所的艰难岁月里，她始终陪伴在儿子的身边。一般而言，她是一个传统的女性，并不乱用自己的智慧，只有当儿子面临危险时，她才会挺身而出。

嫁给乌马尔王多年，库夫人也未扔掉她在东察合台汗国做小公主时养成的饮食习惯，这种习惯的形成来自于她父亲羽奴思汗的影响。比如，她的早餐多以奶茶和奶制品为主，午餐讲究搭配合理、营养丰富，并且会喝上一杯葡萄酒。晚上，哪怕是参加宴会，她也只喝一碗酸奶或鲜奶，外加一片肉干或果干。她的这种习惯使她在生下含画和巴布尔后仍然保持着优雅的体态。

巴布尔很爱他的母亲，对母亲的许多要求都言听计从，包括他的第一次婚姻，都是母亲一手安排的。

阿依霞是巴布尔的堂妹同时也是第一个成为巴布尔妻子的人。这个双方父母在世时就为他们定下的婚约并没有给两个正当妙龄的年轻人带来新婚应有的快乐，巴布尔对婚姻的躲避渐渐让阿依霞失望、不满。十八岁的阿依霞，个性冷淡自持，就算她初为人妇之时，确曾产生过将自己托付给巴布尔的愿望，随着时间的推移，她也早就抛却了这个念头。

她是阿合马王骄傲的女儿，她的骄傲不允许她向巴布尔低头。

巴布尔成婚后，大部分时间都与阿依霞在母亲的帐子吃晚饭。在母亲面前，他们一向很有默契地做出夫妻恩爱的样子，一边吃饭，一边顺着母亲感兴趣的话题兴致勃勃地闲聊。他们做得很好，不露丝毫破绽，这使库夫人多年来一直以为自己为儿子选择了美满的姻缘。这个晚上，巴布尔尤其表现得格外开朗、健谈，阿依霞应和着巴布尔的兴奋，也不时插上几句逗趣的话。儿子和儿媳的孝心显而易见，对母亲来说，这是她在饱尝颠沛流离之苦后最幸福的事情。

事实上，与母亲一同用餐，也算得上巴布尔与阿依霞最亲密的时光。一旦离开了母亲的帐子，阿依霞就会变得比巴布尔还要沉默寡言。她落寞的神情总让巴布尔有一种负罪感，似乎阿依霞不能享受荣华富贵以及她一生所有的不幸，都是巴布尔的不肯安分造成的。久而久之，巴布尔对他的第一次婚姻不再抱有幻想，甚至阿依霞那美妙的身体也变得索然无味。

时常，巴布尔会想起塞西娅给他讲过的故事。他只能停留在自己的想象里憧憬着沙哈鲁王对欧乙拉公主所怀有的刻骨铭心的爱情。他不知道，这种惊心动魄的爱情是否也能降临在他的身上？他的第一次婚姻平淡无奇，让他望而却步，他不能奢望这个世界上还有另外一个欧乙拉。

他很想知道，一个被伟大的沙哈鲁王终其一生爱恋着的女人究竟是个怎样的女人！他尤其羡慕沙哈鲁王，这个温文尔雅的君王不仅一手缔造了帖木儿帝国的太平盛世，而且个人的情感生活丰富多彩。至少，在他的一生中曾经出现过一个女人，这个女人让他爱到生死难忘。

然而，八部里不是欧乙拉公主，他只是个少年，巴布尔对他在那一刹那产生的感觉，恰恰与他坚守的道德观格格不入。

他不可以如此。

他要让自己忘记，他必须让自己忘记。

他很明白，他做不到。

他从小那样厌恶在帖木儿帝国统治阶层盛行的蓄养娈童的风气，而今，与八部里的偶遇，却让他在为少年的技艺惊叹的同时，终于还是滑向了心动、陷落的深渊。他几乎每时每刻都在思念着他，这个水仙花一般的少年，像水仙花一样盛开在他的眼眸深处，想到他，他会心慌意乱，看到他，他会莫名地心跳、脸红，而他过去，是多么惯于不动声色啊。

他问自己，他是不是疯了？答案是，没错，他确实疯了。否则，他就无从解释近来时常在他心中和体内涌动的汹涌澎湃的激情。否则，他更不能原谅自己，因为这突如其来的迷乱有悖于他的做人准则。他一次又一次地告诫自己，该将自己的心收回了，该让一切都回到与八部里未见的时刻。他越是想忘记，八部里的身影越是挥之不去。

在极度的思念与挣扎中，巴布尔用波斯文写下了这样的对句：

没有一个人像我这样蒙受屈辱、忧伤和钟情。

也没有一个情人像你那样，对我残忍和漠不关心。

他还用突厥文写下如下诗句：

> 恋爱使我疯狂不能自持，
>
> 不知道漂亮的情人是否也钟情一致。
>
> 无论在漫游中，还是在停留时，
>
> 我同样没有宁静。
>
> 我既无力行走，也无耐心停留，
>
> 这是你，我的心，使我成为这种状况的俘虏。

这是巴布尔一生中最为迷乱的日子，在疯狂的爱恋与克制中，他时常光着脑袋，赤着双脚在山地和平原独自漫游。他一心沉浸在自己的思绪中，对于周围的人、周围的事全都视而不见。

有时，他像一个疯子一样穿过一条又一条街巷，走到花园和郊外。他走走停停，并非出于自己的意愿，无论在漫游中还是停留中，他的心都没有过片刻的宁静。

这种状况持续了差不多一个月。有一天，巴布尔要到前面的军营去，经过一条街弄时，突然看到八部里迎面走来。八部里与巴布尔不同，从本质上来说，他是个爱琴如命、单纯快乐的少年，他很喜爱也依恋巴布尔，但他不会深究自己的内心，更不会违背意愿躲避。他没有那么复杂的经历，生活对他来说就如同他酷爱的音乐一样，传递的只有满足，只有快乐。

此时此刻，在如此僻静的街弄里，能与巴布尔不期而遇，八部里又惊又喜。他停下来，恭恭敬敬地向巴布尔施礼。对于他的问候，巴布尔既没敢回应，也没敢停留，他竭力装出一副若无其事的样子，根本不知道自己是怎么从八部里身边走过去的。那一刻，离八部里越近，他越觉得全身都在轻微地颤动，手心里全是攥出来的汗。他拒人于千里之外的冷漠虽令八部里纳闷，却不令他难过，他默默地站着，直到巴布尔的身影消失不见，他才从相反的方向离开。

萨利赫（《昔班尼汗纪事》一书的作者）那著名的波斯文对句似乎很能反映巴布尔的心情：

> 我见到自己的朋友时总是感到难为情，
>
> 我的同伴看着我，我却看着别处。

晚上，洪赛来到八部里的营地，邀请八部里去王帐弹琴。以前，八部里也去过几次王帐，每次与巴布尔见面，巴布尔总高踞王座之上，并刻意将一张脸隐藏在大帐朦胧的薄暗中。

八部里演奏时，他安静地听琴，八部里演奏完毕，向他告辞时，他会让洪赛赏赐一些珍贵的物品给八部里。他所做的只有这些，除此之外，他从不邀请八部里一同用餐，也几乎从不与八部里交谈。今天，八部里准备了一支新曲《思乡谣》，这是他特意为巴布尔创作的。身为远在中亚的蒙古人，哪怕生活习惯和宗教信仰早已突厥化，藏于灵魂深处的某些东西却永远不会改变。巴布尔终其一生，都在渴望着踏上东察合台汗国的土地，尤其是喀什噶尔（今新疆喀什），八部里就出生在那里，他的外祖父羽奴思汗最后让灵魂留驻的地方，也是那里。

八部里先弹了几支在东、西察合台汗国蒙古人中耳熟能详的乐曲，最后，他弹起了《思乡谣》。这是他用心和灵魂创作的乐曲，也是他送给巴布尔的最好的礼物。他怀念家乡，也欣慰于与巴布尔的相遇，假如可以，他愿意留在巴布尔的身边，他相信这是他的宿命。

惆怅与无怨，像从心底流进眼中的清泉，乐曲声中，巴布尔身不由己地走下王座，默默地站立在八部里的面前。

这是第一次，他与他倾爱的少年离得那样近。

一曲终了，巴布尔眼窝酸涩，两行泪水悄然飘落。

侍卫搬来一把椅子，放在巴布尔的身后，巴布尔坐下来，凝视着八部里微微低垂的脸容。

八部里的脸容绝美精致，这是在梦中也会让巴布尔心跳加速的脸容。

这究竟是一场怎样的缘分呀！他有勇气接受吗？他有勇气放弃吗？

八部里似乎还沉浸在因怀念故乡而引发的淡淡忧思中。他偶尔抬起头，发现巴布尔正忘情地凝望着他，脸上的泪痕尚未揩净。

45

八部里愣了愣，试探着唤了一声，"王。"

巴布尔心不在焉地应了一声。

"王，您……"

巴布尔如梦初醒。只不过短短的刹那，他的全身便如被火烤炙着一般，燥热得让他羞愧难当。他第一个念头是赶紧逃开，怎奈他的身体如同被钉在了椅子上，既无法动弹，同时也无法克制另一个欲望油然而生：触碰一下八部里那双修长灵活的手。

他是否可以拉一拉这双能弹出如此美妙乐曲的手？

他是否可以将这双手的主人永远留在自己的身边？

他是否可以，是否可以，是否可以……

"王，您喜欢刚刚那支曲子《思乡谣》吗？"八部里的声音仿佛从天边传来，带着与生俱来的纯净与天真。

"《思乡谣》？"巴布尔喃喃。

"这是我特意为您创作的乐曲。"

"特意……为我？"

"是。我听舅父说，您写过一首怀念遥远故土的诗，我没读过，可我好像能体会您的心情。"

一个奇怪的念头一闪而过，巴布尔的心蓦然一颤，一沉，脸上的积热也消散了许多，"你……你要离开……离开我……我这里吗？"他居然生平第一次变得结结巴巴起来。

八部里不解，"离开？为什么？"

"思乡，难道不是你的心愿吗？"

"我想陪您一起去看看您所向往的那座美丽都城。不是一个人，我想跟您一起回去。"

"跟我一起？想跟我一起回去？"

"是。"

八部里的语气中没有丝毫犹疑。巴布尔释然的同时，也为少年的坦率所打动。虽然他仍然无法确定该如何面对和处理这份感情，但有一点他很清楚，他是无法让八部里离开自己身边的。刚才那一刻仿佛置身火狱的痛苦，一旦变成持久的折磨，他不知道自己是否可以承受。

那么，就明天吧。让他再好好地想一想，明天，他一定会有所决定。

"你……"

"是，王。"

"明天有空吗？"

"有。"

"明天这个时间，再过来吧，我有话要对你说。"

"好，明天我会准时觐见。"八部里起身，向巴布尔告辞。

巴布尔没敢看八部里的眼睛，直到八部里向他鞠了一躬，转身离去，他才走到帐门边，久久目送着少年远去的身影。

明天，天知道他会说些什么，会做出怎样的决定！

5

在约定的时间里，巴布尔焦急地等待着八部里。

昨天，八部里离去后，母亲仍像往常一样，派人请儿子和儿媳去她的寝帐吃晚饭。母亲为儿子准备了酸奶、面包、烤肉、葡萄酒，为儿媳准备了她平素最喜欢吃的甜瓜和清淡可口的拌饭。这顿还算丰盛的晚餐巴布尔根本食不下咽，虽然，他一如既往地迎合着母亲的话题，却记不清自己究竟说了些什么，他努力想表现得愉悦正常，却无法掩饰疲惫的神态。母亲体恤儿子为军中事务操心，这一次并没有暗示巴布尔到阿依霞的帐幕中安歇。

吃过饭，库夫人让儿子和儿媳回去休息了。告辞母亲出来，在门口，巴布尔用征询的口吻问阿依霞："我送你回去吧？"

阿依霞客客气气地拒绝了，"不用，王。您很疲惫，请早些安歇。"

巴布尔顿时松了口气。今晚，他要做出人生中最重要的决定，原也不想受到任何人的打扰。

阿依霞的帐幕离库夫人的帐幕不远，她从巴布尔的身边走开，再未回头。巴布尔目送着她，眼中并没有她的身影。他的心，他注视的目光都给了八部里，他担心这样的犹豫不决，终究会使他与那个有着非凡天赋的少年失之交臂。

他要这么做吗？他可以这么做吗？他这么做了，又与他的三伯王马合谋、堂兄伯升鼐儿以及那些酷爱蓄养娈童的王公贵族有什么区别？

也许本质上还是有所不同。他不会蓄养娈童，更不会贪得无厌。他的身边有八部里一人足矣，他对八部里的感情，并不是以肉欲作为基础，他这一生，只会对八部里一个人敞开心扉。

这份心意，这种纯粹的爱慕，他必须要格外珍惜才对。

一夜辗转反侧，天色将明时巴布尔总算拿定了主意。他蒙眬地打了个盹就醒来了，整整一个白天他都与将士们在一起，忙碌起来才能让他强压住焦灼不安的心潮。直到黄昏，他才回到自己的王帐。

在约定的时间里，八部里没来。

母亲派人来请儿子去吃晚饭，巴布尔找了个借口，委婉地拒绝了。他几度踱出王帐，翘首盼望，可是，八部里始终没有出现。

莫非，八部里出了什么事不成？

巴布尔再也不能若无其事地等待下去了，他派人传来洪赛，要洪赛去看看八部里是否在他舅父康巴尔的营地。

不出半个时辰，洪赛回来了，与他一道前来的，还有康巴尔。

昨天下午，洪赛带外甥八部里到王帐弹琴康巴尔是知道的，当晚，外甥没回营地，康巴尔只当外甥留宿王帐，心中并未介意。整整一个白天，康巴尔忙着督促手下工匠制作箭矢，既没有顾上与巴布尔见面，也没有顾上回营地休息。晚饭，康巴尔是与工匠们一起吃的，吃饭时，他还与工匠们商议了改进攻城器械诸事。众所周知，康巴尔是个有趣的人，他在做一件事情时，极其勤勉也极其认真，只有当一项任务全部完成后，他才会重新变得懒散。

晚上回到营地，康巴尔才知道外甥仍未回来。他正考虑是否要到巴布尔的王帐看看外甥是否还在那里，洪赛恰在这时来到他的营地。听说外甥昨晚离开王帐却一夜未归，康巴尔顿时慌了神，随洪赛来到王帐。

两个人见到巴布尔，将情况一说，巴布尔的心中顿时涌上了不祥的预感。他强作镇静，召来当日的守帐侍卫——询问八部里离开时的情况，大家都只看到了八部里背着六弦琴离开王帐，其中还有一个人看到八部里穿过弄堂——这是八部里返回舅父营地的必经之路——此后，便再没有人看到过八部里。

这还真是匪夷所思，一个大活人，居然就这样不翼而飞了。

洪赛猜测八部里是不是遇到了什么特殊情况，以致他未向舅父说明便只身返回了喀什噶尔？事实上，洪赛知道这种可能性微乎其微。一个少年，背着六弦琴，独自一人身无分文地返回家乡，这恐怕是世上最没可能的事情。何况八部里拜别巴布尔时，还兴高采烈地答应明天会再来巴布尔的王帐弹琴。

事到如今，对于一筹莫展的康巴尔和巴布尔，任何一线希望都被他们当作救命稻草。巴布尔当即修书一封，由康巴尔亲自带领一队"箭速传骑"火速驰往喀什噶尔。巴布尔交代康巴尔，沿途随时注意八部里的行踪，但凡有一点点确切的消息，都要立刻传回王帐。

时间在等待的煎熬中变得无比漫长，巴布尔茶饭无心，精神恍惚，很快瘦了一大圈。库夫人尚且不知儿子的心事，变着法为儿子改善伙食，增加营养，巴布尔不忍母亲日日为他忧心，无奈还得打起精神处理军务、政务。

一个月后，康巴尔从喀什噶尔返回，他此行一无所获。八部里，这个有着水仙花一样容颜的少年，从此消失在巴布尔的生活中。

巴布尔咽下了懊悔的泪水，也收藏起无尽的思念。他与康巴尔谁都不再提起八部里，就像八部里从未出生在世上一样。如今的巴布尔只剩一个愿望：援军早日到来，一旦撒马尔罕之围解除，他必向昔班尼汗报仇雪恨。

6

转眼，撒马尔罕城遭到围困已逾百天。此前，因城中的粮食和给养告罄，多数人只能以狗肉和驴肉为食，用桑叶和榆钱喂马。人们对巴布尔感到失望，相约三三两两逃出了城池。后来，巴布尔身边一些亲信将领也抛弃了巴布尔，或逃回安集延，或前往塔什干投奔了马哈木汗。昔班尼汗对城中情况了若指掌，不失时机引军来到情人洞，从情人洞向城中发起了猛烈进攻。

巴布尔和他的军队不堪再战，被迫撤出撒马尔罕。巴布尔第二次占据撒马尔罕，只不过坚守五个月之久。

昔班尼汗并不想放过他这位年轻的劲敌，亲自引军追击。巴布尔安排英勇无畏的将领胡契和库耳勒保护家眷先行撤去，他与哈斯木等人留下来断后。他在由家眷组成的队伍里见到了外祖母伊散夫人和母亲库夫人，可没有看见姐姐含画。触目所及，到处都是乱糟糟的场面，大家自顾不暇，谁也不知道含画究竟是在什么时候同他们走散的。巴布尔的外祖母和母亲急得要命，巴布尔担心再耽搁下去，家眷们都有危险，只好劝说她们先行离开，由他设法寻找姐姐。

库夫人是个明智的女人，为了不拖延时间，增加危险，她听从儿子的劝告，与母亲一道带领家眷先行撤走了。

昔班尼汗的骑兵很快追了上来，巴布尔以"弓箭墙"相迎，勉强打退了昔班尼汗的第一次进攻。

昔班尼汗整军再攻，冲破了巴布尔引以为傲的"弓箭墙"，双方在马上展开了激烈厮杀。巴布尔的身边，不断有人伤亡，倒在他的脚下，有些是战友，有些是敌人。与昔班尼汗的军队相比，巴布尔一方伤亡尤其惨重，将士渐渐不能支撑，想要撤退，却被老谋深算的昔班尼汗挡住了去路。

腹背受敌，巴布尔无路可退。

巴布尔跳下战马，跪在一棵树下向真主祈祷。他决定身赴死地，与昔班尼汗战斗到哪怕不剩一兵一卒。

巴布尔重新跨上战马时，一件意外的事情发生了，昔班尼汗对巴布尔的逼迫有所松懈，后来，索性只守不攻，围而不打。

巴布尔内心犹疑，趁着这个机会，让军队在马上喝口水吃点东西，稍事休整。他不敢掉以轻心，严阵以待。

此时，太阳西落，昔班尼汗派出两名使者面见巴布尔，要求他到阵前与之一会。巴布尔猜不透昔班尼汗葫芦里卖的什么药，无论如何，他并不畏惧面对昔班尼汗，身为帖木儿王的六世孙，他继承了祖先的荣誉感和勇气。

在约定的时间内，昔班尼汗和巴布尔在将士们的簇拥下，各自出现在两支队伍的最前列。

巴布尔用鞭鞘指着昔班尼汗，问道："你要我出来有什么话说？"他声音洪亮，脸上丝毫不见委顿之色。

昔班尼汗微笑了，"年轻人，你这么跟我说话，不觉得太没礼貌吗？"

"事实上，我已经很给你面子了。有什么话，你就说吧。但是，我有言在先，我是决不会向你屈膝投降的，你若怀有这样的目的，我劝你不必白费唇舌。是死是活，我们战场上见。"

"真是个不知道天高地厚的年轻人，幼稚，幼稚啊，幼稚到无惧生死！我得说，我们第一次见面，我很欣赏你困兽犹斗的勇气。你放心，我不是来劝你投降的，我与你见面，只是为了告诉你，我打算放你走。我希望你与我作对这是最后一次，下一次，我对你绝不会心慈手软。"

巴布尔一愣，"你说什么？"

"没什么，只是放你走而已。"

"放我走？为什么？"

"为什么要问为什么？放你走，对你而言不是好事吗？"

"我没有稀里糊涂接受敌人恩惠的习惯。"

"看来，你也知道这是我给你的恩惠？"

"少说废话。你必须告诉我，你为什么突然决定放我走？"

"这个嘛，你感谢一个人吧。"

"感谢……谁？"

昔班尼汗偏了偏头，一辆马车缓缓来到昔班尼汗的身边，停了下来。昔班尼汗亲自上前拉开车门，一个穿着一袭白色衣袍、戴着华贵头饰的年轻女子轻盈地跳下马车，昔班尼汗温柔地挽着她的手，引她来到阵前。

年轻女子站在昔班尼汗的身边，她的周身笼罩着黄昏晕红的光芒，显示出一种倔强的孤独。

她注视着端坐在马上的巴布尔，巴布尔也注视着她。

许久，巴布尔如同大梦初醒一般，喃喃唤道："姐姐。"

含画的嘴角牵动了一下，转瞬，所有的伤感与留恋都被她从脸上抹去，她沉默得如同一尊石像。

"姐姐！"巴布尔大声喊了起来。他几乎想要催马跑向含画，但含画用果决的、冰冷的目光阻止了他。

"姐姐，姐姐，这到底怎么回事？"

含画开口说话了，她的语气很严厉，严厉得让人感到陌生，"巴布尔，你要安静地听我说。"

巴布尔愕然地望着姐姐。

含画几乎没有任何停顿，声音清晰地说了下去："巴布尔，你记住，我已经是昔班尼汗的女人，为了我，他答应放过你，放过我们的家人，放过追随你的这些弟兄。如果你还是我从小照看长大的弟弟，如果你还把我当成你唯一的、至亲至近的姐姐，如果你还念着你身边的人追随你的忠诚，你就不要一意孤行，继续与昔班尼汗为敌。你听姐姐的劝告，赶紧离开这里，和外祖母、和母亲回到安集延去吧，否则，你就辜负了我的所有付出。我向真主发誓，只有看到你平安地离开这里，我才会选择活下去。只有我心甘情愿地活下去，我们姐弟才有重聚的一天。"

无须含画再多说一个字，巴布尔已然明白了一切。屈辱的泪水一下子涌出了他的眼眶。没想到，由于他的失败，他这位堂堂的帖木儿王的子孙，居然要靠着一个女人用自己的贞洁来换取他的生命。

他真没用！在失去理智的瞬间，他第一次觉得自己活着都是莫大的耻辱。他下意识地看了看垂落的剑锋。

"巴布尔！"

含画的声音变得尖锐起来，她的手中不知何时多了一把锃亮的匕首，她将匕首对准了自己的胸膛。

不只巴布尔，昔班尼汗也被含画这个突如其来的举动惊呆了。昔班尼汗想夺下她的匕首，可又怕这样一来会伤了她，情急之下，纵横捭阖、所向无敌的大汗唯一能做的，竟是用一只手蒙住了眼睛。

"含画，求你……"他的声音里透露出一种古怪的脆弱。

直到这一刻，他才发现他的内心是多么迷恋她。

"姐姐！"巴布尔翻身跳下马背，跪在地上。

"姐姐，不要！"

含画没有移开匕首，冷峻的目光逼视着巴布尔。她从童年时代就在替母亲照看巴布尔，直到他长成让她骄傲的男子汉。可以说，她太了解她心爱的弟弟，为了他，她可以做任何事，包括献出贞洁，献出生命。

"姐姐……"

"巴布尔，你选择吧，要我死，还是从我的眼前走开？"

"姐姐，我走，我走！"

"走！马上走！不要让我再看到你！否则……"

"我懂，我会走的！姐姐，你千万不要做傻事，你要等着我，我发誓，我们一定还会再见面的。"

"好。我记住你的诺言，我等待你兑现诺言！"

巴布尔强忍悲伤，最后一次向姐姐拜别。他翻身跃上马背，扬鞭而去。他在马上挺直了身躯，再没有踌躇回顾。

含画目送着弟弟远去，脸上浮出一丝虚弱的笑意。昔班尼汗一把夺下她的匕首，扔在地上。

含画望着昔班尼汗，昔班尼汗的眼睛里闪射出灼人的光彩。仅仅片刻，他做了个回师的手势。

含画知道弟弟安全了，突然之间，她温驯得如同一只小猫，任由昔班尼汗将她搂在怀中。她甚至抬起头，向昔班尼汗露出了妩媚的笑容。她的坚强和镇定，无法不令昔班尼汗着迷。

从在混乱的人群中偶然发现她到占有她那美妙的处子之身，她一次都没有软弱哭泣。她的曲意逢迎让他发现了自己令人惊叹的力量，当令人陶醉的晕眩像一浪高过一浪的海洋将他彻底淹没时，他清醒地意识到他纵然英明一世终究身不由己地落入了一个温柔的罗网里。

在这个罗网里，他终其一生休想挣脱。

事实上，他也不打算挣脱。

后来，他躺在她的臂弯中，请求她做他的妃子。她没有拒绝，只是提出一个条件，要他放过她的家人尤其是她唯一的胞弟。昔班尼汗毫不犹豫地答应了她。他并非不清楚，这一次放过巴布尔，无异于放虎归山，他也深知他一定是鬼迷心窍才会让这个难得的机会从他的指缝里溜走。可当时他只能答应，她的条件如此，还有，他可以放过巴布尔但不能让她消失在他的世界里。

他要坠入无底深渊了，问题在于，他心甘情愿。

7

靠着姐姐含画委身昔班尼汗才换来的自由，对巴布尔而言是他十九岁的人生中最不能抹去的耻辱。他心灰意冷，每天都在浑浑噩噩中度过，一切任凭哈斯木裁断。冬季到来，巴布尔坚持每天在冷冽的水渠中净身，他先后做了十六次，渠水冰寒彻骨，他却因为比渠水还要寒冷的绝望而热泪潸然。

第十六次，当他刚刚净过身回到临时搭建的帐篷中时，母亲库夫人正在他的帐子中等候着他。母亲站在他面前，看了他一眼，接着，甩手给了他一记重重的耳光。他的脸颊被母亲打得生疼，从出生到现在，这应该是母亲第一次打他。打完他，母亲抱着他号啕大哭。

巴布尔眼睛生涩，偏偏流不出眼泪。母亲说："巴布尔，你要让你的姐姐为她的选择后悔吗？你能忘记她与你分别时的样子吗？我没有看见我女儿最后的样子，可我想象也想象得出来，即使明知道此别也许就是永别，她的脸上也一定会挂着微笑，那是为你感到骄傲的微笑啊！"

母亲撕心裂肺的话语震醒了巴布尔，他明白，要是他一味地消沉下去，姐姐含画所有的牺牲将失去意义，要是他不为赶走昔班尼汗而继续奋斗，他就只能带着耻辱的烙印走完一生。

塞西娅曾经给他讲过他的六世祖帖木儿王的故事，塞西娅说，帖木儿王身上最可贵的品质就是百折不回。他若自暴自弃，将来还有什么颜面去面对他的血管里流着帖木儿王的血的事实？

从十一岁继承父位至今，年纪轻轻的巴布尔经历过成功，也经历过失败，甚至还被自己的兄弟和将领逼迫得无家可归，四处流浪，但他在骨子里还是骄傲的征服者的后代，他从来没有真正地丧失过尊严。唯有这一次，他被失败，不，或许不是被失败，而是被耻辱击倒在地，差一点放弃希望，一蹶不振。让他重拾信心，重新站起的过程固然痛苦万分，可也因为如此，他在站起的那一刻便已脱胎换骨。

巴布尔决定前去塔什干投靠他的大舅汗马哈木，这是权宜之计，巴布尔的目标是借大舅汗的力量赶走昔班尼汗。

途中，胡契杀了一匹马烤成肉干，大家都很节省，一人只吃了一块儿，喝了些清水，继续赶路。胡契烤肉的手法有些特别，也不知他如何做到的，烤出的马肉格外油光酥香，巴布尔对这个年轻人的欣赏之情又加深了一层。数日后，在胡契的建议下，这群历经穷困和贫乏的流浪者来到一个叫作吉扎克的村庄，胡契的母亲曾在这里度过了自己的少女时代。胡契不止一次听母亲描述吉扎克村的民风如何淳朴，物产如何丰富，果不其然，吉扎克真是一个世外桃源般的所在。这里肥羊肉和白面面包都很便宜，甜瓜和优质葡萄也很丰富，巴布尔和他的追随者心满意足，接下来的四天里，他们尽情享受着这安全的休整和富足的宽慰。

在艰难的旅程之后，巴布尔在塔什干与大舅汗马哈木相会了。经过伊散夫人以及库夫人的斡旋和再三请求，大汗决定将乌拉提尤别赐给外甥。世事多变，巴布尔尚未动身前往乌拉提尤别，就听说檀巴勒出兵打败了汗在那里的军队，抢先占领了该城。

汗惊怒之余，决定亲自出征。巴布尔在与昔班尼汗的对阵中领教了蒙古式战法，这一次，他又领教了蒙古式的阅兵仪式，这正是已突厥化了的西察合台汗国后人与始终坚守着蒙古传统的东察合台汗国以及金帐汗国后人之间最大的不同。蒙古式的阅兵仪式自有其粗犷的魅力，巴布尔亲身参与其中，不免为之心神激荡。

一切仪式皆如成吉思汗时代。军队依旧分为中军及左、右翼三列，汗站在三军之前，他的面前插着九面旗子。一位蒙古将军将一条长长的白布系在一头牛的前腿骨上，并手执白布的另一端。还有三条长白布系在三面旗子的旗杆穗带下，其中一条白布的另一端由汗踏着，另外两条白布则分别由巴布尔和另一位蒙古将军踏着。三人做好准备，由那位手执拴在牛腿上的白布的将军念了几句颂词，接着，汗和站在他身边的所有人开始朝旗子泼马奶。同时，阅兵场上鼓乐齐鸣，站列成行的将士们一齐呼喊口号，声震寰宇。如是三番，汗离开旗子，跳上马背，绕营奔驰。

当汗回到原来的位置后，阅兵仪式宣告结束，大军即刻开往忽毡河畔，与檀巴勒隔河对峙。

马哈木汗时运不济，以多于檀巴勒的兵力还是未能打败这位野心勃勃的将领。巴布尔没有亲自参加这场战斗，马哈木汗出征时将他留在了塔什干。巴布尔没想到大舅汗无功而返，另外，大舅汗答应给他的采邑乌拉提尤别又迟迟不肯交给他去治理。时光虚掷，巴布尔手下的一些将士逐渐对马哈木汗感到失望，纷纷离开巴布尔，有些人甚至投奔了檀巴勒。

巴布尔既不能公开抱怨大舅汗，又不愿继续被大舅汗收留，他想起了驻扎在中国吐鲁番的满舅汗，决定前去投奔他。

满汗阿黑麻是大汗马哈木的胞弟，巴布尔从未见过他，但他知道满舅汗是个令人敬佩的战士。巴布尔至今记得母亲给他讲过的关于满舅汗的神勇经历，母亲说，满舅汗从少年时代起就善使刀剑，尤其是剑，满舅汗用的剑都是天下一等一的宝剑。满舅汗曾经无数次挥舞宝剑驰骋疆场，骁勇善战，克敌无数。那个时候的巴布尔还是个孩子，那个时候，他的外祖父羽奴思汗尚且活在人世，他常常听外祖父给他讲述东察合台汗国的故事，在外祖父的描述中，中国是个富饶美丽的国度，从那时起，他就渴望着有朝一日能够踏上中国的土地。

他没有将这个决定告诉任何人，只是悄悄做着准备。母亲在来塔什干之前得过一场重病，伤了元气，身体虚弱，巴布尔不敢冒险带着母亲长途跋涉。外祖母已然年迈，巴布尔觉得把她留在大汗身边或许是个明智的选择。马哈木虽非伊散夫人亲生，但他和弟弟阿黑麻从小得到伊散夫人的呵护、关爱，加上伊散夫人与马哈木的生母沙夫人情如姐妹，种种原因使得马哈木对伊散夫人的感情不亚于他对生母的感情。至于阿依霞，巴布尔与她结为夫妇已逾三年，而且，在这三年多的时光里她一直都是他唯一的妻子，可巴布尔与阿依霞之间缺少一般夫妻间那种温暖相知彼此相惜的情感，巴布尔隐秘的想法自然也不会告诉她。

就在巴布尔将要起身之时，大舅汗的营中来了一个使者，这个使者是满舅汗派来的，原来，满舅汗已离开吐鲁番，近日将至塔什干与兄长相会。巴布尔的中国之行就这样变成了永远的梦想，失望之余，他倒是蛮期待与满舅汗的相会。第二天，听说满舅汗已行至附近，他独自骑马出营迎接满舅汗，他漫无目的地走出很远，居然在赛兰附近遇到了满舅汗的军队。

巴布尔亮明身份，要求拜见满舅汗。侍卫将他带到满汗的大帐前，当时满汗刚刚骑马回来，见到素未谋面的外甥，满汗既激动又有些害臊，客气地将外甥让至自己的行帐。满汗身边的将士都是纯粹的蒙古人装束，头戴蒙古帽，身穿中国锦缎制成的绣花长袍,箭袋、用绿革制成的马鞍全都是蒙古式样，坐骑也是蒙古马。

作为见面礼，满汗赐给外甥一件蒙古式样的袷袢，一顶在忽必烈时代曾经风靡蒙古各部的绣花皮帽，一匹鞍辔齐备的焦黄色骏马，一件用中国锦缎制成的长袍，一条带有老式口袋的中国腰带，口袋挂在腰带的左边，腰带的左边和右边都挂着诸如香囊、玉佩等小物件。

满汗与巴布尔第一次见面，甥舅二人倒也一见如故，他们聊了许多事，彼此熟知的亲人、战事和不熟知的城市、风俗，每一个话题都聊得津津有味。满汗十分欣赏年轻的巴布尔，他觉得，在所有与他有着亲密血缘关系的后辈中，巴布尔无论才华还是经历都无人能及。

当晚，巴布尔宿于满舅汗的行帐。第二天中午，满汗听说兄长前来相迎，已行至不远处。满汗急忙上马，带着巴布尔等人一气驰到大汗的营盘。进入营盘，一行人在巡营官的带领下来到大汗的毡帐前，此时，大汗已在帐外迎候。满汗谨守蒙古宫廷礼节，快接近毡帐时，他从右边到左边绕着大汗走了一圈，之后跳下坐骑，走到拜见的地方，向大汗跪拜九次。

满汗走近时，大汗也上前，与弟弟紧紧拥抱。巴布尔在一旁看着他们，眼窝不由得阵阵发热。是啊，这样亲密相知的兄弟关系，对他来说根本无法想象，这让他从心里羡慕着两位舅汗。

由衷地羡慕。

他想起自己，他有两位异母弟，只罕杰尔和那昔，他们原本应该是他在这个世界上最亲近的人。可事实上，在他事业最艰难的时刻，他们当中没有一个人肯站出来与他一道分担，不，只是这样他也该知足了，他们不是不肯与他一道分担，只罕杰尔，他根本就是他的敌人。

兄弟齐心，其利断金。遗憾的是，骨肉同胞之间自相残杀是帖木儿家族的通病，是掌握着江山的蒙古人的通病，若非如此，两位舅汗之间的兄弟情谊，也不会显得如此珍贵，如此令人心动。

满汗带来两千将士，他与兄长兵合一处，加上巴布尔的区区几百人的兵马，共有三万人。大汗与满汗商议后，决定拨给巴布尔一支军队，从檀巴勒手中夺回被这位权臣窃取多时的国土。巴布尔一改往日的作战风格，渡过忽毡河后并不直接开战，而是绕到檀巴勒的后方，出其不意地收复了奥什城，又迅速集结兵力，向安集延东南山区挺进。得知巴布尔从他的两位舅汗处借来军队，马尔格兰城的城主稍作抵抗，翌日开城归降，好运开了头，安集延以南诸城多望风而降。

巴布尔数战告捷，陈兵安集延城下。这段日子，将士们连日作战，又困又乏，和着清水，简单地吃了点肉干和干粮就回到各自的营帐睡觉去了。巴布尔也有些困倦，不过还是看了会儿书才慢慢睡着。他似乎做了一个梦，其实是否真的做了梦他也不太记得了，仅仅半个时辰，他就被康巴尔急促的喊声惊醒了："王，不好了！快起来！敌人来了！檀巴勒来了！"

巴布尔从铺上一跃而起。昨晚睡觉时，他还穿着长袍，戴着帽子，这是他的习惯，这个习惯让他节省了穿戴的时间。他来到帐外，一眼便在刀光剑影与四散奔跑的人群中看到一个人，这个人全身盔甲，正骑着马向他这边驰来。

檀巴勒！果然是檀巴勒！

巴布尔一刻也没犹豫，举弓向檀巴勒射出一箭。箭，直直地飞了出去，正中檀巴勒的头盔。当时两人之间的距离有些远，箭的力道不够，檀巴勒只在马上晃了晃身体，随即挥舞着蒙古刀向巴布尔冲来。二人马头相对之前，巴布尔只来得及发出两箭，这两箭射倒了檀巴勒身边的两名侍卫。

檀巴勒像旋风一样，转眼旋至巴布尔的面前。他向巴布尔挥出一刀，巴布尔闪身躲过，却不知被哪来的冷箭射中了右腿，剧痛之下，巴布尔的动作变得迟缓起来。檀巴勒趁机绕到后面，一刀砍中巴布尔的头部。巴布尔戴着衬帽，可头上还是被这一刀砍出了大口子。

血，顺着他的伤口，顺着他的脖颈流了下来。

巴布尔在马上的动作出现了停顿，接着，他栽在马下，昏了过去。

檀巴勒没想到自己一击而中，心里不由一阵狂喜。他勒转坐骑，挥动弯刀，就要上前结果巴布尔的性命。千钧一发的关头，亏得胡契和库耳勒及时赶来。库耳勒是胡契的堂弟，现在做了巴布尔的贴身侍卫，这兄弟二人一个劫住檀巴勒厮杀，另一个趁机救走了巴布尔。

库耳勒简单地为巴布尔处理了一下伤口。不知过了多久，巴布尔从昏迷中苏醒过来，他手下的将士们遭此偷袭，损失惨重，不堪再战。哈斯木、康巴尔、洪赛等人不得不保护着巴布尔去与驻在鸟磨坊的马哈木汗会合。

经过了近十年的时光，当年父亲乌马尔王离开人世时留给巴布尔的同时也是最受他信任的几员老将中，哈三最早叛亡；多斯特叛而复降，两年前因病去世；乌宗投奔了胡思老，后隐居在喜萨尔的牧场，颐养天年；檀巴勒变成了巴布尔不共戴天的敌人。这几个人的结局倒还算有迹可循，唯独令人纳闷的是舍黑的死因。舍黑是巴布尔的老师，巴布尔第二次攻下撒马尔罕时，他赤身裸体地被人刺死在卧室的地上。他因何而死，被何人所杀，直到现在犹令巴布尔百思不得其解。至此，当初的老将，只有哈斯木、康巴尔、洪赛、德尔维希还在为巴布尔而战。

与哈斯木等老将相比，年轻的胡契和库耳勒都只能算作后起之秀。胡契本人与巴布尔的年纪相仿，库耳勒只有十六岁，他从十一岁开始追随巴布尔，巴布尔对这兄弟二人尤其是胡契像对哈斯木一样倚重。

马哈木汗听说外甥受伤，忙派汗廷御医阿塔卡为巴布尔治疗刀伤。阿塔卡是一位蒙古名医，最拿手的是正骨术和治疗刀箭伤，治疗当中，他会根据病人的情况及体质分别使用膏药或内服药，其医术在汗国无人能及。

巴布尔头部受伤，有些昏昏沉沉。阿塔卡让手下在帐外支出一张长条床，要巴布尔躺在上面，将伤口全都暴露在阳光之下。他俯下身，前前后后仔仔细细地检查了巴布尔的头部和腿部伤口，做出分别治疗的决定。

他将一种草药捣碎，敷在巴布尔的腿上，与中亚大夫手法不同的是，他在用绷带固定时并没有使用泄液线。头部的伤，他使用了一种特制的膏药。做完了这两件事，他让巴布尔嚼食一种外表看着很像小菜根的东西，规定巴布尔一天必须嚼食五次，而且不能喝水。小菜根的味道当真奇怪无比，巴布尔每次都得强忍着恶心，才能强迫自己将小菜根嚼碎咽进肚里。这一个白天，巴布尔再没有见到阿塔卡。当晚，巴布尔感到腿上的伤口处阵阵发痒，头部的钝痛却变得尖锐，他被这两种截然不同的感觉折磨得心烦意乱，彻夜未眠。

第二天一早，阿塔卡赶来看望巴布尔。他先拆开绷带，察看了一番腿上的伤口，又揭下膏药，察看了头上的伤口，巴布尔注意到他的脸上露出满意的神情。他一句没问巴布尔的感觉，只是打开随身携带的两个小瓶，将其中一种红色的药液涂抹在巴布尔的腿上，另一种黑色的药液涂在巴布尔的头上，这两种药液一凉一热，气味微苦，刚刚涂上，巴布尔的痒痛之感几乎消失不见了。

经过阿塔卡的精心治疗，十余天后，巴布尔痊愈，且未留下任何后遗症，依旧头脑清醒，健步如飞。而比伤愈更令巴布尔高兴的是，通过这段时间的治疗，他与阿塔卡之间建立起一种亲密的感情，如同父子一般。

数日后，巴布尔听说檀巴勒与昔班尼汗达成协议，准备夹攻两位汗，马哈木汗闻讯多少有点惊慌，巴布尔与满舅汗商议，决定由他再攻檀巴勒，一为打破这种联盟，二为减轻汗的压力。

巴布尔一生事业的早期，似乎注定与艰难困苦相伴。他与檀巴勒数次交锋，均是先胜后败，这一次战斗，他与哈斯木等人失散，再次受伤，还差点被几个假装投降的将士抓住献给檀巴勒。紧急关头，多亏忠实的库耳勒找到了他，他才得以与两位舅汗顺利会合。

8

天气转冷，巴布尔暂时停止了对安集延的进攻。幸运的是，他在满舅汗的帮助下，从檀巴勒手中夺回了阿黑昔。

送别满舅汗，巴布尔直接赶往阿黑昔附近的山林，组织了一次大规模的狩猎。狩猎归来，他先回到王帐，喝了杯茶，借以放松疲惫的身心。

用将安集延献给满舅汗作为代价，换取满舅汗出兵从檀巴勒手中夺回安集延、阿黑昔、卡散诸城，这是一桩无奈和痛苦的交易。在无奈痛苦的背后，也隐藏着不为人知的考虑：首先，受过巴布尔兄弟无数恩惠的檀巴勒是一个彻头彻尾的阴谋家，这样的人，巴布尔绝不饶恕、他宁愿将费尔干纳献给他的大舅汗和满舅汗，也不甘心费尔干纳长久地落入檀巴勒的手中；其次，昔班尼汗兵锋正锐，随时随地都在觊觎着富饶的费尔干纳，有满舅汗坐镇安集延，大舅汗在塔什干策应，就可以为巴布尔赢得时间，去费尔干纳之外寻找更合适的根据地。

只要找到这样的地方，他就可以从那里向周围辐射，重新统一河中地区，进而统一中亚和西亚，再现六世祖帖木儿王在世时的辉煌……

巴布尔又喝了一杯茶。这一刻，看似无所事事的懒散，心里却紧张地琢磨着是否应该去看望一下阿依霞。他尚未注意到整个王宫都陷入了一种不同寻常的气氛之中，这一刻，八部里优雅俊美的面庞在他脑海里时隐时现，他只得拼命按捺住像潮水一样汹涌翻卷的忧伤。

八部里，他究竟去了哪里？

他为什么毫无预兆地离他而去，像风一样甚至没有留下任何痕迹？

亦或许，这个世界上从来就不曾有过这样一个如明月一般纤尘不染的少年？一切都只是他的梦境，他的想象？

不，不，不能再想八部里了，永远不能再想了，还是多想想阿依霞吧。

是啊，阿依霞，他的妻子，他究竟有多久忘记了阿依霞恰恰是在他最艰难的时候成为他的妻子？

他又有多久忘记了在那些艰难的日子里，阿依霞除了陪他吃苦受累，饱受惊吓，什么都不曾从他这里得到？

自从阿依霞为他生下的女儿夭折后，他能感受到阿依霞对他的感情更加淡漠。那时，他们在一起，常常没有一句话可说。

阿依霞总是安静坐在那儿，虚无缥缈的目光越过他的身体，注视着某个地方。而他，却在想着八部里。

他只想着八部里！

当然，阿依霞的态度让他很尴尬，也很痛心，他自觉对不起阿依霞，可阿依霞并不给他弥补的机会，事实上，他甚至觉得许多时候阿依霞像他忘记她一样同样忘记了他的存在。

忘记，是啊，忘记。

去吧，去向阿依霞道歉，在余后的日子里像个真正的男人那样钟爱她，保护她，不管怎么说，他们毕竟还很年轻，只有二十一岁，他坚信一切都还来得及。

巴布尔正在努力思索着可能与阿依霞进行的话题，库夫人的侍女匆匆来到王宫，请巴布尔速到他母亲的宫帐一叙。

母亲的邀请令巴布尔有些意外，往常，除非有特殊情况，贤明的母亲总是要求他先与阿依霞见面，才可以两个人一起到她那里，母子婆媳共进午餐或者晚餐。巴布尔是个孝顺的儿子，一直遵守着母亲的规定，只不过，自从八部里出现在巴布尔的生活中，再与阿依霞出双入对对巴布尔而言变成了一种折磨……

巴布尔匆匆赶到母亲的宫帐，手里捧着一个绿色缎面的锦盒。锦盒一尺见方，里面有一件礼物，是他在塔什干逗留期间偶尔得到的一只货真价实的中国元朝青花瓷瓶。瓷瓶胆圆颈长，色彩艳丽，造型独特，世所少见。

巴布尔对这只青花瓶十分喜爱，一直小心地收藏在身边，准备将来夺回封地时将它献给母亲。

母亲的宫帐在王帐的后面，与阿依霞的住所相邻。巴布尔以为阿依霞在母亲的帐中，他被直接带入宫帐时才发现只有母亲一人。

库夫人呆呆地坐在床边，脸色似乎有些憔悴，又有些忧郁，完全不似她平素雍容贞静的模样，甚至，巴布尔看到她在起身的刹那悄悄拭去了滴落在腮边的泪滴。

"母亲。"巴布尔微笑，唤道。

"儿子，你回来了。"库夫人走到儿子面前，久久凝视着儿子明显消瘦的脸颊。

巴布尔将礼物放在桌子上，"母亲，您的脸色很不好，是不是哪里不舒服？"

"没有，儿子，我还好，我还好。可是……"

"您一定是有什么事情想要告诉我吧？"

"我……这……"库夫人的脸上露出一副有苦难言的神情。

巴布尔轻轻握住了母亲的手，温柔的语气里多了些许坚定，"您不用瞒我，无论任何事，都请您告诉我。"

库夫人微微叹口气，避开了儿子询问的目光。她思索着该如何将事情的原委婉转地告诉儿子，然而，在她想好之前，下面的一句话已经脱口而出了："儿子，阿依霞她……她走了。"

话一说完她就有些后悔，说真的，若非阿依霞的事情弄得她心烦意乱，她也不会如此沉不住气。

巴布尔一时没反应过来，"走了？阿依霞？她去哪里了？"

"她离开了，一句话没有给我们留下。我听侍候她的侍女说，前些时候，她接到了白皙公主（指阿依霞的二姐萨利哈）的来信，曾经流露过要去喀什噶尔与她姐姐同住的想法。结果，在你去送满舅汗的第二天早晨，她乘了一辆马车出城，以后再也没有回来。我担心她出意外，四处派人寻找她，有人告诉我，他们看到过这样一辆马车往喀什噶尔去了。我刚想着要不要派洪赛带几个人到喀什噶尔探听一下情况，正好听说你回来了，就让孩子们把你唤到我这里来，希望听听你的意见。唉，没想到会发生这样的事情，这该怎么办才好？这到底该怎么办才好？"

巴布尔一声不吭，对母亲的询问未做任何表示。库夫人哪里知道，此刻，他的大脑如同锈住一般，已完全停止了转动。

库夫人见巴布尔只是默默地听她说话，不得不打起精神，重新将不安的目光移回儿子的脸上："儿子，这件事你究竟打算如何处理呢？要不，你还是亲自往喀什噶尔走一趟，将阿依霞接回来？"

巴布尔仍是一副木然的、不置可否的表情。

"儿子啊……"

"库，这种事情，你怎么可以让巴布尔亲自去做呢？"伊散夫人责备的声音在门边响起，随着话音，伊散夫人走进帐中。

巴布尔下意识地迎上前去。他有段时间不曾见到外祖母了，他发现外祖母两边的鬓角又增加了宽宽的一缕白发。

"母亲……"库夫人有些无奈地轻唤。

"库，你为什么会有这样糊涂的想法呢！别说现在还不确定阿依霞去了哪里，就算确定阿依霞去投奔了她的姐姐，你也不能让巴布尔刚刚回到家又颠簸劳累远赴喀什噶尔。且不说安全是个问题，从道理上来讲，一个女人，不守妇道地抛弃了她的丈夫，这样的女人，难道还要巴布尔亲自将她请回来吗？你别忘了，巴布尔可是一国之君。这件事无论如何不行！"

"母亲，有些事情，或许是巴布尔做得不对，伤了阿依霞的心。"

"瞧你说得什么话！我就看不出来巴布尔有哪里做得不对！一个男人，是要做大事成大业的，难道要他守着个女人足不出户吗？要是阿依霞连这一点都不能理解，她就不配做巴布尔的妻子。"

"不是这样的，母亲。巴布尔他……"

"你不要再说了！无论你说什么，我都不会同意巴布尔去接阿依霞回来。明天，我就派人去向匹达夫人（指迪丹的母亲）求婚。迪丹还是小女孩的时候我见过她一面，那个时候她就是个美人胚子。听说她现在越发出落得美艳动人。人们都说，她的皮肤洁白细腻绝对不输于那位自负的白皙公主，就算白皙公主与她站在一处，也只会嫉妒得两眼发红呢。"

"母亲，这些年阿依霞跟着巴布尔吃了不少苦，于情于理，我们也应该派个人去探明她的心意，她果真心意已决，我们再另做打算也不迟啊。"

伊散夫人思索了一下，稍稍做出让步，"也罢，你这么坚持，派谁去的事由你决定。迪丹的事情也不能耽搁，无论阿依霞是否回来，都必须尽快向迪丹求婚。巴布尔到现在还没有儿子，这可不是一件小事情，无论如何，一定要赶快给巴布尔娶个能给他生儿子的女人才是正理。"

库夫人不再与母亲争辩。事实上，她简直不知道该对母亲说些什么才好。她了解母亲，这个女人，曾是父亲活着时最坚强的后盾，她的倔强，绝不是做女儿的三言两语就可以轻易说服的。

何况，母亲那样疼爱巴布尔，为了巴布尔，哪怕让她付出生命她也在所不惜。

巴布尔啼笑皆非地听着他生命中至亲至近的两个女人为了他的事争论不休，他的内心在短暂的麻木后却如同刀割一样剧痛起来。

这是一个多么具有讽刺意味的结果！

当他终于决定用心去爱阿依霞的时候，阿依霞却选择离开了他！

换成以前那个宽厚的、单纯的，即使满怀豪情也依然带着几分孩子气的巴布尔，他未尝不想亲自去趟喀什噶尔，亲自去求证阿依霞离开他的原因。假如他能确定，此前的岁月是他伤透了阿依霞的心，那么，他一定更容易接受她情愿离开他的事实。他不会勉强阿依霞跟他回来，哪怕为了男人的尊严，他也不会勉强她。甚至，他可能会像个兄长般主动放手，祝福她快乐、幸福。

现在的问题在于，那样的巴布尔早在无情战火的磨砺中，早在失去所爱的无限寂寞中，一点点消失，无影无踪。事实上，这一次就算外祖母不阻止，他也不会去接阿依霞回来。

对于这个离弃了丈夫还带给他深刻羞辱感的女人，他这一生，再不会把她当成自己的妻子。

至于迪丹，他也曾听人说过，他的这个堂妹才貌双全，风华绝代，如果这一次求亲成功，多少也可以慰藉他空虚的心灵了。

巴布尔三缄其口，外祖母和母亲都不知道他真实的想法，她们几经商议，最终决定将这两桩事情同时进行：由库夫人派洪赛作为巴布尔的使者前往喀什噶尔，代巴布尔向阿依霞致歉并设法说服她回家；由伊散夫人派哈斯木前往喜萨尔，向客居那里的匝达夫人求婚。

巴布尔将所有的私人感情一并放下，沉迷于对喀布尔的历史及现状的研究当中，他的孜孜以求使他获得了大量关于喀布尔的情报，也坚定了他将喀布尔作为一个新的事业基点的决心。

这个决定中当然隐含着诸多不得已而为之的苦衷，但就目前的局势而言，仍不失为一个可行的办法。

毕竟，这是一个不容回避的现实：作为金帐汗国术赤汗的嫡传后裔，昔班尼汗挟裹强盛的月即别汗国余威，正在成为河中地区的主人。个人实力无法与之相比的巴布尔，只有离开费尔干纳才能暂避昔班尼汗的锋芒，而后从容应对，徐徐图之。

9

洪赛和哈斯木几乎同一天返回。两个人的事情办得都不顺利，洪赛费尽唇舌，好话说尽，阿依霞依然拒绝随洪赛回到巴布尔身边，她的姐姐白皙公主甚至出言羞辱了巴布尔，她将巴布尔称作居无定所的流浪汉，说她妹妹受够了这个男人的气，他们的婚姻早就名存实亡。

巴布尔的三伯母匝达夫人对哈斯木倒是很客气，可迪丹正在生病，人变得瘦弱不堪，夫人遂建议巴布尔娶她的另一个女儿宰纳卜。她保证说，宰纳卜的美貌与她姐姐相比虽稍有逊色，可她才情出众，身体健康，堪与巴布尔相配。

库夫人正在为阿依霞的事情烦恼，既然哈斯木带回这样的建议，她也乐得顺水推舟，慨然应允。她派哈斯木二次前往喜萨尔，以一盒珍贵的宝石作为聘礼，正式定下了两家婚约。不久之后，在两家商定的吉祥日子，巴布尔的另一个堂妹宰纳卜成了他的第二任妻子。

与预期完全不同，第二次婚姻并没有给巴布尔带来任何幸福。当初，阿依霞的冷漠与少言寡语即使令巴布尔内疚，至少不会令他心烦，宰纳卜则完全不同，她的强悍与饶舌对巴布尔而言根本就是一种折磨。巴布尔不明白自己的情路为何如此坎坷，蜜月尚未度完，他就忍无可忍，对他的新妻子避之唯恐不及了。

春天到来，巴布尔的外祖母伊散夫人在身体状况变得更加糟糕之前，萌生了在东察合台汗国的故乡——美丽的喀什噶尔平静地度过余生的念头。她将她的打算告诉了心爱的外孙，巴布尔顾惜老人的心愿，派人将她送回了喀什噶尔。

伊散夫人刚刚离开，昔班尼汗亲率大军包围了塔什干。

马哈木汗与满汗的力量与昔班尼汗相比可谓旗鼓相当，怎奈马哈木汗勇气欠缺，对阵中一再进退失据，败迹渐显。夏天到来，这两支原本属于钦察汗国与察合台汗国的主力依忽毡河展开决战。遗憾的是，天意不佑察合台后人，二汗战败被俘，昔班尼汗自此成为东察合台汗国新的、真正的主人。

接着，昔班尼汗在包围并攻克只罕杰尔占领的忽毡城后，转攻安集延。面对汹涌而至的昔班尼汗，那位曾经势大欺主、不可一世的檀巴勒弃城而逃，从此不知所踪，永远消失。

费尔干纳完全落入乌兹别克人手中，昔班尼汗下一个征服目标，自然是西察合台汗国诸城，最后才是波斯。

忽毡河一役，巴布尔作为先锋，奋力拼杀，侥幸逃脱。昔班尼汗发布了追捕巴布尔的命令，不得已，巴布尔再次流浪于贫瘠的山区。这一次，他只有依靠山区部落的仁义忠顺才能挽救他和他的少数随从。

唯一的喜事是，在他时运不济、身心俱疲之时，母亲来到了他的身边。其时，外祖母回到喀什噶尔安度晚年，不必再陪伴他饱受流离之苦，这是巴布尔心里最宽慰的事情。做母亲的却义无反顾，对她来说，能与儿子在一起就是最大的幸福。当然，库夫人能够顺利离开费尔干纳，主要得益于女儿含画的帮助，含画出面请求，昔班尼汗遂同意库夫人离去。

此后的四个月中，库夫人忠实的仆人设法打听到巴布尔的去向，他们顺着进入山区的道路走，在苏赫山区与巴布尔相聚。

流浪的生活虽说艰苦，巴布尔的力量反而有所壮大。他最初打算离开苏赫山区前去投奔族伯忽辛王，在实施的过程中改变了计划。在喜萨尔的一个夏牧场他听说曾经据有喀布尔之地的叔父病故，决定前去接管喀布尔。

正是这个决定，成为巴布尔一生命运的转折。

前往喀布尔途中，巴布尔在喜萨尔的夏牧场停留了一段时间。这一方面是因为他的军队需要休整，另一方面则是因为巴布尔本人觊觎着胡思老拥有的财富和力量。大敌当前，巴布尔与胡思老之间在没有任何协议的情况下，心照不宣地停止了互相争斗。巴布尔的两个异母弟只罕杰尔和那昔也设法逃出费尔干纳前来投奔他们的大哥，巴布尔对只罕杰尔怀有厌恶之情，不过，当只罕杰尔势窘来投，他又觉得这是只罕杰尔不忘兄弟情分的表现。他自然而然地把一切过错都归咎于檀巴勒，轻易原谅了只罕杰尔的背叛，兄弟二人和好如初。

昔班尼汗攻下撒马尔罕和费尔干纳诸城后，前来进攻胡思老。胡思老畏敌如虎，不做任何抵抗便主动放弃了喜萨尔和昆都士，退往喀布尔。胡思老的胆怯激起了手下人的强烈不满，数次劝说无果后，有大约三四千蒙古将士在途中拔营而去，投奔了坚决抗击昔班尼汗的巴布尔。如此一来，加上此前陆续投奔巴布尔的人，巴布尔的力量成数倍壮大。众叛亲离的结局完全出乎胡思老的意料，思前想后，胡思老不得不派出几个亲信来见巴布尔，表达了结盟的意愿。

巴布尔并非心胸狭窄之人，昔班尼汗才是他无时或忘的心腹大患，为避免内耗，他宁愿与胡思老相安无事。

经过一番谈判，巴布尔与胡思老的使者达成如下协议：饶恕胡思老弄残一个主君（指麻素提），杀害另一个主君（指伯升豁儿）的死罪；胡思老不愿留下来抵抗昔班尼汗，可以去任何他想去的地方，并可以带走他多年来积累的财宝和牲畜，能带走多少带走多少。

达成这个协议后，胡思老前来拜见巴布尔。胡思老跪在巴布尔的脚下，巴布尔默默俯视着他，一时间竟有一种恍若隔世的不真实感。

华丽的盛服，遮不住蹒跚迟缓的体态，昔日俊美的容颜，在无情的岁月以及欲求无度中变得苍白灰暗、浮肿憔悴。这就是那位曾经仆从达到三万人之多、拥有过无限权势的权贵吗？这就是那个在一片广阔的领地上呼风唤雨，对巴布尔这样的"穷小子"根本不屑一顾的权贵吗？此时此刻，他按照礼仪跪在巴布尔的面前，有气无力地行着觐见之礼，礼毕，他奉上礼物，仍旧表现出一副低三下四、唯唯诺诺的样子。巴布尔在感到好笑之余，不得不慨叹世事无常。

巴布尔与胡思老简单交谈了几句，听着胡思老言不由衷的话，巴布尔有一种想揍他一顿的冲动。巴布尔身边的将领中，有几个是麻素提和伯升豁儿的亲信，他们主张杀掉胡思老为主君报仇，巴布尔不为所动。他一言九鼎，既然答应了胡思老饶命的请求，就决不会出尔反尔。为确保胡思老的生命安全，他与胡思老商议，要么留下来协助他指挥军队，要么携带一切财物从速离去。胡思老选择了后者，将自己多年来搜刮的宝石、黄金、白银、丝绸以及其他各式各样的珍奇宝贝装了好几百个木箱，驮运这些木箱的毛驴、骆驼队长得从头望不到尾。

巴布尔派胡契护送胡思老前往呼罗珊，自己至昆都士接管了胡思老的营地。胡思老的武器库中只余下七八百副铠子甲和马用铠甲，另外还有瓷器，这些都是被胡思老丢弃的东西，巴布尔将瓷器分赠给当地的百姓，战甲则交由哈斯木分配至各军。

巴布尔收编了胡思老手下的大部分军队，没有理由再留在昆都士，按原计划向喀布尔挺进。途中，瓦利的手下也像胡思老的手下一样前来投奔巴布尔，从他们口中巴布尔得知，瓦利遭到昔班尼汗攻打，兵败投降，昔班尼汗命他献出所有财物后，将他在撒马尔罕的市场斩首。

巴布尔希望兵不血刃拿下喀布尔，在进军喀布尔途中数次派人入城与城主谟乞木谈判。巴布尔的叔父去世后，谟乞木以蒙古贵族的身份接管了喀布尔，作为帖木儿王的六世孙，巴布尔比谟乞木更具统治喀布尔的资格。

在一个清晨，巴布尔率领的大军出现在喀布尔城下。从城头望去，三军雄壮，兵甲辉天。谟乞木本无斗志，见巴布尔的兵马漫山遍野，远非城中区区守军可比，不由动了投降的念头。

巴布尔向谟乞木保证，只要谟乞木献城来降，他允许谟乞木带走亲眷、侍从和所有财物，并派人护送他到安全的地方。得到巴布尔的允诺，谟乞木打开城门，放巴布尔大军入城，巴布尔亦按照约定，派可靠将领护送谟乞木离去。

生平第一次，巴布尔不经战斗便征服了喀布尔和哥疾宁及其所属地区。

10

才过三五日，城中发生骚乱，巴布尔亲临暴乱的街区，下令射杀五个暴民后，暴乱被镇压下去。为了达到威慑的目的，巴布尔索性一不做，二不休，又将一位因抢了一桶油而被市民举发的士兵拉到街上杖责而死。至此，巴布尔的铁血政策在喀布尔取得了预想的效果，军民震动，秩序井然。

待诸事安稳，巴布尔利用几天的时间认真巡察了喀布尔城。了解占领地的环境和风俗与其说是巴布尔的习惯，不如说是他的爱好，事实上，对于能否在喀布尔建立长期根据地，巴布尔的确抱有非凡的热情。

喀布尔，地处群山环抱之中，面积不大，从东至西呈长方形。喀布尔城堡背靠国王山而建，国王山的山坡上辟有水渠，灌溉着许多果园。城堡与国王山之东，有一个周长约四里的大湖，名叫"船湖"，因湖的形状从高处向下望，犹如在绿色的水面上停泊的一叶扁舟而得名。城堡的要塞建在国王山最高点，北面有窗，当"八鲁湾的风"吹来时，空气极佳。要塞北面建有巨大的防御工事，站在要塞之上，可以俯瞰船湖和延伸至要塞脚下的草地。

在印度和呼罗珊地区的陆路通道上有两个商业城：一个是喀布尔，另一个是坎大哈。坎大哈是呼罗珊商队聚集之地，喀布尔则云集了来自喀什噶尔、费尔干纳、土耳其斯坦、撒马尔罕、布哈拉、巴里黑、喜萨尔和巴达赫尚的商队，这使得喀布尔成为印度与呼罗珊之间最重要的贸易中心。每年进入喀布尔的马匹数以万计，在这里，人们能够买到来自呼罗珊、伊剌克、罗姆（今土耳其）、中国的特色产品，以及从印度运来的奴隶、白布、糖块、砂糖、香料，商人们从中赚取丰厚的利润。

喀布尔离炎热地带和寒冷地带都不远，由于这个缘故，在喀布尔的市集上，人们不仅见到产自炎热地带的水果，比如橘、橙、莲子、甘蔗等，也能见到产自寒冷地带的水果，比如葡萄、石榴、杏、苹果、梨、桃、李乳果等等，另外还有杏仁、核桃、松子等干果很受居民欢迎。喀布尔自产蜂蜜、大黄、李子、柑橘、柠檬、石榴、水葡萄与黄瓜，稍后的时光里，巴布尔又下令将甘蔗和香蕉树都移植到城堡南面的高地花园栽种，这些果树不仅存活下来，而且收成不错。喀布尔人用当地特有的水葡萄制作烈酒，直到夺取喀布尔时巴布尔尚且滴酒不沾，无法对酒的好坏做出评价，倒是他身边的爱酒之人无不赞美这种酒的味道极其醇厚。

喀布尔气候宜人，不富产谷物，水稻、小麦长势良好。周围多草地，牧草丰美，适于养马放牧。

在喀布尔地区生活着各种各样的部落，有爱马克部落（指蒙古游牧部落）、突厥部落、阿拉伯部落，还有阿富汗部落、塔吉克部落、哈扎拉部落（该部落中的部民多有蒙古人血统）等，居民使用的语言达十一二种之多，其中被普遍使用的有阿拉伯语、波斯语、突厥语、蒙古语、印地语和阿富汗语。

喀布尔的冬天相当寒冷，好在用以取暖的劈柴倒是取之不尽。乳香树、柞树、杏树、盐木都是相当不错的柴木。乳香木自然是最好的，点燃有明火，并能散发出阵阵香味，烧后留有木灰，木炭极耐烧，多在宫廷中使用。其次是柞木，柞木没有那么大的明火，但热量大，烧成的木炭也多，这种木材富贵人家用得较多。普通百姓则以杏木和盐木取暖，其中杏木最多，用得最普遍，但它的木炭不耐烧。盐木则是一种多刺的低矮灌木，烧起来又干又旺。

春天，喀布尔有许多猎鸟的地方。过境的鸟群绝大多数都沿着巴兰河岸飞过，很容易捕捉。冬末，大量的野鸭、仙鹤、白鹭、鹳与鹈鹕也会飞来巴兰河畔过冬，这些野禽个个肥美，总有一些不幸成为人们餐桌上的美食。除此以外，巴兰河里丰富的鱼类亦可供人果腹。

巴布尔占领喀布尔后，喀布尔的经济有所恢复，土地税、关税、游牧税的收入可达八拉克的沙哈鲁币（一拉克即十万，一个沙哈鲁币相当于四十金戈比），这为巴布尔开始征伐大业奠定了经济基础。

作为首选，巴布尔一直运筹着征服印度，遗憾的是，阿富汗部落突然发动叛乱使这个计划中途夭折。平叛是个反复的过程，差不多用了六个月的时间。叛乱平定后，又传来胡思老在昆都士被昔班尼汗处斩的消息。

夏初（1505 年 6 月），巴布尔的母亲库夫人一病不起，撒手人寰。巴布尔将母亲安葬在忠诚花园，并举行了盛大的悼念仪式。忠诚花园，系帖木儿帝国第三代君王兀鲁伯与其父沙哈鲁分治南北时所修建，巴布尔希望一生酷爱洁净的母亲能在如此安谧与清雅的地方长眠。

居丧期间，巴布尔又得知两位舅汗被昔班尼汗杀害以及外祖母在喀什噶尔去世的消息，这几重打击让他患上了某种奇怪的病，这种病的症状是，他每日嗜睡不醒，直到五天后才不药而愈。

一旦恢复神志，巴布尔所做的第一件事就是净身换衣。他已有五天不曾吃过东西，库耳勒为他端来了一壶茶、一碗粥，还有一盘油酥饼。巴布尔饿极了，将粥与油酥饼一扫而尽，又一口气喝掉半壶茶。

肚里有了食物，巴布尔的精神好了许多，他问库耳勒：“这些天有什么特别的事吗？或者特别的消息？”

库耳勒回道：“有三件事。王想先知道哪方面的？”

“昔班尼汗那边有消息吗？”

“有，我们刚接到一份新战报。十个月前，昔班尼汗率领军队围攻了花剌子模，花剌子模首领真·顼非率领将士们奋勇抵抗，打退了昔班尼汗无数次进攻。在没有任何外援的情况下，顼非坚守花剌子模达十个月之久。随着围城的旷日持久，一些将领和城中权贵失去信心，他们暗中派人与昔班尼汗联络，将昔班尼汗的代表和几百个乌兹别克人迎入城堡中。顼非闻讯马不停蹄赶到城堡，他依旧脾气暴烈，英勇无敌，他亲自出阵，没几个回合就将昔班尼汗的代表打落下马，正当他一鼓作气准备将乌兹别克人全部赶出城堡时，他自己的卫士在他身后放箭，将他射死了。顼非一死，花剌子模自然落入了昔班尼汗的手中。”

巴布尔只觉心中难过，喃喃道：“可惜了，顼非是个英雄，问题是在我们身边，像他这样的人太少了。”

库耳勒深有同感：“是。”

巴布尔垂下眼睛，好一会儿没有说话。这是他用自己的方式向顼非致敬。库耳勒学着他的样子，也垂首而立。

表达完哀悼的心意，巴布尔继续询问：“别的呢？还有什么消息？”

“忽辛王有信来，号召所有帖木儿王的子孙团结起来，将侵略者赶出帝国的土地。他希望王带领军队前往哈烈与他相会。”

"是吗？果然还是德高望重的族伯才有这样的号召力。既然如此，我当然会起兵去与他会合。你说有三件事，最后一件是什么？"

库耳勒稍一踌躇。

"怎么了？"

"王……"

"没关系，你直言无妨。"

"是关于您的弟弟只罕杰尔……"

"只罕杰尔？他又怎么了？"

"他劫掠了加兹尼（蒙古帝国时称哥疾宁），取道哈扎拉人驻牧的地区，往爱马克去了。据说，哈扎拉与爱马克这两个部落中都有蒙古人暗中支持他。他一定是想将喀布尔势力最强大的两大蒙古部落收归治下，与王分庭抗礼。"

巴布尔微微皱起眉头。看来，哈斯木说得一点没错，只罕杰尔果然有着狼一样的本性，反复无常，寡恩薄信！一年前，当只罕杰尔和那昔受昔班尼汗的兵锋逼迫，像丧家犬一般前来投奔他这位兄长，向他寻求庇护时，他虑及只罕杰尔此前或许只是受到檀巴勒的挟制以及大母法提玛已然过世，对哈斯木的劝告置若罔闻，轻易原谅了只罕杰尔的背叛行径。他甚至对几年前只罕杰尔在母亲的唆使和檀巴勒的支持下，从他手中夺取王位，与他离心离德，有几次几乎将他本人推入绝境的旧事过往不究。他慨然收留了只罕杰尔和那昔，在夺取喀布尔后，还将包括加兹尼在内的几个隶属喀布尔的土绵分封给两位弟弟。作为兄长，巴布尔相信无论过去还是现在，他已表现出足够的仁慈，岂料，只罕杰尔却一再成为他血液里流动的毒。

尤其是在这种大敌当前，昔班尼汗几乎所向无敌的情况下，只罕杰尔的背叛行为更加不可原谅。

库耳勒看着巴布尔的脸，小心翼翼地为他穿上靴子。

"王。"

"去把哈斯木、康巴尔、洪赛、胡契叫来。"

"哈斯木将军带着兄长（指胡契）往爱马克去了。将军说，无论如何要赶在只罕杰尔之前说服爱马克部首领，不使爱马克部转向只罕杰尔，在喀布尔，这个蒙古游牧部落具有举足轻重的影响力。将军还说，您刚刚占据喀布尔时，他与爱马克部首领有过接触，私交甚好，他有这个自信，确保爱马克部继续效忠于您。另外，将军走时吩咐康巴尔、洪赛，要他二人留意守城，万一只罕杰尔举兵来犯，务必给他迎头痛击。他还派我在您身边贴身保护您，等您病愈后，把发生的一切告诉您。"

巴布尔点点头，有哈斯木为他安排诸事，他自然不必太过担心。至于愤怒，

67

他也深深地埋在心底，他还有其他事情要做。最重要的事情是，他必须尽快整饬军备，兵发呼罗珊，与族伯忽辛王兵合一处，寻机与昔班尼汗决战。

两天后，哈斯木处传来喜讯，爱马克首领发誓只效忠巴布尔一人，他还离开自己的部落，正在与哈斯木、胡契同来觐见巴布尔的途中。

世间之事，千变万化。巴布尔刚刚做好出发的准备，就得到消息，他的那个如意算盘落空后变得无家可归的异母弟自缚其身，重又投在他的帐下。

当时，巴布尔正在王帐吃早饭。听说只罕杰尔来了，他先是有些意外，继而很想听听只罕杰尔会说些什么。他命库耳勒将异母弟带了进来。只罕杰尔像小狗一样可怜巴巴地跪在兄长面前，依旧将所有的过错推给臣下，似乎他只是受害者。为了打动兄长，他流下眼泪，言辞恳切地请求兄长念在他年轻不懂事以至于轻信挑拨的份儿上再原谅他一次。不知道是只罕杰尔太有演戏的天分，还是巴布尔太过心软，总舍不下手足亲情，总之，他全然忘了要严惩只罕杰尔的誓言，一边红了眼圈，一边命库耳勒为只罕杰尔松绑，还让弟弟坐下来，与他共进早餐。

这一次，啼笑皆非的哈斯木不想再劝说巴布尔什么了。他只希望，巴布尔的耳软心活，不要为他自身招来祸患就好。

11

六月初，经过紧凑又精心的准备，巴布尔率领军队进驻呼罗珊地区，暂时驻跸于离哈烈城不远之处。

梦寐以求将昔班尼汗赶出帖木儿帝国的领土，这并不是年轻的巴布尔多么自不量力，巴布尔深知，作为成吉思汗长子系术赤的嫡传后裔，昔班尼汗应该算作所有帖木儿后王的共同敌人。

这位来自钦察汗国的大汗，继承了先祖成吉思汗不知疲倦的征服欲，用其可怕的攻击力给予分崩离析的帖木儿帝国最后一击，正是他的出现，令巴布尔重振帖木儿帝国雄风的梦想渐渐化为泡影。

巴布尔仇恨他，也尊重他，怀着仇恨和尊重，巴布尔比任何人都希望打败他。随着昔班尼汗在河中地区的势力日益稳固，巴布尔清楚仅凭他个人的力量已不足以对抗昔班尼汗，与昔班尼汗一决胜负，必须将所有的帖木儿后王联合起来。

然而，一切良好的愿望在现实面前都如此不堪一击，巴布尔亲赴哈烈后耳闻目睹的现实无法不令他颓丧。

他怎么也没想到，除了他之外，再没有其他人响应忽辛王的号召，他竟是唯一率军前来的人。分据各地的帖木儿后王对于昔班尼汗正在带来的灭国威胁不是表现得麻木不仁，就是充满畏惧。他毫不怀疑，这些迟钝或者懦弱的人，迟早会被昔班尼汗各个击破，而且这一天为期不远。

巴布尔到达哈烈的第六天，忽辛在他的王宫为巴布尔举行了盛大的欢迎宴会，之所以如此，有个可以谅解的缘故：巴布尔到达时忽辛王正在生病，他病一好，立刻接见了巴布尔。

作为帖木儿王的次子奥美的曾孙，忽辛比他的族弟乌马尔足足年长了十八岁，但他的寿命却远远长于乌马尔及其兄弟们。

巴布尔继承父位后，与族伯有过几次合作，从那时起，忽辛就十分欣赏年少有为的巴布尔。这一次，当忽辛以帖木儿王的尚且活在世上、最年长且最具威望的后代身份，号召所有帖木儿后王联合抵抗昔班尼汗时，响应者寥寥无几，唯一对他全力支持的，就只有刚在喀布尔站稳脚跟的巴布尔。

当晚的宴会气氛融洽，忽辛大醉而归，巴布尔反而因忧虑未来时局彻夜未眠。此时，忽辛的出征准备尚未全部完成，巴布尔有必要在哈烈等待一段时日。闲来无事，巴布尔索性放宽心胸，制定了一个游览该地名胜古迹的计划。

巴布尔第一站选择了沙哈鲁王在哈烈修建的大图书馆。

那天风和日丽，从上午到下午，巴布尔躲在一个角落里，静静地读书。他恍若回到久远的从前，看见少女时代的塞西娅正坐在他的对面向他盈盈浅笑，她快乐无忧的笑容一时间让他产生了喉咙哽塞、热泪盈眶的冲动。

他还看到沙哈鲁王。在巴布尔的想象中，他是一个须发皆白、慈眉善目的老人，他注视着巴布尔的目光里永远有一种参透人生的睿智和从容，可他的雄才伟略并不是令巴布尔敬慕他的唯一原因。

应该承认，巴布尔的身上兼有文学家和诗人的显著特质，少年时代的耽于幻想，青年时代的坚忍执着，他所经历的一切磨难都不曾改变他天马行空的想象力。每当他阅读历史、掩卷沉思时，他就不能不为沙哈鲁感动，他感动这样一位伟大的君主，终其一生为他的爱情受苦，就像他一度为八部里饱受煎熬一样，即使两者不能相提并论，仍令深陷其中的人刻骨铭心。

他感叹爱神以八部里的面貌出现在他的面前，只因不合时宜，以致匆匆消逝。他更感叹他从来没有遇到过像欧乙拉公主那样集高贵、仁慈、美德于一身的女人，在他二十多岁的生命里，他还从来没有经历过一次真正的爱情。

诗人的多愁善感使他诗兴萌动，他提笔在纸上写下了这样的诗句：

世上有过我未见过的上苍的压力和严酷吗？

世上有过我受伤的心灵所不知道的苦难和忧伤吗？

他刚刚写下这样的诗句，洪赛走了进来。他对巴布尔说："我的王，一个白天过去了，黄昏已经来临。您是否可以考虑将您脸上的忧伤换上欢乐的表情，请我们，您的这些忠实的仆人们去美餐一顿呢？文字可以滋养您的心灵，没有文字滋养的我们，全都饥肠辘辘呐。"

洪赛幽默的话语逗笑了巴布尔，他合上书放回书架，将他随手写下诗句的纸条揉成团扔在地上，不慌不忙地向馆门走去。

洪赛在他身后捡起纸团，展开来，细心地叠好，藏在怀里，这才紧走几步，跟上了巴布尔。

正如洪赛所说，黄昏已经来临，巴布尔建议到街上享用一顿哈烈的特色饮食，洪赛和侍卫们听了一个个喜形于色。君臣骑马，洪赛递给巴布尔一个水壶，水壶里面装着清水，巴布尔接过来一饮而尽。

直到这时，巴布尔才发现自己又饥又渴。

从登上父亲留给他的王位那一刻起，困顿艰辛就成了巴布尔生命中的一个内容。那个时候，为了躲避敌人的追杀，为了与强敌周旋，他时常需要在炎炎夏季顶着烈日奔走，需要在寒冷的冬季藏身于冰冷刺骨的河水之中，需要几天几夜不眠不休。他尝遍了与死神擦肩而过的滋味，忍饥受冻更是家常便饭……正是这种艰难困苦的环境磨炼了巴布尔钢铁般的意志，也使他在艰难困苦中获得了一个老年人才有可能通过岁月获得的经验以及权谋之术。

君臣十人在市集饱餐了一顿当地最著名的果酒煎羊排，直到月挂中天才回到忽辛在新年花园为巴布尔预留的营地。

忽辛可谓了解巴布尔的个性，巴布尔是个害羞的、喜欢独处的年轻人，提供这样一个既静谧又优雅的所在不仅能够显示主人的慷慨，而且符合客人的心思。难怪巴布尔自驻扎在新年花园，就有宾至如归之感。

新年花园是哈烈城中几个最著名的花园之一，园中古木参天、流水潺潺，假山旁还建有一座小型图书馆。巴布尔的军营位于花园偏后的位置，那里有一片开阔的草地，草地三面溪水环绕，仿佛一条银光闪闪的围脖，随意地搭在一件平铺展开的、颜色翠绿的蒙古袍上。

营地正中是巴布尔的王帐，四周按一定的顺序和距离依次搭建着家眷、大臣、将领和士兵们的帐子，另外，还有近两百名侍卫分成三班九队，由九名亲信将领率领，轮流值勤值宿，严密监视和防止一切可疑人员接近王帐。

像六世祖帖木儿王或更以前的祖先一样，巴布尔的侍卫同样要从察合台人中挑选。当年，随察合台汗进入中亚的蒙古四千户统称察合台人，只有他们当中武艺最高强、头脑最机敏、对主人最忠诚的年轻人才有资格充当王宫侍卫。这种选拔标准可以看作是成吉思汗时代"怯薛"（亲卫军）制度的延续。

尽管巴布尔时代距成吉思汗立国时早已遥远，可作为中亚蒙古人的后裔，帖木儿王和他的后人却始终记得他们的本源，哪怕他们已伊斯兰化，却仍然像四大汗国的其他蒙古人一样，将成吉思汗制定的《大札撒》奉为立国法典。

对于《大札撒》，他们严格执行的程度绝不亚于成吉思汗的直系后裔们。

洪赛一直将巴布尔送到王帐前才告辞离去，巴布尔刚刚走进王帐时整个人都显得精神倦怠，骤然间，他的神色变得紧张起来。

他下意识地闭了闭眼睛。重新睁开眼睛时，他确信一位陌生的姑娘正背对着他站在帐中，默默为他收拾着他上午离开时摊在桌上的书籍和笔记。

姑娘穿着浅蓝色的衣衫，苗条的背影透露出陌生的气息。看着她，巴布尔没来由地感到心跳加速。

母亲辞世不久，他的第二任妻子、堂妹宰纳卜也因与他长期感情不和，抑郁而终。从那以后，他的身边再没有过女人。

有的时候他也怀疑自己是否适合做别人的丈夫。他一共娶过两位妻子，两位妻子却无论哪一位都对他不曾产生过真正的感情，而他，也从未真正爱过她们。婚姻的不幸令巴布尔对女人望而生畏，但此时此刻，他的面前竟像做梦一样神奇地出现了一位陌生的姑娘……

哦，等等，等等，真正的事实也许并非如此，他一向太富于想象力，这是他的毛病。说不定，陌生姑娘只不过是身份特殊的侍女而已——巴布尔做出这样的判断基于这个姑娘的服饰与一般侍女迥然不同——至于为什么要派这样一位与众不同的侍女来到他的王帐，无非体现了族伯对他的好意……

巴布尔正在胡思乱想，姑娘回头看见了他，立刻上前得体地问道："王，请问是您吗？"她的嗓音竟然出奇地悦耳动听。

巴布尔脸一红，胡乱地点了点头。

姑娘向巴布尔施礼，是当地贵族女子的礼节。巴布尔默默望着她，她也望着巴布尔，她的脸上并没有笑容，目光里甚至闪动着些许清冷，恰恰是她这种不卑不亢的态度让巴布尔的心情放松了许多。

"你，你是……"好一会儿，巴布尔嗫嚅着问。

姑娘回道，语气平静："我叫马哈姆，不过，这里的人都叫我月光。我的姑父忽辛王对我说，您最近饱受失眠的困扰，这正是他派我来侍候您的原因。以前有一段时间，姑父也像您一样经常失眠，吃了无数的好药也无济于事。就在他为此烦恼不已时，姑母想出了一个好主意，找人来给姑父念书或者陪他聊天，令他放松身心。我读过的书比一般人要多，姑母让我也试试，在姑父休息的时候讲些有趣的故事给他听。结果，姑父欣赏我的口才，将我留在身边，两个月后，他的失眠症不药而愈。他对姑母说这都是我的功劳，现在，他想把这份恩惠送给您。"

月光口齿伶俐地说明了自己的来意。

即使她的语气里带着某种夸耀的成分，她的神情中也不见丝毫羞赧。另外，她似乎完全不担心巴布尔将她拒之门外，她直率的语气袒露出这样一种心境：无论巴布尔是否接受她，都不需要她费心考虑。

说来也怪，这件事原本有些荒唐，换作任何别的人，巴布尔或许都会婉言谢绝。唯独对于月光，他非但不想错过与她相处的机会，相反还对她产生了一种令自己始料不及的强烈的好奇心。

他好奇这是一位什么样的姑娘，她落落大方却不容易让人亲近，她长着如月光一般含情脉脉的眼睛却不会让人产生非分之想。她的古怪之处恰恰在于，无论你是否把她放在心上，一旦她走进你的生活，你就再也无法把她从心底抹去……

莫非她那动听的嗓音真的像她自己说的那样可以治愈他的失眠？假如可以，为什么不尝试一下？反正这对他并没有任何坏处。

只要她不令他生厌——他坚信她不会——作为忽辛王客人的他不妨把她留在身边，这也是他对忽辛王应怀有的尊重。

冥冥中的天意给出了指引，奇妙的生活就此降临。这一晚，巴布尔生平第一次将一位除他妻子之外的女子留在身边，他也是生平第一次在一个尚且陌生的女子面前躺在床上，毫无平素的忸怩。

月光的声音像小溪一样流过他的心田，一个并不新鲜的故事，草原上的年轻勇士九死一生夺回他深爱的妻子，月光却将它讲得跌宕起伏、扣人心弦。巴布尔静静地倾听着，丝毫没有睡意，倒是月光讲累了，说是休息一会儿，却俯在床边睡着了。

讲故事的人先把自己讲睡了，巴布尔想想都有点好笑，他支起身体，静静地看了月光好一会儿，她入睡的面容安详愉快，令人宽慰。终于，在她的感染下，困意像潮水一样席卷而来，巴布尔不由自主地倒头睡去。

12

这一觉睡得如此踏实，似乎连梦都没有做过。直到早晨巴布尔才在灿烂的阳光中睁开眼睛，醒来时，月光早已不在他的房中，他不免怀疑昨晚的一切都只不过是他的一个幻觉。

幻觉也罢，真实也罢，至少有一点确信无疑，那就是，自从十一岁接替父位以来，巴布尔还从未睡过如此踏实的一觉。

巴布尔正在似有似无地回想着昨晚的情景，侍女若拉进来侍候巴布尔梳洗。若拉是东察合台人，心灵手巧，勤谨忠诚，库夫人活着时，她一直服侍库夫人，深得库夫人宠信。库夫人去世后，巴布尔把她留在了自己身边，每当主仆两个人单独在一起的时候，经常会谈起库夫人。回忆库夫人在世时的种种往事，对巴布尔而言，未尝不是他对母亲寄托思念的方式。

巴布尔看着镜子里的自己，镜子里有个年轻人容光焕发，神采飞扬，那个年轻人真的是他本人吗？若拉也注意到了小主人不同以往的变化，她用赞叹的语气说道："好久没见过您这么精神了。"

"是吗？"

"是啊。您看起来又像小时候那样富有朝气了。"

巴布尔笑了，"难道，你觉得我老了？"

"您有的时候闷闷的，不像您这个年纪的人。"

巴布尔想了想，似很随意地问到他最关心的问题："月光什么时候走的？"

若拉"啊"了一声，"您说谁？"

"是个姑娘，穿着淡蓝色衣衫，她说她叫月光。昨晚，你没有看到她吗？她一个晚上都待在我的帐子里。"

若拉恍然大悟，"您说的是昨晚那位公主吗——原来她的名字叫月光！昨天傍晚的时候，您还没有回来，王宫那边突然来了几个人，为首的据说是忽辛王的侍卫长，他亲自带人送公主——侍卫长说她是忽辛王的侄女——过来侍候您安寝，还说不让我们打扰您和公主，所以……"

巴布尔在镜子里向若拉点了点头，表示他已了解了事情的原委。他仍然不清楚月光什么时候离开的，他想问，又有些难以启齿，对一个刚刚认识的姑娘怀有如此好奇心，这似乎与他的性格不符。

若拉倒是很愿意谈论这个话题。她原以为，昨晚那个气质沉静的姑娘，是忽辛王特意赠送给小主人的"礼物"，可现在看来，事情并不如她想象的那么简单，一来，月光选择小主人尚且沉睡的时候早早离开了王帐，二来，小主人对她知之甚少，显然他们之间并未产生亲密的关系。

而这，也是让若拉感觉整桩事情都透着古怪的原因。莫非，忽辛王的本意不是让公主成为小主人的枕边人？那他突发奇想把自己的侄女平白送来小主人的王帐的目的何在？如果忽辛王的确有意将侄女许配给小主人，那么，公主与小主人又为什么共处一帐却各自守身如玉？

再或者，忽辛王只是想用这种出人意料的方式表达他的幽默？

怎么会呢？这可不是一件能够用来开玩笑的事情。

若拉细心地为巴布尔缠着头巾。不戴头巾的时候，巴布尔会戴一顶蒙古皮帽，皮帽的样式与他父亲喜欢的样式一模一样。

今天，他要去拜见他的帕扬达姑妈，必须穿戴得像家族聚会的样子。若拉缠头巾的手艺无人可比，巴布尔注视着镜子里的自己，只见镜子里的那张脸上洋溢着快乐和热情，这让巴布尔感到不可思议。

他问自己，仅仅一宿充足的睡眠，就足以使他像换了个人一样吗？

答案是：事实如此。

若拉也喜欢看到小主人现在的模样，她正琢磨着该如何从小主人的嘴里套问些关于月光公主的事情，没想到巴布尔先问她了："你一向习惯早起不是吗？月光离开的时候，你没有看到她吗？"

谈论月光的冲动，他克制了又克制，还是脱口而出。

奇特的相遇，短暂的相处，在他的内心深处，月光已不仅仅是个姑娘那么简单，她更像一个谜，诱惑着他去解开。

若拉摇摇头，"没有。早晨我一直待在帐子里，没有听到主上这边的动静。要不，我去问问昨晚值宿的人，他们肯定知道公主什么时候离开的。"

"不用问了。这也不是什么要紧事。"

"主人，公主今晚还会过来吗？"

巴布尔愣了一下。

是啊，今天晚上，月光还会过来吗？他怎么就没有想过这个问题？

月光不再过来，他会不会很失望？会不会怀念她的故事？会不会怀念她带给他的平静和放松？

会吗？会吗？

若拉希望得到肯定的答案，小主人一脸茫然的样子反而令她担心。直觉告诉她，小主人喜欢上了那位公主，虽然公主宁静冷漠，可小主人对她，似乎比对任何女人都怀有天然的、纯粹的好感。

作为库夫人的贴身侍女，若拉太了解小主人的个性了，在女人面前，小主人一向很羞怯，从阿依霞公主到宰纳卜公主，这两位成为小主人妻子的女人，无不因为小主人羞怯的躲避而失去了相亲相爱的机会，最终导致两场婚姻成为对彼此的折磨，同时也带给小主人深深的隐痛。

如今，月光出现在小主人的生活中，但愿这一次，这位与众不同的姑娘能给小主人带来爱的快乐。

但愿。是啊，但愿！

第三卷
风有意月无情

在我极度悲痛的夜晚，我叹息的旋风席卷了太空
我的泪水像一条龙，将世界的一角吞噬干净

——巴布尔语

1

对于谈论月光，巴布尔显然像若拉一样意犹未尽。可惜，巴布尔和若拉没有时间继续这个话题了，忽辛王派人来请巴布尔去他的王宫商议军情，中午，巴布尔赶去姑妈帕扬达居住的小城堡参加宴会，直到午夜时分才返回营地。

生平第一次饮酒，即使只是几杯度数很低的果酒而已，巴布尔仍有一种虚虚飘飘如同踩在云朵上一样的感觉。

此时，整个营地一片静谧，除了值宿的侍卫和哨兵，其他人都已进入梦乡。巴布尔的王帐如同一轮被群星环绕的孤月，从虚掩的门缝里透出晕黄的灯光。伸手推门的瞬间巴布尔突然有些犹豫，种种念头一掠而过：月光来了吗？月光会像昨晚那样等候他吗？如果见到月光，第一句话他该说些什么？

或许，他应该先问问若拉，确定一下月光是否在他的王帐？

没等巴布尔理清思绪，门从里面悄无声息地拉开了。巴布尔吓了一跳，突如其来的光亮让他眯住了眼睛。

月光沐光而立，注视着巴布尔，愕然片刻。"王，您回来了？"

她说着，侧身跨出帐门，声音依然婉转动听。

"你，你要回去吗？"巴布尔脸色呆呆地问，好像受到了打击一样。

"不是，我出来吹吹风。我怕在您回来前，我会睡着了。"月光平静地回答。

从她的脸上看不出太多的表情。巴布尔微叹，原来，她就是这样的女人，像

月光般温柔却缺少温度。

巴布尔略略放下心来，转眼间，他又为自己轻易泄露了内心的秘密而烦恼。他一声不响地回到帐中，坐在红木桌边为自己倒了一杯凉茶，想醒醒酒。这时，他的视线被摊开在桌子上的一本书吸引了。

桌子靠外并排放着两盏油灯，很显然，他回来之前，月光正在借读书来打发等待他的时光。

他看了看书名，原来是歇里甫爱丁所作的《帖木儿武功记》。月光读得很认真，差不多每一页的书眉上都留有她的评点。她的字体娟秀，巴布尔的心头又是一动。他没猜错，月光果真有着与他相近的阅读爱好，若非如此，像她这样的年轻姑娘也不可能知道那么多历史故事。渊博的知识加上出众的口才，使她的魅力与众不同。巴布尔生平第一次产生了想将一个女子永远留在身边的冲动，而这种冲动，之前他从来不曾对任何女人产生过。

月光，月光……对了，月光怎么还不进来？难道她说出去清醒清醒其实是悄悄地溜走了吗？

这可不像话，她还没有给他讲故事呢。

巴布尔正打算出去看看，刚刚起身，月光推门进来了。巴布尔急忙重新坐下，摆出一副若无其事的样子继续喝茶。

月光走到巴布尔身边坐下，安静地看着他。巴布尔没有表示，脸却一点点涨红了，渐渐地，他感觉自己的额头上也开始冒出细密的汗珠来。巴布尔正不知如何是好，月光开口了，依旧是她特有的、温婉的声音："王。"

"啊。"

"你困了吗？"

"没有，还没有。"

"既然如此，我们先坐着说会儿话吧。"

"唔……好，随你。"

月光稍稍沉默了一下，"王，你没回来的时候，我一直在读帖木儿王的传记。读着读着，我产生了一个想法。"

"哦？是什么样的想法？"

"是……王，我可以怎么想就怎么说吗？"

"当然了，至少我希望如此。"

"好，那我就说了。我在想，帖木儿时期、沙哈鲁时期，是帝国最强盛的时期，这两位先王都特别注重修史，尤其是沙哈鲁王，他不仅鼓励史官积极投入对前朝历史的采写、编纂，还允许史官随时记录下他的言行和为政之道，然后编修成书，供后世参阅。可辞藻再华丽、史实再完备的史书也有不足之处或者说缺憾，这就是：它们全由史官完成，由于种种缘故，史官不可能对之前甚至当时发生的事情掌握得准确无误，尤其不可能了解笔下叱咤风云的君王最真实的内心世界……"

巴布尔点头，若有所悟，"你的意思是……"

月光注视着巴布尔，目光闪闪，"对，您想到了是吗？我想说的就是，为什么您不尝试一下，由您亲自来写一部关于您自己的史书呢？我看过您用突厥文和波斯文写的抒情诗，还看过您用突厥文写的一篇诗体论和一篇实用法律论文，您的叙述扼要清晰，语言优美无比，我觉得您完全具备这样的能力。我相信，只要您肯动笔，您就一定能写出一部不同于任何史书的、只属于您自己的巴布尔史。"

巴布尔望着月光，毫不掩饰内心的惊奇。

说真的，几年前，当他在山区流浪时，他的确产生过这样的想法，甚至闲暇时也构思过书中的某些章节。然而，他当时面临的困境迫使他只能考虑未来的出路，及至他初步在喀布尔站稳脚跟，他更多要考虑的是如何以喀布尔为据点，向河中地区扩展势力，直至将昔班尼汗赶出帖木儿帝国的领土。

这对他而言才是当务之急。

纵然他有过将自己的一生记录下来的念头，他也从来不曾对任何人提起过，任何人，包括他最亲近的母亲和外祖母，遑论一个他刚刚认识才两个晚上的姑娘？那么，她究竟是从哪里得知了他的内心所想呢？

抑或是，她根本就是真主派来的使者，来到他身边协助他完成一桩原本不可能完成的工作？

月光知道，巴布尔完全接受了她的建议，他脸上的表情告诉她，此刻，对于她，这个他只见过两面的姑娘，他的内心有多么惊奇。

她向巴布尔眨眨明亮的眼睛，嘴角掠过一抹微笑。

她微笑的时候，像纯洁的百合悄然绽放，优雅得无以言喻。

巴布尔长久地注视着她。在他二十多年的生命中，从来不曾这样肆无忌惮地注视过任何一个人，无论是他的两位妻子，还是他少年时代为之迷恋的八部里。那个时候，每当见到八部里，他的目光都会像被猛兽追赶的小兔，慌乱之中，除了想着拼命躲藏，哪里还有坦然面对的勇气？

可现在，他注视着这个谜一样的姑娘，他所感受到的，既不是慌乱，也不是倾心，而是一种说不清道不明的喜悦。

二十三年的时光，似乎已经是一个世纪的漫长等待，他终于等到一位知己，一位红颜知己。

这一夜，在他稍稍有些羞涩的请求下，月光与他并排躺在床上。他们和衣而卧，他给月光讲起他的童年，讲起父亲猝逝后那些艰难的时光，他也讲起他的两位妻子，以及那个皎洁如明月，突然出现在他的生命中又像风一样消逝无踪的八部里。

八部里……

他记不清多少年了，事实上从他们初遇的那天起他就一直想努力忘掉那个美好的少年，有那么几年，他以为自己做到了。这个奇妙的晚上，面对月光呈现在朦胧月色里的可爱轮廓，所有关于八部里的记忆都在瞬间复活。

多么不可思议，他从未对任何一个人提起过八部里，那原本是他珍藏在心底最不愿与他人分享的秘密，也是他如此忧伤和孤寂的源头。而今，他却如此自然地向月光和盘托出，无所隐瞒。

月光静静地听着，有时，她会问上几个问题，她的问题总是恰到好处，有助于巴布尔回忆起一些他遗忘的事情。

天蒙蒙亮时，巴布尔睡着了。他从沉睡中醒来，月光已不在帐中，只有桌上留着一张纸条，纸条上写着一句话：回忆录从你继承父位写起是否更好？

正是这张纸条让巴布尔相信，连续两个晚上陪伴在他身边的月光确实真真地存在过，她并不是他的又一个梦境。

他想起昨晚的情形，心弦不由为之拨动：那真是一个古怪的夜晚。有个姑娘躺在他的身边，他除了急着向她倾诉，竟然不曾拉一拉她那双纤细好看的手。

他未尝没有过这样的冲动，只是，他尚且不能确定，他可以冒犯她吗？万一他冒犯了她，她会不会就此消失在他的生活中？

这是最可怕的结果。他不能让她消失，她消失了，有谁会在晚上给他讲那些动听的故事？他又从哪里能寻找到如她一般善解人意的倾听者和知己？

2

忽辛王在战前准备工作接近尾声时又病倒了，生病休养期间，忽辛王不得不将国内大小事务暂时交给长子巴迪处理。

巴迪是个比巴布尔年长近二十岁的中年人，二人年龄相差甚远，巴迪对堂弟却很器重，许多事情都愿意征求巴布尔的意见而后付诸实施。

巴迪如此倚仗巴布尔也有不得已的苦衷。

虽为忽辛王长子，巴迪并未得到父亲的钟爱，父亲最钟爱的儿子是巴迪同父异母的弟弟穆札法尔。

穆札法尔的年龄与巴布尔相仿，父亲的一味偏心使穆札法尔自幼养成了狂傲不羁的性格，从来不将他的长兄或者其他兄弟姐妹放在眼里，事实上，他并不具备任何与他的自负相称的能力。

在刚刚进驻哈烈的第一次家宴上，巴布尔曾见过穆札法尔和他的母亲。他曾听人私下议论，穆札法尔的母亲最初只不过是忽辛王的一名侧室，只因她掌握着令其他女人望尘莫及的勾引男人的技巧，每一次由她侍候忽辛王时忽辛王都被她柔若无骨的缠绕和风情万种的呻吟弄得神魂颠倒，在情欲一次次达到高峰时，忽辛王慷慨地答应了她的请求，在很短的时间内将她从侧室提升为夫人，还对她生育的儿子宠爱有加，远远胜过宠爱别的儿子。

一旦取得了忽辛王的信任，这位夫人便开始热衷于掌握权势。她的家族因她而飞黄腾达，她的丈夫与儿子则因她的挑拨而与至亲骨肉离心离德。

巴布尔热爱自己的外祖母和母亲，但同时，他对女人也怀有深刻的成见。他认为，像穆札法尔母亲这样的女人，无疑是灾祸的源头，对待这样的女人，最好的办法莫过于让她从眼前消失。

或者，将她罚做奴仆，让她饱受肉体和精神上的双重折磨后自省。

最近一段时间，在巴布尔的再三催促下，巴迪答应加快备战的速度，尽快与昔班尼汗决一雌雄。然而，由于忽辛王病势日沉，巴迪的承诺始终停留在口头上，并没有采取任何行动让巴布尔得偿所愿。

焦急的等待中，穆札法尔抢先于兄长巴迪，在自己的居所白花园举行了一个欢迎巴布尔的宴会。宴会厅设在一个被称作"快乐的厅堂"的建筑物里，这所建筑物算不得宏伟，只有上下两层，但式样很精致，很漂亮，里面的装饰也华美。上层四角各建有一个休息室，休息室之间建有四个龛形的阳台，建筑物中的壁画描绘的都是关于巴布尔的祖父卜撒因所进行的重要战争的场面。

巴布尔带二弟只罕杰尔一起参加了宴会。他在多年之后第一次见到堂兄麻素提，当年，麻素提被胡思老弄瞎了双眼（不是完全失明），危急中一位忠仆保护着他逃到了呼罗珊，忽辛王收留了他，还将一位贵族之女许配给他。麻素提的新夫人温柔贤惠，她请来一位名医为丈夫治疗，结果，麻素提的两眼视力进一步恢复，能看见一些大的东西，生活自理基本不成问题。就算客居哈烈，他仍然是马合谋王的长子，身份尊贵，人们举行宴会时一般都会邀请他参加。

巴布尔与麻素提互致问候，穆札法尔宣布宴会开始。穆札法尔自幼酷爱音乐，特意邀请了几位长年寄居于王府的音乐家出席了他的宴会。这些音乐家都很优秀，在哈烈甚至整个呼罗珊地区都首屈一指。其中，一个音乐家善弹铿克琴，指法娴熟无人能比；一个音乐家擅长吹笛——不是普通地擅长，而是只要是你说出其名并能找来的笛子，他都能吹出动听的旋律；一个音乐家擅长舞蹈，身姿轻盈，节律掌握得极好；还有一个叫哈非思的音乐家善于唱歌。巴布尔对歌者印象最深，基于两个原因：一个是他的歌声轻柔优美，表现出良好的音乐素养；另一个是只罕杰尔喝醉后，命他带来的歌手也献上一首歌，这个歌手声音尖锐，难以为听，在座的宾客脸上无不露出愕然的表情。巴布尔十分羞惭，只罕杰尔却迟钝不知，还大声喝彩。

宴会结束时，穆札法尔赠给巴布尔一把带鞘的剑、一件羔羊皮外套、一匹灰色骏马。巴布尔回赠他的礼品是一棵垂柳树，这是巴布尔在一次战争中缴获的珍贵艺术品，垂柳树的树枝是人造的，却与真的树枝别无二致，树枝上插满了细长的金叶，既富贵大气又价值连城，穆札法尔得之爱不释手。

穆札法尔为巴布尔举行宴会的消息第二天传到了巴迪耳中，巴迪不甘示弱，当晚就在阿拉花园他的王宫中举办了一场更为盛大的宴会，得到邀请与会的宾客是穆札法尔邀请宾客的二倍。

巴布尔不得不承认，巴迪的宴会情趣不足，美食尤胜。中亚突厥化了的蒙古人，依然严守着成吉思汗的法令，无论在集会中、法庭中、婚礼上，或吃、或坐、或起，都决不违背分毫。帖木儿王及其后人也不例外。每逢宴会，仆人们均以白巾蒙面，穿梭于客桌之间，安静地、井然有序地传递着食物。不仅如此，依照客人身份的不同，在允许使用的餐具和食物的分量上也有严格的规定。比如，巴迪的宴会上有一道烤鹅大餐，巴布尔和巴迪的面前都摆放着一整只，而且盛在银盘中，其他人只分得半只，或者四分之一只，分别盛在瓷盘或木盘中。再比如，巴布尔和巴迪用银杯喝酒，其他客人却用瓷杯或玻璃杯……规矩诸如此类，不一而足。

烤鹅的色泽如此诱人，阵阵香气扑鼻而来，巴布尔此前从未品尝过，不知道该如何切或如何撕开，就没有动。

巴迪问："你不喜欢吃吗？"

巴布尔诚实地答道："我不会切啊。"

巴迪立刻上手将烤鹅撕开，将其中的一只肥鹅腿递给巴布尔。他的动作麻利，显然是他经常做这样的事情。

宴会至夜结束，巴迪赠送给巴布尔一把饰有宝石的匕首、一件花缎外衣和一匹良马。巴布尔则以一套珍贵的中国瓷器作为回礼。

3

时光在没有结果的催促中一天天消失，在这段万事都不如意的日子里，月光是巴布尔唯一的安慰。

月光依然像月光一样只在晚上才会出现在巴布尔的生活中，而巴布尔早就一天比一天更加习惯了她的存在。在月光的陪伴下，他已经开始《巴布尔回忆录》的最初章节的撰写。

对巴布尔而言，哈烈或许不是一个可以让人实现理想和抱负的地方，却是一个浪漫的、随时随地都在酝酿爱情的地方。

忽辛王的病时好时坏。当忽辛王的病情逐渐好转，忽辛王的正妻同时也是巴布尔亲姑姑的帕扬达夫人决定举办一个小型家宴，借以放松紧张多日的心情。既是家宴，作为帕扬达夫人的亲侄儿，巴布尔当然在受邀之列。

当时正是中午，巴布尔刚刚完成回忆录中对安集延地区的描写，放下笔，他竟隐隐有种期盼，希望能够在宴会上见到月光。

他失望了，月光没有出现在宴会上，取代月光出现的，是另一个姿色秀丽的陌生女孩——马苏麻，大伯王阿合马的幼女，他的堂妹。

说起来，阿依霞和宰纳卜同样是他的堂妹，先后做了他不幸的妻子，两次婚姻的阴影挥之不去，其结果导致巴布尔对自己的堂姐堂妹一律敬而远之。

马苏麻似乎又有某些不同。这个女孩长着一张略显苍白的脸，尖尖的下巴、薄薄的嘴唇使她看起来弱不禁风，她的鼻子、眼睛、眉毛长得很美，鼻骨秀挺，端端正正，眼睛像两粒形状饱满的杏仁，在长长的睫毛下闪动着梦幻般的深紫色光泽。她的眉毛尤其让人见之难忘，在此之前，巴布尔从不记得哪个女孩子长着如马苏麻一般修长、精致、富有生气的眉毛。

两个人见面的刹那，巴布尔的心旌莫名其妙地摇曳了一下，马苏麻也不由自主地羞红了脸。

总之，这女孩的一切都与阿依霞和宰纳卜不同，她像小猫一样温驯的目光，就在他们彼此的对视中，一点一点、丝丝缕缕地缠绕在巴布尔的心上。

马苏麻的母亲哈比巴夫人似乎很乐意看到马苏麻和她的堂哥巴布尔亲近，她请巴布尔坐在她和女儿之间，巴布尔却之不恭，他客气地落座时，蓦然发现这其实正是他的内心所愿。

宴会在巴迪的主持下正式开始。少年和青年时代的巴布尔并不喜欢饮酒，对食物也不挑剔，他只喝些饮料，吃些面包和烤肉。幸运的是，他与马苏麻很快找到了他们都感兴趣的话题。

巴布尔看得出来，马苏麻是真心喜欢自己这个她初次见面的堂哥，她的性格单纯，尚且不懂得掩饰内心的好感。的确，巴布尔年轻英俊的外表，富有传奇性的经历，也足以打动像马苏麻这样涉世未深的少女。

马苏麻浅浅地饮着杯中的葡萄酒，巴布尔注意到她的脖子上挂着一个项坠。项坠的大小与巴布尔的小指肚相若，显然价值不菲。它最精妙的地方在于它那玫瑰形的银托和同样都是用纯银打制的枝叶与花瓣，带刺的花枝，椭圆形的叶子固然美轮美奂，更令人叹为观止的还是它纤薄精巧的花瓣。银托与花瓣之间，花瓣与花瓣之间都镶嵌着水滴状的红宝石，在银色花瓣的衬托下，红宝石的颜色娇艳欲滴，与银色的光芒交相辉映，恰似一朵怒放的玫瑰。

巴布尔是个善于观察细微事物的人，他无法想象，除了一个人，这个世界上还有谁能够制作出如此精美绝伦的饰物。

马苏麻注意到巴布尔讶异的目光，立刻乖巧地从脖子上取下项坠，放在巴布尔的手心里。

"漂亮吧？"她含羞问，可爱的童音与她柔弱的外表倒很相称。

"漂亮，真漂亮！"巴布尔情不自禁地赞道。

"是一位姐姐送给我的呢。"

"什么样的姐姐？"巴布尔不过随口问了一句。此时，他的注意力完全放在项坠上，看到这个堪称艺术珍品的项坠，他就想起了一个人，随之想起的，还有一些无法忘怀的往事。

"姐姐嘛……她有个很独特的名字，叫作佐维然。"

巴布尔的眼睛一下离开了项坠，吃惊地望着马苏麻，"你说，她叫什么？"他的声音可能太过响亮也太过泄露出内心的激动，引得周围的人都扭头看向他们坐着的这个方向。

马苏麻脸上的红晕更加浓重了，她垂下头，低低地回答："佐维然。"

"佐维然……佐维然……"巴布尔念叨着这个名字，这个名字他绝不陌生，问题在于，他一时不敢确定这个名字与他认识的那个女孩有着怎样的联系。"那么……你在哪里见到她的呢？"

"苏丹尼叶。"

昔班尼汗攻克撒马尔罕后，以撒马尔罕为中心四处征伐，凭借旺盛的武力日渐蚕食帖木儿帝国仅存的疆域。而作为失去父亲、失去领地和失去庇护的阿合马王的妻妾子女只好过着逃亡生活，他们各奔东西，相继依附那些尚且掌握权势的亲戚，其中有一个阶段，马苏麻和她的母亲就住在苏丹尼叶。

"是苏丹尼叶，不是塞西娅洞吗？"巴布尔喃喃自语。

不知为什么，确定这是另一个"佐维然"，令他有些失望。佐维然的名字很少见，那是塞西娅特意为她取的，很动听，事实上没有任何含义。他绝不希望在这个世界上还有第二人叫这个名字，在他的心目中，能够配得上这个名字的只有塞西娅洞的那个美丽女孩。

"哥哥，你怎么知道塞西娅洞呢？姐姐跟我说过，她住的地方就叫作塞西娅洞，那里有圣女泉，她经常洗药浴，可能因为这个缘故，她和我们不一样，她全身的肌肤都像玉兰花一样洁白芬芳。"

巴布尔的心刹那间剧烈地跳动起来。

真的是她，真的是她！

从分别到现在，十四个春秋一晃而过，他从来不曾忘记过他在塞西娅洞度过的美好时光，从来不曾忘记过他的朋友佐维然和巴巴乌拉，特别是佐维然，她一直是他孩提时代最爱的女孩。

"你和佐维然是怎么认识的？她到苏丹尼叶去做什么？她是一个人还是两个人去的呢？她有没有跟你谈起过一位神奇的老人？还有，她不再住在塞西娅洞了吗？难道，塞西娅已经不在人世了？"

巴布尔接连发问，最后一句却是自语。他急迫的语气让马苏麻一时不知先回答他哪个问题才好。不过，有件事她可以确定，她的堂哥认识佐维然，而且，堂哥对佐维然绝不只认识那么简单。

马苏麻稍稍思索了一下，轻唤道，"哥……"

"嗯？"巴布尔无意识地应道。

"你认识佐维然？"

"是的，她是我的朋友。"

"哦？这么说，你当然也认识巴巴乌拉了对吗？"

"对，小的时候，我们三个人是最好的玩伴。"

"原来如此，难怪他们会向我问起你。"

"是吗？他们真的向你问起我了吗？"

"他们知道我的身份后，就向我打听了你的消息，那个时候，我没见过你，也不清楚你的状况……"

"没什么，你不知道很正常。我还是很好奇，他们为什么到了苏丹尼叶？他们到苏丹尼叶去做什么？"

"他们到苏丹尼叶是为购买一些印度香料和非洲宝石，姐姐跟我说，她和巴巴乌拉要成亲了，这些东西都是塞西娅让他们准备的。"

"成亲？"巴布尔的脸上露出不可思议的表情，转而，不可思议变成了淡淡的失落。成亲？是啊，他早该想到这一点。佐维然注定是要嫁给巴巴乌拉的，这个缘分从他们三个相识在塞西娅洞的那一刻就确定了。只是不知为什么，想到佐维然终究嫁给了巴巴乌拉，他的心里竟有几分怅然。

"哥。"

"你说。"

"你知道佐维然姐姐长得像谁吗？"

"像谁？不知道。"

"像叔王（指巴布尔的三叔马合谋王）家的迪丹姐姐。该怎么说呢，某些地方她们俩简直一模一样，我就是错将她认成迪丹姐姐，才与她相识的。"

"迪丹啊……我好多年没见过她了。"

"迪丹姐姐一年前病故了，你不知道吗？"

83

巴布尔一惊，"不知道。怎么会？她的年龄不大啊。"

"她的身体一直不好，这些年又颠沛流离的……说真的，大家都为她惋惜，在我们这些以前经常能见面谈笑的姐妹里面，数她长得最漂亮，她的眉眼比起我二姐白皙公主来还要更精致一些呢。"

世事无常令巴布尔的心情变得灰暗了，记得外祖母伊散夫人活着时，曾想将迪丹娶进家门做她的外孙媳妇，当时因为迪丹身体不好，才让巴布尔娶了她的妹妹宰纳卜，没想到，不过短短几年，这姐妹俩竟然双双不在人世……

说不出怎么回事，巴布尔只觉心里闷得慌，想出去透透气，他问马苏麻："你要待在这里，还是到外面走走？"

马苏麻微笑，低声回答："我先出去吧，过一会儿你再出来，我在小河那边等你。"

"好。"两人说定，趁着大帐中宾客们一个个忙于推杯换盏，一前一后悄悄溜出了帕扬达夫人的大帐。

4

昨晚下了一夜的小雨，空气中氤氲着水草特有的气息，巴布尔和马苏麻一边沿着弯弯曲曲像飘带一样的小河漫无目的地走着，一边倾听着水鸟婉转的和鸣。不知不觉地，巴布尔与马苏麻拉开了几步的距离，他无意中发现马苏麻娇喘吁吁的样子，不由心生怜惜，暗悔自己粗心大意。

他等着马苏麻走近，笨拙地伸出手，试图为她拭去鼻尖沁出的汗珠。他的手心滚烫，触在她凉凉的脸上，两个人都有一种久违的彼此倾心的感觉。马苏麻顺势依偎在巴布尔的胸前，她听到巴布尔"咚咚"的心跳声，这声音让她如此心安，就仿佛一个迷失了方向的孩子，突然看到了自己正在寻找的毡房。

只是短暂的犹豫，巴布尔将一个热烈的吻印在马苏麻冷汗涔涔的额头上，这于他是从未有过的举动，随后，他将马苏麻紧紧拥在自己的怀中。

这一刻，他们是如此靠近，无论他们的身体还是他们的心灵。

巴布尔确信，在忍受了无数磨难与寂寞之后，他遇到了一个能为他所爱的女孩，这是命运对他的恩赐。

还有月光，她是不是也可以算作命运对他的另一种恩赐形式？

天空开始飘起雨丝，马苏麻仰起脸，任雨丝轻拂着她羞红的脸颊。

巴布尔默默注视着她，良久，她细小的声音打破了她与巴布尔间的沉默。她的思绪依然停留在苏丹尼叶她偶遇佐维然的那一刻，她知道巴布尔对这个话题感兴趣，她也愿意将这段经历与她喜爱的男人分享。"你知道吗？我特别喜欢飘着雨丝的天气，这样的天气似乎总意味着奇迹发生。"

这样的开场白让巴布尔不明所以，他"哦"了一声，稍稍有些心不在焉。

马苏麻并未察觉，自顾自地说了下去："那还是三年前我和母亲居住在苏丹尼叶的时候。有一天，我心里闷得慌，一个人溜到附近的街上闲逛，我刚选中了一条绣花披巾，这时天空中突然飘起雨丝，我担心雨越下越大，就躲进了一家很气派的玉器店。这家玉器店的店主我认识，他以前做过我父王的侍从。我父王去世后，哥哥们发生矛盾，他就离开军队回到他的家乡苏丹尼叶，用我父王赐给他的金银珠宝开了一家玉器店。我和母亲一到苏丹尼叶就与他取得联系，你当然知道，这些年兵荒马乱的，他的买卖不好做，他想到塔什干去，求我母亲写封信，给他引见我父王的大夫人，哦，她也是你嫡亲的姨母。"

"噢。"

"说来真巧，我跑进玉器店时看到店主正与一位长得很漂亮的姐姐交谈，我乍看到她，又惊又喜，不由脱口问道：'迪丹姐姐，你怎么会在这里？'漂亮姐姐看了看我，微微一笑，很耐心地说：'小妹妹，你一定认错人了吧？我不叫迪丹，我叫佐维然。'我听她说话的声音的确与迪丹姐姐不大一样，迪丹姐姐从小身体不好，脸色比一般人都要苍白，她的脸色却红润健康，哪有一点病恹恹的样子。我知道自己认错了人，不好意思地说，你与迪丹姐姐长得一模一样呢。她说，是吗？然后我们随意交谈起来，如同多年前就已相识的朋友。"

果然，听到"佐维然"的名字，巴布尔的神情一下子变得专注起来，马苏麻早知道会是这个效果。

"得知并且确定我真实的身份后，她出人意料地提到了你的名字，她问我：'你认识一个叫作巴布尔的人吗？他是乌马尔王的长子。'我说：'巴布尔是我的堂哥，不过，我已经好多年没有见过他了，也不了解他的情况。'听到我这样回答，姐姐脸上露出失望的神情，我很好奇，反问她怎么会认识你？她没回答，只是从脖上取下了项坠，放在我的手心里，她对我说：'戴上它吧，像我一样珍惜它。有一天你见到巴布尔，这个项坠一定会让他想起一些事情……'"

马苏麻略显急切的叙述被一阵突如其来的拥吻截断了。巴布尔的双臂在马苏麻的腰间簌簌发抖，这一吻却是如此绵长如此完满。马苏麻在极度惊讶中迎合着巴布尔蓦然迸发的热情，她丝毫没有被侵犯的感觉，相反，她的全部身心都仿佛被淹没在幸福的波涛里。

不知过了多久，巴布尔的嘴唇遽然离开了对马苏麻的纠结，开始与结束都没有任何犹豫。

他有些喘息，对于他的随心所欲，马苏麻依然全盘接受，她温顺地依偎在他的怀中，眼神像小猫一样迷离。

巴布尔的目光久久落在马苏麻的玫瑰项坠上，连他自己都说不清，他这种既放肆又粗野的发泄究竟是出于对马苏麻的一见钟情，还是在得知佐维然嫁给巴巴乌拉后急于用这种不公平的方式填补内心的空虚。

从小就深得他欢心的佐维然到底嫁给了他儿时的朋友巴巴乌拉，这绝不是他希望知道的事实。

"哥。"

马苏麻重新开口说话时细小的声音在巴布尔的耳朵里变得十分遥远，他无意识地回应："唔……"

"姐姐说，项坠会让你想起一些事，你究竟想起了什么？"

"项坠是塞西娅亲手为她最钟爱的小女孩佐维然制作的。其实我早该想到，在这个世界上，除了塞西娅，谁还能制作出这样一件精美绝伦、独一无二的饰品？我也早该想到，佐维然直到现在仍然怀抱着希望，希望我记得塞西娅，记得她，记得巴巴乌拉，而我，又何尝有一刻忘记过他们，忘记过塞西娅洞、圣女泉，忘记过银果面包和药池？假如时光可以倒流，我还是九岁，我真想永远留在那个比仙境还要美丽的地方，远离这尘世的无尽纷扰。"

"原来是这样。难怪当初姐姐说她要把这个玫瑰项坠送给我时，店主的两只眼睛都发直了。他是那么渴望买下这个项坠，还提出愿以高价收藏塞西娅的手艺。佐维然姐姐不肯卖给他，却慷慨地将项坠送给了我。她一定已经猜到了今天的情景吧，她知道总有一天我会与你相遇，到那时，你会认出玫瑰项坠，也会记起你在塞西娅洞度过的无忧无虑的时光。"

"唔，是啊，想必如此，她从小就是一个善解人意的女孩儿——像你一样。"

最后一句话是巴布尔刻意加上去的，原本带有些许敷衍的成分，然而，当他看到马苏麻娇羞的模样比盛开的玫瑰花还要妩媚时，蓦然为之心动。他知道，最初的感觉并没有欺骗他，这个女孩果然可以成为他的伴侣。

想到这里，他抛开了自己对堂妹们一贯持有的虚伪客套，直截了当地问道："你和你母亲打算留在哈烈吗？"

这句话与上一句话之间并没有任何关联，马苏麻在回答前明显愣了一下，"啊……那个……我们……"

"你听我说，你还小，有些事你恐怕并不清楚。昔班尼汗的下一个目标就是征服呼罗珊，他是个可怕的人，我担心哈烈早晚会落入他的手中。"

"真的吗？难道连忽辛王这么有实力的人也守不住哈烈吗？"

"我不想吓你，忽辛王从来不是昔班尼汗的对手。忽辛王缺乏斗志，帖木儿王的后王们又各打各的算盘，曾经辉煌的帝国内部，其实早就变成了一盘散沙。这正是我们这些人多年来屡战屡败的原因，我们用这样的队伍去与昔班尼汗抗衡，失败的命运怎么可能不被注定？"

"那么……"

"我原本设想，我与忽辛王联手，加上战术运用得当，即使我们不能给予昔班尼汗致命一击，至少也能阻止他长驱直入，使他在据有整个河中诸城之后继续将呼罗珊诸城收入彀中的美梦破灭。而只要呼罗珊地区还掌握在我们手上，我们就同时握有复国的资本。我还真是天真没有经验呢，把一切都想得太过简单了。现在，忽辛王身体状况不佳，我想用不了多久我就得返回喀布尔了。"

马苏麻呆呆地望着巴布尔，一时间没有开口说话。气氛变得压抑了，马苏麻在脑海里飞快地思索着巴布尔的分析。假如巴布尔的分析没有错——一定没有错，巴布尔是谁啊，他可是从十一岁起就率领军队征战四方的人，他打败过昔班尼汗，也失败过，可他还是在喀布尔建立了一个属于他的王国。他传奇般的经历使她无法不对他充满崇敬和信赖之情。

更重要的是，她厌倦了四处流浪、居无定所的生活，因此，她必须做出选择，让自己和母亲找到一个长久的、安定的落脚点……马苏麻下定了决心："哥，你返回喀布尔的时候，可以带我和我母亲一起走吗？"

巴布尔认真看着马苏麻，"与喀布尔相比，哈烈是个繁华的城市。你不怕将来跟我一起吃苦吗？"

"不！我不怕。我怎么可能害怕吃苦呢？这些年，难道我吃的苦还少吗？在你的印象里，我一定还是父王在世时那个衣食无忧的小女孩，事实上，我经历了太多的人间冷暖，早就不是什么娇贵的公主了。我反而觉得自己很幸运，哈烈之行让我遇到了你，你是我的堂哥，也是我喜欢的男人，你会给我一个安身的家的，不是吗？今后，只要能跟你在一起，你走到哪里，哪里就是我的家。"

巴布尔被马苏麻坚定的言辞打动了。

他得承认，在他堂妹柔弱的外表下，有一种刚毅的品格比她妩媚的容貌更能俘虏他的心灵。马苏麻对他一见钟情，而他也爱上了马苏麻，在他希望带她返回喀布尔的同时，他确定了他的爱情。

无论此时，无论未来，只要她愿意，他可以带她去任何地方。

巴布尔原本是个做事果决的男人，对于决定好的事情，从不瞻前顾后。他微笑着拉过马苏麻，轻轻问道："这件事，你是否还需要跟你母亲商议？"

"不用。母亲会跟我一起走的。"马苏麻毫不犹豫地回答。

巴布尔心里的石头落了地。

他换上愉快的口吻，与马苏麻谈了许多，他们的话题多半围绕着马苏麻这些年的生活。巴布尔希望尽快了解他未来的新娘，这种迫切的感觉与他同阿依霞、宰纳卜在一起时完全不同。

不知不觉中，他们的全身都被淅淅沥沥的小雨浸透了，马苏麻冷得打了个哆嗦，巴布尔这才醒悟过来，体贴地低语："我们回去吧？"

"哦，好的。"马苏麻百依百顺。

他们彼此相视，爱意浓浓。

5

巴布尔在前，马苏麻在后，两个人加快了脚步，来到宫帐近前。马苏麻正想与巴布尔一起进去又改变了主意，她说自己湿漉漉的样子会让母亲担忧。巴布尔明白她的意思，颇不以为然，即便如此，他对自己钟爱的女孩子仍旧表现出少有的耐心，一直把她送回附近不远她临时居住的蒙古包。

在蒙古包门口，马苏麻问巴布尔："哥，你不用换身衣服吗？我家里有父亲当年穿过的蒙古袍，你不嫌弃的话……"

巴布尔摇摇头："不用，这不算什么，我习惯了。"

马苏麻也不勉强他，笑着吩咐他先过去，俩人挥手告别。巴布尔心情愉快地折回姑母的宫帐。走着走着，巴布尔听到从宫帐里传出男人们浑厚的略带悲伤的合唱，那歌声的旋律很熟悉，巴布尔不由加快了脚步。

听清了，听清了，是八部里为他创作的《思乡谣》，是那支后来在察合台汗国广为传唱的《思乡谣》。

《思乡谣》，八部里，他何尝有一刻忘记过这首歌，正如他何尝有一刻忘记过那个风姿翩然、仿佛不食人间烟火的少年！

那个时候，他与八部里刚刚相识，每当他忙里偷闲之时，洪赛都会很有默契地将八部里带到他的面前。

在他的面前，八部里总是有些拘束，也许是因为他自己的拘束影响了他。

有一天，八部里坐在他的对面，轻抚琴弦，用纯美的嗓音唱了一首他以前不曾听过的歌。当少年唱到"梦中的草原一天天变得遥远"时，每一节颤动的音符都让他的内心充满惆怅。

唱完了，八部里说，这首歌叫作《思乡谣》，是他用了几个月的时间特意为他创作的。

那是他最后一次见到八部里。原以为一切就此尘封，此时此刻，又是谁唱起这首思乡的歌？

不是八部里，当然不是八部里，尽管他多么希望就是八部里。

巴布尔默默站立在姑母的宫帐前，凝神倾听着男人们粗犷的歌声。他始终心怀疑惑，当年，八部里为什么会在失踪的前一天为他写下这样一首忧伤的歌曲？

难道就在那天，八部里已经预见到他们永不相见的命运？

眼窝里的酸涩转瞬间传遍全身，突如其来的思念如同潮水一般汹涌而至，他身不由己，在思念的潮水中沉浮、窒息。

哦，再也回不去的故乡，再也回不去的草原！

少年八部里超越爱情深沉怀念的，何尝不是留在他，留在所有察合台人心中永远的梦与痛。

歌声由中段的高亢渐渐变得低沉，八部里挥别的身影在云雾中时隐时现，模糊不清，巴布尔死死咬住嘴唇，强忍着心口部位一阵紧似一阵的抽搐，脸色苍白如纸。

终于，在最后一个千回百转的尾音中，歌声戛然而止。巴布尔像个醉汉一样神情恍惚地转过身，来到自己拴马的地方，飞身跃上马背。他并不知道自己要去哪里，直到坐骑停在他自己的帐子前，他才醒悟过来。

他下马，像个醉汉一样脚步踉跄地走进帐子，走到桌边，坐下来。桌子上放着纸和笔，他随便地取过其中一张，在上面匆匆写下几行诗句：

　　恋爱使我疯狂不能自持，

　　不知道漂亮的情人是否也钟情一致。

　　无论在漫游中，

　　还是在停留时，

　　我同样没有宁静。

　　我既无力行走，也无耐心停留，

　　这是你，我的心，使我成为这种状况的俘虏。

这是多年前他在极度痛苦中写下的诗句，这一刻，他想起了一切，包括一切的绝望，一切的悲伤。

许久，他揉揉胀痛的太阳穴，走出帐子，上马来到马苏麻的住处。

马苏麻换了一身干净的衣服，正靠在床上安静地看书。她很想见到巴布尔，可少女特有的矜持使她没有勇气回到宴会上。巴布尔的意外出现让她又惊又喜，她看到巴布尔不同寻常的脸色，不免感到担忧，她伸手将巴布尔拉进帐中，"哥，你怎么了？"她轻声问。

巴布尔不说话。

马苏麻以为他受凉生病了，急忙把他拉进蒙古包让他躺在自己的床上。巴布尔机械地任凭马苏麻摆布，他的目光似乎注视着马苏麻，又似乎注视着遥远的地方。马苏麻伸手探了探他的额头和脸颊，他的额头和脸颊都凉津津的，不像是发烧的样子。她到底放心不下，柔声问道："你觉得哪里不舒服？"

巴布尔摇摇头，微微合上眼睛。

马苏麻有点慌了，"你等着我，我去叫大夫来。"

她一边说，一边要走，不料巴布尔一把攥住了她的手腕。

"哥，你……"

巴布尔用力将马苏麻拉向自己，马苏麻脚下站立不稳，竟身不由己地摔在了巴布尔的身上。这一下，她羞得满脸通红，"哥。"

"别走！"巴布尔喃喃。

"好，我不走。你听话，先放开我。"

巴布尔哪里肯听！此时，他脸上的苍白迅速退去，马苏麻的温柔与体贴使他产生了一种从未有过的强烈欲望。他松开了马苏麻的手腕，随即双臂环抱，更紧地拥住马苏麻柔软的腰身。

他如前一般激切地亲吻着马苏麻的双唇，在头脑稍稍清楚的时刻，他也知道这样做对马苏麻不公平，然而，他一再感受到的痛苦使他欲罢不能。他深知只有这样，才能让另一个身影从他的脑海中远离，再远离。

马苏麻当然不了解看似彬彬有礼的巴布尔一而再、再而三的"放肆"因何而来？她对他一见钟情，对于他近乎粗野的示爱，她情愿将少女的自守放在一边，半羞半喜、半推半就地回应了他的欲求。

不知不觉地，在巴布尔尚未明白他都做了些什么事情前，马苏麻稍显柔弱的身体已经袒露在他的眼前。这年轻、洁白的身体是如此妖娆多姿，又是如此冰清玉洁。生平第一次，有过两次婚姻的巴布尔为少女爱的迎合眩惑了，生平第一次，他将滚烫的双唇无所顾忌地纠缠于少女柔软的双乳和细滑的肌肤之间，也是生平第一次，他身为男人的战栗与激情在极致的曼妙中尽情释放……

6

一切在那之后恍如一场梦，当马苏麻静静地躺在巴布尔的臂弯中，他仍然有一种不真实的感觉。

马苏麻什么也不说，只是用手指摩挲着巴布尔的手心。当蒙古包里的光线变得暗淡，巴布尔穿上衣服准备离开时，他亲吻了一下马苏麻的额头，附在她的耳边郑重地说道："告诉你的母亲，你已经是我的女人，我们很快就会成亲。等我们回到喀布尔，我一定为你举行一个盛大的婚礼。"

马苏麻侧了侧头，一张羞红的脸颊在巴布尔眼中越发显得娇艳无比。她柔软的小手停留在巴布尔粗糙的掌心中，恋恋不舍地将他送出蒙古包。无论她多么想将他留下，她也不会对他说出她的渴望。值得庆幸的是，她深知自己得到了巴布尔的心，这个结果远比她得到巴布尔的承诺更令她安心。

巴布尔没有回到宴会上，他早就失去了参加宴会的兴致。按照他的本意，他未尝不想留下来与马苏麻缱绻缠绵，可他与月光有约，他不能违背诺言。

他带着侍卫来到街上，买了两个刚出炉的馕，兴冲冲地回到住处。

月光如约而至，正在桌边认真地誊写着书稿。不知为什么，巴布尔在短短的时间内习惯了月光像月光一样出现在他的面前。

白天，月光离开后，他从来不曾想念过她。晚上，面对着月光安静的存在，他的内心又总是充盈着由衷的喜悦。

他轻手轻脚地走到桌边，正要放下手中的馕，月光抬起头来，向他微微一笑。

他也对月光报以微笑。今天的他，一举一动都显示出一种不同寻常的活力。

"你吃晚饭了吗？"他第一次像朋友般同月光交谈。

"吃过了。"

"我买了两个馕，刚出炉的。你看，还热着呢。我听说这家烤的馕在哈烈很有名，你要不要跟我一块儿尝尝？"

月光本想拒绝，稍一踌躇，又改变了主意，"也好，我去给你倒杯热茶吧？"

"好啊，快点，快点吧。我真是太饿了。"巴布尔急切地催促。

月光不觉莞尔，"你不是去参加宴会了吗？莫非宴会上没有东西给你吃？"

"别提了。我先出来了，没顾上吃饭。"

"哦？是吗？"

巴布尔顿了顿，马苏麻妖媚的笑颜浮现在他的脑海，他蓦觉心跳加剧，脸颊发烧。"我……"他想说什么，却不知从何说起。

月光并不追问，起身倒了两杯茶，放在巴布尔和自己的面前。随后，她从巴布尔递给她的馕上掰下一小块，送进嘴里慢慢咀嚼着。这是自相识以来月光与巴布尔之间最随意的一幕，巴布尔将他的礼貌和教养统统抛在一边，狼吞虎咽地享用着他的晚餐。月光则用一种姐姐对待弟弟的方式纵容着巴布尔的不雅吃相，她的脸上没有笑容，目光却格外清净温柔。

巴布尔确实饿坏了，直到他一口气吃光自己的馕，喝掉差不多一大铁壶热茶，方才有了谈兴。

"你没吃吗？"他发现月光面前的馕几乎没动。

"我吃过晚饭了，这个尝尝就好。你不吃了，剩下的馕我们当夜宵吧。反正今天晚上有得辛苦呢。"

"好主意。"巴布尔表示赞同。其实他的腹中还有些饥饿，只不过，想到写作之后可以与月光分享一个馕的情趣，他克制住了现在就将剩下的馕吃掉的欲望。

月光麻利地收拾好桌子，将笔砚纸张重新摆在桌上，巴布尔看到一摞纸最上面的一页抄录着他下午随兴写下的两首诗，一时间竟有些手忙脚乱，"啊，这个……

我……"他试图将诗稿撤走。

月光轻柔但坚决地将自己的手压在他的手上，"不可以。你不要动。"

"你……"

"写得很美，一种忧伤的美。它们应该留在你的书稿中。"

"不过……"

"既然是自传，就有必要记录下你最真实的情感，不是吗？我听你给我讲过他的故事，像清爽的风一样萦绕、消逝的少年，他在你的世界里留下的都是最美好的记忆，这样的人，当然值得你把他记在心里，写在书里。"

巴布尔惊异地注视着月光。如果说在他二十三岁的生命还有一个人能真正懂他，那么也只有眼前这位头脑与目光一样敏锐的女子了。

"你怎么猜到……唔……"

"猜到让你怀念的人是谁吗？很容易啊，我知道你矛盾挣扎的过去。我想，你之所以随兴写下这样两首诗，一定是因为有感而发。"

巴布尔承认了，不想再瞒她。"月光，今天，我参加宴会，遇到了一个女孩子，她是我的堂妹。我……爱上她了。"

月光含糊地"哦"了一声。她松开手，微微垂着头，巴布尔看不到她脸上的表情。在一种极端奇怪的心理支配下，他不管月光是否在听，执拗地讲述着他与马苏麻之间刚刚发生的故事："中午参加宴会，我一走进姑母的宫帐，就一眼看到姑母身边坐着一个气质端庄的陌生女孩。通过姑母的介绍，我才知道她竟是我大伯王最小的一位女儿，名叫马苏麻，年龄比我小六七岁。更巧的是，姑母告诉我，我和马苏麻还是同一个月份出生的。我对小时候的她没有任何印象，一开始，她之所以吸引我的注意是因为她的胸前挂着一个用红宝石制成的玫瑰银饰，那真是一个精美绝伦，即使穷尽语言也无法描述其巧其妙的玫瑰银饰，这样的银饰，我敢断定迄今为止除了一个人再没有其他人可以制作得出来。话题就从这个玫瑰银饰开始，我和马苏麻聊了许多往事，越聊越投机，后来，我发现自己喜欢上了她，而她，显然也对我一见钟情，我们……我打算等离开的时候就把她带回喀布尔，正式娶她为妻。"

人的愿望有时真是不可捉摸，巴布尔也不知道自己为什么一定要将这件事情告诉月光，事实上，他就是想听到月光对这件事情的看法。对他而言，月光是一位最好的倾听者，同时也是最了解他的人。

月光抬起头，安静地看着巴布尔。

巴布尔不知道是不是自己的疑心所致，摇曳的烛光中，他似乎觉得她的眼神有些黯淡。

难道，她对他也怀有不同寻常的感情？就像他对她一样？

会是这样吗?

不会吧? 不会的。

这个像月光一样清冷的女子，他从来看不懂她的心。

7

良久，月光心平气和地开口了：“你一定希望我祝福你与马苏麻的爱情吧？”

巴布尔的心稍稍一沉，与他期待的不同，他辨别得出来，她的语气中没有丝毫吃惊的成分。

“不是的。”他淡漠地回答，拿起笔，准备继续写他的自传。早晨，他写到安集延的居民中有许多美男子，接下来，他要完成对奥什和马尔格兰的描写，这两个地方充满情趣，当年，他父亲乌马尔王活着时，春天常常在奥什流连忘返，秋天则会移驾马尔格兰捕猎白羊。不仅如此，奥什盛产的紫罗兰和郁金香，马尔格兰盛产的石榴和甜杏，都是送给情人的最好礼物……

巴布尔的脑海里千头万绪，笔下却一个字写不出来。

月光细心观察着巴布尔烦恼的脸色，轻轻唤了一声：“王。”

“怎么？”

“你生我的气了？”

“没有。”

“我……祝福你和马苏麻公主，她一定是位好姑娘。”

“是吗？”

“是。”

“我知道了。”

“王。”

“嗯。”

“有件事……我没对你说实话。”

巴布尔抬起头，与月光四目相对。月光一向淡淡的表情里有了一些变化，像是犹豫，又像是羞涩。

“什么样的事，你没对我说实话？”

“是……关于忽辛王的……”

“哦？ 他怎么了？”

“他……”

“你说吧。无论什么事，我都不会责怪你。”

月光一咬牙，“也罢。忽辛王把我送给了你。”

巴布尔大吃一惊，"你说什么？"

月光一字一顿："我，其实是忽辛王送给你的'礼物'。听懂了吗？"

巴布尔完全傻了，"可你怎么说……"

"那天晚上，忽辛王趁你离开营地时派了几个人，把我悄悄送到你的帐子。我知道他是想用这种方式表达对你的好意，给你个意外的惊喜。当时，我让送我的人先走了，我实在不甘心就这样稀里糊涂地成为你的女人，更不甘心你碍于忽辛王的情面被迫接受我。怀抱着这样的心思，我才对你编出那样一番话来。还好，你信以为真，一点没有产生怀疑。第二天，姑母早早派人把我叫了去，向我问起我们对彼此的印象，我告诉她，我与你相处还算融洽，你是个彬彬有礼的人，对我很尊重也很体贴。遗憾的是，我能感觉得出来，你对我的体贴并不是男人对女人应有的那种体贴，因此，我恳求姑母，在你真正接受我之前，请她和忽辛王暂时不要对外宣布我与你的婚事。见我苦苦哀求，姑母答应再给我十天的时间，然后就要筹备我们的婚礼仪式。这些日子，若不是忽辛王突然病倒，只怕我们已经……"

"难怪第二天忽辛王与我见面，问我对你是否满意，还问了一些让我无法回答的问题，原来是这个原因。"巴布尔一副恍然大悟的表情。

"对不起。"

"月光。"

"怎么？"

"你还真是个有心计的女人哪。"

"有心计？你这样说了，我倒想问问你，换作是你处在我的地位，你又能怎么办呢？在这样的环境生存，我难道不该学会保护自己？更何况，我对你没有任何恶意。现在你知道了真实情况，明天就可以对忽辛王说，你不爱我，也不想娶我为妻。你爱的人是你的堂妹马苏麻，很快，你就要带她返回喀布尔了。我想，你是忽辛王的贵客，他不会违背你的心愿强逼你与我成亲的。"

"果真如此，你怎么办？在不了解内情的人眼里，你难道不已经是我的女人了吗？你就不怕……"

"不怕。我打算离开哈烈，去我哥哥那里。我哥哥是个旅行家，前些日子他托人捎信给我，说他现在已经在伊犁长住下来，他还说伊犁是个美丽的地方，如果我在哈烈住不惯，他很欢迎我去伊犁跟他一起生活。"

巴布尔将身体靠在高背椅上，以一种前所未有的放松姿态注视着月光，一丝暧昧不清的笑意溢出他的眼窝，使他的语气平添了些许调笑的意味。"你以为，"他缓慢地说，"你是我的女人，我会同意你去那么遥远的地方吗？"

月光愣住了，"你……你在说什么？"

"不明白吗？"

"是的。"

"你这么聪明的姑娘，会不懂我的意思？"

月光咬了咬嘴唇，没做回答。

"除非，你不愿意？"

"可是为什么？你不是和马苏麻公主……"

"帖木儿王一生娶过八位夫人，我的伯王们和我的父亲都有数位妻妾。有权有势的贵族们甚至还要蓄养娈童。我想，作为察合台蒙古人的后裔，对于一个有能力的男人多娶几位妻子，你一定也不会表示反对。"

"问题在于……"

"问题在于，我是否可以同时爱上两个女人？"

"啊，也不是……不可以……你能……确定？"

"这有什么不能！当然，我不想否认，在我的性格中的确有着优柔寡断的一面，特别是在涉及家庭琐事以及我拿不准该如何对待成为我妻子的女人的时候。可是另一方面，但凡我做出决定的事情，我绝没有拖泥带水的习惯。坦率地说，在遇到你和马苏麻之前，我从来不曾爱过任何女人。现在，只要你愿意，我们可以按照忽辛王的愿望尽快成亲。"

巴布尔表白了心迹，却并没有在月光的脸上看到他在马苏麻脸上看到的表情。没有娇羞，没有喜悦，没有迟疑，有的只是一切顺其自然的淡定。

这或许就是月光与马苏麻的不同，她们一个冷若冰霜，一个柔情似水，然而不可思议的是，巴布尔仍旧同时爱上了她们。

月光垂头不语，巴布尔问："你不打算说点什么吗？"

月光细长的手指轻点着她抄好的诗稿，"你决定娶我，该如何向马苏麻公主解释呢？"她似乎仍有些犹豫不决。

"不用解释，我会告诉她实情，就像我把我们之间的事情告诉你一样。"

"她无法接受怎么办？"

"那她就没有资格做我巴布尔的妻子。"

停了停，巴布尔加重了语气，"我相信马苏麻。她爱我不假，以她的教养，应该不是个自私的女孩子。倒是你，我需要你跟我说句实话，你可以接受马苏麻吗？"

月光稍一沉默，点了点头。

巴布尔的脸上露出笑容。

月光不再追问，看样子认可了巴布尔的信心。巴布尔完全不考虑马苏麻在爱着他的此时，是否能像月光一样心甘情愿地接受自己要与另一个女人一起成为他妻子的现实？他非但不加考虑，反而为那个名叫巴布尔的男人居然轻易地解决了最棘手的婚姻问题而沾沾自喜。

随着心情完全放松下来，他变得文思如涌，洋洋洒洒完成了自传中对费尔干纳地区的介绍部分。接下来，是关于他父亲的章节，巴布尔依然文不加点，一气呵成。月光像往常一样一页一页为他誊抄书稿，间或，巴布尔在拿不准该用哪种叙述方式更好时，还会与她小小地讨论一下。

月光字迹娟秀，思路清晰，这使巴布尔对她的才华更加欣赏与迷恋。介绍完父亲的妻妾们，这段文字很长，巴布尔一气呵成，甩了甩酸痛的手腕，正好看到月光用手捂着嘴，长长地打了个哈欠。

他不由笑了，"困了吧？你先睡吧，我把这一段做个结尾就来。"他决定过后再花费一些笔墨来介绍父亲手下的亲信将臣。

月光温顺地点点头，先回床上躺下了。她原本心事重重，以为自己很难入睡，或者不会很快睡着，没想到，她一躺在床上就沉沉睡去，甚至连巴布尔回到她的身边看了她好久都不知道。

等她睁开眼睛时，巴布尔已不在帐子里了，这还是几天来第一次，巴布尔先于她离开帐子。

月光不愿待在巴布尔的宫帐里，匆忙离开了。说真的，除了她能与巴布尔单独相处的晚上，她实在不知道该如何躲避仆人们探究的眼神。毕竟，到目前为止，她对巴布尔而言尚且没有任何名分。

不过，她离开时已预感到，她很快就要成为巴布尔的女人。

8

巴布尔在处理女人的事情上一向有些婆婆妈妈，这一次却表现出少有的干练。说真的，他不得不如此一是为了兑现他对月光的承诺，二是他很快就要离开哈烈，走之前他必须对马苏麻有个交代。

他坦然地将自己与月光之间的事情讲给他的堂妹。他向马苏麻保证，即使他娶月光为妻，也绝不会因此减少对马苏麻的爱情。他并没有注意到马苏麻变得黯淡的眼神，反而将马苏麻勉强挤出的笑容当成对他的理解。

他兴致勃勃地讲述着他的计划：首先，他会向忽辛王求婚。这是一个主动的、友好的信号，身为一国之君，他如此尊重忽辛王的安排，必定有利于增进他与忽辛王之间的感情；接着，他将在忽辛王的主持下与月光成婚，他确信，月光是个富有智慧的女人，他在事业上需要这个女人的帮助；然后，他要么与忽辛王共同征伐昔班尼汗，要么返回喀布尔筹划下一步的行动。不管怎么说，只要他离开哈烈，一定会将月光和马苏麻一起带走，而他回到喀布尔的第一件事，就是与他心爱的堂妹成亲。他说届时他要为马苏麻举办一个让世人羡慕的婚礼，让马苏麻风风光光地嫁给自己。巴布尔滔滔不绝地说着，直到哈比巴夫人进来，他才打住话头。没有任何犹豫，他请伯母上座，正式向伯母求亲，哈比巴夫人稍稍沉默了一会儿，便同意了。

顺利地订下了与马苏麻的婚约，巴布尔告辞离开，又去拜见族伯。忽辛王今天早晨精神好了许多，他召见了巴布尔。听巴布尔讲明来意，忽辛王显得很高兴，他让人查了良辰吉日，结果就在次日。

月光是忽辛王的内侄女，对她的婚事早有筹备，即使次日成婚也不显得太过仓促。忽辛王趁着精力恢复，以巴布尔父亲的身份，亲自主持了巴布尔的婚礼。这场不够盛大却还算热闹的婚礼结束当天，忽辛王又病倒了，直到几个月后，忽辛王才总算是离开了病榻。

回历911年助勒·希哲月十一日（1506年5月5日），忽辛王在率领联军前去抵抗昔班尼汗的途中不幸病逝。

忽辛王膝下，有十四个儿子，他们中的大多数都已先于其父去世。尚且活在世上的几个儿子当中，拥有军队、领地且有一定影响力的也就只有长子巴迪和三子穆札法尔了。遗憾的是，这兄弟二人一向不和，相互间争权夺利就差向彼此宣战了。为了所有帖木儿王的后代都能团结一致，至少暂时团结一致，赶走共同的敌人昔班尼汗，巴布尔和几位权贵居中调停，最后兄弟二人达成协议，共同为君，这个协议暂时延缓了兄弟间一触即发的王位争夺战。

忽辛王既逝，巴迪、穆札法尔兄弟无所作为，巴布尔决定离开哈烈返回喀布尔。他原本答应过马苏麻，他离开喀布尔时会带她一起走，可是马苏麻的母亲不知在想些什么，无论如何不肯同行。她很干脆地告诉巴布尔，几个月后她自会带着女儿去与巴布尔会合，到时，希望巴布尔能给马苏麻一个风光的婚礼。她坚持说这是真主的旨意，不容她违背。巴布尔和马苏麻都无法说服她，不得已，巴布尔与马苏麻依依惜别，只带着月光踏上了归途。

返回喀布尔的决定很快被证明是正确的，巴布尔刚到喀布尔边界，就听说一些蒙古人想将留在喀布尔的蒙古人纠合在麾下，拥立巴布尔的三伯王马合谋的幼子外斯为君，并试图夺取喀布尔。

马合谋王膝下五子，一子早夭，长大成人的四个儿子中：麻素提被胡思老戳瞎双眼，逐出封地，成为废人；伯升豁儿被胡思老残忍杀害；阿利在昔班尼汗进攻撒马尔罕时亦被杀害；如今，马合谋王诸子中只剩下外斯一人。一些心怀不轨的人便想打着外斯的旗号，与巴布尔对抗。

围城者散布谣言说："今闻主上（指巴布尔）在哈烈被巴迪和穆札法尔扣留，关入监狱，恐无脱身之日。喀布尔无主，当迎立外斯王为君。"

留守喀布尔的将领胡契等人不为所动，坚守城池。巴布尔在途中得知消息，写了一封密信，派库耳勒送回城中。他与胡契约定，他将从峡谷出击，以点燃大火为号，胡契做好出城准备，亦需于国库所在的城堡拱门点燃大火，届时，胡契开门出城，与巴布尔夹攻敌军。

密信送出后，巴布尔率领大军日夜兼程，于四日后的中午来到城外忠诚花园附近。到了这里，巴布尔侦知堂弟外斯就住在花园中，遂临时将计划变动了一下，令哈斯木、康巴尔攻进花园，活捉外斯王。

哈斯木、康巴尔有点轻敌，只带了十个武艺高强的亲信强行攻入花园。外斯王听到有人进攻吓得急忙上马逃走了。哈斯木与康巴尔做了分工，由康巴尔带五个亲信去追捕外斯王，哈斯木则带另外五个亲信去解决来不及逃跑的外斯王的随从。

外斯王胆小如鼠，他的随从倒个个既忠诚又勇猛，他们与哈斯木等人展开近距离的搏杀，一场混战后，哈斯木和他手下的五个亲信虽大获全胜，占领了花园，却每个人都受了伤。

巴布尔率领主力与胡契内外夹击，几乎俘虏了这场叛乱的所有策动者。之后，巴布尔在将士们的簇拥下来到城堡的护城楼，他站在护城楼上，以此将他已回到喀布尔的消息告之所有城中百姓。

胡契前来迎接他，这个忠诚的年轻人将所有策动叛乱的阴谋者都套上绳索牵到他的面前。巴布尔多少有些不忍心，就让胡契把绳索从这些人的脖子上取下来了。他不想难为他们，这些人都与他有着千丝万缕的亲戚关系，他也不想原谅他们，他走下城楼，坐在侍卫为他准备好的一把椅子上，对他们做了审判，命令他们离开喀布尔，以后再不要出现在他的面前。

前去追击外斯王的康巴尔在一处丘陵地带追上了这位落魄的王子。外斯与他的三个哥哥不同，是个彻头彻尾生于深宫之中，长于妇人之手，惯于养尊处优的花花公子，既无韬略，又无勇气。此时，眼见康巴尔追了上来，对方只有区区六个人，他不敢反抗，反而跳下马，坐在地上，束手就擒。

康巴尔将他一路押送回喀布尔的城堡，巴布尔闻讯，在王宫接见了他的这位堂弟。外斯以为堂兄即使不严厉地惩罚他，也会尽情地羞辱他，心中忐忑不安，从门口走向王座时竟然自己摔倒了两次。他正要下跪，巴布尔摆手，让他在自己身边坐下来，还命人给他送上了一杯饮品。

这本来是巴布尔的好意，想借此安抚一下外斯的紧张情绪，哪知道外斯根本不敢喝，只是脸色煞白地盯着杯子。巴布尔略一思忖，知道他误会了，便从同一个杯子里倒出一些，自己先喝了，用这种方式证明饮品没毒。外斯这才放了心，将杯中的饮品一饮而尽。

巴布尔款待了外斯数日，哈斯木不止一次劝巴布尔杀掉外斯。他认为有着帖木儿王纯正血统的外斯不只在不久前，未来也将是巴布尔统一大业的绊脚石。巴布尔优柔寡断，没听哈斯木的劝告，允许外斯到呼罗珊去了。

巴布尔没有除掉外斯，这个决定事后证明并非完全错误。在未来的日子里，为了共同对付昔班尼汗，外斯不得不与巴布尔联手，他为巴布尔部分地分担了来自昔班尼汗的压力，尽管这可能不是他的本意。

9

喀布尔的局势重又恢复平稳，巴布尔松了一口气，也有兴致带着月光到城中的巴兰和古耳·巴哈尔山麓游幸。这两处的山坡青草覆盖，翠绿的草丛中点缀着五颜六色的郁金香，微风拂过，馨香淡远，令人心旷神怡。月光查点了一下郁金香的品种，计有三十四种之多。巴布尔兴之所至，口占两句诗来赞美这赏心悦目的美景。

诗云：

> 在春天，喀布尔是花草满地的乐园，
>
> 而巴兰和古耳·巴哈尔此时尤为美甚。

月光重复了一遍，将它们记下来，巴布尔倒有些不好意思了，"这个太没有诗韵了，不必放在书里吧？"

月光回道："难道王是喜欢华丽辞藻的人吗？我喜欢的，恰恰是王的回忆录里那种浸透在字里行间的质朴、诚实、坦荡，这首诗既然是王真实心境的反映，我觉得放在回忆录里再合适不过了。"

巴布尔不再说什么，随月光去了。月光是个性格冷漠、见解独特又不肯随波逐流的女子，不容易让男人亲近，可巴布尔视她为知己，心存爱慕，由于这个缘故，巴布尔对她总怀有几分敬畏之情。

巴布尔坐在草地上，月光在他身边坐下来。巴布尔扭头看着月光，马苏麻娇羞的面孔在他脑海中一闪而过。月光与马苏麻真是不同啊，月光永远都像月光一样，美丽，却美得清冷，马苏麻更像一朵火红的太阳花，温暖着他的身心也让他不由自主地燃烧。事实上，当巴布尔与月光在一起的时候，并不十分想念马苏麻，而当他与马苏麻在一起的时候，也并不十分想念月光。对于这两个同时出现在他生活中并赢得他欢心的女子，他从未有过厚此薄彼的念头。

月光察觉到巴布尔的目光，嫣然一笑。

这微微露出的笑容让巴布尔鼓起了勇气，他牵过她的手，放在自己的手心中。月光温顺地挪了挪身体，以便让自己靠得他更近些。他们都不说话，只是颇有默契地享受着眼前的诗情画意。

可惜,这种身心安逸的时刻总不会持续太久,巴布尔刚开始酝酿另一首新诗,库耳勒那特有的踢踢踏踏的脚步声就不合时宜地在他身后响起。

"主上。"

巴布尔没有起身,只是松开了月光的手。

"怎么?"

"主上,那昔王求见,正在王宫外等候。"

"你说谁?"巴布尔问,也不知道是不相信,还是没听清。

"那昔,您的弟弟。"

听到"那昔"的名字,巴布尔顿时产生了一种极不愉快的感觉。巴布尔只有两个异母兄弟,他们是他的血亲,原本也应该是他最亲近的人,怎奈这两个异母弟哪一个都不让他省心。在只罕杰尔第二次叛而复降,他带着只罕杰尔前往呼罗珊之际,那昔也在手下人的挑拨下逃到巴达赫尚,意图在那里建立一个独立王国。

那昔毫不具备其兄的政治远见,至于宽广胸怀,只罕杰尔与那昔生来就不知道它的含义,它的意义。那昔到达巴达赫尚没多久,就与当地几位手握重兵的土著将领发生摩擦,摩擦日渐升级,最终演变成兵戎相见。那昔不善指挥,轻易出击,结果在丘陵地带被巴达赫尚的土著兵打败。走投无路时,他选择了与只罕杰尔一样的路,又逃回喀布尔寻求兄长的原谅和庇护。

库耳勒本是性情中人,视忠诚如生命,他不能干涉主上的决断,但他可以自由地表达他对那昔的蔑视。

"主上,这次,那昔王一定被巴达赫尚人打得很惨,想必费了不少周折才逃了出来。他人变得又黑又瘦,我和哈斯木将军第一眼看到他,都差点没认出来。那昔王的身边只剩下七八十个伴当,真是一群残兵败将,一个个衣衫褴褛,面黄肌瘦。哈斯木将军让他们坐在宫外的草地上等候,还吩咐手下给他们拿了些食物和清水来。主上您是没见,他们狼吞虎咽的样子实在惹人发笑。"

巴布尔不置一词。

库耳勒停了停,显然想到别的事,忽而一笑,"不过,主上,您也不用太为那昔王的事烦恼,还有桩好事情呢,您听了一定高兴。"

"唔,好事吗?"

"是啊。马苏麻公主和您的伯母也来了,几乎与那昔王前后脚,哈斯木将军把她们安排在王宫的后殿里。您要不要赶快回去?"

巴布尔顿时精神一振,喜上眉梢,"真的吗?"他一边询问,一边从地上站了起来。

"小的岂敢在主上面前说谎。"

"那还磨蹭什么!传令回宫!"

一想起在哈烈与马苏麻缱绻缠绵、两情相悦的时光,巴布尔就对相会变得迫不及待起来。他丝毫不想掩饰他内心的急切，哪怕是在月光面前。他看不到月光脸上一闪而过的忧虑，也看不懂月光微微闪烁的眼波里暗藏着怎样的悲凉，他只知道，马苏麻正在他的王宫里等候着他。

他将手伸给月光，让月光搭着他的手起身。在对待女人的问题上，他从来都是个既迟钝又自私的男人，他从来不会在意别人的感受，不管是对月光还是对马苏麻，他都是只要自己愿意自己高兴就好。他的我行我素常常会伤害到他身边的女人，他却对此麻木不仁，一无所知。

他的前两次婚姻都很失败。阿依霞离他而去，宰纳卜抑郁而终，而且，不知道是不是婚姻不幸的缘故，阿依霞为他生的孩子也没能存活。他经历了这些事，一度为之苦恼，可他依旧没有检讨不幸的根源。

他将一切归咎于阿依霞和宰纳卜与他性格不合，他的确是这样对月光说的。

他这样认为，他只能这样认为。他太自负，又对女人缺少信任。他在骨子里，始终是帖木儿王骄傲的子孙。

月光深知巴布尔是个怎样的男人，她对他不抱幻想，从她决定嫁给他的那刻起，她就做好了忍受的准备。

问题在于，若只需忍受，她反而觉得事情要简单得多……

那次，在她与巴布尔成亲的宴会上，她第一次见到马苏麻。这也是她与巴布尔钟情的另一个女孩第一次见面。她看到那个女孩长着妩媚的容颜和妖娆的体态，有几分娇弱，娇弱中却自有其风流韵致。

当时，她与马苏麻默默相望。她在马苏麻的眼睛里看到了伤感，也看到了忍耐，正是这忍耐，让她觉得担忧。

她的担忧自此在脑海中久久萦绕。

她看着巴布尔，这个男人已跃上马背，正要催马离去。她看着他，不由暗想，风情万种的马苏麻，会不会变成喀布尔城一场温柔的灾难？

是福是祸，全在她丈夫的一念之间。

10

与马苏麻相见前，巴布尔先在王宫外见到了弟弟那昔。那昔跪在他的面前，口莫能言、愧悔难当。巴布尔只温和地问了问他的身体状况，随即邀请他入宫，与他们的伯母以及马苏麻公主见面。那昔没想到自己这么轻易地就能得到兄长的宽宥，着实感谢马苏麻母女来得真是时候。

不久，巴布尔为马苏麻举行了一个盛大的婚礼——这是他在哈烈时答应过马苏麻的——婚礼过后，他将月光留在城内，只带着马苏麻来到卡塔瓦兹平原。他命人在这里建了一个围场，这个围场中有许多野驴和鹿，这是他此次出猎的目的。

马苏麻生性柔弱，见不得流血和残忍的场面，巴布尔便让库耳勒陪着她到附近的人家买了几只羊回来。他们约好黄昏见面。巴布尔在围场尽情打猎，他射杀了不少野驴，其中有只野驴肥硕异常，见所未见，巴布尔对这件事相当得意。

除了打猎和偶尔出去游玩，巴布尔大部分时间都在帐中与马苏麻缠绵。对巴布尔而言，这种床第之欢带给他的迷醉，是他过去从未想过的事情。从十一岁继承父位，他马不停蹄地奋斗了十四年，这是尊荣与艰辛相伴的十四年，他曾两度在首都撒马尔罕登上王座，君临帖木儿帝国，他也曾两度失去故国和家园，变成一无所有的流浪汉。只是那个时候，无论荣辱成败，他始终以重新统一帝国为人生的奋斗目标，牢记着自己身为帖木儿六世孙的重任。

他并非没有过爱慕的感情，他曾真诚地爱过两个人，或者说，在遇到月光和马苏麻前，他只爱过两个人。

这两个人，一个是他孩提时代在塞西娅洞遇到的女孩，那时他只是个孩子，却清楚地知道自己爱上了那个女孩；另一个，是如水仙花一般美好，又如朝露一般脆弱的少年，是让他越回避越无法忘怀，越羞愧越会爱恋的少年。然而，无论他当初如何钟爱过那个女孩和少年，那种爱恋的感情都不过是纯粹的心动，与肉体的欢愉无关。除此以外，他还娶过两位妻子，她们都是他的堂妹，他与她们彼此敬而远之，正是这种相处的痛苦让他觉得婚姻是桩糟糕的事情。

马苏麻却是如此不同！短短的时光，她就用崇拜的眼神、调皮的挑逗、温柔的迎合以及恰到好处的野性拴住了他的心，她让他明白了什么是女人，也让他久藏在身体某处的欲望喷薄而出。而这是月光，是那个女孩那个少年，是阿依霞和宰纳卜都不曾带给他的美妙感受。当他与她在一起的时候，他只想着她，只要有她待在身边，他情愿忘记世间还有一些事需要他去做。

他的确忘记了，昔班尼汗却不会因此停下征服的脚步。

昔班尼汗从撒马尔罕举兵，杀奔哈烈而来。留在哈烈的两位君主巴迪和穆札法尔惊慌失措，一面派人向巴布尔求援，一面却不知备战固守。巴布尔尚未接到他们的求援信，他们就丢下城池、妻妾、财产，只带几名随从，逃得无影无踪。

昔班尼汗攻下哈烈，洗劫了这座富饶美丽的城市。

五天后，昔班尼汗离开哈烈，准备攻打坎大哈。先前得到巴布尔的赦免前往呼罗珊地区的外斯王如今正在坎大哈驻守，他自知无力抵抗昔班尼汗的进攻，急忙派使者向堂兄巴布尔求援。

数日后，哈斯木带着几个人来到月光面前。这些人一个个风尘仆仆，哈斯木介绍说，他们是外斯王派来的求援使者。其实，在巴布尔带着马苏麻出城游猎，乐而忘返的这两个月中，关于昔班尼汗的战报被源源不断地送至王宫。月光主管王宫之事，是以浏览过所有这些战报。月光也曾将事态的严重性和部分战报详情通报给巴布尔，但只换来巴布尔只言片语的回答。如今，使者的到来让她深知，一旦昔班尼汗顺利攻下坎大哈，下一个目标很可能是喀布尔。城破国亡的危险迫在眉睫，巴布尔却还混沌不知，月光觉得自己再不能坐视不理。

略一思忖，她示意皇宫护卫带着使者先行退下，接下来的事，她要与哈斯木商议之后才能定夺。

"哈斯木，"面对自己一向信任的老将军，月光并不避讳，单刀直入，"今主上沉迷美色，斗志全无，你可有良策令主上迷途知返？"

哈斯木面露苦笑，"主上如此，确实出乎我的意料。原本想，主上这些年东征西伐，吃了不少苦头，借大婚之际放松一下也无妨，没想到……"

月光点点头。此时，她的内心焦灼万分，面上却不动声色，哈斯木倒有几分佩服这位夫人的胆识了。"确实，主上所为令人失望，不过，我仍旧觉得，这只是主上一时智昏，色迷心窍，并不是本性如此，不可救药。换了往常，我们再等等也无妨。而今大敌逼近，即使我们想等，昔班尼汗也不会给我们等的时间。思来想去，何妨釜底抽薪，或可令主上猛醒。"

"夫人的意思……"

"兵谏。"

哈斯木浑身一震，抬头紧紧盯着月光。月光的神情宁静沉着，显然这绝非意气之语，而是深思熟虑的决定。

"将军不必多虑，演戏而已。我知将军忠诚，天地可鉴，事关江山社稷，还请将军助月光一臂之力。"

月光说着，面对哈斯木跪了下去。

哈斯木吃了一惊，手忙脚乱地将她扶了起来，"夫人不可如此！既是为主上、为社稷，我哈斯木就无由退避。若只为一点名声，岂不有负主上多年的信任，也对不起我那些出生入死的伙伴。"

"多谢将军。"

"请夫人明示，哈斯木愿闻其详。"

"我想所谓'兵谏'，对主上而言，需出其不意方有胜算。所以，虽是假戏，还需真做。将军至王营后，当在库耳勒察觉将军意图前将他与护帐军士全部扣押，主上见库耳勒等人被擒，势必对事态的严重性有所惊觉。届时，将军正可见机行事。如不出月光所料，主上必定质问将军，将军就借主上话题，以新夫人惑乱君心为由，逼迫主上杀掉新夫人，或者，要主上证明新夫人并非惑乱之源，主动出兵坎大哈，与昔班尼汗展开决战。主上如此钟爱新夫人，必不肯置新夫人性命于不顾，面对群情激愤，他最终只有选择出征这一条路。凭我对主上的了解，只要他跨上战马，就一定能变回昔日那个充满斗志的男人。我有这个把握。"

哈斯木叹道："夫人能为主上设想至此，真乃主上之福！"

月光淡然一笑，"还有一件事，月光不会让将军背负任何不忠之名。月光今晚修书一封，请将军明晨一并带去。待主上同意出兵坎大哈之时，请将军务将书信呈上，信中，月光自会向主上坦承一切。"

"都是为了江山社稷，哈斯木何妨担一时恶名！"

"不可。此去坎大哈，前路多艰，战局叵测，还须消除主上对将军的疑虑，君臣同心，才可共担当、同进退。"

"夫人多虑了吧？主上心胸宽广，只要说明情由，一切不快必定烟消云散。"

"关键是主上身边还有新夫人，我对新夫人尚且不了解，不知她是否会心怀怨恨？我为将军考虑，不能不设计周全。"

"难道夫人就不怕主上迁怒于你？"

"那也是没有办法的事情。主上即使不念夫妻之情，只要他对自己的骨肉尚有怜爱之意，我也就别无所求了。"

"难道……"

"是。"

104

哈斯木顿时喜上眉梢，"主上膝下，至今未有一儿半女。如若夫人产下麟儿，那可是功在社稷，主上又怎会忍心降罪呢？夫人放心，哈斯木此去，一定能够说服主上出兵坎大哈，夫人在这边，也须小心在意。我会留一半军队还有康巴尔、胡契守城，夫人遇事，可多与这二人商议。"

"我明白。"

"夫人保重！任何情况下，都请夫人以主上骨血为重。"

月光点了点头。

哈斯木的视线落在月光的脸上，她的眉目间流露出一种破釜沉舟的神情，如同一个赌徒，将自己的身家性命，全都压到了最后一把豪赌之上。

事实上，这的确是一次赌博，是为巴布尔进行的赌博，万一赌输，巴布尔就不得不付出江山的代价。

11

一个星期后，哈斯木派人送回急信，巴布尔已出发，正在前往坎大哈与外斯王会合的途中。他一字未提"兵谏"的过程，不过，月光对发生的一切心知肚明。正如她对哈斯木所说的那样，这件事对她丈夫而言是个教训，只要那个男人肯跨上战马，就一定会勇往直前。

月光在信中，并未提到自己怀孕之事，她不愿让巴布尔为此分心。昔班尼汗已经逼近坎大哈，按照巴布尔的设想，他能与外斯王以及在山区驻军的谟乞木合兵一处，迫使昔班尼汗在坎大哈勒住战马，那就等于将昔班尼汗挡在了喀布尔之外。否则，仅凭喀布尔一城之力，是否能长期坚守，真的很难预料。

巴布尔大军刚到坎大哈山，就听说外斯已逃离坎大哈城堡不知所踪，谟乞木占领了坎大哈，他手下约有六千将士，是巴布尔一方军队人数的二倍。不知道究竟出于怎样的原因，谟乞木采取了与巴布尔敌对的态度，在坎大哈山的另一边摆下战场，准备与巴布尔决一死战。

当年，谟乞木将喀布尔城献给巴布尔后，巴布尔允许他带走属于他的所有家人、财产和部众，他们之间也一直保持着和平的关系。巴布尔不明白为什么在这紧要关头，正需要双方联手对付他们共同的也是最危险的敌人——昔班尼汗时，谟乞木反而成为他的敌人？他先后派出几拨使者与谟乞木交涉，反复陈明利害关系，谟乞木却如铁了心一般，一概不为所动。

事已至此，看来也只有打这一条路了。巴布尔做了安排，将军队分为左、右翼和中军，由他亲自率中军，洪赛率领右翼，哈斯木率领左翼，向谟乞木发起进攻。洪赛率领的右翼最先得手，突入到坎大哈城下。哈斯木率领的左翼却遇上了由谟乞木亲自坐镇的本军，两支军队人数相差悬殊，谟乞木志在必得。

面对如此不利的局面，哈斯木丰富的经验和沉着的气度发挥了作用。他暂且按兵不动，只在几十里外扎下营地。其时，天色渐暗，谟乞木生性谨慎，哈斯木料到他不会急于进攻。果然，当晚双方都呈守势。哈斯木与几个侍卫在自己的军帐中饮酒为乐，直等夜深人静，篝火奄奄，他们才悄无声息地出了营地，来到双方的中间地带。哈斯木仔细侦察了此处地形，当他看到这里有三条树木荫翳的大渠，渠水都流向坎大哈及其附近的村庄时，不由心生一计。

哈斯木做了安排，一行人疾速返回。不到半个时辰，哈斯木率领左翼军倾营而出，借着夜色的掩护，以突袭的方式占领了渡头。渡头地势险要，易守难攻，如此一来，可谓一举两得：一方面，谟乞木纵然人多也无法施展；另一方面，谟乞木不能通过渡头，就不能直接与巴布尔率领的中军开战。

哈斯木很清楚，他为主上巴布尔减轻了压力，就等于为自己争取了时间。

左翼军在渡头坚守数日，哈斯木额头中箭，幸亏有皮护檐遮挡，伤得不算严重。哈斯木请阿塔卡稍做处理，又重新回到战事犹酣的渡头前线。说起来，这个阿塔卡正是当年曾为巴布尔治疗过刀箭之伤、在东察合台汗廷尽人皆知的御前名医。四年前，马哈木汗与弟弟满汗兵败被擒，惨遭昔班尼汗杀害，医术出众的阿塔卡反被昔班尼汗置于身边。阿塔卡当然不会以为人称道的医术为故主报仇，可他的内心一刻也无法忘怀马哈木汗对他的恩义。他设法离开了昔班尼汗，其后又辗转来到喀布尔投奔了巴布尔。巴布尔欣赏阿塔卡的人品与才华，对他优渥有加，更胜过舅汗在世之时，阿塔卡也就安心地留在巴布尔的王廷。

此次，哈斯木率领左翼军出发前，巴布尔特意让哈斯木带上了阿塔卡。巴布尔是想用这种方式表明：他完全理解哈斯木"兵谏"的苦心，未来，希望他们君臣像过去一样，彼此信任，永不生隙。

哈斯木心领神会。

左翼军的坚守换来了决定性的胜利。数日后，巴布尔率领中军赶到，两下兵合一处，从渡头渡过水渠，直扑谟乞木的营地。谟乞木还真是一个少见的色厉内荏的人，他在己方人数仍旧明显多于巴布尔一方的情况下，听到对方传来的战鼓声，吓得心慌意乱，匆匆换了一件衣服，从营后逃走了。

他一逃走，他的军队或逃或降，不战自溃。

巴布尔无意追赶，引军来到坎大哈城下。此时，洪赛率领的右翼军已攻下坎大哈的外城城堡。巴布尔命人向坚守内城城堡的将士喊话，说谟乞木兵败逃走，希望他们早日献城，不要枉做牺牲。

对方静默了一阵。不多时，他们弃了武器，出城投降。

为庆祝胜利，巴布尔命人打开宫库，取出大量银币、白银、丝织品、布匹，还有红布与丝绒做的毡房，各种各样的帆布篷，以及骆驼、毛驴、羊只，赐给立功将士，每个人依据战功，都有赏赐。

刚在坎大哈休整两天，巴布尔就接到康巴尔的急信。信中，康巴尔通报了喀布尔的阿富汗部落发动叛乱的情况。巴布尔拿着这封信与哈斯木和洪赛商议，哈斯木、洪赛一致主张回援喀布尔，平定叛乱。巴布尔接受了他们的建议，将坎大哈赐给弟弟那昔，然后穿过汗纳草原回到喀布尔。

大军甫到喀布尔边界，巴布尔又接到康巴尔的第二封信。从这封信中，巴布尔得知康巴尔和胡契已击败叛军。除此以外，康巴尔以满满两页纸的篇幅盛赞了月光夫人的智谋及勇气：是她，在得知叛军正向喀布尔逼近之时，派出胡契抢先收割了城外的稻谷；是她，在叛军围城期间，组织城中老弱妇孺，前后四次将衣物和食品送上城堡，让守城将士感受到来自亲人的温暖，激励他们保持着高昂的士气；也是她，建议康巴尔和胡契择机出城，与叛军决战。信的最后，康巴尔总结道，此次顺利平叛，与夫人的运筹之功密不可分。

巴布尔看着这句结语，心绪颇有几分复杂，脸上也阵阵发烫。

哈斯木并未注意到巴布尔异样的脸色，他只关心叛军的动向，"主上，康巴尔怎么说？城中情况如何？"

巴布尔将信递给哈斯木。哈斯木匆匆将信扫视了一遍，不由兴奋地拍了一下大腿："好样的！好样的！不过，这两个冒失鬼，让夫人如此操劳，倘若动了胎气，岂不是他二人之过？"

巴布尔大吃一惊，"你说什么？"

巴布尔如此反应令哈斯木颇觉意外，"莫非主上一直不知夫人怀孕之事？"

"月光怀孕了吗？"

"是啊，这是出发前夫人亲口告诉我的。她说……唔，难道夫人给主上的信中，没有提及此事吗？"

"没有。她只说是她求你假意'兵谏'，一切都是她的主意，希望我不要误解你的忠心。仅此而已。"

哈斯木笑了起来，"真是个倔强的女人啊！或者说，真是少见的女人！"他眯着眼，口气里满含赞赏。"主上，虽然迟了点，还是要贺喜您！我有种预感，夫人的性格如此要强，这一次一定能为主上生下一位小王子。"

巴布尔喜上眉梢，"果真？"

时至今日，巴布尔依然清楚地记得，当阿依霞为他生下他们的女儿时，他那种初为人父的激动与快乐。也清楚地记得，当女儿小小的身躯在他怀里变得僵硬冰冷时，他是如何满怀孤寂与悲伤。那之后，阿依霞弃他而去，他娶了另一个堂妹宰纳卜，可宰纳卜并未给他生下一子半女便撒手人寰。在遇到月光和马苏麻前，他以为自己对女人再不会有任何兴趣，可他对子嗣之事终究不敢掉以轻心，为了他的事业后继有人，他知道他必须娶妻，而且必须娶到一位能给他生下儿子的女人。他虽这么想，倒也并非特别急切，他还年轻，还可以娶很多妻子，不管他爱不爱她们，他相信她们中一定有人可以为他生下儿子。

哈斯木的话却不能不令他在意。月光是不一样的女人，他承认自己对月光的迷恋不如对马苏麻，但月光仍旧是他生命中不可缺少的女人。从他在哈烈与月光初识的那一刻起，月光的冷静就对他有着一种特殊的魔力，她的一言一行都会在他的心里产生回应。事实上，假如说他希望他的女人能够为他生下儿子，那么，他希望这个女人，至少这第一个女人，是月光。

他的确怀抱着这样的希望，是以，哈斯木的判断，句句都说在了他的心坎里。

"不会有错。我追随主上十余年，主上不是一向夸奖我的预感很准吗？"

哈斯木的性格，倒不会专拣巴布尔喜欢听的说，他也不知道为什么，就是觉得月光夫人怀的是个儿子，这种感觉极为强烈。

"是啊，预感准也算你另一个惊人的能力吧。"巴布尔对这个话题显然意犹未尽，他收起信，与哈斯木并辔而行。"哈斯木，不瞒你说，刚才，也就是一瞬间的事，我萌生了一个念头，虽说有点可笑，却在我的脑海中挥之不去。"

"哦？那是什么？"

"我们这次能以最小的代价攻下坎大哈，康巴尔和胡契也能顺利平定叛乱，守住喀布尔，说不定都是托了这个孩子的福。"

"没错，正是如此呢。依我愚见，胜利是喜事，国家有后更是喜事，主上何不借着这两桩喜事，向前更进一步？"

"此话何意？你不妨说得明白些。"

"当年，帖木儿王称雄天下，所建功勋在东西察合台汗国乃至钦察汗国可谓无有出其右者，尽管如此，因他出身并非成吉思汗嫡系，按《大札撒》（即蒙古第一部成文法）规定，不能称帝，只能称王。而主上的情况与帖木儿王大不相同，主上的外祖父羽奴思汗是成吉思汗的嫡传后裔，母亲是东察合台汗国血统纯正的公主，主上的体内流着成吉思汗高贵的血液，登基称帝名正言顺。主上平素不是最崇敬元帝国的开基者忽必烈大帝吗？那么，何不效仿圣主称帝呢？如今，昔班尼汗兵势正盛，横扫中亚诸地，攻破帝国诸城，在武力上能与昔班尼汗抗衡者，唯主上一人。众所周知，昔班尼本系成吉思汗长子术赤后汗，主上在喀布尔称帝，就等于向世人宣称，作为成吉思汗次子察合台汗的后人，主上与昔班尼汗具有相同的血统号召力。我以为，这是目前主上最好的凝聚人心的做法。"

巴布尔认真思索着哈斯木的话，他承认，他隐隐被哈斯木说服了。"我答应你，如果月光真的为我生下儿子，我一定登基称帝。"

哈斯木在马上深施一礼，"请主上再相信我哈斯木一次。"

"你为何要这样说？"

"昔班尼汗正向坎大哈逼近，主上将坎大哈赐给那昔王，他断不会与昔班尼汗战至最后，他不是那种人。我坚信月光夫人一定可以为主上产下麟儿，主上又何妨以称帝之喜迎接王子的出生？依我之见，称帝之事，宜早不宜晚。"

"唔……也罢，就依你所言，回到喀布尔后，我将择定吉日，向全国宣告我称帝的消息。这样一来，昔班尼汗一定会视我为最危险的敌人，我想喀布尔弹丸之地，终究难抵昔班尼汗兵锋，万一无法守住喀布尔，我们必须预先为自己选好退路。我有两个选择，有点犹豫不决，一个是退往巴达赫尚，凭借那里复杂的山形地势与昔班尼汗周旋，若国运在我，我定能择机复国；一个是退往印度，印度地域辽阔，进可攻，退可守。昔班尼汗的军队来自寒冷地带，恐难耐印度酷热。如能不与昔班尼汗交战，我当全力经营印度，开创帝国基业。"

"无论选择巴达赫尚还是印度，都各有利弊。此事莫若从长商议。至于我个人，倒比较倾向退往印度。"

"也罢。如非必要，我当全力与昔班尼汗一战。"

"主上所言极是，我们就这么办吧。"

在以哈斯木为首的贵族及高级将领一再劝进下，巴布尔登临帝位。从此，巴布尔不再被人称为"巴布尔王"，而被称为"巴布尔大帝"。月光、马苏麻被巴布尔并立为正妻，巴布尔下令，国人不称"帝后"，皆称"夫人"。

巴布尔将称帝的消息诏告天下。时隔不久，果如哈斯木所料，昔班尼汗刚刚逼近坎大哈，那昔就弃城而逃，躲到了喀布尔地区的加兹尼。逃跑时，那昔不忘席卷了坎大哈的官库，将所有银币据为己有。巴布尔再次表现出长兄的大度，他将银币和加兹尼一并赐给了那昔。

原以为昔班尼汗会乘胜攻打喀布尔，不料传来昔班尼汗撤退的消息。原来，昔班尼汗在出征坎大哈时将爱妻含画留在了尼拉图，哪知尼拉图发生叛乱，昔班尼汗担心含画安危，急忙从坎大哈撤走了。昔班尼汗征战一生，娶妻纳妾无数，但他真心爱慕的女子，唯有含画一人。

回历 913 年助勒·盖儿德月四日星期二（1508 年 3 月 6 日）晚上，太阳在双鱼星座时分，月光为巴布尔生下了他们的头生子。巴布尔欣喜之余，为他的宝贝儿子举行了一个盛大的宴会，受邀的将臣们送来许多贺礼，白银堆满花园的地上。

宴会结束后，他为儿子取名"胡马雍"，意为"幸运"。

后继有人的巴布尔更加充满斗志。

胡马雍将满一周岁时，巴布尔击溃了反叛的阿富汗人。局势刚刚平稳，原本投奔巴布尔的胡思老手下和一些东察合台汗国的蒙古人也联合起来，对巴布尔采取了敌对态度。巴布尔事先得到了他们将要发动叛乱的情报，表面上却不动声色，他暗中将家眷们安顿在一个相对安全的地方，同时做好了应战的准备。

反叛者有三千多人，差不多是己方人数的六倍，力量如此悬殊，巴布尔却全无惧色。他挥刀杀入阵中，转眼间被对方五名将士团团围住。巴布尔身形灵活，很快将其中一人砍落马下。这之后，其余四人明显变得有些慌张和迟疑，进攻也不似开始凌厉。巴布尔从十一岁开始接受战争的锤炼，不仅胆魄过人，而且还是个高明的骑手，他在马上如在平地一般，忽左忽右，充分利用对方战马转换体位时的拖沓，逐一将剩下的对手全部杀落马下。叛军被他的勇气震慑，反之，巴布尔的五百将士却受到鼓舞，士气大振，不出一个时辰，叛军将士或逃或降。

至此，巴布尔以铁的手腕将新的征服地喀布尔变成了他最稳定的后方。

这也是他送给儿子的最好的生日礼物。

不久，又有一个消息引起巴布尔的强烈关注：萨非王朝的波斯王伊斯迈耳与乌兹别克的昔班尼汗之间开始敌对，双方的战事一触即发。巴布尔对伊斯迈耳不怀敌意，势力迅速扩张的昔班尼汗是他和伊斯迈尔共同的敌人。纵然视昔班尼汗为对手，巴布尔仍牵挂着胞姐含画的安危。那一年，是姐姐不惜以身相许才换得他脱离险境，他从未忘记过姐姐握着匕首站在昔班尼汗身边的样子。从那时起整整九年姐弟不曾相见。巴布尔只知道姐姐为昔班尼汗生下一子，名叫胡兰姆，昔班尼爱屋及乌，对这个儿子极其宠爱，在胡兰姆五岁的时候，即将巴里黑作为他的封地。除此之外，他给姐姐写过的几封问候信全都石沉大海。

秋初（1509年8月），两批逃难者来到喀布尔投奔巴布尔，这些人中有两个人与巴布尔有着非同一般的血缘关系。他们中的一个是二十一岁的察合台后王赛德，他与所有察合台的嫡系后人一样，具有东察合台汗国的合法继承权。他还是巴布尔的表弟。在他被自己的兄长打败幸免于难后，他先是逃到了马合谋王幼子外斯的领地，外斯收留了他，对他的处境还算体恤。赛德血统高贵，在外斯手下效力的蒙古将士很希望拥戴他取外斯而代之。赛德知恩图报，他担心自己继续留下会给外斯带来麻烦，便离开了外斯，辗转来到喀布尔投奔了表兄。

鉴于帖木儿帝国的后王一向握有拥立察合台汗国或其他汗国大汗的权力，富有远见的巴布尔倾心结交他这位表弟，希望有朝一日助赛德复国，同时为自己的未来争取到一个可靠的盟友。

110　　　　另一个十一岁的孩子海答儿同样是巴布尔的表弟，他是巴布尔的三姨母忽布夫人的儿子。忽布夫人与巴布尔的母亲库夫人均系伊散夫人所生，库夫人在世时最惦念的人就是她的这位亲胞妹。

巴布尔只在童年时见过三姨母一面，当时，即使年幼如他，也无法不惊叹于三姨母的花容月貌。库夫人也常说，世上很少有哪位女子的容颜能够及得上她的三妹。可惜这样一个美丽多情的女子生逢乱世，不仅被昔班尼汗杀死了她的丈夫，杀死了她的两位同父异母的哥哥（指巴布尔的两位舅汗马哈木和阿黑麻），遭受亡国之痛，还与心爱的儿子离散，自身生死未卜。

年幼的海答儿相貌俊秀，举止庄重。每次看到他，巴布尔都会想起母亲与三姨母之间的姊妹情深。作为喀布尔的主人，巴布尔无疑具有庇护亲戚的实力。他与海答儿之间有一种天然的亲近感，在这点上，与他更看重赛德的政治价值不同，他视海答儿如亲弟，将他带来身边悉心教导。

海答儿天资聪慧，很快对绘画及写作表现出异乎寻常的兴趣。他还喜欢研究和制作实用性很强的弓箭、箭镞和开弓器，这是他幼时的爱好。几个月之后，巴布尔生日那天，他将它们作为礼物献给了表兄。巴布尔对表弟的心灵手巧赞赏备至，此后，但凡出征，他都将海答儿带在身边。

半年后，外斯那里传来令人振奋的消息：昔班尼汗在谋夫附近被波斯王伊斯迈耳打败，昔班尼汗战死，将近两万名因战败被迫投降的原东察合台汗国蒙古士兵摆脱了乌兹别克人的统治，来到昆都士。这些蒙古将士过去全是巴布尔和外斯的两位舅汗——马哈木以及阿黑麻的手下，八年前，马哈木汗和阿黑麻满汗在阿黑昔兵败被杀，东察合台汗国灭亡，他们被迫离开家乡来到呼罗珊。现在，他们暂时驻扎在昆都士，准备日后返回喀什噶尔。

外斯向巴布尔发出收复祖先领土的邀请时，正在前往昆都士的路上。外斯希望收编这支群龙无首的蒙古军队，对任何人而言，这都是一支可贵的力量。巴布尔预料到此行充满凶险，在昆都士的东察合台汗国将士有两万人，且装备充足，西察合台汗国将士只有五千人，当年，察合台汗国分裂后，东西两汗国冲突不断，彼此之间嫌隙很深，以五千人统驭两万人，这几乎没有可能。

然而，重建六世祖帖木儿创立的庞大帝国是巴布尔无时或忘的理想，无论多么艰难，他都不会放弃努力。他立刻从喀布尔动身来到昆都士与外斯会合。果不其然，当东察合台将士看到赛德，这位马哈木汗的合法继承人也来到昆都士后，他们不禁蠢蠢欲动，密谋杀害巴布尔与外斯，拥立赛德为汗，渐次夺回河中之地。

外斯得到密报，不及通知巴布尔便逃之夭夭。巴布尔早有这样的预感，他处变不惊，与赛德相处融洽。赛德既受巴布尔收留之恩，又知巴布尔胸怀韬略，不愿与这样的人为敌。他思虑再三，断然拒绝了几位蒙古将军的建议，提出前往据守安集延。他说，他要用这种方式继续为巴布尔效力。

巴布尔大度地答应了赛德的请求。赛德行前，他安排举行了一个仪式，拥立赛德为汗。他的仁义为他争取了人心，多半蒙古人选择追随赛德汗，也有数百名蒙古人留了下来，他们中的大部分一直追随巴布尔南征北战，忠心耿耿，有些人后来还成为巴布尔开创莫卧儿帝国的功臣。

赛德刚刚离去，波斯王伊斯迈耳为显示对巴布尔的友好，派人送回了他的姐姐含画。这是十年长别后姐弟俩的第一次相聚。在最初的一刻，含画并没有认出她时时挂念的弟弟。二十七岁的巴布尔，样貌中留下了残酷岁月与风霜磨炼的痕迹，别时的玉树临风、意气风发一去不回。直到巴布尔跪在她的面前，激动地唤了一声"姐姐"，她才醒悟过来。

"弟，是你吗？"含画俯视着弟弟，泪水渐渐盈满了眼眶。

"是我，姐姐。是我，我是巴布尔。"

含画扶起弟弟，无言地、久久地凝望着他。骨肉团聚，多少离情，多少悲欢，此时却如同鲠在喉中。

"姐姐，对不起。"许久，巴布尔一字一顿地说，语气中依然充满了深深的自责和悲伤。十年来，每当想起姐姐，自责和悲伤就是他最真实的心境。

含画微微摇了摇头。一切都是她自己的选择，她从不后悔。想是命运的安排，随着时间的推移，特别是她为昔班尼汗生下他们的孩子后，她已爱上了那个男人，即使只有十年的缘分，她依旧无悔无怨。

他是个英雄，像他的祖先昔班一样，像他的祖先术赤一样，像他的祖先成吉思汗一样，从恐惧、憎恨、防范到偶尔的心动，到渐渐开始接受、钦佩，到最后的喜欢和爱慕，她相信，来生她还会愿意成为他的妻子。她从没机会对他说过这些话，也没想过他会那么突然地离她而去，可她坚信他们还有相见的时候，那时，她会与他做出约定。唯一的一点点安慰是他并非死在自己弟弟的手上，这两个人都是她在这个世界上最看重的人，他们互相对敌，时常让她忧心忡忡，如今，心仍像撕裂一般痛苦，她终究可以放下思虑的巨石了。

未来的日子，她将按照弟弟的意愿选择人生。对她而言，身为女人的含画在丈夫离去时，在她为丈夫所生的儿子不幸早夭时就已消失不见，现在的含画，只是巴布尔的姐姐。

她请求巴布尔让她住在母亲的陵寝附近，陪伴酷爱清净的母亲，远离宫廷的喧嚣，巴布尔一一答应下来。数年后，含画按照弟弟的安排再披嫁衣，可她一生抑郁寡欢，直至生命终结。

第四卷
命运转弯时

曾产生过高尚思想的心灵
竟又出现卑鄙的设想，那真令人伤心
                                    ——巴布尔语

1

波斯王伊斯迈耳对巴布尔的示好奠定了两个人暂时合作的基础。回历 917 年年初（1511 年 3 月），巴布尔决定进攻喜萨尔，他的对手仍然是乌兹别克人。虽然昔班尼汗已经战死，乌兹别克人却不会轻易退出河中地区，他们拥立昔班尼汗的侄子速云赤（1510 — 1531 在位）继承汗位，这就是昔班尼汗国的第二代大汗速云赤汗（两年后，速云赤在吉日杜万战役中打败了伊斯迈耳和巴布尔的军队，恢复和巩固了乌兹别克人在河中地区的统治）。

数年前，帖木儿帝国和东察合台汗国在乌兹别克人的攻击下先后灭亡，昔班尼汗在河中地区建立了乌兹别克汗国，定都撒马尔罕（公元 1565 年，汗国迁都布哈拉，亦称布哈拉汗国。在蒙古的后汗国时代，布哈拉汗国是由成吉思汗的嫡系后人所建立的诸汗国中最后一个灭亡的汗国）。对巴布尔而言，无论昔班尼汗是生是死，亡国之恨在他心中无时或忘，他邀请堂弟外斯、波斯王伊斯迈耳与他共同出兵喜萨尔，三方约好在石桥会合。

巴布尔最先赶到石桥，与乌兹别克的先锋军隔苏尔哈布河对峙。双方摸不清对方底细，又都在等候各自的援军，谁也没有贸然发动进攻。一个月后，外斯赶来与巴布尔相会，伊斯迈耳的波斯军队却迟迟未至。

伊斯迈耳是个狡诈的君主，他对巴布尔的求援原本就提出了许多苛刻的条件，诸如以伊斯迈耳的名字念虎土白（即礼拜讲道），将波斯王与十二伊玛目的名字铸印在钱币上等等。对于这些令人深感屈辱的条件，巴布尔为了复国大业，也都一一接受了。临到约定时间，伊斯迈耳又要了个花招，他一再拖延出兵时间，无非是想等到巴布尔与速云赤拼个两败俱伤。

月末，乌兹别克人在援军到达后渡过苏尔哈布河，与巴布尔、外斯展开激战。这一战巴布尔从开始就占据优势，速云赤一方伤亡惨重，被迫逃入卡尔施。巴布尔与外斯进至喜萨尔附近，在那里，有许多当地的部落来投，伊斯迈耳的一支大军也赶来会师。经过商议，巴布尔决定放过乌兹别克人防守严密的卡尔施不打，而是绕过卡尔施，在距该城几沙里（一沙里约等于二公里）外扎下营盘。

探马不停地往来于卡尔施与巴布尔的营盘之间。不出巴布尔所料，速云赤感到采邑受到威胁，率领军队离开卡尔施城堡，准备回防布哈拉。这正中巴布尔下怀，拔营追击，在途中追上速云赤。双方再一次展开激战。巴布尔有备而来，速云赤力不能敌，被迫逃往突厥斯坦的沙漠。

巴布尔占领布哈拉后，好言遣回了波斯援军。为换取伊斯迈耳的军事援助而被迫接受的条件，正在变成巴布尔的枷锁。

巴布尔命外斯回镇喜萨尔，命胡契据守布哈拉，他准备乘胜攻打撒马尔罕。

速云赤既败，消息传到撒马尔罕，守城将领惶惶不安，不等巴布尔赶到，就弃城而逃，去寻他们的大汗了。

回历917年赖哲卜月月中（1511年10月），巴布尔几乎兵不血刃拿下撒马尔罕城。这是巴布尔相隔九年之后第三次占领撒马尔罕。

当然，也是最后一次。

作为帖木儿帝国昔日的首都，撒马尔罕承载了巴布尔太多的梦想。帖木儿王的后代中，谁若占据撒马尔罕，谁就会被视为帝国的继承者。而今，帝国雄风不再，不，帝国已不存在，巴布尔仍旧不愿放弃他的复国之梦。

巴布尔试图以撒马尔罕为据点，逐个收复帝国丢失的领土，这个过程少不了波斯军队的帮助。对巴布尔，伊斯迈耳一向以宗主自居，为了必要时得到伊斯迈耳的帮助，巴布尔兑现了他对伊斯迈耳许下的诺言。

伊斯迈耳充当了巴布尔的盟友，巴布尔反而失去了人心。

撒马尔罕居民多数信奉逊尼派，巴布尔接受伊期迈耳的条件后，就成为什叶派的保护人。什叶派与逊尼派矛盾重重，巴布尔得不到撒马尔罕军民的支持，就等于斩断了自己的手臂。

转眼已是来年春天，速云赤再整旗鼓，卷土重来。

春末，速云赤率领三千骑兵飞速进军，首先攻下布哈拉及其周围地区。巴布尔闻讯，不听哈斯木劝告，执意离开撒马尔罕前往布哈拉迎战。巴布尔的军队只有一千人，而一贯忠诚于他的将士其实不过五百人而已。军队开到离布哈拉只有数程之地时，巴布尔听说速云赤已从占领地撤退，误以为这是速云赤对他心存惧意，不禁得意忘形起来。他环顾众将，用一种很轻蔑的口吻说道："昔班尼汗是一头雄狮，却选了一只绵羊作为他的继承人。"

哈斯木一再提醒巴布尔其中有诈，他却置若罔闻，亲率军队追击速云赤一直到乌兹别克人的营地。

这样一来，巴布尔正好中了速云赤的调虎离山之计。速云赤分兵一千，直奔撒马尔罕和布哈拉，他本人率两千人迎住巴布尔。

巴布尔兵力不及，只能拼死力战。激战中，巴布尔一方伤亡惨重，不断有人倒在他的面前。情知败局已定，巴布尔即使后悔，也没时间自责。黄昏时，全军覆没成了时间问题，绝望中，胡契率领援军从布哈拉赶到。胡契英勇善战，虽然只率一百多人，却成功地救出了巴布尔。

巴布尔估计撒马尔罕和布哈拉都已落入速云赤手中，不得不仓促撤退。途中，他绕道费尔干纳，希望能与赛德汗合作，这个请求因赛德汗驾前的几位蒙古将军坚决反对而搁浅，巴布尔只能按原计划退往喜萨尔。

由于各项政策尤其是宗教政策失当，巴布尔在撒马尔罕的统治确实不得人心。而速云赤重新夺取撒马尔罕后对居民采取了怀柔政策，对帖木儿王后人的失望和对速云赤重新建立的信任左右了人心的向背。由于人心做出了选择，巴布尔再也不可能回到撒马尔罕了。

不能回到撒马尔罕，更遑论收复帝国河山。

2

成功与失败中，经历了世间诸多悲喜的巴布尔正慢慢步入而立之年。

夏天，速云赤循踪而至，准备攻打喜萨尔。巴布尔在外斯的帮助下，用大量土建工事将街道封闭起来。这时，波斯王伊斯迈耳派了一支一万余人的军队来到喜萨尔附近与巴布尔会合，波斯军队由一个叫作纳吉姆的大将率领。

速云赤自知不敌，退回布哈拉。纳吉姆欲消灭速云赤，联军首先夺取胡札尔，又向卡尔施推进。

巴布尔不想伤害卡尔施居民，建议纳吉姆绕城而过，纳吉姆根本不听，坚持拿下卡尔施。他的理由是卡尔施人是支持速云赤的。

纳吉姆攻下卡尔施后不顾巴布尔的求情大开杀戒，一万五千人不分男女老幼全都做了他的刀下之鬼。这件事令纳吉姆与巴布尔之间产生了不可调和的矛盾，巴布尔开始明白，波斯王的这位大将根本没将他和他的将士们放在眼里，想清楚这一点后，巴布尔再没有参与过纳吉姆日后的行动。

离开卡尔施，纳吉姆继续向布哈拉挺进。速云赤并不与之正面接战，而是逐渐将纳吉姆引到了乌兹别克人最熟悉的沙漠边缘。四个月的追击战使纳吉姆的军队出现粮荒，将士普遍厌战，军心不稳，纳吉姆决定撤退。速云赤不容波斯军从容离去，率领大军一路追杀，波斯军大败，纳吉姆中箭身亡。

伊斯迈耳将纳吉姆兵败被杀归咎为巴布尔不肯施以援手，他派使臣严词切责。巴布尔早厌烦了他与伊斯迈耳这种不平等的关系，他脱下什叶派的服装，用箭将其射到了乌兹别克人的营地之中。

冬天来临前，大病初愈的海答儿向巴布尔辞行，他要前往安集延投靠赛德汗，他的母亲和族人，都幸运地得到了赛德汗的保护。

海答儿的学识和才华堪与巴布尔相媲美。他不是一位政治家，却是一位优秀的诗人和史学家，他后来成为赛德汗之子拉失德（叶尔羌汗国的第二代大汗，汗国为赛德建立，始称喀什噶尔汗国，迁都叶尔羌后，改称叶尔羌汗国）的忠实伴当，一生得到重用。在此期间，他倾尽毕生才华和精力撰写了一部《拉失德史》，这部伟大的历史著作与巴布尔的自传一起名垂青史。

至此，复国之梦彻底破灭，巴布尔不得不转回他的开基之地喀布尔。三年前，他一度占领过撒马尔罕。那一刻如今想来恍如一场不真实的梦。在转战多年无功而返后，唯一令他感到欣慰的是，他的膝下增加了一个名叫朗的女儿。

一个月后的一天，喀布尔已近在巴布尔的眼前，他从马上下来，牵着马缓步走进喀布尔城坚固的城门。

这是一个特殊的时刻，巴布尔用脸上的严肃和肢体上的刻板掩盖着血液里澎湃的激情。一种久违的、回家的感觉令巴布尔眼睛阵阵涩痛，即使当年占领撒马尔罕，即使每一次回到安集延，他都不曾有过这样强烈的归属感。而喀布尔就像是母亲张开的怀抱，正在迎接她的游子归来。

多么奇怪，原本陌生的土地，巴布尔在那一年双脚踏上它的瞬间，便在心里把它当成了自己真正的家。

未来，他必定要踏着这片土地走向更遥远的地方。

巴布尔占领撒马尔罕时，曾将喀布尔赐给弟弟那昔。多年前，异母弟只罕杰尔一叛再叛，最后不知所踪，恐怕早已不在人世，巴布尔在世上的手足兄弟只剩下那昔一人了。即便那昔跟随只罕杰尔有过诸多背叛行径，当他势窘来投时，巴布尔念在兄弟情分上，还是一次又一次地原谅了他。说真的，巴布尔太了解自己的两个异母弟了，每当他身处绝境时，他们能不落井下石就已经算顾念他们有着相同的血脉了。这一次，他损兵折将，狼狈地结束了他的"征伐大业"，并不指望那昔会痛快地将喀布尔让给他，他回来，只是想跟那昔谈谈条件。让巴布尔万万没想到的是，那昔不仅以一种热情的态度欢迎他，而且一再谦恭地表示，他是为兄长守护喀布尔的，如今兄长回来了，他将回到自己的封地加兹尼去。

巴布尔意外之余，深受感动。他与那昔交谈的时候，注意到那昔的脸色呈现出一种病态的灰暗，不由关切地询问："弟弟，你哪里不舒服吗？"

那昔摇摇头，回道："前段时间生了场病，现在好多了。"

"真的好多了吗？"

"真的没有事，兄长不用为我担心。"

那昔并没有说实话。他最近经常生病，身体越来越虚弱。身体上的痛苦湮灭了他所有的雄心壮志，现在的他，只想赶快回到自己的封地，赶快远离一切纷争，安静地享受一段平静的生活。

那昔与兄长待了几天，在度过了一段兄弟相亲相爱的日子后，他执意辞行，返回了加兹尼。几个月后的一天，他在自己的王宫病逝，年仅二十九岁。

巴布尔还没顾上为弟弟的早亡难过，加兹尼发生叛乱的消息就随后传到了他的耳中。他派胡契和哈斯木的儿子阿力前往平叛，这两个人英勇善战，很好地完成了巴布尔交给他们的使命。

加兹尼的局势趋于平稳，随着叛军四散而逃，巴布尔度过了一年多的平静时光。他的第三个儿子就在这一年出生，此子出生在军营，巴布尔因势为他起名阿斯卡里。阿斯卡里与巴布尔的次子卡姆兰是同胞兄弟，巴布尔后来还生有一个儿子名叫印达耳，印达耳出生不久即由月光夫人亲自抚养长大。卡姆兰、阿斯卡里、印达耳都是胡马雍同父异母的弟弟（巴布尔其余诸子皆早夭），巴布尔本人与他的两个异母弟之间的不和仿佛一种传染病，当某一天，这令人寒心的传染病在他的儿子们当中蔓延开来时，他开创的基业差点毁于一旦。

巴布尔从来不是一个肯安于现状的君主，他的血脉里流淌着他的先祖成吉思汗和六世祖帖木儿征服的欲望。他只休整了一段时间，又开始了他的征服之旅，这一次，他将目标对准了位于喀布尔东北境的巴蕉尔城。

巴蕉尔城的守备极其严密，在巴布尔之前，凡是进攻巴蕉尔城的军队，无不付出惨重的代价。

为攻城需要，巴布尔配备了火枪队。巴蕉尔人从未见过火枪，开始的时候并不惧怕，当火枪射穿盾牌、铠甲和牛角喇叭，当身边的人一个个倒下来时，他们才害怕起来，全身颤抖，失去了坚守下去的信心。

巴布尔不失时机，下令攻城。

傍晚，巴蕉尔失守，巴布尔率领军队进入巴蕉尔城，以对待异教徒的无情手段，杀死了巴蕉尔城的三千成年男子。

3

为庆祝胜利，巴布尔带领一支军队往巴蕉尔附近的山中打猎，他猎得几只马鹿，这里的马鹿身体是黑色的，尾巴却有着各种各样的颜色，十分奇特。巴布尔还猎得一只黑色的黄鹂，黄鹂长着一双黑亮的眼珠，巴布尔望着它时，心里突然涌上一种别样的感受，遂命人将黄鹂放掉了。

回到城中，巴布尔写下这样一首诗：

> 我与友人的约定并非如此，
>
> 离别之苦使我伤痛，不能自持。
>
> 孰能使人抗拒命运之反复，
>
> 它终于使我与朋友分离不得相值。

写下这首诗后，他长长地呼出一口气。他知道，那个水仙花一样的少年还在他的心间，从未远离。

秋天到来，为了筹备粮食，巴布尔派人进攻赫拉吉谷地，夺得许多粮食。一个阿富汗人带来一些麻钱献给巴布尔，这种麻钱是以大麻叶、罂粟种子、马钱子、曼陀罗花种子以及其他原料捣碎，加奶油、蜜饯制成，做成饼状，食之提神，令人兴奋，但其毒性和危害不小。很快，巴布尔对这种麻钱产生了依赖性，以至于他在占领印度前后因长期酗酒及服食麻钱而导致身体状况越来越糟。

第二天，巴布尔接到月光的来信。月光嫁给巴布尔后，生下的孩子中只有胡马雍一人活了下来。当年，马苏麻难产死去，巴布尔十分伤心，在哈斯木等人的劝谏下，为延续子嗣考虑，他几乎在同一时期又纳了两位夫人，她们为他生下许多子女。如今，朗的生母又身怀有孕，月光请求巴布尔，无论这个孩子是男是女，都请交给她抚养。巴布尔对月光的宠爱一如往昔，当即回信表示同意。

为了拉近与玉素甫寨阿富汗人的关系，巴布尔向其首领求婚，请他将女儿比比嫁给自己。比比夫人年轻貌美，知书达理，更难得的是，她聪慧有主见，对家人、对丈夫有情有义。她始终未能给巴布尔生下子女，可在巴布尔去世后，她主动请归喀布尔，从此一生守护巴布尔的陵寝。

与比比的婚礼结束不久，巴布尔带着比比驾临巴达赫尚。这里的土著日前发生小规模的冲突，巴布尔不惜鞍马劳顿亲往调停，也是为了显示他对巴达赫尚的重视。

巴布尔召见了所有的土著首领，赐给他们大量的财物，他的怀柔政策起到良好的效果，这些人跪在他的面前，发誓效忠皇帝。

到了巴达赫尚，巴布尔不免又萌生了打猎的兴头，他问比比要不要同去，比比回答，她一切听从夫君的安排。

巴布尔正待动身，库耳勒拿着一封信来见大帝。巴布尔一开始并不知道是谁的信，他展开看了几行，脸上顿时露出了不胜惊异的表情。

库耳勒观察着他的脸色，直到他收起信，方小心翼翼地问道："陛下，是谁的信？"

巴布尔没有直接回答他的问话，事实上，他也不想回答。他努力平复着激动的心情，吩咐道："库耳勒，你带一队侍卫，速往马尔格兰。那里有个优素福庄园，你去帮我接几个人。记住，务必要将他们安全地送回喀布尔，我在喀布尔等着你们。"

"您要我接谁？"

"他叫巴巴乌拉，是这封信的主人。"

"巴巴乌拉？"

"对，巴巴乌拉。"

信，的确是巴巴乌拉写给巴布尔的。在多年分别之后，巴布尔竟得知了巴巴乌拉和佐维然的消息，这使他难掩兴奋之情。

信的落款是回历916年年初（1514年4月），也就是说，巴巴乌拉携家眷辗转来到马尔格兰时，巴布尔尚在喀布尔浴血奋战。

从安集延向西行约八十四里就是马尔格兰。马尔格兰有一位庄园主，名叫优素福，他的祖父与巴巴乌拉的祖父是亲兄弟，巴巴乌拉还在塞西娅洞时就一直与他保持着联系。那个时候优素福尚在奥什，巴巴乌拉携家人到了奥什后才得知，他已回到了马尔格兰的庄园。巴巴乌拉托人带了封信给他，不久收到回信，优素福热忱欢迎巴巴乌拉全家到他的庄园做客。

优素福是个好客的主人，他很欢迎族弟的到来，他将族弟一家安顿在东跨院的客房里。东跨院的后面是花园，与西面的果园只有一墙之隔，花园与果园之间，花园与跨院之间，果园与跨院之间，都有一扇小门相通。果园的占地面积略小于花园，里面种植着各种果树，还辟有菜园，果菜除提供自用外，多余的部分还可用来出售。花园是主人一家及其客人们游玩休憩的所在。优素福是个少见的极会享受生活的人，他特意请一位在费尔干纳有名的建筑师为他设计了花园图纸，还亲自做监工，将花园按图纸建造出来：里面树木花草错落有致，有亭，有湖，有路，有假山，有溪水，有小桥，有喷泉，主亭则建在最高处，可以俯瞰四周景致。花园四季皆美，尤其夏季，人们徜徉其间，心旷神怡，流连忘返。

佐维然一到马尔格兰城就被它美不胜收的风光迷住了，她与丈夫巴巴乌拉商议后决定暂时留在这里，等待巴布尔的确切消息。

119

马尔格兰到处可见美味的白羊，除了这种白羊之外，马尔格兰的杏子和石榴也是天下闻名。马尔格兰的石榴中，有一种大个石榴，味道甜甜的，放在嘴里会有小杏子的香味。还有一种杏子，去核后晾干，再将核仁放进果肉里食用，吃起来非常可口。这两样东西，都是佐维然的小女儿雪弗的最爱，她百吃不厌，特别是杏干，九岁的孩子哪一天吃不到，都会向母亲撒娇索要，由于这个缘故，爱女心切的佐维然便很安心地在马尔格兰住下了。

雪弗的大哥乔伊一点都不喜欢父母的安排。乔伊今年十四岁了，长得虎头虎脑，有几分像巴巴乌拉小时候的样子，他的性格却与父亲完全不同，容易急躁，也缺乏父亲包容的耐心。

乔伊一心想要到安集延去，他听说赛德汗仍在安集延驻守，他要参加军队，建功立业。母亲哪里舍得让自己的长子冒矢石危险，乔伊根本不听母亲劝阻，他的想法得到了父亲的支持。巴巴乌拉在安集延有一位朋友，在赛德汗手下担任侍卫长，巴巴乌拉亲自将儿子送到安集延，托付给了这位老友。

从巴巴乌拉一家在优素福庄园住下的那一天，每天都能听到花园里传来悠扬的琴声。雪弗是个好奇心重的女孩儿，有一天，她循着琴声来到湖边水榭，发现这里居然设有一间琴舍，一位先生正在给五个孩子教习六弦琴。先生大约三十多岁的模样，表情严正，不苟言笑，但他弹奏六弦琴的手法娴熟优雅，无人能比，从第一次听到他弹琴，雪弗就深深地迷上了他的琴声。

过了些日子，巴巴乌拉在跟优素福闲聊时，得知优素福请来的这位先生名叫御速，是从喀什噶尔来的乐师。据优素福说，御速很快就要返回喀什噶尔了，这也是他近来为之懊丧的原因：他的本心，是想长久地将御速留在马尔格兰，御速是东察合台汗国首屈一指的乐师，怎奈御速有个怪僻：在任何一个地方教习乐器都不会超过两年的时间。像御速这样名闻遐迩的乐师，绝不是你用金钱就可以打动他的，他的性格又极其冷漠，人情世故于他，似乎都是多余的东西。

雪弗想跟御速学习六弦琴，她一再央求父母，佐维然想方设法打消女儿的这个念头，巴巴乌拉不忍宝贝女儿失望，答应她跟优素福商谈此事。优素福是个热心人，真的去向御速请求，不出所料，御速一口回绝了。雪弗不放弃，这个九岁的小女孩颇有韧性，优素福被她缠得没办法，到最后几乎就是哀求御速给小女孩一个机会。御速在优素福的庄园教琴两年，优素福待他不薄，这点情分他不能不讲，为了让小女孩彻底死心，他终于同意见见小女孩和她的父母。

他当着优素福、雪弗以及巴巴乌拉夫妇的面，立下如下规矩：三天后，他将返回家乡喀什噶尔，雪弗拜他为师，就要随他一起启程；雪弗必须跟他学艺十年，这十年间，雪弗不能与自己父母及兄弟姐妹见面；在他身边，无论多么辛苦，都不可以哭泣，既不能哭，也不能大笑，他的弟子，一切行为都必须符合他的要求，否则，他随时派人将雪弗送回马尔格兰；如果雪弗自己不能忍受，也可以要求中止他们的约定，其结果同样是，他会派人送回雪弗。

他请巴巴乌拉夫妇好好斟酌一下，说完这句话，他起身离去。他知道小女孩的父母一定不会同意，这只是他一种体面的拒绝方式。

佐维然真的不敢相信世上还有如御速一般冷酷无情的人。女儿是她和丈夫最心爱的宝贝，她怎么能让女儿离开她到那么遥远的地方，而且这一别还是漫长的十年。她是不会同意的，她相信丈夫也不会同意。

巴巴乌拉默默注视着女儿。从女儿闪闪发亮的眼睛里，做父亲的看得出她的挣扎与痛苦，也看得到她的渴望与坚定。他的脑海里一直回想着塞西娅对他说过的话，那个时候，是塞西娅生命中的最后两年。这个充满智慧令人惊讶的老人，一直将雪弗的到来视为长生天的恩赐。孩子满月时，她对巴巴乌拉说："这个孩子长大后，将拥有一个与众不同的人生，当她某一天做出决定时，你和佐维然千万不要阻拦，那是天意给她的启示，她会因此成功。"

莫非那个时候，塞西娅就已预见到了女儿的今天？他信赖塞西娅，他所能做的，就是无条件地支持女儿，成全女儿。

因为，他是父亲。

121

因为，他深深地爱着自己的女儿，为了她，他愿意做出一切牺牲。

"夫君。"佐维然望着丈夫的眼神里充满恳求。她希望丈夫能够劝服女儿，雪弗从小与父亲最亲，也最听父亲的话。

巴巴乌拉没去理会妻子，他只问女儿："你想怎么做？"

雪弗犹豫着，眼中泪光闪闪。良久，她面对父母跪了下去。

"这么说，你想好了？"

雪弗点了点头，泪水顺着她粉嫩的面颊滚滚而下。

"为什么？一定是这个古怪的人？你要学琴，别人也可以啊。"

"可是，先生的琴声里，有灵魂啊。"

"灵魂？"

"我也不能说得很清楚，就是……就是一种说不出的魔力。"

"十年，不能与父母见面，你也没有关系吗？"

"对不起，父亲。对不起，母亲。十年后，我想，不，我会成为一个让你们骄傲的女儿回到你们身边。"

"你说得对，十年后我的女儿，一定能成为一名了不起的琴师。"

"夫君，你都在跟雪弗说些什么啊？你怎么可以答应她呢？"佐维然既生气又惊讶地质问丈夫。

“没关系，夫人，你也不需要太过担心了。你不是刚刚也听御速先生说了吗？咱们的女儿想念父母，他随时都可以派人将孩子送回来。夫人你最清楚不过，我一向有识人之明，御速先生是个怪人不假——这大概与他的经历有关吧，虽然，我不知道他经历过什么。要么，就是因为他是个天才，哪个天才没有怪癖呢——不过，他不是什么坏人。见到他之后，我能确定这一点。他说了会送孩子回来，就一定会把孩子安全地送回我们身边。”优素福安慰佐维然道。

佐维然仍然下不了这个决心。

“夫人，孩子说得对，御速先生的琴声，是有魔力的。”

巴巴乌拉俯身拉起女儿，“雪弗，父亲和母亲，任何时候都会张开双臂，等着拥抱我们的女儿。可……”

“父亲，您不必担心，无论先生多么苛刻地对待我，我都不会半途而废。我一定要成为乐师，一定要成为最杰出的乐师才回来。这十年，无论我在哪里，无论我在做什么，我都一样是你们的女儿。”

“好孩子，有出息。不愧是塞西娅的宝贝！”

“夫君。”

“夫人，无论是好是坏，这都是孩子自己的人生。父母的爱，不应该成为束缚她的枷锁，你说呢？”

“我……”

“堂兄，请你转告御速先生：三天后，雪弗将与他一起离开。”

“好吧。”

“雪弗，这三天，你要陪在母亲身边。”

“是，父亲。”

佐维然抱住了女儿。她知道，她无法改变丈夫与女儿的心意，她只希望，一年也罢，十年也好，女儿能够平安地回到她的身边。

此时此刻，她只有这点心愿。

4

秋初，库耳勒来到马尔格兰，从优素福庄园接走了巴巴乌拉夫妇和他们的次子道格库利。道格库利比哥哥乔伊小三岁，其时年方十一岁，却已娴熟骑射。巴布尔早在喀布尔自己的皇宫附近为巴巴乌拉一家安排了住处，这是时隔二十三年后孩提时代的三个朋友第一次重聚。

当天晚上，巴布尔为好朋友一家举行了盛大的欢迎仪式，巴布尔的四位妻妾也出席了宴会。六岁的胡马雍很喜欢道格库利，将他视为自己的兄长，巴布尔征得巴巴乌拉的同意，让道格库利做了儿子的伴当。

巴布尔已有进军印度的念头，他派哈斯木等人往拉合尔侦察地形。哈斯木刚出发，他听说乌兹别克人举兵进犯巴里黑，只得又匆匆召回哈斯木，往巴里黑御敌。

冬天临近，乌兹别克人停止了进攻，他们在附近驻营，巴布尔担心乌兹别克人乘虚而入，就在巴里黑驻防，想寻机与乌兹别克人决战。

次年春暖花开，乌兹别克人对巴里黑发动了进攻。巴里黑城防坚固，乌兹别克人屡攻不克，又分兵去攻取哥尔和巴达赫尚，巴布尔亦急速派兵增援哥尔和巴达赫尚二城。双方就在这三个地方往来冲突，你争我夺，互有胜负。最终，巴布尔成功地守住了他的领地。

这一场拉锯战，足足持续了三年之久，乌兹别克人见实在占不到便宜，只好罢兵，撤回了布哈拉。

边患解除，巴布尔于夏末秋初班师喀布尔。

途中，他收到表弟海答儿的来信。海答儿在轻描淡写地提到赛德汗与哈萨克汗国哈斯木汗会面，商讨共同抵御乌兹别克人进攻一事后，竟以满纸的篇幅盛赞了一位名叫御速的琴师是如何琴艺高超。在海答儿的心目中，这位琴师根本就是个天才，有着与众不同的个性，拉失德王子很想让他成为自己的乐师，却被他一口回绝了。幸好，琴师答应了拉失德王子的另一个请求，住进天使花园，为十多位王公贵族的子弟教习六弦琴和长笛，这使他有幸多次聆听先生的演奏。

赛德汗与哈斯木汗准备联手抵御乌兹别克人的消息引起了巴布尔的关注，除此以外，他对琴师的事丝毫不感兴趣。他的心境就是这样，曾经沧海难为水，在他的心目中，除了那位少年，他无法认可任何人。想不到多年不见，表弟海答儿还是一样的感性，好笑之余，他准备回到喀布尔再给表弟回信。

他不知道，御速是谁。倘若他知道，他一定不会如此淡定。

他更不知道，他读信的时候，御速正在天使花园的琴舍中弹奏着那支《思乡谣》。

秋天的天使花园美不胜收。园中草地像是满满地铺上了一张三叶草制的地毯，石榴树显现出美丽金秋的鲜黄颜色，树上结的石榴则是鲜红色。橙树一片翠绿色，树上结着无数的橙子，尚未完全变黄。眼下黄昏将近，通透的阳光洗过草坪和天空，树叶爆发出积攒了一夏的色彩。

通过琴房敞开的窗户，可以看到两个孩子正在琴房前面的露台上忙碌。两个孩子，一个男孩，一个女孩，女孩正是雪弗。雪弗的面前，摆放着十七只杯子和一只紫砂茶壶。十七只杯子中，有一只是精美无比的青花瓷杯，其余十六只则都是形状大小厚薄不一的白瓷杯。

青花瓷杯属于先生御速专用，十六只白瓷杯的主人则是正跟先生学习六弦琴和长笛的十六名弟子。雪弗每天的工作就是将这十七只杯子连同紫砂茶壶洗净后再放入专门用来煮沸消毒的铁锅之中。铁锅旁边，另有一口带柄的紫砂锅中煮着一块用上好茶叶压制的茶饼，茶饼包在一块白色的丝绸中，再用丝线系上，以免茶末散落开掉入锅中，影响茶汤清亮的色泽。

每天，站在院落当中，雪弗用一只长长的铁钳不断翻动着这些杯子。而那个年纪和她差不多的小男孩帮她烧火，两个孩子各自忙着手里的活儿，彼此从不交谈。在御速这里，交谈是绝对不被允许的。

大约一刻钟后，雪弗将杯子和茶壶用铁钳一一夹出，整齐地放在红木托盘上。此时，经过了半个小时的熬煮，茶汤的颜色和味道都已恰到好处，雪弗将茶汤舀进紫砂壶，然后将紫砂壶和尚且温热的茶杯一同送入琴房。

只要雪弗进来，御速就会让弟子们停下练习，放好琴笛。弟子们安静地做完这件事后，雪弗在众人的注视下，将第一杯茶恭恭敬敬地奉给御速，然后从第一排的三个人开始，到最后一排，每个人面前都会摆上一杯香茗。雪弗清楚地记得哪个人用哪只杯子，同时紫砂壶里的茶水刚好能倒满每只杯子。

喝过茶后，御速的当天授课就算结束了，弟子们向老师行礼，离开琴舍回家。御速也离开琴舍，回到卧房。每当这时，雪弗跟着他来到卧房外室，从那里拎出一只大木桶来到院中，将煮洗茶杯和茶壶的热水倒入木桶。

小小的人儿在男孩子的帮助下费力地将木桶抬入卧室，放在床前。通常，御速都靠在床上闭目养神，这是他的习惯。男孩不敢停留，将木桶放好便悄然离去。雪弗不能走，她还有另外的事情要做。

偶尔，御速也会看着雪弗做事。他看着她细心地在木桶中加入早已准备好的红花、陈皮、冰片以及艾草。直到水温降到可以让人忍受的程度时，她会娴熟地帮御速换下长衫，为他脱去靴袜，卷起宽松的内裤，让他将两只脚一点一点浸入水中。他的两只脚踩到桶底时，桶中的热水刚好没及他的膝盖。

御速的小腿一直到膝盖都布满了伤痕。雪弗第一次看到这些伤痕时脸上不经意地流露出一种痛心的神情。当时，御速的目光掠过她的脸，如果他看到的是惊讶，即使她只是个孩子，他也会撵她出去。

一方织工精致的小毛毯就放在手边，熬茶前，雪弗总会先将它准备好。在用它围住御速的腿和木桶之前，雪弗还要在水中加入一小碗马奶、半碗白酒、几滴果汁，这样，加上温度的作用，药效就可以被泡脚的人充分吸收了。

这个办法是雪弗想出来的，她煞费苦心完全是出于对御速的关心。她发现教过一天琴后，御速的小腿有些浮肿。现在，御速很享受这种泡脚的方式了，只需要泡上两刻钟，无论多么疲惫他都能休息过来。

雪弗的确是个有心的女孩儿，御速时常纳闷她的决心，她的毅力从何而来。

要知道，雪弗每天做着同样的事情，既枯燥又乏味。从她九岁那年跟随在他的身边，他就没有教她弹过一次琴，他只是把她当成一个女仆，每天使唤她做着这样那样既烦琐又辛苦的事情。

出人意料的是，她竟然全都默默地忍受下来。

更令御速惊讶的是，无论他如何不公正地对待她——当然，御速不会打骂她，他只是对她冷若冰霜，漠不关心——她依旧好意地为他着想，用心照顾他，想方设法为他减少痛苦。

比如最初，为了能让他听从她的劝告用药水泡脚，她不管他如何呵斥和抗拒，仍旧每天打来热水，对他说，先生，您试一试吧，真的会有好处的。这是塞西娅教给我母亲，我母亲教给我的。

最后，他在她的坚持中做出让步，他再冷酷，也明白，她的执拗全是出于好意。

就这样，她在他的冷漠中长到十二岁。三年的时光他连让她碰一碰琴的机会都不曾给，他仍旧希望她知难而退。直到这个下午，他发现了她的一个小小的秘密。

刚才，他让学生们合奏了一首在东察合台汗国很流行的乐曲，这支乐曲用六弦琴弹奏确有一定难度，他已教习他们一段时间，嘱咐他们自己多练习一下。他站在窗边，默默地看着雪弗煮茶和清洗茶壶、茶杯。对这件事，雪弗做得一丝不苟，时间稍长，御速发现雪弗冲洗和摆放茶杯的动作虽轻巧，却很有秩序，很有节奏感。当音乐流畅时，她的动作也会变得流畅自然，当音乐出现不和谐的音符时，她的动作也会出现停顿，之后，她会挪动茶杯，放在稍微靠左、靠右、靠上、靠下的位置，如同他让学生们将手指放在正确的琴弦位置时一样。

而她这样做的时候，她始终背对琴舍站立，她凭借的，只是敏锐的耳音。原来三年的时光，她就是用这种方式跟他学习弹琴。

难怪他从她的脸上，从来看不到任何抱怨和伤心。

他无法相信，这个世界上会有这样的女孩。如此聪慧，如此执着。

他不愿意承认，但事实上，他最终输给了这个女孩的聪慧和执着。当然，还有这个女孩对音乐非凡的感悟力。

晚上，当他泡过脚，雪弗用柔软的棉布为他包起双脚时，他让她伸出手来。

雪弗很惊讶，不过还是乖乖地照做了。

小女孩长着一双修长灵巧的手，小指很长，这双手天生就适合弹琴。由于长时间劳作，特别是经常着水，她的手背开始皲裂，上面布满了细小的伤痕。

御速的心不觉微微颤动了一下。他急忙稳住心神，将一个早就准备好的水晶瓶递给雪弗，水晶瓶里装着他平素用来护手的药膏，药膏是用油脂和珍珠粉调制的，对皮肤有着很好的养护作用。

125

雪弗接过水晶瓶，望着他，不知道他要做什么。

"不要再洗那些杯子了。那些活儿我会找人来做，你只需要把茶端进来就好。记住每天用药膏抹手，你的手上全是伤，怎么可以练琴？"

他的语气一如既往的冰冷，可雪弗不会误解他的意思，她知道，先生终于要教自己弹琴了。她的脸上先是闪过些许惊讶之色，接着就只剩下满心的感激，她仰望着御速，小小的脸上绽开明媚的笑容。

这笑容让御速心中又是一动。

曾几何时，他自己也曾拥有过这样天真无邪的笑容！

"出去吧。"

"是。"雪弗恭敬地答应着，唤来男孩，帮她一起将水桶抬了出去。过了大约一刻钟，她又进来了。

"先生。"

"什么事？"

"艾利病了，我怕他会把病传染给您。不如今天，我来为您值夜吧？"

艾利就是每天烧火为雪弗打下手的小男孩，他原本是个孤儿，是御速好心收留了他，并为他起名艾利。艾利对学琴毫无兴趣，人也有些愚钝，不似雪弗聪明灵巧，善解人意。御速对艾利反倒比对雪弗更关照些。

"艾利病了？"

"不很严重，您不要担心。他有点发烧，我给他喝了热水，让他躺下休息了。"

"既然如此，你也回去睡吧，我这里不用人。"

"不可以，先生。您夜里常常睡不好，需要有人在您身边服侍您。"

"你怎么知道我睡不好？艾利告诉你的？"

"没有，艾利什么也没有对我说过。是我自己好多次看到您深夜起来在庭院里散步，有时还能听到您咳嗽，我很为您担心。"

御速刚刚升起的愠怒转瞬消失了。艾利毕竟是个孩子，说是为他值夜，其实每天倒头一觉就能睡到天亮，他的确不可能对雪弗说什么。倒是雪弗，这孩子的心细再一次让御速感到不可思议。

"雪弗。"

"是，先生。"

"你和艾利同岁吧？"

"是。"

"你不累吗？你也是个孩子，每天要做这么多活儿，你不觉得自己很辛苦？"

"不觉得。母亲是在塞西娅洞孕育了我们兄妹三人的，可能是那里的空气和泉水格外养人的缘故，我们三兄妹从小都不爱生病，精力也特别充沛。尤其是我，母亲常说，我的体质跟塞西娅小时候一模一样。"

"我总听你提起塞西娅，她是个什么样的人？"

"她活了一百多岁，亲眼见证了帖木儿帝国的兴盛和衰亡。母亲说，她像帖木儿帝国的一部百科全书，她活着本身就是帖木儿帝国的传奇。先生感兴趣的话，我愿意把她的故事讲给您听。"

御速没有明确表示拒绝。他意识到自己同小女孩的话说得未免太多了，便不再搭理她，侧身躺在床上，开始看书。

雪弗静静地退了出去。她再次出现时，手里端着一杯蜂蜜茶。

"你又来做什么？"御速不耐烦地问。

"先生，睡前喝杯蜂蜜茶吧，我还在上面放了一片柠檬，喝起来很爽口，可以除燥安神的。"

"你管的事可真不少。"

雪弗眨眨眼，向御速天真地笑着。看着她可爱的笑容，御速责怪的话说不出口了，他接过蜂蜜茶，喝了几口，将杯子还给雪弗。雪弗麻利地递上漱口水，御速漱了口，"可以啦，你去睡吧。"

"先生晚安。"雪弗行了礼，脚步轻盈地离去。

御速睡在里间的卧室，为他值夜的人睡在外间。雪弗像一只安静的小猫，从始至终，御速都没有听到她发出一点声音。而艾利，总是毛手毛脚的，在他睡着之前，他总会发出各种乒乒乓乓的声响。

这个晚上有一点奇怪，御速看不进去书，眼睛盯着字，脑海里却想着雪弗，想着雪弗经常挂在嘴边的塞西娅。后来，他不知什么时候睡着了。当他像往常一样被噩梦惊醒时，他看到雪弗正站在他的床边，一只手举着油灯，一只手用柔软的丝巾轻轻擦拭着他的额头，眼神里充满关切。

"你……"

"先生，您做噩梦了。您不要害怕，我在您的身边。"

御速觉得羞愧。让一个小女孩用这样的语气对他说话，岂止可笑，简直荒唐无比。可梦中狰狞的面目挥之不去，他甚至没有勇气说出让小女孩离开的话。

雪弗将油灯放在屋中的方木几上，搬了一个锦墩坐在御速的床边，语调轻轻地说道："我在这里，您睡吧。您睡不着，也可以跟我说说话，或者，不如我给您讲个蜂蜜茶的故事。"

御速喃喃："蜂蜜茶……也有故事吗？"

"公主调的蜂蜜茶，是沙哈鲁王一生最珍爱的饮品。公主去世后，他只喝塞西娅为他调的蜂蜜茶。他再也尝不出蜂蜜茶独特的甘甜与芳香，对他而言，蜂蜜茶里只有思念，只有悲伤。"

"公主？沙哈鲁王？"

"是。"雪弗娓娓动听地讲述着沙哈鲁与公主的相识，这是塞西娅讲给巴布尔和她的父母亲，她的父母亲又讲给她的故事。她用一种与她的年龄不相称的感伤，讲述着沙哈鲁的爱与绝望，当她讲到沙哈鲁不肯喝塞西娅端给他的蜂蜜茶时，御速透过窗棂，看到了放亮的天光。

"塞西娅接下来会做些什么呢？"雪弗适时地收住话头，"我不妨留个悬念，下一次再讲给您。服侍您洗漱完，我去为您安排早餐。"她的声音依旧欢快、清亮，丝毫听不出几乎一夜未眠的困倦。

御速目送着她离开，他突然发现，这真是个令人啼笑皆非的夜晚：一个原本心若古井，以为世间万事万物都与己无关的成年男人，只因惧怕噩梦，惧怕黑暗，惧怕失眠，惧怕孤独，竟一反常态，不声不响地接受了小女孩的照顾。不仅如此，不谙世事的小女孩还为这个男人讲述了一个并非很遥远的故事，更为可笑的是，这个男人居然听得津津有味，欲罢不能……

第二天，噩梦依旧，雪弗的故事还在继续。

第三天……

短短的几天，御速的睡眠质量在不知不觉中有了一些改善，后半夜还会失眠，可有雪弗陪在身边，失眠不再那么令人烦躁不安。当御速一天比一天着迷于沙哈鲁的爱情故事时，他知道，他的心门也正一点点向着雪弗敞开。

待雪弗手背上的伤痕消失不见，御速开始在晚上教习她弹奏六弦琴。雪弗颖悟勤奋，进步神速，这一点尤其令御速满意。

现在，艾利被调入厨房专门负责为御速熬粥，这是个既体面又不累的活儿。其余的时光，他可以享受到厨房里各式各样的美食，这件事对于这个从没见过父母的男孩来说，就是他最大的幸福。

5

自占领喀布尔的那天起，巴布尔就一直觊觎着印度广阔、肥沃的土地，但由于种种原因未能成行。数年奋斗，他已使阿富汗的大部分地区降服了自己，不禁萌生了进扰印度边境一试刀锋的念头。

经过精心准备，巴布尔择日率领军队前往印度河的渡口，他派遣胡契和道格库利对渡口做了侦察，发现这里无人防守，遂由渡口过河，来到朱德山。当年，帖木儿王征服过印度，作为帖木儿的六世孙，巴布尔想当然地把朱德山当成自己的领地。朱德山间居住着两个部落，一个是朱德部，另一个是江朱哈部，这两个部落的居民都十分善良。巴布尔遣使招降，江朱哈部的头人首先表示臣服，这位头人是一位二十多岁的年轻人，他收下了巴布尔的礼物，回赠了一匹带有铠甲的战马。

江朱哈人既臣服，巴布尔下令保护他的新臣民，秋毫无犯。

朱德山环抱着碧绿的湖水，葱郁的草地，清澈的泉水，气候宜人，巴布尔喜爱朱德山的景致，下令在这里建了一处花园，称为萨法花园。巴布尔有个习惯，每到一处，但凡建立起比较稳固的统治，都会兴建花园和澡堂。

下一个目标是比拉。帖木儿王征服印度后，将各个地区分封给自己的子孙们，现在，这些地区中仍有一部分为帖木儿的后人统治，比拉就是其中之一。巴布尔派了许多人争取比拉不战而降，他的策略起了作用，比拉的显贵人物亲自来拜见巴布尔，还送给他一匹马和一头骆驼。

巴布尔召来比拉的商人和地主，经过协商，向他们征收了四十万沙哈鲁币的赋税，之后，他离开了比拉。三月初，喀布尔那边传来消息，巴布尔的第四个儿子出生，巴布尔把这个儿子的出生视为好兆头，因他正在进军印度途中，就给新生儿起名印达耳，意为夺取印度。

天气一天天变得炎热起来，巴布尔对征服地的事务做了安排，取道朱德山返回喀布尔。途中，哈斯木病故，巴布尔十分伤心，派人将他的灵柩送到加兹尼安葬。

长期服食毒品和酗酒，导致巴布尔的身体状况大不如前，经常发烧。御医阿塔卡针对他的病情给他熬制玫瑰水让他服下，这是一种加药加糖的清凉果汁，巴布尔喝了后感觉很好，病痛也有所减轻。

除了生病静养的那几天，巴布尔没有多少时间安享太平。刚刚离开朱德山，他得知赛德汗正在攻打巴达赫尚。巴布尔从心坎里不愿与赛德汗为敌，同时也绝不会将巴达赫尚拱手让给表弟，于是，他一面派遣将领前去驰援巴达赫尚的守军，一面自率军队回镇喀布尔。

直到秋末，一路征战的巴布尔方才回到喀布尔。他先去热水澡堂洗了澡，美美地睡了一觉，第二天，为犒赏随他出征的将领，他在紫罗兰花园举办了宴会，并给每位将领赏赐了银钱和衣服。

巴布尔手下有一大将名叫塔尔地，他为巴布尔驻守坎尔井，巴布尔巡视他的营地时，塔尔地设宴款待巴布尔。席间，塔尔地对巴布尔说，有一个叫作布耳的女子堪称海量，她请求陪巴布尔喝酒。

巴布尔有些好奇，又不很相信，命人去将布耳请来。结果，这个女子果然好酒量，大家都喝得酩酊大醉，她却若无其事。塔尔地安排巴布尔去安歇了，巴布尔正在熟睡时，布耳来到他的帐子，竭尽所能挑逗他。巴布尔的酒彻底醒了，他对布耳的放肆感到害羞，可对于一个女子，他又不能太过认真，思来想去，只好装作醉得不省人事，勉强摆脱了她的纠缠。

巴布尔对喝酒上了瘾，他的自传中开始经常描写他举办宴会及喝酒的情形。由于他经常醉酒，月光劝了他多次，他口头答应了，过后照喝不误。他对月光说，他会在四十岁的不惑之年戒掉酒瘾。

除了喝酒，巴布尔像他的祖先一样酷爱打猎，打猎时，他总将十一岁的长子胡马雍带在身边。对他而言，他已有四个儿子（巴布尔诸子中，只有胡马雍、卡姆兰、阿斯卡里、印达耳存活下来），可他对儿子们的父爱并不是平均分成了四份，他还是更宠爱他的长子。

在印度边境一扫而过的巴布尔从未放弃长期占领印度全境的企图。他这样做，是在追寻一个传统，当年，他的祖先成吉思汗和帖木儿王都曾入侵过印度，这些入侵虽未建立起持久的统治，巴布尔却希望恢复他家族失去的东西。回历926年冬（1520年1月），巴布尔下令征集军队和筹办装备，春天到来，他率领军队从喀布尔出发。军队经过巴蕉尔时，将当地桀骜难驯的部落平服。

不久，巴布尔来到比拉。巴布尔离开印度时，曾派大将印都为其守卫比拉。巴布尔从比拉向拉合尔方向进军，沿途又降服了两座城池。此时，巴布尔尚无与易卜拉欣开战的意愿，他只是想以武力威慑印度君主。

可能时运不济，巴布尔的南征计划因占据坎大哈的沙准备进攻喀布尔而终结。

作为夺取哈烈的有利据点，巴布尔一直设想当有一天那位像他一样在坎大哈也拥有宗主权的波斯王伊斯迈耳势力衰弱时，他就从坎大哈出兵，逐个收复被伊斯迈耳窃取的帖木儿帝国的领土。

夹在伊斯迈耳与巴布尔之间的沙不敢得罪任何一方，为了巩固自己的地位，他一直致力于取道博兰山口向信德推进。让沙与巴布尔彼此生隙的原因在于沙的儿子，沙与儿子哈三多年不和，在一次矛盾激化后，哈三离开父亲，投奔了巴布尔。巴布尔收留了哈三，对这个年轻人委以重用，这件事使沙担心巴布尔与哈三的关系亲密对他的统治地位不利，他决定先下手为强。

正好西部边境的两个部落发生饥荒，沙便唆使这两个部落前去喀布尔附近抢掠粮食。这件事给了巴布尔进攻坎大哈制造了口实，他从印度撤兵后，即开始围攻坎大哈。此前，他确曾有一次想攻打坎大哈，却因患病未能成行。

坎大哈的防御工事惊人，有三重带碉堡的围墙，中央是一处很高的要塞，这一处要塞很难攻克，它控制着其下方建于次高点的要塞，而次高点的要塞又控制着平原上一个台地的城镇。三重围墙离该城有一段相当长的距离。为了对坎大哈实施围攻，巴布尔下令在坎大哈城下挖掘掩体，以接近和撞击城墙。

眼看巴布尔的计划就要奏效，城中发生瘟疫，并在巴布尔的军中蔓延开来，巴布尔不得不于六月中返回喀布尔。

次年，巴布尔再次进攻坎大哈，沙本人不敢出战，龟缩于城中，坎大哈的守军却进行了英勇的反抗，他们用刀、箭、梭镖和石头一次次打退了巴布尔军的进攻。巴布尔毫不气馁，他骑上他那匹黑白斑马来到城壕前，亲自督战，结果，几轮强攻后，坎大哈终于陷落。

在巴布尔攻城前，沙曾请求波斯王伊斯迈耳出面阻止，这一次，巴布尔态度强硬，交涉毫无结果。不能劝服巴布尔，伊斯迈耳转而担心他驻守哈烈的儿子受到威胁，他命呼罗珊地区的波斯驻军做好迎战准备。他似乎有些多虑了，巴布尔此时的目标是印度，而非哈烈。攻下坎大哈，巴布尔就拥有了进攻印度的有利据点。

沙终于对自己的命运妥协了，他与巴布尔谈判，请求巴布尔给他一年的时间准备，他和他的家族将迁往沙耳和锡比。

巴布尔准备举办一场盛大的宴会，犒赏所有立功将士。宴会筹备当中，他意外地接到堂弟外斯在巴达赫尚去世的消息。这些年，巴布尔与外斯之间有过误会，有过争端，但更多的时候，他们是并肩作战的战友。外斯还如此年轻就离开人世，巴布尔不能不慨叹世事无常。

为外斯治丧后，他决定派自己年仅十三岁的爱子胡马雍前往巴达赫尚坐镇。巴布尔一直将巴达赫尚视为家族产业，他要给巴达赫尚派去一位可靠的统治者，最可靠的人莫过于他自己的儿子。

131

胡马雍行前，他坐在坎大哈原本属于沙的宝座上亲自召见了武艺出众、智勇双全的道格库利。

十八岁的道格库利与哈斯木之子阿力一样，都是年轻将领中的佼佼者。道格库利作战勇敢，在近年来的战争中屡立战功，阿力则酷爱制作和改进各种军械，尤其痴迷于研究新式火炮，他们都是巴布尔留给儿子的最可靠的帮手。他一再叮嘱道格库利，一定要照顾和保护好皇子，守住巴达赫尚。

道格库利跪受皇命。

6

结束了在拉失德王府的教学，御速又受到盛情邀请，带着雪弗来到伊斯法拉城小住。这是多年之后他再次回到费尔干纳。

伊斯法拉城位于马尔格兰城西南，靠近山区，二者相距百余里。御速与雪弗相识时，他正在费尔干纳的南部小城马尔格兰逗留。伊斯法拉城的居民全部使用波斯语，雪弗随御速在这里生活了一段时间后，已能流利地使用当地语言，这样，除了察合台蒙古语外，她又在不知不觉中掌握了突厥语和波斯语。

闲暇时，御速偶尔会带雪弗到山中游玩。山中有一块神奇的镜石，镜石长约七米，高低不齐，有些地方高过人头，有些地方只及腰部，站在这块石头面前，就如同站在镜子前一样。

雪弗第一次看到这块镜石惊讶极了，她在镜石前站了好一会儿，无法相信镜中那个身材妙曼、容色如霞的少女就是她自己。当镜石映出御速向她走近的身影时，她急忙回过头，稍稍离开镜石，恭敬地垂手而立。

在御速面前，她百般体贴温柔，富于耐心，从不抗拒他的任何苛刻要求，也一直竭尽所能为他减轻病痛，心甘情愿地为他分担各类杂事，可她并没有忘记自己的身份，更没有忘记自己在学琴时许下的诺言。事实上，对于身为先生的御速，她不可能真的从心里把他视为自己的亲人。

九岁到十六岁，在父母面前，她原本可以尽情地撒娇，尽情地任性，可惜她错过了这样的时光。她在这个严厉的、古怪的人身边一天天长大，不得不强迫自己以最快的速度掌握了压抑感情的技巧。

不能大笑，不能哭泣，不能抱怨，不能思念……所有人类正常的情感表达在御速这里都不被允许，与他在一起，雪弗渐渐变得麻木顺从。她会笑，却只是微笑，她会哭会思念，也只能在他不会看见的时候，至于抱怨，她连想都不想。她只把自己最乖巧、最体贴、最快乐的一面呈现在他的面前。

尽管如此，她对他并不怨恨。她无数次看到他从噩梦中惊醒，他常常彻夜难眠，有时她会听到他压抑的叹息。她天生敏感、聪慧，善于为他人着想，她即使不能确知御速悲伤的根源，仍旧可以猜测得出御速一定经历过人世间最可怕的磨难，一定是常人难以忍受的打击才让他变得冷酷无情。她从来坚信他的本性是善良的，只是他还没有机会让别人看到他的善良。想到他其实是个没有家，没有亲人，既可怜又孤独的人，她就不能不对他充满怜悯。

更何况，直到现在，她对于自己所选择的道路，决不后悔。

御速停在雪弗的面前，注视着她。

"先生。"

"很惊讶吧？"

"您说镜石吗？当真很神奇。"

"我是说看到镜石中的你自己。"

"我自己？"

御速差点说出那句话，"长大了，也更漂亮了。"话到嘴边，说不出口，只好仓促地从怀中掏出一个白色的、精巧的羊皮信袋来。

"给你。"

雪弗的眼中顿时闪现出快乐的神采，她接过信袋，说了一声，"谢谢先生。"说完，将信袋握在手里。

"是你父母的来信吧？"

"是。"

"你不看吗？"

"不急。"

御速悟出她不敢看信的原因。这都怨他，七年前，他定下那么多苛刻的规矩，雪弗一直信守至今。

"要不，先生先回去，你不妨在这里多玩一会儿？"

"哦……好。"

雪弗恭敬地目送着御速。等到御速的身影在山石后消失不见，她才迫不及待地打开了信袋。

在她打开信袋的瞬间，一直强忍着的泪水夺眶而出。

好不容易忙完了手中的事，趁着先生还在午睡，雪弗回到自己的房间，带了御速前些时候在镜石前交给她的那个羊皮信袋，匆匆来到金鱼池边的凉亭中。

她刚刚在栏杆边的石凳上坐下来，那些红色的、黑色的、黄色的，还有五彩斑斓的美丽鱼儿便摇着尾巴向她游来。她顾不上像往常一样用鱼食逗引它们，而是很急切地从信袋里取出信来。

信，写在素帛上，不是一封，而是两封，素帛的外面，还有一层被母亲或者父亲很仔细地包上的防水油纸。这封信，经过了足足半年时光才到达她的手上，她是那么珍惜，百读不厌。

像每次所做的一样，雪弗灵巧地打开油纸，叠好，与羊皮信袋一起放在一边。在看信前，她将两块素帛在脸上贴了片刻。素帛贴在她的脸上，像是母亲的手，轻轻抚弄着她的脸颊。

她开始认真地读信。信的内容她都会背了，可她还是一个字一个字读着，如同要每一个字都刻在心里。她是那样专注，那样投入，以至于没有察觉，一个人静静地走进了凉亭，站在她的面前。

许久，许久，那个人低低地清了一下嗓子。

雪弗猛然抬起头。原来，是先生御速。

"先生！"雪弗惊讶极了。极度的惊讶中，她忘记了擦去脸上的泪水。七年前，她答应过御速，决不会因为想家而哭泣。

御速沉思地望着雪弗。他的脸上并没有任何生气的样子，雪弗倒是第一次从他的眼睛里看到了体谅与怜惜。

"先生，您……醒了？我……"

御速开口了，他的声音不同以往，充满温情，七年了，雪弗还从来没有听到过他用这样的语气对自己说话："你在看信？"

"啊……是。"

"介意让我看看吗？"

"啊？"

"我是说，方便的话……"

"噢，方便……方便的，没什么，您可以看。"

雪弗捧起信，恭恭敬敬地递在御速的手上。

两块裁成四方的素帛，上面有着不一样的字迹。一块素帛上的字迹娟秀工整，另一块的字迹则洋洋洒洒、龙飞凤舞。想必雪弗的父母亲在写信给女儿的时候，总是一人一封。信的内容也各有侧重。母亲到底是母亲，细致琐碎，字里行间充满了对女儿的叮咛与思念。做父亲的不允许自己婆婆妈妈，他只选择身边发生的那些重要事情，一件一件告诉女儿，他认为不太重要的，则会一笔带过。

信的最后，他们照例托女儿代问先生御速好。

御速认真地读着信，他读了差不多两遍。他似乎看到雪弗的父母站在他的面前，像许多年前那样，以极大的忍耐和牺牲的精神，成全了女儿的固执。只是这一次，他们的脸上多了一些哀求。

御速将两封信还给雪弗，看着雪弗重新收好它们。

"雪弗……"

"是，先生。"

御速犹豫了一下，雪弗默默等待着。

"雪弗，其实，我一直想问你一件事。"

"您说。"

"你恨我吗？"

"您说什么？"

"我是想问你，你恨我吗？"

"恨您？为什么？"

"你不觉得，不是因为我，你和你父母不会七年都不能相见。"

"这件事啊……我们不是说好的嘛，十年，在我跟您学琴的十年间，我不可以和父母见面。我向您保证过的。"

"这样做，你不觉得太残忍吗？"

"这是我应该付出的代价。"

"不是……或许不是呢。"

"我知道，你当初提出这样的要求，无非是想让我知难而退。后来，你那样严格地对待我，只是想证明身为女孩子的我是否有资格跟您学琴。对任何人而言，学琴，做一名出类拔萃的琴师，需要的不仅仅是对音乐的感悟力和天分，还有坚强的意志和面对困难也不退缩的恒心。"

"你真是这样理解的吗？"

"是，先生。先生，我对您没有抱怨，真的。"

"可是，十年的时光毕竟太漫长了。"

"没关系，真的没关系。七年一晃不都过来了吗？等我成为一名优秀的琴师，我才可以毫无愧色地去与父母团聚。从小父亲就常对我说，做人，一定要言而有信，做事，一定不能半途而废。"

"假如，我只是说假如，你也知道，如今世道不太平，到处都是战乱，假如过了十年，你再也见不到父母了，你该怎么办？"

"不会的，不会这样。塞西娅在天上保佑着我父母呢，他们绝对不会有事的。塞西娅喜欢我母亲，她把我母亲养大，对我母亲就像当年欧乙拉公主对待她那样满心疼爱。欧乙拉公主在天上保佑着她，她活了一百多岁，安详地离开人世。她也会保佑我的父母，我的两个哥哥，保佑他们平平安安，等着我回去。我爱他们，他们真的出了什么事，我的心会告诉我。"

话虽如此，雪弗的内心却一直有些忐忑不安。

"你很爱塞西娅？"

"是。母亲和父亲也很爱她。她去世的时候，我刚刚两岁。母亲说，她的脾气像烈火一样，可她活着的时候，是那样疼爱我们。"

"我有点懂了，你这样倔强，这样顽强，恐怕是天意如此吧？"

"当然。都是天意。"

"还有什么？"

"与您相遇。"

7

御速心头一颤，无言地注视着雪弗。他很清楚，雪弗这个大胆的、充满感激的表白绝没有丝毫暧昧的内涵。十六岁的少女像天山的泉水一样纯净。是啊，十六岁的少女，一生中最重要的成长都在他御速身边完成，作为先生，御速对她，经历了从最初的严苛到逐渐宽容，从最初的怀疑到逐渐欣赏的过程。然而，无论他如何对待雪弗，雪弗从来不记得他的乖戾和暴躁，她永远只记得他传授她技艺的恩情和他每一次微小的体贴。他时常在想，如果说他与雪弗的相遇真的就是天意若此，那么这天意于他，应该比对雪弗还要充满眷顾。

朝夕相处的七年，九岁的女孩不知不觉在长大，他可以无视她妖娆的体态、端庄的举止、秀丽的容颜,可他终究无法忽略她的纯洁美好,无法忽视她的宽广心胸。

天意让他遇到雪弗,代之而来的,命运化身为一双温柔的手,正一点点为他抚平心头的累累创伤……

御速走到栏杆边的石凳上坐下来。他下意识地拿起一袋鱼食,一点一点,耐心地撒入池中。他回忆着,努力回忆着,不知从什么时候起,他开始很少做那个噩梦了。有时,他从梦中惊醒,总会看到雪弗坐在他的床前,关切地为他拭去脸上的汗水,或者为他端上一杯用以安神的蜂蜜茶。

的确,雪弗总是很警醒,也总能在他需要她的时候出现在他面前。

其后的日子,他的梦里加入了新的内容,噩梦偶尔来临,变得微淡。甚至有一天,他做了一个奇怪的梦。

那是几天前,雪弗迎来了她的十六岁生日。对于这件事,雪弗自己早就忘怀了,七年间,她也从未过过生日。吃过晚饭,御速突然送了一件做工精美的小玩偶给她,说祝她生日快乐。雪弗当时很惊讶,片刻,她醒悟过来,开心地谢了他,带着礼物回到自己的卧室。他躺在床上,不知为什么,那一宿他竟然失眠了,整整一个晚上他辗转反侧,直到天光放亮,他才蒙眬入睡。

于是,他做了那个梦。

梦中,雪弗站在镜石前,周身笼罩着浅粉色的光芒。他穿着一身白色的衣服,为雪弗梳理着深栗色的长发。

他呆呆地望着镜石,镜石清晰地映出雪弗的容颜。

他第一次发现雪弗长成了真正的少女模样。雪弗的体态像她的母亲,玲珑有致、婀娜多姿,她的容貌则明显融和了父亲与母亲的优点,高直的鼻峰、宽宽的额头像父亲,细长的眉毛、敏感的唇形、柔和的下巴却像母亲,这给她优雅的气质里平添了几分刚毅。但不知道她的眼睛究竟像谁?是像她的母亲多些,还是像她的父亲多些?她的眼睛明亮有神,令人见之难忘。

除此之外,她还长着一头漂亮的深栗色长发。这是塞西娅生前最偏爱的头发颜色,因为她的公主就长着这样颜色的长发,塞西娅活着时,把雪弗视作长生天赐给她的礼物,对还是婴儿的雪弗爱若至宝。

镜石中的雪弗脸颊嫣红,美目流盼,她的长发在他的手指中缠绕,一股不可思议的热流在他周身徜徉。他的心先是莫名地抽紧,接着又急速地跳动起来。他感到热,非常热,有一种不可抵挡的欲望在升腾,试图挣脱理智的桎梏。这是一种久违的活力,这是他原以为早就死去的活力,这是他身为男人的本能,而过去,他坚信自己只是一把冰冷的六弦琴。

当他的手臂也开始发出颤动时,他急忙离开了雪弗。

雪弗从镜石里望着他,她的眼神里闪过些许惊讶,却绝不询问。他们在镜石中久久相望，久久相望，接着，他便惊醒过来。

此时此刻，重新回想起他在梦中所感受到的那一阵阵美妙的悸动，以及那悸动带给他的无限热忱，他突然再无法面对雪弗的目光。

将袋里的最后一点鱼食全部撒入池中，御速拍拍手，站了起来："雪弗。"

"是，先生。"

"过几天，我去向城主辞行，我们去昆都士吧。昆都士有一位很有势力的牧主酷爱音乐，他是东察合台人，当年，他随巴布尔大帝征战有功，大帝在昆都士赐给他一块肥沃的牧场。小的时候，他做过两年我的学生。蒙他数次来信相邀，我们不妨答应他，换换环境。在此之前，我们先去忽毡城住段日子，那里也有我的学生，他很想接待我们。你觉得怎么样？"

雪弗望着他，没回答。

"怎么？"

"哦……先生，这样的事情您决定就好，无论您去哪里，我都会跟您一起去的。"

"不是这样。"

"啊？"

"我希望这一次是你的意愿。我记得你对阿图说过，你小时候随父母在忽毡城居住过一段时间，忽毡城附近有个小镇因其特产的杏仁质优味美而被人称作杏仁村，你至今还很怀念那个小镇。"

雪弗有点担忧。阿图比她年长几岁，像哥哥一样关心她、照顾她，她真怕她无意闲谈会给阿图引来责备。

"雪弗。"

"是，先生。"

"你真的这么害怕我吗？"

"是……啊，不是。我答应过您的事，有的时候会忘记……"

"就因为这样，你总设法将所有的过错都揽在自己身上，以免连累他人。"

惊讶之余，雪弗一时间无言以对。今天的御速对她来说既令她觉得陌生，也令她有些琢磨不透。御速清楚地意识到是自己多年来的冷漠和严厉扼杀了雪弗的率真，他隐隐有些懊悔。

"雪弗，告诉先生，你依旧怀念杏仁村吗？"

雪弗略一思索，点了点头。

"既然如此，我们过几天就动身前往忽毡城。你在杏仁村住得惯，我们不妨多待一段时间，再去昆都士也不迟。"

雪弗忽闪着长长的睫毛，好像还是有点不敢相信自己的耳朵，"这一次，您真的是为了我才同意去昆都士的吗？"

御速不作回答。他还不习惯感情外露，他只能在心里说，是的，为了你，从今以后，一切都是为了你。可是，我永远不会让你知道。

雪弗不敢再问，也不会再问。她的心突然变得轻松快乐起来，无论先生是不是为她都不重要，重要的是，在忽毡，在昆都士，她会感到自己离亲人更近了。

8

回历 928 年初（1521 年 12 月），爱子心切的巴布尔携月光夫人亲往巴达赫尚，与儿子在一起待了一段时日。

按照巴布尔与沙的约定，他将在沙投降一年后前往接管坎大哈。沙兑现了约定，他将坎大哈的管理权交给巴布尔，自己带着家眷和部众去了信德的边远地区。其后的日子，直到死，他再未离开自己的领地。

多年之后，雪弗跟随御速再次回到了忽毡城。御速的学生是个热心人，他按照老师的要求，将客人们安顿在忽毡城外的小镇杏仁村。

忽毡城地处安集延与撒马尔罕之间，距两座城池的距离都是三百里。

这是一座古老的城池，城外丛林之间白羊、鹿、赤鹿、野鸡、野兔众多，是打猎的最好去处。

雪弗跟当地人学会了一种将浸泡的杏仁加入果汁做成一种特殊饮料的方法，这种杏仁饮料味道绝佳，据说常饮对身体极其有益，当地人给它起了名字，叫作杏仁果汁。但有一样，杏仁果汁的制作过程相当麻烦，即使杏仁村的村民也不会每天饮用。只有雪弗不厌其烦，从她学会制作杏仁果汁的那一天开始，杏仁果汁就成为御速午餐时必备的饮品。

对于雪弗的细致体贴，御速嘴上不说什么，可雪弗心知肚明，先生其实越来越喜爱自己了，对于这一点，她毫不怀疑。除了每天教她弹琴，她还得到允许为先生誊写诗稿或琴谱，一向少言寡语的先生甚至夸奖她的字写得端正清秀。

雪弗每天都是那样快乐，她的快乐感染着周围的每一个人，在杏仁村，她几乎成了人们最喜欢见到的少女。

大约过了几个月，他们从忽毡城启程，来到昆都士，住进了御速说过的那位牧主学生的府上。时光悄然流逝，有一天，御速又做了那个梦。

多少年来，每当柴房出现在御速的梦境中时，他就知道，他又要重新经历那段非人的折磨了。

早已废弃不用的柴房里，四处漏着雨。一道惨白的、耀眼的闪电，像一把锋利的剪刀剪开了乌黑厚重的天幕，瞬间的光芒照亮了柴房中一个黑色的形体。

这是一个少年。

少年蜷曲着身体，侧卧在湿漉漉的柴草上，身上只有一件破旧不堪的内衣勉强蔽体。御速站在门口，看着少年。眼前原本漆黑一片，奇怪的是，他偏偏看得见少年和少年周遭的一切。

天知道少年究竟受到了怎样的虐待，除了一张脸，少年从脖颈之下一直到脚面都布满了瘀青与伤痕。最新的一处伤口在少年左侧大腿的根部，那里不久前被人用刀子切开了一道深深的口子。一阵紧似一阵的痛楚从少年的身上传到御速的心里，御速不知不觉地咬紧了牙关。

此时，雨水不断地滴落在少年的身上，剧烈的疼痛并没有立刻让少年苏醒过来。昏睡中，少年像御速一样做着可怕的梦。

御速可以轻易地进入少年的梦里。

时而清晰、时而模糊的梦境里，少年的眼前晃动着舍黑那张丑陋狰狞的脸和脸上猥亵的笑容。

舍黑的眼睛闪射出贪婪的光芒，全然没有平素道貌岸然的模样……

他伸出手，用力去搂少年的肩膀，将脸凑向少年……

御速胃里翻动着，强忍着不让自己吐出来。

梦中，少年奋力反抗着，拼死反抗着，无论如何，他决不允许舍黑将他令人作呕的嘴唇碰到他的脸上。

舍黑被少年的反抗弄得狼狈不堪。这不是第一次了，不管舍黑如何软硬兼施，少年就是抵死不从。渐渐地，舍黑失去了耐心，一团欲火无处发泄，他不禁恼羞成怒。

这种"召见"的最后总是换来舍黑对少年变本加厉的惩罚。这个心灵扭曲的伪君子，惩罚人的手段可谓花样翻新，从一开始拿鞭子抽，到后来拿印着花纹的火钳烫，再到用针在少年的臀部刺出各种各样的花朵。

唯一没受过伤害的只有少年的一张脸。

或许，这还得"感谢"舍黑那可怕的嗜好吧。其实，从那天舍黑在去巴布尔的王帐路上偶遇少年的那一刻起，恰恰就是少年那张比妙龄少女还要俊俏几分的脸蛋儿让他刹那心动，痴迷不已。

应该说，他爱的正是这张脸。在他蓄养的所有娈童中，还没有哪一个人堪与少年相比，为此，他必须让这张完美无缺的脸庞保持完好无损。

他必须如此。他相信，总有一天他能征服少年，让少年对他俯首帖耳，到那时，他就可以如愿看到他所爱恋的那张脸对他露出笑容。

雷声轰鸣，少年的梦如御速的梦一般断断续续，杂乱无章。

御速走过去，俯视着少年的脸。

少年的脸上布满痛楚。御速愤怒的泪水混合着雨水，滴落在少年的脸上。

御速知道，有许多次，少年都以为自己再也活不下去了，可是，每一次他都挺了过来。他的身体一天比一天虚弱，他的内心却像疯了一样渴望着自由。哪怕是死亡，只要能够换来他的自由，他都会怀着感恩的心情欣然接受。

是的，少年愿意接受死亡，如同他在弹琴的时候，怀着感恩的心情接受长生天赐予他的恩惠一样。

又是一道凌厉的闪电，闪电照亮了少年的脸。这张脸上蓦然出现了极端厌恶与恐惧的神情。

在梦中，少年重新回到了那一天。

那一天，外面依旧下着大雨，少年的噩梦总与电闪雷鸣相伴。舍黑参加宫廷宴会回来，让两个心腹仆从将少年带到花园后面的卧房里。那天，舍黑的脸色酡红，像是喝了不少酒的样子。仆从把人送到就无声无息地退了下去，他们知道接下来主人要做什么，这种时候还是回避最好。

事实上，对于少年的事情，除了三两个舍黑最信任的仆从外，其他任何人都不知晓。这也不难理解，舍黑毕竟是冒着杀头的危险在王帐外将少年秘密劫持到自己的府上，他必须小心再小心。

终于，装饰奢华的卧房里只剩下舍黑与少年两个人。

舍黑注视着少年，少年满心厌恶地垂下头，看着地面。片刻，舍黑晃动着身体走到了少年的面前。

少年本能地缩紧身体，向后闪避了一下。

少年一如既往的抗拒令喝了不少酒的舍黑瞬间亢奋起来，他好似疯了一般，又好似一匹正在发情的公驼，不顾一切地向少年扑来。在少年面前，他是那么孔武有力，任凭少年如何推搡厮打，都无法挣脱他铁钳一样的双手，直至最后，少年像个口袋一样被他扔到床上。

舍黑一把扯去身上的衣服，随即将自己粗壮沉重的身体压在了少年的身上。与他相比，少年显得那样单薄，他只用自己的一只手就轻而易举地攥住了少年的两只手腕。此时此刻的舍黑已经被欲火焚烧得处于癫狂状态，他的一双眼睛血红，长着一圈黑毛的胸脯剧烈地起伏着，粗重邪恶的喘息声里还不时掺杂着嘶嘶的如同毒蛇吐信的声音。更可怕的是，从他的嘴里不断喷出的灼热的酒气喷在少年脸上，几乎让少年恶心地窒息过去。少年的气力消耗殆尽，身上的衣服几乎被舍黑撕成了碎片，在极度绝望中，少年看到了一样东西。

那是一把锋利的波斯刀，舍黑平常总喜欢藏在衣服里。

舍黑的衣服扔在床下，波斯刀从衣服里掉了出来。

少年努力挣开了一只手，伸手去够波斯刀。他只有一个念头：宁可死，也绝不会让舍黑侵犯他的身体。

终于，少年将刀柄抓在了手里，他几乎一刻也没有犹豫，反手将锋利的刀刃刺进了舍黑的后心。

这一刀，少年用尽了平生所有的力气。屈辱、绝望、仇恨以及对自由的向往都给了他无穷的力量。

他看到舍黑的眼睛里闪现出一道似惊讶又似不解的光芒，与此同时，他的动作停顿下来。他就那样与少年对视着，眼神越来越黯淡，不知过了多久，他肥胖的身躯颓然瘫倒在少年的身上。

从始至终，他都静静的没有发出一声叫喊。

少年奋力掀开了舍黑令人厌恶的身躯。他从地上抓起一件外套披在身上，一刻也不做停留地冲出门外，冲入如注的暴雨之中。他自由了，这一刻，即使他马上死掉，他也无怨无悔。

幸运的是，没有人发现他，也没有人知道已经发生的事情，暴风雨掩盖和冲走了一切。少年一味地向后跑，他原想翻墙而出，却意外地发现了后花园有一处角门，他用石头砸开了铁锁，逃出了噩梦般的牢笼。

御速恍然记起，以往他的梦总会在舍黑扑向少年的那一刻戛然而止。

这是第一次，他的梦还在继续。他看着少年凭着记忆找到了与舍黑的后花园只隔一条街的舅父康巴尔的府邸，当舅父了解了少年的遭遇，当晚便派人将他护送回了东察合台汗国。

直到第二天清晨，仆人才发现舍黑死在自己的家中。巴布尔闻讯，派康巴尔调查舍黑的死因，康巴尔雷厉风行，找出三个知情者后，用毒酒将他们全部毒死。做完这件事，他回到皇宫，向巴布尔谎称，杀害舍黑的凶手已经畏罪自杀。

康巴尔用自己的方式为心爱的外甥报了仇，也保护了外甥免遭更大的伤害。然而，舍黑的死于事无补，那个曾经像水仙花一般纯洁美好的少年，带着满身伤痕，满心耻辱，永远消失于天地之间……

9

御速不安地扭动了一下身体。这时，他感到一只手正轻柔地为他拭去满脸的汗水，也许还有泪水，他的心顿时平静下来，慢慢睁开了眼睛。

与以往不同的是，雪弗并没有为他点亮油灯，此时，天完全亮了。雪弗坐在明媚的晨光中，正含笑俯视着他的脸。

"先生，您醒了。"

御速没有像往常一样立刻起身，相反，他就那样躺着，与雪弗默默相视。

"先生，您看，天亮了，您一觉睡到天亮了。"雪弗的语调轻松、欢快。是啊，虽然先生一定又做了那个噩梦，可他终于能一觉睡到天亮了。这对雪弗而言就是一种快乐，雪弗天生就善于发现和收藏快乐。

"雪弗……"

"是，先生。"

"那个噩梦……"

"怎么？"

"我不会再做了。"

"真的吗？为什么？"

"我梦到了它的结局。它结束了。永远结束了。"

"您确定？"

"确定。"

"太好了。"雪弗微微垂下头，十指交叉，双手合拢，用最简单的方式表达了她的心情，"好感谢长生天啊！"

"好感谢长生天啊！"这句话似乎说到了御速的心坎儿里。望着雪弗低垂的脸容，御速的眼眶蓦然间变得异常酸涩。他第一次意识到，在他历经了磨难与屈辱，看淡了生死与人情，并且怀着怨恨与不甘化身为琴后，是雪弗用她的善良为他打开了心结，并将那个幽闭在他心中的少年放出了牢笼。

当少年走出牢笼时，他浴火重生。

是的，重生。只有活着的人，才会对天意恩宠怀有一颗感恩之心。

长生天安排了他与雪弗的相遇，她像他珍爱的六弦琴一样，已然成为他生命中不可缺少的一部分。他或许可以不再抚琴，却不能失去雪弗，如果失去雪弗，他决不会像多年前一样，再将冰冷的躯壳留在世间。

雪弗并不清楚御速纷繁复杂的想法，她虔诚地向长生天做了感谢，对御速说："待会儿我去做些好吃的东西来，今天是个好日子，我要为先生庆祝一下。对了，我先服侍先生洗漱吧。"

她说着，起身要走，御速在她身后叫住了她，"雪弗。"

雪弗回眸一笑，"是，先生。"

"今天上完课后，我想给学生放几天假。"

"放假？"

"对。不用上课，你想做些什么呢？"

雪弗认真地想了想，"出去打猎如何？我听附近的村民说，城外的丛林里有许多美丽的雉鸡，要是能捕几只来养多好。"

"你的心愿如此？"

"是。"

"好吧，让阿图去准备一只鸡笼来。我答应你，一定亲自为你捉几只雉鸡放进去。"

雪弗歪着头，喜悦的目光停留在御速的脸上。

"怎么？"

"先生，您今天好像和往常不大一样。"

"不是你说的吗？"

"我？说什么？"

"今天是个好日子啊。"

雪弗醒悟过来，眉眼里全是盈盈笑意。她就那样望着御速，御速也那样望着她，终于，他向她微微一笑。

这是雪弗第一次看到先生的笑容。

有几分沧桑，却能打动人心。

数日后，当一切准备就绪，小小的打猎队伍出发了。

打猎的头一晚下过一阵子雨，雪弗原本还有些担心，怕不能如愿去打猎。好在第二天醒来，她欣喜地看到天空开始放晴。

御速真是选了个绝好的天气出行。碧蓝的天空中，隐隐浮动着一层洁白的云纱，云纱之后，阳光不再像往常那么耀眼和刺目。微风和煦，轻抚着脸颊，让每一个人的心情也随之变得轻松愉快。

中午时分，御速带着侍从和雪弗赶到丛林附近。

为了这次打猎，御速事前做过一些安排。他请学生为他提供两名向导，学生便将府上最熟悉当地地形的兄弟俩指派给他，这兄弟俩正好还是阿图的旧识。

阿图原本是阿黑昔的一名铁匠，由于信奉萨满教，与城里一位很有势力的教主产生冲突，不得已逃到东察合台汗国避难。在汗国的吐鲁番，他居住下来，仍以打铁为生。一次，御速请他打造一柄蒙古弯刀，他将弯刀打造得既锋利实用又别致美观，凡是见到的人无不啧啧赞叹。这件事，成为御速与阿图交往和相熟的开始。再后来，阿图经常登门看望御速，御速也喜爱阿图的机灵、踏实、细致以及惊人的手艺，就将他留在了自己府上做了一名总管。

阿图性格活跃，善于交往，他主要负责为御速打点和处理府上的各种杂事。他和雪弗一样，都是御速身边最得力的帮手。

到了山里，匆匆吃过午饭，这些临时组织起来的"猎手"便在向导的带领下，深入茂密的丛林一展身手。打猎前，阿图代表御速，和两名向导一道，以最典型的蒙古人的方式跪在地上做了祈祷。他解下腰带双手高高捧起，祈求长生天护佑。说来也真是灵异，这之后，打猎进行得特别顺利，每个人不论箭法如何，都有收获。

雪弗以前从未见过御速骑马。在雪弗的印象里，先生只是个技艺超群、沉默寡言且高高在上的天才琴师，没想到他不只会骑马，马骑得一流，箭术也称得上一流，可谓百发百中。

雪弗从九岁时跟着御速，尚且没有机会骑马，今天是第一次骑。她心里却丝毫不觉得惧怕，她的身上流动着蒙古人的血液，这是一种天性，她喜欢在马上奔驰的感觉。行前，她只让阿图教了教，就很快掌握了骑马的技巧，她的聪慧与胆量，令阿图对她刮目相看。

在"猎手"们的追逐下，猎物四下逃散。御速亲手捕获了三只羽毛丰丽的雉鸡，他将雉鸡交给雪弗，脸上闪过欣慰的笑容。

"把它们都带回去吧。多几只才好养呢。"

雪弗笑逐颜开，小心地打开事先备好的笼子，将雉鸡全都放了进去。

打猎的队伍继续向里深入，在离下一座山峰越来越近的地方，他们与另外一支狩猎队伍发生了交集。

这是一支真正的狩猎队伍，他们装备齐全，人数看起来不下百人。他们的服色也整齐划一，每个人都统一穿着利索的猎装和长筒的尖头皮靴，头上戴着一顶蒙古宽檐帽。其实，在帖木儿帝国后期，很少能看到这种形状的帽子了。有一次，雪弗在吐鲁番看见一个蒙古人戴着这样的帽子，她觉得很特别，御速告诉她，这种帽子的最初发明者是元朝的开国皇帝——忽必烈大汗的夫人，这位夫人名叫察必，既美丽又聪慧。她发明这种帽子的本意是为了让她的丈夫在打猎时不被阳光刺痛眼睛，没想到竟在整个蒙古地区风行起来。

那是雪弗第一次从先生惯常不动声色的脸上看到了某种向往的神情。雪弗不由想起母亲给她讲过的关于塞西娅和欧乙拉公主的故事，对塞西娅而言，欧乙拉公主无疑是影响了她一生的女人。自幼在塞西娅身边长大，母亲像塞西娅一样崇敬欧乙拉公主，清楚地记得有关这位公主的点点滴滴。那一刻，在雪弗的想象里，忽必烈夫人的样貌分明与欧乙拉公主的样貌产生了重叠……

丛林里突然多了一群人，让双方都变得小心起来。一位年轻将军催马过来，用突厥语高声询问："你们是什么人？"

雪弗勒马立在阿图身边，呆呆地望着年轻将军。她只觉得这位年轻将军的音容笑貌如此熟悉，熟悉得如同她在镜石里看到自己的脸。

10

片刻，阿图也用突厥语回答："我们是阿黑昔人，来这里打猎。"

年轻将军继续问道："你叫什么名字？你是头儿吗？你们来了多少人？"

阿图依然耐心地回答："我叫阿图，我们来了二十多个人。偶然相遇，打猎而已，我们没有恶意。"

年轻将军似乎还想问些什么，恰恰这时，他看到了雪弗。到了嘴边的话被他咽了回去，他注视着雪弗，目光里闪动着意外的、热切的光芒。

阿图不知道年轻将军为什么要这样盯着雪弗看，他有一些不快，又有一些不安，这在他可是从未有过的感觉。

他问，声音变得生硬起来，"你们是谁？你又是谁？"

年轻将军根本顾不上回答他的问话。

"喂！"

"你……"

这话是对雪弗说的。

雪弗催马上前一步，眼睛里转动着泪水。

"难道你是……"

"你……你是……"

"我的名字叫道格库利，你是不是认识我呢？"

雪弗的泪水潸然而下。

"二哥！"

"你是……你真的是……"

"我是雪弗啊！二哥……"

道格库利翻身跳下马背。他几乎是冲到了雪弗面前，将她从马上抱下来，抱进怀里。"雪弗！雪弗！"

雪弗偎在二哥的怀里，泪水不断地滴落在哥哥的猎装上，将他的猎装打湿了一片。她从小与二哥感情亲密，分别的这七年里，她时刻都在想念着他。

"二哥……"

"傻丫头，别哭了，让二哥看看你。"

雪弗抬起满是泪痕的脸蛋儿，向二哥道格库利展开笑颜。分别七年，无论道格库利还是雪弗都没有想到，他们兄妹竟会在这样的时间和这样的场合相聚，道格库利不能不将它归结为天意眷顾。

突然，雪弗想起了什么，抹去泪水，有些惶恐地看了御速一眼。上次她违反诺言，先生没有责怪她，她总不能因此再三无视规矩。

她显然多虑了。御速用一种特别的目光注视着她，那目光里绝没有丝毫埋怨的意味，相反，倒充满了真正的怜爱。

雪弗的心里感觉暖暖的，正如她从一开始就认定的那样，先生表面上冷酷刚硬，其实内心柔软善良。

雪弗的上面只有两个哥哥，大哥乔伊比雪弗大五岁，也许是年龄差得远些，乔伊与雪弗的感情不像二哥道格库利与她那么亲近。二哥只比雪弗大两岁，从小知道呵护妹妹，疼惜她，处处照顾她。

记得七年前，雪弗决定跟随御速返回喀什噶尔时，二哥是那样的难过，那样的对她恋恋不舍。她走的那天，直到走出很远，还能看到二哥跟在马车的后面向她招手。天地如此广阔，广阔的天地间，二哥的身影显得如此孤单，如此渺小，雪弗从马车里探出头，呆呆地、满怀凄楚地望着二哥，望着二哥的身影离她越来越远，越来越小……她不敢哭泣，更不敢呼唤，这些都不被御速允许。当时，她真怕二哥会迷路，再也回不到父母身边……

还好，二哥没有迷失在追逐她的途中，不仅如此，现在的二哥已经长成了一个相貌英俊的小伙子，说真的，倘若不是二哥的样貌里还留有七年前的影子，雪弗对他简直都不敢相认。

"道格库利，你见到妹妹了吗？"

这声音是从道格库利身后传来的，问话的人是一位十三四岁的少年。少年也同道格库利一样的打扮，从少年的气质与做派来看，他更像是一位受过良好教育的世家子弟：举止雍容，彬彬有礼。

道格库利立刻转过身，语气恭敬地回道："是的，王，她是我妹妹，我的胞妹，我们分别七年了。"

"是吗？这么说，今天带你出来打猎是带对了？"

"当然了，王。"

少年满含赞叹的目光毫无顾忌地落在雪弗的脸上。雪弗与他默默相视，在她眼中，被二哥称为王的少年只是个孩子。

"道格库利，你还没把你妹妹介绍给我呢。她叫什么名字？"

道格库利如梦初醒，慌慌张张地躬身施礼："对不起，王，我忘了。我妹妹叫雪弗。雪弗，这位是我们的王子……"

"我叫胡马雍。"少年抢过道格库利的话头。

"您好！"雪弗按照蒙古少女的礼节向胡马雍屈膝施礼。所有的人，包括御速在内，都向胡马雍行了礼。

这是一种尊敬的表示，当然，这种尊敬主要是给予那位东征西伐、百折不挠的巴布尔大帝。

胡马雍得体地还礼。当他将目光收回重新落在雪弗的脸上时，不觉微微一笑，大方地赞道："雪弗，你知道吗？你真的很像我在草原上见过的一种紫蓝色小花，它有着精致柔美的花瓣，醒目诱人的花色，当它尽情伸展花枝随风摇曳的时候，我总是觉得它特别可爱。"

雪弗回答前，看了先生御速一眼。她发现，先生的脸色虽严肃，却并不觉得严厉。"您是在夸赞我吗？"

"别说'您'，说'你'。"

"可是……"

"没有'可是'，你只需要遵从我的心意。"

"好的。"

"既然如此，对于你的问题，我的回答是：难道你觉得我刚才的比喻不够恰当吗？或者说，你并没有听出我在夸赞你？"

"不是，不是的。我只是有点奇怪，原来你也喜欢紫蓝这种颜色。"

"这么说，我们之间找到一个共同点了。"

雪弗笑了，"你说话的语气怎么像个大人呀！不过呢，我得说，你这小孩儿真是挺机智的。"

道格库利吓了一跳，"雪弗。"

"没事，道格库利。对了，雪弗，你大概还不知道吧，你二哥道格库利现在是我的伴当，他武艺出众，对我很忠诚。"

"我知道。"

"你知道？"

"差不多三年前吧，我接到过父亲和母亲的一封信，他们在信中说，大哥和二哥都参加了军队，大哥留在赛德汗身边，二哥受到宫廷全权大臣哈斯木的器重，让他做了巴布尔大帝的儿子胡马雍的伴当。"

巴布尔在长子胡马雍出生后，任命哈斯木为胡马雍的老师，同时仍让他兼任宫廷的全权大臣。巴布尔的信任，使哈斯木终生飞黄腾达，声威显赫，而他，也以更大的忠诚回报了巴布尔的宠信。一次，他闲来无事召集王府侍卫们比试拳脚和刀剑，武艺出众、言辞清利、相貌英俊的道格库利引起他的注意，他向大帝举荐，让道格库利做了王府中的侍卫长。

"既然你早就知道，我们之间又有这样的渊源，我和你想必比其他人更容易变得相互熟悉和亲近。"

"王……"

"叫我胡马雍。"

"那个……"

"我在这里跟你约定，我叫你雪弗，你叫我胡马雍。从现在开始到未来的日子，我们只可以这样来称呼彼此。"

雪弗犹豫了片刻。过去，她还不曾见过如此执拗的孩子，但她并不讨厌他命令的语气。非但不讨厌，事实上，她像他一样，喜欢用简单的方式对待生活。

"你的心意如此,我愿意遵从。"

"这样最好。对了,雪弗,我可以邀请你与我一同去打猎吗?"

雪弗没有立刻回答。这的确不是她所能决定的事情,尽管她对哥哥是那样依恋难舍,尽管她是如此珍惜与哥哥相处的时光,但她曾答应过先生,在她学琴的十年,她不会与亲人见面。

她与哥哥只是偶遇,这与诺言无关。能与哥哥偶遇,已是长生天的格外眷顾,她绝不应该再做奢求。

胡马雍何等聪明!他将目光转向御速,客气地询问:"请问您如何称呼?"

御速以手抚胸,"我叫御速。"

"御速?想必您就是在叶尔羌汗国家喻户晓的音乐大师了?"

雪弗没想到连巴布尔大帝的儿子胡马雍也知道先生的名字,惊讶之余,不由为先生感到自豪。

"王过奖了,我只是一个微不足道的琴师。"

"您不需要谦虚。我久闻您的大名,今天见了您,更觉百闻不如一见。恕我冒昧,想必雪弗是您的弟子?"

"是。"

"那么,我有一个不情之请。我们都是为打猎而来,又因为打猎相识,您是否同意我们结伴而行?相信这会让我们彼此增进了解,也会增加打猎的乐趣。另外,道格库利是我的伴当,雪弗是您的弟子,他们兄妹异地重逢,实属难得,我们合在一处,他们兄妹就可以在一起多待一段日子了,您看可好?当然,这两个理由都有些冠冕堂皇,我如此坚持其实有个私心,不瞒先生,我酷爱弹奏六弦琴,您是这方面的大家,我有许多问题正想当面向您请教呢。"

胡马雍一番话说得入情入理,既表明了他对御速的尊重,又让御速没有拒绝的理由。御速原也没有拒绝的意思。一方面,胡马雍是巴布尔大帝的儿子,他对他没有恶意,甚至还怀有几分喜爱和尊重之情;另一方面,他同样能看出雪弗很想与哥哥在一起,这点才是最重要的。当年,他定下了那种不近人情的规矩,随着时间的流逝,他对雪弗的不易总不免心存内疚。

雪弗的目光掠过胡马雍的脸,她不期望更好的结果。她感谢胡马雍为她求情,巴布尔大帝的儿子,真的很善良。

胡马雍耐心地等待着御速的回答。

御速看着他,又看看雪弗,说道:"好吧。"

雪弗没想到先生这么痛快就答应下来,惊喜之余,望着哥哥,眼中有泪有笑。道格库利似乎想起了什么,脸上蓦然闪过一丝惊慌之色。

148

莫卧儿帝国

11

与胡马雍的偶遇，给雪弗带来了许多意外的惊喜。

从小在御速身边长大，雪弗一直有意压抑着自己的天性，也一直努力照顾别人。她是巴巴乌拉和佐维然的女儿，继承了父母亲特有的韧性，若非如此，她也不可能忍受御速严苛的对待。同时，她也是一个情感丰富、耽于幻想的少女，她需要被人关心，被人呵护，即使她时常忘记这一点，她的内心仍潜藏着这样的愿望。

只是，她从未设想，这样的关心与呵护会来自一个少年。

虽为皇子，从胡马雍的身上却一点看不到盛气凌人的痕迹。他温文尔雅，有着良好的教养，他也会发火，但这样的时候很少。他多愁善感，尤其在女性面前，除了他的母亲和姐妹之外，总不免有些腼腆。

这是一个原因，他天性如此，他的父亲当年也是如此。另一个原因是，他对女性并不感兴趣，或者说，他对女性缺乏好感。

直到他与雪弗相识。

从第一眼看到雪弗起，他对她就产生了一种莫名的心动和喜爱。当时的他尚未意识到，这是他猝然降临的初恋。他只是愿意将他的心动和喜爱表达出来，只要看到她快乐的样子，他也由衷地感到愉悦。

雪弗并非总跟胡马雍在一起。她要照顾先生，练习乐器，这个责任感很强的少女，任何时候都不会轻忽自己的任务。她最大的愿望是与二哥在一起，问问父母与大哥的近况，不料二哥接到大帝的命令，第二天就去了加兹尼，结果，雪弗只能遗憾地与二哥话别。

她哪里知道，二哥何尝不想与分别七年的她好好聚聚，可惜他不能。他不知道当妹妹问到父亲和大哥的情况时他该如何回答。他答应过母亲，在妹妹学琴的十年，绝不将父亲早已病故的噩耗告诉妹妹。问题在于他天生不善掩饰，他怕他会不由自主地泄露真情。两难中，他被迫做出一个决定，向皇子说明一切隐情，再借口大帝有诏，先行返回了巴达赫尚。

与妹妹作别时，道格库利强忍着没让自己流泪。雪弗只当二哥不忍与她相别，她哪里知道，在她离开家的这七年间，家里发生了许多变故，而这些变故，佐维然在信中从未向女儿谈起。做母亲的任何事都为爱女着想，却万万没想到，未来某一天，她这份爱女的心意，差一点害死了女儿。

雪弗不能向胡马雍探问父母的情况，胡马雍是皇子，不是普通人。倒是胡马雍告诉了她一件事，让雪弗稍稍有点吃惊。

胡马雍说："雪弗的母亲佐维然其实是巴布尔的三伯王马合谋的女儿。"

三十七年前，马合谋王的长妻匜达夫人生下一对双胞胎女儿。两个孩子都很漂亮，不过其中一个女儿脚有残疾，骨骼侧弯，由于这个原因，匜达夫人被人嘲笑，她觉得自尊心受到伤害，一气之下，将这个女儿狠心地遗弃在了塞西娅洞外，之后，她对人宣称，孩子死了。

第二天清晨，被视为帖木儿帝国活词典的传奇老人塞西娅走出山洞，一眼看到被人丢弃的女婴。包裹着女婴的貂皮褟裤很华贵，华贵的褟裤里还裹着一个纯金项圈和两个红宝石头饰，这些东西显示了女婴很不一般的家世，但塞西娅发现女婴时，女婴已奄奄一息。

塞西娅俯身抱起女婴时，女婴居然费力地睁了睁眼睛，看了她一眼，随即又陷入昏睡之中。正是这一眼激发了塞西娅身上沉睡的母爱，让塞西娅对女婴心生怜惜，她暗下决心，无论如何要将她救活。此后的日子，塞西娅每天白天都抱着女婴沐浴药泉，晚上给她按摩，女婴不仅被救活了，三年后，还奇迹般地从一个双脚先天有缺陷的弃婴变成了一个健康的女童。当女孩终于像所有正常的孩子那样可以到处疯跑时，塞西娅给她起名佐维然。

佐维然八岁那年，巴布尔为治疗皮肤瘙痒症也被父亲乌马尔王送到了塞西娅洞，这样，巴布尔就与佐维然和另一个小男孩巴巴乌拉相识了。佐维然和巴布尔当然不知道他们是有血缘关系的堂兄妹，三个孩子都在天真烂漫的年龄，彼此相处非常融洽和睦。几个月后，巴布尔治好了困扰他长达一年之久的皮肤病，被父亲派人接走，再后来，塞西娅去世，同一年，帖木儿帝国灭亡。佐维然和丈夫巴巴乌拉按照塞西娅临终前的嘱咐，离开了塞西娅洞，辗转找到巴布尔。一次参加宫廷宴会时，佐维然很偶然地见到了也来喀布尔投奔侄子的匜达夫人。

佐维然与孪生妹妹迪丹一模一样的容貌引起了匜达夫人的注意。当她听说佐维然是在塞西娅洞长大后，她变着法接近佐维然。在她的诱导下，佐维然拿出了她出生时包裹她的貂皮褟裤，纯金项圈和那两个红宝石头饰。这些东西都是塞西娅临终前交给佐维然的，塞西娅说，这些东西里隐藏着佐维然的身世，若天意允可，佐维然还会与自己的生身父母相遇。

佐维然丝毫不存有这样的念头。她并不怨恨她的父母，在与世隔绝的塞西娅洞长大，佐维然受塞西娅的影响至深，她有着宽容的胸怀，同时也隐藏着冷静与冷漠。她从来不去想她的父母，即使偶尔转转这样的念头，她也会立刻抛开。对父母，她的心境就是如此：因为不恨，所以不爱。

匜达夫人矛盾许久，还是向佐维然坦白了她当年抛弃女儿的可耻行为，她跪在佐维然的面前，请求女儿原谅。佐维然一开始将信将疑，当匜达夫人准确地描绘了她脚残疾的样子，加上周围人都说，她与死去的迪丹小姐长得一模一样，她才相信了匝达夫人，她只对匝达夫人说了一句：多亏如此，我才能遇到塞西娅。说完这句话，她原谅了匝达夫人。

12

巴布尔得知佐维然竟是自己的堂妹惊讶不已。多年前，他的母亲和外祖母曾派人向三伯王的女儿迪丹求婚，迪丹身体孱弱，正在病中，他才娶了迪丹的妹妹宰卜纳。没想到，迪丹还有一个孪生姐姐，而迪丹的孪生姐姐正是他早年相识的女孩。

胡马雍有所保留地讲述了这件事，有一些隐情，他其实也不很清楚。他原本想看看雪弗得知自己是马合谋王的外孙女时会有怎样的反应，结果，雪弗只惊讶了一会儿，就不再将这件事放在心上了。

"既然你的母亲是我父皇的堂妹，那么，你就是我的表姐了。"胡马雍逗趣般地对雪弗说。

"你叫我姐姐如何？"雪弗立刻回答。

"你忘了我们的约定吗？"

雪弗微笑，"你不想我忘掉我们的约定，最好先忘掉我是你的表姐。"

"你的性格真的很像夫人。"

"我母亲吗？"

"是啊。夫人与伯祖母相认之后，我们大家都看得出来，她对自己高贵的出身从来不以为意。"

"可能因为，母亲是在塞西娅洞长大，又在塞西娅洞生下了我。我们的性格更像塞西娅吧。"

一定如此。悠然于世，淡淡来去，这就是塞西娅。否则父母在信中，又怎会对母亲的身世只字不提？

"是啊，父皇也常说，塞西娅是帝国最神秘、最奇特的老人。"

"你常见到我父母吗？可不可以给我讲讲他们？"

"不瞒你说，很少见到。他们住在喀布尔。我想，你不用太担心。"

胡马雍回答得相当自然，雪弗没能听出他语气里些微的迟疑和搪塞。她有点失望，心里倒是踏实了一些。大哥和二哥的情况，她通过父母的来信有所了解，她知道大哥在赛德汗手下做将军，也知道二哥跟随皇子胡马雍守卫巴达赫尚。想到再有三年她就能与父母团聚，她不免充满期待。

"还有一件事……"

"什么？"

"去年，伯祖母去世了。"

雪弗吃了一惊。她从未见过外祖母，谈不上有多深的感情，只是，想到外祖母是生下母亲的人，对于她的离世，她终究有些伤感。

"伯祖母去世时，夫人在她身边。伯祖母是怀着内疚和安慰离开人世的，在生命的最后几年，她找到了自己的女儿，女儿还不计前嫌地与她相认，人们都能看得出来，她的内心没有遗憾。"

雪弗长吁了一口气，"那就好。"

胡马雍认真地看了雪弗一会儿，"等狩猎结束，我送你去喀布尔如何？"

雪弗犹豫片刻，脸色渐渐变得苍白。

"你怎么了？在想什么？"

雪弗的内心剧烈地挣扎着。七年的时间，她无时无刻不在想念着父母，与二哥的偶遇，让她的思念之情变得更加不可遏制。七年前，她与御速先生有约，在她学艺的十年里，绝不与父母相见。那时候，父亲曾对她说，你要想好了，只要你在约定上签下自己的名字，就绝不可以半途而废。而她，忍泪签下了自己的名字，跪别父母。父亲将她扶了起来，为她拭去泪水，父亲说："女儿，等你成为一名杰出的乐师，再来堂堂正正地与我和你母亲见面吧。"

152　　成为一名杰出的乐师，堂堂正正地与亲人团聚，这是父亲的希望。任何状况下，她都不要父亲对他的宝贝女儿失望。

"我不能去喀布尔。"

"为什么？"

"我跟先生有约，在我学艺的十年，不与父母见面。我违反了约定，父亲一定会失望，会责备我不守信用。"

胡马雍欲言又止。他的心情极其矛盾，他很想告诉雪弗实情，但想到道格库利的哀求，他只能守口如瓶。

"雪弗，这件事，不如让我亲口问问先生吧。"

"不行。当年，先生曾答应过我的父母，只要我想回家，他随时都会派人将我送回父母身边，一旦我这样做了，也就意味着他与我师徒缘分的结束。我决不要半途而废，父亲不喜欢看到半途而废的女儿，还有三年，我要像父亲嘱咐我的那样，堂堂正正地去见家人。"

"这么说，我也要三年之后才能再见到你吗？"

"三年的时间其实也没有那么漫长。"

胡马雍心想，三年的时间没有那么漫长吗？对他而言，恐怕并非如此。

不知不觉中，胡马雍习惯了每天见到雪弗。与雪弗在一起，他明白了什么叫作相见恨晚，什么叫作畅所欲言，他实在不想与雪弗分离。这份感觉，是他有生以来最值得珍惜的感觉。前几天，他接到圣旨，须于次日动身返回巴达赫尚，临别前的晚上，他特意设宴款待御速一行。

酒过三巡，胡马雍委婉地提出，他想拜御速为师，跟他学习六弦琴，御速直率地回绝了。胡马雍不甘心，又换了一种方式，提出聘御速为王廷乐师，御速依旧没同意。御速的固执令胡马雍不快，他只是没有表现出来。几个人沉默了片刻，胡马雍笑着对雪弗说："三年后，我们来场赛马如何？你输了，就要负责为我弹一个月的琴，当然，我不会付你任何报酬的。"

雪弗若不经意地看了御速一眼，什么也没说。

这些日子，她总觉得先生对她的态度有些奇怪，似乎有所克制，在克制中又有几分冷淡。她不知道这是不是她的错觉，她生怕胡马雍会说些不得体的话，让先生对她的误会更深。

酒宴至夜而散，胡马雍亲将御速和雪弗送出大帐。第二天，胡马雍一早便离开了昆都士，未向雪弗做最后的道别。他留给雪弗一封信，信的内容很简单：他要雪弗记得，等她回到父母身边时，一定尽快给他消息。

当天，御速和雪弗也回到了昆都士。御速已做出决定，等他教琴两年期满，他就把雪弗送回父母身边，让她与父母团聚。

他当然也难过，也不安。他不知道，雪弗与父母团聚是否意味着他与这个少女的别离，但现在的他，跟雪弗学会一件事，就是为自己钟爱的人着想。如果命运安排他与雪弗分离，他只能接受，至于他能否承受，他不能想也不想想，重要的是，他希望雪弗得到幸福。

他要雪弗幸福，这是他目前唯一的心愿。

153

第五卷
一抹春色一抹秋

我的心呀，谁见过世俗之徒存有善心
绝不要期望毫无善心的人会有善行
——巴布尔语

1

从回历 929 年（1522 年 11 月 20 日—1523 年 11 月 10 日）开始，巴布尔关注的重心由坎大哈转到了四分五裂的印度。

当时，古老的德里苏丹国在几位软弱无能的苏丹治理下，陷入一蹶不振、无足轻重的状态，其权力仅限于京畿弹丸之地。在拉吉普坦纳，形形色色的酋长们无休止的对立削弱了国家的权力，中部与南部，政府的软弱导致了几个土邦的建立，这些土邦偶尔会联合起来，但大部分时间都在彼此敌对。在最南端，印度教王国维加亚纳加尔保持着活力，奈何对北部事务鞭长莫及。

现任的苏丹正是洛迪·易卜拉欣。这一年，他与拉合尔省督道拉特汗，以及洛迪家族的另一成员——他的叔叔阿拉姆汗失和，道拉特汗遂派儿子迪拉瓦尔前往喀布尔请求巴布尔出兵印度，推翻易卜拉欣的统治。无独有偶，阿拉姆汗做得更彻底，他亲自来到喀布尔，向巴布尔提出了同样的出兵请求。

他们的要求对巴布尔而言正中下怀，如同他正在口渴，有人给他送来一碗清凉的布渣（一种啤酒）。在他做出次年出兵印度的决定时，他那长大后文才出众的女儿巴丹出生了，他把这个女儿的出生视为祥瑞之兆。

后来的事实证明，巴丹的确不是一个简单的女子，她自幼聪慧好学，长大后于文学、史学均有造诣。多年之后，她应侄儿阿克巴之请编写《胡马雍本纪》，这也是后人了解莫卧儿帝国历史的又一部重要著作。

转眼秋季来临，巴布尔为私情牵绊，在月光面前找了个游猎的借口，出城后却带库耳勒等人直奔巴达赫尚而来。

刚到巴达赫尚行宫，巴布尔便听说一个很有名气的琴师正在德尔维希的府上做客。德尔维希是呼罗珊人，年幼时跟随乌马尔王，在费尔干纳长大。巴布尔继承父位后，欣赏他作战英勇，才能出众，还写得一手好字，一直对他委以重任。胡马雍坐镇巴达赫尚时，巴布尔又派他辅佐爱子。

时光如流水，生命如朝露，继哈斯木之后，康巴尔、洪赛也相继病故，当年追随巴布尔出生入死的老臣多已凋亡，只剩下年近古稀的德尔维希以及御医阿塔卡了。巴布尔是个念旧的君主，为了让二位老臣安享余年，他分别在巴达赫尚和喀布尔各选了一处丰饶的采邑赐给他们。

晚饭过后，德尔维希来行问候礼，他见巴布尔容色疲惫，关切地建议道："大帝，您太操劳了。这次回到巴达赫尚，您不妨彻底放松一下。明天，我会吩咐御速先生来这行宫，为您弹奏几支曲子，他可是真正的大家，无人可比。"

听到御速这个名字，巴布尔觉得十分耳熟，想了一会儿，终于想起那一年表弟海答儿在给他的信中，也曾提到这个名字并对这个人的琴技赞不绝口。他随口问道："这位叫御速的琴师是哪里人？"

"喀什噶尔人，他是东察合台汗国最杰出的琴师，或者说，他是一位天才。"

155

巴布尔不以为然。在东察合台汗国，他唯一认可的天才琴师只有那位珍藏在他心中的少年。"既是喀什噶尔人，他怎会到你府上？"

"我当年驻守马尔格兰时就与御速相识。这些年御速行踪不定，我也随大帝四处征战，直到上个月我们才重新联系上。他还是老样子，飘然若出世，不同的是，他在待人接物方面比以前随和了许多。他还带来一位女弟子，据说这位女弟子跟他学琴多年，确实有他的风范，才华惊人。"

"大家都传言，先生的女弟子长得格外美丽。"行宫主管呼德忍不住插话道。

"美丽还在其次，主要是风度迷人，技艺超群，那天，她弹奏了一曲《思乡谣》，闻者无不为之动容、落泪。"

"《思乡谣》？她也会弹奏这支曲子吗？"巴布尔的声音里透出些许惊讶。

"是啊。"

"这支乐曲虽说流传很广，但弹好并不容易，需要很复杂的技巧。"

"要么我怎么说她技艺超群哪。"

"听你这么说，我倒开始有些好奇心了。好吧，明天你带他们过来吧。"

"什么时间好呢？"

"午饭前吧，我先见见他们。"

"请问您在哪里接见他们？"

"后花园，你直接把他们带到后花园好了。"

"遵命，大帝。"

与德尔维希见面前，御速与雪弗曾在加兹尼小住过一段时日。

喀布尔共辖有十四个土绵，加兹尼是其中之一。喀布尔的农耕地不多，其城多数都是山区，它们以杏仁泉山口为炎热地带和寒冷地带的分界，山口两边分明就是两个世界，无论树木、植被、动物还是居民的风俗习惯都全然不同。

御速与雪弗住在加兹尼的一个村子里，这个村子里有一处陵墓，只要听到祝祷声，墓石就会晃动，很神奇。后来，一位当地人悄悄向御速透露了其中的秘密：原来，这是守墓人搞的把戏，他们在陵墓上安了一个站台，每次触动站台，它就会摆动，而站在上面的人以为墓石在动。这如同乘船的人，当船行驶时，会觉得河岸在动一样。

半个月前，与巴达赫尚相邻的山区发生了小规模的暴乱，胡马雍奉父命前往平叛，行前，他将巴达赫尚的军政庶务交给德尔维希。昨天，战报传来，胡马雍平叛顺利，正在回师途中。

德尔维希是个好客的主人，他将御速和雪弗安排在城堡南面高地上的花园里。花园的西南有一片在其他地方不常见到的红三叶草地。前些年，德尔维希命人在草地上开凿想要种树建桥时，不料竟凿出六个地下泉眼，而后因其势辟成一座巨大的水池。水池中央喷泉如涌，水波清澈，周围则长满了橘子树以及少量的石榴。御速和雪弗在橘林后面的客房住下来时正是夏末，触目所及，云样的火红衬托着漫天漫地的金黄，真仿如仙境一般。

德尔维希的卧房在葡萄园中，离橘林不远。那里的葡萄与众不同，都长在树上，用这种葡萄酿的酒，一种呈现金黄色，一种呈现鲜红色，无论哪一种，浓度都不高，入口微酸甜柔，回味无穷。

御速临时居住的地方在橘林与葡萄园之间的郁金香园，这里的郁金香五颜六色，有一种，散发的清香似红玫瑰，当地人称之为"玫瑰香"，这种郁金香与百叶郁金香一样，都是世间罕见的品种。郁金香园的旁边是茂密的紫荆林，有黄色紫荆，还有红色紫荆，当紫荆树开花的时候，人们无法想象人间还有比之更美的景致。

第二天，德尔维希在约定的时间将御速和雪弗带到了巴布尔的面前。中午的天气有些闷热，巴布尔先来到凉亭中，斜靠在低矮宽大、舒适华丽的御床上，悠闲地闭目养神。御床之下，相对铺着两块长条形的纯白毯氇，毯氇的前面放着檀木长几，这是给琴师和德尔维希预备的座位。

御速、雪弗在德尔维希的引导下向巴布尔施礼。

巴布尔出于礼貌，抬眼看了看御速和雪弗。

他一下坐直了身体。

难道，他是在做梦吗？

他看到了谁？御速还是八部里？他可以忘记世间的一切，唯独忘不了他第一次见到八部里时八部里惊奇的眼神，在他的一颗心历经沧桑之后，只有八部里的眼神依然执拗地留在他的梦中。

问题是，那原本从他的生命中永远消失的少年，又怎会在二十多年后以这样一种姿态出现在他的面前？

他到底是御速，还是八部里？

"御速见过大帝。"

御速的声音像从遥远的地方传来，巴布尔听到了，却没往心里去。

"大帝。"德尔维希轻咳一声，提醒巴布尔请客人入座。

巴布尔反而走下御床，俯下身子，手，轻轻地按在御速的肩头上。

御速抬头迎视着他的目光，他们久久凝望着对方。

"真的是你吗？"良久，巴布尔很慢很慢地问，语气中仍然有一些疑惑，更多的却是伤感。

"是我，大帝。"

"你……"巴布尔不知该怎么说，众目睽睽之下，他叹口气，扶起八部里，不，现在或许应该说，御速。

御速的神情在宁静中混合着少许的隐痛。这种隐痛与他多年之后再次见到巴布尔无关，只是见到了巴布尔，让他想起了一些以往的事情。好在，一切都过去了，令他感到欣慰的是，许多年之后，他终于可以坦然面对这位继帖木儿王之后，帖木儿家族中最伟大的王了。

伟大的王，或者，今天的巴布尔大帝。不错，当他还是一个少年的时候，巴布尔在他的心目中就已经是一位伟大的君主了。假如不是命运的阴差阳错，他完全有可能跟随在他的身边，做一名像跟随羽奴思汗的父亲一样的琴师。

岂知，命运对他开了玩笑。

命运一度让他饱受屈辱，临到最后，却向他伸展开慈爱的羽翼。回首往事，他不能不感叹命运之神的强大。

巴布尔的眼睛里同样闪现出不可思议的光芒。

御速成熟的相貌早已不复当年的模样，水仙花般的少年一去不回。巴布尔从来不愿意让自己想起那个怀有绝技的弹琴少年，可是二十多年来少年的身影无时无刻不在他的心灵深处徘徊。

多少个日夜，他彻夜难眠，为了一段他无法正视的感情，他几乎将事业、将亲人、将朋友一并置之脑后，他全心全意只为那奇迹般的邂逅痴迷。后来某一天，少年突然从他的世界里消失了，他不清楚为什么会出现如此变故，那些日子里他像疯了一样四处寻找少年，直到失望变成绝望，直到他大病一场。

是的，从来没有人知道，甚至他自己也不知道他是怎么熬过那段炼狱般的日子而得到重生的。

接着就是征战。

他在频繁的征战中努力忘却烦恼，也在征战中遇到了月光。月光成了他的妻子，却不是他此生第一个爱上的女人。

他第一个爱上的女人是他的堂妹马苏麻。美丽的马苏麻用自己幽深的目光、乌黑的长发、柔软的舌头缠住了他的心。当马苏麻离开他一个人去了天国，只有被他一次又一次伤害的月光静静地守护在他的身边。

那段日子，他与月光朝夕相处，开始对月光有了更深的了解。月光是这样一个女人：她能够洞悉他内心的一切，无论是他的彷徨，还是他的志向。应该说，在能够与他同甘共苦的女人当中，除外祖母、母亲和姐姐，就只有月光。

再后来，长子胡马雍出生了，他惊奇地发现他爱上了月光，与他少年时代突如其来的那一场惊心动魄却又不堪回首的爱情不同，与马苏麻用美貌与温柔为他织就了爱的罗网，以至于他深陷其中、不思进取的婚姻不同，他对月光的爱，平静、深厚，充满斗志，活力无限。

从此，八部里不再那么频繁地出现在他的梦境中了。事实上，无论是与后来无情地抛下他远走高飞的阿依霞在一起，还是与嫁给他不到两年就不幸亡故的宰纳卜在一起，甚至与他倾心相爱的马苏麻在一起，他都无法真正地忘怀弹琴的少年，忘怀他内心不该有的倾慕。那个时候，无论何时，只要想到八部里，想起八部里的琴声，他总是莫名地为之心痛。

直到他喜欢上月光。

月光帮他面对自己。当他能够正视曾经的倾爱与忧伤时，八部里便不再是他小心翼翼掩藏在心底的秘密。

不必掩藏，他才可以坦然面对重逢。

何况现在，八部里变成了御速。

就让他做御速吧，这对他们两个人而言，恐怕都是最好的开始……

2

雪弗惊讶为什么大帝与先生的会面如此有趣，这两个人，在最初的惊讶之后全都沉默不语。比有趣更为奇妙的是，他们的沉默并不让人感到尴尬。相反，倒是有一种格外的闲适在沉默中悄然流动。

在今天之前，雪弗从来不曾见过巴布尔。她是通过父母费尽周折托人带给她的家信才对这个人有一些了解的，在信中，父母不止一次盛赞大帝对他们的关照与仁慈，除此之外，她还知道，她的二哥已成为大帝长子胡马雍的帐前将军，二哥作战英勇无敌，受到了胡马雍的格外宠遇。

在雪弗选择跟随御速学琴的九年中，巴布尔一生事业的方向离开了河中地区，逐步向印度发展。其间的艰辛、失败与成功，所有的消息都通过御速的学生、学生的父母或者御速的朋友传到喀什噶尔和其他地方。

雪弗记得，当人们争相拿出自己听到的各种传闻作为谈资时，先生御速总是一边漫不经心地品茶，一边面无表情地倾听，既不参与，也不打断。偶尔，先生深邃的眼睛里会闪过一丝光亮，就是这转瞬即逝的光亮让雪弗意识到，对于传说中的巴布尔大帝，御速想要了解他的兴趣并不亚于任何人。

不知过了多久，雪弗看到大帝笑了，他微笑的样子很温暖。他坐回到御床上，做了个手势，请御速和德尔维希都坐下来。

雪弗侍立在御速的身后。

宫女端来果汁，将其中三杯恭敬地放在巴布尔、御速和德尔维希的手边。鲜红中带着微紫的果汁盛在水晶杯里，在阳光下呈现出比玫瑰花还要艳丽的色泽。

巴布尔示意御速润润嗓子。御速正觉得有些闷热，不客气地端起水晶杯，将杯中果汁一饮而尽。

果汁的味道酸甜清凉、香气馥郁、沁人心脾。

"怎么样？口感？"

"非常特别，我以前从来没喝过。这是一种什么水果？"

"是种野果，我们叫它玫瑰果。"

"玫瑰果吗？果然名副其实。"

巴布尔一笑，显然，对于御速的赞叹他很满意。

"大帝……"

"什么？"

"可以再给我一杯吗？"

"当然。"

宫女上前，将另一个斟满果汁的水晶杯放在御速面前，同时，将空杯放在托盘之上，悄然退下。

巴布尔没想到，御速并非是为自己索要这杯果汁，他将手上的水晶杯递给了站在他身后的雪弗，"这果汁很好喝，你要不要品尝一下？"

雪弗稍稍有点局促，见巴布尔正在惊讶地看着她，急忙将杯子接了过来，"是，先生。"

她的声音悦耳动听，像她的人一样充满了蓬勃的朝气。

直到此时，巴布尔努力抛开了所有让他感到羞愧的念头，才可以对御速说："留下来吧，请你。"

　　直到此时，因为一点点抚平了噩梦烙下的深刻印记，一点点恢复了对生活的热情和渴望，御速才可以回答："好的，大帝。"

　　稍稍犹豫了一下，御速又说："不过，大帝，我有一个请求。"

　　"什么样的请求？"

　　"大帝，我清楚地知道，您的身边人才济济，那么，何不让我跟随在您的长子——胡马雍王子的身边？我想，这对您来说应该不是一件困难的事情。"

　　"我想问一句，为什么是胡马雍呢？"

　　"两年前，我在一个偶然的机会里，与王有过一次一同打猎的经历。那时的他，还是个孩子，却已经具备了仁者的风度，我不能不对他心生敬意。这是其中的一个原因。另外一个原因，我与王即将分别的时候，他热情地向我提出，要我做他的琴师，或者，我能成为他的老师，教习他弹琴。那时，他的任何要求我都无法同意，我在回答他时没有一点含糊其辞，而在言语中又多有唐突和冒犯。王一定很失望，却没有责怪我。现在，我愿意弥补我的不敬。"

　　"原来是这样。胡马雍的确从小酷爱音乐、文学、历史，还有艺术，在这点上，与未来要治理国家的人相比，他倒更像一个学者。好吧，既然你的心愿如此，我当然不会反对。但愿胡马雍不会让你失望。"

　　"不会的，我相信。"

　　"跟随在你身边的这位姑娘叫什么名字？"

　　御速微微一笑，"雪弗。"

　　巴布尔端详着雪弗，目光里流露出内心的欣赏，"看得出来，你是个品貌端庄的好姑娘。你今年多大了？"

　　"回大帝：十八岁。"

　　"十八岁，多么美好的年龄。嗯，让我想一想，胡马雍他……回历……你比胡马雍大三岁？"

　　"是。"

　　"你也会弹琴吗？"

　　"是。我跟先生学习了九年。"

　　"九年，这可不是一段很短的时光。看得出，御速十分宠爱你，想必你一定是他最好的学生之一。"

　　"回大帝：我很勤奋，可我缺少像先生一样的天赋。"

　　"是吗？这是你对自己的评价？"

　　"对。"

"你想听听我的评价吗？"

"想。"

"你给我弹一首曲子吧，让我听听。"

雪弗看了御速一眼，御速用一个小小的动作示意她照做。

巴布尔吩咐侍从去取自己的六弦琴来，六弦琴放在另一间休息厅里，没事的时候，他时常会自娱自乐一下。

侍从退去。

等待的间隙里，巴布尔重新将探询的目光停留在御速的脸上，片刻，他不无疑惑地问："后来，你去了哪里？"

御速先是微微一愣，接着反应过来。舍黑丑恶的嘴脸有点模糊不清，他想了想，平静地回道："我遇到了一桩意外的事情，不得不离开大帝。"

"哦，是什么样的事情呢？让你不曾留下只言片语。"

"该怎么说呢？或许，我只能说，那不是一件愉快的事情，绝对不是。事到如今，我从来不愿让自己想起。"

"既然是这样，我就不再多问了。"

"您的体谅，我铭记在心。"

巴布尔摆摆手，"你何必客气呢？"

他的目光与御速的目光再一次相接，温暖的情谊在他们的目光里缓缓流动。此时此刻，能够相逢，能够如此平静地相视，巴布尔都觉得这是最完美的天意。

而在情窦初开的年龄，他连看到他的影子都会脸红。

侍从去而复返，将六弦琴恭恭敬敬地摆放在雪弗的面前。

雪弗坐下来，稳了稳心神，轻舒双臂，弹奏了一首从元朝起就在察合台汗国广为流传的乐曲——《白翎雀》。

一曲弹奏完毕，雪弗抱着琴，站起来，等候大帝的评价。

"的确没有人可以与御速相比，他是个天才。虽然如此，你算做得很好了，而且，你还有自己的风格。"

"真的吗？谢谢大帝。"

"我的话还没有说完呢。"

"是。"

巴布尔笑了，"我得说句公道话，你的确弹得不错，在我认识的所有琴师中，你的弹奏技巧仅次于你的先生。"

雪弗深知，对大帝而言，这，已经是最高的褒扬了。

她面露微笑，向巴布尔屈膝施礼。

她的表现是如此得体，不卑不亢，宠辱不惊，令巴布尔一瞬间对她产生了探究的兴趣。她的身上的确有着一种非常特别的东西，正如德尔维希所说——风度迷人。不知这是她自幼就跟在御速身边接受教育使然，还是她天性如此。

不期然地，巴布尔注意到御速的眼神。御速正望着雪弗，哪怕他极力掩饰，他的眼神仍暴露出他一直埋藏在心底的爱恋与忧伤。

爱恋与忧伤，这曾是巴布尔最熟悉的折磨。

原来……

谁说往事如风？巴布尔怎么也没想到自己在事过境迁之后居然还会感到一丝小小的不快和妒忌滑过心底。

爱，当真顽固如斯，当真不可理喻。

他不由笑了。

这是自嘲的笑，带着些许苦涩，些许无奈，些许落寞。

这一刻，没有人说话，每个人似乎都在想着自己的心事。当气氛变得有些微妙之时，总管呼德匆匆走进凉亭，跪禀：“大帝，夫人到了。”

巴布尔的表情顿时发生了一些变化，这表情在细心地研究着他的雪弗看来，算得上眉飞色舞，满面春风。他向呼德做了个手势，“快请！”

又向御速笑道：“为了欣赏你的演奏，我专门请了一位贵客。”

随着话音，一位身姿摇曳的丽人款款走上凉亭。雪弗惊异地注视着她，纵然岁月流逝，她在雪弗的眼中依旧雍容华贵，依旧美丽无比。

雪弗向前走了一步，她也一眼看到了雪弗。她们望着彼此，在这短而又短的一刻，她们的眼中只有彼此。

她向雪弗走来。

“母亲！”雪弗飞快地扑进了她向自己张开的怀抱。

3

巴布尔不胜惊异。惊异之下，他从御床上站了起来。

御速若惊若喜的脸上闪出如释重负的笑容。这一次，他带雪弗来到巴达赫尚，原本就是为了让雪弗与她的父母团聚。这两年，雪弗与二哥保持着书信联系，知道父母住在巴达赫尚。前些时候，父母被巴布尔大帝接到了喀布尔，可能近期返回。而雪弗的二哥又随胡马雍王子出征了，考虑到这些因素，御速才与德尔维希取得联系，暂时借住在德尔维希的府上。

佐维然的泪水不断地滴落在女儿的秀发上，分别的九年，她无时无刻不在牵挂、思念着她的心肝宝贝，没想到她竟会在这样的地点以这样的方式与女儿重逢。她的内心充溢了太多的快乐，也充溢了太多的悲伤。

"雪弗，真的是你吗？"

"是我，母亲，您还是不敢相信吗？"

"不敢相信。你怎么会突然出现在我的面前？"

"是先生带我回来的。母亲，您好好看看我，我是不是长大了许多？"

"长大了，母亲都快认不出你了。"

"母亲可是一点没有变化呢。对了，母亲，怎么就您一个人来了？父亲呢？他没和您一起来吗？怎未见父亲？"

佐维然仍抱着女儿，眼中闪过慌乱的光芒。

巴布尔微微张开了嘴。雪弗的问话显然比雪弗竟是佐维然的女儿这个事实更令他惊讶，御速将两个人的神情全都看在眼里，一颗心顿时往下一沉。

雪弗仍在追问："父亲是在家里吗？母亲，您带我去见父亲好不好？"

佐维然稍稍松开女儿，强迫自己直视着女儿的眼睛。事已至此，她不能再瞒女儿，她也不可能再瞒住女儿。

"雪弗。"

"是，母亲。"

"你要听母亲说。"

"我们边走边说不好吗？"

"不，女儿，你现在就要听母亲说。"

"哦，好。"

"雪弗啊，你父亲……"

"是，父亲怎么了？"

佐维然望着女儿期待的眼神，到了嘴边的话终究说不出口。巴布尔走下御床，来到佐维然的身边。

"佐维然，难道你一直都在瞒着雪弗吗？雪弗，你父亲八年前就去世了。"

雪弗如同头上受到了重击，嘴唇一下变成了灰白色。她费力地转动着眼睛，望望巴布尔，又望望母亲。

"雪弗，对不起，母亲不该瞒你。你父亲临终前，一再叮嘱母亲和你的两个哥哥，要我们在你学琴的十年中，绝不可以将他离世的消息告诉你。其实，在你离开马尔格兰后不久，你父亲就生了病，这期间，我们与大帝取得联系，他派人将我们接到了喀布尔。那个时候，你父亲的病就很严重了，我们来到喀布尔后，他开始咯血，大帝派来了最好的大夫为你父亲医治，可最后还是……"

母亲的声音在雪弗听来若有若无、若断若续，母亲的话对她而言也没有什么特别的意义。她想起了一件事，一件最紧要的事，"不对，母亲，不对，您一定弄错了。您等我一会儿，我有父亲的信，这九年中，父亲一直写信给我，您等着，我这就去把父亲的信取来给您看。"

佐维然紧紧攥着女儿的手，"雪弗，不要去。那些信，是母亲为了不让你知道你父亲去世的消息，模仿你父亲的笔迹写给你的。雪弗，你从生下来就是你父亲心头的至宝，他直到最后的时刻都在牵挂着你。让他心爱的女儿快乐地学琴，让他心爱的女儿心无旁骛地做她想做的事，无论活着还是到了天国，这都是他最大的心愿。母亲必须替他完成这个心愿。"

巴布尔和御速直到此时才听明白事情的原委。巴布尔不能不对佐维然坚强伟大的母爱深怀敬意。佐维然不愧是塞西娅亲自养大的孩子，不愧是他从孩提时代起就爱恋的女人。与此同时，他也明白了为什么佐维然再三拒绝他，无视他的表白，这是因为，这个女人在丈夫离去后，要独自一个人承担起父亲与母亲的重责。对这个女人而言，她情愿用自己一生的幸福，去圆女儿做一名杰出琴师的梦。

御速此时的心情只能用"歉疚"这个字眼来形容了。他歉疚自己当年立下了那种不近人情的规矩，以致雪弗错失了见父亲最后一面的机会。在歉疚的背后，则暗藏着隐秘的恐惧，他不知道这桩悲惨的事情会带给雪弗怎样的影响？他更不知道，承受了这样的打击之后，雪弗是否还会留在他的身边？

假如，那是可能的，雪弗因为不能见到父亲的遗憾而憎恨他，他该如何面对雪弗的离去？假如，他就此失去了雪弗，他又该如何面对今后的生活？

此时，雪弗不只嘴唇是灰白的，脸色也变得煞白，佐维然抱着她，语气急促地说道："女儿，母亲知道你很难受，你难受就哭出来吧。"

雪弗根本哭不出来。她望着母亲的眼神开始变得涣散，佐维然吓坏了，使劲揉搓着、拍打着女儿的脸，"雪弗，宝贝，你看着母亲，看着母亲，母亲还在你的身边。你不要吓母亲啊，雪弗！"

巴布尔抓住了雪弗的手，雪弗的手冰凉。"呼德，快去请大夫来！"

呼德步履匆忙地跑出凉亭。雪弗还是那个样子，突然间，一口鲜血从她的口中喷射而出，她直挺挺地倒了下去。

巴布尔伸手抱住了她，内心深处不胜悲悯。

正如雪弗对御速所说，在塞西娅洞长大的母亲孕育了她，这使她体质超常，精力充沛。在她学琴的九年间，御速从来没有见过她生病，唯独这一次，她在昏迷后整整一天没有苏醒过来。

第二天下午，她的病情意外地转向危急，身上的肌肉先是出现抽搐的迹象，随即牙关紧咬，连药也喂不进去。大夫既担忧又束手无策，正当每个人都心焦得不知该如何是好时，巴布尔得知儿子胡马雍和道格库利已带领军队回到巴达赫尚，马上就要入城。胡马雍刚到城门就从奉命迎接他的库耳勒口中听说了雪弗的事情，他连马也没下，与道格库利直奔行宫而来。

他进来时，佐维然抱着女儿，早已哭成了泪人。胡马雍顿觉心窝里一片冰凉，道格库利快走几步，来到母亲身边，"母亲，我妹妹……"

佐维然泪水泫然，悲痛欲绝，"儿子，你回来了。一定要想办法救救你妹妹，一定要救救她，她死了，母亲也不要活了……"

"到底发生了什么事？我妹妹怎么会变成这样？"

"她……她知道了你父亲的事情……她就……"

道格库利跪在床前，紧紧握住了妹妹的手，"雪弗，你睁开眼，你看一眼二哥，二哥回来了，雪弗，是二哥回来了。"

胡马雍一把揪住大夫的衣领。他双目赤红，近乎咆哮，以前，巴布尔还从来没见过儿子这般粗野的模样，"你站在这里做什么！快想想办法呀！"

大夫被勒得咳嗽起来，"王子，你放手！放手！现在得设法让病人吃药才行，病人现在吃不进去药……"

"药呢？"

"在那里。"

胡马雍顺着大夫手指的方向看到桌上的药碗。还有佐维然的身上，雪弗的头发上，枕头边，被单上的斑斑药迹。

"为什么喂不进去？"

"病人的肌肉无法放松……"

胡马雍冲到床边，道格库利给他让开了位置。他俯身看了雪弗片刻，接着，这个十五岁的少年做出了一个令在场所有人都震惊不已的举动。

他坐下来，取过药碗，含了一口药在嘴里。他将雪弗抱了起来，抱在怀中，将自己的嘴唇贴了雪弗冰凉的嘴唇之上。他的手不断轻抚着雪弗的后背，慢慢地、慢慢地将药液送入雪弗的口中。一开始，他并没有成功，药液顺着雪弗紧闭的唇角流了出来，但他绝不放弃，他一口一口喂着，终于，雪弗的嘴微微张开了，也开始能够吞咽药液，尽管她仍旧昏迷不醒，她的身体却在胡马雍的喂食中渐渐松弛下来。

当胡马雍将最后一口药液喂入她的口中时，他紧紧抱着她，如同怕失去她一样，俊秀的脸上全是泪水。

那是恐惧与怜惜交织而成的泪。

巴布尔用一种震惊的目光凝望着他的儿子。在与御速重逢前，他丝毫不知道儿子与雪弗之间曾经有过怎样的交集。两年前的儿子还只有十三岁，即使他知道他也不敢相信，偶然的相逢，短暂的相聚，一向感情细腻、内敛的儿子竟会将一生的痴情注定在这个美好的女子身上。

更奇妙的是，这个孩子还是佐维然的女儿。这莫非是一种天定的缘分？但愿这是一种天定的缘分。

只是这样一来，御速又该如何呢？

雪弗对御速来说同样不可缺少，在这场无法逃避的情感纠葛中，作为父亲和挚友，他究竟该将感情的天平倾向于哪一方？

儿子含着药液喂进雪弗口中时，他能感受到御速无能为力的悲伤。对于儿子救人的举动，御速可以理解，却无法回避那一幕给他的眼睛带来的燃灼之痛。尽管如此，巴布尔坚信，只要雪弗能够康复，御速一定会信守诺言，留在儿子的身边，哪怕仅仅是为了雪弗，为了给雪弗一次选择的机会，他也不会像两年前一样，再将雪弗从儿子的身边带走。

这就是八部里，善良的八部里，永远的八部里。

哪怕他现在的名字叫作御速。

雪弗在胡马雍的怀中微微呻吟了一声，胡马雍如梦初醒，仓促地抹了一把脸上的泪水，唤道："大夫。"

他将雪弗轻轻放下来，侧过身体，请大夫为雪弗诊治。直到这时，他才觉察出房间里异样的沉默。

大夫细心地为雪弗做着检查，胡马雍不错眼地盯着他的脸看，见大夫的表情一点点舒展开来，他揪着的心似乎松动了一些。

"大夫，我女儿……"佐维然担忧地问。

"多亏了王——最危急的情况总算过去了。"

"您是说……"

"生命力又回到了小姐身上，小姐挺过来了。"

佐维然和道格库利面对胡马雍跪了下去，胡马雍大吃一惊，急忙上前扶起佐维然，"夫人，请不要如此。"

"王，谢谢你救了我的女儿。"

"您别这么说，雪弗，雪弗她……是我的朋友。"

道格库利面对胡马雍磕了三个头，"王，谢谢您救了我妹妹。从今以后，道格库利这条命就是王的，只要王要，随时可以拿去。"

胡马雍被他这句话逗笑了，"我要你的命做什么！好啦，快站起来吧。"

"大夫，我女儿什么时候能苏醒过来？"佐维然还是放心不下。

"这个不好说，也许今晚，也许明晨。倒是现在，小姐需要安静，大家不妨都离开这里吧，留一个人照顾小姐就行。"

"我留下。"胡马雍抢先说。

巴布尔看了御速一眼，"胡马雍，让夫人陪着雪弗吧，有母亲在身边，雪弗会觉得安心。你和道格库利先跟我回宫，汇报一下出征的情况。御速，你……不如也留在宫里，这样方便你随时了解情况，你看可好？"

巴布尔做出这个安排，的确出于一番体贴的心意，他怕儿子不管不顾的爱，会带给御速更多的烦扰。

胡马雍满心不情愿，又不敢违背父命，勉强应了一声。

御速施礼说道："大帝，我还是住在德尔维希大人的府上更随意些。只要得到您的许可，我会经常随大人进宫来的。再说，宫里有夫人，有您，还有王子，我相信雪弗一定会很快康复的。"

"哦，也好。"

巴布尔看了看佐维然，"辛苦你了。"

佐维然摇摇头。

胡马雍恋恋不舍地低头看了雪弗一会儿，"夫人，有什么情况，请您一定及时通知大夫，通知我。"

"好，王。"

"王，放心吧，我会随时过来给小姐诊治的。今天，大家就都回去吧。"大夫也说。

目送着众人离去，佐维然坐下来，俯视着女儿毫无生气的脸颊，心中的忧虑丝毫不曾减轻。

女儿静静地躺着，佐维然的泪水再次涌出眼眶。这是她的命根子。她已失去了丈夫，数年前，长子在一场战斗中为救赛德汗，右手手臂受伤，落下终身残疾。虽然，赛德汗顾念他的救驾之功，对他格外恩赏，任命他为汗廷总管，他却变得心灰意冷，回家匆匆见了母亲和弟弟一面，第二天便执意离开她，去了遥远的蒙古高原。从此之后，他再未给过家人只言片语的音信。如今的她，在世上只剩下道格库利和雪弗这一双儿女了，她绝对不能再失去他们中的任何一个。特别是雪弗，雪弗是塞西娅的宝贝，也是她与去了天国的丈夫的最爱。

雪弗从小就是个重情义的孩子，她爱父母，爱哥哥，做母亲的正是因为知道这一点，才一个人艰难地扮演着父亲与母亲的角色。可没想到，她信守了对丈夫的承诺反而害了女儿，如果一开始让雪弗知道真相，她也许就不会受到这样沉重的打击了。多少年的思念等待，她真怕永远失去她的女儿。

她握住女儿的手，女儿的手心有点潮湿的感觉，也稍稍有了一些温度。胡马雍为女儿喂药的一幕重又浮现在她的脑海，她不由心怀感激。多亏了胡马雍！这个孩子还真像他的父亲，有情有义。等女儿恢复了健康，与先生御速的约定到期，她很希望女儿能留在巴达赫尚，留在胡马雍身边。

怎么说呢，女儿与胡马雍倒是天生一对……

佐维然甩甩头，暗自责怪自己想到哪里去了。现在最关键的，是女儿赶紧苏醒过来才好，女儿不苏醒，她的心总是悬着。

宫女给佐维然送来晚餐，说是巴布尔大帝吩咐准备的。即使贵为皇帝，巴布尔对佐维然仍像小时候一样百依百顺。这些年，佐维然一再拒绝了他的求婚，他非但不以为忤，相反待她的心意从未有过任何改变。

平心而论，她、巴巴乌拉、巴布尔都是小时候最好的玩伴儿，她对巴布尔也一直怀有真挚的、难忘的情感。丈夫去世前曾将自己托付给巴布尔，她并非不可以接受他，只是在女儿没有回到她的身边，在没有征得女儿的同意之前，她绝对不会成为他的女人。与自己的幸福相比，她更在意女儿的感受，她不能让女儿有一丝一毫失去了父亲又失去母亲的感觉。

佐维然没有胃口，晚餐一口未动。期间，大夫来给雪弗看过，他说雪弗好多了，应该很快就能苏醒，佐维然的心里多少踏实了一些，蓦然觉得口干舌燥。大夫刚刚离开，胡马雍手里端着一碗五果羹出现在病室里。

佐维然惊讶地望着他。

"夫人，我猜您还没吃晚饭。我让我的厨房给您做了一碗五果羹，您喝了吧，稍稍休息一下。"他说着，将碗递在佐维然的手上，他的目光里流露出内心的关切。

今天之前，佐维然从不知道这位年轻的王子有着如此体贴细心的一面。过去，他在她面前彬彬有礼，而她，也只把他当作巴布尔的儿子来看待，他们之间的交谈仅限于彼此问候。

但他今天所做的一切都让她对他有了不一样的看法。

确实，他还是个孩子，可他已经具有仁慈悲悯的心肠。

像他的父亲一样。

"谢谢，王。"

"夫人，请不要再对我说'谢谢'好吗？请您不要把我当成王子，把我当成雪弗的朋友就好。"

"哎，好的。"

"我刚才在路上碰到了大夫，他说雪弗完全脱离了生命危险，只等着醒过来了。您尝尝这五果羹是否可口？您尝着可口，我让侍从再去盛一罐送来。待会儿雪弗醒了，我想给她喝一些，她都两天水米未进了，总得吃些东西才行。如果不可口，我交代厨房做点别的，反正都要您先尝过了再决定。"

"不用麻烦，这五果羹很可口，真的。"

胡马雍的脸上露出笑容，"那就好。"他吩咐正默默站立在门口的侍从，"再盛一罐送到这里来。"

"是。"侍从躬身而退。

侍从背着身子退到门口，不料与一个人撞在了一起。侍从回头一看，原来是呼德。"总管大人！"他急忙施礼。

"你怎么在这里？"

"啊，我……"

呼德往里看了一眼，看到胡马雍，便不再追问了，"你下去吧。"

"是。"

呼德走到佐维然和胡马雍面前，"夫人，大帝派我来看望雪弗姑娘，另外，他希望您吃些东西。"

"我吃过了，请大帝不必挂怀。"

"雪弗姑娘怎么样？"

"大夫刚来过，说她好多了。"

"那就好。王，您怎会在这里？大帝不是特意吩咐过您，让您回去休息吗？"

"你就当没看见我吧。"

"大帝派我来时对我说，王一定在这里。"

"那你也当没看见我。"

呼德微笑了。对于这孩子气的命令，他打算遵守。

雪弗发出一声呻吟，胡马雍立刻将父亲和呼德都抛到九霄云外，回身在床前坐下来，握住了雪弗的手。

"雪弗，雪弗。"

雪弗在他的呼唤中慢慢睁开双眼，胡马雍看着她的脸，喜出望外。

"雪弗……你……你醒了，太好了，你终于醒过来了！你这会儿感觉如何？还有哪里不舒服？"

雪弗费力地转动着眼珠，看到了母亲。

"母亲。"

"女儿，母亲在这里。"

"母亲，我见到父亲了。"

"见到你父亲？"

"是，真的。母亲，我真的见到父亲了。他还是九年前的样子，看到我，父亲很高兴，让我弹曲子给他听。我给他弹了一首《思乡谣》，一首《白翎雀》，这是我弹得最好的两支曲子，父亲也夸我弹得很好呢。他说，他为我感到自豪。"

"这是一定的。从小到大，你都是他最得意的宝贝。"

169

"母亲。"

"你说，母亲在听。"

"父亲有一个很大的牧场，放牧着好多牛羊，我坐在高高的勒勒车上给父亲弹琴，父亲的脸色红润，神采奕奕，看得出，他生活得很快乐。我和父亲有说不完的话，他告诉我，他很想念着我，但他最牵挂的人还是母亲，他最大的希望就是看到母亲生活得幸福、安康。送我走的时候，父亲对我说，雪弗，替父亲好好照顾你母亲，告诉她，一定要幸福，一定要得到幸福……"

佐维然的泪水不断地流过面颊。丈夫对她刻骨铭心的爱恋她何尝不知？丈夫希望她幸福的心意她何尝不知？现在，女儿回到了她的身边，她已别无所求。雪弗挣了挣，佐维然扶起她，将她抱在怀里。母女二人的眼泪流在了一起。

胡马雍原本是个多愁善感的男孩，雪弗的话和母女二人相拥流泪的情景都让他眼窝发酸，他努力忍着，握着雪弗的手不由颤抖起来。

雪弗感受到他的颤抖，将目光移在他的脸上，一时间，她似乎有些不敢相信自己的眼睛。

胡马雍脸上满是笑容，眼泪却不由自主地流了下来。他觉得很丢人，急忙伸手抹去了泪水。

"是你？"过了好一会儿，雪弗语调轻轻地问。

"是我。"

"你……"

"怎么了？不记得我了吗？说说我的名字。"

"胡马雍。"

"原来你还记得。雪弗，你感觉好些了吗？"

"我没关系，你……怎会在这里？"

"我回来了。"

"我二哥呢？"

"他也回来了。"

"可是……"

"怎么？"

"没想到会见到你。"

"你人在巴达赫尚，我们早晚不是都要见面的嘛。不过，雪弗，我也没想到能在巴达赫尚见到你。能在巴达赫尚见到你真好。"

侍从端着一罐五果羹回来了，他在门前将罐子交给呼德。呼德倒了一碗五果羹交在胡马雍手上，在喂雪弗前，胡马雍细心地尝了尝温度。

"来，雪弗，喝点五果羹吧，你差不多两天没吃一口东西了。"

雪弗摇摇头，她真的吃不下。

"求你了。喝几口，哪怕只喝几口。来，我喂你。"

雪弗不忍心拒绝他，靠在母亲怀中喝着五果羹。五果羹甜酸适口，雪弗喝了几匙，感觉身上有了一些力气。她的目光长久地落在胡马雍的脸上，与两年前的那个孩子相比，长成少年模样的胡马雍更加俊秀，也更容易让人亲近。雪弗想起两年前的相遇，那时，他总是为她着想，变着法地逗她开心……

那时如此，现在亦如此，唯一让她没有想到的是，她这次是在病中与他相见。

他的体贴一如既往……不过，先生在哪里？我又在哪里？

"母亲。"

"女儿，你想问什么？"

"我在哪里？"

"在宫里。你在御花园的凉亭昏倒了，你还记得吗？"

雪弗想了想，她的思维仍有些迟钝。

"现在，是晚上吗？"

"是第二天的晚上。你昏迷了两天一夜了。"回答她的是胡马雍。胡马雍将碗放在案几上，看到雪弗能喝下他交代厨房精心准备的五果羹，哪怕只是几口，他的心里也觉得很欣慰了。

"胡马雍。"

"你要对我说什么呢？"

"你多会儿回来的？"

"王今天下午才返回城中，这次，多亏了是他……"

胡马雍急于阻止佐维然说下去，"我刚来，猜到你会醒。雪弗，还记不记得我们的约定？"

"约定？"雪弗不解地问。

"我想你肯定忘记了。不是两年前说好的吗，等我们再见面的时候，一起赛马？你可不许临阵逃脱哟。"

"是啊，你不说我还真忘了。"

"雪弗，不如你再睡一会儿吧，我明早来看你。记住，快点好起来，我呀，等不及要让你看看我高超的骑技。你一定会佩服我的。"

听到他自吹自擂，雪弗的脸上倏忽掠过一抹虚弱的笑意。

看到她又有了笑的力量，胡马雍的心情也跟着舒畅起来。他不由想起那一刻，那一刻，他真的怕自己再不能跟她说话，再不能听她弹琴欢笑，再不能与她骑马奔驰，有生以来，他还从来没有像那一刻那样害怕过，也是在那一刻，他第一次意识到她对他而言有多么重要。

分别之后，他总会在某个不经意的时刻想起她。直到那一刻，他才真正确定了一件事：他想拥有她，想拥有她胜过拥有世界上的任何东西。

他愿与她永远相守，他再不会让她离开自己的身边。

胡马雍站起身来，俯视雪弗片刻，"答应我，好好休息。"

雪弗点了点头。

"夫人，我也要赶回宫里去，把小姐醒来的消息报告给大帝，他一定正惦记着呢。"呼德也说。

"好，麻烦你。请转告大帝，谢谢他的关心。"

"遵命，夫人。"

目送着胡马雍和呼德离去，雪弗问母亲："先生呢？"

"他出宫了，说是明天再来看望你。"

"母亲。"

"什么？"

"请不要怨恨先生好吗？这并非他的初衷。发生了这样的事，我想，他的心里也一定很不好受吧。"

"母亲知道，母亲不会怨恨他。你父亲临终的时候也曾叮嘱过母亲，你能遇到御速先生，跟他学琴，这一切都是天意。"

"我父亲，真的是这世上最好的父亲。"

"是的。你也像你父亲一样，宽厚、善良，富有爱心。"

"母亲，我要快点好起来才行。"

"你一定要快点好起来。有这么多人关心你，有这么多人为你担忧，你一定要快点好起来才可以。否则，你父亲在天上也不会安心的。"

"替父亲照顾母亲，跟先生好好学琴，这是父亲的心愿。我答应了父亲，我是他的女儿，是他的女儿，就要说到做到。"

5

第二天，第三天，第四天……御速都没有进宫来，毕竟是先生，雪弗也不好多问什么。有母亲和胡马雍无微不至的照顾，雪弗恢复得很快。她完全康复后，她向巴布尔辞行离开了行宫。

雪弗对母亲说，她与御速的十年之约未满，她仍是御速的弟子。母亲很支持她，对母亲而言，任何时候，她都会尊重女儿的心愿。

道格库利骑着马将妹妹送到德尔维希的府门前，匆匆拥抱了一下妹妹就离开了。过几天要进行一次大规模的狩猎，他和德尔维希要随胡马雍前去勘察地形，做好安排。这也是胡马雍没顾上来送雪弗的缘故。

雪弗径直回到她与御速居住的小院。小院里面有几间客房，很幽静也很舒适，德尔维希与御速是旧识，很了解御速的性格，特意选了一个僻静的所在供御速居住。想到自己生病期间，先生一次都没有进宫来看望自己，雪弗对先生的冷漠稍稍有些伤心。即便如此，她还是不想埋怨先生，先生就是这样的人，有太多的苦衷和太多的不能对人明言的心事。换个角度考虑，先生也许是对她没能见到父亲心怀内疚才不去见她的，雪弗这样想着，也就释然了。

她正要伸手推门，门从里面开了。

她与御速一个站在门外，一个站在门里，默默相望。

御速的表情先是惊讶，接着是欣喜，再后来则是无法言喻的复杂。

他很高兴雪弗恢复了健康。与此同时，胡马雍给雪弗喂药的情景又浮现在他的脑海，那种无能的、无力的伤感再一次漫上他的心头。

他只是一个琴师，他能给雪弗的，只怕永远无法与胡马雍相比。何况，他也不该怀有比较的念头……

雪弗先回过神来，微微一笑，"先生，我回来了。"

"你……没事了吗？都好了吗？"

"都好了。您看，我这不是好好地在您面前吗？"

"可……你怎么没有回夫人那里？"

"回我母亲那儿？为什么？"

"雪弗，你应该知道，这是我带你回巴达赫尚的目的。"

"这么说，您不打算继续教我了？"

"雪弗，我，其实早没有东西可以教给你了。"

"您，想毁约？"

"我……"

"就算您没有什么东西可以教我了，我也会信守我与您的约定。等十年之约满了，您再想着让我离开吧。"

"雪弗……"

"是。"

"对不起。"

"您的道歉，是因为我没有见到父亲最后一面，还是因为这些日子您一次都没有进宫看我？"

御速不知该如何回答。

"好了，不难为您了。无论哪种原因，我都不会埋怨您。我向大帝辞行的时候，他说，三天后想邀请我们陪他一起狩猎。"

173

"是吗？"

"嗯，好期待呀。"

"王也去吗？"

"您说胡马雍？当然。他和我二哥先出发了。"

"这些日子，最辛苦的人，想必是你母亲还有胡马雍王子吧？多亏了王，是他救了你。"

"母亲都告诉我了。先不说这个了，先生，待会儿还是让我来侍候您吧，我很担心，不知道这段日子，您有没有好好照顾自己。"

"你在病中，还想着我？"

"谁让您是最不会照顾自己的人呢？您看，您的眼睛有些发青，脸色也不好，一定是近来又没休息好的缘故。"

御速喉头一紧，说不清心里是苦是甜。这段日子，他没有一个晚上可以安然入眠，他每时每刻都在牵挂雪弗，却又强忍着不去看她。他为雪弗着想，希望将时间留给胡马雍，留给这个深爱雪弗的男孩。除此以外，还有一个他不愿正视的原因：他无法面对胡马雍对雪弗的好，无法面对胡马雍的痴情。爱就是爱，胡马雍率性而为，无所顾忌，而他，连苦闷和思念都必须深深地埋藏心底，连表示爱的权利都没有。这，恐怕就是他不足为外人道的一生吧？

雪弗，还是那个善良、单纯、直率的少女，他很早的时候就变了，他再也找不回过去的自己，他也不想回到过去。

为了雪弗，哪怕再痛苦他也会留下来。

他要雪弗获得幸福，这是他唯一能为雪弗做的事。

之后，就是永别了。

胡马雍将狩猎的地点选在一个与世隔绝的山区，这里的山中，生长着红松、笠松、柞树与乳香树，都是些珍贵的树种。当地居民常以笠松木照明，点燃的笠松木犹如蜡烛一般。

佐维然从小不喜欢血腥的场面，找了个借口，拒绝了巴布尔的邀请。御速也不肯去，他们二人都"不给面子"，巴布尔不免有些扫兴。幸亏还有个性格开朗的雪弗愿意同行，否则，他的兴致更要一落千丈了。

胡马雍早将一切布置停当，只等父亲到来。他重又见到雪弗难以掩饰兴奋快乐的神情，知子莫如父，巴布尔就让雪弗跟胡马雍一队。

虽说是打猎，但山中某些小动物实在太珍奇太可爱了，胡马雍心地仁慈，不忍心伤害它们，最终只是把它们抓起来关进笼子而已。

比如说山中有一种飞狐，它的个头比猫略大，前腿与后腿间长着一张如蝙蝠

翅膀般的薄膜，飞翔的距离最长能达一箭之地。雪弗觉得这种动物既然会飞，关

翅膀般的薄膜，飞翔的距离最长能达一箭之地。雪弗觉得这种动物既然会飞，关在笼子里一定很委屈，她坚持说她看到飞狐的眼中闪动着哀求的泪光，胡马雍又好气又好笑，可他太在意雪弗的感受，下令将飞狐放掉了。

还有一种麝鼠，身上能够散发出麝香的味道，可惜只捉到一只，雪弗担心它没有伙伴太孤独，说不好会抑郁而终。胡马雍哭笑不得，责备她道："你真是个麻烦的女人！早知道不带你来了！算了，既然你不想养，那就放了吧。"于是又把麝鼠放了。最后笼子里的珍奇猎物只剩下鲁加鸟了。

鲁加鸟的体形不如山鸡大，飞不远，身上的羽毛五彩斑斓，还经常变色，漂亮极了。胡马雍共捉到六只鲁加鸟，雪弗喜欢得不得了，胡马雍故意问她："鲁加鸟也会飞啊，你不怕它们委屈吗？要不要也放了？"

雪弗愣了愣，眼睛紧紧盯着鲁加鸟，显然一时拿不定主意。胡马雍本来只是逗逗她，怕她当真，附在她耳边悄悄说道："先不管鲁加鸟了，这山里还有鹦鹉、孔雀、椋鸟、猿猴、蓝牛、短腿鹿呢，我各样都为你捉几只来吧？等打完猎，我让人把它们一起带回去，养在王宫的后花园里，不，我打算在后花园专门辟个动物园，将它们饲养起来，你随时过来看，好不好？"

雪弗蓦觉心神异样，急忙垂下头，掩住了眼中微弱的希冀。

对于这个救了她一命的少年，她并非只有心存感激那么简单，更多的时候，她是真的喜欢与他在一起。事实上，从初遇时，他就牢牢占据了她的心灵一隅。尽管他的年纪比她小，可她常常觉得他很成熟，比她，比她认识的许多人都成熟，也许他的温柔、体贴与家教有关，更多的恐怕是与生俱来。在他面前，她的个性可以尽情展露，不受约束。即使他时常揶揄她，她也不会误解他的好意，他似乎是上天赐给她的礼物，假如可以，她何尝不想将这份礼物握在手中？

握在手中，然后，用心珍惜，珍惜一生。

遗憾的是，他是皇子，未来的大帝，这才是一切问题的症结所在。

胡马雍稍稍弯下腰，侧过头注视着雪弗的眼睛："感动了？"他半开玩笑半认真地问。

雪弗白了胡马雍一眼："才没呢。才不会。"

"说个'是'有那么难吗？"胡马雍有点失望地撇了撇嘴。

雪弗一笑，心不在焉地应付道："你呀，怎么总像个长不大的小孩子！"

胡马雍脸上的表情顿时变得严肃起来，"你说什么呢？"

"说你是小孩子啊，不对吗？"

"我郑重地警告你，不许你再把我当成小孩子，更不可以这样说我。记住了吗？"他的语气是少有的严厉。

雪弗没想到胡马雍的反应如此强烈，意外之余又有些好笑，她退后一步，恭

顺地答道："是，王。"

"说了要对我直呼其名。"

"可你发火了呀。"

"有吗？"

"没有吗？"

胡马雍眨眨眼，片刻，无奈地叹了口气。雪弗与他斗嘴的样子在他眼里一向很可爱，让他心生懊恼的是她总把他当成小孩子。他希望对她而言，他是一个可以保护她一生的堂堂正正的男子汉。

他想要保护她，从第一眼看到她起，这样的念头就在他心中扎下了根。

"雪弗……"

雪弗拍拍他的胳膊，"你说的小动物，别的还在其次，给我逮只鹦鹉吧，我教鹦鹉说'胡马雍是小孩子'。"

胡马雍"扑哧"一声笑了。不快烟消云散，他做了个让雪弗上马的手势，他们策马飞奔，重又加入了狩猎的队伍。

傍晚安歇时，当地人献给胡马雍几只肥美的黄羊，士兵们杀掉了两只，在河边支起烤肉架，准备制作烤肉串。雪弗天生闲不住，跑去跟胡马雍带来的厨子学习如何选肉、切肉、串肉、上料、烤肉，每个过程她都学得很认真，胡马雍在一旁看着她，猜不透这个少女哪来的热情与活力？这是他身上缺少的热情和活力，这是让他羡慕不已的热情和活力。

不期然地，胡马雍又想起两年前他第一次与雪弗相识相遇的情景，那时他年纪还小，却已清楚地看到自己向雪弗敞开的心扉，那种能够敞开心扉的快乐，是雪弗带给他的最珍贵的记忆。

那一回，雪弗终究还是离开了他。分别后漫长的等待中，他不止一次对自己说，再次遇到她，他一定会把她留在身边。

是的，他要将她留在身边，倾尽一生守住他的爱恋。

6

半个月后，狩猎队伍满载而归，回到巴达赫尚。雪弗仍旧住在德尔维希的庄园，她与御速约定的期限只剩七个月了，在这值得珍惜的最后时光里，她像以往一样，认真地学琴，体贴地照顾御速，不同的是，她现在可以经常见到母亲，这对母女二人来说，已是莫大的幸福了。

巴里黑的局势不稳，巴布尔不得不提前结束他的"假期"，去往巴里黑平定在那里发生的平民起义。胡马雍作为巴达赫尚的主将被父亲任命为先锋。

胡马雍与雪弗话别，临行，他们约好回来赛马。一个小小的赛马心愿都不能顺利达成，胡马雍实在不甘又无奈。

巴布尔这次的对手，是一位性格顽强的平民领袖维托·巴基，他带着他的起义队伍在丛林中与皇家军队周旋，令巴布尔头疼不已。巴布尔派人侦察了丛林周围的地形，在数次劝降未果后，决定采用围猎的方式，将起义队伍当成猎物，一点点缩小包围圈，择机将这些人聚而歼之。

胡马雍与他父亲的意见相左，坚持与维托谈判。他还向父亲详述了他的计划，巴布尔并不认为像维托这种人可以被说服，然而，考虑到他最终得将江山交在儿子手上，便同意再给儿子一次机会。胡马雍取得父亲的支持，命道格库利迅速查明维托的情况，道格库利花费重金买通了几个与维托相熟的人，意外地得知了维托妻儿的藏身之处。他如获至宝，立刻将维托的妻儿送到王子的军营。

在胡马雍不懈的劝说下，维托的妻子同意帮胡马雍劝说维托归顺朝廷。胡马雍答应她，只要维托肯归顺朝廷，他将在朝廷中给维托安排一个体面的职位。维托的儿子名叫萨玛德，这孩子对绘画和建筑学感兴趣，很有这方面的天赋，胡马雍觉得应该让他到波斯见学，系统地学习波斯绘画和建筑的精髓，至于推荐与学习费用，他愿一力承担。这个建议，尤其令维托的妻子动心。

此间，胡马雍多次派人与维托谈判，维托听说自己的妻儿都成为胡马雍的人质，先是感到震怒，继而又担心得坐卧不宁。他抱着试试看的态度，以胡马雍释放他的妻儿作为他同意与胡马雍谈判的条件，不想，胡马雍满口答应，过了几日真的派人将他的妻儿送回了他身边。

俟妻儿回到身边，维托不再理会胡马雍。巴布尔责备儿子，不该对维托怀有妇人之仁，胡马雍恳请父亲再宽限他一个星期，倘若一个星期后维托还不出降，他愿听从父亲的安排，亲自领兵攻打维托。

第二天，胡马雍派了三名使者，带了几匹鲜丽的衣料，绘画用的笔墨纸砚，指名送给维托的妻儿，与这些礼物一同送达的，还有他写给维托的一封和平坦率的信。不出他的所料，维托留下他的礼物，写了回信。信中，维托提出他的要求：取消对平民及商人的苛捐杂税，他明确列出了他希望取消的税种。他还要求朝廷惩治十几位民怨极大的官吏及庄园主，这些人，多是突厥和蒙古贵族。

胡马雍将这封信上呈父亲，巴布尔明白，这是维托发出的同意谈判的信号。他召来几位重臣，经过商议，决定部分地答应维托提出的条件，同时，他正式下令由儿子全权负责与维托的谈判。

胡马雍接受皇命，再次修书，表明朝廷已同意在调查清楚后惩治巴里黑的官员及庄园主中那些罪大恶极者，至于维托提出的取消税种，其中只有几项，朝廷可以接受。谈判归谈判，胡马雍在信中的口吻，倒更像跟朋友谈心，对于不能取消的税种，他也以一种诚恳坦率的态度一一做出说明。

在命人将信函送抵维托军营的同时，胡马雍又为维托的妻儿精心准备了礼物：一盒令人垂涎的首饰，几幅著名的波斯细密画。他两次三番的示好，首先打动了维托的妻儿，在他们不遗余力的劝说下，维托有所动摇。他给胡马雍写了回信，虽说坚持他先前提出的条件，态度已不似初时强硬。

这次，胡马雍没写信，他让使者带给维托一纸盖有朝廷大印的委任书，他的传语更加言简意赅：如果维托作为朝廷在巴里黑的财政大臣，参与巴里黑税收政策的制订与调整，那么更容易平衡各类矛盾。

在胡马雍与父亲做出约定的最后一天，维托出降。巴布尔对维托的才能十分欣赏，对维托的部曲均做出妥善安置。

维托既降，巴里黑的局势很快趋于平稳。胡马雍信守了他与维托夫人的约定，将她的儿子萨玛德送到波斯宫廷学习绘画。

巴布尔即将返回喀布尔，行前，他当众表彰了儿子立下的功劳，还将自己平素最喜爱的一对龙凤玉杯赐给儿子。这对龙凤玉杯系巴布尔第一次攻入撒马尔罕时所得，玉杯造型独特，材质上乘，上面嵌满各种名贵宝石。但巴布尔将其视若珍宝的真正原因是，在龙杯的底部，清晰地刻有"塞西娅为帖木儿王制作"的字样。

胡马雍先将父亲送到喀布尔地界，再从那里直奔加兹尼。这是巴布尔的安排，加兹尼有一处兵工厂，他交给儿子的任务是，协助正在兵工厂研制火炮的阿力，先行制作出一批小型火器。

转眼，胡马雍与雪弗分别已有数月，他很想早些回到巴达赫尚，却事与愿违，诸事不断，直到第二年春暖花开时他才回到封地，而此时，离雪弗学艺期满只剩下不到一个月的时间。

最近，御速感染风寒，一直卧病在床。雪弗担忧他的病情，每天在他身边服侍，根本无暇顾及其他。即使与胡马雍久别重逢，她也只是给了他一个欣喜的笑容而已，至于赛马之约，只能继续往后推迟了。

大约一个月前，佐维然被巴布尔派人接到了坎大哈，御速、雪弗仍住在德尔维希的府上，御速告诉雪弗，等佐维然夫人从坎大哈回到巴达赫尚，雪弗就可以考虑搬去与母亲同住了。

十年中，雪弗无数次设想过自己学艺期满与父母团聚的情景，当这一天即将来临时，她却开始为先生担心。她不知道，没有她在身边，别的人是否也能照顾好先生？还有，如果先生离开巴达赫尚，她与先生是否还有重见之日？

经过半个月的治疗，御速的病有所好转，大夫给御速开了最后一服药，说是吃了这服药后，就可以慢慢调养了。雪弗心里的一块儿石头落地，高高兴兴地随大夫取了药回来，又去厨房先将药引煎好了。做完这些事，她来到御速的卧室。她原以为先生在睡觉，可她走进房间，看到御速正坐在会客厅的雕花木桌旁喝酒，酒是御速素常喜欢的西域葡萄酒，看样子他喝了不少，瓶里的葡萄酒基本见底。这酒是昨天胡马雍才赐给御速的，他这样没有节制地喝酒，雪弗还是第一次见到。

酒瓶的旁边，放着御速心爱的六弦琴，雪弗只能看到他的侧脸，可能由于酒精的作用，这张比平素显得红润的脸上呈现出一种反常的兴奋。雪弗进来时，御速正将杯中酒一饮而尽，随后，他取过六弦琴，修长的手指轻抚琴弦，瞬时，一支雪弗此前从未听过、想是御速即兴创作的旋律便像小溪、像江河一样从手指与琴弦间一泻而出。那是雪弗绝不熟悉的旋律，从最初的舒缓到激切，再从短暂的奔放到忧伤，最后则是彻彻底底的压抑，仿佛垂垂老矣的歌者，面对悄然临近的死神追忆着自己坎坷不幸的一生，既从容平静又怀有无法释怀的憾恨。

雪弗不知道究竟是什么事引发了先生的感伤，她在他身边生活了十年，读得懂他每一个微小的表情。从先生近乎狂热的眼神里，她看到的是他对尘世已然无所眷恋的绝望。雪弗的心"怦怦"地跳着，恐惧让先生的琴声在她的耳朵里变成了折磨人的噪音，她很想冲上去，夺掉他手中的琴，狠狠摔在地上，似乎只有这样，她才能阻止他突如其来的疯狂念头。

不知过了多久，御速的琴声戛然而止，雪弗放下手中的托盘，来到御速身边。与她汹涌澎湃的心潮不同，她的脸色倒是格外平静。

御速放下六弦琴，看到了她。

雪弗走过来，审视着御速的脸色，这张久病初愈的脸上仍旧呈现出病态的虚弱，雪弗不由微微叹了口气。

"我没事，你别担心。"御速微笑着说。

雪弗在御速对面坐下来，以一种执拗的神态直视着他的眼睛。

御速有些心虚地避开了视线。作为雪弗的先生，会在弟子面前感到心虚，这难免让他感到有失身份。

片刻，御速尽量换上轻松的笑容，字斟句酌地说道："雪弗，再有几天，我们的十年之期就满了。我很抱歉，这十年，让你跟我吃了不少苦。"

"您究竟想说什么？"雪弗语调平淡地问。

"没什么。不，我是想说，十年的陪伴，我很感谢你，你让我有了不一样的人生。今后的日子，你一定要幸福啊，只有你幸福了，我才可以安心地离开。"

"您要去哪里？"

"我……准备回喀什噶尔去，那里毕竟是我的家乡。"

"您在撒谎。"

御速愣住了。这还是雪弗第一次用这种冷冰冰的语气跟他说话。

"你……"

"您不如您的琴坦率，您的琴声告诉了我您真正想去的地方。"

"雪弗，你听先生说，不是你想的那样……"

"那好，您说，是什么样？"

御速语塞。雪弗真的是这个世界上最了解他的女子。她听得懂他的琴，更看得懂他的心。他的确是要离去的，他设想过有朝一日雪弗离他而去的生活，那生活比死亡还要孤独，还要冷寂。他是不会说出那句挽留的话来，他没有这样的资格，在爱情面前，他能看到的只有自己的卑微。

就算走向死亡，他依然会感谢长生天让他与雪弗相遇，他珍惜的、经历的世间一切最美好的情感都缘于这段相遇。十年，不是每个人都能拥有这样的十年，长生天已对他格外眷顾，他又怎会对命运满怀抱怨？他只是有些不放心，不能亲眼看到雪弗幸福地嫁人，幸福地生活，这是他唯一的遗憾。另一方面，假如真的看到雪弗在她未来的丈夫面前开心的笑容，他的心也一定很痛。他远没有那样高尚和洒脱，他只是个平凡的琴师，对于他此生唯一爱过的女子，他做不到潇洒的放手。

于是，死亡成了他别无选择的选择。

他用人生最后一支乐曲向雪弗告别，他怀着隐秘的希望，希望在他离开人世之后，雪弗会记起他这个人和他的琴声。他不想在雪弗的生命中匆匆走过，哪怕回忆会让雪弗痛苦，他也情愿自私地留在她的记忆中。

他没想到，雪弗轻易洞察了他的用心，她一如既往的坦率无法不让他羞愧。

雪弗试了试药引的温度，药引变凉了，可雪弗不想现在去将它重新热过。她担着心事，与先生的病相比，她更害怕自己不能打开他的心结。

"先生。"

"怎么？"

"您告诉我，为什么？"

雪弗的眼中溢满了泪水，她没想到，一个像御速一样惯于不动声色、高高在上的人，会在他们即将到来的离别面前，变得如此不堪一击。

"先生真的没事。倒是你，一定要抓住属于你的幸福。"

"您就这样离我而去，我还会幸福吗？"

"对不起，雪弗。你要相信，无论将来我身在何处，我关注的目光都不会离开你，我的祝福同样不会离开你。"

"十年之约，带给您的，真的只剩下对生的厌弃吗？"

"雪弗……"

"我们的分别让您感到痛苦，您为什么就不能留下我呢？对您而言，说一句挽留的话有那么难吗？与生命相比，与爱相比，您的自尊真的比这些人世间最珍贵的东西都更重要？"

御速的脸色一下变了，他喃喃自语，"自尊？"良久，又一字一顿地说道，"难道，我，还有自尊吗？"他忧伤的脸上蓦然浮出一抹古怪的、辛酸的笑容。

"您怎么了？您到底在说些什么？"

"你确定自己想知道吗？"

"是。"

"那好吧，我就让你看看什么是我的自尊。"御速说着站了起来，开始动作缓慢地一件件褪去身上的衣服。雪弗一开始不明白他要做什么，及至明白过来，她虽惊讶万分，却没有任何想要阻止他的念头。她的羞涩只是一闪而过，此前，她纯洁的目光还从来没看到过任何男人赤裸的身体。但她清楚御速不是那样的人，御速想要展露在她面前的，一定只是一个尘封已久的真相。

褪去最后一件衣服，御速就将自己的身体完全裸露在雪弗面前。在那一瞬间，他看到雪弗极度震惊的目光。这是真正的震惊！暴露在雪弗面前的，一定是让魔鬼摧残过无数遍的躯体，那一道道令人触目惊心的疤痕，那些分布在前胸、后背、臀部由于色彩艳丽而丑陋到极致的牡丹花文身，都让雪弗头晕目眩。除了脸颊、脖子、手腕和手，像虫子一样的伤痕仿佛在御速的全身蠕动，而之前雪弗在他小腿上看到的伤疤，只能算是魔鬼偶尔发的善心了。

雪弗的全身都在颤抖。御速久久望着她，他一直在笑，是那种酸楚绝望的笑。他问道："你想知道我的故事吗？"

雪弗走过去，将衣袍披在他的身上。她回答："是。"

她拉着他的手，将他拉在床前，她让他躺在床上，为他盖上被子。他的手停留在她的手心中，她告诉自己，她不会让他离去，他不是她的爱人，但他是她在这个世界上最珍惜的人，像她的父母、她的哥哥一样，像胡马雍一样。

"您还在发烧呢。我在这里，把一切都告诉我吧，即使我不能为您分担，也请您让我感受到你的痛苦。"

御速真的向她讲起了自己的故事，他的故事就是他的噩梦。雪弗静静地听着，泪流满面。为了不使自己沦为他人的性奴，少年抵死反抗却换来了世间最残酷的虐待，当真相大白，少年的勇气比少年的遭遇更令雪弗刻骨铭心。在漫长的十年的岁月里，雪弗一直试图理解这个人，又一直无法理解这个人，直到她了解了他的过去，她才明白此前的他为什么让人无法理解。

那高高在上的自卑，那无人可述的凄凉，只有他自己看得见自己心里的伤。

7

　　雪弗抹去泪水，握住御速的手，将他的手贴在了脸上。御速的手臂微微一颤，他那么爱她，然而十年来他与她之间从来不曾有过任何亲密的举动。

　　"先生。"

　　"雪弗，你该清楚我的选择与你无关。"

　　"有关无关都不重要了，重要的是，我不会离开您的身边。"

　　"哪怕牺牲你的幸福？"

　　"我这样做，正是为了抓住我的幸福。"

　　"雪弗……"

　　"您一定想说，您不需要我的同情。是啊，在骨子里，您还是个骄傲的人。"

　　"骄傲？"

　　"对。尽管满身伤痕、满心屈辱让您感到自卑，可您的天赋才华也给了您骄傲的资本。您口口声声说希望我幸福，如果这是您的真心话，就请您拿出勇气来，把我的身体留在您的怀中，把您的爱留在我的心里。"

　　"我的爱？"

　　"您从来没有对我说过对吧？不是今天，我恐怕永远不会知道。与默默承受爱人离去的痛苦相比，您宁愿选择回到长生天的怀抱。"

　　"我……"

　　"求您，别把我的珍惜当作施舍。我真的不能失去您。"

　　"可你爱的人并不是我。"

　　"在今天之前，您何曾给过我爱的机会？"

　　"那么，胡马雍呢？他对你的爱早不是什么秘密，在他的面前，你知不知道自己有多么光彩照人？"

　　雪弗笑了。

　　"你，笑什么？"

　　"原来，您什么都看在眼里啊。"

　　御速脸上一热。是啊，什么都看在眼里，却偏要装作一无所知的样子。这是自尊呢？还是虚伪？

　　"你总不能否认，与胡马雍在一起，你其实更快乐。"

　　"这是您心里最介意的事，对吗？"

　　御速没说话。岂止是介意啊……

　　"胡马雍是个与众不同的人，有时候聪明得过分。是啊，他年龄比我小，可的确很纵容我。"

"其实，只有跟他在一起，你的个性才可以尽情绽放。"

"那又如何呢？"

"雪弗，不要拒绝缘分，你和胡马雍真的很相配。"

"我对胡马雍没有承诺。他爱恋的我，若身上真有一种让他感觉不一样的气质，也是因为我从小在您身边长大的缘故。"

"你是在安慰我吗？"

"随您怎么理解。"

"雪弗，我不需要你的牺牲。"

"您必须接受，这是您欠我的。"

"我欠你？"

"若非您的无情，我不会见不到父亲最后一面。"

御速心中一痛，"对不起……"

"说对不起有什么用？父亲再也不会活过来。我没有父亲了，从今往后，这个世界再没有您的琴声，您的音乐，还有您——这个人，就算我得到全世界，我也不会感到幸福的。"

"你还有母亲，哥哥……"

雪弗打断了他，"您一定又想说，我还有胡马雍。胡马雍是要继承父位的，他不会只有我一个女人，而我，不喜欢跟别人分享自己的丈夫。对我而言，与其到时候做个心怀怨恨的妃子，不如嫁给这个世界上最爱我的男人。"

"你太……"

"让您不可思议？不瞒您说，我一直都是塞西娅的宝贝，塞西娅的宝贝若能让人一眼看透，她在天上也不会开心的。"

御速知道雪弗是在跟他开玩笑，这个时候，雪弗还有心情跟他开玩笑，说明她已经拿定了主意。

可是他，到底该怎么办？

他矛盾的神色逃不过雪弗的眼睛，雪弗俯下身，将脸贴在他的胸前，伸开双手轻轻环住了他的身体。"先生，请抱住我，让您的心告诉您，您抱着我的时候是不是会觉得幸福，觉得快乐？如果不是这样，或者，您有您的执念，即使是我也无法将您留下，那么，请您将我推开。我向您保证，在您将我推开的那一刻，我会永远离开您，永生不再与您相见。"

御速的手臂一直在颤抖。那种熟悉的、带着战栗的快乐与活力转瞬间漫上他的心头，漫过他的全身。雪弗柔软的身躯和温暖的气息让他迷醉，这是他此生最爱的人啊，这是比他的生命还要珍贵千百倍的女子。多少次，想到与她的分离，

183

第五卷 一抹春色一抹秋

他的眼睛看不到阳光。他生平第一次发现自己也会满怀嫉妒，也会难过担忧，就是看到她在胡马雍面前那种自由自在的样子。还有，每当他想起胡马雍给她喂药的一幕，他的心里不只是苦涩，更多的是觉得自己没有一点用处……

此时，她就在他的怀中，即使是最坚强的理智堤坝，也阻挡不住泛滥的感情洪水。他推不开她，他实在推不开她！真有这样的结局，可以让他与她相守终生，他不明白自己还有什么理由拒绝？

长生天替他做出了抉择，他向她伸出了颤抖的手臂。在他将她抱在怀中的刹那，泪水无声地渗出他微闭的眼睑。

多少年来，这是他第一次落泪。

能够这样抱着她的一刻，他的心是幸福的，也是快乐的。

"您觉得幸福吗？"

御速不语。

"您觉得快乐吗？"

御速不语。

"您不说话，我就当您已经回答了我。"

御速仍不语。

"答应我，不要再胡思乱想，更不可以有那样的念头。母亲托人带话给我，过几天她要返回巴达赫尚，到那时，我会把我的决定告诉她。"

御速一惊，脱口而出，"先不要。"

"早晚也得告诉母亲，不是吗？"

"我怕……她会难以接受。"

"母亲不是那种狭隘的人，否则当年，她又如何能舍得让我离开她跟您学琴？您放心好了，这件事交给我去处理。"

御速心中忐忑，松开了抱着雪弗的双臂。

"我的身体……你不会厌恶吗？"

"您担心的仅仅是这件事吗？是吗？我说实话：不会的，永远都不会的。您是一位有信念的人，您为您的信念付出了代价，也换来了我的尊敬。了解了您的过去，我只有更尊敬您。"

"胡马雍那里，你该怎么说？"

这个问题雪弗显然还没顾上考虑，"唔……让我想想。"

"你也很为难吧？"

雪弗用一只手托着下巴，直视着御速的眼睛，"先生。"

"怎么？"

"我发现只要说到胡马雍，您就会变得完全没有自信。"

御速无言以对。之前，雪弗在他面前谨言慎行，但她本质上是个直言不讳的女子，她每一次都能说中他的心事。

"不瞒您说，胡马雍这孩子太执着，我也有点头疼。我想，等征得母亲的同意后，我们暂时先回喀什噶尔去吧。离别会让他慢慢忘记我。"

"忘记你，你觉得他会吗？"

"至少，当我们再见面的时候，他会拥有自己的生活。"

"他那么爱你，你忍心伤害他吗？"

"忍心。他还小，会过去的。"

"雪弗，你确定自己想清楚了？为了我，值得吗？"

"值得。"

"雪弗……"

"还是那句话，一切都交给我。处理这些事，您不擅长。现在，您要做的，就是乖乖听我的。"雪弗站起来，俯视着御速，"我去把药引热一热，您得吃药才行。为了我，您一定要快点好起来。"

御速茫然地点着头，他不知道这一切是真实的，还是他的一个梦境。

"先生，等我回来。"

"好。"

雪弗将托盘取在手中，脚步轻盈地离去。直到她在自己身后细心地关好门，脸上的表情才发生了一些变化。

所有的钟情与不舍都在这一刻化作满心怜惜："对不起，胡马雍，真的对不起。今生我欠你一个承诺，来生我愿与你再次相遇，那时，我会还给你完整的爱。"

她微微仰起头，对自己说："到此为止吧。从此以后，我就是先生的女人，对于我的选择，我决不后悔。我决不要在后悔中度过一生！"

她向外走去，脚步更加坚定。

8

巴布尔有信给儿子，说他近日要来巴达赫尚。雪弗也接到了母亲的口信，看样子，母亲这次是要与大帝一起回来。

几天后的一个晚上，佐维然来到女儿的住处，她不是一个人来的，陪她一起来的，还有巴布尔。

雪弗将他们迎进来时，巴布尔一眼看到御速正在会客厅里给雪弗调试六弦琴。

看到他们，御速放下琴，以手抚胸，施礼见过大帝与夫人。

"御速，你也在？"巴布尔的语气里半是意外，半是欣喜。

"雪弗让我来给她看看琴。我正要走。"

巴布尔摆摆手,"不必。"

他径直坐在最尊贵的主位,随即请御速在他旁边坐下来。佐维然与雪弗在下首相陪,雪弗娇昵地依偎在母亲怀中。

佐维然用手指轻轻拂去飘散在女儿脸上的几根柔软的发丝。她很感谢御速在十年之期未满前就将女儿送回她的身边,尽管女儿还得继续学琴,可她到底与女儿团聚了。在最初的日子里,她曾竭尽全力想要弥补多年来对女儿亏欠的母爱,但她很快发现,对于自立又懂事的女儿来说,这种刻意的弥补根本没有必要,女儿的心中,对亲人的爱从未远离。

仅此,足以令她欣慰。仅此,她已是天底下最幸福的母亲。

巴布尔看着母女二人亲热的样子,向御速笑道:"在我见过的女孩子中,包括我自己的女儿在内,雪弗一向是最成熟、最冷静、最坚强的一个,可你现在看她在母亲跟前的样子,我突然又觉得没有谁比她更会撒娇了。"

御速微笑表示赞同。其实,这大概才是真正的雪弗吧,雪弗的成熟、冷静、坚强都是被他最初的残忍逼出来的。回首往事,他不只是伤感,更多的是追悔,假如一切可以从头再来,他一定会给她一个不一样的人生。

巴布尔注意看了看御速,他一进门就注意到御速脸色灰暗,神情疲惫,像是大病初愈的样子。

"你怎么了?病了吗?"巴布尔的声音里透出内心的关切。不管过去多少年,那个水仙花一般的少年都是他愿意珍藏一生的梦。

"无妨。偶染风寒,已经好多了。"

"你要多注意身体。"

"是,感谢大帝关心。"

巴布尔这才将目光重新移向雪弗。"雪弗啊。"

"是,大帝。"

"有件事……"巴布尔踌躇了一下,似乎在思考着合适的措辞。

雪弗感觉到母亲的手在她的手中抖动了一下。她搂住了母亲的脖子,"母亲。"

"女儿。"

"祝福您!"

佐维然惊讶地望着女儿。她没想到,女儿一下就听懂了巴布尔尚未说完的话,还没有一点犹疑就接受了这个结果,"雪弗,你说什么?"

"二哥告诉我,父亲临终的时候曾将母亲托付给大帝,这些年,若不是为了我,母亲也不会过得如此孤独,如此艰难。"

"母亲没有觉得孤独,也没有觉得艰难。有你这样的女儿,无论母亲做什么,都会觉得自己很快乐。"

"我希望母亲幸福。母亲啊，您一定要幸福，要更幸福才对。"

佐维然紧紧地、紧紧地将女儿抱在怀中，泪水濡湿了她的面颊，这是百感交集的泪。她这一生，唯有女儿才是长生天赐给她的最好的礼物。

这一刻，连巴布尔也被雪弗的通情达理以及她对母亲的纯孝之心感动了。在此之前，他确实怀着与佐维然相同的担忧，就算雪弗不加反对，他也不愿意从雪弗的脸上看到一丝丝失望的表情，他很清楚，那表情会让佐维然伤心。"雪弗，你的确是我见过的最懂事的姑娘。"他发自肺腑地赞道。

雪弗向他调皮地一笑。

"不过，雪弗……"

"您想问什么？"

"你怎么就猜到……"

"有些不寻常啊。"

"什么不寻常？"

"您会陪母亲一起过来。"

"好聪明的姑娘。"

巴布尔心想，难怪儿子会对她情有独钟，胡马雍的眼力还真是不差呢。

"好执着的大帝。"雪弗将他的赞扬还给了他。对她而言，他已不再是巴布尔大帝，他还是母亲生命中最重要的男人，她不由自主地对他多了几分亲近和感激。

巴布尔欣慰地笑了。这个乖巧可爱的姑娘就要成为他的继女，他也如愿得到了自己梦寐以求的恋人，接下来，是不是该考虑让这层关系更近一步呢？有雪弗做他的儿媳，百年之后他也可以了无牵挂地将自己辛苦创建的基业交在儿子手中。

他有四个儿子。胡马雍是月光为他生的长子，也是他的希望所在。身为父亲，他比任何人都清楚儿子身上具备的优点：善良、单纯、仁慈，这优点同时也是儿子最大的弱点，立胡马雍为储君，他的确不能完全放心。

他坚信雪弗可以改变儿子。的确，他与雪弗的接触有限，即使在这短暂的相处中，他仍为这个女孩子所做的每一件事情感到惊叹。她十年学琴的毅力，她绝不拖泥带水的干脆，她敢作敢为的品性，她善于洞察细微的事物并能提前有所准备的智慧，她身上具备的一切，都将成为胡马雍的匡补。

再说，这也是佐维然的心愿。难道儿子还没有对雪弗表白吗？一年的朝夕相处，他们之间的关系似乎还停留在原地。

莫非因为雪弗还在学琴……

巴布尔仓促地收起他飘远的神思。他差点忘了，御速呢？雪弗真的嫁给胡马雍，御速该怎么办？

御速同样是他不愿意看见会受到伤害的人。这场纠缠的情事还真有些棘手。

巴布尔看了看御速，御速也正看着他，脸上挂着暖暖的笑容。他并没有说一句恭贺的话，他所有的话都放在温暖的目光里。

"御速，我们走吧。我想，她们母女俩一定有许多悄悄话要说。"

"是，大帝。"

佐维然与雪弗起身，恭送巴布尔。御速默默跟在巴布尔的身后，当他即将跨出房门时，雪弗在他身后轻声唤道："先生。"

御速手扶门框站住了，巴布尔看到他的手在颤抖。他连头也没敢回。

"晚上睡觉的时候，您记住关窗。"

"好。"御速应着，一直到房门在他身后关上，他始终没敢回头。

9

雪弗如何跟母亲谈的，巴布尔和御速不得而知。对于雪弗的选择，巴布尔一方面是遗憾，另一方面也为御速高兴。他很体贴地提出，在他与佐维然离开巴达赫尚前，这件事不如让他亲自跟儿子去讲。雪弗本来没有勇气面对胡马雍，巴布尔的提议对她来说正中下怀。

佐维然决定尽快离开巴达赫尚，她对母亲说，她们的这一次分别不会太久，等胡马雍平静下来，她就会和先生去喀布尔看望母亲。为了成全心爱的女儿，佐维然决定再次放她走。

雪弗在收拾行装的忙碌中度过了难熬的一天。她有所牵挂，心里一直忐忑不安。在即将分别的时刻，她很想再见胡马雍一面。

"雪弗，你出来！"

屋外真的响起胡马雍的声音时，她不免吃了一惊。

"雪弗，快出来！再不出来我进去啦！"胡马雍的声音里没有一点礼貌，与昔日的他判若两人。

雪弗急忙走了出来。

"胡马雍，你……"

胡马雍不容她说什么，上前一把攥住她的手腕，"跟我走！"

雪弗见人们都驻足往这边看，不觉有些尴尬，"你做什么？放开我！"

"跟我来！"

"放手啊，你弄疼我了。"

"你也知道疼吗？"

胡马雍根本不管雪弗的羞恼和抗议，此时的他，头发凌乱，眼珠通红，像一头暴怒的雄狮。雪弗从来不知道他的力气如此之大，大到让她毫无反抗之力。

胡马雍扯着雪弗来到他的坐骑前。

"上去！"他喝道。

"你疯了？"

"少废话！快上去！"

雪弗叹了口气，翻身跃上马背。她知道胡马雍已经失去了理智，这个时候，也许选择顺从更明智些。

胡马雍上了同一匹马，他一手搂着雪弗，一手抖开缰绳。侍卫正想跟上，他喝道："我看你们哪个敢跟来！想死的，就来吧！"说完，带着雪弗打马飞奔。

胡马雍的坐骑，不愧是一匹宝马良骥，风驰电掣间，转眼已至城门。城门人来人往，胡马雍也不放慢速度，冲开人群，冲出城外，直到将城郭远远地甩在后面，他才勒住坐骑。他跳下马背，一拉雪弗，"下来！"

雪弗丝毫没有防备，被他用力一拉，身体坐不稳，朝着他揪扯的方向重重地摔在了地上。

看到雪弗摔下马背，胡马雍狂乱的大脑略微清醒了一些。他身不由己地跪下来，伸手欲扶雪弗，"对不起，你……摔疼了吗？"

雪弗没有回答。即使疼，她也不会对他说的。

她拨开他的手，挣扎着想要站起身来。胡马雍既不肯放手，也不容她起身，她的倔强激起了他埋藏已久的渴望，他就那样跪在地上，顺势紧紧抱住了她，将自己的嘴唇贴在了她的嘴唇之上。这是他梦寐以求的亲吻，可没想到会在这样的时候用这样一种方式实现。

梦寐以求的亲吻，也是他一生中最疯狂的亲吻。

在他激切的拥吻中，雪弗的心恍惚了片刻。那是一种柔软的感觉，很痛，很甜，无法抗拒。对于这个爱她如命的男孩，她确实怀有深深的内疚。她并非不爱他，可是现在，她必须让自己从他的生活中消失，唯有如此，她、先生，还有胡马雍，他们三个人才能同时得到解脱。

她用尽力气推开了他，扬起手，在他的脸上留下了一记响亮的耳光。

只听"啪"的一声，他用手捂住了热辣辣的脸颊，呆呆地望着她。雪弗挣开了他的怀抱，站了起来。她的胸脯剧烈地起伏着，呼吸也很急促。这倒不是因为她觉得自己受到了侵犯，而是方才那一阵热吻带给她的激动尚未平复。

她低头看了胡马雍一会儿，终究不忍心马上走开。他的样子让她放心不下，他是她最珍惜的人，就算她不能给他爱情，她也不愿伤他太深。

雪弗的一巴掌将胡马雍从混沌的状态唤醒过来，理智重新回到他的身上，伴之而来的是内心的剧痛之感。这一阵紧似一阵的疼痛让他喘不过气来，他不由用手抓住了胸口，脸色变得异常难看。

雪弗担心地看着他的脸色。片刻，她在他面前跪下来，伸手将他抱在怀中。

他的手紧紧抓着她的衣袖，好似一个溺水的人，抓住了飘浮而来的木块。她静静地抱着他，希望这温存的拥抱能够缓解他的悲伤。

"为什么？"好一会儿，他喃喃地问。

雪弗轻轻地抚摸着他的头和后背，"胡马雍，你别这样。你还小，有些事情你不懂。相信我，会过去的，一切都会过去的，在我离去之后，你一定会拥有新的生活。到那时，我们还会相见。"

"你真的就这么不在意我吗？对你来说，我的感情，就像一个用旧的马具，你可以随意丢弃吗？"

"不是的。你留给我的，都是最难忘的回忆。无论将来我身在何处，我都会记得，在美丽的巴达赫尚，我有一个像你这样的朋友。我曾经拥有一个像你这样的朋友，是我一生的幸运。"

"朋友……"

"是，朋友，永生难忘的朋友。"

"只是朋友而已？"

"只是朋友而已。"

"你真的够残忍。我无法设想，像你这样外表温柔、甜美的姑娘，会有这么坚硬的心肠。"

"我不能给你承诺，就不该给你希望。"

"那么御速呢？"

"我对他说过，我要做他的女人，他是我的归宿。"

"你真的爱他吗？"

"我会爱他的。"

"为什么？在我与他之间，你宁愿伤害我？"

"胡马雍，我让你受到伤害，真的很抱歉。我相信，当时间流逝，你的伤痛会过去的，你是巴布尔大帝的儿子，你是这样一个伟人的儿子，在你面前，我看得到光明灿烂的前途，看得到你有机会遇到与自己相爱的人。先生却什么都没有，除了我，他什么都没有。我不希望一个像他那么高高在上的人，会因为爱低下高傲的头颅。说真的，我以前并没有意识到，我与他共同走过了漫长的岁月，那些岁月其实早已将我们变成了彼此生命中不可缺少的一部分。"

"你是诗人吗？我没想到，你还有作诗的天赋。"

雪弗不觉莞尔。她站起身，伸手拉起胡马雍。

望着她开朗的笑脸，胡马雍感觉自己快要疯掉了，"你，还笑得出来？"

"你的讥讽，我会记在心里。你的一切，我都会记在心里。你恐怕不知道，孩子气的你有多可爱。"

"你……"

"胡马雍，让我走吧。为了我，请你放手！"

"我做不到。"

雪弗无言地注视着胡马雍，万语千言都凝结在她的目光里。她的目光比她的言辞更能表明她的决心。胡马雍痛苦地望着她，他知道不论他有多么爱她，她还是会走自己选择的路，对她而言，这是一条别无选择的路。

问题在于，他真的能够放手吗？从他第一次见到她起，他就渴望拥有她。他想要拥有她胜过想要拥有世界上的任何东西，包括权势，包括皇位，他都可以不要，他只希望她能留在他的身边。

她是否同样知道，她也是他生命中的一部分，是他生命中最重要的一部分？

他要放手吗？

他可以放手吗？

不放手，他还有别的选择吗？他如此爱她，正因为如此爱她，他难道可以违背她的意愿将她留在身边，而看到她一生不幸福吗？

"我做不到。"许久，他再次说，声音里只剩下哀伤。

雪弗望向他的眼眸深处，幽幽地说道："你已经做到了。"

10

回历930年11月（1524年9月），巴布尔应道拉特汗和阿拉姆汗之请，第四次进军印度。

五年前的春天，巴布尔渡过印度河，轻取朱德山与比拉二地。此后，巴布尔又有两次试图占领印度，可由于种种原因未能长久在那里立足。这一次，巴布尔率领了一支比前三次攻印时更为强大的队伍向道拉特汗的首府拉合尔挺进，到了拉合尔附近时才听说道拉特汗受到比哈尔汗的攻击，已弃城而逃，据说逃到了木儿坦。比哈尔汗也是印度皇族洛迪家族的成员，苏丹易卜拉欣听说道拉特汗的背叛行径，派他前来攻打道拉特汗。道拉特汗胆小如鼠，不经一仗撤离拉合尔，他这样做，等于将巴布尔甩给了比哈尔汗率领的印度军队。

巴布尔退无可退，只得与比哈尔汗展开决战。这一仗双方都拼尽全力。至黄昏时，巴布尔的军队损失已达到十分之一，勇将胡契也在这场战斗中阵亡。比哈尔汗一方的损失更是惊人，后来，他失去了继续作战的勇气，借着夜色掩护向迪巴耳普尔撤退。巴布尔一举占领了拉合尔。

按照巴布尔原来的设想，他不想轻易放过比哈尔汗，比哈尔汗畏怯，他正可乘胜南攻迪巴耳普尔，从此处向锡尔欣进发。计划赶不上变化，他得到情报，那位大敌当前却将他甩给敌人的道拉特汗对他离心离德，乌兹别克人又在速云赤的率领下向巴里黑挺进。巴布尔担心巴里黑局势有变，不得不越过兴都库什山，回到喀布尔。这一次远征使他在印度的势力范围进一步扩大。

离开印度时，巴布尔带回了香蕉树种，移植于忠诚花园中。

这一年，诸事不断。巴布尔回到喀布尔不久，接连发生了三件让他深感意外的事情：第一件是萨非朝波斯王伊斯迈耳于赖哲卜月十九日（5月23日）阵亡，享年三十八岁，其年方十岁的儿子塔玛斯普继位；第二件是沙在信德病逝，巴布尔让沙的儿子，对自己效忠的哈三继承了他的位置，为巩固哈三的地位，巴布尔还将自己信任的行政长官喀利法的女儿嫁给了哈三；第三件是印度皇族洛迪·阿拉姆汗出兵迪巴耳普尔，从比哈尔汗手中夺得了该城。

不久，巴布尔在朝臣与妻儿的恭贺下，度过了自己四十三岁的生日。生日第二天，巴布尔的皇宫来了一位特殊的客人——阿拉姆汗。原来，那位失去了拉合尔但在旁遮普仍具有相当影响力的道拉特汗在巴布尔返回阿富汗后，率领军队抓获了他自己的儿子迪拉瓦尔（迪拉瓦尔是支持巴布尔的），一举夺取苏丹布尔，又在迪巴耳普尔打败了阿拉姆汗，迫使阿拉姆汗逃到喀布尔寻求保护。道拉特汗还想夺回拉合尔，被奉命戍守拉合尔的库耳勒打败，只得无奈地退守旁遮普。

巴布尔答应了阿拉姆汗的请求，他们定下如下协约：由巴布尔出兵助阿拉姆汗取代易卜拉欣登上德里的王位，阿拉姆汗割让拉合尔及以西所有地区归巴布尔统辖。

鉴于乌兹别克人正在逼近巴里黑，巴布尔必须首先解决巴里黑问题，他将出兵印度的时间定在第二年。

巴布尔数战皆捷，稳定了巴里黑的局势。他决定兑现他与阿拉姆汗的约定，出兵印度。这是巴布尔历年用兵中出兵最多的一次，骑兵、步兵、炮兵、通信兵、技术兵、后勤兵加起来共有一万两千人。几天后，忠诚的库耳勒派人给巴布尔送来了拉合尔的贡赋，相当于二万沙哈鲁币的金币（阿什拉夫币与腾格），巴布尔将这些金币中的大部分都用于巴里黑的建设。

为等待胡马雍和他的军队，巴布尔暂时驻于忠诚花园，这是巴布尔最钟爱的花园之一。让巴布尔感到生气的是胡马雍并未在约定的日子赶来与他会合，为此，他写了一封信，对胡马雍严词切责。在这封信送走后的大约一个星期，胡马雍突然出现在他的面前，胡马雍没有接到他的信，对于迟到的原因也做不出合理的解释，巴布尔当面训斥了他，他只是低头认罪。

巴布尔曾对月光发誓他将在四十岁时戒酒，可惜无法做到。相反，他对酒与麻钱的依赖越来越严重。途中，他又开始发烧、咳嗽，近几年，他多次出现这样的症状，这一次，他甚至还咯出血来。

胡马雍一直守在父亲身边不辞辛苦地侍候他，他的孝心让做父亲的原谅了儿子的过错，父子间的感情重又变得亲密起来。直到这时，胡马雍才告诉父亲，他迟到与他即将启程前听说雪弗要来探望佐维然夫人有关。雪弗已怀有身孕，她想在母亲身边生下孩子。而他，为了能再见雪弗一面，明知会被父亲责罚，还是推迟了出发日期。他知道他不该这么做，可他就是控制不住自己。

胡马雍真诚地向父亲道歉，眼中闪动着泪光。见儿子直到现在还对雪弗一往情深，巴布尔不免又是心疼，又是埋怨。

"该忘掉了。"他对儿子说，语气比他训斥儿子时还要严厉。

胡马雍顺从地点点头。究竟能不能忘掉，只有真主知道了。

过了两三天，巴布尔的病好了，下令继续出发。巴布尔的军队只有一万两千人，以这样少的兵力去征服那个炎热的国家，大家心里都没底，一个个显得沮丧不安，巴布尔费尽心思才使他们重新振作起来。

来到夏科特时，巴布尔听说道拉特汗和阿拉姆汗被易卜拉欣的军队打败了，这两位首领和他们纠合的其他酋长向北遁逃，在走投无路中重又投在巴布尔麾下。巴布尔不想轻易就收留这两位反复无常的"盟友"，尤其是道拉特汗。他坐在车帐中宽大的宝座上，先传阿拉姆汗进来。阿拉姆汗跪在他的脚下，他对阿拉姆汗进行了训诫，阿拉姆汗带着他的许诺、威胁、规劝与恫吓离去了。

巴布尔故意拖到第三天才接见了道拉特汗。他命道拉特汗将他作战时挂在腰间的两把刀挂在脖子上前来朝见，道拉特汗自恃身份高贵，不肯向巴布尔下跪，道格库利一脚踹在他的腿窝，他才跪下了。巴布尔睨视着他，好一会儿才冷冷地说道："我自忖对你比你所能期望的还要好上无数倍，没想到你竟敢带着刀领兵进入我的营地，你一定是想挑起动乱吧？我不会让你得逞的。"

道格拉汗见巴布尔咬牙切齿，一副恨不能马上宰了他的表情，这才吓得面色如土，抖衣而战。他匍匐在巴布尔脚下，战战兢兢、结结巴巴地一再表明了他和他的部众对巴布尔绝无二心。巴布尔也不急着说话，一直等到道拉特汗在强烈的恐惧中做出种种承诺，巴布尔才允许他起来，坐在自己身边。两个人交谈了一会儿，巴布尔给出了如下条件：第一，他念在道拉特汗曾向他求助、邀他出兵印度的旧情上，可以让道拉特汗保留自己的一小片领地；第二，为显示仁慈，他可以将道拉特汗的妻妾家属还给他。道拉特汗只想着活命，答应了自此隐居。

道格拉汗刚刚离去，他的儿子迪拉瓦尔也投奔了巴布尔，他一向与巴布尔友好，巴布尔以完全不同的礼节对待了他。

清除了一切内患，巴布尔义无反顾地"将他的脚交给了决心的马镫，将他的手交给了真主的缰绳"，去迎战来自德里的苏丹易卜拉欣。

冬天来临，巴布尔顺利攻下密耳瓦特城堡，守卫城堡的加兹汗已逃到山中，巴布尔在加兹汗的书房发现了一些珍贵的书籍，他将这些书分成三份儿，另外两份儿分别赠送给两个儿子胡马雍和在坎大哈驻守的卡姆兰。

从密耳瓦特城堡出发，巴布尔决心往山中追击加兹汗。这时，道格拉汗死去了，巴布尔命迪拉瓦尔继承了其父的遗产。道格库利带着一个小分队在山中搜寻了许多天都没有加兹汗的消息，巴布尔决定放弃搜寻，继续进军。

此时，巴布尔的军队陆续攻克了另外几处城堡。胡马雍前去迎战哈米德，这虽然是他第一次独自领兵作战，可自幼随父出征的胡马雍毫不畏怯，与哈米德的军队遭遇时，他身先士卒，英勇无敌，哈米德被他杀得大败。几天后，他就带着一百余名俘虏和八只大象前去朝见他的父皇。

巴布尔为儿子的胜利感到骄傲，在隔天举行的庆功宴会上，他赐给胡马雍一套宽大的长袍，一把有带的剑，一匹带金鞍子的马，以及一处有一克洛金钱（合两万五千英镑）赋税的领地。其他勇士也按地位高低、功劳大小，分别被赐予带鞍子的马、镶有宝石的有带的短剑、镶了宝石的匕首、带装饰的刀、带金把的印度小刀、荣服、用红色料子做的捷克曼（男式上衣，腰间有褶）、衣料、带纽扣的短上衣、呢绒外套、黄金、白银等其中一种或几种。

接下来的两个月中，巴布尔一边派人继续搜集易卜拉欣的情报，一边派人将捷报送回喀布尔。朱马达·勒·阿赫赖月二十九日（4月12日），巴布尔的军队与易卜拉欣的军队相遇于帕尼帕特平原。

帕尼帕特平原历来都是印度的兵家必争之地。得知易卜拉欣率领的军队达十万之众，还有一支由一百多头大象组成的象军，巴布尔急忙命将士抢占了有利地形，并募集到七百架车子。他在帕尼帕特城左边扎营，这样，帕尼帕特城就成为他右边的屏障，其他的开阔地，巴布尔在左边设置壕沟和栅栏，在前面布置了最强的防卫力量。他颇有创意地命将士们将七百架车子用生牛皮制成的绳索绑在一起，在每两架子车子之间安放五六个挡箭牌，射手们就在车子和挡箭牌的后面发射火绳枪。

为了对付易卜拉欣十倍于己的军队，巴布尔还在不显眼的地方布置了大炮和一支用于突袭的骑兵。

与久经沙场又娴于占领有利地形的巴布尔不同，易卜拉欣是个漫不经心的年轻人，他自恃人多势众，在两军对阵之际，并未采取认真的防卫措施，安营扎寨也随意而为。双方对峙的七八天，虽有小的接战，但没有明显胜败。八天后，易卜拉欣对巴布尔的营地发动了全面攻击。

巴布尔的大炮发挥了超乎寻常的作用，震耳欲聋的炮声对易卜拉欣的象军与军队都产生了巨大的威慑作用。趁着易卜拉欣的军队出现了溃乱的迹象，巴布尔的骑兵从四面迅速出击，在箭雨的威力下，易卜拉欣的军队全线溃败。

大约一万五千具尸体倒在了帕尼帕特战场，这是敌人的尸体。巴布尔的这场胜利为他建立莫卧儿帝国开辟了道路。

巴布尔以为易卜拉欣已逃走，派了几支执行特别任务的小分队前去与德里并为皇城的阿格拉搜捕易卜拉欣。下午，库耳勒清理战场时发现了易卜拉欣的尸体，他将他的首级割下来拿到了巴布尔面前。

清晨，大军来到军河（朱木那河）喂马。晚上，巴布尔进入德里城堡过夜，第二天，他参观了这座著名的城堡，任命了新的省督和军事统帅。当地一些头面人物前来拜见巴布尔，巴布尔在他们的陪同下前去接收金库，还给穷人和赤贫者发放了银钱，他用这种方式表明，一个新的统治者已来到印度。

11

胡马雍奉命去攻占阿格拉。阿格拉也为洛迪家族占领，它的留守者不敢与胡马雍为敌，他们奉献给胡马雍许多珍宝，其中有一颗著名的钻石"光明之山"据称其价值相当于全世界两天半的粮食消耗。在巴布尔到达阿格拉时，胡马雍将钻石献给了他的父皇，巴布尔对胡马雍一路上的神勇表现十分满意，将这个钻石回赐给了儿子。

巴布尔对易卜拉欣的母亲格外加恩，赐给她一块领地，就在阿格拉城外，由她自在生活。做完这一切，巴布尔可以坐下来，将他对印度的了解留在纸页之上。

印度是一个土地辽阔、人口稠密、物产丰富的国家。其东、南、西为海洋包围，北接兴都库什山等山脉。它的西北为喀布尔、加兹尼和坎大哈，首都设在德里。

印度河以东山中诸地过去属于克什米尔，这些山中人口密集的地区一直延伸到孟加拉，有些甚至延伸到大洋之滨。山里的居民从事麝香、牦牛、番红花、铅和铜的贸易，山中多雪，山顶常见白雪皑皑。在喀布尔，这些山被称作兴都库什山，它们自喀布尔向东延伸，又稍转南。此山以南的所有地方即印度斯坦。

印度各地区多半属于平原地带，动植物分布广泛。有一些动物和植物巴布尔只在印度第一次见到，如野水牛、蓝牛、短腿鹿、黑鹿，以及如绵羊大小的袖珍牛，毛为黄色、脸为白色、尾巴不很长的班达尔猿猴，恒河鳄，嘎嘎鱼，善于模仿的夏拉克鸟，叫声尖锐的康加耳鹧鸪，全身鲜红、色彩绚丽的花面山鸡等。至于肉味鲜美的肉冠鸭及印度鱼等，则让巴布尔念念不忘。巴布尔还吃到了一些很有印度特色的水果，如芒果、大蕉、稼蔓果、猴果、潘尼亚拉等，他将这一切，都记录在他的自传中。

每一次把自己当成新的征服地的主人，巴布尔都要致力于修建花园和澡堂，这两者是他的最爱。

阿力铸炮的技艺越发成熟，这些炮在接下来的战争中一再发挥威力。胡马雍已真正成为独当一面的将领，多数情况下他都主动请缨，为的是让他的父亲享受一段来之不易的安乐生活。巴布尔更加宠爱长子，诸子中，唯有这个儿子的优点和缺点他都一清二楚，他是以父亲的眼光来看待这一切，父爱深情掩盖了他作为一国之主的焦虑，他希望自己尚在人世时能尽可能地为儿子留下一份稳固的基业。

巴布尔在新的征服地制定了明晰的税收政策，他越来越像印度的主人，莫卧儿帝国的根基也一点点植入印度的土壤。在许多城池、土邦陆续被征服及归顺的过程中，巴布尔开始面对他最强硬的对手——梅瓦尔的著名勇士拉那（拉那意为国王）桑格拉姆·辛格，人们通常称他为桑伽。他于胡马雍出生后的第二年（1509）登上梅瓦尔国王的宝座，不久成为信奉印度教的拉贾斯坦的主要酋长。

随着比安那和瓜廖尔被巴布尔收入囊中，桑伽组织起一支由一百二十名酋长、八万骑兵和五百象军组成的大军，准备抗击侵略者。这支军队的主体是印度教徒联盟，也包括一些巴布尔未能安抚的阿富汗酋长。

双方兵力悬殊，不安的情绪在巴布尔的将士当中蔓延，这时又发生易卜拉欣的母亲指使印度厨子在巴布尔的饮食中下毒一事，多亏巴布尔吃得少，幸运地保住了一条命。事后，库耳勒抓住了下毒的厨子，厨子招认了一切，巴布尔便下令将易卜拉欣的母亲终身监禁起来。

身体稍稍康复的巴布尔率领军队向比安那进军，途中，个别将领因惧怕桑伽的军队悄悄逃走了，前去投靠占领了巴里黑的乌兹别克人。

巴布尔在比安那的守军与桑伽的先头部队发生小规模的冲突，桑伽的军队获得胜利，这在巴布尔一方的将士当中引起了更大的恐慌。巴布尔一方面积极备战，另一方面为鼓舞士气，发誓戒酒，他当众砸毁了金、银酒器，并将这些金银碎片分赐给了贫苦的百姓。

有三百余人追随巴布尔，当场宣布戒酒。

巴布尔还下令免除各个地方穆斯林的关税，在誓师大会上，他发表了如下演说：

（波斯文）所有来到这个世界的人都会死

只有真主一人能够永生

（突厥文）所有参加生活宴会的人

终归要饮下死亡的一杯

所有来到生命旅店的人

最终还是要离开这大地的苦难行营

（波斯文）与其蒙受恶名而生

不如带着令名而死

我如能得令名而死——那很好

身躯已死，我应享此令名

这番演说发挥了超乎寻常的作用，所有在场的人立刻手执《古兰经》起誓，士气重新被鼓舞起来。巴布尔率领着这支浑身燃烧着斗志的军队继续前进，回历朱马达·勒·阿赫赖月十三日（1527 年 3 月 17 日），这支军队与桑伽所率领的印度教联盟军在离阿格拉不远的村庄坎瓦相遇。

突厥化的蒙古人从帖木儿时代就没有丢弃许多传统的东西，包括行军布阵时以左、右翼配合中军作战的方式，包括以精锐骑兵侧翼包抄的方式等等。巴布尔自领中军，将右翼交给儿子胡马雍指挥，将左翼交给亲信的将领库耳勒等，无论左、右翼及中军，都有不少投诚过来的印度本土人。

按照原定计划，巴布尔派训练有素的小股骑兵将桑伽的八万大军分割成许多小块，对其中一块集中兵力聚而歼之时，就对另外几块实施拦截和阻击，不使他们互相应援。这个过程中，巴布尔的炮兵、骑兵与神箭队可谓居功至伟。

这一场硬碰硬的厮杀只持续了十二天，桑伽原本志在必得，未料事与愿违，终难逃脱全面溃败的命运。到最后，除他本人侥幸逃脱外，联军中的许多印度以及阿富汗酋长都做了刀下之鬼。

战胜了桑伽，巴布尔在印度的统治得到进一步巩固。此时，还有拉合尔和孟加拉的阿富汗统治者没有臣服，巴布尔决定先礼后兵。他不会想到，数年后，正是从孟加拉这个地方兴起了一场危机，暂时打断了新王朝的运气。

考虑到胡马雍的部下多为巴达赫尚人，而这些人既不耐印度的高温，又不愿长期异地作战，巴布尔决定让胡马雍回镇巴达赫尚和喀布尔。胡马雍不想离开父母，又不能违背父命，内心十分苦恼。当时他正驻扎在德里附近，手下人听说德里城中建有几个国库，里面陈放着许多奇珍异宝，便鼓动胡马雍前去参观，开开眼界。结果，胡马雍绝不是只参观一下那么简单，这个十八岁的青年胆大妄为，竟将其中一半国库所藏据为己有。他的所作所为传到巴布尔耳中，巴布尔万没想到儿子竟然做出这种事来，不禁既难过，又气愤。

作为帝国继承人，胡马雍如此行事再次将他个性中的缺点放大：他或许是一个勇敢的战士，在骨子里，他却是一个没有计划和贪图安逸享乐的人。巴布尔当即写信狠狠训斥了儿子。当胡巴雍认错并交出非法占有的大部分财物（有一部分财物已被他挥霍掉了）后，舐犊情深又让巴布尔原谅了儿子，他决定为儿子娶妻，等儿子成婚之后再让他离开印度。

巴布尔很快在功臣之后中选中了一位与胡马雍年貌相当的少女,盛大的婚礼也在紧张的筹备当中。就要做新郎的胡马雍对婚礼的一切表现淡漠,相反,他对同伴兼好友道格库利的婚事倒是很热心,在他的积极撮合下,道格库利娶了拜拉姆的姐姐,才貌双全的密儿姑娘。

拜拉姆是一位拥有贵族血统且信奉什叶派的突厥人,或者更准确点说,拜拉姆出身于一个突厥化的察合台贵族家庭,他的先祖是追随成吉思汗的二太子察合台进入中亚及西亚之地的蒙古四千户之一(这四千户蒙古人统称察合台人,他们在汗国统治中期即已突厥化。汗国的通用文字是以突厥文拼写的蒙古语,即察合台文,《巴布尔自传》就是莫卧儿的开国皇帝巴布尔用母语察合台文写成的)。在巴布尔之前,察合台人一向都是组成或者充当察合台汗国以及帖木儿帝国军政权力的中坚力量。巴布尔之后,阿富汗人及印度本土人开始大量进入新的政权体系,即便如此,察合台军事贵族在朝廷的地位仍然不能被取代。

道格库利与密儿成婚时,拜拉姆尚且是个少年。很快,他就会崭露头角。当巴布尔和胡马雍相继去世后,历史将进入一个短暂的时期——拜拉姆摄政时期,而那时,他早已有"汗"的称号。

当然这是后话。

此间,巴布尔正忙于巩固他刚刚建立的帝国。到处都是敌人,大大小小的战争接连不断,而胜利的次数变得比以前要多。美中不足的是巴布尔经常生病,还饱受睡眠不足的痛苦。

回历933年冬(1527年1月29日),巴布尔攻下了印度土著占据的金代里堡。金代里的房子不分贵贱都由石头建成,不同的是,贵族的住宅很豪华,石头雕刻很精细。巴布尔正想好好品味胜利的喜悦时,不料巴达赫尚传来了佐维然病逝的消息,随这个消息送到巴布尔案头的,还有佐维然写给他的一封信。

没有人知道信的内容,巴布尔读信的时候没有流泪,唯有表情极其痛苦。后来,他一个人骑马出去了,当侍卫们找到他时,发现他坐在野外的一颗大蕉树下,神情呆滞,双目赤红。

佐维然对巴布尔而言意味着他童年时代最美好的记忆与梦想,现在,这个记忆,这个梦想,全都消逝在遥不可及的地方。

12

春天时,巴布尔接到了雪弗的来信。雪弗告诉巴布尔,母亲临终前交代她,要她和御速代她去一趟阿格拉看望忙于征战的巴布尔。雪弗说,她将在为母亲守孝一年后动身前往阿格拉,这个消息令巴布尔忧伤的心情多少得到了一些缓解。

雪弗是在巴达赫尚与母亲团聚时才明白了母亲的真实心意。她很奇怪母亲为什么没随大帝出征印度，母亲娓娓道来原因：为了报答大帝对她的倾心，她同意做大帝的女人，但她从来没有同意做大帝的妻子。

这话别人听起来有点奇怪，或许令人费解，雪弗是最懂母亲的人，她不会误解母亲的意思。在塞西娅洞呼吸着自由的空气长大，佐维然从未打算将自己的人生束缚在宫廷之中，况且，她在出生后就被亲生母亲遗弃的事实，也让她对宫廷里的女人们彼此钩心斗角、妒忌猜疑心怀厌恶。她情愿远离这一切，安静地做一个女人，做一个母亲。如果她进入宫廷能给她的孩子们带来荣华富贵，她或许会考虑做出牺牲，问题在于，孩子们并不需要她的牺牲，他们都选择了自己的生活。所以，现在的她，只想着如何做个好女人，做个好母亲。

她无所求的个性有时固然令巴布尔烦恼，更多的时候却令他如沐春风，只要与她在一起，巴布尔就可以卸下身上所有的负累。巴布尔钟爱她，迷恋她，可这并不意味着他们的生命中只有彼此。巴布尔还是其他女人的丈夫，重要的是，他是一个不会轻易勒住战马的男人，他一生都在追逐、奋斗，百折不回，佐维然敬慕这样的男人，为了这个男人，她所能做的就是，在他们相聚的时候，让他时时处处感受到她的爱与关心，在他们分离的时候，让他心无旁骛。

不与任何女人争宠，塞西娅洞的生活早已成为一道隔开纷扰人生的屏障，躲在屏障之后的佐维然，恬淡无忧。雪弗真的很爱这样的母亲，在潜意识里，她其实已将保护着母亲的屏障，变成了自己坚守的人生。

胡马雍在婚后回到巴达赫尚，他很喜欢御速和雪弗的长女艾，正好王妃怀有身孕，他半开玩笑半认真地对二人说，他若生下儿子，就让儿子娶艾为妻。御速和雪弗听听，只当戏言，一笑了之。

转眼一年守孝期满，御速、雪弗带着艾要动身前往印度。胡马雍本想亲自将他们护送到往阿格拉，巴布尔没有同意，他将护送任务交给了另一个儿子阿斯卡里。阿斯卡里在阿格拉觐见他的父皇，巴布尔决定将木儿坦交给卡姆兰治理，他将他的决定告诉了阿斯卡里。阿斯卡里不情愿，又没有勇气据理力争。第二天，历史学家宽德密尔、大毛拉等人前来投奔巴布尔，巴布尔很高兴地收留了他们。

喜讯接连不断送抵印度皇宫：胡马雍的儿子在巴达赫尚出生，这是巴布尔的长孙，巴布尔为他赐名阿耳阿曼，并满怀喜悦地给胡马雍写了一封亲笔信。在信中，他再三要求胡马雍善待他的弟弟们，同时为胡马雍懒于写信或疏于向自己问候而责备了他。另外还有一件喜事，卡姆兰在喀布尔娶了自己的表妹，巴布尔也给卡姆兰写了一封信，要他永远忠诚于自己的兄长。

艾一看就是那种机灵、聪明的小女孩，她管巴布尔叫外祖父，巴布尔对这个称呼很惬意，闲暇时经常带着艾骑马玩耍。这个小女孩的短暂陪伴，给巴布尔带来了许多意想不到的乐趣。

巴布尔很清楚，安逸的时光对他而言从来不会长久，快乐的日子终究会结束。随着印度的天气一天比一天变得炎热，艾总说肚子不舒服，有时睡不着还会哭闹。御速爱女心切，决定返回温度适宜的喀什噶尔。他与雪弗向巴布尔辞行，巴布尔纵有万般不舍，仍选择了尊重御速的心愿。

巴布尔举行家宴，为御速一家送行。席间，他将艾抱在怀中，亲吻着她的小脸，艾也亲了亲他的脸，天真地说道："外祖父，你要等着我回来啊，等我长大了，我就天天陪你骑马，还陪你打猎。"

巴布尔顿时红了眼圈。他强忍内心的伤感，微笑点头，"好啊，宝贝，我们说定了，外祖父等着你早点长大。"

次日，巴布尔亲自为御速一家送行。在相别的一刻，巴布尔和御速的内心，都生起了永诀的预感。

回历 936 年年中（1530 年 3 月），巴布尔一度病重，胡马雍在巴达赫尚得知这个消息后坐卧不安。胡马雍是个孝子，担心父亲有个三长两短，这时，他又接到母亲月光夫人的来信，希望他回阿格拉探望父亲。胡马雍不再犹豫，对封地事务匆匆做了安排，日夜兼程驰奔阿格拉。他的轻率行为引起了不良后果，他刚刚离去，部分首领请求赛德汗前来接管该地的哈拉札法儿城堡。他们说，羽奴思汗的妻子沙夫人就是巴达赫尚人，作为沙夫人的孙子，赛德汗拥有对巴达赫尚的世袭继承权。

赛德汗被这番说辞打动了，十月，他率领军队从喀什噶尔出发，前来占领巴达赫尚。到达巴达赫尚边界时，他派海答儿前去哈拉札法儿探听情况，海答儿在路上了解到印达耳已由胡马雍派遣自喀布尔而来，并在十二天前进哈拉札法儿城堡。这样一来，赛德汗就陷入了两难的境地——他既不能如愿进入哈拉札法儿城堡，又因大雪封山，无法退回到喀什噶尔。

胡马雍在经过喀布尔时遇到弟弟卡姆兰，兄弟俩一起过了礼物节。卡姆兰从坎大哈来，他表面上的理由是来喀布尔过节，事实上，他是听闻父亲病重觊觎着父亲的开基之地。胡马雍在喀布尔停留了几个星期，他得知弟弟印达耳已到达巴达赫尚后，便继续前进，来到阿格拉。巴布尔的病正在好转当中，他对儿子擅离职守感到失望，也再次强烈地意识到，作为他的继承人，胡马雍的随意、不拘小节和缺乏危机意识是他最为致命的弱点。

巴布尔必须善后。他一边做出安排，由他收养的孤儿速来曼前去替换印达耳，同时任命印达耳为喀布尔省督。速来曼是外斯之子，巴布尔的堂侄，外斯死后，巴布尔收养了他，这一年，他年方十六岁。对于巴布尔的命令，速来曼表现得很顺从，他立刻启程前往巴达赫尚，巴布尔一直将他送到拉合尔，这本身就有为这个年轻人壮行之意。在拉合尔，巴布尔做了两件事，一件是在哈拉札法儿周围布设冬防部队以威慑赛德汗，另一件是给赛德汗写了一封信，表明了巴达赫尚原本就是外斯的采邑，现在由其子速来曼世袭乃天经地义。赛德汗不想与巴布尔为敌，接到巴布尔的信后，表示一切都是误会，他将在春天雪化山开后退回喀什噶尔。

巴布尔在拉合尔待了一个月，这期间，次子卡姆兰从坎大哈，四子印达耳从喀布尔前来拉合尔觐见他们的父皇。次年（1531），卡姆兰在父皇去世的艰难岁月里，以武力手段迫使其兄胡马雍将木儿坦和拉合尔"让"给了他。

作为惩戒，胡马雍被父皇派到他的采邑森珀尔。不久，他接到夫人月光的来信，月光在信中告诉他，胡马雍回到森珀尔后生了重病，她已派人将胡马雍接到阿格拉。病中的胡马雍很想念父亲。巴布尔立刻后悔自己为儿子擅离职守一事狠狠训斥了他，他一刻也不停留地赶回阿格拉。

胡马雍病势沉重。为了拯救儿子，巴布尔一边按照古老的仪式进行祈祷，一边环绕儿子的病床走了三遍。他做了如下祷告：真主呀！如果一条生命能换一条生命，我巴布尔愿以我的生命和我的存在来换胡马雍。他祈祷的时候，全身开始发热，这使他深信，他的祷告开始奏效，于是他喊了出来："我的目的达到了！我的目的达到了！"说也奇怪，仪式之后，胡马雍的身体开始康复，巴布尔却病倒了。人们莫不认为这是真主的力量，事实上，巴布尔长期酗酒、服食毒品以及印度炎热的气候都对他的健康产生了致命的影响，在此之前，他已是疾病缠身了。

侯胡马雍身体复原，他按照父亲的要求回到森珀尔。几个礼拜后，巴布尔病势日沉，派人召回胡马雍。他对环绕在他周围的人说："多年以来，我一直想把皇位传给胡马雍，并隐退到遍地散布着黄金的花园里去。由于上天的恩惠，我在身体健康时已得到了一切，只是没有实现这个传位的愿望。现在，疾病已使我生命将尽，我责成你们都要承认继位的胡马雍，不可不对他效忠。对他要忠心不二，同心同德。我的儿子印达耳还没有赶到，你们须把我的话转述给他。"

他又对跪在他身边的胡马雍说："我希望真主使你善待他人。不要敌视你的兄弟，即使他们罪有应得。"

他做了最后一次祈祷："胡马雍，我的儿子，我把你，你的诸兄弟，我所有的亲族，你的人民，以及我的人民，统统交给真主。"

说完这句话，他在亲人将臣的哭泣中慢慢闭上眼睛。

这一年是回历936年，巴布尔四十七岁（1483年2月14日－1530年12月26日）。

第六卷
跃马南亚

不过痛苦与磨难交侵
心灵上的快慰与肉体上的痛苦并存
——巴布尔语

1

胡马雍在库耳勒、喀利法、道格库利等重臣的拥戴下登上皇位。

择日，胡马雍亲自护送父亲的遗体前往喀布尔安葬，比比夫人要求为先帝守陵，她情愿远离宫廷为巴布尔守护陵寝，胡马雍答应了她的请求。

巴布尔为自己选择的葬地在梯形花园，位于喀布尔沙山的山坡上。喀布尔是巴布尔一生事业的起点，他愿将它作为自己灵魂的栖息地。

梯形花园虽是景观绝胜的所在，巴布尔本人的墓葬却简朴得不能再简朴。他的陵墓朝天开口，上面没有任何建筑物，也不用任何人守门。陵墓附近只有两块直立的石碑，一块在前，一块在后。

石碑上有诗，是巴布尔的铭文：

咱喜鲁丁（正统信仰的脊柱）·穆罕默德·巴布尔·帕的沙，是那样一个统治者，从其眉毛上发出真主的光。他除有最高的权力、领土、好运、正直、慷慨和坚定的信仰外，还享有繁荣、富裕和军事上的胜利。他赢得了物质世界，成为一个发号施令的显赫人物。为了每次征服能获胜，他像为了光明一样，寄望于精神的世界。当天堂成为他的居地，鲁兹万（天堂的看门者）问我的时间时，我给他的回答是："天堂永远是巴布尔大帝的住所。"

骤然登上德里王位的胡马雍只不过是个刚满二十二岁的年轻人。那位一生忙于流亡和征战的巴布尔大帝在四年前建立了莫卧儿帝国，可他还无暇制订新的法律和整顿行政，他留给长子的是一个既不完善又不稳固的政权。

胡马雍登基时局势并不平静，帝国内部蕴藏的种种矛盾和冲突，他不能指望得到他的亲属、朝臣和军队的可靠支持，而被征服者的反叛意图以及其他势力的崛起都是对这位不称职皇帝的威胁——这是外因。内因则在于，胡马雍从来不具备如其父一般的雄才伟略，更缺少坚忍的意志和计划性。更为致命的是，他有三个异母弟，除了印达耳，卡姆兰和阿斯卡里也全都野心勃勃，他们的忠诚仅限于对他们的父亲，毫无疑问，胡马雍根本无法节制他们。

初登王位的胡马雍显示出对开疆拓土的热情。他发动的第一场战争是针对前王朝的一位后裔穆罕默德·洛迪的，此人攫取了乔恩普尔，胡马雍不费吹灰之力就打败了他，将他驱逐出国。随着这位洛迪家族的成员后来死于比哈尔，洛迪家族统治印度的历史也基本宣告结束。

胡马雍乘胜对强大的古吉拉特和马尔瓦国王巴哈杜尔沙发动了一系列战役。回历942年（1535），胡马雍在曼德苏里彻底击败了他的敌人，巴哈杜尔沙逃往马尔瓦首府曼杜。胡马雍循踪而至，很快拿下曼杜，巴哈杜尔沙被迫逃往古吉拉特。胡马雍穷追不舍，经过四个月的围攻，最坚固的城堡之一查姆彭纳尔被攻克。这一仗，胡马雍打得神勇无比，令人在他身上似乎又看到了他父亲的影子。

可惜，胡马雍不是巴布尔。

古吉拉特虽被占领，四面八方仍孕育着动乱，胡马雍却勒住战马，开始了他的享乐生活。直到他听说三弟阿斯卡里想要趁他征战在外之际篡取皇位，巴哈杜尔沙也率领大军杀了回马枪，他才意识到他的处境有多危险。更为糟糕的是，舍尔沙的势力迅速崛起，迫使他不得不放弃征服西方的想法，而将目标转向东方。

在进入印度的阿富汗人中，舍尔沙无疑是最杰出的领袖人物。他曾供职于巴布尔的宫廷，但他并不安于现状，他希望将莫卧儿人驱逐出去。巴布尔具有识人之能，他曾对他的大臣说："留意舍尔汗（舍尔沙当时的名字），他是一个聪明人，在他的额头上可以看到王位的印记。我见过许多阿富汗贵族，比他更伟大，但他们从来没有给我留下深刻的印象。只有他，当我刚见到这个人，我就闪现出将他逮捕的念头，我在他身上发现了伟人的品质和强大的标志。"

当然，逮捕并没有发生。舍尔沙洞悉了巴布尔对他的疑心，主动引退到他自己的庄园。此后不久，舍尔沙开始为比哈尔的苏丹穆罕默德及其继承人贾拉尔汗效力，贾拉尔汗忌惮舍尔沙的才能，担心自己终难免为其所害，遂与亲信商议，主动放弃比哈尔，逃到孟加拉。如此一来，舍尔沙就成为比哈尔的主人，接着，他又通过联姻的方式获取了楚纳尔城堡。

胡马雍同样想将这个重要的城堡据为己有，他派人攻打该城堡。其时其地，舍尔沙尚且不是胡马雍的对手，他被迫屈服，将他的一个儿子交给胡马雍作为人质。胡马雍忙于古吉拉特战役时，北方发生叛乱，舍尔沙站在了叛乱者一方，他的所作所为更加深了胡马雍对他的猜忌。胡马雍决定围攻楚纳尔城堡，经过六个月不间断的围攻，胡马雍占领了城堡，趁此机会，舍尔沙出兵将孟加拉的一部分纳于自己的统治之下，同时围攻罗塔斯的首府高尔并占领了罗塔斯。

舍尔沙试图与胡马雍谈判，提出皇帝允许他将孟加拉作为封地，他将让出比哈尔。这个谈判由于双方都缺乏诚意而搁浅。胡马雍在他登上帝位的第八年（1538）前来讨伐舍尔沙，他亲自进入孟加拉，收复了高尔。他有足够的机会扩大战果，遗憾的是，他没有这么做。他再次耽于享乐让这次胜利失去了意义，整整三个月，他闭目塞听，无所作为，只知道大宴权臣。直到舍尔沙从容收复了比哈尔，他的弟弟印达耳也在阿格拉自立为帝，他才警醒过来。

印达耳短暂的皇帝梦在卡姆兰率军队南下时宣告结束。卡姆兰并不是为了帮助胡马雍，他只不过不能允许印达耳登上皇位。对于兄长面临的重重困难，他绝不施以援手，胡马雍无奈，提出与舍尔沙媾和。

当年，巴布尔得到了胡马雍这个儿子后非常快乐，给他起了"幸运"这个名字。后来的事实证明，这个名字与胡马雍本身的经历着实有些风马牛不相及。巴布尔活着的时候，他或许是幸运的，至巴布尔去世，他的幸运变得如朝霞一般短暂。为了与舍尔沙谈判，他派出一名特使前往舍尔沙的军营，不料，他信任的特使出卖了他。特使一见到舍尔沙，就鼓动他，"与胡马雍皇帝开战比与他媾和对你更有利，原因在于，他的军队混乱不堪，他没有马匹和牲畜，他的弟弟们起兵反叛他。他现在与你媾和只是权宜之计，他不会永久信守条约。国王不如趁现在这个难得的机会将他驱逐出去，不要让机会从你的指缝中溜走。"

对舍尔沙来说这个建议正中下怀，他原本也想与胡马雍开战，便调动军队，在恒河河畔的乔沙对胡马雍发动猛攻。胡马雍不敌，所有皇家财物落入舍尔沙手中，他的家眷也被生擒，舍尔沙派人将他们送到阿格拉。胡马雍受了伤，在道格库利的保护下，设法回到阿格拉。他的几个弟弟意识到，在阿富汗人的攻击下，他们必须团结起来。可惜他们觉悟得太迟，这种兄弟之情也不持久。胡马雍在乔沙战场失去了他的军队，他想重组一支大军对抗他的敌人，卡姆兰因为自己没能成为总指挥而对胡马雍离心离德，负气退回旁遮普，带走了他的军队。

胡马雍临时募集的军队士气低落。回历946年与947年交接之时（1540年5月），胡马雍与舍尔沙在卡瑙季展开决战，结果，胡马雍一败涂地。在这场战斗中，胡马雍的许多将士横尸沙场，胡马雍的马匹被舍尔沙的一名将军削去马头，库耳勒发现险情，急忙让皇帝骑上自己的坐骑，保护着皇帝且战且退。战场上太过混乱，没用多长时间，库耳勒便与皇帝失散了。

胡马雍带着少数残兵败将勉强逃出战场，自此开始了艰难的逃亡生活。

莫卧儿人被赶了出去，舍尔沙建立了苏尔王朝，多半个印度被他收入囊中，他成为印度新的主人。事实证明，大部分时间都忙于征战的舍尔沙是一个成功的领袖，他很早就在经济管理上显示出惊人的才智，现在，他把他的经验用于国家治理上，制定了后世为阿克巴所借鉴的行之有效的税收制度。此外，他还是一位道路和驿站的建设者，他也发行了新的和更好的货币。

舍尔沙忙于治理他的国家时，胡马雍正试图联合他的弟弟们重新夺回政权。卡姆兰和阿斯卡里谁也不愿意给他提供帮助，他们非但不肯给他提供帮助，还趁机从印达耳的手中夺取了喀布尔。

巴布尔活着时，曾将喀布尔交给小儿子印达耳治理。

胡马雍的计划落空，不得不逃到沙漠之中。他的追随者越来越少，唯一令他感到宽慰的是，在卡瑙季战场上差点成为俘虏的拜拉姆设法逃走了，他历经艰辛找到了胡马雍和姐夫道格库利，重又加入到胡马雍那支小小的队伍中。胡马雍设法打听库耳勒的消息，拜拉姆不清楚，胡马雍只能设想库耳勒还活着。

值得称道的是，无论处境多么艰难，胡马雍都没有丢掉父亲的自传手稿，尽管在激烈的战斗中，其中有些手稿散失了。

2

通过拜拉姆的斡旋，曾经做过印达耳王子的老师，在印度边境拥有封地、城堡、军队和牧场的谢赫大人同意为胡马雍提供一些帮助。

谢赫派了一支卫队，带着牛羊和美酒前去慰问胡马雍和他的随从们。这也算是艰苦的流浪之后，这落魄的一行人所享受到的一顿最丰盛最充足的饮食。第二天，胡马雍等人被谢赫亲自接入城堡，在与谢赫交谈中，胡马雍意外地得知御速夫妇正在谢赫的府上做客，这个消息令他又惊又喜。他顾不得谢赫及手下人会怎么想，当即辞宴，按照谢赫的指点来到牧场。

胡马雍在牧场上看到雪弗时，雪弗正穿着一身肥大的蒙古袍，坐在小凳上挤着马奶，她挤马奶的样子像是在弹六弦琴，很娴熟，也很有节奏。

胡马雍走到她的身边，长久地、默默地看着她，他的眼窝已变得酸涩。雪弗猛然抬头发现了他，不觉惊讶地坐直了身体。

胡马雍的目光里充满了痛惜与愤怒。这个他从少年时代起就深深爱恋，直到今天也无法真正忘怀的女子，竟然做着这种低微的事情，这真的让他无法理解，也对御速产生了些许抱怨。今天的他或许是个流浪者，尝尽了人间的困苦，可他仍旧是巴布尔的儿子，是莫卧儿帝国的国君，无论他多么落魄，境遇多么悲惨，纵然是死，他也不会放下他高贵的身份。

而雪弗，却像一个女仆一样，需要自己辛苦地挤马奶，也许还需要自己亲手去制作马奶酒。

早知如此，他当初何必放手？就算目前，他尚且不能带给她安定的生活，可总有一天，他会让她享尽荣华富贵。

对此，他从不怀疑。

"胡马雍？"许久，雪弗喃喃道，她大概以为自己在做梦，声音里多少带着一些不确定性。

"雪弗。"

"胡马雍，真的是你吗？"

第一次见面的时候，胡马雍对雪弗说，他只许她对他直呼其名，多少年过去，雪弗依旧信守着当初的约定。

"是我。"

胡马雍在雪弗身边坐下来，目光执拗地落在雪弗喜出望外的脸上。岁月无情，面前这个女子的姿容丰采依然令他着迷。

"真让人惊奇，你怎么会出现在这里？"

"我无家可归。对于我的情况，你一无所知吗？"

"所知有限。我听说舍尔沙占据了印度，看你的样子，难道……"

"我们暂时先不说我的事了。我倒是想问问你，你信上不是说要和御速回喀什噶尔吗？又怎会到了这里？"

"离开大帝后，我们的确先回了喀什噶尔，后来又去了伊犁。我们在伊犁待了一段时间，一次偶然的机会遇到谢赫大人，得知大人曾做过你弟弟印达耳王子的老师。大人对先生的琴艺推崇备至，一再邀请我们到他在信德的领地做客，我们推辞不过，就来了。大人为人很慷慨，还赐给我们一处牧场。"

"这么说，你和御速准备留下来？"

"不会的。先生现在带着几名学生，都是谢赫大人推荐的，先生却之不恭，只好同意教他们两年。等他的教学告一段落，我们还要回喀什噶尔。先生说他年龄大了，不想再四处漂泊，他想在家乡安顿下来。"

"为什么就不能在我身边安顿下来呢？"

雪弗大概没想到胡马雍会这样问她，有点意外地笑了笑。

"是啊，也许你觉得现在的我没有资格说这种话吧？现在的我，如你所见，根本就是个流浪者。"胡马雍自嘲道。

雪弗正色回道："我没有任何看轻你的意思，当年你父亲也曾尝尽世间的艰难和苦难，他却在极其困难的情况下创建了莫卧儿帝国。难道你会因为你父亲有

第六卷　跃马南亚

过失败的经历就对他心存蔑视吗？”

"当然不会。"

"对啊，我也不会。胡马雍，你是一个仁慈的、善良的、会给别人带来快乐的君主，但你身上也有着一些显著的弱点，不知道我的想法对不对，其实这么多年来，你最大的敌人恰恰就是你自己。"

"你还真是直言不讳。"

"难道你忘了，从我们第一次在打猎中相识，你就对我说过，我可以在你面前说出任何我想说的话。"

"我的确这样说过。那么，你能告诉我，我致命的弱点在哪里吗？"

"该处罚的时候你给予了宽恕，该整鞍上马的时候你在耽于玩乐。与巴布尔大帝相比，你最缺少的就是如他一般的自我约束力。不过，话又说回来，尽管你的优点和缺点都如此显著，我仍旧不怀疑，只要假以时日，你一定会成为一个了不起的帝王。说真的，我对你的乐观感到自豪。"

"乐观？"

"是啊。不是怀着重返印度皇宫的希望，你又怎会邀请我留在你的身边？"

胡马雍微微叹道："你从来都是最了解我的女人，聪慧、美丽、深得我心，可惜，我就是得不到你……"

雪弗没有刻意躲避胡马雍炽热的目光。她了解这个人，从他还是个少年起，她就知道他的感情。他是那样执着，让她无法不为之感动，他又是那样率真，让她不能不以率真相对。她确实不能给他爱情，可这不妨碍她对他的关心，出于关心，她从来不用任何暧昧的态度和语言来回应他的爱情。

"雪弗。"

"嗯？"

"作为对等，我也要对你运用一次直言不讳的权利。"

"好。"

"那一天，你还记得吗？就是你告诉我你要嫁给御速的那一天。"

"记得。怎么了？"

"当你说御速先生是你想嫁的人，是你的归宿时，其实，我并没有从你的眼睛里看到任何爱情。"

雪弗没有否认，她只是感叹："你还真是个机灵的孩子呢。"

胡马雍的脸上倏忽闪过感慨万千的笑容。

这是多么熟悉的一句话啊。初识在美好的豆蔻年华，即使经历了二十年的风风雨雨，他们依然彼此相知，彼此珍惜。

"雪弗，你还没有回答我的话呢。"胡马雍执着地追问。

"一定要知道吗？"

"是，一定要。否则我永远不甘心。"

"不甘心，你还是放手了。"

"不放手又能如何呢？难道我可以把你绑在我身边吗？就算我能把你绑在身边，我能绑住你的人，能绑住你的心吗？"

"你根本不是那样的人。"

"别说好听的了，直接回答问题。"

"那个时候，我对先生也许不曾怀有男女之间的爱情，可先生对我而言很重要，我不能看着他后半生孑然一身，孤独终老。先生和你不一样，你有父亲，有母亲，有兄弟姐妹，先生除了我，身边一个亲人也没有。"

"仅仅因为这样，你宁可伤害我？"

"是啊，你还小，我相信你可以有好多机会重新开始。"

"如你所见，我并没有开始。我是说真正的开始。"

胡马雍说的是实话。他在父亲的安排下有过一次婚姻，但那不是他想要的婚姻。在那场婚姻中，他得到了一个儿子，儿子却命短福薄，在他登临皇位不久，一场疾病夺走了这孩子的生命。

回首往事，恍然若梦。置身梦中的两个人，蓦然感受到命运的无常，惆怅与忧伤漫过心头，他们不约而同地沉默了。

3

良久，雪弗的脸上浮出一抹苦笑，她正视胡马雍，语气坚决地说道："你这样不行，一定要开始。"

胡马雍嘴角一扭，"说得容易。"他环视牧场，岔开话题，"雪弗，御速先生怎么会允许你做这种活儿？这是你向往的幸福吗？"

"你说挤牛奶吗？我挤牛奶，先生制作马奶酒，这就是我们向往的幸福，简简单单，无忧无虑。"

"你们两个还真是……算了，不说了。艾呢？让我见见艾吧。她今年该有十四岁了吧？原来，我还想让她做我的儿媳妇呢，可惜我儿子……她长得像你，还是像御速先生？你们一家住在巴达赫尚那会儿，她还太小了，我看不出来她更像谁。对了，我接到你的最后一封信，是在你刚刚生下阿巴嘎的时候，这个小家伙今年也该有八岁了吧？从那之后，我们就再没有联系上。"

巴布尔去世后，胡马雍屡次败于舍尔沙之手，加上几个弟弟不予配合，甚至落井下石，导致他在印度无法落脚，被迫踏上逃亡之路。他行踪不定，自然也就

莫卧儿帝国

无法收到雪弗给他的信件了。

"艾嘛，你这次见不到她了。阿巴嘎，这次你也见不到了。"

"什么意思？"

"艾，有夫家了。"

"真的吗？谁？"

"是尼格小王子。他的母亲你肯定清楚，她是拉失德汗（即赛德汗之子）的妹妹，帕夏公主。"

"帕夏？我当然知道她。这么算起来，尼格王子就是赛德汗的亲外孙了？"

"对，王子的外祖母也是你祖母库夫人同父异母的妹妹，羽奴思汗的女儿。"

"到底回我们家了，嗯？"

雪弗明白胡马雍的意思，他的意思是说，她不肯嫁给他这位有着羽奴思汗血统的人，却让女儿嫁给了这样的人。

"快讲讲，这段姻缘是怎么结成的？"

"你是没见过长大后的艾，她像个小大人一样，有主见，性格又很独立。非要拿她跟什么人比较一下呢，倒是有几分像你的姑母，含画公主。那时候，尼格王子在琴舍里跟先生学习竖笛和六弦琴，艾经常到琴舍去照顾父亲，不知怎么回事，尼格王子就迷上了她……"

"就像我当年一样吗？尼格比我幸运啊。"

雪弗笑了。

"艾成亲了？"

"还没有，日子定在明年年初。艾本来是跟我们在一起的，在你来的前几天，帕夏公主派了一队侍卫接走了她。公主有信给我，没有艾陪在身边，她觉得很寂寞。艾与王子的婚事确定后，经常入宫，帕夏公主很喜欢她。"

"连婆母都这么宠爱她，艾真是个得天独厚的宠儿。"

"是啊，希望艾的幸福能够长久。"

"艾一定长得很像你吧？"

"像我多一些。阿巴嘎也像我多一些。"

"艾回了喀什噶尔，阿巴嘎呢？"

"艾离开的时候带走了他。阿巴嘎喜欢绘画，帕夏公主特意为他聘了几位先生在府上，艾希望弟弟能按照他自己的心愿学习画画。再说，她也有能力照顾弟弟，她从小就帮我照看弟弟，阿巴嘎是她这个小姐姐一手带大的。"

"觉得你说起一双儿女好得意呦，我却有些遗憾，不能见他们了。"

"待会儿，你可以见见我的小女儿，她今年四岁了。"

"真的吗？你又生了个女儿？她叫什么名字？"

"卡普琳。"

"卡普琳……卡普琳……她长得像谁呢？"

"像先生，肤色很好，也很漂亮。"

"雪弗……"

"嗯？"

"你知道吗？看到做了妻子、做了母亲的你这样幸福，我心里并不好受。即使如此，我还是希望你幸福。"

雪弗轻轻地握住了胡马雍放在膝盖上的手，她完全理解他对她无法忘怀的情谊。此刻，对她而言最重要的，是助他一臂之力。

"胡马雍。"

"什么？"

"一会儿有宴会吧？"

"干吗突然提起这个？"

"一会儿在宴会上，你能见到我女儿，还有谢赫大人的爱女哈米达。我想到我女儿，就想到了哈米达，哈米达很疼爱卡普琳，她带卡普琳出去玩了。噢，看我，这不是我要说的重点，我要说的是，胡马雍，去向哈米达求亲吧，你要娶哈米达为妻，她是个有头脑的女子，会成为你坚强的后盾。"

胡马雍啼笑皆非地望着雪弗。

"你严肃点，我说正经的。"

"我为什么要娶她？"

"她配得上你，胡马雍。一旦你成为谢赫大人的女婿，他必定会全力辅佐你，你想必也知道谢赫大人目前拥有的是一支多么可贵的力量。"

"为了要得到谢赫大人的支持，我就得娶一个从未见过面，更谈不上有一点感情的女子吗？"

"必须如此。你别忘了，谢赫大人是你弟弟的老师，而你们兄弟之间又存在矛盾，这些谢赫大人都清楚。除非你能做他的女婿，否则他不会心甘情愿或者说名正言顺地向你施以援手的。"

"雪弗，你疯了吗？"

"胡马雍，请你相信我的眼光，哈米达她完全配得上你。说真的，在我见过的女孩子当中，她是最富于理智的一个。她不仅对建筑、绘画、音乐有着高超的鉴赏力，而且才貌双全。她一直是她父亲的谋士，说句不夸张的话，谢赫大人在许多事情上都很依赖女儿的意见，他对她当真宠爱有加，言听计从。胡马雍，你别看轻了这件事，其实，你想娶她为妻，也不是一件那么容易的事，哈米达性格高傲，你不设法打动她的心，她未必肯做你的妻子。"

"我现在哪有讨好女人的闲心？"

"莫非，你不打算回到印度去坐你父亲坐过的宝座了吗？你确定把印度皇帝的宝座永远让给舍尔沙？"

胡马雍微微张开嘴，若有所思地望着雪弗。

"娶了哈米达，就可以改变一切，有这么神奇吗？"

"就算没有那么神奇，哈米达也是可以做你妻子的人。娶了她，你不会后悔的。你，该有自己的孩子了。"

"这是你的愿望吗？好吧，我试试。"

4

正如雪弗所料，哈米达一开始的确没将胡马雍放在眼里。对于这个落魄的流浪汉，她甚至还怀有几分蔑视。胡马雍被人轻视尤其是被一位年轻女子轻视，反而激起了他的好胜心。他的求婚一再被哈米达拒绝，可他既不气馁，也不自卑，他对哈米达的攻势热烈执着，又有一种成熟男人的风范。在胡马雍第二十天第二十次对哈米达说，嫁给我吧，哈米达没像往常那样一口回绝，而是一言未发。

谢赫有事要与胡马雍商议，派人来请他。哈米达看着他离去，在他身后说："晚上，在这里等我。"

胡马雍没有回头，只给了哈米达一个手势。

他的步伐矫健、轻松，令人安心，哈米达严肃的脸上终于露出一丝笑容。

御速与雪弗刚刚吃过午饭，正逗着卡普琳玩耍，忽听侍女通报："先生、夫人，哈米达小姐来了。"

雪弗急忙迎了出去。

"哈米达小姐。"

哈米达侧头向门里看了一眼，"你和先生用过午饭了吗？"

雪弗点点头。

哈米达上前拉住了她的手，"夫人，我想要你陪我出去走走。"

"好。"

"哈米达小姐，我也要去。"卡普琳一蹦一跳地跑了出来。

哈米达拧了拧小姑娘的脸蛋儿，算是默许。平时，她经常带卡普琳一起玩耍。

哈米达与雪弗默默地走了一会儿。卡普琳在她们面前边走边踮起脚尖旋转，她的身体柔软灵巧，一举手一投足，一颦一笑都极可爱。

哈米达看着她，心情不觉变得开朗起来。自从御速和雪弗来到父亲的城堡，她就很喜欢卡普琳，也很喜欢御速和雪弗，她折服于御速与生俱来的才华，更钦佩雪弗的头脑和见识。

卡普琳捡起一根树枝，跑到前面去玩了。哈米达这才轻唤一声："夫人。"

雪弗立刻应道："是。"

"我……"

"你想说的，与大帝有关吗？"

对于雪弗的敏锐，哈米达并不吃惊。

"是啊，你怎么看？"

"我想，大帝应该对你很倾心。"

"我不知道。他只是向我求婚了。"

"那是好事啊。"

"好事？你为什么觉得是好事？"

"你的美丽与才华，在这世间，又有几个男人可与你相配？"

"你这么认可大帝吗？"

"没错。"

"我能感觉得出来，你们不像是第一次见面。"

"我认识他的时候，他只有十三岁。小小年纪，已经具备了仁慈的心肠。他的宽容善良让人感动，他的多愁善感让人怜惜。当然，我敢说从他身上能看到种种优点，他的缺点同样不能让人忽视。"

"我想说的就是这个。对于一无所有的大帝，在无法确知未来的情况下，我要把自己的终身托付给他吗？"

"即使无法确知未来，也要把终身托付给值得托付的人。哈米达小姐，你要对大帝有信心。他是先帝的儿子，他继承了他父亲的许多特质，其中最重要的一点就是：无论经历多少失败，他们父子都不会轻言放弃。以往的失败对他而言是个深刻的教训，他的轻敌懈怠，兄弟间的不和，让他失去了江山。可是，我们每个人都看得到他的努力。不瞒你说，我有一种预感，他经历了最差的境遇，就如同他的命运滑入坡底，接下来，就是上坡的过程了。从他遇到哈米达小姐那天起，就是他转运的开始。因为，你的冷静清醒和坚贞品性就是男人的福气。"

"我有你说的那么好吗？"

"有。"

"我想……"

"这是你自己的人生。怎么选择，你一定心中有数。退一万步说，假如大帝不能再回到德里的皇位，可你仍旧觉得，他是你命中注定的夫君，你又何妨只为自己的幸福做一次选择呢？"

哈米达沉默片刻，莞尔一笑，"是啊，只为自己的幸福，做一次选择，而不

212

莫卧儿帝国

是为了未来的成败。"

"是这样没错。哈米达小姐，你拿定主意了吗？"

"嗯。"

"太好了。"

"但我有个条件。"

"哦？什么条件？"

"我听父亲说，大帝给波斯王塔玛斯普沙写过一封信，希望波斯王能够助他夺回德里的王位。如蒙波斯王恩准，大帝走投无路时必然只能借助波斯王的军队。大帝这么做，也是借鉴先帝的做法。可我想，大帝既向波斯借兵，就得付出相应的代价，不到万不得已，他想必更想凭借自身的力量与舍尔沙一决高下。且不论大帝最后如何决定，借兵也罢，不借兵也罢，但有一点，事分轻重缓急，两害相权取其轻，无论如何，要先从舍尔沙手上夺回皇位才行。"

雪弗欣慰望着哈米达，眼中笑意盈盈。正如她对胡马雍所说，哈米达的确是个美貌与胆识兼备的女子，这样的女子，正可做帝国的皇后。

"夫人，我想知道，我与大帝成婚后，你和先生会随我们一起离开吗？"

"很抱歉，不会。"

"为什么？"

"我已怀有身孕，再说，宫廷不适合我。"

"我明白了。我不勉强你，但我要带走卡普琳。"

"带走卡普琳？"

"这是我的条件。是我同意嫁给大帝的条件。卡普琳是个能给我带来安慰的孩子，她有成为一名舞者的天赋。万一我们有机会前往波斯宫廷，我会请人培养她。我相信，在我身边，她不会湮没她的才华。"

雪弗沉默了片刻。

"你一定舍不得吧？还有先生，他想必也不会同意。"

"你的心意如此，卡普琳就拜托你了。"

"你……居然舍得？"

"舍不得又能如何？卡普琳应该有自己的人生。我相信你和大帝。"

"我们到达波斯安顿下来后，我会派人来接她。她还是个孩子，我不会让她跟我们经历危险。"

"好。"

"我们随时保持联系吧。"

"在此之前，我和先生会留在城堡等待你们的消息。"

"这样吗？谢谢你。晚上，大帝约我见面，我想，我可以给他答复了。"

"请接受我的祝福吧。我希望第一个送上祝福的人是我。"

"是啊，我也希望第一个祝福我的人是你。"

雪弗站住，与哈米达相视而笑。她未必真的舍得女儿，但她希望胡马雍幸福。她相信哈米达是一个可以为胡马雍带来幸福的人，为此，她愿意舍弃母爱，成全这一段来之不易的缘分。

她这一生，始终欠着胡马雍，这是她偿还的方式。

希望她的偿还，能给胡马雍带来幸福。

希望她的舍弃，能给女儿赢得不一样的人生。

她坚信，天意一定还会眷顾巴布尔大帝的儿子。想当初，巴布尔大帝可是满怀欣喜，给他的长子起了"幸运"（胡马雍意为幸运）这个名字。

5

胡马雍与哈米达成婚后，谢赫为女婿提供了一支军队。胡马雍决定先行夺回拉合尔，之后与幼弟印达耳会合，伺机夺回阿格拉。

对于大帝的如意算盘，谢赫并不抱有任何希望。他帮他，完全是出于翁婿之情，作为大帝的岳父，他必须尽自己所能助他一臂之力。

哈米达在家时养尊处优，一旦成为胡马雍的妻子，她却做好了与他同甘共苦的准备。胡马雍在大婚不久告别岳父母和御速夫妇，带着哈米达踏上新的征程。临行，他只悄悄问了雪弗一句话：倘若有一天我回到印度，坐稳了阿格拉的皇位，你和御速会来印度看望我吗？

雪弗回答：也许不会，不过，我会让女儿陪伴在你和哈米达的身边。

胡马雍明白了雪弗的心意，他深思片刻，笑了笑，自此将所有的遗憾深埋心底。

送别胡马雍与哈米达，御速与雪弗回到牧场。他们坐在草地上，默默地望着正向西方沉落的夕阳。

许久，御速收回目光，落在雪弗的脸上。雪弗的侧影，依然如少女般精致、柔润。

雪弗感觉到了，并没有去看御速，脸上却闪过一丝暖暖的笑意。

"雪弗。"

"什么？"

"你有没有预感？"

"对胡马雍？"

"嗯。"

"他娶了一位好妻子，哈米达有头脑有远见，她会带给胡马雍好运。胡马雍也不再势单力孤，他毕竟拥有了他岳父的力量。"

"舍尔沙是位杰出的国主，他在印度很得人心。"

"你说得对，但至少，胡马雍还有机会不是吗？"

"看天意吧，倘若天意垂青巴布尔大帝的儿子，他就能回到他原来的位置。"

御速轻轻地握住雪弗放在膝盖上的手。

"有没有想过跟他一起走？"

"没有。"

"也许应该助他一臂之力。"

"我们没有这种能力。"

"是担心引起误会吗？"

"不是。有两个原因，第一个原因是我怀孕了。"

"真的吗？那你为什么不告诉我？"

"想等到你问我为什么不跟胡马雍一起离开时再告诉你。我知道你一定会问我。"雪弗微笑。

御速有点尴尬，"我是不是太……"

"敏感吗？当然。这并不让人反感，相反，我喜欢。"

"雪弗，恐怕真的像你所说，在胡马雍面前，我没有自信。"

"你是因为内疚才会没有自信的。你就是这样的人啊，历经磨难却有一颗善良的心。其实，孩子的事我这一回没有太多感觉，是前几天才确定的。我想等胡马雍离开后再告诉你这个好消息，这样，你心里也能轻松些。"

"是啊，这个消息的确让我心里轻松了不少。刚才你说这只是其中一个原因，那另一个原因是什么呢？"

"我是个平凡的人，最适合我的是平凡的生活。以前，因为巴布尔大帝，因为母亲，因为哥哥和胡马雍，我打开过宫廷的大门，也看到了里面奢华的摆设。我环顾四周，发现那奢华不适合我，我也找不到自己想要的东西。等我回过头，才发现自己最想要的，只不过是一把普普通通的六弦琴。"

"如此而已吗？"

"是啊。夫君，有件事我没跟你商议就答应了哈米达，她想带走我们的女儿卡普琳，她希望卡普琳在她和胡马雍的身边长大成人。"

御速稍稍沉默了一下。

"我知道你舍不得女儿，可我无法拒绝哈米达。希望我这次怀的也是女儿，若是女儿，我就让她从小跟你学习乐器。我相信，她一定会像她的父亲一样，成为一名了不起的琴师。"

御速努力放开对女儿无法割舍的心怀，将手轻轻放在雪弗的小腹，深思地问道："这回若是女儿，你准备给她起个什么名字？"

215

"马尔格兰。"

"马尔格兰？怎么想到起这样的名字？"

"我和夫君是在马尔格兰相识的，那个地方，承载了我太多的回忆。这些日子，我常常在想，假若那时候，没有父亲的成全，我或许就不能与夫君在一起，成为一个幸福的妻子、幸福的母亲。"

御速微叹："我明白了，身为父亲，放手有时也是最好的爱吧。我们且等等大帝的消息，但愿他能顺利攻下拉合尔和阿格拉。"

雪弗将头靠在御速的肩头，没再接话。说真的，胡马雍前途未卜，别说她和丈夫，就连谢赫大人，对胡马雍此行能否成功，也不抱有任何希望。

不出谢赫所料，胡马雍的军队还未到达拉合尔，就遭到阿富汗军队的拦截，胡马雍时运不济，一触即溃，不得不逃往沙漠躲避。

在乌马科特土王那里避难时，哈米达为胡马雍生下一子，胡马雍大喜过望，为他的这个来之不易的儿子起名杰拉尔丁·穆罕默德。他哪里知道，若干年后，他的儿子会成为莫卧儿帝国最伟大的君主，并且以"阿克巴"这个称号被永远载入史册（为方便起见，我们不妨在下文中就将这个孩子称之为阿克巴吧）。

做了父亲的胡马雍如此穷困潦倒，他能够送给随从的只有一个麝香袋，他将这个麝香袋弄碎，分给每一个随从。该怎么说呢，这个半生坎坷的人，竟幸运地成了一位伟人的儿子和一位伟人的父亲。

得到儿子的喜悦短暂地吹散了胡马雍心头的愁云，他与哈米达商议后，精心为儿子选择了一位乳母。乳母名叫马希姆·阿纳加，她有一个儿子，只比阿克巴大几个月。马希姆是个称职的乳母，她对阿克巴比对自己的儿子还要宠爱，在喂自己的儿子前，她总是先将阿克巴喂饱。在她的精心照料下，阿克巴一天天长大，眼眸明亮，四肢有力，一看就知道是个聪明孩子。

众所周知，许多年前胡马雍有过一个儿子，那个儿子不幸早夭，而今，后继有人令他重新燃起斗志。

胡马雍决定先行攻取坎大哈，以坎大哈作为复国的根据地。卡姆兰和阿斯卡里却不允许他这么做，他们不敢出兵抵抗舍尔沙，可与兄长对战时倒是不遗余力。二人商议后，决定由阿斯卡里率领大军赶来阻止胡马雍。胡马雍势单力孤，知道自己无力与弟弟抗衡，只得匆匆逃走。他留在后面的幼子和乳母马希姆不幸做了阿斯卡里的俘虏，阿斯卡里一时不知该如何处置这孩子，只好将他带了回去。阿斯卡里的妻子舒兰是个善良的女人，她将这个幼子置于她的保护之下。

胡马雍只剩一条路：向波斯王借兵。前些时候，他已接到波斯王塔玛斯普同意收留他的信函。启程前，他遵从妻子的意愿，派人往岳父庄园接走了卡普琳。

6

十八年前，年方十岁的塔玛斯普登上波斯萨非王朝的王位，这位年轻的波斯王继续他父亲伊斯迈耳的政治改革，加强政权，并挫败了两个最主要的敌人——奥斯曼人和乌兹别克人。波斯萨非王朝在塔玛斯普的治理下，比他父亲在世时还要强大。

塔玛斯普同意接纳胡马雍，两个人朝夕相处，竟很快找到不少共同点。

塔玛斯普精通文学，是著名的书法家，业余时间喜好画画，他按照帖木儿王在世时形成的传统，召来众多艺术家到大不里士居住。胡马雍同样精通艺术，既是一位书法家也是一位诗人，他还对星相学、地理学、数学感兴趣。在流亡波斯期间，他通过塔玛斯普结识了很多波斯的艺术家及画家，他复国时，将他们中的一些人带回了印度。这些人中，就有维托之子萨玛德。多年前，还是他将萨玛德送到波斯宫廷学习绘画，如今，萨玛德已是波斯名闻遐迩的画家。

在波斯萨非朝廷作客将近一年的胡马雍总算得到塔玛斯普出兵帮他收复阿富汗的承诺，这也得益于信奉什叶派的拜拉姆的游说。塔玛斯普的条件是：胡马雍改奉什叶派；割让坎大哈；将"光明之山"钻石奉献给他。

回历 951 年（1544），胡马雍率领波斯军队包围了坎大哈，印达耳率领自己的一支队伍赶来支持他。印达耳出生后即由月光夫人抚养长大，这使得他与胡马雍之间的手足之情远较他与卡姆兰和阿斯卡里深厚。胡马雍远征古吉拉特时，印达耳确曾在手下贵族的煽动下自立为帝，可那只是昙花一现的事情，此后，他与胡马雍之间再未有过任何对立，相反，他对卡姆兰和阿斯卡里倒是累积了诸多不满。

胡马雍很欢迎四弟的到来，他们齐心协力攻打坎大哈。阿斯卡里抵抗不住，被迫请降。胡马雍原本谨遵父命，对弟弟们慈悲为怀，他的这些弟弟却有几次差点置他于死地。他不打算再原谅他们，拜拉姆建议将阿斯卡里弄瞎双眼，永远囚禁起来。紧急关头，一位女仆出面求情，向胡马雍讲述了舒兰夫人是如何疼爱他的儿子阿克巴的，她认为胡马雍应该报答舒兰夫人的恩惠。胡马雍觉得有理，宴会后释放了阿斯卡里，结果，阿斯卡里当晚便悄悄逃回了喀布尔。

按照约定，胡马雍须将坎大哈交给波斯人。塔玛斯普派自己的儿子穆拉德随军远征，如此一来，穆拉德就成为坎大哈的主人。胡马雍尚需借助波斯人的帮助夺回失去的国土，他将他的下一个目标确定为喀布尔。

胡马雍对喀布尔城志在必得。喀布尔既是父亲巴布尔开创莫卧儿基业的起点，也一直被胡马雍和他的三个弟弟视为龙兴之地。胡马雍答应印达耳，一旦拿下喀布尔，他就重新任命印达耳为喀布尔省督。

恰在这时，一个对胡马雍有利的消息传来，舍尔沙在他统治印度的第六个年头，因双轮车发生爆炸的意外事故而死于非命，他的次子继承了他的王位。

胡马雍感到他的机会来了，在此之前，他必须先占领阿富汗诸地，集聚起属于他自己的军队。

回历952年（1545）显得格外平静，这是巴布尔的儿子们在手足相残前最后的短暂的平静。五月的一天，三岁的阿克巴在婶母舒兰夫人的陪伴后去二叔卡姆兰家中过节，卡姆兰的儿子易卜拉欣有一个彩绘玩具铜鼓，阿克巴很喜欢，想敲一会儿，易卜拉欣却不肯。舒兰夫人出面帮阿克巴说情，易卜拉欣提出要跟阿克巴比试摔跤，谁赢了铜鼓就归谁玩儿。阿克巴面对比自己高大壮实的堂兄毫不畏惧，答应了易卜拉欣的挑战。他束上腰带，卷起袖子，猛地冲过来，抱住了易卜拉欣的后腰，易卜拉欣猝不及防，被小堂弟狠狠摔在地上。阿克巴的举动令在场的卡姆兰和阿斯卡里大吃一惊，舒兰却忍不住轻声喝彩起来。

阿克巴拿过铜鼓，尽情敲着，脸上洋溢着天真快乐的笑容。卡姆兰看了他好久，对阿斯卡里说："此子不宜留在世间。"

阿斯卡里不解地问："为什么？"

卡姆兰回答："难道你没有看到他的额头上闪耀的光芒吗？他长大后，将成为一个比我们的父亲还要了不起的人。"

阿斯卡里不以为然地一笑，"一个小孩子能看出什么？你多虑了。再说，我们连个小孩子都容不下，会让将士们寒心的。"

舒兰将兄弟二人的对话听在耳里，急忙上前抱起阿克巴。她让阿克巴坐在自己的怀中继续敲铜鼓，兄弟俩见她如此，也就不再继续这个话题。舒兰的父兄都是察合台贵族，很有势力，他们不愿与舒兰的家族为敌。

翌年春天，胡马雍率领波斯军和印达耳的军队开始围攻喀布尔。印达耳身先士卒，表现十分英勇。经过几天的围攻，胡马雍将胜利的旗子插上了城头，守军放下武器，胡马雍在将士们的簇拥下来到喀布尔的皇宫。不多时，被俘的卡姆兰和阿斯卡里被带到他的面前，与之同来的，还有印达耳战死的消息。

胡马雍原本还能再给卡姆兰和阿斯卡里一次机会，印达耳的死却彻底激怒了他，他命人将卡姆兰刺瞎双眼，发配到麦加。至于阿斯卡里，他考虑到舒兰的恩德，只是将他发配了事（后来，这兄弟二人都死于麦加）。他找到了他的儿子，对保护、照料阿克巴不离不弃的马希姆夫人予以重赏。他对卡姆兰和阿斯卡里的家眷也表现出仁慈的胸怀，赐给他们采邑，让他们在他的保护下自在生活。他尤其顾惜舒兰夫人，希望她做采邑的主人。舒兰拒绝了，这个要强的女人情愿陪伴丈夫发配麦加，她的忠诚和爱对落魄的阿斯卡里来说无疑是最大的安慰。

行前，她吻着阿克巴，向他告别。幼小的阿克巴拭去她脸上的泪水，对她说："等我再长大一些，我就去麦加接你回来。"可惜，阿克巴的心愿未能达成，舒兰夫人在丈夫去世后不久也撒手人寰。

重新据有喀布尔，卡姆兰、阿斯卡里、印达耳的军队又回到麾下，胡马雍以此为基础，开始了新的征程。在阿富汗诸部陆续降服后，短命的穆拉德在坎大哈病逝，胡马雍原也无意将坎大哈长久留在波斯人手中，他撕毁盟约，发动突然袭击夺回了坎大哈。随后，他遣返了波斯军队，并让他们给塔玛斯普捎话：阿富汗局势不稳，穆拉德王子已去世，除了他，没有人可以为波斯王守护坎大哈。

随着阿富汗诸城几乎全部回到手中，胡马雍拥有了光复莫卧儿帝国的资本。反观舍尔沙的继承人伊斯兰沙，这个年轻人恣意妄为，结怨于阿富汗酋长，他的所作所为不可避免地削弱了他自身的权力。他感受到来自胡马雍的危险，无奈他指挥不灵，只能听任胡马雍逐个收复印度与阿富汗的边境诸城。

八年后，伊斯兰沙被其叔父阿迪尔毒死，阿迪尔自立为王，不久被自己的堂弟易卜拉欣（易卜拉欣这个名字在信奉伊斯兰教的人中很普遍）驱逐到孟加拉的楚纳尔，易卜拉欣又被另一个侄子斯堪达尔赶出了德里。苏尔王朝接连不断出现的王位争夺与混乱，使舍尔沙辛苦创建的基业在这种内斗中一步步走向穷途末路。

回历 962 年冬（1554 年末），胡马雍率领大军向旁遮普进发，他本人率领最精锐的先锋军队，其余军队交给忠诚的拜拉姆指挥。他们一路所向披靡，旁遮普大部分地区包括拉合尔几乎未做抵抗便被胡马雍和拜拉姆收复。占据德里的斯堪达尔是苏尔王朝三位王位争夺者之一，他派遣一支军队前去马奇瓦拉阻止胡马雍向德里推进，或许真的是天意垂青，马奇瓦拉发生了火灾，这场火灾帮助胡马雍轻而易举地拿下了马奇瓦拉城。次年雨季，胡马雍又在锡尔欣德击溃斯堪达尔，斯堪达尔逃之夭夭，通向德里的路自此变得畅通无阻。

七月，胡马雍进入德里。他通过任命十三岁的儿子阿克巴为旁遮普省督来阻止旁遮普进一步陷入混乱。同时，他赐予拜拉姆"汗"号，以奖励他的忠诚和才能，并让他以顾问的身份前往旁遮普，辅佐自己的儿子。

他原本也想给予道格库利和库耳勒同样的封号，遗憾的是，这两个人一个在卡瑙季战役中失踪，另一个在即将进入德里时病逝了。

幸福安逸的时光来得如此不易，胡马雍能够享受幸福安逸的时光又如此短暂。回到德里王位仅半年（1556 年 1 月 17 日），这个名叫"幸运"却如此不幸的人失足跌下图书馆的阶梯，七天后便撒手人寰。

他的离去让莫卧儿帝国进入了阿克巴时代。

一个月后，阿克巴在拜拉姆汗的支持下登上皇位。初登皇位，阿克巴任命忠诚干练的拜拉姆汗为帝国摄政。

十四岁的小皇帝掌握的领土极其有限，面临的环境又相当恶劣。他的周围都是敌人，先不说那些从来没有真正屈服过的印度酋长，就是苏尔家族的三个成员阿迪尔、易卜拉欣、斯堪达尔，他们仍想从帖木儿王的后人手中夺回皇位，这三个人当中，斯堪达尔是阿克巴最强劲的对手。

胡马雍去世前，其实只据有德里和阿格拉之地，他与斯堪达尔对旁遮普的争夺一直都在持续。至于喀布尔，名义上处于阿克巴掌握之下，实际上却是作为独立领土由阿克巴同父异母的弟弟哈基姆占据。

面对种种不利因素，有人建议退回阿富汗，拜拉姆汗问阿克巴该如何做？阿克巴回答：我决不退却！

小皇帝赋予拜拉姆汗绝对的权力，并用与他祖父一样能够蛊惑人心的语言激发起将士们的斗志。尽管如此，情形并没有变得好转，相反，还有一种随时可能将小皇帝逼入绝境的趋势。

在苏尔家族三个成员的内斗中被迫退却楚纳尔的阿迪尔国王任命出身于雷瓦里班尼亚种姓的希穆为首席大臣，派他到东部对付阿克巴，收复德里。希穆在征途中打败了苏尔家族的另一成员易卜拉欣，率领他的军队高歌猛进，经过瓜廖尔和阿格拉推进到德里。德里省督塔尔迪·贝格汗失于防备，希穆顺利夺取德里。

贝格汗逃往锡尔欣德，与阿克巴会合。仅仅过了几天，拜拉姆汗在阿克巴的默许下秘密处死了贝格汗。这一严厉的措施震慑了手握兵权的诸贵族，他们发现，小皇帝和摄政绝不是那种轻易就会妥协的人。

阿克巴决定率领军队向德里挺进。希穆被胜利冲昏头脑，自号"超日王"，他率领十万大军，根本没将阿克巴的区区两万人放在眼里。回历964年初（1556年11月5日），两军在历史性的帕尼帕特战场相遇。当年，阿克巴的祖父巴布尔曾在这个战场重创苏丹易卜拉欣，从而为进军印度扫平了道路。

阿克巴很机智，他与拜拉姆汗等人商议，决定派库里汗先行夺取希穆的停炮场。库里汗是一员乌兹别克将领，他的先祖是追随拔都建立金帐汗国的蒙古贵族，巴布尔与昔班尼汗争夺中亚诸地时，库里汗的父亲投降了巴布尔，得到巴布尔的重用。在阿克巴即位之初，他是效忠小皇帝的，他还以仅次于拜拉姆汗的功绩受封为大汗。库里汗在战场上的果敢绝不亚于拜拉姆汗，他率领一支先锋军对停炮场展开突袭，仅仅一顿饭工夫，停炮场就落入了库里汗之手。

停炮场被夺，并未令希穆变得更谨慎一些，他过分依赖于他的象军和五倍于敌的兵力。阿克巴亲临激烈拼杀中的战场，站在象背上指挥军队。希穆一方占据明显优势，天意使然，阿克巴看到"超日王"的旗帜下一位威风凛凛的将军正坐在置于象背的璎珞椅上，用力挥舞着宝剑。阿克巴估计这个人是希穆，当即将长枪掷在地上，从背上取下弓箭。他瞄准了希穆，松开手臂，箭，带着啸声平稳地向前飞去，正中希穆的眼睛。希穆惨叫一声，从象背上跌落下去。

胜利在望的阿富汗军队突然不见了他们的领袖，以为他已死亡。恐慌以及群龙无首使他们失去了继续战斗的勇气，他们四散溃逃，莫卧儿军队经过一番掩杀，大获全胜。希穆的坐象和他本人都被库里汗带到阿克巴面前。拜拉姆汗对阿克巴说："这是皇帝指挥的第一场战斗，身为皇帝，不仅要拥有对追随者慈悲的心怀，还要拥有对敌人绝不宽宥的勇气。现在，大家都在看着皇帝呢，皇帝要怎么处理您的敌人，请您做一个不会让我们失望的决定。"

阿克巴似乎犹豫了一下。

希穆艰难地抬起头，喘息着，用一种微弱的声音说道："杀了我吧，不要让我这么痛苦。"

阿克巴点了点头，抽出宝剑，令希穆一剑毙命。部将割下希穆的首级，阿克巴命他们将希穆的首级作为战利品送到喀布尔。第二天，他们乘胜向德里进军，当天，他们便夺取德里，将希穆的身体悬挂于城门之上。

继德里陷落，阿格拉很快也被莫卧儿人攻克，希穆的巨大财富现在成了阿克巴的囊中之物。阿克巴打开阿格拉的一个国库，用以奖赏所有立功将士，他还发表了一个简短的演说，其中，最重要的是这样一句话：我们的面前，还站着危险的敌人，他们分别是，苏尔家族的斯堪达尔、易卜拉欣、阿迪尔。

在德里休整了一个月，阿克巴和拜拉姆汗从锡尔欣德进军到拉合尔，他们一路挺进迫使斯堪达尔再次避难于曼科特城堡。经过长达五个月漫长的围攻之后，斯堪达尔被迫请降。阿克巴对于放下武器的敌人表现出天性的宽容，他在拉合尔地区赐给斯堪达尔一处采邑，让他就在那里颐养天年。两年后，斯堪达尔在他的采邑病逝。另两位苏尔成员，易卜拉欣的结局与斯堪达尔比较相似，阿迪尔则在与阿克巴争夺孟加拉的一场战争中死于非命。

阿克巴将家眷们留在德里，自己回到阿格拉，在阿格拉建立了他的宫廷。这时的阿格拉主要还是一座军事要塞，城墙上遍布塔楼、角塔、炮塔、雉堞、窗口、阳台、楼厅，参差交错，壁垒森严，其繁华和生活方便程度远远不及德里。拜拉姆汗为阿克巴请来许多家庭教师，希望让皇帝接受系统的教育，阿克巴却对读书识字毫无兴趣，相反，他更迷恋射击、摔跤、斗象、驯豹、围猎、打马球等户外活动。小皇帝身材匀称，动静自如，看到他的人，无不为他身上散发的充满野性的活力和魅力所吸引。

拜拉姆汗继续着莫卧儿帝国的事业，他将强大的瓜寥尔城堡和富足的乔恩普尔省并入帝国。成功之外也有失败，他对兰塔穆伯尔的进攻没能成功，他原本策划了削弱马尔瓦守卫力量的行动，也由于他的计谋失败而未能实现。

回历 967 年（1660），阿克巴年满十八岁。阅历的增长使他开始感到受制于人的不便，他的乳母马希姆夫人、乳兄阿达姆也不断攻击拜拉姆汗，他们对他说，拜拉姆汗正暗中谋划废黜阿克巴，意图拥立卡姆兰之子为帝。阿克巴似信非信之间，又发生了一些足以令阿克巴对拜拉姆汗产生隔阂的事情，而其中尤其令阿克巴不能释怀的是拜拉姆汗解雇了阿克巴的老师穆拉。另一件事则与信仰有关，拜拉姆汗是什叶派，而朝中的其他察合台贵族多是逊尼派，他们不能容忍拜拉姆汗，在他们的一再中伤下，阿克巴对拜拉姆汗的信任产生了动摇。

对拜拉姆汗的疑心促使阿克巴迅速采取了一些行动，他争取到德里和拉合尔省督的支持，也制定了确保喀布尔安全的措施。事已至此，阿克巴还是无法对拜拉姆汗下手，他对这个人怀有感激之情。最后在火里浇了一把油的人是马希姆夫人，她向阿克巴请求去麦加朝觐，她说，拜拉姆汗对她不满，再留在宫廷她的生命会没有保障。阿克巴从小在乳母身边长大，他热爱乳母更胜于热爱自己的生身母亲，他怎能舍得乳母离开自己身边？这件事令他下定了决心。

他派人给拜拉姆汗送去一封信，信中说："之前，我完全信任你的正直与忠诚，将国家所有重大事务都交给你管理，这纯粹是我自己的意愿。现在，我决定将政府权力掌握在自己手中，所以，你去麦加朝觐吧，这不是你由来已久的愿望吗？为了奖励你对帝国的贡献，我将分配一块适当的封地给你。"

这封信在拜拉姆汗的部将当中引起轩然大波，一些人建议拜拉姆汗趁机出兵，与阿克巴平分天下。拜拉姆汗思虑再三，正直的天性和忠诚还是占了上风，他决定接受赦令，给阿克巴送去了徽章。原本一切都没问题，拜拉姆汗也准备起身，没想到阿克巴竟派了穆拉前来监视他的行动并安排他离开帝国国境，这件事成了激怒拜拉姆汗和他决定武装叛乱的导火索。

穆拉原本是拜拉姆汗推荐给皇帝的，这个居心叵测的人却辜负了拜拉姆汗对他的信任。他在阿克巴面前，没少造谣中伤他的旧主人，拜拉姆汗正是了解到这一情况，才下令解除了穆拉的职务。此时此刻，面对洋洋得意、一副小人嘴脸的穆拉，为胡马雍、阿克巴父子出生入死数十年的拜拉姆汗第一次感到寒心。他拔剑刺死了穆拉，将家人安置在巴廷达城堡，之后，他率领军队向旁遮普进发。

阿克巴派马尼穆率领皇家军队在加伦杜尔附近打败了拜拉姆汗。拜拉姆汗准备逃到山里时在比斯河附近被俘，马尼穆将他押送到皇帝面前。阿克巴高踞皇座之上，注视着拜拉姆汗黯淡的脸色，恻隐之心油然而生。近一段时间他与摄政之间的确发生了种种不愉快的事情，可他还是无法忘记摄政过去的功绩，他很清楚，没有这个人，就没有他父皇的复位和尚且年轻的他坐稳莫卧儿帝国的皇位。

阿克巴决定宽恕拜拉姆汗。他请摄政坐下来，以一种和颜悦色的态度陈明他的想法："我给你三个选择，你选任何一个我都会无条件地答应。第一，在朝廷担任一个体面的职位；第二，在你所选择的任何一个省担任省督；第三，按原定计划往麦加朝觐。请问摄政要怎么做？"

拜拉姆汗心灰意冷，难过至极。想当初他为皇帝而战时，他能做到所向披靡，当他与皇帝对立时，他却变得如此不堪一击。他把这一切都视为天意，既然天意做出了选择，他情愿永远退出。

"我去麦加。"他平静地说道。

阿克巴望着他，释然之余，又有几分惋惜。

"等你从麦加朝觐回来，就到我给你的封地颐养天年吧，我保证，我会让你这一生享受尊荣，衣食无虞。"说到这里，阿克巴停顿了片刻，又接着说道："这一切，也是你应该得到的。"

拜拉姆汗默然接受了阿克巴的好意。

悠长的沉寂中，他抬起头，看到马希姆夫人冰冷的眼神和阿达姆脸上得意的笑容，他一字一顿、清晰地说道："小心你的敌人，大帝！"

这是他最后的忠告。可惜当时，阿克巴并不知道他指的是自己身边的人。

拜拉姆汗很快启程前往麦加，阿达姆暗中将他的行程通知给他的一位仇人，此人的父亲死于拜拉姆汗征服马赤奇瓦拉的一场战斗中。怀着强烈的复仇愿望，此人在拜拉姆汗走到帕坦城时带领一伙亡命徒突然袭击了他，拜拉姆汗就这样成为阿达姆和其他政敌的牺牲品。

拜拉姆汗的家人经过许多周折才来到阿克巴的宫廷，阿克巴念及摄政过去的功绩，将摄政的儿子阿布杜拉欣封为大汗（后人皆称之为汗坎南），并将这个孩子置于自己的保护之下。阿克巴的表姐，从少女时代即以才貌双全享誉帝国的萨利玛曾嫁给拜拉姆汗为妻，现在，阿克巴向他的表姐求婚，让她做了自己的妻子。

这个联姻举动，如同向世人宣称，皇帝要保护拜拉姆汗的家人直至生命最后。

摆脱了拜拉姆汗的控制，阿克巴正式亲政。年轻的皇帝依旧很依赖他的乳母，许多时候，马希姆夫人的决定左右着皇帝的意志。拜拉姆汗离世前，曾计划征服马尔瓦，阿克巴决定继续摄政未完成的事业。

马希姆夫人举荐自己的儿子阿达姆（阿克巴登基后，即封阿达姆为大汗。在帝国，许多建立巨大功勋或得到皇室认可的人，都有可能被赐以"汗"号，这有时是权力的象征，有时则只是荣誉的象征）和皮儿率领一支远征军前去征服马尔瓦。阿达姆和皮儿打败了统治马尔瓦的巴兹·巴哈杜尔，他们以胜利者的姿态进入马尔瓦，残忍地杀害了数百名俘虏。阿达姆还意图奸占巴兹美艳绝伦的妻子，但这个贞洁的女人宁可自杀，也不肯服侍她的仇人。

阿达姆和皮儿的种种恶行传到阿克巴耳中，阿克巴被他们的无耻行为激怒了，他立即采取行动，率领几名随从兼程来到阿达姆的营地。马希姆夫人根本来不及将这个消息通知给她的儿子。见阿克巴突然出现，阿达姆和皮儿既吃惊又恐慌，他们不得不跪地认错，表示再不恣意妄为。

教训了阿达姆，阿克巴又一刻不停返回阿格拉。这是一年中最炎热的月份，在返回途中，阿克巴一剑杀死了一头母狮，还驯服了一头狂躁的大象，他将这只大象带回了他在阿格拉的象苑。从离开阿格拉到回到阿格拉只用了不到二十天的时间，阿克巴不惧冷暖的惊人体力令他的随从们叹羡不已。

马尔瓦之行令阿克巴对治理他的帝国产生了真正的兴趣，他开始微服私访，体察民情。这期间，他得知乔恩普尔省省督库里汗正在谋划反叛，再次以迅雷不及掩耳的速度出征乔恩普尔省。库里汗被他的迅捷惊得目瞪口呆，为活命，库里汗俯首帖耳，再三辩称自己决无反叛之意。

9

为筹备哈米达太后的生日庆典，阿克巴从马尔瓦召回阿达姆，留下皮儿继续负责那里的事务。皮儿是一位作战勇猛且以野蛮残忍著称的将领，他连续夺取了马尔瓦周围的几个要地，每一次，他都残暴地对待俘虏和被征服地的居民。仅仅过了数月，巴兹卷土重来，他先打败皮儿，皮儿在溃逃中淹死在纳巴达河中。

巴兹重又占领了马尔瓦。阿克巴派出库里汗出征，此前库里汗有过反叛行为，这一回，他相当漂亮地为阿克巴征服了马尔瓦，如同四年前他在决定莫卧儿帝国命运的帕尼帕特战役中立下赫赫战功一样。

巴兹不得已表示顺从皇帝，他在莫卧儿宫廷得到了一个体面的职位。巴兹与阿克巴都喜欢音乐，在这方面，他们能找到许多共同语言。巴兹长于音乐艺术，曾撰写过不少音乐论文。阿克巴本人具有非常渊博的音乐学知识，他是一位出色的"纳卡拉"（铜鼓）演奏家，能以和声唱出二百个古波斯声调。两个人经常探讨音乐上的问题，共同的爱好拉近了他们之间的感情。

一日闲暇，阿克巴来到德里后宫探望自己的母亲。

在长到十四岁以前，阿克巴亲近乳母马希姆夫人远胜过亲近自己的生母哈米达太后，直到父亲去世，阿克巴与母亲相处的时间才变得多了起来，他渐渐发现，他的母亲是一个从容优雅，乐观大度，富于智慧，且对建筑、绘画、舞蹈、音乐都有着独特鉴赏力的女人，与她交谈，令阿克巴受益良多。另外，她虽因种种原因未能亲自带大自己的孩子，可这丝毫不影响她的慈母之爱。血缘的牵绊仿佛一个巨大的漩涡，阿克巴身不由己地被吸引进去，随着时间的推移，他曾经一味倒向乳母的感情天平，也在不知不觉中悄然调整着支点。

阿克巴并没有让人通报，而是直接来到母亲的宫殿。通过敞开的房门，他一眼看到正在母亲房中的表哥萨鲁和表嫂卡普琳。

萨鲁是哈米达太后的亲侄儿，他比阿克巴年长十九岁，比他的姑母哈米达太后只小两岁。在帝国，萨鲁是一名出类拔萃的建筑师，他钟爱他的工作，对权力地位不屑一顾，他拒绝过出任省督，后来还是胡马雍陵的主要设计者之一。他的品性如此，阿克巴对他十分信任，相应地，他也成为阿克巴最喜爱的亲属之一。卡普琳是御速和雪弗的次女，哈米达随丈夫往波斯宫廷借兵时带走了她，在波斯，她迷上了宫廷舞蹈，经过艰苦的训练，她成为一名出类拔萃的舞者。

阿克巴第一次看到卡普琳跳舞时年龄还很小，即便如此，她以肢体语言对艺术和生命做出的诠释，仍令他小小的心灵感受到一种美的震撼。十五岁时，她在哈米达的撮合下，嫁给了当时已近而立之年的萨鲁，成为三个孩子的母亲。在她生下第三个孩子后，她决心重新做回自己。

卡普琳最先看到阿克巴，她示意萨鲁，两个人站起身，向阿克巴施礼。都是亲戚，萨鲁和卡普琳的礼节并没有那么正式。直到走进房间，阿克巴才发现屋里还有一位陌生的少女，此时，少女站在哈米达太后的身边，正局促地看向他。当两个人的视线相接时，她又急忙将头垂了下去。

阿克巴目不转睛地望着她，生平第一次，她产生了刹那的晕眩。

少女的穿着显然是叶尔羌汗国的服饰，看起来有些特别，偏与少女极为相衬。少女的肤色与卡普琳相比不相上下，许多年来，卡普琳最令帝国贵妇妒羡交加的，恰恰是她如象牙一般白皙细腻的肤色。少女与卡普琳在容貌上也有某些相似之处，脸形、鼻翼、红唇，即使算不上精致无比，其实也无可挑剔。高高的额头配上乌黑的眉毛，显得既精神又聪明。她的个头比卡普琳还要高出半个拳头，苗条的身段凹凸有致。这些还不是让阿克巴一见之下就为之心动的，让阿克巴怦然心动的，是这个少女浑身上下所散发的那么一种冷冷的气质。

这个少女，该怎么说呢，犹如清冷的月光下在风中怒放的芍药，不是因为美丽，而是因为不可思议，才令人见之难忘。阿克巴知道，卡普琳的家人都在喀什噶尔，这个少女想必是表嫂的亲戚，他心里这样想着，脚底却像被什么东西粘住了一样，嗓子也由于干涩发不出任何声音。

卡普琳拉过少女的手，"马尔格兰，来见过大帝。"

马尔格兰听话地向阿克巴深施一礼。

他们的目光再次相遇，马尔格兰的脸上浮上一抹红晕。阿克巴自己也觉得脸上有些发烫，以前，这样紧张和不知所措的心情他从未有过。

"你叫……马尔格兰？"好一会儿，阿克巴稳住心神，温和地问道。

马尔格兰点了点头。

"为什么……叫这样的名字呢？"

"母亲和父亲是在马尔格兰城相识的，给妹妹起这个名字是为了纪念他们的相识。"卡普琳代替妹妹回答。

"原来是这样。"阿克巴觉得有趣，脸上闪过笑容，神态也随之放松了不少。他走过来，坐在母亲的身边。

"母后，我进来那会儿，见你跟萨鲁他们聊得正开心，在聊什么？我可以听听吗？"

"在聊你表嫂的父母啊。你表嫂生下第一个孩子的时候，他们和你表嫂的兄长不是来德里住过一段时间吗？你也见过的，还有印象吧？"

"当然了，御速先生和夫人可不是那种会让人轻易忘记的人。"他看了马尔格兰一眼，"你坐下来吧。"说完，又觉得有些不妥，"你们也都坐下吧。"

"是。"卡普琳应了一声，依然拉着妹妹的手，和萨鲁三个人在太后的另一侧坐了下来。

"先生和夫人，他们都还好吧？"阿克巴仍问母亲。

"还算健朗。毕竟，先生也是年过七旬的人了。想当初，你父皇活着的时候，最欣赏的人就是先生和夫人。你祖父也一样，他曾说过，先生是他见过的最杰出的琴师，先生演奏的技巧无论在当时的察合台汗国还是帖木儿帝国都无人能及。而夫人，曾是先生最得意的弟子。"

"竟有这样的轶闻？怎么以前没听父皇和母后提起呢？那么，二位的演奏，母后听到过吗？"

"先生和夫人住在我父亲的城堡时，我有幸经常听到。"

"真遗憾，我没有这样的耳福。"

"儿子，你也不用遗憾。你不是见到马尔格兰小姐了吗？听你表嫂说，她演奏的技巧绝不亚于她的父母。"

"真的吗？"阿克巴惊奇地看着马尔格兰。

卡普琳微笑，"我的哥哥、姐姐，还有我和妹妹，我们虽然都会演奏乐器，可真正继承父亲衣钵的，只有马尔格兰。她对音乐具有与生俱来的感悟力，从某种程度上来说，她与我父亲一样，是个天才。"

"你这样说，我就聘马尔格兰小姐做我的宫廷乐师吧，我会给小姐最好的待遇。我还有一样东西送给小姐，就当是见面礼吧。"

"那是什么呢？"卡普琳问。

"不久前叶尔羌汗国进贡了一把六弦琴。说真的，我不大懂琴，我听宫里的乐师说，这把六弦琴，无论制作、品相，还是材质、音质都堪称一流，就他所知，世界上还没有第二把琴可与之相比。我正想着，不知道这样的六弦琴该与怎样的主人相配，现下正好，这把琴正合小姐使用。"

"这么贵重的东西……"

"似乎也无法与小姐相比吧？"

"大帝真是慷慨！那我就代妹妹谢过您了。"

"你呢？是否也可以对我说声'谢谢'？"阿克巴见马尔格兰一直沉默着，很想听她说句话。

马尔格兰抬起头，注视着阿克巴。她的脸上，并没有流露出任何惊讶或感激，她的目光清亮，阿克巴想，不知道她会说些什么。

"我，不能做宫廷乐师。"马尔格兰清晰地说道，语气中绝无一丝犹豫。她的声音果然悦耳动听，她说出的话却让所有的人都吃了一惊。

227

阿克巴年轻不假，可他极有威严，在帝国，还没有几个人敢忤逆他的心意。

阿克巴明显愣怔了一下，"为什么？"

"我不喜欢宫廷。我想要自由自在地弹琴，给姐姐伴奏。我来这里，只是为了陪伴姐姐，过些时候，我还要回去呢。"

阿克巴蓦觉心里一沉，脸色也微微变了。这并不是他想要听到的话。固然，马尔格兰的直言不讳令他不快，但他心中突然充满忧虑与失落却是因为她已明确表示，她会在某一天离开印度。

而他，是想将她留在身边的。

想将她永远留在身边，从他看到她的第一眼起，这个念头就变得不可抗拒。

他并不知道，当年，他的父亲对这个女子的母亲，曾怀有过与他相同的心愿。

他同样不知道，那时，他的父亲并没能将自己心爱的人留在身边。

10

少年皇帝成长为一代英主，哈米达太后终于可以将久存于她心头的一个愿望付诸实施了。她向皇帝提出，要建造一座胡马雍陵，用以纪念她一生坎坷的丈夫，她要让这座陵墓成为她爱与思念的证明。

这样的请求，阿克巴当然不会拒绝。

胡马雍陵动工之时，阿克巴颁下旨意，命卡普琳为即将到来的太后生辰宴献舞。

这些日子，卡普琳姐妹每天都在皇宫乐坊排练新舞，马尔格兰要为姐姐伴奏，她喜欢印度音乐轻快的风格，巧妙地将其融入宫廷音乐的庄重中，她的创意给卡普琳带来了灵感，卡普琳由此设计了一套后来风行于莫卧儿宫廷的舞蹈动作。

这是姐妹二人单独排练的最后一天，明天开始，就要进行集体排练了。马尔格兰帮姐姐系好最后一个金铃手串，然后坐下来，从容地弹起六弦琴。这是年轻的大帝下令赐给马尔格兰的六弦琴，正如大帝所说，它的材质与音色果真在世间独一无二。悠扬的旋律中，卡普琳容光焕发，翩翩起舞。随着琴声由舒缓到急促，由低沉到高亢，卡普琳抖动着腰肢、小腹、手腕以及踏步的节奏也变得越来越频繁，越来越有力，随着有节奏的抖动，系在她脚腕上、手腕上的金铃发出清脆、悦耳的声响，给这支宴舞增加了别样的动感与活力。渐渐地，音乐重又变得舒缓、低沉，当卡普琳在最后的音符中以献盏的造型结束了这段她与妹妹精心编排的舞蹈后，马尔格兰放下六弦琴，为姐姐鼓起掌来。这时，她听到一声喝彩："好啊！"

马尔格兰回头望去，见阿达姆不知何时出现在乐坊中，她顿时敛去笑容，脸上闪过一丝厌烦之色。

228

阿达姆是一位体格壮硕、说话粗野的年轻人，他天生脾气暴躁，经常做些喜怒无常的事情，又极其残忍，宫中的女伶和女侍都像躲避瘟神一样尽可能地远离他的视线。他对此毫无觉察，反而仗着他是大帝的奶兄，他母亲是大帝最尊重最亲近的乳母，越发放任行止，胡作非为。

真实的情况是，阿达姆远非人印象中头脑简单的莽夫。几个月前，他与母亲及亲信成功离间了阿克巴与托孤老臣、当朝摄政拜拉姆汗之间的关系，利用阿克巴急于亲政，夺回掌握在拜拉姆汗手中权力的心理，逼迫拜拉姆汗前往麦加朝拜，接着，又煽动和买通阿富汗人中那些仇视拜拉姆汗的人，将一代名将暗杀于途中。

阿克巴即位时只有十四岁。可以这么说，在阿克巴继承父位的四年间，如果没有拜拉姆汗忠心耿耿地拥戴他，一如既往地支持他，带领军队东征西伐，平定内忧外患，并且殚精竭虑地为他扫清各种障碍，阿克巴就不可能坐稳帝位，更不可能在日后开创莫卧儿帝国盛世。遗憾的是，权力之争往往可以异化人世间一切美好的感情，让柔弱的心灵变得坚硬如铁，让亲切温和的人变得冷酷无情，拜拉姆汗错就错在功高震主又不舍得放下权力，等到被迫放下权力又心怀怨恨，这样一来，就给了多年来一直视他为政敌和眼中钉的阿达姆可乘之机，阿达姆几乎是在阿克巴的默许下策划了剪除拜拉姆汗的阴谋。

拜拉姆汗的影响在他死后迅速消弭。表面上，阿克巴似乎不必再与他人分享权力，事实上，他的御座前还站着乳母马希姆夫人和乳兄阿达姆。

阿达姆握着从拜拉姆汗手上抢来的权力，在母亲的放纵和支持下，不安分的心开始蠢蠢欲动。阿克巴并未立刻看透阿达姆的野心，他反而将阿达姆的飞扬跋扈看作他一贯的风格。

马尔格兰来到印度皇宫的时间还不到一个月，并没有亲历阿克巴、马希姆夫人、阿达姆等人联手策划的那场"夺权游戏"（卡普琳私下里是这么对妹妹描述这桩悲惨的事件的。不管怎么说，拜拉姆汗与卡普琳姐妹有些亲戚关系，姐妹二人的嫡亲舅父道格库利是拜拉姆汗的姐夫，从辈分上来讲，卡普琳和马尔格兰也得尊称拜拉姆汗一声"舅父"，这是其中一个原因；第二个原因是，拜拉姆汗自进入莫卧儿宫廷，为帝国出生入死，没有他的忠诚和智慧，胡马雍能否复国，阿克巴能否坐稳帝位，都是一个未知数。由于这两个原因，卡普琳的内心深处，同情的砝码始终都是放在拜拉姆汗一边的）。马尔格兰的个性不喜欢虚伪掩饰，内心纯净又率性而为，她既为拜拉姆汗感到不平，就不可能做出若无其事的样子，别说是对令人厌恶的阿达姆了，就是对阿克巴本人，她同样冷若冰霜。

六年前，胡马雍逐个收复了印度与阿富汗的边境诸城，开始了重返德里之旅。那一年的六月间，哈米达设家宴款待远道而来的哥哥一家，并请卡普琳献舞助兴。当时，卡普琳年方十五岁，哈米达的侄儿，帝国著名的建筑师萨鲁正值而立之年。萨鲁不到二十岁时有过一次失败的婚姻，妻子与他的师弟通奸被他休弃回家，他从此无法相信任何女性，也对婚姻怀有排斥心理。此次在姑母精心安排的宴会上，萨鲁第一次见到卡普琳，那一刻，他绝没有被卡普琳的美貌迷住眼睛，他只是在不知不觉中为卡普琳的曼妙舞姿所倾倒、折服。

卡普琳表演了一段在印度卡塔克舞蹈基础上创编的独舞《飞翔》，《飞翔》反映了被束缚在宫廷的女子对自由的渴望。作为天才的舞者，卡普琳选择了本土乐器木笛、短笛和铜鼓作为伴奏，在简单明快、热情奔放的旋律中，通过脚尖的旋转和腰肢的快速抖动，再配合以协调流畅的手臂动作，将"飞翔"的主题彰显得淋漓尽致。萨鲁对艺术有着独特的鉴赏力，对美的欣赏和迷恋也成为他对卡普琳打开心扉的肇端。哈米达视卡普琳如亲生女儿，也极疼爱只比她本人小两岁的侄儿，当她发现自宴会之后侄儿经常去看卡普琳排练舞蹈时，萌生了将卡普琳许配给侄儿的念头。

这一段撮合过程差不多费去了哈米达半年的时间。年底，胡马雍与拜拉姆汗分别率领两支大军攻下旁遮普，萨鲁就在旁遮普向卡普琳表白了心迹。共同的生活让萨鲁相信卡普琳是个纯洁稳重、品行端庄的少女。此前受过情伤而对女性充满厌恶，一旦敞开心扉，萨鲁依旧是那个用情至深的男人。他深爱着卡普琳，而卡普琳婚后第二年便为丈夫生下他们的头生子，第二年，第三年，她又生下一个女儿和一个儿子，幼子满周岁时，她在丈夫的支持下，开始了节食和恢复体形的训练。

　　萨鲁做出这样的决定绝不容易，也承受了许多意想不到的压力。虽然自巴布尔开始，到胡马雍、阿克巴两朝，历史学家、文学家、诗人、画家、音乐家、建筑家在莫卧儿宫廷多能得到良好的待遇，也能受到一定程度的尊重，然而，身为哈米达太后的侄儿，皇帝的表兄，萨鲁位高名重，卡普琳又在太后亲自栽培下长大，且已是三个孩子的母亲，在这种情况下，卡普琳想要再返舞台，作为一名舞者重新抛头露面，这种事别说是在女子地位低下的印度本土，就是在带着蒙古人和突厥人开放血性的莫卧儿宫廷，也很难被其他人接受。

　　幸运的是，萨鲁比任何人都了解妻子对舞蹈的挚爱，了解舞蹈对于妻子的意义，那是与吃饭和呼吸同样重要的意义。他更清楚，她嫁给他本身就是一种了不起的牺牲，她是为了报答哈米达太后的抚育之恩，同时也是为了回报他的爱情，才心甘情愿地放弃了臻于完美的舞蹈事业，心甘情愿地牺牲了那令无数人赞叹不已的曼妙身材，心甘情愿地为他生下孩子。这些年，每当想到她的不易，萨鲁的内心就不能不对她充满歉疚和感激。随着幼子一天天长大，卡普琳的内心重又燃起起舞的热望，做了母亲的卡普琳对生命和艺术有了更深的体悟，她想将这些体悟融入舞蹈艺术之中，让自己的艺术生命在舞台上再次绽放。作为一直欣赏和爱慕卡普琳的男人，萨鲁觉得自己有义务协助妻子实现她的梦想。

　　碍于萨鲁和卡普琳的执着和一再恳求，哈米达太后经过慎重考虑，提出了一个折中的方案，就是由阿克巴大帝亲自下旨，聘请卡普琳为宫廷乐坊的行首，教习乐坊舞女排演宫廷舞蹈，另外，凡以卡普琳为领舞的舞蹈以及她的独舞都只能在有大帝出席的宴会上表演。

　　换言之，卡普琳只能为大帝表演，也只有大帝有资格观看卡普琳的演出。

　　如此一来，就不会再有人对萨鲁和卡普琳指指点点，太后用这种方式保住了萨鲁夫妇的名誉和地位。

　　卡普琳欣然接受了太后的提议。事实上，只要可以重新站在舞台上，哪怕比这更严苛的条件她都能接受。

　　卡普琳是个意志顽强的女子，很快，她又成为那个腰身纤瘦令萨鲁迷恋不已的舞之精灵。可能是节食和高强度的训练之故，她再未受孕，好在她与萨鲁已育有三个可爱的儿女，他们并不打算再要其他的孩子。卡普琳生下次子时，御速夫妇和卡普琳的兄长阿巴嘎曾到德里陪过她一段时间，印度炎热的天气实在令御速无法适应，他年逾七旬，身体状况大不如前，雪弗担心他会像巴布尔一样倒在印度恶劣的气候中，不得不在第二年夏季来临前离开女儿，回到气候宜人的喀什噶尔。

自从父母和兄长离开后，卡普琳每时每刻都在想念着他们，她也想念姐姐艾和小妹妹马尔格兰，她几乎每个月都有信给父母，请求父母多给她写信，还有，希望他们能送妹妹到她的身边跟她一起生活。为了安慰女儿的思亲之苦，雪弗和御速派阿图的养子阿奇尔护送马尔格兰远赴德里。

如母亲所愿，在御速与雪弗所生的四个子女中，只有马尔格兰真正继承了其父的衣钵。她能够演奏多种乐器，对音乐有着非凡的感悟力和天赋。她吹竖笛，弹奏蒙古十三筝在整个喀什噶尔无人能比，她的六弦琴是父亲亲自教授的，在她过十六岁生日的宴会上，她与父亲首次合作，弹起那支《思乡谣》，当时，闻者无不落泪。那之后，父亲再未给过她任何指点，父亲对她说：我再没什么技巧可以传授给你了，你还想追求臻境的话，就去向大自然虚心学习吧。

为了陪伴姐姐，马尔格兰离开父母，来到德里，住进了姐夫萨鲁亲自为姐姐设计的华丽府邸——鱼庭——这是一个有趣的名字，因其三面环水而得名。

马尔格兰从不炫耀自己的才华，相反，她心甘情愿地做着姐姐的陪衬，协助姐姐编排舞蹈，为姐姐伴奏。这是她所希望的生活。她宁愿默默无闻地躲在姐姐身后，努力隐去自己的光芒。但她高超的琴技终究让人无法忽视她的存在，不仅如此，她坚持从大自然中汲取音乐养分的执着，也为因过分注重和讲究绮靡华丽而趋于刻板的莫卧儿宫廷艺术注入了一股清新的活力。

11

在莫卧儿宫廷，阿克巴比其他任何人都更懂得欣赏马尔格兰，他欣赏她的才情，欣赏她冷艳的姿容，她身上具备的一切，都令他倾心不已。

他的个性，原本对一切新鲜事物都充满好奇，勇于尝试，他想学习六弦琴，提出愿拜马尔格兰为师，马尔格兰对这种荣耀无动于衷，除非姐姐愿意在宫廷宴会上一展舞姿，否则，她决不轻易走进德里的皇宫。令人始料不及的是，她越是离群独立，越让她拥有了一种倾倒人心的魅力，在她住进鱼庭的一个月中，鱼庭的门槛，不知被多少求亲者踏破。

在这些上门提亲的人当中，有一位是阿达姆的叔父，他受侄儿阿达姆之托来向马尔格兰求婚。

马尔格兰毫不犹豫地回绝了所有的求亲者。她的理由是，她早被父母许配人家，这一次，她是想陪伴姐姐一段时间，才来德里暂住，一旦婚期确定，她就要离开印度，返回喀什噶尔。

一开始，连卡普琳也相信了妹妹的说法，她追问妹妹是否真有其事，马尔格兰告诉姐姐，这不过是她的搪塞之词。卡普琳是那样宠爱她的胞妹，也对妹妹的天赋才华充满敬意，越是如此，她反而对自己执意将妹妹接到身边充满忧虑。马尔格兰丝毫不懂虚伪掩饰，这样的性格显然并不适合在宫廷生活。

遭到马尔格兰拒绝的阿达姆并未打算就此放弃。对阿达姆而言，马尔格兰如同一匹野性难驯的烈马，反而更能激起他征服的欲望。何况，他也不相信，这个世界上还有他阿达姆得不到的女人。

是的，他一定要得到马尔格兰，不管用什么手段。他如此坚持绝非出于爱情，阿达姆的词典里并没有"爱慕"这个词汇。他如此坚持，仅仅因为这个女人是坐在皇宫宝座上的那个男人所心仪的女人。

阿达姆轻轻地鼓了几下掌，满脸笑容地走到马尔格兰身边，他看到马尔格兰放在椅子上的六弦琴，俯身拨动了一下。

马尔格兰怒道："不要动！"

阿达姆的脸色顿时一沉。

马尔格兰上前将六弦琴抱在怀中，并不理睬他的愤怒。僵持了一会儿，阿达姆讪讪地问："怎么，动一下都不可以吗？"

马尔格兰懒得回答他。卡普琳太了解阿达姆的为人了，哪敢招惹这位魔君，她一边匆匆忙忙走过来，将身体挡在阿达姆和妹妹之间，一边赔着笑脸问道："汗，您这个时间怎么会过来呢？"

阿达姆与拜拉姆一样，也拥有"汗"号。作为帖木儿帝国的创立者，帖木儿王和他的后人一直掌握着封某人为汗的权力，比如，卜撒因拥立羽奴思为汗，巴布尔拥立赛德为汗，这样的"汗"号具有盟友或藩属的含义。至于拜拉姆与阿达姆等功臣被封为大汗，则只代表大帝对他们的功勋予以认可，以及大帝赋予他们一人之下，万人之上的权位，实质上，他们仍是大帝的臣子。

"我听说你们在这里排练新的舞蹈，想先睹为快，就过来了。"

"还有一些动作需要完善，您不妨给我们一些建议。"

"有吗？我觉得很完美了。想不到夫人竟有这样的创意，在手腕上、脚腕上戴上金铃，起舞的时候，金铃就发出悦耳动听的声音。难怪大帝那么欣赏夫人，萨鲁那么纵容夫人，原来很有道理。"

"您过奖了，戴上金铃是我妹妹的主意，她觉得这样做能增加舞蹈的欢快气氛。您知道的，这次不是我的独舞，而是六十四人的群舞，弹奏乐器的琴师也有几十名，人越多编排起来越不容易。很快就到太后的生辰了，我和妹妹还要抓紧完善才行，今天我们就得确定乐曲、使用的乐器和所有舞蹈动作。"卡普琳耐心地解释着，其实也是委婉地下了逐客令。

　　阿达姆假装听不懂，他睨视着马尔格兰，似笑非笑地说道："你们接着排练好了，我在这里安静看着，不会打扰你们的。"

　　卡普琳回头向妹妹使了个眼色。她生怕妹妹再说出什么不客气的话，阿达姆可不是个善茬儿，激怒了他，后果不堪设想。

　　马尔格兰明白姐姐的顾虑所在，她试了试琴弦，准备为姐姐伴奏。阿达姆嘴上说他会安静地看姐妹俩排练，可他心里仍旧计较着马尔格兰不理不睬的态度。他故意在紧挨着马尔格兰的椅子上坐下来，他魁梧壮实的身体犹如小山一样，令马尔格兰躲不开视线又厌烦无比。

　　无奈，卡普琳还得打起精神，回到舞场中央。马尔格兰刚刚弹了一个前奏，阿达姆向卡普琳招了招手。卡普琳不知阿达姆要做什么，只好耐着性子走回来，问道："您是有什么话要对我说吗？"

　　"是啊，我想问问你，萨鲁最近在忙些什么？"

　　"帝陵的事啊，他一直都在工地。您不知道吗？"

　　"他一般什么时候回家呢？"

　　"晚上。他每天晚上都会回家陪孩子。请问您找他有事吗？"

　　"陪孩子？萨鲁吗？真丢人啊，他哪里像是帝国的男人！罢了，今天他回家后你告诉他，要他抽空到我府上一趟。大帝在城外赐给我一处空地，我想建个花园，图纸就由萨鲁帮我设计好了。他不是号称帝国最著名的建筑师吗？"

　　"好，我会转告他的。我……"

　　"别着急嘛，我的话还没说完呢。"

　　"哦，请您吩咐。"

　　"你妹妹的六弦琴，我要买下来，我愿出一千枚金币。"

　　卡普琳吃惊地望着阿达姆，简直不敢相信自己的耳朵。"您……您说什么？"

　　"不用这么一副惊讶的表情吧？我知道这琴是大帝赐给你妹妹的，不过现在我想买下来。你也知道，大帝与我，向来不分彼此。"

　　"可是……"

　　"别在我面前说'可是'。你和你妹妹商议一下，看什么时候把琴送到我的府上。今天嘛，算了，琴，我可以先不带走，你们要排练，我再多等几天也无妨。不过，这件事你们要尽快决定，可不要让我等得太久哦。"

　　马尔格兰瞟了阿达姆一眼，冷冷地问道："你又不会弹，要我的琴做什么？"

　　阿达姆反而笑了，"不是有你吗？你可以教我啊。你同意教我，我可以再付给你一千枚金币。"

　　"我不需要你的金币。我不会把琴给你的，更不会教你。"

　　阿达姆的脸上一副调笑的模样，接下来的话却是对卡普琳说的："夫人，你妹妹还真是一匹没调教好的野马哪！好吧，我改变主意了，今天晚上，你和萨鲁就把琴送到我的府上。"

卡普琳毫不犹豫地回绝了："这不可能，汗！"

阿达姆望着卡普琳，半是惊异半是羞恼。此前，卡普琳从未用过如此强硬的态度对他说话。

"你说什么？"阿达姆一字一顿地问，每个字都异常用力。

"我说，这不可能。"

"你……你疯了吗？竟敢用这种语气对我讲话！"

"这是您逼我的！您希望被别人尊重，首先得学会尊重别人。六弦琴是大帝赐给我妹妹的乐器，我妹妹爱惜它如同爱惜自己的生命一样，您一定强行夺走，我会请大帝为我和妹妹做主的。"

"你以为大帝会帮你吗？你可别忘了，我和大帝是什么关系！你是太后的侄媳又能如何？大帝是吃着我母亲的奶水长大的，他爱戴我的母亲胜过世界上任何人。凡是我母亲的要求，他即便牺牲生命也会照办的。"

"您都十八岁了，难道还不是个成年人？区区小事，也得您的母亲为您出头？"卡普琳一脸轻蔑。

阿达姆被卡普琳的反唇相讥惹恼了，他"仓啷"一声拔出佩剑，架在了卡普琳的脖子上，"让我听听，你再对我说一句'不可能'。"

卡普琳未及开口，马尔格兰已将六弦琴递了过来。"给你！不许伤害我姐姐！"她的目光中充满仇恨，语气倒是格外平静，一点听不出惊慌。

阿达姆冷笑一声，"臭娘儿们！你知道害怕了？你不是碰也不让我碰你的六弦琴吗？这会儿居然愿意给我了？哼，这事可没那么容易就完，你们让我的心情变得如此糟糕，该付出更多的代价才对。"

"你要如何？"

"说'您'。"

"您要如何？"

"跪在我面前，双手将六弦琴奉上，再这样对我说，你要一辈子待在阿达姆的身边，为阿达姆弹琴。"

马尔格兰愣住了。

卡普琳怒道："休想！你杀了我吧！"

阿达姆不理会卡普琳，反而调笑般地问马尔格兰："你也是这个意思吗？"

"我……"

"怎么？不肯吗？那好……"阿达姆攥紧了剑柄，就要加力。

12

"住手！"一个深沉的声音仿佛闷雷滚过，令正处于紧张状态的三个人不由得全吃了一惊。阿达姆有些不敢相信地回过头，看到阿克巴正气定神闲地走进乐坊。他的气焰顿时收敛了一些。

"大帝？"

"阿达姆，你在做些什么？你还不赶快把剑收起来？这不是你该开的玩笑，你的玩笑开得太过分了！"

阿达姆不听，面红耳赤地喊道："大帝，难道您看着这两个下贱的女人对您的乳兄不敬，还要让我放过她们吗？"

"阿达姆，我请你最好考虑一下你的措辞！什么叫'下贱的女人'？卡普琳是我母亲的侄媳，也是我的表嫂。她从小在我母亲身边长大，我母亲钟爱她如同钟爱自己的亲生女儿。对于她，你怎敢说出'下贱'的话来！我知道你的记性很好，想必你一定还记得，我曾颁下旨意，卡普琳只能在我的面前跳舞。你是忘记了，还是要故意违背我的旨意呢？"

阿达姆一时无言以对。

235

"好了，快把剑收起来吧。"

阿达姆对阿克巴终究怀有几分忌惮之心，他"哼"了一声，悻悻然地收起宝剑，回手插入鞘中。

"来人！"阿克巴向门外喝道。

阿奇尔应声而入。

阿奇尔护送马尔格兰来到德里宫廷后，阿克巴钟爱他剑术高超，为人又有豪侠之气，便将他留在身边并拔擢为贴身侍卫。

"大帝。"阿奇尔施礼。

"马尔格兰小姐是你护送来德里的，我再交给你一个任务，以后，你要替我守护好她，还有她的六弦琴。除非我本人，任何人不可以动它——连碰都不可以碰一下。若有人违背我的旨意，我许你先斩后奏。"

"是，大帝。"阿奇尔朗声接受皇命。

阿达姆恶狠狠地盯着阿克巴和阿奇尔。他的脸色先是涨得通红，接着又变成了铁青色。他回过头，怒视着马尔格兰，当阿克巴将目光转向他时，他又竭力换上了一副若无其事的表情。

"阿达姆，你是否清楚了我的用意？我想你不至于违背我的意思吧？"阿克巴如同没有看出阿达姆的愤怒，平静地问道。他用的是商议的口吻，里面不容置辩的味道却是任何人都能听得出来的。

阿达姆仗着他与阿克巴的特殊关系，并不想在卡普琳姐妹面前服软，"大帝。"

"你还有什么要说的吗？"

"为了这两个女人，您真要如此对我吗？"

阿克巴依然微微含笑，"是啊，就是为了这两个女人，才要如此对你。否则，我担心你会伤害她们。"

"您在开玩笑吗？"

"没有。难道你忘了，我从来不跟你开玩笑。"

"大帝，我们可是从小一起长大的伙伴，我们的关系比亲兄弟还亲。您怎么可以为了这两个完全不相干的女人，置我们之间的兄弟情谊于不顾？"

"阿达姆，我希望你不要再说下去了，再说下去只会让你自己更加难堪。你一定要说她们是与我完全不相干的女子，我不妨再清楚明白地告诉你一遍：卡普琳是我的表嫂，她从小在我母亲身边长大，如同我母亲的女儿一般。马尔格兰小姐是我从初见她的那一刻就放在心里的女子。"

阿达姆明显吃了一惊，卡普琳和马尔格兰同样吃惊不已。也许是太过吃惊的缘故，马尔格兰抬头望向阿克巴，正好，她的视线落在了阿克巴温柔的注视中。马尔格兰慌忙垂下双眸，脸上也泛起了浅浅的红晕。

依照阿达姆原来的脾气，他早就当场拔出剑来，与阿克巴争个高低，论个长短。但现在的阿克巴早已不是那个受制于拜拉姆汗的少年皇帝。即便他在国事上依然依赖他的乳母，也就是阿达姆的母亲，但随着他的地位日渐稳固和威望不断提高，这种依赖开始出现了削弱的倾向。在许多大事上，阿克巴越来越表现出成熟的风范及智慧。阿达姆的性格中固然有着鲁莽的一面，可还没糊涂到会在没有任何把握的情况下做出以卵击石的举动。他对自己说，他要忍，他必须得忍，总有一天，他要将自己今日此刻所受的耻辱一并还给阿克巴。

想到这里，阿达姆不复一言，拂袖而去。

阿达姆转过身去的刹那，卡普琳清楚地看到他的眼中闪动着仇恨的、凶恶的光芒，她顿觉心窝里一片冰凉。

阿克巴久久注视着马尔格兰，欲言又止。他并没有对阿达姆撒谎，她是他真心爱慕的女子，的确，她像冰山一样冷漠，可也像冰山一样纯洁，她的天赋才华和美丽就是他愿意等待的理由。

马尔格兰极力躲避着他的注视。她的脸颊已经不是发热，而是发烫了，这让她感到羞愧难当。

阿达姆重重的脚步声渐行渐远。阿克巴蓦然瞥见卡普琳一副余悸未消的样子，不由心生怜惜，柔声问道："刚才，你受惊了吧？"

卡普琳点了点头。

"你放心吧，我保证以后再不会发生同样的事情。我已经给了阿达姆警告，他再妨碍你们，我将对他予以惩处。"

"万一……"

"怎么？"

"哦，没什么，没什么了。"卡普琳本来想说万一阿达姆怀恨在心，只怕将来会做出更出格、更可怕的事情，虑及阿达姆与阿克巴的关系，以及阿达姆拥有的地位，她不敢贸然将这种话说出口。毕竟，不管预感也罢，直觉也罢，对于尚未发生的事情，她不能妄加推测。

阿克巴恋恋不舍的目光重又落在马尔格兰的脸上。马尔格兰只顾低着头，绯红的脸庞在阿克巴看来犹如一朵怒放的芍药，既艳丽娇俏又风情万种。

"夫人。"

"是，大帝。"

"虽说我充满了期待，可我还得将我的好奇心暂且收起。等母后宴会的那一天，我再来欣赏你的舞蹈和马尔格兰小姐的琴声吧。"

"是，大帝。恭送大帝。"

马尔格兰依然抱着琴，向阿克巴颔首相送。

阿克巴的脸上露出愉快的笑容。说真的，能看到马尔格兰如此羞涩又如此可爱的模样，他倒真的有些感谢阿达姆的胡闹了。

"走吧，阿奇尔。"

"是，大帝。"

当阿克巴和阿奇尔的身影一前一后消失在门外，卡普琳走到妹妹身边，抱住了她。她的全身发出轻微的抖动。

"怎么了，姐姐？"

"对不起，真的对不起。"

"为什么这样说？"

"在喀什噶尔，那里有父亲和母亲，还有艾姐姐和哥哥，有他们保护你，你就不会受到这样的惊吓了。都怪姐姐太自私了，一心只想着将你接到我的身边，却根本没有考虑清楚，自己是否有足够的能力保护好你。"

"姐姐，请你再不要对我说这样的话，也永远不可以对我说'对不起'。其实，你是天底下最有勇气，最让人敬佩的姐姐。刚才，你知不知道自己有多危险？我好怕那个人会伤害你。"

"我决不能让他抢走你的六弦琴。"

"无论多么珍贵的六弦琴，也不会比姐姐的生命更珍贵。说真的，我也不知道自己是怎么回事，第一次看到那个人就觉得非常厌恶，这种感觉对别的人从未有过。我连他碰一下琴弦都觉得不可原谅。"

卡普琳拉着妹妹的手坐在椅子上，此时此刻，她的心情无法完全平复，练舞的兴致一扫而空。

"你还不了解阿达姆汗呢，他这个人，性情凶暴、残忍，又喜怒无常，杀死一个人对他而言就如同踩死一只蚂蚁那么简单。今天的事若不是大帝及时赶来，还不知道会怎么收场。"

"我想也是。对了，姐姐，刚才你注意到没有，大帝在对阿达姆汗说'就是为了这两个女人，才要如此对你'的时候，阿达姆汗的脸色有多难看？他一定没想到，大帝那么果断，一点情面都不给他留。"

"看来，经过刚才的事情，你对大帝的印象改观了许多。拜拉姆汗的悲惨结局，我们当然都为他惋惜，可我还得说句公平的话，大帝在本质上和阿达姆汗不一样。大帝即位时只有十四岁，现在，他快十九岁了，当然不想永远受制于人。再说，宫廷的事情谁又能完全分出对错呢？"

"我明白姐姐的意思。在我出发来德里之前，父亲和母亲也曾这样叮嘱过我。我有分寸，姐姐你不用为我担心。"

卡普琳踌躇着。

"姐姐，你想对我说什么？"

"有件事……"

"你说。"

"阿达姆汗不会对你死心的。你如此美貌，又多才多艺，像一颗夜明珠，即使黑夜也无法阻挡你的光芒。他不会就此对你死心的。在帝国，凡是被阿达姆汗看中的女子，没有哪一个能够逃脱他的魔爪。姐姐当然会拼死保护你的，可姐姐最担心的是，无法保护你啊。在帝国，只有一个人可以。"

"你说大帝吗？"

"除了他，再没有第二个人。"

"怎么保护？到他身边吗？姐姐我不想。"

"为什么？咱们的家族，一直和大帝的家族有着深厚的渊源。当年，我们的外祖母曾嫁给大帝的祖父，如今，大帝又这么钟爱你。"

马尔格兰没说话。

"妹妹。"

"姐姐，我知道你一心想要保护我的心意，可我不能因为害怕阿达姆汗就嫁给大帝，这不是我希望的婚姻。"

"你对大帝的成见还是不能消除吗？"

"不，消除了。我对他不再怀有成见——不，这么说还不够准确，我对他原本也没什么成见。"

"那么……"

"姐姐，我并不羡慕外祖母。你知道从小到大，我最羡慕的女人是谁吗？"

"谁？"

"母亲，只有母亲。母亲生了我们四个孩子，我们全都长大成人，可母亲还是那么年轻充满活力，和其他的许多母亲完全不一样。连艾姐姐都说，每次与母亲在一起的时候，看到母亲肌肤润洁、容光焕发的样子，她常常会恍惚，把母亲想成她的姐妹。母亲的活力缘于快乐，她如此快乐不仅仅因为她生下我们，还因为她的身边有一个爱她胜过世间一切的男人。我们的父亲是世上最疼爱母亲的人，我希望像母亲那样生活，我想拥有母亲那样的生活。"

"小傻瓜，像父亲那样的男人，像母亲那样的婚姻，是可遇而不可求的。"

"姐姐你，不也很幸福吗？"

"姐姐并没有永远幸福的自信。你姐夫的身份不一样，他这一生，恐怕不会只有姐姐一个女人的。"

"就像艾姐姐的夫君一样吗？尼格王直到现在都很宠爱、敬重艾姐姐，将艾姐姐生的儿子立为王位继承人，可他已经有好几位侧室了。艾姐姐心胸开阔，觉得这种事理所应当，但有一点她和我一样，就是羡慕母亲与父亲之间的恩爱，也为他们感到欣慰。艾姐姐每隔一段时间都会将父亲和母亲接到王府居住几天，尼格王做过父亲的学生，对父亲格外敬重。艾姐姐告诉我，有一次，尼格王曾私下对她感叹，如果有来生，他愿用财富和地位交换父亲的才华和人品，然后，他愿意像父亲那样，让他和艾姐姐成为彼此生命中的唯一。"

"是吗？难得尼格王还会存有这样一份心意。即使只是假设，艾姐姐一定也觉得很知足了。"

"我不一样，我不想要来生，不想要假设，我只想像母亲那样，握有一份实实在在的幸福。如果母亲当初进入宫廷，就不会遇到父亲。我也不要进入宫廷，哪怕宫廷有再多的诱惑，我也不要进入宫廷。"

"为了这样的原因，你才一直不愿正视大帝对你的倾心吗？"

"他是大帝啊，我若纵容他的倾心，他的倾心就会变成将我束缚在宫廷的枷锁。母亲对父亲说过，宫廷并不适合她，她一生最想要的，只是一把普普通通的六弦琴。我和母亲一样，宫廷也不适合我。我想要的，除了六弦琴，还有一份只属于我的倾心，不与其他任何人分享。我想要的，大帝无法给我，不管出于怎样的原因，他的身边终究会拥有越来越多的女人。"

卡普琳不再相劝。她明白一切还得随缘，当爱情到来时，人为的障碍或会迎刃而解。倘若大帝与妹妹有缘，他们终究能在一起吧？

除此以外，卡普琳最高兴的是，妹妹一向少言寡语，她还是第一次对她这个做姐姐的一叙衷曲呢。

马尔格兰不想继续这个话题，也不愿再想这件事情，至于来自阿达姆的危险，她更不屑放在心上，"姐姐。"

"嗯？"

她试了试琴弦，"我们继续排练吧。"

"好，我们再推敲一下就回去吧，明天，就要进行正式排练了。"

第七卷
谁能握紧江山

一个国王如果统治了一个地方
他还会去夺取另一个地方
　　　　　　——巴布尔语

1

　　自梅瓦尔国王桑伽去世，印度教联盟将斗争的焦点转向了苏尔王朝的舍尔沙，到胡马雍重新掌握政权，特别是阿克巴继承父位后，莫卧儿帝国与印度教联盟之间的紧张关系趋于缓和。此间，阿克巴一直致力于将帝国的根基植入印度的土壤，他的努力体现在方方面面，包括接受和提倡印度艺术。

　　一个月后哈米达太后的生辰宴会上，由卡普琳姐妹编排的大型宫廷宴舞《风铃》取得了前所未有的成功。本来，在帖木儿帝国期间和莫卧儿帝国早期，但凡大型宫廷宴舞，其基调依然保留着较多的蒙古与波斯特色。马尔格兰却对姐姐从印度民间搜集到的乐谱进行了改编，别出心裁地将蒙古、波斯、印度音乐融为一体，三者中，又以印度音乐作为主基调和灵魂。乐器同样以印度本土乐器笛、鼓、琴为主，再辅以蒙古十三筝、波斯六十四弦琵琶等大型乐器，尽显宫廷音乐的热烈、富贵和大气。

　　卡普琳姐妹或许只是无意为之，不料这种编排恰恰迎合了阿克巴的心意。从继承父位成为皇帝那一天起，阿克巴就将自己视为印度本土的皇帝，而非像祖父、像父亲那样是位外族征服者。

　　开场，马尔格兰用六弦琴与口技表演者应合出风声微袭、鸟儿啼鸣的前奏，接着，鼓声响起。马尔格兰放下六弦琴，开始弹奏十三筝，十三筝舒缓的旋律中，六十四名身着华美舞衣，手腕、脚腕戴着银铃（只有领舞的卡普琳戴着金铃）的少女以十六人为一组，手执四色羽扇，鱼贯而入。

在卡普琳的带领下，她们按照乐曲变换出各种队形，时而如波浪起伏，时而如云卷云舒，时而如众星拱月，时而如游龙戏凤……无论哪一种造型，无不收放自如，赏心悦目。当旋律变得越来越激昂、越来越急促时，她们呈扇形分开，开始抖动腰肢，有节奏地摆动着手臂、足尖，此时，系在她们手腕和脚腕上的铃铛发出整齐、悦耳的声音，营造出一种别样的、美轮美奂的意境。这样的编排，令所有被邀请的宾客为之震撼，宴会场上不时爆发出热烈的掌声。

马尔格兰和另外几位女子专注地弹奏着十三筝。当琴师奏起二十四弦琵琶，她们停下来时，马尔格兰在乐队中发现了一张熟悉的面孔。她愣怔了一下，呆了片刻，才确定，这张熟悉的面孔属于阿克巴大帝。此时，他正热情洋溢地敲着铜鼓，脸上挂着她那天见过的笑容。

马尔格兰没想到大帝竟有如此高超的技艺。铜鼓演奏最讲究配合和节奏，问题是大帝一天都不曾跟乐队排练过，他却驾轻就熟，乐感绝不逊于任何鼓手。与一般的鼓手相比，他更多了一份别人不可能有的气势。

宴会的欢乐气氛因阿克巴大帝亲自击鼓而进入高潮，喝彩声与掌声不断。马尔格兰不敢分心，临近结尾前有一段十三筝独奏，大帝自作主张地加了铜鼓的内容，他敲出的旋律无论力度还是节奏都恰到好处，不仅对马尔格兰的演奏没有任何影响，反而为这一段独奏增色不少。

马尔格兰与阿克巴心有灵犀，将这一段鼓筝合鸣演绎得天衣无缝。

合奏重起，舞蹈已临近尾声。最后在渐渐变缓的鼓声中，少女们利用裙摆及身体聚成荷花花瓣的形状，花瓣开放，四位女子缓缓举出卡普琳，卡普琳手捧金盏，仍然以优美的献盏造型结束了全部表演。

宴会场上阒静了片刻，接着，全体起立，热烈鼓掌。掌声经久不息。

所有的艺人退至一旁，一齐施礼，向哈米达太后和阿克巴大帝致意。

阿克巴笑容满面，回到座位上。六十四名少女和乐师依序退出，只有卡普琳留了下来，她是萨鲁的妻子，哈米达太后命人将她的座位安排在萨鲁身边。节目还在继续，进入风格粗犷遒劲的出征舞以及歌曲表演环节，由于接下来没有卡普琳的舞蹈，马尔格兰也就没再返回宴会大厅。

酒宴进行到一半时，由皇家乐坊供养的杂技演员也献上了他们编排的节目。这些节目中，有几个难度很高，很精彩。其中一个表演者，拿七个环，一个放在前额上，两个放在膝上，其余四个环，两个戴在手指上，两个戴在脚趾上，一下就使七个环同时快速转动。还有一个表演者，以一只手撑地，另一只手与两腿倒举，然后模仿孔雀尾的样子将倒举的手、腿叉开，迅速不停地转动其上的三个环。还有两个表演者，他们踩在一根木头的高跷上行走，而不需要绑在腿上，他们还能扭在一起，连续翻三四个跟头。接着出场的杂技演员，把一根长六七卡里的竿子立于自己的腹部，将其握直，另一个杂技演员缘竿上爬，并在竿上做各种杂技表演。最后是一个矮个的杂技演员爬到高个杂技演员的头上，以头直接倒立于高个演员的头上，下面的演员快速移动，上面的演员毫不摇晃，还能表演技巧。

　　杂技之后，几个装扮奇特的小丑上场，他们夸张的动作与言辞，机智的插科打诨逗得大家捧腹大笑。俟所有表演结束，大帝照例要对所有参加演出的人员进行赏赐。他让人搬上一个檀木箱，檀木箱里装满了金粉。十八岁的大帝仍难免有几分孩子气，他颁下旨意，每个人都可以到箱子里抓一把金粉，能抓多少抓多少。但有一点，金粉不可以从手中漏出来，一旦漏出来，非但得不到赏赐，还会受到惩罚。听完他的旨意，无论金粉有多大的诱惑，这些人也不敢多取，唯恐金粉从指缝或其他地方漏出。阿克巴笑眯眯却又有些心不在焉地看着大家小心翼翼抓取金粉的样子，他很奇怪为什么在这群人中没有看到马尔格兰的身影。

　　这样的赏赐，卡普琳自然不会领取。她是乐坊行首，本身就领朝廷俸禄，再说，她的身份不同，大帝给予她赏赐，也不会用这种方式。卡普琳同样奇怪为什么妹妹没来，当一名琴师手捧金粉，从她身边走过时，她叫住他，悄悄地问道："你有没有看到马尔格兰小姐？"

　　琴师回道："小姐在跟汗说话呢。"

　　卡普琳以为自己听错了，"你说谁？小姐跟谁说话？"

　　"是阿达姆汗。我们正要过来时，汗叫住了小姐，他说他有东西要给小姐看。小姐跟汗说话，就留在了后面。"

　　卡普琳的脸色顿时变得苍白。

　　"怎么了？"萨鲁见妻子神态异常，关切地问。

　　"夫君，我得出去一趟。"

　　"发生什么事了？"

　　"没什么，没什么。我去看看妹妹。"

　　"妹妹不是在跟汗说话吗？你为何如此紧张？"

　　"我以后再跟你解释。夫君，我去去就来。"

　　阿克巴居中高坐，见卡普琳匆匆离去，心中诧异。当所有领赏的人有秩序地向大帝谢恩，退出大厅后，阿克巴示意萨鲁近前回话。

　　"大帝。"萨鲁施礼见过阿克巴。

　　"发生了什么事？"

　　萨鲁尚且不知道一个月前妻子和妻妹曾与阿达姆发生过冲突，他也奇怪妻子为何如此紧张妻妹跟阿达姆汗说话。"哦，夫人去看妹妹了。"

　　"马尔格兰小姐？她怎么了？"

"没什么。听说妹妹在跟汗说话。"

"阿达姆？"阿克巴这才注意到阿达姆并不在座位上。想到阿达姆也许正在纠缠马尔格兰，他顿时产生了一种似担心又似愠怒的感觉。阿达姆行事素来无所顾忌，他不会伤害马尔格兰吧？

"阿奇尔。"

"在。"

"你去看看马尔格兰小姐怎么样了？一旦发生了任何我不愿见到的事情，我许你全权处理。不过，你切不可莽撞行事。这样吧，你亲自将马尔格兰小姐和卡普琳夫人送到后花园的水晶阁等我。"

"是，大帝。"

"要不我跟阿奇尔一起去？"萨鲁问。

"不用，你回到座位上去吧。"

吩咐过阿奇尔和萨鲁，阿克巴斟满一杯酒，敬献母亲："母亲请满饮此杯！儿子恭贺母亲生辰！祝母亲福寿绵长！"

所有人起立，离开座位，向太后跪施大礼。

音乐重新响起。哈米达凝望着儿子，泪水慢慢盈满眼眶。她接过金杯，将杯中酒一饮而尽。五年的时光，她多么希望离去的丈夫在天上也能看到，他原本最放心不下的儿子，已成长为刚毅与果敢兼备，明于决断又受人爱戴的皇帝！

哈米达命众人起身，对众人表示感谢。待大帝与太后重新落座，众人也退回到自己的座位上。

阿克巴与萨鲁、阿奇尔的对话哈米达全都听在耳中，马尔格兰来莫卧儿宫廷的时间不长，对她也并非有多亲近，可她由不住喜欢这个才华出众的孩子。出于关切，她问儿子："马尔格兰怎么了？"

阿克巴笑道："没事，没事的。儿子只是想让阿奇尔去传个话罢了，母亲不必放在心上。今天是母亲的寿辰，请母亲开怀畅饮，尽兴而归。"

"是这样啊，没事就好。"既然儿子不肯说，哈米达也就不再追问。的确，她的想法是，宫廷之中，又能发生什么事呢？

至此，为寿宴准备的所有节目都已结束，接下来，若哪位大臣想为太后和大帝献盏，乐师就会演奏一些风格轻快、旋律柔和的蒙古小调。阿克巴陪着母亲喝酒，为了凑趣，还与身边的大臣开开玩笑，他谈笑风生的样子令母亲十分愉快。阿克巴小时候对母亲远不如对乳母依恋，父亲去世后，他越来越感受到母亲的不易，对母亲所怀有的尽孝之心也一天比一天深厚了。

阿克巴与母亲谈些他们熟悉的人与事，目光却不时瞟向大厅门口，他的内心一直有些不安，阿奇尔怎么还不回来？

也不知过了多久，他看见阿奇尔匆匆向他走来。

"夫人与小姐都已在水晶阁等候。"他只简单地说了一句。

直到这一刻，阿克巴悬着的一颗心才放下了。他向阿奇尔挥了挥手，阿奇尔以手抚胸，施礼退下。阿克巴站起身，提议所有的人为太后的健康满饮三杯，三杯后，请大家尽情享用美食。

寿宴从午时持续到酉时，哈米达太后深感疲乏，向儿子请求告退，阿克巴执意离席，亲将母亲送回寝宫。

从母亲的寝宫出来，他直接来到后花园的水晶阁。

阿克巴是个与众不同的年轻人，他自小热衷马术、摔跤、击剑，对读书识字毫无兴趣，他的祖父和父亲都是温文尔雅的学者，他却更类于武勇之夫。直到他继承父位，他才对各种新知识，比如历史、文学、哲学、建筑、音乐、美术，产生了解和掌握的欲望。他开始如饥似渴地学习，他的学习方式亦不同于常人，因他目不识丁，只能由别人读书给他听，可是，那些深奥的道理，他一听便能解其深意，融会贯通。为此，在私底下，他被老师和大臣戏称为"文盲学者"，这个称呼里并不含任何贬义，阿克巴偶然听说了这个称呼，还颇为自得。

阿克巴的身上的确继承了祖父与父亲的文化潜质，在他感兴趣的领域，他都精研深习，精益求精。比如，他在绘画理论上的造诣很深，还是个优秀铜鼓演奏家……这一切，马尔格兰并不知道，也不关心，她只是感到奇怪，阿克巴的铜鼓演奏技巧居然与最好的乐师相比也不逊色。

阿克巴走进水晶阁时，马尔格兰正站在外面的露台上，用心地吹奏着竖笛。以前，他也听过马尔格兰吹奏《思乡谣》，但这一次的旋律有所不同，带有几分过去没有的苍凉和低回。阿克巴并不打扰她，站在她身后，静静地倾听着，他的眼窝有点发涩，心里却有点发慌。

又是《思乡谣》！马尔格兰不会是想要离开德里，回到家乡吧？

2

一曲终了，马尔格兰取下竖笛，一边意犹未尽地把玩着，一边稍显兴奋地说道："姐姐，这支骨笛真是不同凡响，所谓穷工极巧，指的大概就是这个意思吧？它的声音虽不似竹笛清越，可吹奏起来别有一番百转千回的感觉，特别是管体中的共鸣，绵长浑厚，尤其能够打动人心。会不会因为它是用驼骨制成的，带着生命逝去的悲凉，才能产生这样的效果？"

说完，回头发现姐姐不在屋中，站在她身后默默注视着她的人，是阿克巴大帝。

马尔格兰愣了好一会儿，懵懵懂懂地问道："我姐姐呢？"

阿克巴淡然一笑，平静地回道："萨鲁有事找她，我来后她才出去。"

马尔格兰醒悟过来，急忙施礼见过大帝。

阿克巴走到露台上，站在马尔格兰身边，深深地呼吸了一口清冽的空气，"不必多礼。这里没有旁人，只有我们两个，我和你都不妨随意些。"停了停，又若不经意地问道："你怎么没和他们一起过来？"

"我吗？"

侍卫传下旨意后，马尔格兰和同伴们正要一起到宴会大厅接受赏赐，路上却被阿达姆拦住了。她本来不想理睬这个人，可阿达姆一反常态，表现得彬彬有礼。他的手上拿着一个细长的紫檀木雕漆盒，说有东西给马尔格兰看。不等马尔格兰拒绝，阿达姆已在她的面前打开了盒子，盒中黑色的缎面上，一支雕刻着骷髅花纹的骨笛赫然出现在马尔格兰的视线中。

阳光下，骨笛隐隐透出不可思议的清幽光芒。

听了阿达姆的解释，她才知道这支骨笛居然就是在帖木儿帝国最具神秘色彩的费尔干纳骨笛。她小时候曾听父亲说过，费尔干纳骨笛的原料必须取自身体健壮的四岁公驼。公驼被杀死之后，当时在费尔干纳乐器坊供职的工匠先要从中选取外形适合的骨材，然后经过数次蒸煮、曝晒、打磨、抛光、雕刻的过程，这些过程耗时一年，而到最后，他们只制作完成了三支骨笛。

骨笛制作的不易及珍贵程度由此可见一斑。

骨笛的音色原本与玉笛相类。乐工在进行检验时偶然发现，其中一支骨笛的音韵不同于任何骨笛或玉笛，其腔体的共鸣声格外婉转、深沉，仿佛公驼生命将逝时的哀鸣，悲凉怨恨、欲说还休。匠人如法炮制，却穷尽心力再也制不出同样的骨笛。为了将这支骨笛与其他骨笛区别开来，工匠特意为它刻上了骷髅头图案，并将它命名为"费尔干纳"，从此，这支费尔干纳骨笛，或因上天垂赐而被生命附着，或因可遇而不可求，终成帝国的唯一。

不久之后，围绕费尔干纳骨笛开始产生了一个传言，传言日渐深入人心。父亲告诉马尔格兰，由于当时被杀死的公驼不是一刀致命，而是经历了极其痛苦的挣扎过程，当死亡来临时，它的悲愤和恐惧被作为永恒的记忆保存下来，直至深入骨髓。如此一来，用这种驼骨制作的骨笛就具有了一种奇特的魔力：它如泣如诉的哀怨，在令闻者如痴如醉的同时，也会勾起和放大人们心中的痛苦，到最后，越迷恋费尔干纳骨笛的人，越可能遭遇不幸。

传言如此，费尔干纳骨笛在帝国晚期已被视为死亡之笛。

从父亲的讲述中，马尔格兰能听出他对骨笛的向往之情，这大概就是人类的本性，越怀有畏惧，越会激发探究之心。马尔格兰也曾问过父亲要怎么做才能战胜骨笛的魔力？父亲思索了许久才回答，或许，只有那些懂得使用骨笛的人才不会为其所左右，只有那些真正心存善意和放下欲望的人才能化解公驼的怨恨。

一切如父亲所言，费尔干纳骨笛果真具有一种不可抗拒的魔力，马尔格兰只看了它一眼，就身不由己地被它吸引，再也无法移开视线。

马尔格兰的渴望全都写在脸上，一目了然。阿达姆拿起骨笛，和颜悦色地问道："要试一下吗？"

马尔格兰求之不得，接过骨笛正要吹时，却看到姐姐匆匆向她走来。

"妹妹。"卡普琳来到妹妹身边，先施礼见过阿达姆，她意识到阿达姆对妹妹并无恶意，悬着的心才稍稍放下了。

"汗。"她施礼见过阿达姆。

阿达姆摆摆手，问她："是大帝让你来的吗？"

卡普琳摇头，"没有，是我有事出来找妹妹。"

"不放心吧？想必听到别人说她跟我在一起。"

"您误会了。大帝赏赐，妹妹不去不好。"

"罢了，你心里怎么想，我难道还能不清楚。"说着，将木盒一并交给马尔格兰，"你喜欢，不妨先留下来吧。我走了，哪天，记得吹一曲给我听。"

"好。"马尔格兰的心思全在骨笛上，心不在焉地应了一声。

卡普琳奇怪地看着他们。

247

阿达姆的脸上重又露出笑容，向卡普琳点点头，带着侍卫离去了。

卡普琳就着妹妹的手上看了一眼骨笛，"这笛子，是汗送给你的？"

马尔格兰不及回答，先试吹了一下，果然有悲凉之音。

"难道……这就是那支……"

马尔格兰笑着点了点头。

"让我看看好吗？"

马尔格兰将骨笛递给姐姐，卡普兰看着上面的骷髅头标志，心里隐隐有些畏惧。姐妹俩正谈着骨笛的事情，从骨笛又谈到阿克巴的绘画与音乐造诣，这时阿奇尔找到她们，阿奇尔说，大帝要她们到后花园水晶阁等候……

事情的前因后果本来就不复杂，马尔格兰给阿克巴的回答则更简单："哦，您说领赏的事吧？对不起，我有事耽搁了。"

"是这个缘故吗？我看到你手中的骨笛。"

"是。"

"阿达姆拿给你的？"

"是。"

"我看到骷髅头，是费尔干纳骨笛吧？"

"您也知道费尔干纳骨笛？"

阿克巴笑了，"你很惊奇？"

"也不会啦。我听姐姐说，您对绘画、建筑、音乐都很喜爱，在每个领域都有自己独到的见解。唔……或者说，很有造诣。"

"哦？你相信吗？"

"姐姐说的，我当然相信。何况，今天看到您演奏铜鼓，之前我都不知道您的技艺如此纯熟。"

"听你这么说，我很高兴。不过，马尔格兰小姐……"

"怎么啦，大帝？"

"费尔干纳骨笛，你还是不要吹了吧？"

"为什么？"

"它可是死亡之笛啊。"

"也许不是呢。"

"哦？"

"万事皆在人心。父亲说，只有真正心存善意和放下欲望的人才懂得如何使用骨笛，才不会为骨笛的魔力所左右。"

阿克巴稍稍沉默了一下，"你一定坚持，我也不能勉强你。但是，有件事，我必须事先对你说明一下。"

"什么？"

"哪天，我是说万一，我觉得你处于危险之中，是不会坐视不理的。到时候，哪怕会惹你伤心，我也必须用我的方式了结一切。"

马尔格兰避开他的注视，羞涩地点了点头。他这么关心她，在意她，她不能不心存感激。就算她不能回报他对她的好，她依然会把他的情意放在心中。

"大帝。"

"嗯？"

"我给您吹一曲《思乡谣》可好？"

阿克巴摇摇头，"吹一首别的曲子吧。《思乡谣》嘛……不必了。"

"别的，我没试过，不知道是否适合骨笛。要么就等等，等我找到合适的曲子，再吹奏给您听。"

"也好。"

"大帝。"

"怎么？"

"《思乡谣》，您觉得不好吗？"

"第一次听你用六弦琴演奏《思乡谣》，我就被它绵长、深情的旋律打动了，迷住了，可我害怕听你演奏它。"

马尔格兰不解地看着阿克巴。

阿克巴凝视着她，她的目光如同蔚蓝的天空，澄净得不带一片云彩。"我怕那是你的心情，我怕看到你脸上不经意间流露出的惆怅和忧伤。说真的，我不想让你离开德里，我希望你能留在我身边。"

对于他坦诚的告白，马尔格兰一时间不知该如何回答。她很感谢他，可她不能给他任何承诺。她终究是要回到父母身边的，只是，在此之前，她愿意为姐姐伴奏，也愿意为他演奏。

当有一天他们必须分离时，她希望他能记起她曾为他演奏过的那些乐曲。

3

回历 969 年（1562 年初），阿克巴在朝觐阿季米尔一位著名圣人的陵墓时，会见了斋浦尔的拉吉普特酋长拉贾·比哈里·茂尔。

所有统治过印度的王朝，都必须直面拉吉普特人的反抗。在印度教的所有反抗势力中，拉吉普特各土邦一直充当着主力军，每个德里王国都不得不与他们无休止的交战。而在他们当中，梅瓦尔的桑伽（即拉那·桑格拉姆·辛格）曾是公认的领袖。巴布尔在坎瓦战役中击败桑伽，桑伽侥幸逃走，不久后病逝。桑伽既逝，拉贾家族开始取代拉那家族在拉吉普特人中的领袖地位。舍尔沙统治的五年，曾多次与拉贾家族作战，这场战争消耗了舍尔沙的元气，他曾哀叹："我为了得到一把巴吉里（小米），差点丢掉了德里王国。"

阿克巴一直希望他的帝国能真正扎根于印度本土，他并不吝于对印度教联盟表现出他的友好。与此同时，他在疆场上的勇猛无畏以及他在处理内政外交时所表现出的智慧也赢得了比哈里的尊重，与阿克巴的会面便成为比哈里倒向莫卧儿帝国以及阿克巴与拉吉普特人联姻的前奏。

经过一番准备，阿克巴亲自前往斋浦尔，以最隆重的礼节迎娶他的新娘——比哈里的女儿玛尔雅姆·扎玛妮公主。大婚不久，他宣布将美丽贤淑的公主立为皇后，地位在诸妃之上。

这个明显的向拉吉普特人示好的决定以及阿克巴与公主之间彼此尊重和恩爱的感情，都激起了拉吉普特人对这位莫卧儿皇帝普遍的好感，比哈里的儿子巴格万·达斯、孙子曼·辛格也成为最早进入莫卧儿宫廷为皇帝服务的拉吉普特人，阿克巴将他们归入贵族之列，授予了他们万人之上、一人之下的统帅权。

改善了与拉吉普特人的关系，阿克巴终于能够按照他的设想着手内政改革，开始建立中央集权。

这个君主专制的军事官僚政治体制的核心是：权力集中于皇帝一身，由四名重要的大臣辅助。他们分别是掌握军事的"米尔·巴克希",主管宗教、司法的"萨德尔·乌斯·苏杜尔",掌握财政、税务的"迪万",管理工厂、仓库的"米尔·萨曼"。此外,还有私人秘书等重要官职。阿克巴仍保留了宰相"瓦齐尔"的职位,不过,这个职位更类于荣誉,并无任何实权。

与此同时,莫卧儿帝国的行政制度,也开始实行军事化。从阿克巴开始,将所有文武官吏分为三十八级,按军事方式加以编制,而其俸禄也按品级高低领有大小不等的贾吉尔——军事封建领地。

此外,阿克巴将全国划分为十五个"苏巴"(苏巴即省,莫卧儿第六代皇帝奥朗则布时代扩大到二十一个)。主管省政府的省督称"苏巴达尔"或"纳瓦布",有四名重要的官员协助工作。各省的财政、税务和民事审判官"迪万"名义上由省督管辖,实际上起着中央政府监视省督的作用。"帕尔加纳"(县)是农村行政的核心,其行政首长为"阿米勒"。省与县之间设置管辖若干县的"萨尔卡尔"(专区),由执行军事、行政、司法和警备任务的长官"福吉达尔"主管。

阿克巴从未摒弃舍尔沙统治时期一些有益的土地制度,他很智慧地借鉴过来,直接将其运用于莫卧儿时期的财政管理中。这些制度中最重要的一个方面,是明确了三种土地占有形式:直属国王的封建领地、非世袭领地、世袭领地。其中,直属国王的封建领地约占全国耕地的二分之一,主要集中在德里和亚格拉地区。其收入主要用于维持皇室、宫廷官员和卫队。

由于历史遗留及现实原因,莫卧儿帝国仍以农业经济为主,至阿克巴统治时,农业中商品生产不断扩大,出现了商品粮、棉花、生丝、蓝靛、烟草等经济作物的专业化产区,产品远销欧亚市场。不仅如此,在阿克巴的积极扶持下,手工业日渐发达,主要手工业生产的技术水平已超过当时欧洲先进国家。手工业生产的主要形式是封建制经济的作坊和家庭手工业,大型官营作坊的优质产品主要为满足宫廷和贵族对奢侈生活品的需要,其次才供出口。在一些港口城市,包买商通过预付款项、提供原料以及收购其产品等手段来控制手工业者小型作坊的生产。

当然,所有这些改革都是循序渐进的,阿克巴很清醒,不会急于求成。

马希姆夫人和阿达姆打心眼里反对阿克巴迎娶一位拉吉普特公主,他们不喜欢印度人,也不能信任他们,对于阿克巴进行的种种改革,他们也持反对态度。母子二人的所思所想、所作所为越来越与阿克巴的治国理念相背离。特别是阿克巴任命阿特加(阿特加也有"汗"号,他是一位杰出的行政管理者,阿克巴许多有益的改革,都是在他的协助下完成的)为自己的首要大臣后,阿克巴与养母马希姆夫人以及乳兄阿达姆之间的矛盾就变得更加尖锐了。

阿特加一直劝告阿克巴要摆脱养母的控制,皇后——扎玛妮公主也鼓励阿克巴按照自己的想法做印度的皇帝,阿克巴被他们说服了。作为摆脱养母控制的第一步,他任命阿特加管理一切军政要务,阿特加在朝中的权势很快超过了阿达姆。阿达姆将阿克巴赋予阿特加全权当作对自己的侮辱,最后一件事则让怨恨变成了杀机:阿达姆请皇帝下旨,将马尔格兰赐他为妻,阿克巴断然拒绝了他的请求。阿达姆决定除掉皇帝,由自己掌握莫卧儿帝国的政权。他虽心怀歹意,表面上倒不动声色,经过一些时日的筹划,他在母亲的默许下,趁皇帝疏于防备,率领他的死党闯入宫廷。他杀死了正在尽职的阿特加汗,迅速来到皇宫,进入大殿。

当时,阿克巴正在午睡,科特匆匆忙忙跑进来,向他汇报了前殿发生的事情。科特是皇后出嫁时跟随皇后一起进入莫卧儿宫廷的家仆,身为男人的他,说话、走路、动作都与女人相似,他还像女人一样心灵手巧,皇后在家做公主的时候,一直都是在他的精心照顾下长大。他忠诚,细致,琐碎,每次看到他扭扭捏捏走路、说话的样子,阿克巴总是忍不住想笑。后来,阿克巴就把他要了过来,放在身边侍候自己,阿克巴这样做,也是为了证明他对皇后的钟情。

突如其来的变故显然吓坏了科特,他脸色煞白,浑身都在不住地颤抖着。从他语无伦次的讲述中,阿克巴总算听明白了事情的原委,他迅速披挂整齐,以最快的速度带着科特和其他几名侍从来到大殿之上。

此时,阿达姆与他的手下还在大殿上与以阿奇尔为首的皇宫护卫缠斗,双方互有伤亡。阿达姆没想到阿克巴来得如此之快,顿时慌了手脚,阿克巴也不多话,手执长枪直奔阿达姆而来。两个人照面,只经三个回合,阿克巴手中的枪就挑飞了阿达姆的剑,接着,阿克巴抬起腿,一脚踹在阿达姆的肚子上。阿达姆站立不稳,从楼梯上滚落楼底,昏了过去。

阿克巴命阿奇尔将他绑了起来。阿奇尔问大帝该如何处置这个叛乱者?阿克巴心想乳母肯定会为儿子向他求情,他一时拿不定主意,遂命阿奇尔将阿达姆暂时关押在偏殿,过些日子再做审判。

他多余的仁慈之心,没用多久,就让他后悔莫及了。

251

4

马尔格兰苏醒时,意识到自己被人捆绑在一张阔大的高背椅上。

阵阵酸疼从她脖梗后面传来,她的头昏沉沉的,脖子几乎不能扭动。一开始,她完全陷入混沌状态,直到她模糊的视线中出现了一个男人的脸孔,她才一点点回忆起她离开鱼庭前后发生的事情。

今天早晨,也许是今天早晨,她没随姐姐一起入宫。宫里晚上要举行宴会,她和姐姐、姐夫都在受邀之列。问题是,她这些日子有些中暑,头晕恶心,身上酸软无力,她本不想参加宴会,又担心她不到场,阿克巴一定放心不下,说不定会派人前来探视。就算为了避嫌，她也不希望别人对她与阿克巴的关系有所猜测，毕竟，阿克巴是莫卧儿帝国至高无上的皇帝，也是她尊重的人。想到这一层，卡普琳入宫前，她跟姐姐商量好，她晚点走，下午再过去。

她一直躺到中午。女仆送来午饭请她吃，她没胃口，让女仆端走了。工夫不大，女仆去而复返，告诉她大帝派人来接她了，正在鱼庭门外等候，而且，听来人的口气，似乎宫中有什么急事。马尔格兰不疑有他，匆匆换好衣服，在女仆的陪伴下来到外面。她看到两张陌生的面孔，穿着宫廷侍卫的衣服，她只当他们是阿克巴的侍卫。女仆服侍她上了马车，她委顿地坐在车厢中，觉得入宫的这一段路比以往要长。不知过了多久，马车停下来，一个侍卫掀开门帘，客气地请她下车。她顺从地跳下来，脚刚落地，蓦觉一阵凉风迫近，接着，她失去了意识……

在她苏醒前，这是她所有的记忆。此时想来，她一定被人暗算了。

可是，为什么呢？

一点一点，一点一点，马尔格兰散乱的目光在渐渐凝聚，阿达姆憔悴的面容也开始变得清晰。

阿达姆？这么说，他被大帝放出来了？

或者，他根本就是逃出来的？

昨天晚上，马尔格兰和姐姐、姐夫一起吃饭时，姐夫向她们讲述了宫廷里发生的一桩惊心动魄的事情。姐夫说，阿达姆中午突然带着几个随从闯入大殿，变节谋反，杀掉了正在尽职的阿特加，还想杀死皇帝，阿克巴闻讯将其擒拿，关入偏殿，等候处置。马尔格兰暗自思忖，莫非阿克巴接受了马希姆夫人的求情，将阿达姆放了出来？

阿达姆伸手为马尔格兰解开绑绳，马尔格兰的身体可以离开座椅了，只是她的手脚仍被牢牢绑缚着。

阿达姆抱起她，一直抱到外面。外面，有一个一丈见方的大坑，阿达姆把她放在坑边，一股腥臭的味道扑鼻而来。马尔格兰挣扎着坐直身体，向下看了一眼，就这一眼，她顿时惊得全身发麻，手足冰凉。

大坑中，密密麻麻、层层叠叠都是蛇。有大的，有小的，有灰色的，有黄色的，有绿色的……五彩斑斓的蛇纹令人触目惊心。此时，它们挨挨挤挤，一边蠕动，一边拼命向上探起身体，吐出蛇信。蛇身下面，覆盖着森森白骨，

蛇池！那一股股令人作呕的味道想必是蛇臭与尸臭的混合。

她知道她被劫持到哪里了。她早听人说在阿达姆的宫殿里有一个蛇池，建在殿后隐秘的所在。阿达姆对不服从他的人处以私刑时，通常会将"人鼠"——这是阿达姆对那些将死之人的称呼——带到蛇池边，等他欣赏够了"人鼠"或毛骨悚然，或魂飞魄散的表情，才动手将"人鼠"扔进蛇池。万一"人鼠"被扔下蛇

池时还活着，那将是最大的不幸，"人鼠"会被饥饿已久的蛇群围聚蚕食，饱受痛苦而死。阿达姆的残忍与变态由此可见一斑。

马尔格兰以前只是听到传闻，没想到，她真的见到了传闻中的"蛇池"——她情愿永远不要见到。

阿达姆与马尔格兰并排坐在地上。他默默无言，一脸疲惫，与马尔格兰熟识的那个人判若两人。两年来，马尔格兰见惯了他的飞扬跋扈，没想到他也会有消沉沮丧的时候，惊讶让她暂且忘掉了恐惧。

不知过了多久，阿达姆语调低缓地问道："你怕吗？"

马尔格兰没回答。她怎么可能不怕？

"你这么年轻、漂亮，不甘心就这样死去吧？"阿达姆无论说什么，都是一副不紧不慢的腔调。

想到自己就要葬身蛇池，马尔格兰的心脏几乎停止了跳动。

"你的脸好苍白啊，连点血色都看不到了。你也不用太害怕，我会陪你的。虽然你肯定不愿意，可我觉得这样挺好。你没想到，最后陪你一起死的人会是我吧？"他说着，居然笑了起来。他的笑是自嘲的笑。

这个疯子，他该不会真的说到做到吧？大帝为什么要把他放出来？为什么不好好派人看着他？这真是天大的笑话，她会与他死在一处！她可不想死，万一她死了，就再也见不到她思念的亲人了。

"你不打算说句话吗？你这个女人，就是死亡也无法让你开口吗？"阿达姆伸出手，捏住了马尔格兰的脸蛋，让她面对自己。

马尔格兰丝毫不做挣扎，她与阿达姆四目相对，她发现，阿达姆的眼睛仿佛蒙着一层雾气，看不到一点神采。

"费尔干纳骨笛，果然是死亡之笛啊。得到了它的我，还有吹奏它的你，都要死了。我们中了它的诅咒，逃不掉的。"

阿达姆提到骨笛，马尔格兰紧绷的心弦骤然间被拨动了，她的耳边重又响起《思乡谣》那悲凉的旋律。她好想念父亲、母亲，想念哥哥、姐姐，可惜，她再也见不到他们了。泪水顺着她的面颊滚滚而下，她就那样望着阿达姆，阿达姆麻木的面容在她的眼中已是模糊一片。

"我见犹怜……真是一个尤物，难怪杰拉尔丁（阿克巴的本名，"阿克巴"是尊号，意为"至高无上"）一直把你当成他心里的至宝。我想，不，我确信，对于你的死，最伤心的那个人一定是他吧？"

马尔格兰无声地流着泪，那是她与亲人诀别的眼泪。诀别之后，是放弃。落在阿达姆的手中，她自知没有生还的希望，反而平静下来。

"汗。"

253

"你肯跟我说话了吗？"

"是。"

"说吧。让我听听，你想对我说什么？"

"既然是骨笛的诅咒，我愿意跟你一起死。"

"你说……什么？"

"我愿意跟你一起死。可是，请把我带离这里。"

"这里？你是说蛇池？"

"嗯。"

"这是你的请求，我可以考虑一下。不过，说到死，似乎还早了点，你和我，都要再等等。"

马尔格兰不知道他说的"等"是什么含义，她只想赶快离开蛇池。对她而言，即便是死，她也不希望死在蛇池这样的地方。

"汗。"

"嘘！嘘！"阿达姆突然做了一个噤声的动作。他侧耳倾听，伴随着隐隐传来的格斗声、惨叫声以及殿门开合的声音，一阵急促的脚步声由远及近。阿达姆的神情渐渐发生了变化，眉目间游动着凶狠的纹路，这才是马尔格兰熟悉的那个人。

"你终于来了！"他喃喃自语。

他站起来，很从容地整了整衣袍的下摆，好像要把它弄得平展一些。随后，他蹲下身体，用双手捧住马尔格兰的脸，将嘴唇凑了上去。马尔格兰动弹不得，只能听任他对自己的污辱。

就在阿达姆的嘴唇将要贴上马尔格兰嘴唇的瞬间，他和她听到一声怒喝："放开她！阿达姆！"

5

是阿克巴的声音。

他的声音，依然气势夺人！

在这生死一线间，他的声音比世上任何声音都要令马尔格兰安心。他来了！就算他不是为她而来，她同样感谢他会在她需要的时候出现。

可惜，她不能扭头看他，阿达姆已抽出匕首，架在了她的脖子上。

阿克巴向阿达姆走来。

"站住！你敢再往前走一步，我就杀了她。你信不信？我会把她扔进蛇池，你愿意看到你心爱的女人死无全尸吗？"

阿克巴真的站住了，"阿达姆，你想做什么？放了马尔格兰，我们之间的事情与她无关。"他第一次叫她马尔格兰，以前，他一直将她称作马尔格兰小姐。

"放了她？怎么可能？我不喜欢孤单上路，这个女人正好能陪我一程。"

阿克巴看着马尔格兰，马尔格兰面向蛇池而坐，他看不到她的脸，只能看到她纤弱的背影。他后悔他的一念之差竟将一个无辜的女子牵扯进来，为今之计，他首先要避免马尔格兰遭受到更大的伤害，她是他深爱的人，她没有理由为他的妇人之仁付出生命的代价。

时间仿佛凝固一般，阿达姆一脸嘲笑的表情，并不急于开口。是啊，他的确不急，马尔格兰在他手上，他掌握着对付阿克巴的最有力的武器。阿克巴飞快地思索着对策，他知道，像阿达姆这种丧心病狂的恶徒，他决不能再将他留在人间。然而，为了马尔格兰，他仍决定与他做笔交易。

"阿达姆，你听我说，放了马尔格兰。只要你放了她，我一定不追究你的谋反之罪。我和你，是吃着同一个女人的奶长大的，为了马希姆夫人，我愿意再饶恕你一次。你也一样，不要再跟我作对了，你就带上我给你的足够你挥霍一生的财富，离开德里，去阿富汗某处逍遥度日吧。"

阿达姆狂笑起来，"杰拉尔丁，你居然能说出这种话来，这可完全不像你！够了！去你的财富吧！我要的不是财富，是权力！现在，我既不要财富，也不要权力，我要你一生都活在痛苦当中。不管未来过去多长时间，每当你想起，自己最爱的女人是为你而死，还是与你最憎恶的人死在一起，你一定无法原谅自己。我了解你，你一定会的！在我们了结恩怨前，我先杀了她。"

"你说得对，我的确会痛苦。你呢？你真的就一点都不在乎自己的生命吗？你不想死中求活吗？我们各退一步怎么样？"

"哦？如何各退一步？"

"你拿起剑来，我空手，我们再来一场决斗怎么样？规则是：我和我的人全都放下武器，我会让他们所有的人空手退开，接下来，我会自己走到你那里去。在我们差不多可以格斗的范围，你放了马尔格兰，过来杀我——但愿你能杀得了我！你好好想想，你内心最希望死去的那个人难道不是我吗？除非你觉得，即使我赤手空拳，你也根本赢不了我！"

阿达姆沉吟着。他一生好胜，阿克巴的激将法点燃了他的斗志。

阿克巴比任何人都了解阿达姆，他将剑掷给阿达姆，向他走来。

马尔格兰费力地一点一点转动着身体，她被绑了太久，全身都变得麻木。她听到阿达姆嘴里发出一连串恶毒的咒怨，听到两个男人脚步闪转腾挪时发出的各种杂乱无章的声音，还听到阿达姆粗重的呼吸声和低低的咒骂声。观战的人们不断发出惊呼，她好不容易将身体转了过来。

终于，她能看清在她面前发生的打斗了。

阿达姆手里有剑，恨不得一剑刺死阿克巴，剑剑用的都是致命的招数。阿克巴有点被动，只能不断地闪避，有好几次，他都差一点被阿达姆的剑刺到。

马尔格兰吓得心脏几乎停止了跳动。她情愿自己被阿达姆扔进蛇池，也不要阿克巴为了救她而受到伤害，她只有这样一个念头。她尚且无暇考虑她的担忧和痛心意味着什么，她只知道，她真的不能眼睁睁看着阿克巴为了她遭遇危险。在任何情况下，她都希望他好好活着。

她要他好好地活着，这是她永恒不变的心愿。

阿达姆变得焦躁起来。从小，他与阿克巴一起练剑时就知道这个人有多难对付，阿克巴的灵活矫健以及善于应变永远胜他一筹。他只是没想到，手中拿着剑，原本占尽优势的他仍然无法战胜阿克巴——他此生最大的仇人，他最憎恨的人！这对他而言，更是奇耻大辱。

不！不能这样！无论如何，他都要杀了他。他要杀了他，只有这样，他才能成为莫卧儿帝国的主人。

不只是阿克巴，他还会杀了所有阿克巴钟爱的人，其中第一个，就是马尔格兰。

阿达姆加快了手上出招的频率，剑走如风，每一剑都带着凌厉的杀机。他并未意识到，他越咄咄逼人，脚下步伐越变得凌乱。阿克巴正相反，他手上没有武器固然有点被动，他的头脑却始终清醒。阿达姆久战不胜，难免心浮气躁，阿克巴看看机会来了，装作怯战不住向后闪避，阿达姆大喝一声，人到剑到，这一剑，直冲阿克巴的胸口而来。阿克巴向后仰去，剑，擦着阿克巴的鼻尖走空了。阿达姆的身体顺势前倾，再也控制不住平衡，他暗叫不好，正欲撤剑，阿克巴的脚尖已经触到了他握剑的手腕上。只听阿达姆一声惊叫，剑从他的手中脱飞，正好落在阿克巴的脚下。

阿克巴没去俯身拾剑，反而将剑踢飞。他既然说了要空手擒杀阿达姆，就不会自食其言。

手中没了武器的阿达姆不得不做生死一搏。这终究不过是虚张声势罢了，他已陷入了真正的绝望之中。渐渐地，他退到了楼梯口，守在这里的侍卫自动向两边散开。阿克巴步步紧逼，抬脚踹在阿达姆的小腹之上。

阿达姆站立不住，惨叫着，仰面朝天滚落楼梯。

这回，阿达姆失去了上次的幸运，他摔破了脑袋，鲜血顺着他的口鼻耳朵汩汩而出，他只抽搐了一会儿，就完全没有了声息。

阿克巴也不去管他。他从阿奇尔手上接过匕首，直奔马尔格兰而来。

他们默默相望，马尔格兰的脸色白得像纸一样。

"对不起，对不起！都怨我，我来晚了。你一定很害怕吧？你一定很害怕吧？"阿克巴一边道歉，一边用匕首去割马尔格兰脚腕上的绑绳。他的手不停地抖动着，居然好几次都没能割断绳索。

他的心跳得很急，甚至有些头晕目眩，此时的他，全然没有刚才的镇定与从容。

马尔格兰将手放在了他的胳膊上，"别跟我说对不起，该说对不起的人是我。"她的声音有些沙哑。

"啊？"阿克巴一时没听懂她的话。

"为了救我，让您遭遇到这么大的危险。"

这是最诚挚的歉意。阿克巴长久地注视着她，意外之余，感动之余，反而一句话也说不出来了。

为了他报恩的举动，这个女人差点惨遭阿达姆的毒手，她却一点都不怪怨他。这个女人，总是那么无情，可就是这个他永远看不透她内心的女人，生死之际所牵挂的，是他的安危。

她放在他胳膊上的手似乎起到一种安抚作用，他稳了稳心神，猛一用力，割断了她的绑绳。他将她扶了起来，她扭过头，蓦然瞥见蛇池，强烈的惊悸再次袭来，她只觉眼前一黑，倒向阿克巴的臂弯。

在她失去意识的刹那，她听到了阿克巴惊恐的呼唤。

6

马尔格兰醒来时，发现姐姐、姐夫都在她的身边。

见她醒了，卡普琳上前抱住她，喜极而泣。

萨鲁注视着妻妹那张稍稍有了些血色的脸庞，不无后怕地问："你觉得怎么样？这会儿好些了吗？"

马尔格兰温柔地回答："我没事。"

卡普琳哽咽着责备："说什么没事啊……都是姐姐不好，你要有个三长两短，姐姐也不要活了。"

马尔格兰轻轻地握住了她的手，"姐姐，扶我起来。我想坐一会儿。我这是在哪里？"

"在水晶阁的后殿。"

一切随之回到心间。即使到了此刻，一想起可怕的蛇池，马尔格兰仍有一种浑身战栗的感觉。

"妹妹，你还是不舒服吧？"

马尔格兰努力抛开对蛇池的记忆，向姐姐摇摇头。危险过去了，她反而有些好奇：阿克巴大帝怎么会在那时赶到了阿达姆的别宫？

没等她询问，卡普琳已经给她解释了事情的原委。

昨天下午，阿克巴原本正要派人去接马尔格兰，不料得到报告：阿达姆苏醒后，一连杀掉几名守卫，从看押他的地方逃了出去。阿克巴闻讯，来不及宣布罢宴，就带着阿奇尔、科特等人直奔鱼庭。他有一种不祥的预感，在对付阿达姆之前，他必须首先确定马尔格兰平安无事才行。

果然，到了鱼庭，阿克巴听说马尔格兰在一个时辰前被几个宫廷侍卫接走。一个时辰前，阿克巴并没有派人去接马尔格兰，他只觉得脑袋嗡嗡作响，立刻明白了是谁在从中搞鬼。

阿达姆！阿达姆！他顾念他们吃着同一个女人的奶水长大，饶了他的命，没想到竟因此害了一个最无辜的人。

而且还是他最在意、最心爱的女人。

这都怪他，是他太大意了，他悔之晚矣。事已至此，他只能强使自己冷静下来，好好思索一下阿达姆的想法和他可能采取的行动。

他了解阿达姆，马尔格兰落在了这个人的手里，当然凶多吉少。可是，这一次的情形又有所不同，阿达姆的真正目标是他，从阿达姆处心积虑地劫持了马尔格兰，就能看出他是要以马尔格兰作为对付他的棋子。倘若如此，在他没有出现之前，阿达姆不会轻易杀害马尔格兰。

想清楚了这一点，阿克巴悬着的心多少安稳了一些。

接下来，就是掌握阿达姆的行踪了。逃出宫廷，阿达姆会藏在哪里呢？藏在谁也找不到的地方，就不能达到他劫持马尔格兰的目的，这么分析起来，阿达姆若选择藏身之处，最合适的地方莫过于那里。

阿克巴急着去救马尔格兰。他要科特等在鱼庭，向萨鲁和卡普琳说明情况后，再陪他们先行返回宫廷，等待他的消息。他只说了这么多，至于他要去哪里救马尔格兰，他并没有告诉科特。

后面的事情马尔格兰很清楚了。阿克巴确实是最了解阿达姆的人，他准确地判断出阿达姆的藏身之处，并在那里找到了他。他还准确地判断了另一件事：阿达姆劫持了马尔格兰，但不会轻易杀害她。

马尔格兰了解了阿克巴救她的经过，脸上露出一丝笑容。这是劫后余生的喜悦，比恐惧来得更强烈。她对姐姐说："我们回鱼庭吧。"

"现在吗？"卡普琳问。

"是啊。"

"要不要等等大帝？不管怎么说是他救了你。"

"大帝不在宫里吗？"

"不在。我想，他一定去了夫人那里。汗死了，他总得亲口告诉夫人。"

马尔格兰无声地叹了口气，她从不喜欢颐指气使的马希姆夫人，只是，想到她如今成了一个失去儿子的母亲，她不由对她生出许多怜悯。

"是这样啊。夫人，一定很难过吧。"

卡普琳都不知道该对妹妹说什么才好了。差一点被阿达姆害死，妹妹却在同情这个人的母亲。萨鲁一点不觉得意外，看似冷漠孤傲的马尔格兰，其实有着宽广的胸怀，他早知道这一点，他相信，阿克巴也早就知道这一点。

卡普琳猜得没错，此时，阿克巴正在乳母的宫中。

阿达姆的噩耗，必须由他亲自告之乳母，他希望乳母能够原谅他的过失。马希姆夫人泪流满面，只说了一句："陛下做得对。"

数日后，马希姆夫人在自己的宫殿去世。阿克巴亲自为马希姆母子选择了一座奢华的陵墓，并以隆重的礼节安葬了他们。对他而言，他有必要表现出慷慨和大度，这不只是为了报答马希姆夫人的养育之恩，也是为了纪念他的自由。从这天起，他受制于人的日子一去不复返了。

他定策继续开疆扩土。用兵未降诸城前，为提高军队的战斗力，他决定采取一些措施，强化军队建制和后勤管理。

前身为蒙古军团的莫卧儿军队，骑兵无疑占有举足轻重的地位。莫卧儿的骑兵组成分为四种：第一种是装备最精良的重装骑士。这些重装骑兵中有很多人都取得了军官品衔，通常由贵族统帅，任务包括担任皇帝的助手、传递重要信件及守卫皇宫。精锐骑兵的薪水及待遇比低级军官低，但高于骑马列兵。

第二种是辅助骑兵，将士亦由国家供养。少数辅助骑兵直接受皇帝指挥，多数处于各级军官统治之下。一些辅助骑兵也会被皇帝派遣给其他军官效劳——这些军官因品级限制不允许征募额外的追随者。

第三种是由各级军官私人征召的骑兵，其组成多为骑马列兵。不同的骑手训练和装备情况差异不小，而他们效忠的对象首先是那些招募他们的人。在阿克巴统治年间，骑马列兵被证明最具战斗力。

第四种是那些非正规骑兵团。这些骑兵团通常为各种各样的封臣和部落酋长指挥，具有相当的独立性，而征募的骑兵也倾向于为与其有着相同族裔或文化背景的指挥官效劳。一般情况下，阿克巴身边会有二十名印度教头人及其随从人员充当其护卫，他们须在必要时提供非正规骑兵团供皇帝驱策。

骑兵的种类在第一代皇帝巴布尔立国之初就已明确划分，阿克巴所做的改革，是加强了对马匹的管理。对于一支以骑兵为核心的军队来说，马匹的重要性不言而喻。数目巨大的马匹大多从索马里、波斯、阿拉伯和河中地区进口。阿克巴着手建立的是一个有着高度组织的皇家马厩系统。该系统由一个高级部门管

259

理，每个单独的马厩都委派专人负责，并配备专门的记簿人员。

相对于速度来说，莫卧儿人一向更重视马匹的力量和耐力。一些马匹被训练成能单独依靠其后腿跳跃，以便骑手在足够的高度攻击战象。尤为重要的是，一匹莫卧儿战马必须能用后腿稳固的站立，并在原地做旋转动作。

莫卧儿的军事系统中，步兵的重要性仅次于骑兵。步兵大多装备短剑、盾牌、各式各样的长矛、匕首、弓箭，甚至有时还配备弩。唯一的专业步兵是火绳枪手，其余大部分是步弓手。步兵主要负责攻城作战的任务。

象兵的人数不多，却称得上莫卧儿军队中最具特色的组成部分。军用大象中大多数是负责搬运货物和火炮的母象，只有数量较少的公象被训练成用于作战的战象。战象的主要作用是充当集结点，或充当展示军队旗帜的平台，或背置象楼，让指挥官能在动态的战场上获得一个观察双方形势的制高点。

阿克巴即位之初，便摒弃了那种坚信在厩里培育战象不吉利的旧观念。他设置了很多象圈，由各地的治安长官负责训练这些野兽。战象的训练一般开始于十岁，这包括让它们熟悉火绳枪发出的噪音。阿克巴将火绳枪手和弓箭手安置在象背上，在他后期的征服战争中，甚至有一些具有装甲的战象背负着小型火炮作战。

阿克巴的另一项改革针对的是炮兵。

阿克巴的祖父巴布尔是第一个将炮兵分离为独立兵种的次大陆统治者。在那之后，莫卧儿的火炮和炮兵就一直处于专门的皇家部门的严格控制之下。莫卧儿军团中最精锐的炮手来自奥斯曼土耳其，除此之外，还有很多阿拉伯人、印度人、葡萄牙人及荷兰人在军中效力。

阿克巴热衷于武器的改良和新式武器的开发。在他统治时期，军队的战炮种类多样，既有经过改良的大型火炮，又有只需要两个人操作的轻炮，还有一些大口径的火绳步枪。随着经济复苏和发展，阿克巴一再增加投入，使炮兵的力量得到大幅度提升。与扎玛妮公主的联姻平稳了国内局势，利用这难得的和平环境，阿克巴下令并亲自监督建立了用于实验各种新式火药武器的兵工坊。

阿克巴自幼征战，接受了战争最严酷的锤炼，这使他十分熟悉火绳枪，并以优异的枪法闻名于帝国及敌人当中。他还被认为是数种当时最新式火药武器的发明者：可以在行军途中拆卸的火炮；备有十七个枪管，在一次击火中同时射击的火炮；一种专门在大象上使用的重型火绳枪；甚至还有一种靠水牛力量推动的"轮式洗枪机"，这种仪器可以一次性清洗十七个火绳枪的枪管。

在他不懈的努力下，其他的火器发明还包括：两种迫击炮，大型陶制手榴弹，靠投石带发射的黏土制手榴弹，集束的燃熔金属弹和火箭弹。

火箭弹在当时应该算得上一种十分时髦的武器。在阿克巴的积极参与下不断得到改良的火箭弹，能发射到一千码远的距离。一只骆驼最多可以携带十枝火箭弹，并且可以在背上发射。

阿克巴下令，管理后勤的军官需直接对皇帝负责，他经过摸索，组织和完善了运转高效的运输系统。在这个运输系统中，用来运货的动物包括巴克特里亚骆驼、单峰驼、牛及大象。而恒河一直以来都扮演着运输大动脉的角色，为了有效利用河道运输，阿克巴委派了一名专门负责掌管所有河流运输的官员，其职责包括管理桨夫、海员、河港、渡口及收取航行税等。

他的计划很完备。他清楚，若想将所有的计划付诸实施，就必须借助强大的经济支撑，这让他萌生了改革税制的念头。

7

整整一个上午都在与大臣们商议税收改革和改良武器之事，一向精力充沛的阿克巴也略感疲惫，中午草草吃了几口饭，就回到寝殿躺下了。税收改革和武器改良放在一起讨论似乎是个错误，大臣们莫衷一是，无论哪一个都无法取得统一的意见，反而将两件事搅在了一起，分裂出好几派的意见，吵得阿克巴头疼。眼看几位重臣的情绪越来越激动，阿克巴急忙中止讨论，让他们都离去了。他决定明天先集中确定税收改革一事，这件事关系到国家的收入，也关系到他富国强民的理想能否实现。解决了这件事，武器改良暂缓缓也无妨。

阿克巴想睡一会儿，躺在御榻上却翻来覆去睡不着。阿克巴的寝殿中央有一个模仿帖木儿王底来库沙宫建造的喷水池，不同的是，阿克巴的喷水池中建有一座造型如骆驼的假山，假山底部，小洞相通，色彩斑斓的热带鱼在其中自在游弋。七股喷泉分别从"骆驼"的耳、鼻、嘴、眼中喷出，其中嘴里的一股最大，巨大的水柱在假山的另一侧形成瀑布，水练飞落，散碎如珠，为幽静的寝殿平添了许多清凉。这座假山从一开始就是阿克巴的创意，其后被萨鲁巧妙地设计和再现出来。

越睡不着，阿克巴越焦躁，他索性睁开眼，唤过科特，要科特念书给他听。科特找来一本介绍印度的书，念了其中一个章节，可他还是一副心烦意乱、不知所谓的样子。科特没辙儿了，顺口说道："陛下，要不，我去请马尔格兰小姐过来吧？让她给您吹骨笛听，您看如何？"

阿克巴猛地从床上坐了起来，把科特吓得一哆嗦。

"陛下，小人不该多嘴。"科特慌忙跪倒致歉。

阿克巴用脚尖踢了踢他的下巴，笑道："这主意不错。"

科特没想到他的提议正中大帝下怀，顿时笑逐颜开，"陛下请稍等，小人这就出宫去把小姐接过来。"

"你出宫去接，再进宫那不得一下午？算了，你陪我一起去乐坊看看吧，我想，这个时间段，她应该在乐坊才对。我记得半个月前，差不多那个时候吧，萨鲁和他夫人来看望我，当时，卡普琳夫人对我说，她正和她妹妹排演一支新曲，还邀请我闲暇时去欣赏呢。"

"这样啊？就是说，陛下不知道了？"

"不知道什么？"

"这一个星期，夫人和小姐都没有来过乐坊呢。"

"没来过乐坊？你这是什么意思？"

"就是……没来过，没进宫啊。小人想，近一段时间，陛下一直忙于政务，已经好几个月没有举办过任何宴会了，夫人和小姐一定是觉得，排练舞蹈不那么当紧，就想休息一段日子吧。"

"你这是说得什么话！"这样的事当然没有可能。可是，不是这个理由，又会是别的什么理由呢？

难道出事了？是马尔格兰还是卡普琳？不对，如果出了什么事，萨鲁那边应该有人来告知他一声才对，萨鲁不会不声不响的。

"穿鞋吧。"他努力稳住心神说。反正今天也不安排别的事，他何妨出宫一趟，晚上就宿于鱼庭。

"是。"

科特跪在地上，刚给阿克巴穿上他打马球时喜欢穿的短靴，宫廷总管通报：马尔格兰小姐求见。

阿克巴不由一愣。

这可是前所未有的事情。平素，阿克巴与马尔格兰的相见，仅限于宴会上或者马尔格兰奉诏为他演奏乐器。他与马尔格兰相识两年多，这个女子从未主动进宫看望过他一次，她的冷淡疏远，有时还真让他恼火。

那么，今天是怎么回事？

"陛下。"科特见大帝发愣，忙提醒他道。

阿克巴点点头，问总管："除了小姐，还有谁一起来？"

"只有小姐一人。"

"是吗？唔，让她进来吧。"

总管躬身退出，不多一会儿，引着马尔格兰走进寝殿。

阿克巴斜靠在床上，看着马尔格兰走进来，顿觉眼前一亮。

马尔格兰今天的打扮有几分特别，在阿克巴一向挑剔的眼光看来，完全可以用"赏心悦目"这个词来形容了。她既未穿着正式的宫服，也未穿着演出时常穿的纱丽，她的一身装束阿克巴过去从未见过。只见她，下身穿了一条宝蓝金纹、色彩炫丽的真丝裙裤，长短刚及脚踝，上窄下宽的样式，恰到好处地衬出她臀部和腿部的圆润。上身则穿着同样面料的紧身宽袖短衣，稍稍露出一点纤细的腰身。裙裤的腰身及下摆，上衣的衣领及袖口都配以珍珠绳边，更彰显出服装本身的华丽富贵。

衣着已是如此，发型亦不同以往。马尔格兰的头发原本又浓又密，黑亮顺滑，平素，她喜欢用各式各样的簪子将长发绾起，这次，她只在额角两侧梳了几根细长的小辫，小辫中缀着红色的丝线，自然地垂落在肩头。除此以外，阿克巴注意到，她的手中，握着那支她很少离身的费尔干纳骨笛。

如此装扮，自有一种说不出的风流旖旎，连科特站在大帝身边，也呆住了。

马尔格兰走到离御榻几步远的地方停住，跪下施礼。

"起来吧。"阿克巴摆摆手，说。他丝毫没有意识到，他的声音，已是变得如此温柔。

马尔格兰遵命站起。

"科特，科特！"

阿克巴唤了第二声，科特才清醒过来，慌忙应道："是，陛下。"

"你们都退下吧。"

"遵命。"

科特摆摆手，大家立刻跟在他身后，悄无声息地退下。

科特此人，性格上有点女人气归有点女人气，却是一个做事极有分寸的人。他从不把阿克巴的每件事情都一一禀报皇后，特别是那些有可能引起阿克巴与皇后之间误会的事情。作为莫卧儿帝国至高无上的国君，阿克巴有能力娶许多位妻子，有时为了政治需要，阿克巴也会这样做。但阿克巴最宠爱的人是他的印度皇后，对于这一点，科特看得很明白，他觉得这样就足够了，以此为前提，虽然他对放在大帝心上的那个女人以及大帝的隐秘心事一清二楚，他却从未对皇后提起。

皇后的确并不清楚阿克巴的心事。她不能干涉阿克巴的生活，也决不会冒着失去宠爱的危险干涉阿克巴的生活。她是个明智的女人，她早知道自己不能独占阿克巴，就像她自己的父亲也有许多妻子一样，她是在这样的环境中长大，对这些事早就习以为常。不管怎么说，阿克巴是莫卧儿帝国至高无上的皇帝，在她之前，阿克巴就已经有了几位妃子。别说她不知道阿克巴心中珍藏着一个女人，就算她知道，她也会大度地接受，这是她身为一国皇后必须具备的美德和修养。

从嫁入莫卧儿宫廷，皇后只在宴会上见过马尔格兰几次。尽管次数不多，皇后对这个孤傲女子的印象却极其深刻。她并非喜欢马尔格兰拒人于千里之外的冷漠，也不会屈尊与这样的女子产生任何交集，可她不能不折服于马尔格兰的才华，在这点上，她与帝国的其他人无异。

科特轻轻拉上殿门，空阔的寝殿上只剩下阿克巴与马尔格兰两个人。

"你怎么会来？"阿克巴若不经意地问。马尔格兰羞涩胆怯，她会单独来见他，总让他有些不安。

"你这身衣服很好看，很适合你。是你姐姐帮你选的吗？"不等马尔格兰回答，他又补充了一句。

马尔格兰害羞地"嗯"了一声。停了停，她想起他的第一个问题还需要回答："姐姐说，这个时间在这里应该可以见到您。"

"你来见我，为了什么事？"

"我……我要走了，我来这里，是向您辞行。"

阿克巴好似没听懂，"什么辞行？你打算出去旅游吗？"

"不是，我要回家，回喀什噶尔了，明天就走。"

她说完，大殿中失去了一切声音。

沉寂，只有沉寂。沉寂未免太久，马尔格兰不安地抬头看了阿克巴一眼。她不知道是她的错觉，还是大殿光线的缘故，阿克巴的脸，呈现出一种怕人的青色。

她使劲攥着骨笛，垂下眼帘，克制着马上逃开的念头。

不知过了多久，阿克巴从床上一跃而起，"哈！明天……就走？然后，你，今天，来告诉我？"他一字一顿地说，格外用力，格外冷硬。

马尔格兰再迟钝，也听得出他语气不善。

"那是因为……我……您……"

她想解释，他却根本不听。

"可恶！萨鲁呢？他在做些什么？！还有卡普琳，还有你！你们到底把我当成了什么？！你们到底把这里，把皇宫当成了什么？！"

这几句话，他是喊出来的。

马尔格兰沉默了。她的沉默让他更加怒不可遏，他伸出手，抓住了马尔格兰的肩头。他是如此用力，就像故意要弄痛马尔格兰一样。马尔格兰本能地一缩身体，却努力忍着没有叫痛。

"抬起头来！"阿克巴命令道。此刻，他的内心有多痛，他的语气就有多冷。

马尔格兰身不由己地服从了。

阿克巴是一个具有十足帝王气质的人，面容周正，不怒自威。在莫卧儿帝国，他一向言出九鼎，唯我独尊。马尔格兰像帝国中的其他人一样，从来不敢违逆他的任何命令。何况，此时此刻，他手上的力度，他灼热的气息，都明白无误地向她传递着一种危险的信号。

她抬着双眼，与他的视线相接。这是她第一次在如此近的距离看到他怒气冲冲的样子，即使是看到一头发怒的狮子，她也不会这样担心、害怕。

他该不会像狮子一样，把她撕得四分五裂吧？

8

阿克巴凝视着马尔格兰的眼睛。这双眼睛一如既往，闪动着清澈的光芒。他弄不清，为什么这个女子总不喜欢笑，也不喜欢说话？只有在演奏乐器时，他似乎才可以捕捉到她发自内心的热情和欢乐，才可以看到她脸上变幻丰富的表情。与尘世相比，她似乎更喜欢活在音乐中，活在大自然中。即使身处繁华的皇宫，她依旧独来独往，不愿盲从，不善变通。阿克巴清楚地知道，像她这样的女子，他这一生恐怕再也遇不到第二个，正因为如此，她越淡漠，他越迷恋她。对他而言，她是他抛下所有的政治目的唯一一个想要真心拥有的女人。

真心拥有，不怀任何目的，只有爱慕，只有珍惜。

她却始终不曾给过他这样的机会。而他，因为爱慕与珍惜，选择了等待。此时此刻，他第一次感到后悔了，当他知道她很可能就这样永远从他的眼前消失时，他后悔了，的的确确后悔了。

他是有过机会将她留在身边的，只要他再强硬一些，只要他还是过去那个无所畏惧、不顾一切的阿克巴，他一定可以把她留住。

他要不要这么做呢？他问自己。哪怕她已经决定离开印度，回到喀什噶尔，他仍然可以用最强硬的手段将她留在身边。

要知道，他可是莫卧儿帝国至高无上的君主。

他逼近她。他的目光里一定燃烧着火焰，或许还有比火焰更热烈的欲望，马尔格兰不由自主地垂下眼帘，明显地有点畏缩。

要不要做呢？要不要呢？

阿克巴拿不定主意，这让他更加恼怒。

"大……大帝，怎……怎么了？"马尔格兰觉得自己应该跟他说些什么，可她想了半天，也只结结巴巴地问了这么一句。

"为什么要这样做？"

"做……做什么？"

她眼波如水，一脸茫然。她还是如此不解风情！奇怪的是，他的怒气竟因此变得微弱了一些。

"为什么突然决定离开？"

"不是啊，不是突然决定的。我两年多没见到父母了，一直很牵挂他们，也很想念家乡。其实，我早有回家的打算，之所以没马上离开，是因为卡普琳姐姐需要我帮她编排新的舞蹈。在舞蹈的世界里，她是那么生气勃勃，充满活力，我喜欢看到她开心快乐的样子，就决定先陪她一段时间。我预想的时间是三年，我打算陪姐姐三年，三年后，我无论如何都要回去看望我的父母。我本来是这么打算的，可是，几天前，我们接到了艾姐姐的来信。艾姐姐说，今年入冬以来，父亲的身体一直不好，还生了一场病。父亲岁数大了，我最放心不下的人就是他。当年，外祖父去世时母亲没能守在他身边，这件事给母亲留下了永远的遗憾。我不想像母亲一样留下遗憾。"她匆匆忙忙地解释着。她不明白，回家，这对任何人而言不都是一件最正常不过的事情吗？为什么大帝要对她生气呢？

或许，大帝是舍不得她吧？就像卡普琳姐姐也舍不得她一样。事实上，她对华丽而又空虚的皇宫无所留恋，可这华丽空虚的皇宫里也有一个让她留恋的人。这个人就是，阿克巴大帝。在即将离别的时候，她可以确定这一点。

她默默想着心事，想得出了神。她不知道，这一刻，她柔弱娇羞的样子在阿克巴的眼中有多可爱，有多让他难以割舍。

"真是个蠢女人！"阿克巴微微叹了口气，松开了抓着马尔格兰肩头的手。对于这个本性单纯的女子，他真的不知道该如何做才好。他既舍不得她在他的眼前消失不见，又舍不得对她有任何勉强。

她望着他，嫣然一笑。她的笑容依旧纯真无邪，只可惜她太吝啬，连多几次这样的笑容都不肯留给他。

"蠢女人，蠢女人……"他喃喃地重复着这句话，仿佛只有这样说，才能缓解他内心剧烈的痛楚。

马尔格兰毫不介意。按照姐姐和姐夫的要求，她向大帝辞行过了，明天，她将踏上归程。想到再过几个月就能见到父母，那时候她还能用骨笛与父亲再合作一次《思乡谣》，还有，完成那支她构想了一段时间接近成熟的琴笛合奏曲，她就充满期待，这种期待多少抵消了离别带给她的伤感。

"大帝，"她后退一步，刚要说，"我……"

阿克巴猛地抓住了她的手腕，"跟我来！"

在她尚未明白发生了什么事之前，她已经在跟着阿克巴奔跑了。他们快速地穿过宫殿的后门，又穿过另一座宫殿的宫门，开始沿着台阶向上跑。这段路不知哪儿才是尽头，奔跑的过程中，阿克巴始终紧紧拉着马尔格兰。从出生到现在，马尔格兰还从来没有跑得这么快，跑得这么久过。她并未继承在塞西娅洞出生的母亲那样强健的体魄，没过多久，她就大汗淋漓，眼前阵阵发黑，肺如同炸裂般疼痛难忍。她以为自己快要死了，意识也变得混沌不清。最后，她踉跄着倒在地上。

她真的跑不动了，哪怕阿克巴是个魔鬼，哪怕这个魔鬼正在追逐着她，她也一步都跑不动了。

她大口大口地喘着气，用尽全力呼吸着。一阵清凉的风吹在她的脸上、身上，她好不容易缓过一口气来。

而此时，一次也没松开过，自始至终都抓着她手腕的那只手动了一下。

"很难受吧？"声音有点喘息，听在她的耳朵里犹如魔鬼的发问。

她下意识地点了点头。

"有没有眼前发黑的感觉？"

她点头。

"有没有无法呼吸的感觉？"

她点头。

"有没有快要死去的感觉？"

她回答："有。"

"魔鬼"说："这就是我的感觉。"

她睁开眼，发现她正跌坐在塔楼的天台上。阿克巴蹲在她的面前，深黑明亮的双眸中闪动着怒火。

"这就是我的感觉。当你告诉我，你决定离开印度，而且明天就走时，你刚刚所感受到的一切折磨、痛苦，就是我的感觉。"

267

马尔格兰呆呆地望着阿克巴。她没想到，她会伤害他。她并不想要伤害他。不经意间，她想起艾姐姐说过的一句话，那是在她即将离开喀什噶尔前往印度时，艾姐姐去送她。临别，艾姐姐一边亲吻着她的额头，一边玩笑般地对她说："小妹，人们都说欠过的债是要偿还的，说不定母亲当年欠的情债，这一次要由你这个做女儿的去偿还呢。"艾姐姐开这个玩笑有个缘由。她和艾姐姐从小都是在阿图的照顾下长大的，阿图一直没有成家，他把她们当成自己的女儿一样，她们也将他视为亲人。长大后的艾姐姐嫁入王府，却仍然与阿图感情亲密，无话不谈。有一次，经不住艾姐姐的百般追问，阿图偷偷给艾姐姐讲述了母亲与胡马雍大帝以及父亲之间的往事。阿图说，当年，母亲在自己深爱的少年和珍视的男人中选择了后者，但母亲一生，从未后悔过自己的选择。后来，艾姐姐把这件事告诉了她。

那个时候，听完艾姐姐的话，她一笑置之。她不相信天下会有这么巧的事情，直到她第一眼看到阿克巴，才有些明白了为什么当年情窦初开的母亲会爱上这个人的父亲，他们父子之间应该有着某些相像的地方。

其后的日子，她谨慎地让自己对他的感情停留在珍视的阶段，这种感情，比爱只少一点点，却要比爱大度许多，也不会让她心生烦恼。她庆幸在爱情上，她继承了母亲的清醒冷静。是的，她像母亲珍视父亲那样珍视这个男人，可是，她又无法像母亲那样，给自己珍视的人一个圆满的结局。

这是因为，她在心里说，无论我如何珍视你，你的身份终究与父亲不同，父亲只是一个乐师，而你，是一国之君。

我向往如父亲与母亲那样专一的婚姻，你却注定要做许多女人的丈夫……

不过……不对！真是的，这又有什么关系！你会做谁的丈夫又有什么关系？重要的是，你是我的知音，重要的是，我珍视你，这便足够了。大帝，你舍不得放我走，我好感谢你，可是，请你不要再让我去想那些乱七八糟的事情。我答应你，我会回来看望你和姐姐的，我期待着能与父母一道回来。我相信，那时的我，仍会视你为知音，那时的你，肯定已成为比现在还要强大的皇帝。

我坚信如此。

从不怀疑。

9

所有贴心的话都在嘴边，马尔格兰却一句也说不出口。谁让她天生拙于言辞，也羞于表达呢？沉默了片刻，她举起了骨笛，轻轻说道："让我再为您吹一次《思乡谣》吧，好吗？"

阿克巴不做回答。他松开马尔格兰的手腕，此时，他无法再与她相视，他只是伸出手臂，将她紧紧搂在怀中。

他用不易觉察的力度亲吻着马尔格兰柔滑如丝的秀发，泪水沿着他的面颊缓缓滚落。他没想到，像他这样刚强的人也会软弱流泪，这是让他羞愧的软弱，这是让他羞愧的眼泪，他永远不会让她看到。

倘若此别即永诀，他希望她记着的，是他无所畏惧、果敢坚定的一面。

马尔格兰没有回应这突如其来的拥抱，也没有拒绝。这并不是属于她的怀抱，可是，这个怀抱很温暖，很坚实，她不禁有几分留恋。

风正好。徐徐吹来，吹干了她身上的汗，让她从内到外都变得舒爽起来。真奇怪，这是她第一次被一个男人拥抱，可她并不觉得特别羞涩，特别紧张，相反，她在激跑中变得滚烫的脸颊也正慢慢褪去热度。

天空中，轻云几朵，它们随着风向自由自在地移动，偶尔，会拖曳出一团巨大的阴影，覆盖在偌大的天台上。马尔格兰试图挣脱阿克巴的怀抱，她刚动了动，阿克巴喝道："别动！"

马尔格兰柔声说道："别这样，大帝。我会回来看您的，还有卡普琳姐姐。我心里记挂着你们，怎么可能不回来呢？"

"真的吗？"听她这样承诺，阿克巴的心里稍微好受了一些。他略略松开了马尔格兰，仍然不肯让她看到自己的脸。他担心他的脸上尚且留有泪痕，若被她看出他竟会为她流泪，那绝对是件不可原谅的事情。

"是的，我一定回来，跟我父母一道。这些日子，我的眼前总会出现一只雄鹰的影子，心里总会响起一支旋律的零散片断，回到家乡后，我要和父亲一道完成它。这是独一无二的琴笛合奏曲，更是属于您的《雄鹰》。等我回来，我要把它献给您。我也想请您欣赏我父亲的六弦琴。母亲说，您的祖父曾经赞叹我父亲的琴技出神入化，在帝国无人能及。"

"《雄鹰》？是曲名吗？"

"是。《雄鹰》，在我心里那就是您啊。您就像雄鹰一样，在莫卧儿帝国的天空自由翱翔，勇往直前，无所畏惧。"

阿克巴猝然松开马尔格兰，起身走到天台一侧，背对马尔格兰站在天台的边沿。微风阵阵，凉意丝丝，一点点，一点点，收干了他脸上的汗，却始终无法平复他烦乱躁动的心情。他想要她，在即将离别的时刻，他真的想要占有她。哪怕这一生只有一次，哪怕就一次，他也希望她能做一回自己的女人。

他完全可以做到，为什么还要犹豫不决？难道是因为，这个女人在谈起家乡谈起音乐时，竟然第一次对他说了那么多的话？

马尔格兰起身，站在原处。几个月前，她差点被阿拉姆汗扔下蛇池，从那以后，她就对站在高处往下看产生了畏惧。

269

"大帝。"

"什么？"

"明天，姐姐、姐夫会送我出城的，您不用来送我了。"

"你在说什么废话？你不过是一个小小的乐师，我是一国之君，我去送你，岂不太有失体统！"

马尔格兰倒不计较阿克巴的态度，她觉得他说的没错，"那么，我们……"

"什么？"

"就此别过。我先告辞了。"

阿克巴看也没看她，"等等！"

"怎么？"

"马尔格兰小姐，你知道几年前我父皇是怎么去世的吗？"他的话题转得莫名其妙，让马尔格兰一时有些摸不着头脑。

"不知道吗？"

"听说是意外，失足从……"

"差不多十五年的时光，父皇失去家国，吃了许多苦，落下严重的足疾，加上酗酒，人一天比一天变得臃肿笨拙。若非如此，他也许就不会摔下楼梯，不会早早离开人世。不过我要说的并不是这件事。"

"不是……这件事？"

"不是这件事。"阿克巴喃喃重复着，"是另一件事。"

马尔格兰觉得他的语气不同以往，不敢多问，只是默默地听着。

"父亲受了伤，躺了七天就过世了。他意识清醒的时候，封拜拉姆为摄政，将我托付给拜拉姆，还叮嘱我要照顾好母后，他说母后跟着他吃了不少苦。后来，他陷入昏迷中。在他弥留的那个晚上，只有我一个人守在他的身边。我几乎是眼看着生命之火一点点在他身上熄灭，就在我以为他去了的时候，他突然睁开眼，清晰地喊出一个人的名字。他喊了两遍，脸上闪现出一种奇特的光彩，我不知道那光彩究竟意味着什么。喊过后，他长长地出了口气，脸上的光彩慢慢消逝，像睡着一样离去了。我从来没对别人说起过这件事，特别是对母后，我永远不会让她知道。因为那个名字，我不是第一次听到。你知道那是谁的名字吗？"

马尔格兰摇摇头。阿克巴即使不用回头，也能想象出她百思不解的样子。

"你留下来吧，下午陪我，晚上我再派人送你回去。"

"您说什么？"

"留下来，陪我！"阿克巴不自觉地捏紧了拳头，语气是少有的粗暴。这一刻，他做出了决定，不再犹豫、烦恼。

270

他的决定，是报仇的决定。

是的，报仇，为了他那抱憾而去的父亲。

当然，也为自己，不要留下父亲的遗憾。

天还早，只在天际处露出一抹曙光。卡普琳一直将妹妹送出城门外，那里有一辆装饰华丽的马车，有骑在马上的阿奇尔和一队侍卫在等待她。卡普琳恋恋不舍地抱住妹妹，哽咽着说："要回来啊，妹妹。"

马尔格兰答应着，很温柔："好。"

萨鲁走到她的面前。她离开姐姐的怀抱，向萨鲁说道："大人，请照顾好我姐姐和孩子们。"马尔格兰担心孩子们哭闹，走时没让卡普琳叫醒他们。

萨鲁拍拍马尔格兰的头。他还是第一次这么做，马尔格兰是个不易接近的女孩子，可他知道，马尔格兰是个好女孩，"早点回来，我们等你。"

"嗯。"

马尔格兰最后一次与姐姐拥抱，卡普琳吻了吻妹妹的额头，泪水潸然。马尔格兰向姐姐微笑了一下，毅然决然地走向马车。

阿奇尔拿出上马凳，她正要上车，卡普琳叫住了她，"等等，妹妹。"

马尔格兰扭头望着姐姐。

"你看那里。"卡普琳指了指城楼的方向。

马尔格兰顺着卡普琳手指的方向望去。高高的城楼上，一个孤零零的形体伫立在昏黄色的晨曦中。此时此刻，他们相隔得太远，她看不到他的脸，但能感受到他正俯视着她的目光。

是大帝。尽管昨天他明确表示过，不会来送她。

一切蓦然回到心间。那个下午，在他的疯狂和强壮面前，她的反抗无济于事。她轻忽了"陪他"的含义，毕竟，此前的她对男女情事一无所知。她的抗拒只能更加激起他的野性，到最后，她筋疲力尽，不得不屈从于命运的安排。

只能屈从。他是男人，她是女人。他是大帝，而她只是一名小小的乐师。

纵然有着些许的愤怒与伤心，他所做的一切也不是不可原谅。艾姐姐说，母亲欠的债，也许要她这个做女儿的来偿还。那么，就当是还债吧，将多年前的那笔情债还给这个她在天地间最珍视的男人。

从她无力反抗的那一刻起，她不再恐惧，不再哀求，也不再对他说任何一句话。直到分别，她也没有流下一滴眼泪。他目送着她走出寝殿，他对她说的最后一句话是："恨我吧！可是，我决不后悔！"

她不恨他。不过，这句话她没有机会对他说了，她想等到他们重新相见的时候，她会告诉他。

不知为什么，城楼上他的身影有一种说不出的孤独和沉重，片刻，马尔格兰双手合十，用深深的一礼向他辞行。

他看着她上了马车，看着马车离去，却看不到她脸上的怜惜表情，看不到她温柔闪动的目光。他的眼窝阵阵发涩，心像被掏空一样难受。他或许再没有权力说让她留下的话，或许再也见不到她，可他依然不后悔自己所做的一切。她是他的真爱，这一生，他一定要让她做一回自己的女人。

哪怕只有一次。

他不要像父亲那样，怀着深深的遗憾离开人世。

10

如果说阿克巴采取的联姻策略使大部分拉吉普特酋长改变了对他的敌对态度，那么，他接下来采取的一系列施政方针则为他赢得了民心。

阿克巴在与扎玛妮公主成婚的第二年（1563年初，这个时候，马尔格兰刚刚回到喀什噶尔），出台了一项改革，即取消朝觐税。他是在马土拉城附近营地发现有这种税的，马土拉是一个著名的朝觐胜地，阿克巴下令取消了所有与朝觐有关的税种。

继取消朝觐税之后，阿克巴又下令取消了"季兹雅"，也就是人头税，这是一种每个非穆斯林都必须缴纳的税种。凡是坐上德里皇位的穆斯林，只要足够强大，就会征收这种人头税。现在，阿克巴取消了它，这两个税种的取消使国家减少了收入，却使阿克巴的政权开始真正根植于印度的土壤。

随着经济全面恢复发展，社会矛盾日益缓和，得到多数印度百姓拥护的阿克巴如愿地坐稳了德里的皇位。

经济的发展也促进了商业和外贸的发展，印度的一些主要城市一方面仍是封建统治的政治中心和贵族的消费基地，另一方面也开始起着工商业中心的作用。在阿克巴的苦心经营下，德里、亚格拉的城市规模堪与当时的明朝首都北京相比。

活跃的商业贸易逐步打破了各地区的闭塞隔绝状态，沿着陆路和水路商道形成许多区域性的国内市场。数年后，随着孟加拉和古吉拉特并入帝国领土，这两个地区亦成为对外贸易最发达的地区，商船往来欧亚非各地及中国。

在专注于内政改革的同时，阿克巴从来没有丢弃过开疆扩土的野心。这位十四岁就登上皇位的莫卧儿皇帝，继承了他祖父的热忱和贪婪，他要在南亚次大陆建立了一个版图宏大的稳固帝国。他将进攻的目标首先对准冈德瓦纳，下一个目标是奇托尔，只是这时，他的征服计划被两起突发事件打断了。

第一件事是乌兹别克贵族库里汗反叛。库里汗以及像他一样功勋卓著的贵族无法忍受阿克巴建立的中央集权制，他希望将皇权限制在德里附近，而身为采邑主的他们可以自由行使权力。为了废黜阿克巴，库里汗暗中联络了一些贵族，准备将阿克巴的二叔卡姆兰之子扶上皇位。阿克巴提前获知了这个消息，先下手为强，秘密处决了堂兄。此举引发了此后一系列的反叛活动，阿克巴足足用了两年的时间，才将这些反叛一一镇压下去，并将一切祸源之首库里汗绳之以法。

第二件事是阿克巴的异母弟、喀布尔省督哈基姆入侵印度。这一次的入侵仍与库里汗有关。哈基姆在堂兄死后，得到库里汗的许诺，只要他从喀布尔出兵，与库里汗等贵族联手除掉阿克巴，就由他继承他父亲胡马雍留下的皇位。哈基姆从喀布尔向印度进发，沿途攻占了一些城市，阿克巴闻讯后亲率皇家军队北上迎击，在阿克巴即将抵达拉合尔时，哈基姆听说库里汗已被兄长阿克巴擒杀，吓得当即丢掉他攻占的所有城池，一路逃回喀布尔。

危险过去了，阿克巴念及兄弟之情，并没有追究哈基姆的反叛行为，也未剥夺异母弟在喀布尔的独立权力。

上述种种突发事件促使阿克巴开始考虑改革军事制度，建立一种新型的军事体系。阿克巴所要建立的军事体系，其基础是基于三十三种军官的军事品级制度。阿克巴规定，所有有明确品级的军官在正常情况下都必须由皇帝直接任命。最高级别的三种军官分别是：一万人队长、八千人队长、七千人队长。这三种职务均由莫卧儿亲王担任。其余的军官级别则从统领五千人的大军官到十人队长不等。

在这种复杂的系统之下，只有高级别的军官才有资格出席由皇帝召开的军事代表会议。不仅如此，每一个级别的军官也相应保持一定数量的骑兵和其他牲畜：如一个五千人军官拥有三百四十匹优质战马、九十头战象、八十头骆驼、二十头骡子和一百六十辆运货马车，最底层的十人长则拥有四匹马而没有其他的牲畜。

除此以外，所有统帅五百人或高于这个级别的军官都会被称作"密尔"，即阿拉伯语中的埃米尔。为了让所有军事单位有机会接近统治者、为皇室效劳并获得赏赐，阿克巴发明了一套复杂的系统使之成为可能：军队被划分为了十二个部分，每一个部分去朝廷服务一年。而整支军队又被另外划分为十二个部分，每个部分每年都能以骑兵护卫的身份在皇廷效劳一个月。同时，还有另一种划分方法，将军队分为四个部分，这四个部分又被各自分为七个小的单位，每个单位负责每周在皇宫站岗一天。还有，高级贵族必须经常出席皇室会议。

上述改革中最主要最根本性的变化，是阿克巴首次推行了军队薪饷制度。如高级军官五千人队长每个月可以获得三万卢比的薪酬。军官的薪酬随着军官品衔的降低依次降低。高级军官也会被授予封地来供养他本人和他的追随者。这种封地，如同穆斯林时代最初的几个世纪那样，是不能被继承的。普通骑兵的薪水依其所需供养的马匹而定，骑兵军官也会克扣一般士兵百分之五的薪酬，以支付管理和维护队伍装备消耗的费用。所有的品级，包括军官及士兵都可能得到额外的收入，如因其作战勇敢、战果显著而被赐予封地和金银财宝。

任何人都无法阻挡阿克巴在改革和征服的道路上行进，其后不久，他就以这样一支风貌崭新的军队，开始了新的征服之旅。

11

回历 975 年 3 月（1567 年 10 月），阿克巴决定攻占奇托尔城堡。阿克巴对拉吉普特人的怀柔政策为他争取了大多数拉吉普特人的支持，但还不是全部。阿克巴从来不吝对拉吉普特人伸出友好之手，与此同时，他也绝对不会放过他的敌人。

他的目标是征服每个独立的拉吉普特土邦（拉吉普特印度教联盟是由许多独立的土邦组成）。梅瓦尔的拉那家族以及为数不多的几位酋长仍在抵抗，在阿克巴分化瓦解、分而治之的政策下，这些抵抗者尽管得到了拉吉普特人的尊敬，一旦面临战争，却很少有人愿意帮助他们反对皇帝。

在拉吉普特人修建的城堡中，奇托尔是最坚固的一个。奇托尔位于平坦旷野中的一块高耸的岩石上，被视为攻不破的城堡。桑伽活着时，无疑是一位令人尊敬的伟大战士，他从来不向任何外来统治者低头。可惜的是，这样一位坚强勇武的父亲却生了一个怯懦无能的儿子，桑伽之子乌代丝毫不具备其父的顽强意志，在战争伊始，他就惊慌失措，一心运筹逃跑。

仅仅过了两天，乌代在一个风雨交加的夜晚弃城而逃。为拉那家族效力多年的勇士贾伊马尔拒绝效法他的主人，他决定留下来，与奇托尔城堡共存亡。

阿克巴认真视察了地形，发现奇托尔城堡的确易守难攻。他想到边围困边攻城的方式，由于奇托尔固若金汤，这个方法没能奏效。或是天意，幸运之神一直都在惠顾这位年轻的莫卧儿皇帝，无论遇到多少艰难险阻，他最后总能化险为夷。一天，阿克巴正立在城下思索对策，他看到堡垒上出现了一个人，不知道那个人在上面做些什么，阿克巴一刻也没有犹豫，取下弓箭，向那个人射去。这一箭穿透了那个人的胸膛，死去的人正是奇托尔英勇的保卫者贾伊马尔。

贾伊马尔的死极大地动摇了奇托尔城堡拉吉普特人继续抵抗的决心，贾伊马尔的继任法塔抵抗不力，失败的命运不可避免。八千名守军眼见守城无望，决定实行"兆哈尔"（妇女自焚，以免遭受污辱）。在这个惨不忍睹的过程中，他们手挽着手，发出了"战至最后，流尽最后一滴血"的誓言。

阿克巴付出高昂的代价才拿下奇托尔城，他对被征服者给予了严厉的惩处。惩处归惩处，崇尚勇武、珍惜荣誉的年轻皇帝在内心里还是很敬佩贾伊马尔和法塔的，凯旋后，他让人塑了这两位勇士的雕像立于阿格拉城的入口处，以纪念拉吉普特人在奇托尔保卫战的英勇顽强。

下一个城堡轮到兰桑波尔。兰桑波尔由拉奥家族的哈拉军守卫，其统帅是拉奥·苏建。阿克巴接受内侄拉贾·曼的建议，决定以围攻威慑，争取迫降苏建。在过去的日子里，拉贾家族与拉奥家族一直保持着密切友好的关系，为了促使苏建早日归顺朝廷，比哈里决定助女婿一臂之力，他组成了一个庞大的礼仪团，以王子曼为特使，携带大量珠宝财物要求面见苏建。

拉贾家族与拉奥家族素有交情不假，但那都是此一时彼一时的事情了，如今，双方处于敌对状态，在这种情况下，即便是比哈里的亲孙子，曼本人的安全也无法得到保证。曼是大帝的臣子，他无由退避，让他万万没想到的是，大帝的好奇心与尚武精神竟会如此强烈，他坚持化装成曼的持杖侍从一同进入城堡。曼无法阻拦他，又不能保证他的安全，一颗心简直提到了嗓子眼里。

苏建不能不给比哈里这个情面，他在宫殿接见了曼和他的侍从。侍从们抬上十几个大箱子，曼在苏建的面前打开了箱盖，只见箱子里面从奇珍异宝到绫罗绸缎，从茶叶香料到古画瓷器，琳琅满目，应有尽有，足以令苏建心动。苏建满心欢喜地收下礼物，为了感谢比哈里的好意和厚礼，他请曼入座。

无意中，苏建的目光掠过正立于曼侧后的持杖侍从，这个持杖侍从面容威严，目光如炬，让他不去留意都不成。

他不觉心念一动，与装扮成侍从的阿克巴默默相对。

曼终究年轻，紧张之下，很难将自己的表情调整得恰到好处。

"你是什么人？"片刻，苏建直截了当地问阿克巴。

"他是我的持杖侍从。"曼急忙抢着回答。

"侍从？"

"是。"

"可是为什么，我觉得他比你更引人注目？而且，我还能从他发亮的额头上看到帝王的印记。曼王子，你说实话，他果真是你的持杖侍从吗？"苏建特别加重了最后一句话的语气。

"他……"

"首领，你希望我是什么人呢？"阿克巴表情如常，平静地开了口。

"不是希望，而是不希望。"

"也罢，你不希望我是谁呢？"

"我不希望你是我的敌人。"

"我本来就不是你的敌人。所有的拉吉普特人，都是我的朋友和伙伴。"

"看来我猜得没错，你是皇帝。"苏建从座位上站了起来。

"对，我是阿克巴。"

这个名字不啻一声惊雷在苏建耳边炸响，他虽早有预感，却还是被惊得重又跌坐在王座上。

曼的脸上早已失去了血色。

"你……你……"苏建用手指着阿克巴，"你"了好一会儿，才说出完整的话来，"你居然敢到我的城堡来？"

"首领，我是为了和平而来。我打心眼儿里不愿与首领为敌，只要首领肯归顺于我，我将赋予首领足够的权力，直属于我的五十二个区将成为首领的采邑。除此以外，我愿与首领签订条约，废除一切对拉吉普特人不利或有歧视性质的政策。"

"你……说的是真的吗？"

"君无戏言。"

苏建突然发出一阵冷笑，"皇帝，想不到，你会愚蠢到自投罗网？五十二个区又算得了什么？抓到了你，我就可以把你们这些外来入侵者赶出印度。"

阿克巴淡然一笑，"你要试试吗？"

苏建愣住了。

"首领，我把和平的概览枝伸到你的面前，抓住它吧，从此，你和哈拉人就是我的伙伴，我的朋友。"

苏建似乎在思索，在抉择。曼紧紧注视着苏建的表情，此时此刻，对他而言，他宁可拼得一死，也要保全阿克巴的性命。

时间一分一秒地流逝着，宫殿中的气氛变得压抑又不可捉摸。不知过了多久，苏建从座位上走下来，走到阿克巴面前。片刻，他跪了下去。"陛下，就这么办吧，我愿意做陛下的仆人。您的勇气征服了我。说真的，您站在我的面前，我才开始明白为什么那个顽固的比哈里会愿意与您结盟了。"

阿克巴欣慰地扶起苏建，"我早知道首领会做出这样的选择。我早知道，我们天生就是朋友，不是敌人。"

此后的几天，阿克巴与苏建签订了协约。在确认苏建忠心归顺之后，阿克巴离开兰桑波尔，去攻取最后一个拉吉普特人的堡垒——卡林贾尔。

途中，依旧心有余悸、忐忑不安的曼问阿克巴，"大帝，那个时候，您为什么会那样说呢？"

"说什么？"

"在苏建说他要抓住您的时候，您说，你要试试吗？您为什么会那样说？"

阿克巴笑了。他取过那根代表比哈里的权杖，轻轻按动了一下机关，一柄锋利的宝剑顿时从权杖顶端露出剑柄，接着，他几乎在转瞬间就将宝剑送到了一个离他只有几步远正骑在马上的军官胸前。

从拔剑到移动脚步，曼几乎没看清他是怎么做的。当时，曼只觉得眼前寒光一闪，阿克巴就已在他看到的位置上了。而那个被阿克巴制住的军官，与苏建恰在等同的距离之外。

军官不明白发生了什么事，惊得面如土色。

阿克巴看了曼一眼，这一眼如同问："明白了吧？"

他从容收起宝剑，曼跪倒在他的面前。

"你跪什么呢？"

"大帝，我，拉贾·曼，身上一直流着拉贾家族骄傲的血。我跪在您的面前，是想请您听我说一句话：在您之前，我其实从未真心佩服过什么人，但是，从今天的这一刻开始，我将是您最忠诚的仆人。这份心意，天地可鉴。只要我活着，就不会有任何事任何人让我改变。"

阿克巴伸手扶起曼，"起来吧，你不需要发誓。我怎么可能不相信你，不相信你的祖父，你的叔叔呢？你一定想不到，这权杖本来就是比哈里交给我的，权杖里的秘密只有他知道，或者说，只有拉贾家族的酋长才知道，可他告诉了我。"

"即便如此，能使用它的，或许只有大帝一人吧。"

阿克巴注视着曼，微微笑了。

他的笑容有着一种男人独有的魅力。曼暗想，最后真正征服苏建的，应该不只那些礼物，还有眼前这个人无所畏惧的胆识吧？

12

奇托尔、兰桑波尔的相继陷落震慑了守卫卡林贾尔城堡的拉吉普特人，阿克巴未至城堡，卡林贾尔酋长已不战而降。这样一来，阿克巴就征服了最后一座拉吉普特城堡。不肯屈服的只有拉那家族了，无能的乌代生了一位勇敢的继承人，帕尔塔普是一位勇士，他试图与阿克巴对抗，阿克巴的军队打败了他，他便逃到丛林中，过着饥饱不定的生活。他的骄傲不允许他向阿克巴屈服，阿克巴所有的招降手段对他都不起作用，不过，他也不能真正威胁到阿克巴的统治了。直到许多年后，帕尔塔普的儿子阿马尔、孙子卡兰相继继承了他的位置，莫卧儿帝国的第四代皇帝——阿克巴之子贾汉吉尔才总算完成了对拉那家族的征服。

回历 974 年（1566），阿克巴决定将帝国首都迁至阿格拉。此前一个月，胡马雍陵正式竣工，阿克巴为父母举行了一个盛大的祭奠活动。

胡马雍陵从动工到建成，经历了八年的时光。哈米达太后活着时，曾经为陵墓的建设倾注了全部的智慧与心血。这是一个凝结着爱与思念的陵寝，而阿克巴的参与、萨鲁的设计，则彰显了这个建筑群的皇家气派。

在世人眼中，胡马雍陵，其规模堪称宏大，布局堪称完整。整个陵园坐北朝南，平面呈长方形，四周环绕着长约两千米的红砂石围墙。陵园内景色优美，肃穆雅洁，棕榈、丝柏纵横成行，芳草如茵，喷泉四溅。进入正门，一条宽阔平展的神路通向宏伟的寝宫，胡马雍与哈米达的石棺就安放在寝宫正中。神路中间的笔直水道和方形水坛显得自然纯净，主寝宫以红砂石和白色大理石建成，寝顶平台上的圆形小穹顶饰有蓝色琉璃瓦，而正中白色大穹顶上的黄铜顶尖自身就高达六米。寝宫坐落于高大宽敞的红砂石台基之上，令人肃然而生敬畏之心。

毫不夸张地说，胡马雍陵是莫卧儿建筑发展史中一个突出的里程碑。它巧妙地融合了伊斯兰建筑的简朴和印度建筑的繁华，整体建筑理念受波斯艺术影响，底层平面图以及外表大量使用白色大理石则是典型的印度风格。

作为它的设计者之一与督建者，阿克巴决定对萨鲁予以奖赐，他奖赏的方式再次体现了他喜欢出人意料的特色：盛大的祭奠活动结束后，他亲自在阿格拉选择了一处离皇宫只有不到五沙里（十公里）且风景绝胜的花园，接着，他当着所有群臣的面，将这个令人垂涎的花园赐给萨鲁，命他筹建新鱼庭。

新鱼庭的建设只用了一年时间，从选址到设计再到建设，阿克巴对萨鲁有求必应，全力支持。与旧鱼庭相比，"阿格拉的鱼庭"规模略有不及，却更加精巧富丽。新鱼庭落成后，阿克巴又以参加庆祝宴会为名，给了萨鲁夫妇名目繁多的赏赐。

对阿克巴而言，给任何人任何赏赐都不成问题。

经过数年努力，阿克巴已建立起一套高效运转的官僚制度和法律制度，行政管理要比德里苏丹时期出色许多。他分派官员，对全国的土地重新丈量和分类，并根据土地类型按新税制征税。这些做法增加了政府的税收，也在一定程度上促进了社会经济的发展。在此基础上，他进一步完善了税收制度，统一了全国度量衡，并通过鼓励工商业发展来增加国库收入。随着经济繁荣和社会稳定，阿克巴的莫卧儿帝国已跻身于当时的世界富强国家之列。

在文化上，阿克巴虽是文盲，却承认书籍的价值。他注意收集各种图书资料，建立了规模不小的图书馆。这些资料包括许多优秀文学作品的底稿和绘画作品。在他统治的时代，诗人、画家、建筑家、雕刻艺术家都享有很高的地位，常常被赠送大批皇家的物品。他亲自监督印度教史诗《摩诃婆罗多》的翻译。他自己不能读书，只能靠他人读给他听。他经常找那些深奥难懂的书卷来研究，由此获得了渊博的知识，最后，他竟成了一位爱好文学与艺术的文盲学者。在他的提倡和保护下，文学、艺术、绘画、音乐等，每一种艺术都呈现出繁荣。

回历 978 年（1570），阿克巴迎娶了另两位拉吉普特女子，她们分别属于比卡内尔和斋萨尔米尔土邦，这样一来，曾经是穆斯林统治者"肉中刺"的拉吉普特人几乎全部成为皇帝最忠实的助手和伙伴。

278

拉吉普特人的降服确保了阿克巴成为北印度的主人，也使他可以按照自己的心愿继续建立他的帝国大厦了。

回历 980 年到 981 年（1572－1573），阿克巴将他的领土扩张到古吉拉特和苏拉特。在包围苏拉特时，阿克巴第一次遇到欧洲人，有一小队葡萄牙军队从果阿来到苏拉特帮助当地人守城。不知什么缘故，葡萄牙军队没有开战，反而向阿克巴提出和解。次月，苏拉特人投降，军事行动随之结束。

阿克巴与葡萄牙人的相识令他对基督教产生了兴趣，他两次从果阿邀请传教士到他的宫廷讲述教法。与拉吉普特公主的联姻也让他对印度教怀有好感，他萌生了建立一个吸取各教优点，以皇帝为唯一神明的新宗教——"神一教"的念头。固然，他的新宗教缺乏合适的土壤，也注定不能被他的臣民广泛接受，可他宽容的宗教政策却被他的继承人坚持下来。这一年，为了表明他对天下宗教一视同仁的态度，阿克巴下令在莫卧儿帝国正式启用公历纪年。

正当阿克巴想要纵情享受他的胜利时，部分古吉拉特人在侯赛因的统帅下降而复叛。阿克巴接到急报时正值热季的最高峰，他决定采取闪击战。他的军队只有三千人，而对方拥有两万人，他只用了十天时间就来到古吉拉特首都艾哈迈达巴德。侯赛因来不及做任何迎战准备，阿克巴犹如从天而降，完全打乱了他的部署。经过数日激战，叛军被打败，侯赛因亦被俘获。整个战役，从阿克巴离开德里，再到阿克巴回到德里，只用了四十三天的时间。

这在莫卧儿历史上，绝对是最快的战役记录。

阿克巴像他的祖父巴布尔一样，酷爱户外运动。为庆祝叛乱的顺利平定，他打算横渡恒河，像他祖父曾经做过的那样。

据说，巴布尔在去世的前一年，还渡过了恒河。当时，巴布尔每划一下就数一下，他一共划了三十二下渡过恒河，接着又一刻不停地游了回来。阿克巴也如法炮制，他游到对岸，又游回来，他欣慰于自己比祖父少划了两下。上岸后，他喝了口水，又骑上马，前往白沙瓦狩猎。

皇后奉旨与阿克巴同行。这个柔弱的女人，想要跟上她丈夫的步履，着实有些力不从心。

莫卧儿时期，在哥格拉河毗邻地区和白沙瓦附近有大量犀牛，在阿格拉、马尔瓦、比哈尔等地有野象，在马土拉附近有老虎，中印度和西北地区则有狮子在漫游。阿克巴本人了解所有的马匹、骆驼、大象和狗，是一个优秀的骑手。在开始一项新的军事行动前，他习惯于组织一次大型狩猎远征。他会带着经过专门训练的猎豹追逐羚羊。无疑，莫卧儿皇室成员继承了他们蒙古祖先对狩猎的热爱，许多年前，成吉思汗恢宏的冬季狩猎就像一场战役。

狩猎之外，猎鹰和斗兽也是阿克巴喜爱的运动。斗兽在可以通过看窗眺望的大型露天场所举行，皇帝每天在他的臣民们目睹下出现在这个场合。经过训练的大象、野牛、公羊和其他野兽、鸟类都会参加这些竞赛，大家可以为竞赛下注。阿克巴还酷爱摔跤、马术和飞鸽，对飞鸽的喜爱可能遗传自他的曾祖父乌马尔王。

阿克巴越来越像一位真正的印度皇帝了。他待人彬彬有礼，风度举止迷人，所有接触过他的人无不夸赞他文雅的言谈和仁慈的心肠。他善于不着痕迹地将和平与战争有机地结合在一起，因而激起了百姓的普遍信仰。他的饮食极有节制，非常喜欢水果。他记忆力惊人，熟知伟大作家的作品，能够自如地加以引用。他热衷辩论，发言总是给人以阅读广泛、知识渊博的印象。

阿克巴天生钟爱华丽的皇宫和漂亮的花园，他喜欢与猎豹一起狩猎，乘骑凶猛的骆驼和战象，打马球。他善于绘画，编制挂毯和地毯，喜欢想象和设计新的服装样式，并将它推荐给自己的朝臣。在他统治期间，男子穿戴一种叫作贾玛的制服，衣服一直拖到膝盖下方，下面穿帕伊贾玛长裤，面料为棉质或丝绸，衣服由一条叫作帕特卡的编织腰带按照身材束紧。衣服的前襟是闭合式的，有一侧会挂一个圆扣。皇帝很喜欢克什米尔生产的彩色羊绒披肩，那里的披肩因轻巧而著称，皇帝会同时戴两块。头巾是强制佩戴的，取下头巾，表示归顺。阿克巴特别喜欢带一种大盖帽形的头巾，也就是顶是平的，后面是圆形的，在头的正中系着一条布带。

阿克巴原本脾气暴躁，在他亲政后，他开始着意培养自己的自制力。只是，一旦他的脾气上来，他也无法控制自己。好在这样的时候很少。

随着时光流逝，婚姻美满、事业顺利的阿克巴仿佛忘记了对马尔格兰的怨恨——忘记了怨恨也就意味着爱的消失。只有当宴会上悠扬的音乐响起的时候，只有当舞女们在他面前翩翩起舞的时候，他的目光仍会下意识地在人群之中寻找那个总像罩着一层清冷月霜的身影，当失望袭来，他的心依旧会痛。某一天，他走上了他与马尔格兰最后交谈的天台，在他驻足的一刻，一个声音猝不及防地在他的心中响起：可恶的女人，你在哪里？我讨厌你，可我想见你。

第八卷
缘散复缘聚

我因与你远离不得谋面
节日的月亮对我只意味着伤怀
——巴布尔语

1

关山远隔，马尔格兰并没有如她预想的那样带着父母重返印度。她与父亲一同完成了《雄鹰》合奏曲，父亲的身体却一直不好，其间两次病重，四年后在喀什噶尔的小城堡病故。当时，马尔格兰已是两个孩子的母亲。她的女儿名叫妲拉，儿子名叫玉哲，两个孩子的名字都是御速给起的。御速去世时，妲拉已经三岁多了，玉哲还没过周岁生日。妲拉是她外祖父活着时眼中心中的珍宝，小姑娘活泼好动，随心所欲，想哭就哭，想笑就笑，与母亲的性格完全不同。年幼的她，好奇心极重，天不怕地不怕，每天小脚不停，小嘴不停，会跟着羊儿在草原上到处奔跑，跟着大人咿咿呀呀地学说话，还会随着音乐手舞足蹈。

那一年，从印度回到喀什噶尔，马尔格兰发现自己怀了身孕，她并没有向父母隐瞒她离开印度时发生的事情。为了女儿，御速劝她回到阿克巴大帝身边，马尔格兰却平静地拒绝了，她告诉父亲，她从未有过这样的打算。在喀什噶尔的家人都知道孩子的父亲是谁，他们为这个孩子来到世间感到骄傲。马尔格兰唯独没敢将妲拉的事告诉卡普琳，她知道姐姐不可能将真相瞒着阿克巴，一旦阿克巴知道她生下他们的女儿，他一定会派人将女儿接回宫廷。

她可不想让女儿在宫廷长大。她宁愿女儿陪在自己身边，陪在外祖父和外祖母身边，像草原的风和雨一样生活得自由自在。

妲拉的出生给她缠绵病榻的外祖父带来了极大的快乐，也令他减轻了不少病痛。妲拉一天天长大，越来越像外祖母雪弗，相貌清秀、聪慧，眼睛乌黑明亮，炯炯有神，而且，她体魄超常，这点也与外祖母一般无二。她从婴儿起，就常被雪弗抱着骑马，哪一天她不在外面疯跑，就会安静地待在御速身边听外祖父弹琴。她对音乐有着非同一般的感悟力，与外祖父感情极其亲密。每当是别人问她，你最喜欢谁，她总回答：御速。正是这种天伦之乐延续了御速身上即将燃尽的生命之火，让他两次躲过了死神的召唤，直到最后握着妲拉的手安然辞世。

在妲拉一岁半那年，马尔格兰嫁给了哥哥阿巴嘎的弟子兼好友，与她同岁的哈沙慕。哈沙慕才华横溢，在汗廷的喀什噶尔画院是公认的后起之秀。他在妲拉一周岁的生日宴上第一次见到马尔格兰，对她一见倾心。那之后，他心心念念只想娶她为妻。他知道这件事并不容易，在汗国，在喀什噶尔，向马尔格兰求过亲的王公贵族数不胜数，像他这样既没有家世背景、又没有积累起如阿巴嘎那般名望的年轻画师，在这些爱慕者中不占任何优势。

为了达成心愿，他花费了许多心思，他的追求也颇有画家的风格。从宴会的第二天开始，他每天都要去小城堡给妲拉画像，妲拉是个只要听外祖父弹琴就能够安静下来的孩子，这样一来，哈沙慕常常将祖孙二人一并作为画中的人物。他的画稿很快积累了厚厚一摞，小妲拉也在他的画中一天天长大。哈沙慕的肖像画笔触细腻，构图讲究，色彩鲜艳，人物生动，御速和阿巴嘎对他的才华赞不绝口，这爷俩都成了他的重要支持者。马尔格兰对哈沙慕的执着反感不起来，加上妲拉也特别喜欢跟他一起玩耍，她终于心动，答应了他的求婚。

婚后，哈沙慕和马尔格兰仍住在小城堡中。哈沙慕的父母在他年幼时就已离开人世，他是在汗宫画坊制作壁画颜料的大哥将他抚养成人。从小吃了不少苦的哈沙慕视大哥如父亲一般，马尔格兰了解了这一情况后，主动将哈沙慕的大哥接到小城堡居住，以便他们兄弟能够时时会面，彼此照顾。心爱的人如此大度，愿意为他着想，令哈沙慕感激也感动，婚姻的美满也激发了他的创作灵感，他以妲拉为主角的肖像画形神兼备，很快在汗宫风靡。几年后，在阿巴嘎的主导下，这些画稿被印制成精美的画册，成为那些在画院学习肖像画的学生们最喜爱、最欣赏的摹本。

妲拉快三岁时，马尔格兰为哈沙慕生下一子。儿子的出生并未减少哈沙慕对妲拉的宠爱，他对妲拉的身世一无所知，可在他的心目中，妲拉就是他的女儿。马尔格兰从未忘记她对卡普琳姐姐和阿克巴大帝的承诺，只是由于种种原因，她兑现诺言的日期被不断推后。

这一推就是十六年。

马尔格兰与哈沙慕的恩爱生活在哈沙慕的大哥与马尔格兰的母亲雪弗相继病逝后发生了一些变化。经过十六年不懈的努力，哈沙慕已是汗国与阿巴嘎齐名的画师，常常被一些权贵人家请去作画，在这个过程中，哈沙慕与一位容貌美艳、风姿动人的女子坠入爱河。当他向马尔格兰和盘托出，并提出他想纳那个女子为妾时，他第一次领教了马尔格兰性格中决不妥协的一面。对于这件在汗国最正常不过，哈沙慕也认为最正常不过的事情，马尔格兰毫无接受的念头。不过，她表现得相当冷静，她只沉默了一会儿，然后说："可以，娶妻纳妾随便你。我给你三天的时间，你做个准备吧，带着你所有的个人财物离开小城堡。"

艾与阿巴嘎都觉得妹妹未免小题大做，一起出面为哈沙慕说情，甚至姐拉也苦苦哀求母亲原谅父亲，马尔格兰一概不为所动。不仅如此，在她与哈沙慕谈过话后，她就将哈沙慕视为路人，不理不睬，不闻不问。她的绝情深深地刺伤了哈沙慕的心，三天后，哈沙慕黯然离开了小城堡。

其实，哈沙慕并非通常意义上的移情别恋，也并非不再钟情马尔格兰，他只是又多爱上了一个女人而已。于他而言，马尔格兰永远是个特殊的存在，他与马尔格兰在小城堡温暖的家，时时在他耳边飘荡的美妙琴声，还有他视若生命的女儿和儿子，他所拥有的一切才是他取之不尽、用之不竭的灵感源泉。当他突然失去了这一切时，他就像一个失去灵魂的人，即使美人在抱，也无法唤回他的热情。况且，他太想念姐拉和玉哲了，在城外他家的祖宅，他每天只能对着画册中的一双儿女借酒浇愁。他始终没有勇气回小城堡一次，马尔格兰从未明确表示不许他来探望孩子，但他不敢面对马尔格兰，他怕看到她眼中那陌生的、冰冷的光芒。

哈沙慕一天比一天颓废，再也画不出画来了，甚至后来，他不敢去画院，也不敢拿起画笔。那个因为爱慕他的才华情愿以身相许的美丽女子对他深感失望，只可惜，无论似水温柔还是吵闹责备都于事无补，女子开始对他忍无可忍，某一天，她将他的画笔、画纸通通扔出房间，头也不回地走了。

一年前的同一天，哈沙慕离开了小城堡。如此巧合的事，被那些习惯于无事生非的男女津津乐道，再次成为他们茶余饭后的谈资。

2

阿巴嘎对哈沙慕目前的情况深感担忧。哈沙慕不只是他的朋友、他的妹夫，还是他最得意的学生。他比任何人都了解哈沙慕的潜力，哈沙慕若从此一蹶不振，他觉得很可惜。他明白问题的症结所在，想帮助哈沙慕与妹妹破镜重圆，为此，他多次前往小城堡，希望能以兄长的身份说服妹妹。

马尔格兰不愿与哥哥争论，阿巴嘎也看不出她有丝毫松动的迹象。阿巴嘎算是服了自己最小的这个胞妹，她似乎生来就是要让男人伤心的。不清楚那位叱咤风云的阿克巴大帝是如何得到她又如何放手的，但想来那个时候，一切都一定很不容易吧？他妹妹的性格在这世间还真是独一无二。

阿巴嘎本人是不会选择像他妹妹这种类型的女人的。他的想法如此，却惊讶地发现，在汗国，竟有那么多男人迷恋着她，她的孤高冷漠，她的不通人情，她的天赋才华，就是他们迷恋她的理由。

艾也来劝说妹妹了，马尔格兰不胜其烦，索性以她准备再婚为由，将姐姐搪塞了过去。其后几天，她的搪塞之语不胫而走。在汗廷王府中，在那些豪华的房子里，养尊处优的男人和女人们争相猜测着究竟是哪个男人将要成为她的丈夫，他们为此议论纷纷，各执己见，于是，许多好听不好听的话传到了姐拉和玉哲的耳中，也传到了哈沙慕的耳中。

姐拉第一次对母亲发了脾气。此前，她因对母亲怀有几分畏惧之心，又不知该如何面对父亲的新妻子，一次也没有主动去看望过父亲。现在情况有所不同，父亲孤独一人，也受到了惩罚——舅父说父亲再也画不出画来就是最大的惩罚——她的同情开始转向父亲。她希望母亲能再给父亲一次机会。其实，即使站在母亲的立场，她也不觉得父亲做得有多过分。在汗国，除了她的外祖父，有钱有势、有地位有名望的男人哪个不是三妻四妾？正慢慢步入中年的父亲不过想纳个妾室而已，母亲不同意也就罢了，可犯不着不依不饶啊。

284

发完火，她夺门而出，骑马来到父亲的祖屋。她来得正是时候，她不来，或晚来一步，可能就永远见不到父亲了。

在听到马尔格兰即将另嫁的传言后，哈沙慕的精神彻底崩溃了。他躲在房中喝了整整一天的酒，第二天姐拉找到他时，他已不省人事。姐拉吓坏了，以最快的速度设法通知了舅父，并请来汗国最好的医生。经过几个时辰的抢救，哈沙慕呕吐了好几次，总算保住了性命。

一连几天，姐拉留在父亲身边，不眠不休地照顾着他。阿巴嘎也每天来看望哈沙慕，还将哈沙慕的情况告诉了妹妹。阿巴嘎的意思是希望妹妹去看看哈沙慕，马尔格兰仍旧那副不置可否的态度，令阿巴嘎十分生气。妹妹不肯去，他只好带着玉哲走了，临行，他对妹妹说："你们可是多年的夫妻啊！只要你还是人，就该想想他是为了谁才会落到这步田地。"

哈沙慕渐渐恢复了意识，他的心却再也感受不到活着的乐趣，即使女儿和儿子都陪伴他身边，他也不再觉得温暖。他失去了家，失去了令他骄傲的才能，同时也失去了自尊。多少年来，在马尔格兰面前，他用自尊隐藏着自卑。马尔格兰出身显赫，她的外祖母是帖木儿王的后裔，姐姐艾嫁给尼格王，侄儿做了汗的女婿，他只是平民之子，他与马尔格兰的婚姻从一开始就注定了不对等。如今，在他失去一切之后，他能想到的马尔格兰如此绝情的原因，就是她从未爱过他。用心爱着从未爱过他的女人，他第一次觉得自己的人生实在可悲。

莫卧儿帝国

哈沙慕昏睡的时间越来越长，人也越来越虚弱。心病还须心药治，妲拉决定为父亲最后努力一次。妲拉与一般少女不同，她是个行事果断、敢于承担的女孩子。她深爱着自己的父母，她的母亲是个不苟言笑的女人，可从小到大母亲非常尊重她和弟弟的选择，从不勉强他们做任何事。在母亲的纵容下，她按照自己的心愿生活，非常快乐。她的父亲是慈爱的男人，对她和弟弟关怀备至，她原本有一个世界上最幸福的家，她不能眼看着这个家会在某一天因为失去父亲而永远残缺。

所以，她一定要为父亲讨个公道。

趁着父亲睡着了，妲拉把弟弟拉出门外，她问弟弟："我要从小城堡搬出来，你要不要跟我和父亲一起生活？"

玉哲明显犹豫了一下。他爱父亲，同样爱母亲，或许更爱母亲，想到在小城堡的母亲孤身一人，他终究不忍心。"不好吧？那样做的话，母亲太可怜了，我不要！我可以每天来照顾父亲。"

"就知道你没用！你先在这里待着，我回去搬东西。"妲拉说完，不容玉哲相劝，骑上马，飞快地离去了。

妲拉指挥着仆人将她的衣物和日常用品打包，准备运到父亲的祖宅那里。她正忙碌了，母亲闻讯来到她的房间。

"你在做什么？"马尔格兰问。

"您不是看到了吗？"妲拉不耐烦地说。换了过去，她从来不敢用这种语气对母亲讲话。

"你要搬走吗？"

"我要去跟父亲一起生活。父亲也许活不久了，万一父亲去世了，我不会再离开那里。我想，总得有一个人守着父亲的灵魂，否则，父亲太可怜了。"

"你说你父亲可怜？"

"是，父亲很可怜。他不过是做错了一件事，为什么非得付出生命的代价？没有家，拿不起画笔，父亲只不过在等待死亡而已。我看着他那么痛苦，却什么忙也帮不上，除了眼睁睁地看着，什么事也做不到。我想，这世上只有一种办法能够惩罚我的无能，就是留在他身边，无论他是生是死。"

马尔格兰注视着女儿，若有所思。

妲拉不再理睬母亲，简单地收拾了一下，离开了。马尔格兰并没有挽留她。当小城堡的门在妲拉身后关闭，她在心里祈祷：求您了，母亲，求您了，一定要来啊！

哈沙慕是被嘴唇上清凉的感觉弄醒的。他睁开眼，看到灯影下坐着一个女人，一个丰姿绰约的女人。他一时竟没能认出她来。

他望着她。她看到他醒了，似乎松了口气。

"你……"

"你醒了？喝几口水吧。你的嘴唇都干裂了。"她简短地说，直到现在，她也不喜欢多说话。

哈沙慕呆呆地望着她，他想，他一定快死了，否则不会产生这样的幻觉。

她换了个位置，将他扶了起来，他真的瘦了太多，她的手触到他的肩骨，心里一阵酸涩。他从来不是很强壮的人，可他身材修长，四肢匀称，风度迷人，如今变得这样瘦弱，也许真的是她的过错。

无意间，她的手指划过哈沙慕的脸颊。哈沙慕浑身颤抖了一下，猛然抓住了她的手。他只是想确定一下，她，是不是"她"？是不是让他日思夜想的那个人？是不是让他既爱又恨的那个人？在他死前，她能来看他一眼，他也就没有太多遗憾了。

她将水碗放在他的唇边，像哄孩子一样说道："来，喝点水。"

他喝下整整一碗水，意识完全恢复了。

她放下碗，扶他躺好，又回到原来的位置。他们默默相望，他是不敢相信，她是心存内疚。

"马尔……格兰？"好一会儿，他犹豫着，试着唤了一声。

她点点头。

"真的是你？"

"是我。"

"你怎么会来？"

"妲拉说你病了。"

"妲拉？这孩子！我没事！"

马尔格兰没说话。

停了停，哈沙慕说道："你是在可怜我吧？"

"什么？"

"或者，是来看我活得有多潦倒，多悲惨？你看到了，你满足了？是啊，这都是我背叛你的下场，你是这么想的吧？"

马尔格兰愣愣的，一言不发。

"走吧！不要让我再看到你了！"

哈沙慕冲着马尔格兰喊道，他能发出的只不过是嘶哑虚弱的声音，而且，不知道是过分用力的缘故，还是过分激动的缘故，他的额头、鼻尖都沁出了汗滴，身上也被冷汗浸透了。

马尔格兰站了起来，向门外走去。

哈沙慕目送着她。他没想到，她真的会走！他笑了起来，这是悲哀的、绝望的笑，她果然还是没有爱过他啊，她果然还是没有爱过他啊……

她在身后关上了门。在那一瞬间，两颗冰冷的泪珠滑过哈沙慕的面颊。

也罢，就这样吧，能在死前见她一面，也不负他的坚持与等待了。

马尔格兰关上门，看到姐拉和玉哲正悄悄站在门外，不免有点惊讶。姐拉上前拉住了她的手，低声哀求着："母亲，请别跟父亲计较。他那么想念您，这是他最后的自尊了，母亲您要理解。"

马尔格兰伸手轻抚着女儿的脸颊，"别瞎想，去帮我烧水吧。"

"您说……烧水？"

"一会儿，我给你父亲擦擦身体。你不困的话，再去熬些粥，熬得烂乎些。你父亲得吃点东西才行，要不，你也听到了，他连发火都没力气。"

姐拉眼睛瞪得大大的，简直有些不敢相信自己的耳朵。母亲居然会这样开玩笑，这可是从未有过的事情。

"母亲，我也来帮姐姐吧。"玉哲小声请求。

马尔格兰在儿子的额头上亲吻了一下，笑着点了点头。能被母亲亲吻，能看到母亲比星光还要灿烂美丽的笑容，玉哲蓦然有了一种得到全世界的感觉。从小，他就崇敬母亲，也惧怕母亲，在他的心中，母亲就是为他遮风挡雨的墙，他的一切幸福都源于母亲的庇护。

只是，他太少看到母亲的笑容，这是埋藏在他心底的一个小小的遗憾。

姐拉使劲咬着嘴唇，才没让泪水滚落下来。她的心情如此愉快，终于，走了这么长时间的弯路，他们这个家，又变得完整了。

3

哈沙慕没有一丝一毫的困意。他想睡去，最好一睡不醒，可他无法合上眼睛，只要合上眼睛，他就会有一种被无情的波涛吞噬的感觉，就会觉得喘不上气来。马尔格兰手上的温度依然留在他的肩头，他偎在她怀中的感觉依然留在脑海，这个傲慢又无情的女人，只要用一个眼神，就可以左右他的视线，只要用一点柔情，就可以缠住他的心灵和身体，他怎么可能不恨她！

他恨她！他该恨她吗？

愤怒早已消逝无踪，他好想再看她一眼，哪怕再多看一眼。

无论多么想，他都知道，他再也见不到她了，是他亲手把她推走的。

他深深埋藏的自卑，让他失去了最后与她相处的机会。

他试着从床上起来，试着做点什么事，他挣了挣，绝望地发现，没有妲拉的帮助，他虚弱到连起身的力气都没有。他只不过动了动，全身就被冷汗浸透了，整个人犹如躺在冰水里一样。

　　他祈求命运之神赶紧收走他的生命，这样活着，只能让他备受折磨。

　　寂静中，他听到房门轻轻被打开的声音，他想应该是妲拉来了。没想到，最后对他不离不弃的，竟是这个与他没有血缘关系的女儿。

　　与他没有血缘关系，那么，妲拉究竟是谁的女儿呢？这是一个谜，他过去从未有过探究的念头。

　　不管妲拉是谁的女儿，他同样都会感谢，在他的有生之年，那个人，让妲拉做了他的女儿。

　　来人手里端着一盆水。看清她的面容时，哈沙慕呆住了。

　　马尔格兰搬了把椅子，将盆放在椅子上。她在床边坐下来，拧干毛巾，轻轻擦拭着哈沙慕脸上和脖子上的汗水，她正准备解开哈沙慕穿在身上的睡袍时，哈沙慕清醒过来，用力推开了她的手。

　　"走开！"他怒喝。

　　马尔格兰柔声说道："哈沙慕，让我给你擦擦身上的汗吧。"

　　哈沙慕不肯，"我说过，不用你来可怜我。我还没到需要你可怜的地步。再说，你不是要再婚了吗？这算什么！你来看我，不怕你未来的丈夫误会你吗？"

　　马尔格兰啼笑皆非。真是的，随口的一句搪塞，怎么人们都要把它当真呢？

　　她稍稍沉默了一下，琢磨着该如何向哈沙慕说明。这个男人，比她想象的还要敏感，还要固执。

　　"怎么不说话了？"哈沙慕逼问。不知不觉中，生命力重又回到他身上，他并没有意识到他是在不安，在担忧，他只想弄清那个马尔格兰要再婚的男人是谁。

　　"你想知道？"马尔格兰语气淡淡地问。

　　"唔……也不是。"他羞于承认。

　　"你选。"

　　"啊？"

　　"水还热着，让我给你擦擦汗，我告诉你他是谁。我走，你永远别想知道我的事。两个选择，你选一样。"

　　"可恶的女人！"哈沙慕低声咒怨。他当然没得选，他不能让她离开。

　　马尔格兰细心地为哈沙慕擦拭着全身。他太瘦了！不过分离一年多而已，他完全像变了一个人一样。他是为了她才变成这样的吧，像阿巴嘎哥哥所说的那样？可是，她呢？在她坚强的外表下，又有谁知道她深藏在内心的痛苦？她也是在失去他之后，才发现自己早在共同的生活中爱上了他。

她爱他，这恐怕才是她迟迟不肯原谅他的原因。

哈沙慕苍白的脸上泛起红晕。她轻柔的触碰，复活了他的每一寸肌肤，他必须用最坚强的意志，才能克制住种种令他羞惭的念头。由于克制是如此艰难，他的身躯不时发出轻微的震颤。

马尔格兰为他擦拭好身体，出去了一趟，等她再回到这个屋中，她将被褥、枕头和哈沙慕身上的睡袍全都更换了，她从小城堡带了新的卧具和生活用品来。哈沙慕离开小城堡时，除了带走自己的画具，别的东西什么都没带。马尔格兰不希望这个房间里还留有那个女人的痕迹，尤其是床上的痕迹，她用这种方式将她觉得碍眼的东西不动声色地清除了。

干净的被褥和睡袍散发着熟悉的味道，哈沙慕神清气爽，许多天来第一次有了饥饿的感觉。马尔格兰惦记着姐拉的粥是不是熬好了，正想出去看看，哈沙慕一把拉住了她："你怎么回事？"

马尔格兰不解地看着他。

"坐下来！你别想逃开！"他摆出蛮不讲理的态度。他不能再让马尔格兰离开这个房间了，刚才马尔格兰出去了一趟，只那么一会儿，他就觉得空虚寂寞得要命，那个时候，他生怕她一去再不回来。他很清楚，经历了这许多波折，他已经彻底离不开这个女人了。他一定要弄清楚她要再婚的那个男人是谁，万一他不能阻止，他决定让她陪着自己离开人世。

当然前提是，他得拖住她，还有，他得尽快恢复体力。

耳边响起轻轻的敲门声，马尔格兰被哈沙慕拉着手，站不起来，她只好说了声："进来！"

姐拉端着一碗粥走进卧房，玉哲跟在姐姐的身后。姐拉早看见父亲拉着母亲的手又急忙放开的样子，却装做什么也没看见，掩起了脸上的笑意。

"父亲，你觉得好些了吗？"她一边将粥碗递在母亲的手中，一边关切地询问。

哈沙慕点了点头。面对一双孝顺的儿女，他为自己刚才的念头感到羞愧。

"母亲，辛苦您了。我和玉哲去睡了。"

"去吧。"

玉哲羞涩地对父亲笑了笑，与姐姐一起离去。姐拉走到门前，吩咐恭候在门外的女仆们："你们几个，把地上的东西拿去扔了。这里不用你们了。"

马尔格兰的唇角掠过一抹笑意。难得姐拉是如此贴心的女儿，她能为父母考虑到最细小的事情，而她所要求的，她和弟弟所希望拥有的，只是一个完整的家而已。马尔格兰决定为了两个孩子，放弃自己的坚持。

从少女时代，马尔格兰就羡慕着如她父亲和母亲那样的婚姻，她曾发誓，她这一生，决不与任何女人分享自己的丈夫。这样的执念，让她逃离了姐拉的父亲。

直到经历了婚姻的波折，她才想通了，就让她父亲和母亲那样幸福专一的婚姻永远属于她的父母吧，这是男人的世界，她已为人妻，为人母，是时候抛开不切实际的幻想，是时候学会委曲求全，学会接受和变通。

哪怕她永远不甘心……

"想什么呢？"哈沙慕问。

"扶我起来。"不等马尔格兰回答，他又说。

马尔格兰放下碗，让他在背靠上靠得舒服些，"这样行吗？"她问。

看到她又要去拿粥碗，哈沙慕抓住了她的手，"别动！你还没告诉我，那个人是谁？"

马尔格兰差点忘了自己与他的约定，见他如此执着，心中倒有一些好笑。

"你觉得呢？"她反问。

"那么多男人，我怎么猜得出是哪个？"哈沙慕烦躁地说。他的烦躁暴露了内心的妒忌，事实上，他已是醋意十足了。

的确如此。在汗国，不管马尔格兰婚前婚后，她的身边从来都不缺乏爱慕者与追求者。凡是有她参加或者奉旨演奏的宴会，这些人都趋之若鹜。他们赞美她的才华，欣赏她的琴声，迷恋她的姿容，甚至常常无视他这个做丈夫的存在——在他们眼中，他始终都是出身不值一提的画匠而已。他与马尔格兰之间这种不对等的婚姻从一开始就存在，他努力过，确实努力过，想让自己忽略，他后来的行为，包括他萌生纳妾的念头，说到底都只是对这种不对等的报复。

但最终，他还是输了。看不到她的身影，听不到她的琴声，即使拥着那个令他一度销魂的美妙身体，他也索然无味。原来他的一切激情，都来源于他们的婚姻。

马尔格兰不愿再继续这个话题，她注视着哈沙慕，平静地说道："你猜不出来，不是证明没有嘛。"

哈沙慕一时没听懂她的话。

"你说什么？"过了一会儿，他试探着问。

"是我搪塞姐姐的话。你也是啊，我们多年夫妻，你应该很了解我的为人，怎么就当真了呢？"

"是……是这样吗？只是这样吗？"

"是。哈沙慕，我们重新在一起吧。你要赶快好起来。"

哈沙慕目瞪口呆。

"来，趁热把粥喝了。"

"别管什么粥了！刚才的话，你再说一遍！"

马尔格兰轻轻地拍了拍哈沙慕的手，"我们重新开始。听我说，哈沙慕，我认真想过了，在汗国，那是一件相当正常的事情，不能接受的人恐怕只有我吧？

我不知道以后再发生同样的事我是否能够接受，但我想，我们总该给彼此一个机会。"

哈沙慕苦笑，"发生同样的事？你想让我再死一次吗？"他喃喃自语。

马尔格兰拉过他的手，将他的手心，轻轻地贴在自己的脸上。这是一个承诺，她要与他在一起。

哈沙慕注视着马尔格兰，此刻，他的眼眸中映着她温柔的脸容。他的确了解她，她虽是女人，却从来一言九鼎。他顾不上去考虑这是不是她的同情与怜悯，重要的是，她回到了他的身边。不管他的生命还有多久，不管别人怎么看怎么想，只要他还可以拥有她，那便足够了。

与再次拥有她的欲望相比，他的自尊与自卑都不值一提。

他即使有勇气拒绝整个世界，也没有勇气拒绝她的愿望。他知道，他输了一个回合，却赢得了未来的人生。

4

在马尔格兰精心的照料下，哈沙慕很快恢复了健康。得知妹妹与哈沙慕言归于好，最高兴的人莫过于阿巴嘎了。他亲自送来许多礼物，还催促哈沙慕尽快完成下一部画册。听了他的话，哈沙慕脸色苍白，久久不复一言。

阿巴嘎离去后，哈沙慕诚实地对马尔格兰说，直到现在，他依然不敢拿起画笔，他觉得，画不出画来的他，只不过是个废人。不仅如此，他害怕走出祖宅，他怕人们对他指指点点，更怕看到那些内容不尽相同的目光。

马尔格兰理解哈沙慕。哈沙慕就是这样的人，画家脆弱、敏感的特质在他的身上表现得格外突出，这也是他与妲拉的父亲最不相同的地方。不管怎么说，哈沙慕变成今天这样她也有责任，她思索着让他振作起来的方法，萌生了一个念头。

"夫君，我们去印度吧。"她对哈沙慕说。

"印度？"哈沙慕显然有点惊讶。

"是。印度是个有着异域风情的国家，我相信，在那里，你一定可以忘记在汗国发生的一切，找回自己的灵感。"

"印度，印度啊……"哈沙慕双目微闪，望着妻子，欲言又止。

"你有话想对我说？"

"我……"

"是关于妲拉的身世吧？"

"哦。"哈沙慕心想，他的妻子，果然是最懂他的人。

"你在担心什么？"

"我从来没有向你询问过妲拉的身世，可我隐隐有种感觉，她的生父应该在印度。对我而言，妲拉是我最宝贵的女儿。我不能没有你们，不管是你，还是妲拉。可是……我怕我没有足够的力量守住你们。"

"哈沙慕，你相信我吗？"

"嗯？"

"你不相信自己，就请你相信我好了。我是你的妻子，妲拉是你的女儿，不管任何时候，不管发生任何事，都不会改变这个事实。你一定要鼓起勇气，与我一起守护好这个家。我不会让妲拉知道她的身世，更不会将她还给她的生父。我与那个人的关系，与你想象的不同，我会怀上妲拉纯粹是个意外。当然，即使当初一切非我所愿，能把妲拉带到世上来，能做她的母亲，我仍然觉得自己很幸运、很幸福。我不勉强你，决定权在你手上，要是你实在不愿意，我们就不去。我们也可以去哈萨克汗国，或者去蒙古。总之，我们只要离开喀什噶尔就行。"

元朝灭亡前后，蒙古四大汗国中的窝阔台汗国、伊尔汗国或并入察合台汗国，或为帖木儿王所灭。明朝建立，蒙古势力退出中原，至公元 1510 年，早就发生分裂的金帐汗国与察合台汗国也相继灭亡。元朝的灭亡，诸汗国的相继灭亡，并不意味着蒙古人从此真正退出了世界历史舞台。经过几代人的艰苦奋斗，成吉思汗的后裔们又在原金帐汗国、东西两个察合台汗国、蒙古本土、中国北方及印度建立了六个绵延数百年的独立政权：

公元 1368 年，元朝灭亡，蒙古人以长城为界与明帝国长期对峙。在蒙古内部，分裂为东、西蒙古两大阵营，他们彼此之间，与明朝之间，相互攻讦，战争不断，后均为清朝所灭。其中，东蒙古政权亦称北元政权，与明朝相始终。

公元 1456 年，成吉思汗长子术赤后裔克烈汗、贾尼别克汗率先脱离金帐汗国，在钦察草原建立了哈萨克汗国，定都突厥斯坦。汗国强盛时，其领地南部包括锡尔河流域及其城市，东南包括七河流域，东北达巴尔喀什湖以东以南，西部至雅克河流域，国土面积约三百五十万平方公里。第三代大汗哈斯木（1511 — 1523）在位时，国势大盛，曾击败昔班尼汗，差点占领塔什干，也曾在突厥斯坦接见过叶尔羌汗国赛德汗。巴布尔在他的自传中对哈斯木汗及赛德汗二人均有提及，对哈斯木击败昔班尼一事尤其赞赏备至。汗国早期一直以《成吉思汗法典》即《大札撒》）为立国大典，遵行蒙古习惯法。后哈斯木汗在采行《大札撒》的基础上，结合当时社会情况，对其进行补充，制定了汗国第一部法典《哈斯木汗国名鉴》，世称《哈斯木汗法典》。哈斯木汗去世后，国内发生争夺汗位的斗争，汗国处于分裂状态。1538 年，哈斯木之子哈克那札尔夺取汗位，哈克那札尔统治的四十二年，重又奠定了汗国兴盛的基础，1538 年至 1628 年，为汗国中兴时期。1628 年，江格尔汗继位，其东部准噶尔汗国强盛起来，哈萨克汗国与布哈拉汗国、叶尔羌汗国形成联合，共同反击准噶尔贵族的进攻。1652 年，江格尔汗在与准噶尔汗国的战争中阵亡，随后，汗国内部发生汗位争夺战，处于四分五裂的状态，直到 1680 年，头克汗即位后才将汗国重新统一起来，1718 年，头克汗去世，汗国运势日衰，至 1847 年沦为俄罗斯殖民地。享国三百九十一年。

公元 1500 年，成吉思汗长子术赤后裔昔班尼汗（1500 — 1510）率领乌兹别克人进入河中地区，占领撒马尔罕，推翻了帖木儿王后裔在中亚的统治。该王朝原定都于撒马尔罕，1561 年迁都至布哈拉，遂称布哈拉汗国，一度成为中亚强国。1505 年至 1507 年，昔班尼汗攻取花剌子模和哈烈，帖木儿帝国灭亡。1510 年，昔班尼汗被巴布尔和波斯军队所败，在谋夫阵亡。1512 年，昔班尼之侄速云赤（1510 — 1531 在位）打败巴布尔和波斯的军队，恢复和巩固了乌兹别克人在河中地区的统治。在阿卜杜拉汗二世（1583 — 1598）统治时期，国势强盛，重新征服呼罗珊、花剌子模，夺取费尔干纳和塔什干，并侵入哈萨克草原腹地。1598 年，阿卜杜拉汗二世病逝，汗国局势动乱，1599 年，札尼王朝取昔班尼王朝而代之。布哈拉汗国位于中亚河中地区，分三个王朝：昔班尼王朝（1500 — 1599），札尼王朝（1599 — 1785），曼吉特王朝（1785 — 1920），公元 1920 年为苏俄所吞并。享国四百二十一年。

公元 1514 年，成吉思汗次子察合台后裔赛德汗（1514 — 1533 在位）在原察合台汗国的旧领土上建立了喀什噶尔汗国，后定都叶尔羌（今莎车），故亦称叶尔羌汗国。汗国疆域包括吐鲁番、哈密、塔里木盆地，东方是嘉峪关，南方是西藏，西南是克什米尔，西方与布哈拉汗国以费尔干纳为界，北方以天山与哈萨克汗国为界。国家制度与成吉思汗时代无异，只是信奉伊斯兰教。汗国在第二代、第三代拉失德汗（1533 — 1559 在位）和阿不都哈林汗（1559 — 1591 在位）时达到鼎盛。拉失德汗重视文化活动，他统治时，汗国进入文化繁荣期，"察合台文学"的创作十分活跃，重要的历史文献有海答儿的《中亚蒙古史—拉失德史》和楚拉斯的《编年史》。海答儿与巴布尔是两姨表兄弟，他们二人都是东察合台汗国羽奴思汗的外孙。音乐上，最受拉失德汗宠爱同时也是最有才华的汗妃阿玛尼沙罕开始组编《十二木卡姆》，为后人留下了宝贵的音乐遗产。阿不都哈林汗后，其子马黑麻（1591 — 1609 在位）即位，汗国盛极而衰，1680 年，汗国为准噶尔汗国所灭。享国一百六十六年。

公元 1526 年，世界征服者成吉思汗与帖木儿王的后裔巴布尔自中亚南下侵入印度，建立莫卧儿帝国。帝国全盛时期，领土几乎囊括整个印度次大陆，以及中亚的阿富汗等地。巴布尔去世后，其子胡马雍为苏尔王朝的舍尔沙战败，

293

被迫逃出印度。流亡期间，他致力于与波斯结盟，重整兵力，于1555年卷土重来，恢复了帝国。帝国在第三任皇帝阿克巴到第六任皇帝奥朗则布统治时达到全盛，此间，帝国的疆域经过逐步扩张而达顶峰，国土面积达三百八十万平方公里（1700年时）。巴布尔是莫卧儿帝国的奠基人，阿克巴却是莫卧儿帝国真正的建立者和最伟大的帝王。他在漫长的统治期间征服了印度北部全境，并把帝国的版图第一次扩展到南方，阿克巴时代的印度是世界上最强大的帝国之一。奥朗则布去世后的莫卧儿帝国称为"后莫卧儿"。1857年，莫卧儿帝国为英国所灭。享国三百三十一年。

公元1634年，准噶尔部（西蒙古诸部之一。西蒙古，明称瓦剌，清称卫拉特，是与东蒙古并存的蒙古政权）首领哈剌忽剌去世，其子巴图尔即位，对外扩张领土，并于1638年在博克塞里（今博克塞尔蒙古自治县）建成了自己的都城，1640年，制定《卫拉特法典》，正式建立准噶尔汗国。从17世纪到18世纪，汗国控制天山南北，在西起巴尔喀什湖，北越阿尔泰山，东到吐鲁番，西南至楚河、塔拉斯河的广大地区建立了史上最后的游牧帝国。宗教上他们信奉藏传佛教，对西藏也有一定影响力。巴图尔汗在世时，曾两次击退俄罗斯的侵略。1671年，噶尔丹继立汗位，通过多年战争，使汗国内部形成了以他为首的绰罗斯家族的一统天下。1678年，噶尔丹率兵攻灭叶尔羌汗国，同时用兵哈萨克汗国。1690至1695年，噶尔丹两次用兵喀尔喀，在赤峰附近的乌兰布统以三万铁骑对康熙帝二十万大军，兵败大亏，噶尔丹逃亡，1697年服毒自杀。噶尔丹死后，其同母兄僧格的长子策妄阿拉布坦即大汗位，1698年至1745年，是策妄阿拉布坦和其子噶尔丹策零统治时期，汗国达到鼎盛，领土包括今乌兹别克斯坦、新疆、青海、蒙古高原西部、哈萨克斯坦、阿富汗等广大地区，人口达五百多万。1745年，噶尔丹策零去世，内争频起，汗国衰落，于1756年为清朝所灭。享国一百二十三年。

哈沙慕犹豫着。

马尔格兰耐心地等他做出决定。十六年前，她离开印度时答应过姐姐和阿克巴大帝，她一定会回印度看望他们。这些年来，姐姐也一直来信催她回去，可是，她现在是哈沙慕的妻子，哈沙慕要去的地方，就是她要去的地方。

"马尔格兰。"

"怎么？"

"真的可以做到吗？"

"什么？"

"我不会失去你，也不会失去姐拉？"

马尔格兰握住他的一只手，合在自己的手掌中，"不会！"

"好吧，我们去印度。"

5

印度皇宫，人们看到的永远是一位精力充沛、富于智慧和创造力的皇帝。在阿克巴登上皇位的二十二年后，经过一连串的征服活动，帝国的版图已包括北自克什米尔，南至哥达瓦利河上游，西起喀布尔，东到布拉马普特拉河的广大地区。这一切都标志着统一强盛的莫卧儿帝国时代的到来。

马尔格兰与姐姐卡普琳书信往来频繁，每隔两三个月，萨鲁与内兄阿巴嘎也会接到他们写给对方的长信。卡普琳生下次子时，阿巴嘎曾在妹妹的一再要求下陪伴父母在德里住了一段时日。当时，身为画家的阿巴嘎给了建筑师萨鲁许多有益的建议，他们彼此欣赏的友情就是在那个时候形成的。与卡普琳的信不同，萨鲁从不将笔墨花费在家长里短的琐事上，这是所有男人的特点，他们更愿意谈论国家大事，或者，就他们所熟知的建筑学或美学领域展开讨论。

关于在莫卧儿帝国发生的许多重大事件，过去与现状，皇帝的喜好，成就以及他进行的种种改革，阿马嘎通过萨鲁的来信以及不断送抵汗廷的情报，就算不是了若指掌，也算清楚八九，他回小城堡看望母亲时，总喜欢将这些事作为谈资。希望更多地了解阿克巴，这种热情在马尔格兰的亲人当中是恒久的，不仅因为他是姐拉的生父，还因为他本身就是一个富于传奇色彩的伟大人物。

每逢这时，马尔格兰就在母亲身边，以一种平静坦然的态度倾听着关于这个男人的一切。这种关注里没有丝毫暧昧的成分，偶尔，阿巴嘎甚至在想，他的小妹妹若再多一些热情与妩媚，她一定会是汗国最完美的女人。

纵然怀着对未来命运不可知的忧虑，哈沙慕仍然不能不说，他的决定是正确的。在艰辛的旅途中，他找回了作画的冲动。他已有一年多没拿画笔，如今，妻儿都陪伴在他身边，幸福感激发了他消失已久的热情，他像阿巴嘎希望的那样，重新开始了以女儿姐拉为原型的创作。

为了给卡普琳姐姐全家和阿克巴大帝一个惊喜，马尔格兰并没有将自己的行程告诉他们。几个月后的一个黄昏，当他们一家四口以及护送他们的随从出现在鱼庭门前时，得到通报的卡普琳与萨鲁亲自出迎远道而来的客人。姐妹久别重聚，卡普琳激动得说不出话来，抱着妹妹又是哭又是笑。两个男人之间的气氛却明显有些尴尬，他们礼貌地互相问候后就再也找不到什么话来说。只有姐拉不认生，她上前拜见姨夫，说道："姨父大人，母亲不止一次告诉我，您是一位杰出的建筑师，有着异于常人的审美情趣。我父亲在汗国也是与我舅父大人齐名的画家，我想，等二位彼此熟悉之后，一定会找到许多共同语言的。"

　　萨鲁惊奇地看着眼前这个谈吐大胆又不失得体的少女。许多年前，萨鲁是见过岳母雪弗夫人的，当时妻子卡普琳刚刚生下他们的次子，在她的要求下，岳父、岳母以及内兄曾远赴印度与他们共同生活了一段时间。从那以后直到现在，萨鲁始终认为，岳母是他见过的气质最独特的女性。姐拉眉眼酷似外祖母，这当然是他对少女感觉亲切的原因之一，另一个原因则是，他初见之下就觉得少女似曾相识，那是一种不经意时已在心间，想捕捉却又飘忽不定的熟悉感。

　　姐拉的话很大程度地消除了两个男人间的拘谨，他们相视而笑。卡普琳总算控制住激动的情绪，将妹妹一家让进大厅。姐妹俩有着说不完的知心话，当晚，旅途疲惫的一家人在鱼庭安歇了。

　　第二天，在姐拉的要求下，萨鲁和卡普琳带妹妹全家去参观胡马雍陵。萨鲁和卡普琳都忘了，五天后的下午宫廷里有一场宴会，阿克巴大帝邀请了他们。

　　现如今，卡普琳只负责舞女的教习以及宫廷舞蹈的编排与指导，不再亲自参与演出。宴会上，她也只以萨鲁夫人的身份出现。在三个孩子陆续被阿克巴指婚——即使身为孩子的亲生父母，他们也不能违背大帝的意愿——并被派往不同的封地后，萨鲁与卡普琳难免感觉寂寞，而这，也让他们更加依赖对方。马尔格兰所向往的专一婚姻，竟在对此从不奢望的卡普琳身上得到了实现。

　　转眼已是第五天下午。

　　盛大的宴会进行了一半，仍未见到萨鲁夫妇出现。阿克巴有点奇怪，随口问道："怎么萨鲁和卡普琳不来？"

　　大家都不太清楚原因。只有一位大臣的府邸与鱼庭相邻，前几天的早晨他入宫前恰好看到两家人登上马车离去的情景。他谨慎地回答了阿克巴的询问，语气却显得不太确定："大概是四五天前吧，我看到萨鲁大人和夫人出去了，陪着客人——他们家里应该是来了贵客。"

　　"贵客？"

　　"是啊，大人和夫人亲自相陪不说，看起来还蛮高兴蛮殷勤的样子。"

　　阿克巴蓦觉心中一动。

　　"科特。"

　　"是，陛下。"

　　"去鱼庭一趟，明白吗？"

　　"是，陛下。"

　　科特回到皇宫时，宴会已经散了，阿克巴人在寝殿，正在给热带鱼喂食。

　　阿克巴见科特一个人回来了，心中先有几分不悦。科特却显得很兴奋，一回来跪在阿克巴的面前，就喋喋不休地报告起来："陛下，萨鲁大人和夫人的确在几天前一早出门了，我到鱼庭的时候他们还没回来呢。我听仆人们说，他们今天能回来，不过要等到吃过晚饭才回来。陛下，您一定想不到是谁来了吧？小的刚听到这个消息也不敢相信自己的耳朵。仆人们天天都在议论这件事呢。真的，您是没见，鱼庭好久没有这么热闹过了，大家都说这回可要热闹了。虽说小公子文文静静的，像个女孩子一样，可那小姐简直就是一匹撒欢的小马驹……"他眉飞色舞、语无伦次。

阿克巴根本没听懂他在说些什么。

"等等，你给我说清楚些，你再这么有一搭没一搭的，我就让人把你拖出去，打二十马鞭子。"

科特赶紧抱住了阿克巴的腿，"陛下饶命。是马尔格兰小姐，不，是马尔格兰夫人和她的丈夫、孩子们回来了。"

阿克巴松开手。手中的鱼食全部落在喷水池中，引来鱼儿争抢。

果然！他多多少少有这样的预感。

一股怒火直冲脑门，他一拳砸在假山上，假山尖锐的棱角刺破了他的手，科特看到鲜血流了出来，吓得浑身发抖。"萨鲁这个混蛋！他到底要做多少次这样的蠢事！"他面色大变，咬牙切齿。

科特哪里知道阿克巴还记着十六年前的事情，那时，萨鲁明明知道马尔格兰就要返回喀什噶尔，却对他只字未提。科特以为他的小命这回要完了，他拼命咬着嘴唇，差点哭出声来。

"去把萨鲁给我召进宫来！让他连夜进宫！"

科特犹如死里逃生，连滚带爬地跑了。

6

萨鲁确实忘记了宫里还有一场宴会，从科特口中得知阿克巴为此事异常恼火，他也没主意了，一脸愁容，还不敢抗旨不遵。姐拉自告奋勇地提出陪他一起去，卡普琳不让，马尔格兰却说，就让她陪大人一起去吧，这次若不是她闹着非要去德里观光游玩，也不至于给大人招来麻烦。

卡普琳无奈，命人赶紧备车，姐拉却说，"姨父大人，我都坐了几天马车了，慢悠悠的，烦死了。不如我跟您一起骑马怎么样？这样可以快点进宫。说真的，我好期待，想看看印度的皇宫什么样。"

"骑马？你行吗？"萨鲁问。

姐拉一拍胸脯，"当然。在汗国，我可是第一流的骑手。"

萨鲁被她顽皮的样子逗笑了，心里轻松了不少。科特也是骑马来的，三个人不敢再耽搁，出了鱼庭，直奔皇宫。萨鲁和科特没想到妲拉的骑技可不是吹的，她选了一匹烈马，很快将两个男人甩在了后面。

三个人来到寝殿时已近半夜，阿克巴仍在等待萨鲁。他想到了一个惩罚萨鲁的办法，萨鲁是他的表兄，母亲哈米达太后去世时再三嘱托他照顾好萨鲁和卡普琳，他不能拿萨鲁忘了宴会的事把他怎么样。可这次如果不惩罚他，他又实在咽不下这口气，思来想去，他有了主意。

萨鲁低头拜见大帝，心中忐忑不安。妲拉被科特拉着一起跪在萨鲁身后，一双眼睛滴溜溜乱转，显然对眼前的一切都惊奇不已。阿克巴早就看见了她，只是她的脸隐在暗影中，他并没看清她的面容。

"陛下……"

"你不参加宴会，是故意轻慢我吗？"阿克巴悠然问。

萨鲁却不敢悠然听，"这……"

"也罢，你认罚吗？"

"请问陛下要如何罚我？"

阿克巴拍了一下手，三名皇宫侍卫从后面走出来，一个抱着酒坛，两个各抱了一摞银碗。他们将银碗一溜摆在地上，又在每只碗里斟满酒。妲拉暗暗数了数，居然有十八只碗，她不由一吐舌头。

"这可是罚酒哟，敬酒不吃吃罚酒大概就是这个意思吧。"阿克巴根本不说要萨鲁起来的话，看他的样子，是摆明了要给萨鲁难堪。

萨鲁满面愁容。三更半夜喝十八碗酒，就算是银碗，他也没这个酒量。

妲拉从后面站了起来，"姨父大人，别怕，我帮您喝。"

科特吓得使劲一拉妲拉，低声斥道："跪下，快跪下！皇帝陛下还没说让你起来呢。这可是皇宫，你别跟匹没驯好的小野马一样。"

妲拉跪是跪下了，却是满脸的不服气，"跪着怎么喝酒？酒要站着喝才有胆气！再说，皇帝陛下不是姨父大人的亲戚吗？你看他也没那么多讲究啊，他一直都坐在床上，还光着一双脚。"

萨鲁一时没绷住，差点笑出声来。他好像一点点明白了为什么妻妹不反对妲拉跟他一起入宫，这孩子天不怕地不怕的性格，倒有点像阿克巴本人。科特不敢笑，故意作出张口结舌的苦相。

科特的担心多余了，阿克巴并未责怪妲拉的无礼。他注视着妲拉，脸上滑过一丝笑意，"好吧，既然你这么说了，我许你站着喝酒。在这之前，你过来吧，让我看看你长得像谁？"

妲拉上前几步，乖乖地在阿克巴的御床前跪了下来，仰脸望着阿克巴。阿克巴拿起烛台，举在少女面前，将她打量了个仔细。少女鼻峰耸立，面容精致、白皙，这点他并不觉得奇怪，少女的家族先辈中有突厥人血统，外祖母与母亲又都是才艺双全的美丽女子。让阿克巴觉得奇怪的是，在少女乌黑的眉眼中竟带着几分少见的英气，这可是雪弗和她的女儿们都没有的英气。她长得并不很像马尔格兰，或许这是她像自己父亲的缘故吧？阿克巴出神地想。更不可思议的是，看着她，阿克巴竟有一种在水面上看到自己倒影的感觉。

"你叫姐拉是吧？"

"您怎么知道？"

"你母亲在给你姨母的信中每次都要提到你和你弟弟的事情，我听你姨母说的。"

姐拉点点头，笑了。

"你母亲……"

"什么？"

"有没有对你提起过我呢？"

"怎么不提？母亲经常提的。她说您是这世上最伟大的皇帝，极有威严。"姐拉眼也不眨地撒谎。其实，母亲从未亲口对她说过任何关于阿克巴大帝的事情，她是看了姨母的信才对这个人有所了解的。

阿克巴信以为真。十六年前，他对马尔格兰情不自禁。从那时起到现在，对于他所做的一切，他虽不后悔，却也饱尝思念和猜测的折磨。

"不过，我觉得大家对您的评价不够全面。"姐拉不管阿克巴怎么想，继续说。

"哦？"

"皇帝陛下不光有威严，还是个充满智慧和仁慈的人。您看吧，您相貌威严，宽阔的额头上和明亮的眼睛里却闪烁着智慧、仁慈的光芒。"

阿克巴被她的奉承逗笑了。姐拉早就跪不住了，见他这么高兴，顺势坐下来，用手使劲捶了捶腿。那边还跪着的两个人好久没见过大帝开怀大笑的样子，他们知道危机已经过去，不由长舒一口气，也趁机坐下了。科特示意侍卫将碗中的酒倒回酒坛，几个人忙乱了一阵。阿克巴看也没看他们这边。科特让侍卫退下，悄声对萨鲁说道："感谢老天！多亏大人带着这个活宝一起过来。"

萨鲁笑意吟吟地瞪了他一眼。科特赶紧抽了自己一个嘴巴，轻轻地，"小的失言。是小姐，小姐。"

阿克巴放松下来，将身体斜在靠榻上，用手支着头，跟姐拉闲聊。姐拉看着他的脸，又想起一件事来，"皇帝陛下，我听说您酷爱打马球，还发明了一种能发光的马球，在夜晚也能打？"

"是啊，莫非你也对打马球有兴趣？"

"那是。打马球、打猎、骑马、射箭，我都有兴趣。别看您是大帝，要论骑马，您还不一定能胜过我呢。您若不信，可以问姨夫大人或者科特，他们可是领教了我的骑技。刚才，我一转眼就把他们两个人甩在了后面。"

萨鲁没说什么，科特却连连点头称是。

"弹琴呢？"

"我会弹六弦琴，我只会这一种乐器。"

"真的只会这一种吗？在我的记忆里，你母亲可是位天才的乐师啊。还有，你的个性也与你母亲很不一样。"

"嗯。说起来，凡是汗国那些有教养的女人会的，母亲都会，她们不会的，母亲也会，可我不会。这个呢，还不是我和母亲之间最不一样的地方，我和她最不一样的，是母亲不爱说话，我爱说。这些年，舅父大人嫌我话多，性子又野，没少训斥我呢，还训斥母亲，责备她不好好管教。有一次，我听他跟我母亲抱怨：'妲拉真的是你女儿吗？你这生得鹦鹉还是八哥？'"

听了这句话，不光阿克巴，连萨鲁和科特也都哑然失笑。

十六年累积的怨怒，在少女天真无邪、开朗快乐的笑靥中一点点消散。十六年前，阿克巴曾那样痛恨马尔格兰的绝情，他对她的占有，其实已经赔上了他身为一国君主的尊严。这些年，想到她的残忍，他一直耿耿于怀，不能原谅。然而，此时此刻，他竟有些释然，不管怎么说，她回来了，而且，她还将一个如此贴心又如此可意的小精灵带到了他的面前。

"让我听听，你母亲是怎么回答你舅父的？"

"母亲说：'这有什么不好吗？妲拉喜欢做个野丫头，就让她做个野丫头好了。我喜欢看着她自由自在地生活。'"

"你母亲果真与别的女人不同。"

"是，她是这世上最好的母亲。"

"你父亲……"

"我父亲和舅父大人一样，都是汗国有名的画家。对了，我忘了，下次见面的时候，我让您看看我父亲的画吧，父亲有好多画都是画我的。"

"他们……唔……我是说你父母，他们很恩……唔……我的意思是，你父亲很疼爱你吧？"

"嗯，很疼爱。我从小就是他的掌上明珠。"

不知为什么，这个回答让阿克巴的心里有些不快，他急忙岔开了话题："我看你长得不太像你母亲，是像你父亲吗？"

"不是，我长得像外祖母。我的体质也像外祖母，几乎从来不生病。外祖母去世那年已经七十岁了，可她还经常跟我一起赛马呢。我听说，外祖父去世前病了好多年，外祖母却是一下子就走了。不过，这也是我的遗憾。外祖母钟爱我胜过世间的一切,可我只能眼睁睁地看着她倒在我面前,那么突然……"事隔两年,姐拉回想起外祖母去世时的情景,仍然忍不住落泪。

阿克巴伸出手,怜爱地为她拭去脸上的泪水。

这个女孩子,性格单纯又重情义,这点非常好,他喜欢。

姐拉与阿克巴约定了一起打马球的时间,又聊了些别的。天快亮时,她趴在床沿睡着了。阿克巴丝毫没有睡意,他悄悄下了床,走到坐在地上不停打盹的两个人身边,用脚踢踢他们,示意他们跟自己离开寝殿。

阿克巴带着科特来到依沙宫,上午他要在这里议事。萨鲁,阿克巴让他回去了,下午他准备设家宴款待两家人。这些年,他从未对马尔格兰真正忘情,在长久的等待之后,他已迫不及待地想要见她一面。另外,他也存有几分好奇,想看看马尔格兰的丈夫是个怎样的男人。

中午回到寝殿,姐拉还在睡觉,看样子,她累坏了,也困坏了。不知道什么时候她回到了床上,睡得正香。阿克巴坐在床边,注视着姐拉可爱的睡容,有生以来第一次产生了一种想法:这孩子如同从他身体里分裂出来的一部分,与他那么投缘,令他恋恋难舍。他很担忧,像当年担忧马尔格兰终会离他而去一样,担忧某天姐拉的父母会将她带离他的身边。

他无法容忍这样的事情再次发生,这回绝对无法容忍!他思索着解决的办法,只消片刻,他做出了一个决定:他不妨就此将姐拉收为义女,或者将她许配给他的长子萨利姆。萨利姆尚且年幼,这样,在姐拉与萨利姆成亲前,他仍旧可以将姐拉作为女儿养在宫中。

待时机合适,他不妨把这个愿望透露给姐拉的父母,他想,他们应该不会拒绝……

7

阿克巴将宴会的地点选在了与皇宫只有一街之隔的一座新建的、名叫"莫顿"的花园中。

阿克巴的祖父巴布尔是个奇特的人,他一生征战,同时将他对花园的钟爱以及独有的审美情趣带到了印度。这种审美情趣的主要特征是人工灌溉的运用,通常以渠道、水洼、池塘或小瀑布形式,使水的元素充斥于设计理念中。另外,这种设计包括一系列坡地平台,通常有八个,与"古兰经乐园"八个区一致,有时是七个,象征七个行星。主亭被认为是花园的顶点,通常占据最高的平台,有时占据最低的平台,以便提供一个不间断的远景,由下向上看到穿过花园的喷泉和瀑布。

莫卧儿花园的小道一般高于与其接壤的花床，组成花园的单独方块常常分别种植着某一种单一的花卉和灌木：郁金香、玫瑰、紫罗兰、红花夹竹桃、淡绿色的悬铃木、丁香树等。林荫道的两边还种植着常青树、冷杉树、柏树、松树、梧桐树、槟榔树以及橘子树、柠檬树、桃树、石榴树、苹果树、菠萝和葡萄等果木。当年，巴布尔设计和改进了喀布尔周围的许多花园，忠诚花园和三友喷泉是他最喜爱的两个休养地，忠诚花园修建在一块高地上，俯瞰着园内，由一条四季不断的溪流来浇灌，喷泉周围则种植着甘蔗、大蕉和橘子树。

在确定阿格拉为帝国首都之后，巴布尔开始在朱木拿河畔修建"拉姆巴格赫"，这堪称最早的莫卧儿风格的花园。由于从未忘记自己是游牧民族之后，巴布尔不像他的后继者，很少住在建筑物里，他更喜欢让人在果园中央支起帆布的临时居住营，把自己的宫廷建立在其中。喀布尔的忠诚花园符合"四分花园"的图样，即在一个被围起来四边形空地里，两条垂直的河流从中间将其划分为四块，有时每一块又会再次被一分为四，这些花坛里种植着各种果树和其他植物，这样的布局成为经典之作，巴布尔在中亚和印度修建了很多类似的花园。

阿克巴出生时祖父早已去世，即便如此，祖父仍是他此生最崇敬的人。他的莫顿花园就是仿照忠诚花园修建的，只不过，他将祖父在果园中央用帆布支起的临时居住营，建成了真正的宫殿。

今天，作为主人，他特意换上了一件由花卉装饰的白色锦缎做成的衬衣，衬衣上配有上等的金银刺绣。他的头巾由金布做成，有一个底部由硕大而值钱的钻石构成的鹭羽，还有一颗东方黄玉，他的头巾可以说无与伦比，展示出太阳般的灿烂光辉。一条巨大的珍珠项链悬挂在他的脖子上，长达腹部。这一身装束，与其说是为了讲究，不如说是为了彰显莫卧儿帝国的强盛。

客人们进来时，他端坐于御座之上。他的御座由六个粗大的脚支撑着，六个脚撑均由黄金做成，上面点缀着红宝石、绿宝石和钻石。

宫殿中的其他陈设，有些产自本土，比如地毯、丝垫、餐桌等。当时，莫卧儿帝国的手工作坊，已能制作木质床架、柜子、凳子和盒子制品，少量皮革制品，纸制品和运用广泛的陶制品，砖制品等。丝织品起初主要从远东、中亚、波斯和地中海东端毗邻国家进口。阿克巴陆续统一北印度诸地后，开始在拉合尔、阿格拉、西克里和古吉拉特等地大力扶持丝织品加工行业，如拉合尔是毛织品和披巾的生产基地，拉合尔、阿格拉、西克里是地毯、丝垫的生产基地，棉制品则在拉合尔、阿格拉、西克里、古吉拉特、贝拿勒斯都有制造，最优质的棉质品往往会出口到非洲东海岸、阿拉伯半岛、埃及、缅甸、马六甲海峡和小亚细亚。上述这些产品，包括棉制品，因在本土加工，价格相对进口丝织品便宜许多，印度普通民众都能买得起，也能满足基本的生活需要。而像天鹅绒、绒面呢和贵族阶层喜欢的红布等仍需从欧洲进口。

莫卧儿皇帝从巴布尔始，都比较偏爱玉器、玉石及瓷器，凡举办私人宴会，御座下面的客席上，照例会摆放着与客人人数相同的装饰着钻石、红宝石、绿宝石的金茶托以及整套的瓷器。

阿克巴建立稳固的统治后，也形成了健全的进出口贸易体制。莫卧儿帝国主要出口的产品有纺织品、胡椒、靛蓝、鸦片和其他毒品、各种杂品，而从国外进口的货物则包括金银条、马匹、生丝、金属、象牙、珊瑚、琥珀、宝石、纺织品（丝绸、天鹅绒、锦缎、绒面呢）、香料、药品，还有中国货物、欧洲葡萄酒和非洲奴隶。来自中国的货物包括大量优质的中国瓷器，这些制作精美的瓷器一向深受皇室成员以及贵族们的喜爱，尤其是阿克巴，他总是用产自中国的瓷碟用膳。他仅在阿格拉的皇宫就收藏着大量的中国瓷器，他给臣下、亲人的赏赐中，瓷器也是其中一种。

这些年，得到阿克巴赏赐最多的，除了一些重臣之外，就是萨鲁。在萨鲁的鱼庭中，有不少中国瓷器都堪称珍品。

马尔格兰在印度两年多，对阿克巴的喜好可谓素有所知。这次重返印度，她在艰难的旅途中仍给阿克巴和皇后各自准备了一套青花瓷酒具和一套烫金茶具，这两者，都是多年前姐夫尼格王花费重金从中国南方求购的。

从阿克巴对宴会的安排上可以看出，这是一次典型的私人聚会：除了主人自己，阿克巴甚至没有邀请皇后作陪。

一别十六年，做了母亲的马尔格兰，脸上多了几分温柔与平和，少了几分冷漠与孤傲，除此以外，她的其他变化并非很大。

阿克巴将所有的感情都藏在心里。在一家人向他跪倒施礼时，他甚至没多看马尔格兰一眼，只是用一种礼貌的但明显见外的态度请他们入席。马尔格兰原本心思简单，不喜欢多想事，对阿克巴的刻意冷淡也不介意。哈沙慕却不免惴惴不安，面前的人毕竟是莫卧儿帝国至高无上的皇帝，又具有一种与生俱来的威严，他不由变得十分小心，生怕礼仪不周。

妲拉在母亲面前不敢造次，比第一次谒见阿克巴时规矩了一些。说到底，也就是"一些"而已，她那双明亮的大眼睛里仍然闪烁着好奇的光芒，那光芒只有阿克巴一个人看在眼里。

说实在的，多亏有这个女孩在场，否则这次的宴会还真有些乏味。

马尔格兰从来缺少情趣。而阿克巴对哈沙慕，这个风流蕴藉的男人又怀有几分说不清道不明的敌意。说实在的，他没有单独召见马尔格兰，而是专门举行了

303

这样一场家宴，更多的是看在妲拉的面上。

按照惯例，萨鲁、卡普琳、哈沙慕、马尔格兰离席，三次跪拜阿克巴，向他敬酒，祝福大帝健康长寿。

礼毕，哈沙慕夫妇献上礼物，阿克巴命科特一并收下了。

妲拉和弟弟玉哲跪在大人的后面，他们不用敬酒，妲拉悄悄捅捅弟弟，让他看立柱上的雕刻。

阿克巴居高临下，一眼就看到了妲拉的小动作，他的唇角一动，眼中跃出了淡淡的笑影。

待大家归座，阿克巴问妲拉："你不是有东西要给我看吗？"

妲拉够机灵，睡醒后骑马回了趟鱼庭，取了父亲的画稿过来。这时，听阿克巴问起，她急忙离开座位，向阿克巴走去。

科特一把拉住她，小声斥道："跪下！我不是告诉过你在皇帝面前不可造次嘛！"

妲拉跪下了。科特狠狠瞪了她一眼，从她手中拿过画稿，恭恭敬敬地呈给阿克巴。妲拉小声嘟囔道："怎么老要跪啊！我这昨晚跪得腿到现在还麻呢。"

阿克巴低头看画稿，掩住了脸上的笑意，"你在汗廷不跪吗？"

"跪啊。要不我怎么去了一次后就再不敢去了。"

"喀什噶尔现在是尼格王的封地，难道在王府你不用跪？"

"单独见尼格王的时候他特许我不跪。尼格王举行宴会，通常都会提前通知的，我躲还不行吗？万一王问起，母亲就对他说，妲拉那个野丫头又不知道到哪儿野去了，这个时间还没回来，请您见谅。参加宴会的人那么多，尼格王哪顾上管我呀，后来，他干脆不问了。"

"这么说，以后我这里你也不敢来了？"

"来还是要来的，皇宫这么大，我还没转遍呢。再说，您昨晚不是答应，要带我去参观兵器库吗？还有，带我去骑大象，啊，还有，打马球、打猎、赛马。只要是玩，您都可以叫我陪您，我保证随叫随到。"

阿克巴头也没抬："马尔格兰。"

"是，大帝。"

"你就是这样教育你女儿的吗？一点规矩不懂！"

马尔格兰微笑，不做辩解。

"哈沙慕。"

"在。"哈沙慕垂首肃立。

"妲拉说你是汗国最有名的画家，看了你的画，我得说，她这话不算过誉。过些日子，我会召你入宫，我有件事想交给你和萨玛德去办。你大概还不知道萨玛德是谁吧？他是莫卧儿宫廷最杰出的画师。"

"遵命，陛下。"

"你坐下吧。我们闲话少叙，这里没外人，大家放开些，尝尝具有印度特色的饭菜，哈沙慕应该是第一次品尝。我们不妨边吃边谈。"

妲拉跪得膝盖生疼，使劲敲着腿，身体在地上扭来扭去。

阿克巴看在眼里，偏不说让她起来。

妲拉实在跪不住了，扭过头，向母亲投去求助的一瞥。

马尔格兰心疼女儿，起身说道："大帝，还记得我离开阿格拉前，跟您提过的琴笛合奏曲《雄鹰》吗？回到喀什噶尔后，我和父亲完成了它。"

"对啊，皇帝陛下，我也会弹《雄鹰》。您等着，我这就去拿六弦琴，弹给您听。"

妲拉与母亲心有灵犀，不等阿克巴发话，站起来就跑。妲拉只顾逃跑，撞在了试图阻拦她的科特身上。她的力气够大，科特被她撞得连退几步，痛得龇牙咧嘴，她却连句对不起的话都没说，一溜烟不见了踪影。

阿克巴强忍着笑意目送妲拉离去。没办法，他就是喜欢这孩子，无论她做什么，他都觉得特别可爱。何况，他好久没听到马尔格兰吹骨笛，确有几分怀念，他也想品鉴一下妲拉的六弦琴弹得怎么样。

妲拉去不多久回来了。阿克巴一眼认出她怀中抱着的六弦琴，正是当年他赐给马尔格兰的那把。十六年前，马尔格兰离开印度时，在阿克巴赏赐给她的所有东西中，唯独带走了六弦琴。妲拉在母亲身边坐下来，从容地调了调琴弦。《雄鹰》这支琴笛合奏曲，她从小就弹，也与母亲合作过，只是她们从来没在汗国的公开场合表演过。马尔格兰说过，这是她为阿克巴大帝创作的。她是个执拗的女人，在阿克巴听到之前，她绝不会演奏给外人听。

《雄鹰》的旋律委婉悠扬，不绝如缕，通过笛与琴的默契配合，将雄鹰的孤独、无畏与渴望演绎得恰到好处，令人荡气回肠。阿克巴万万没想到妲拉的琴技如此精湛，绝对不输于她的母亲。一曲终了，卡普琳热泪盈眶，几个男人，包括科特在内，都不约而同地鼓起掌来。

妲拉与母亲相视而笑。

阿克巴对马尔格兰说道："这就是《雄鹰》啊？果然，从始至终，给人一种海阔天空的想象。"

马尔格兰放下骨笛，微微颔首。在她心中，阿克巴就是那翱翔蓝天的雄鹰，永远代表着一种奋发向上的力量。

"我听妲拉说，她只会弹六弦琴，没想到她弹得如此之好。她应该不是只会一种乐器的女孩。"

马尔格兰明白他的意思，"学习乐器不是一件容易的事。为了做一名优秀的

305

琴师，父母亲和我都付出了许多。我不想勉强姐拉和玉哲做他们不喜欢做的事，我倒觉得，姐拉更适合做一个野丫头。"

姐拉和玉哲望着母亲，目光中充满了深深的爱与感激。

阿克巴没想到做了母亲的马尔格兰如此宠溺孩子，这实在不像是他所认识的那个女人。看来，他从未真正地了解她，以前不了解，以后更没机会了解。虑及此，他蓦觉怅然若失。

印度本土的饮食中有一种抓饭，是将菜肴拌入饭粒中，用手抓着来吃。马尔格兰不习惯将手弄脏，从来不吃。阿克巴受他印度妻子的影响，倒是吃得津津有味。马尔格兰低声问哈沙慕要不要吃，哈沙慕碍于阿克巴在场，笑着摆了摆手。玉哲也不敢吃，只有姐拉，对这种吃法很新奇，放下六弦琴，连手也顾不上洗，学着阿克巴的样子抓起一把饭塞进嘴里。

别说，这种抓饭居然别有风味。姐拉吃着感觉味道好，抓起一把饭想喂弟弟，玉哲嫌她手油油的，躲着无论如何不肯吃。姐拉瞪了弟弟一眼，又去喂父亲，哈沙慕倒是不介意，就在她的手上吃了，还连声夸赞美味。阿克巴的心思全在这一家人身上，见姐拉与父亲之间亲热随便的样子，他的心里又产生了那种极不舒服的感觉。连他自己也说不清，这是因为羡慕，还是因为嫉妒。

好不容易，只有几个人参加的家宴在一种别别扭扭的气氛中结束了。两家人向阿克巴辞行时，阿克巴对姐拉说："明天下午有一场马球比赛，你想参加的话，早点进宫，中午在寝殿陪我吃饭。"

姐拉没敢答应，眼睛望着母亲。

马尔格兰沉吟着。

马尔格兰的内心，并不想让女儿一个人陪伴阿克巴。不管怎么说，这个人是姐拉的生父，父女天性，她担心时间久了，姐拉的身世终究会被阿克巴怀疑。她答应过哈沙慕，绝不会将女儿还给她的生父，这一方面是为了顾全她与哈沙慕的夫妻之情，她与哈沙慕的婚姻经历过波折，她不想再出意外；另一方面则是出于对女儿的爱惜，她绝不希望爱女的人生被束缚在宫廷里。

马尔格兰不情不愿的态度再一次刺伤了阿克巴，他的脸色顿时沉了下去。若不是碍于第一次见面的哈沙慕在场，他真想当面质问她：为什么？这一切到底是为什么？在你的心中，我到底算什么？

姐拉是个心思细密的女孩，她注意到阿克巴的脸色不好看，生怕母亲的犹豫不决激怒这位可以主宰他们一家命运的人。她心思一转，自作主张地答应下来："好啊，我会早点进宫的。皇帝陛下，我们中午还吃抓饭吗？"

"莫非，你还想吃？"

"其实，我更想尝尝诃子果酱，母亲说，夹诃子果酱的面包很好吃，夹枸橼果酱的面包也很好吃。我们午饭就吃夹果酱面包配椰果汁和马护娃酒好不好？饭后水果呢，我想吃我在汗国没吃过的那些水果，芒果肯定是排第一位了，另外还有大蕉、脐橙、江比里柠檬、枣椰、猴果……其他的嘛，让我再想想，对了，还有潘尼雅拉，母亲说，潘尼雅拉的个头比李子大，像不成熟的红苹果，味道也略酸，可是成熟后的潘尼雅拉吃起来极爽口。"

"你的要求真是不少。"

"我是皇帝陛下的客人嘛。"妲拉做了个鬼脸。

"也罢，给你准备好了。看样子，你蛮喜欢吃水果喽？"

"对啊。我是那种可以把水果当饭吃的人。"

阿克巴心想，妲拉爱吃水果，爱运动，不挑食，什么都乐于尝试和接受，以及她的开朗和不拘小节，这种种习惯和性格还真的很像他呢。

没错，妲拉的骨子里的确有着与他相像的东西，难怪他会那么欣赏她、喜爱她。他觉得，妲拉倒更像是他的女儿。

他的女儿……

他的女儿？这个念头犹如一道明亮的闪电，在一瞬间划过阿克巴的脑海。

8

阿克巴震惊的表情没能逃过马尔格兰的眼睛，她的神色变得有点慌乱。阿克巴天生敏锐，马尔格兰瞬间的慌乱同样被他捕捉到了。

她这是在紧张吗？

为什么？她为什么会紧张呢？

难道说……

"大帝，我们告辞了！"马尔格兰极力让自己的声音像往常一样，平淡、波澜不兴、彬彬有礼。

阿克巴摆了摆手。

目视两家人离开宫殿，阿克巴招手让科特过来。

"陛下。"科特跪在他身边，给他轻轻捶着腿。

"你安排几个可靠、稳当的人，让他们扮成商人，去趟喀什噶尔。"

"扮成商人去喀什噶尔？"

"对，货物由你来准备。至于让他们办什么事，我会亲自向他们交代的。你只需告诉他们，无论他们在喀什噶尔打探到什么消息，都要在回来后当面向我汇报，我自有重赏。可有一样，万一他们走漏风声，他们，还有他们的家人，就谁也别想再看到太阳从哪边升起哪边落下了。"

"陛下放心，小的自会安排妥当，让您满意的。"

"去准备吧。"

"这么急？"

"刻不容缓！明天一早，就让他们出发。"

"是，陛下！"

科特常在阿克巴身边，受阿克巴影响，做事雷厉风行。他很快将一切准备妥当。第二天，商队出发后，阿克巴在大殿接见了哈沙慕。

大约在公元1555年，自胡马雍创立莫卧儿画派开始，细密画均在三幅垂直重叠的图纸上构图。一般来说，主要的场景都绘在第二张图纸上，在图纸的正中央，位于和观察者视线相平的位置。在阿克巴时代，描绘宫廷的细密画很少见，主要人物多置身于日常环境中或大自然中。这种对风景的爱好主要强调了波斯的美学标准：一个封闭的世界中，里面长满了植物。

每一幅细密画都是集体创作的成果，由好几位艺术家共同完成。画家要根据皇帝的建议开始画样图，再由不同画家根据样图重新作画，每个人都有自己的专长。首先，用碾碎机碾碎谷类得到纸张；其次，用黑色墨水或石墨描绘出草图；再次，将一层半透明的白色物质涂在画上，用红线在上面描画细节；最后，用动植物色素混上动物胶和阿拉伯树胶制成的颜料完成上色。

阿克巴十分欣赏哈沙慕的才华，在他亲自主导下，萨玛德与哈沙慕这两位画风不尽相同的画师联袂，很快投入了对史诗、文学和历史手稿插图的创作。波斯细密画起源于蒙古忽必烈时代的宫廷人物画，作为叶尔羌汗国的杰出画师，哈沙慕的画风兼有蒙古宫廷画的大气和波斯细密画的精巧，萨玛德则将印度宗教画的色彩艳丽繁密与欧洲人物画的朴实清新艺术地糅合在一起。这两位画家彼此欣赏，共同努力，将原本脱胎于波斯细密画的印度细密画推陈出新，融入了更多的本土元素。

另外，他们还在波斯细密画讲求立体写实的基础上，借鉴印度宗教画的色彩运用，却又摒弃了其繁密复杂，通过对每一个人物、每一个动物、每一处风景精描细绘，以艳丽而不庸俗、醒目而不夸张的色彩给观者以视觉上的美感和冲击。应该说，他们在这一时期的画作以及他们所引领的画风，通过旅者、商人的传播，令印度细密画在世界画坛占据了重要的一席之地。

十三岁的玉哲很快在帝国画院崭露头角。少年冰雪聪明，天赋过人，萨玛德有一次到画院授课，看到一个孩子题为《百花》的习作，当即被其美轮美奂的效果吸引住了。画中，作者对色彩的运用非常大胆，却富贵典雅，艳而不俗，有些夸张的构图，稍显稚嫩，却彰显出一种天才的想象力。习作的左下角写着玉哲的名字。当萨玛德得知玉哲是哈沙慕的儿子时，主动提出收他为徒。在帝国，能得到慧眼独具的萨玛德赏识，那绝对意味着一种荣耀和进阶之本，从此，玉哲在萨玛德的指点下，进步神速，大有青出于蓝而胜于蓝之势。

作为萨玛德的学生，玉哲经常要给老师和父亲做些辅助工作。玉哲继承了母亲对大自然的钟爱，如同母亲喜欢在自己的音乐作品中融入大自然的元素一般，他同样喜欢用艺术的手法将大自然表现出来。他对动植物和风景细心研究，别出心裁地将它们描绘在肖像细密画的装饰边框里，为肖像画增添了别样的动感。有一次萨利姆王子看到玉哲的郁金香画稿以及他正在装饰边框中勾画的绿叶图案，他一下子着了迷，从那以后，年少的王子成为玉哲在皇宫的第一个拥趸。

阿克巴也来看过一次哈沙慕与萨玛德的创作，他对两位画家的杰出才华充满欣赏之情，当场颁旨，赐给他们一人一袭荣服、一袋宝石。宝石倒也罢了，荣服一般情况下是皇帝对功臣的赏赐。

哈沙慕的事业顺风顺水，他称心如意，别无所求。近段时间，他不是忙于创作，就是按时进宫为画院的学生授课，丝毫没有觉察到妻子的不安。自那天家宴结束，阿克巴再未邀请过哈沙慕及萨鲁两家进宫作客，也就是说，他再未与马尔格兰见面。倒是姐拉频繁奉诏入宫。

阿克巴忙于政务时，会让姐拉陪伴爱子萨利姆一起玩耍。回历970年（1562年初），阿克巴与扎玛妮公主成婚，公主姿容美艳，仪态万方，被阿克巴立为皇后，深受宠爱。七年后，他们的孩子萨利姆出生，这是阿克巴膝下第一个存活下来的儿子，被视为帝国继承人，自幼在宫中接受着最严格的教育。

姐拉是个野丫头，经常闯祸而不自知，她的简单与莽撞给小王子严谨枯燥的生活带来了许多意想不到的乐趣。所谓近墨者黑，受姐拉的影响，萨利姆开始想方设法逃课，姐拉也积极配合他，两个孩子找机会就溜出宫外，品尝各种民间小吃，玩从没玩过的民间游戏。有一次，皇后向阿克巴抱怨，阿克巴反以"帝国继承人必须体验民情"为由将皇后搪塞了过去。

闲暇时，阿克巴会带姐拉，有时也会带上儿子一起打猎、打马球，观看勇士角斗、斗象、赛马，还带他们参观兵器坊。姐拉每天晚上回到家，都会不厌其烦给父母亲和弟弟讲述她的所见所闻，哈沙慕和玉哲不知内情，听得津津有味。马尔格兰心中忧虑不安，她只能做了最坏的打算。

阿克巴焦急地等待着来自喀什噶尔的消息，就在他的耐性将要耗尽时，他派出去的那几个人总算回来了。

阿克巴一夜未眠。第二天一早，他让科特亲自去趟鱼庭，假借皇后的名义将马尔格兰请进宫来。

马尔格兰在天台上看到阿克巴的刹那，已然明白了一切。

偌大的天台上，只有阿克巴和马尔格兰两个人。一切仿佛回到了十六年前。

阿克巴背对着马尔格兰站在天台边缘。他开口说话时，也像十六年前一样，开门见山："妲拉是我的女儿，对吗？"

马尔格兰什么也没说。

阿克巴冷笑，"你怎么不回答'不是'。"

马尔格兰仍旧一言不发。

阿克巴回头看着她，他很奇怪，这个女人总是出人意料，令他琢磨不透。

"算了，也许我多余见你。我只是想对你说一声，谢谢你为我生下了妲拉。妲拉是个好孩子，明天，我要正式接她入宫。我与她父女相认之后，她就是莫卧儿帝国地位尊贵的长公主。"

无论阿克巴说什么，马尔格兰都表现出一种麻木的平静。

阿克巴慢慢走向她，她的态度让他有些迷惑。十六年过去，无论他有多么埋怨她，无论他娶了多少位妻子，他始终无法让她走出自己的心里。不能相见的时候还好，现在，一个活生生的人就在他面前，他久已压抑的思念犹如即将喷发的火山，"你……是不是没有告诉哈沙慕实情？他娶你的时候，妲拉已经出生了，他根本不知道妲拉是我的女儿，对吗？"

马尔格兰点了点头。

"我来对他说吧。看得出来，哈沙慕对妲拉很疼爱，我不会亏待他的。官职也好，名誉也好，财物也好，只要他提出来，我都会予以补偿。"

马尔格兰将视线移在阿克巴的脸上。这之前，她一次也没有正眼看过他。

"你想说什么？"阿克巴看得懂她眼神里的轻蔑，他的愤怒一触即发。她一点都没改变，一如当年她在他身边的日子，冷漠、傲慢，而令他为之气结的是，他明知道她是这样的女人，却照样爱她爱得刻骨铭心。

马尔格兰似乎在斟酌词句。

"关于妲拉的事，我决心已定！"

"我，求您一件事。"

"你说。"

"未来的日子，请您善待哈沙慕和我儿子。"

"你在说些什么啊？哈沙慕是你的丈夫，玉哲是你和哈沙慕的孩子，他们都是妲拉最亲的家人，我怎么可能不善待他们呢？说真的，我很看重玉哲，我看过他的习作，这孩子继承了他父亲的感觉和才气。我会给他提供最好的环境，总有一天，他会成为帝国出类拔萃的画家。"

"好，我知道了。"她相信他，他是个一诺千金的男人。何况还有姐拉，她一定会照顾好她的父亲跟弟弟。

"你就想跟我说这个吗？"

"是的。您先走吧，让我一个人静一静。"

"就在……这里吗？"

这里可是天台啊……

"您放心，我不会做傻事的。"马尔格兰一语道破了阿克巴的担心。

阿克巴有点尴尬地清了清嗓子，"那好，我先走了。"

马尔格兰目送着他。当他的身影消失在楼梯的转角，所有伪装的坚强都在瞬间消失，她的心剧烈地抽痛着，她不由紧紧捂住胸口，跪在地上，泪水顺着她苍白的脸颊一滴一滴滴落在宽大的裙裾上。

对不起，父亲！这是她对父亲的歉意。

当年父亲弥留之际，握着姐拉的手对她说："我的小姐拉，我的宝贝外孙女，就像草原上的风，就像草原上的雨，记住，要让风自由自在地吹过，要让雨自由自在地飘落。"那时候，她答应了父亲，可她不得不违背自己的诺言了。她无法对阿克巴否认姐拉是他女儿的事实，甚至，她无法哀求阿克巴放过姐拉。她知道，阿克巴爱他的女儿，爱得深切，爱得无所顾忌。不过是第二面，他就对姐拉的身份产生了怀疑，他的敏感只能归结为父女间那条看不见的血缘纽带，它强大而又奇妙的作用超出了她的预想。正因为如此，她在面对他时，才会一句话也说不出来。

对不起，哈沙慕！想到哈沙慕，她既悔且愧。

她答应过哈沙慕，绝不将姐拉还给她的生父，她信誓旦旦，最终什么都做不到。她很清楚这残酷的真相会给哈沙慕带来怎样的影响，到时候，哈沙慕一定会质问她：明知道无法抗拒，为什么还要将姐拉带回印度？

是啊，为什么一定要将姐拉带回印度？

是有想躲避几个蒙古政权之间时有战争的因素。现在的叶尔羌汗国在第三代大汗阿不都哈林汗的统治下，处处呈现出繁荣昌盛的景象。与之相比，莫卧儿帝国在阿克巴的治理下，其经济繁荣、文化发达、国泰民安更是有过之而无不及。在潜意识里，她或许仍旧怀念着她和卡普琳姐姐在阿克巴的庇护下度过的那些安逸时光，她也希望自己的一双儿女能在阿克巴的身边安享太平。

是有为哈沙慕着想的因素。阿克巴是个爱惜人才的君主，在印度这个有着异域风情的国家，远离一双双满含讥嘲的眼睛，她相信哈沙慕一定可以走出不能拿起画笔的阴影。事实也是如此。她看着哈沙慕重又成为那个充满灵感与自信、才华横溢的男人，她的确为之欣慰。

311

但，这果真是所有的原因吗？

当她站在似曾相识的天台上，站在阿克巴面前，她突然想清楚了一件事：她曾经不能接受哈沙慕的移情别恋，那时，阿巴嘎哥哥对她说过一句话，哈沙慕并不是不再爱她，他只是碰巧多爱上了一个女人而已。而她，何尝不是如此？她也碰巧多爱上了一个男人，这个男人是哈沙慕。就像哈沙慕始终无法放弃她——他第一个爱上的女人一样，她同样无法真正放弃她第一个爱上的男人。

她第一个爱上的男人，恰恰是她从未对自己承认过的阿克巴。

她看着他的眼睛，她明白，让她回来的原因是他。

她为不能忘怀的爱情付出的代价，是将哈沙慕推向绝望的深渊，这一次，也许是万劫不复。

还有她的女儿。那个像风像雨，无忧无虑的女孩，可能从此就要被关在宫廷里，永远失去野性的快乐。

还有她的儿子。不知道他的父亲是否还会守护在他身边，或许这世上唯一能够给他照顾和安慰的人，只剩她的姐姐。

她无力保护任何人，无论她的女儿、儿子还是她的丈夫，她从来就不具备那样强大的力量，在她决定放弃的那一刻，她已万念俱灰。

既然无法面对，她只能永远逃开。她不会将她的身体留在莫卧儿帝国，她要回到父母的怀抱。

10

"真的就这么不愿意吗？"她听到一声微叹，以为自己听错了。

一双宽厚的、温暖的手握住她的脸颊，轻轻为她擦拭着脸上的泪水。她抬起头，透过蒙眬的泪眼，看到阿克巴正注视着她的目光，那里面有不解，更有怜惜。

原来，他并没有走开，他从始至终都悄悄守护在她的身边。

她的眼泪流得更快了。

"真的不可以吗？"他再次问，声音里充满了挣扎与无奈。

她愣愣地望着他，不知道该如何回答。他注视着她流泪的眼，无可自抑地吻住了她冰冷的唇。

十六年的思念，都在唇上凝结，胶着。

为什么，对她，还会有如此多的不舍？那是初见时就放在心里的柔情，当时光流转，他对她的爱已在生命中扎根。

"别哭了，不要再哭了。"许久，他移开嘴唇，张开双臂，将她紧紧搂在怀中。"十六年前，你也没有哭过啊。十六年前，你离去的时候，连一句话也不肯对我说。你知道，那个时候，我的心有多痛？可我，从来没有后悔过。"

泪，无声地流着，在他坚实的怀抱里，她情愿流尽一生的泪。

"不要再哭了，马尔格兰，不要再哭了！你再这么哭下去，我……我都不知道该怎么办好了。你听我说，我答应你，我答应你，不管我有多么疼爱妲拉，你实在无法接受的话，我可以先不认她。"

马尔格兰的心中跳动着希望的火苗，尽管微弱，却一点点灼干了她的眼泪。她从未想过利用他的爱，但她知道，她能利用的，只有他的爱。

"要是我可以忘了你该有多好！要是我不在意你该有多好！我曾经以为自己能做到，可是那天，当你出现在我的面前，我的第一个念头居然是，这一次，我决不能再让你消失在我的视线之外。我也感谢你，你肯为我生下妲拉，还把妲拉教得这么好。她虽是个女孩子，却勇敢开朗、重情重义，她的性格，比萨利姆更像我。你知道吗，我真的很想将她留在身边。"

"大帝，对不起。"

"为什么不能把妲拉给我？她将享有我莫卧儿帝国的一切，权力、财富、地位，难道这样不好吗？"

"我父亲曾经说过，妲拉，她就是草原上的风，草原上的雨，如果把她关进皇宫里，就看不到风在草原上吹过，雨在草原上飘落。我不想这样，我也不能这样，我要我的女儿永远快乐自由地生活。"

"我不会把她关在皇宫里的，不会。你很清楚为了她，我什么都能做到。可我，会因此失去你，妲拉会因此失去母亲。当你平静地接受了一切时，我从你的眼睛里只看到绝望。这个世界上没有你，就算我执意与妲拉父女相认，我们也不会快乐，不会幸福。我放弃，仅仅是为了你。"

"大帝……"

"我十四岁继承父位，那时候，我所拥有的，只不过是德里周围一片小小的领土，再有就是强敌环伺。面对重重危机，我选择了战斗。我，不惧怕危险，不惧怕敌人，不惧怕死亡，却会惧怕一个女人的眼泪，却会惧怕你的眼泪。这样的我，不是很可笑吗？难道你不觉得很可笑吗？"

阿克巴说着，轻轻笑起来，笑声中充满了自嘲与苦涩。马尔格兰凝视着他，下意识地举起手，将手指轻轻压在他的唇上，似乎想压住他的笑容。她很内疚，这是真的，如果可以选择，她并不希望看到他如此纠结，左右为难。她知道他爱她，她很早就知道，可她，为了心中的执念，从没主动回报过他的爱，甚至逃离了他的身边。现在，她有了丈夫，有了孩子，她首先要考虑的人变成了他们。她与阿克巴之间，注定了永远都是她负他更多。

阿克巴握住她的手。他们默默相望，她的眼神一如往昔，水波流动，清澈见

313

底。他清楚，他与她，像这样的亲近，从此不会再有。

"答应我，马尔格兰。"

"什么？"

"你和姐拉，再不要离开印度，不要离开我的视线，离开那么久。"

"是。"

"帮我守住姐拉。一旦你违背诺言，我一定会把女儿抢回来。"

"好。"马尔格兰眼圈又是一红，脸上却绽开了欣慰的笑容。就算今生只能将爱深深埋藏，她仍然不悔与他的相遇。

他将她拥入怀中。在风中，在明媚的阳光下，这是最后的拥抱。

11

在阿克巴的指导下，姐拉开始学习击剑，她很快掌握了击剑的技巧，又不缺乏勇气，阿克巴对她进步神速深感骄傲。皇后和萨利姆经常观看姐拉与阿克巴比剑，萨利姆身上兼有蒙古人与印度人的血统，在帝国深受臣民热爱。

姐拉与阿克巴对击良久，最终阿克巴以一剑获胜。姐拉摘掉头盔，长发披散下来，有点凌乱，如同在水中洗过，她的脸颊绯红，如同染上了夕阳的颜色。萨利姆呆呆地看着她，这一刻，在他眼中，她美得像画中的仙子一样。他突然对父亲说："父皇，等我长大了，我要娶姐拉。"

阿克巴回答："不行，我的儿子，姐拉是你姐姐，你长大后，要像尊重姐姐一样尊重她。我要把她许配给一个能赢得了她的人，她是一柄剑，需要一个好剑客。"

阿克巴说归说，并没有很快让姐拉出嫁的意思，皇后却将他的话放在了心上。一天，皇后让姐拉陪她去后花园散步，两人走到湖边时，姐拉发现临湖的回云台上有一位青年正在练剑。她不再往前走，驻足观看。

青年很专心，丝毫没发觉有人在看他。他闪转腾挪，剑走如风，身手异常敏捷，姐拉不由暗暗赞叹。

大约一刻钟后，青年收剑，走下台级，这时，他看到了姐拉。

两个人相隔几步，就么望着彼此。对姐拉而言，这是一张陌生的面孔，她以前从未在皇宫里见过。经验告诉她，他的身上应该有着拉吉普特人的血统，他长着一双如皇后一般无二的眼睛，又大又黑，形状漂亮，而他浅褐色的脸庞，大而稍厚的唇角，又与科特相类。

片刻的愣怔后，青年上前见礼。

姐拉回过神来，发现皇后不知何时走掉了。仓促之间，她目光一闪，落在青年握在手中的剑上，不觉微微一笑。

佳人皎皎，笑靥如花。原来她也是个……

青年很快意识到，这只是他一时的错觉而已。妲拉暗悔自己没带击剑过来，连礼也顾不上回，焦急地四下张望着。

青年看着她，不动声色。

下一刻，就见妲拉走到树前，折下两根树枝。她拎着树枝走到他面前，问道："喂，你叫什么名字？"

没错，毫无礼貌可言。

"我叫拉贾·卫普·吉茂尔·辛格。"

妲拉不知道"拉贾"这个家族符号有着怎样的意义，她将两根树枝中的一根递给青年，说："拉……拉……拉普，和我比一场。"

"我叫……"青年顿住。算了，"拉普"就"拉普"吧，恐怕以后，在她的记忆里，"拉普"就是他的名字。

拉贾·卫普，不，拉普，接过树枝，"还没请教小姐芳名。"

"我叫妲拉。"

"你也喜欢击剑？"

"对。"

两人说着，回到回云台上，回云台很宽敞，足够两个人比试。

拉普的剑术的确高超，即使与阿克巴相比，也有过之而无不及。妲拉不是拉普的对手，连输几局，她不得不认输了。认输归认输，她的脸上丝毫不见沮丧之色，相反，她为自己又遇到了一个强劲的对手而欣悦。

她扔下树枝，发出邀请："明天你还在这里等我，我们用真剑比。"

拉普没拒绝，"好。"

妲拉也不问拉普何许人，明天是否真的能来，以及拉普为何能进入御花园？反正拉普答应了，她不疑有他，说声"明天见"，便离开回云台去找皇后了。

拉普目送着她离去。他不知想到些什么，脸上浮出笑容。

"怎么样？"当妲拉的身影消失不见，拉普听到身后有人问。

"很有趣。"拉普回答。来人正是皇后，他的姑母。

"这丫头性子是野了点儿，可处久了，还是觉得她蛮招人喜欢的。陛下也很宠爱她。"

"皇后为什么想让我认识她？"

"我这么多亲侄子，就你和里维尔比谁的性格都古怪，既不肯入仕朝廷，也不肯成家立业。里维尔还好些，我再没见过比你更挑剔的，那么多好女孩你看也不肯看，哥嫂跟我埋怨了好多次，又生气又心急，陛下也有意赐婚给你，我想他

315

们再逼你，说不定你又会躲到山里去了。正好，我这两天看姐拉练习击剑，觉得她这野性子挺适合你。你的剑术和武艺在我们族里无人能比，你若不反对，先给陛下做个贴身侍卫，这样你就可以随时陪姐拉练剑了。说不定你和她倒是天生一对呢。"

"侍卫的事等等再说，我也不见得就会喜欢姐拉小姐。她说明天要跟我比试真剑，我对这个比较有兴趣。不瞒皇后，我正想着，这丫头如此莽撞，我是不是给她来一点小教训？"

"怎么说？"

"用真剑比，一不小心，会伤了她。"

"不可以！你伤了她，姑母该如何向陛下交代？陛下宠爱她就像宠爱自己的亲生女儿一般。"

"知道，开玩笑的。"

"卫普……"

"叫我拉普吧。"

"什么？"

"那野丫头见面就给我改名了，随她去叫吧。"

"拉普？这是什么名？"

"管它呢，名字而已。"

第二天的比试有点出乎拉普的意外。经过头一天的失败，姐拉似乎掌握了拉普进攻的套路，她的速度和力量与拉普相比固然不占优势，可她的防守很稳健，拉普几乎很难找到破绽。拉普没想到这个女孩子不仅勇气可嘉，而且如此用心如此聪慧，不由对她多了几分敬意。

两个人一来一去交手很久，拉普急于结束比试，故意卖了个破绽。姐拉毕竟经验不足，信以为真，当即挺剑向前。拉普脚步不稳本是假的，他向旁一撤身体，顺势将手中的剑送到姐拉胸前。拉普的本意，这一剑点到为止，姐拉也只能认输了，不曾想，他侧身时脚步趔趄了一下，这个趔趄却是真的。结果，剑没点到姐拉的胸前，反而斜着划过姐拉拿着剑的手臂。

姐拉负痛，剑掉在了地上。一转眼工夫，她的半个手臂就被鲜血染红了，鲜血顺着她的手指，不断地滴落在回云台的青石板上。

拉普惊呆了。昨天的玩笑变成了现实，可这绝不是他的本意。

姐拉并不慌张，也丝毫没有责怪拉普的意思，她找不到手帕，不得已，对拉普说道："来，帮我一下。"

"什……什么？"

"帮我把罩衫脱了，包住伤口。"

拉普没多想，照她说的做了。妲拉外面穿的罩衫很宽松，里面只穿着一件短短的紧身内衣，内衣很短，裸露出腰腹。拉普手忙脚乱地给她包扎伤口，无意间，他的目光触到她高高隆起的胸部，顿觉心神一荡，接着，羞红了一张脸。

妲拉见他神情有异，以为他是被吓到了，还安慰他呢，"你不用这么紧张，只是被剑尖划了一下，伤得不深，我心里有数。对了，我听说花园南门的御医院有一位医术高明的大夫，好像还是皇后的什么亲戚，他有一种疗伤药，很神的，我们去找他，说不定明天我就能活动自如了。"

"你说的是拉贾·里维尔吗？"拉贾·里维尔是拉普的堂兄。在拉贾家族，这两兄弟算是另类，对权力、地位、财富毫不在意，拉普选择了逍遥自在的生活方式，拉贾·里维尔选择了做一名大夫。

妲拉摇头，"我不知道他的名字。你认识他？"

拉普注视着她，没回答。此时，他的心里乱乱的，说不上是难过还是后悔。其实，妲拉的伤并不像她自己所说的那样只是被剑尖划了一下，拉普给她包扎时看得清清楚楚，他的这一剑刺得很深，从肩头向下一直划到肘部，伤口周围的皮肉全都翻了出来，深可见骨。

看到伤口的那一刻，拉普不光是手，连心也在颤抖。他想也能想得出来，这样的伤，该有多疼痛！难为妲拉竟忍住了，还说出那种若无其事的话来，假如她生为男子，想必可以做将军吧……

"拉普，我们走吧。"妲拉的脸色早已变得蜡黄，额头，鼻尖都沁出了细密的冷汗，她强打精神，声音有气无力。

拉普收起他的胡思乱想，蹲下身，"上来，我背你。"

妲拉不肯，"不用，我没那么娇气。"

拉普执拗地坚持，"你不上来，我就抱你过去。"

妲拉一想，与其让他抱，还不如让他背，便不再争执，乖乖地趴到了他的背上。拉普背起她，不敢耽搁，一口气跑到御医的住处。

拉普没猜错，妲拉所说的御医，果然是拉贾·里维尔。

拉贾·里维尔仔细给妲拉处理着伤口，当他弄清妲拉受伤的原因后，忍不住埋怨起拉普来。妲拉疼得直吸气，饶是如此，还护着拉普呢，"不怨拉普，是我没闪开。拉里，你别把这事告诉皇帝陛下和皇后啊。"

"拉普？拉里？"拉贾·里维尔一头雾水地重复着这两个名字。

拉普本来心里正难受，这会儿听妲拉又给堂兄改了名字，"扑哧"一声笑了。

"你还笑？"拉贾·里维尔，或者，也该叫他"拉里"了，瞪了堂弟一眼。

"对不起，拉里。"拉普故意拖着长音，表明他已认可了堂兄的新名字，就

317

像他认可了自己的新名字一样。

拉里无可奈何。他刚给妲拉包扎好,阿克巴和皇后都来了。原来,科特躲在暗处看到了拉普刺伤妲拉的一幕,他将这件事报告给了大帝和皇后。

三个年轻人没想到大帝和皇后会来,一时间,都傻了。

阿克巴的心思全在妲拉身上。妲拉嘴唇发白,脸上血色全无,显然伤得不轻。阿克巴疼怜女儿,很生拉普的气,若非碍于皇后,他早发作了。妲拉见他脸色阴沉,怕他责备拉普,往前凑了凑,没话找话:"皇帝陛下,您怎么来了?"嘴上问着,还向皇后使了个眼色。

阿克巴假装没看见她的小表情,指指她的胳膊,问拉里:"伤口深吗?要不要紧?"

妲拉使劲摇着头,"不深,不深,就是划破了点儿皮,明天一准好。我说得没错吧,拉里?呀,糟了,我把剑忘在回云台了!拉普,你陪我去把剑找回来吧。"她急于带着拉普溜掉。

"拉里?拉普?拉里、拉普是谁?"阿克巴被这两个名字弄得莫名其妙。

皇后估计这又是妲拉图省事,给里维尔改了名字,她将手放在阿克巴的胳膊上,忍笑回道:"待会儿我再解释给你听。卫普,马车在外面,你负责把妲拉送回家,路上注意安全。"

"我的剑……"

"先别管什么剑了,剑的事交给科特,他会帮你收起来的。卫普,你把妲拉送回鱼庭后,要把实情告诉她母亲和姨母,不管怎么说,伤了妲拉都是你的错,这几天,你要陪在她身边,照顾好她。"

"是。"

"我都说了不用……"妲拉不想让拉普跟她一起回鱼庭,她怕拉普会受到家人责怪。姨母卡普琳对她,比母亲对她还要娇惯几分,她受伤回来,姨母不知要怎么责备拉普,与其如此,还不如不让家人知道真相。拒绝的话刚说一半,就见皇后对她使了个眼色,她醒悟过来:除了家人,这里还有一个人需要她首先躲开。

拉普和妲拉来到马车前,妲拉手不方便,拉普要抱她上车,妲拉不肯,拉普却不容分说地将她抱进了车厢。阿克巴看着这一幕,心里不由一阵难过。若能以父亲的身份出现在妲拉面前,他就可以名正言顺地把妲拉留在皇宫接受治疗,而不必再派人把她送回鱼庭了。身为一国之君,鱼庭他是不方便经常出入的,何况,就算他想,国事繁忙,他也没那个时间。他希望马尔格兰不要怪怨他没保护好女儿。

马车载着妲拉和拉普远去了,阿克巴收回目光,问拉里:"你说实话,妲拉的伤要不要紧?"

拉里有些答非所问:"不瞒陛下,我从八岁起跟叔祖学医,到现在快二十年了，还从未见过比姐拉小姐更勇敢、更坚强的女孩子。我很佩服她，真心的。"

两个月前，拉里给阿克巴大帝做定期身体检查，离开时在宫外见过姐拉一面。当时，姐拉正在林荫道上起劲地模仿着科特走路、说话的样子，学得惟妙惟肖，把科特气得将袖子瞪眼直跺脚。拉里站在那里看了她好一会儿，院中的果树挡住了他的身影，姐拉和科特都没有注意到他。

从姐拉来到皇宫，阿克巴大帝对她的宠爱和放纵就成为人们心中的一个不解之谜。这个与讲求严谨、庄重、秩序的皇宫格格不入的女孩子，每天奉旨进宫，不是陪着萨利姆王子就是陪着大帝本人，许多人都猜测大帝是不是想将她许配给帝国未来的继承人。除此，人们最津津乐道的还是她惹出的种种麻烦和闹出的种种笑话，再经过患者的渲染加工，拉里听得多了，对她先留下了"野丫头"的印象。说起来，正是这种强烈的印象令他在初见姐拉的刹那便一眼"认出"了她。奇怪的是，他丝毫不觉得她粗野，反而觉得她极有趣、极可爱。

就在他犹豫着是否上前搭话时，侍卫传姐拉和科特进殿，拉里只好悻悻离去。那之后，两人无缘巧遇。没想到，他会因为堂弟的一剑再次见到姐拉，更没想到，短短的相处，他竟身不由己地对她产生了别样的情愫。

阿克巴听着拉里的夸赞，内心百感交集。他很想说，姐拉是我的女儿，是我阿克巴的女儿！我阿克巴的女儿，又怎么可能不勇敢、不坚强？

319

遗憾的是，为了对马尔格兰的承诺，他不能与女儿相认。尽管许多时候，他真的很想听女儿叫他一声父亲。

在萨利姆前，阿克巴的几个孩子都没能存活下来。而那时，阿克巴也并不知道马尔格兰已为他生下姐拉。为了帝国的血脉得以延续，阿克巴决定前往阿季米尔和其他地方的圣堂求子。在踏上求子的旅途前，他特意去了离阿格拉不远的西克里拜访圣人谢赫·萨利姆，谢赫·萨利姆向他保证，他的祷告会被听见，他将很快得到一个儿子。果然，回历 977 年秋（1569 年 8 月），这个预言实现了，阿克巴最钟爱的长子在西克里出生，他心怀感激，为儿子取了圣人的名字"萨利姆"。第二年，次子穆拉德也在西克里出生，又过了几年，三子丹尼亚尔出生。三个儿子中，除长子与他尚有几分相像外，次子、三子自幼身体柔弱，不喜欢户外运动。阿克巴总有一些遗憾，他盼望着再生一个体魄强健的孩子，不管是男孩女孩都好。

姐拉恰恰是在他满怀希望又不断失望的时候来到他身边的。她的女儿，真的比他的几个儿子更像他本人。她永无止境的好奇心，什么都乐于尝试的勇气，还有她的朝气蓬勃，她的快乐纯朴，她身上具备的所有品质，都让他切切实实地感受到一种身为父亲的自豪和快乐。

他珍藏着这份自豪与快乐，忍住了想要认回女儿的冲动。随着时间推移，他渐渐理解了为什么当年马尔格兰宁可放弃爱情也要远离宫廷的苦心。他是经过无数次血腥的征服和征伐才得以坐稳莫卧儿帝国的皇位，为了握住权力，他除掉了曾经为他出生入死的拜拉姆汗，除掉了曾经与他情同手足的乳兄阿达姆，还被迫与异母弟、与堂弟、与功臣兵戎相见。同室操戈、骨肉相残似乎是成吉思汗以及帖木儿王家族后人的通病。马尔格兰千方百计地阻止他与女儿相认，更多的恐怕还是出于母亲保护孩子的本能。尽管如此，她却让女儿以另外一种身份陪伴在他身边，从这个角度而言，她已经回报了他的爱情，从这个角度而言，他不该再心存奢望……

"陛下，姐拉小姐是我的病人，明天一早我得去鱼庭为她诊治。请问这些日子我是否可以待在鱼庭？"拉里看着陷入深思的阿克巴，恭恭敬敬地询问。

冠冕堂皇的理由掩盖了内心真实的想法：姐拉刚刚离开，他便开始担心她了。这是他无法回避的牵挂。

阿克巴点头，"这样最好。你的医术我信得过，这些日子你就在鱼庭照顾姐拉，直到她痊愈。"

"遵命。"

12

姐拉有六七天没进宫了。这孩子体质虽好，可不巧赶上阿格拉这些日子天气奇热闷湿，导致她伤口愈合较慢。

科特每天两次往返鱼庭，他的使命是及时将姐拉的伤情汇报给阿克巴和皇后。拉普不敢见阿克巴，只能在阿克巴上朝的时候，悄悄向皇后问问情况。想到拉里这些日子都住在鱼庭为姐拉治疗，拉普心里有一种说不出来的担忧。勉强忍了几天，他以皇后的名义携带厚礼来到鱼庭，向四位长辈谢罪。

拉普不知道，那天他送姐拉回家，姐拉不让他跟进去是为了保护他免受责怪。这些日子，父亲、姨夫、弟弟都在西克里，尚且不知道她受伤的事情。她对母亲、姨母以及其他人都说是自己练剑时不小心被对手划到了手臂，至于对手是谁，她只字未提。拉普的出现让大家明白了事情的原委，卡普琳看在皇后面上，说了几句气话，到底原谅了拉普的无心之失。

多了两个年轻人的鱼庭多了许多欢声笑语。从马尔格兰返回家乡，府上的公子和小姐又先后成婚远赴封地后，鱼庭就显得太过冷清，仆人们常常无所事事，不知该如何打发多余的时间。直到马尔格兰携全家回到鱼庭，鱼庭才又恢复了以往的热闹，每天音乐不断，笑声不断。

昔日的马尔格兰小姐变成了两个孩子的母亲，性格并无太多变化，依旧少言寡语。年纪稍长的仆人们怀念着她与她姐姐卡普琳夫人一起排练舞蹈的日子，那个时候，家里一天到晚都像过节一样令人振奋。如今，家里的男人们包括小玉哲都奉旨去了西克里，阿克巴的长子和次子出生于西克里，阿克巴对这个神奇的地方充满好感，决定在西克里建造一座城池。他们最忙碌的时候，一两个月难得回家一次。就算他们在家，大家也清楚，真正给鱼庭带来欢乐的是姐拉姐弟。玉哲文雅安静，但这孩子秀美得令人怜爱，他的画总被大家争抢收藏。姐拉则不是今天学煲汤差点烧了小厨房，就是明天绑着长长的木腿够水果被挂在树上，或者在街上打马飞奔不小心撞翻了人家的水果摊，被小贩追到府上索要赔偿……总之，她连闯祸都要花样翻新，让仆人们笑疼了肚子。近一段时间，姐拉学击剑正在兴头上，每天一早匆匆进宫，晚上才会回来，她不在，鱼庭的白天难免有些无聊。

姐拉的受伤使情况发生了变化，拉里、拉普兄弟在鱼庭陪伴她，仆人们不怕麻烦，只怕不热闹。招待两个年轻人不在话下，何况这件事还有一个乐趣，就是可以猜测一番这哥俩是不是喜欢上了姐拉，以及姐拉更喜欢哥俩中的哪一个。背过主人，他们经常为此争论不休。

姐拉心思单纯，不作他想，与拉里、拉普全都相处融洽。这堂兄弟各有所长，拉普相貌英俊，文武双全，拉里医术高超，还下得一手好棋。姐拉不能练习击剑，迷上了下象棋和桌棋，她与拉里对弈的时候，拉普就在一旁观战，有时还给她支支招。只是不知从何时开始，三个人之间的气氛变得有些微妙了。

拉里对姐拉关怀备至，他既希望赶紧为姐拉治好剑伤，又希望在鱼庭的日子可以无限延长。连他自己也始料未及，只用了短短的跨越，他对姐拉的好感就转变成了对她的爱慕之情，即使在拉普面前，他也不能完全掩藏自己的心思。拉普将一切看在眼里，内心充满矛盾。

这些年，拉普远离家族的纷争，过着天马行空的逍遥生活，不管家人如何劝说，他都我行我素，不肯继承家业，也不肯成亲安顿下来。初时姑母派人来劝他进宫，让他陪姐拉练剑时，他一口回绝了。直到他从科特口中得知，姐拉不仅骑马、射箭、打马球样样精通，而且个性莽撞，不知轻重，不守规矩，是个名副其实的野丫头，他才萌生了见见她的念头。在御花园的相见是姑母有意安排的，那是他第一次见到姐拉。姐拉的容貌极像外祖母雪弗，肤色粉润，一双眼睛顾盼神飞，即使算不上美艳绝伦，也会让看到她的人感到神清气爽。

拉普承认，姐拉给他的印象的确不同于他见过的任何女孩子，他不知道这算不算动心。第二天的意外让他心存内疚，如果一切顺其自然地发展下去，他或许能确定自己对姐拉的感情属于哪一种，到时他自会对姑母做个交代。没想到，他那一剑偏偏将姐拉推到了拉里的面前，在拉里因为姐拉受伤没完没了地抱怨他的时候，他已敏感地察觉到事情有些不同寻常。在整个拉贾家族，他与拉里的个性最为相像，不喜欢卷入是非，不以女色为意，但那天，他从拉里不时皱起的双眉，还有拉里为姐拉处理伤口时微微颤动的双手，看得出他在心疼姐拉。

心疼，很心疼，心疼得甚至拉里都不知道自己有多心疼。

拉普天性好强。换了别的女孩子，只要不是姐拉，他都可以一笑退让。对他而言，凭他的家世、才华、人品、相貌，族内族外的好女孩任他挑选，如今姑母又贵为皇后，他的家族越发炙手可热。他只是不想成亲而已，他若想成亲，别说一个妻子，就是三妻四妾他也唾手可得。

问题在于，拉里爱上的人偏偏是姐拉。

与拉普见过的女孩子相比，姐拉就像一块浑金璞玉，贵在天然。也许拉普并没有爱上她，他对她只是觉得可意，怀有好感，是拉里的出现激起了他的好胜心，无论如何，他决不会将姐拉拱手让给拉里。

姐拉配合拉里的精心照料，手臂恢复了受伤前的灵活和力量。这是拉里、拉普兄弟在鱼庭的最后一晚，为了感谢他们，姐拉取来六弦琴，给他们弹了几支在莫卧儿帝国蒙古人中耳熟能详的乐曲，其中，有一支是在四大汗国广为流传的《白翎雀》，还有一支是《思乡谣》，这是阿克巴大帝最钟爱的乐曲，也是他最不想听到的乐曲，事实上，在阿克巴统治中期，这支乐曲已很少被人演奏。

此前，拉里、拉普兄弟从不知道姐拉有着如此令人惊叹的技艺。在阿克巴为欢迎马尔格兰一家到来所举行的小型家宴上，姐拉与母亲一起演奏了《雄鹰》，从那以后，姐拉再没有在公开场合弹奏过六弦琴。姐拉是阿克巴的爱女，作为父亲，阿克巴决不会让女儿以琴师的身份出现在宫廷宴会上。何况，姐拉虽拥有着如外祖父御速一般过人的音乐天赋，可她显然志不在此，与弹琴相比，她似乎更喜欢那些富于挑战性的户外运动。阿克巴牢牢记着姐拉母亲说过的一句话，也是在那次家宴上，马尔格兰说，姐拉更适合做一个自由自在的野丫头。他对此深有同感。在十八岁之前，在他真正背负上帝国的责任之前，他也一样玩性十足。说到底，他女儿只是继承了他的天性而已。他像马尔格兰一样，情愿女儿在他的庇护下，随心所欲地生活。有一点他很确定，凡是他希望却无法给予姐拉母亲的一切，他都要补偿给他们的女儿。

融融的月光下，少女优雅、从容地拨动着琴弦，这是她完全不同于以往的一面，犹如一只五彩缤纷的热带孔雀，从藏身的灌木丛中飞上枝头，尽情向他们展露着自己那身丰丽的羽毛。

拉里完全陶醉在姐拉的琴声中，眼窝里热热的。他爱这个女孩，爱她的质朴、坚强、善良、仗义，无论她是否会弹六弦琴，他都一样爱她。在他给她治疗剑伤的这些日子，他的心上满满刻着她的身影。

拉普与拉里不同。他本来不曾确定自己是否爱慕姐拉，生性高傲的他只是不想输给拉里，从小到大，他做任何事都要胜过拉里。他从未想到，有一天，他的心弦会被一个在月光下弹琴的女孩重重扣响。

其后几天，拉里和拉普分别向姑母陈明了心迹，这个出人意料的结果将皇后推到了两难的境地。拉里和拉普都是皇后的亲侄子，拉里的父亲是皇后同父异母的长兄，拉普的父亲是皇后的胞兄，对皇后而言，这两个侄儿在她心中并没有亲疏远近之分。她原本想要撮合姐拉和拉普的理由是，姐拉酷爱击剑，拉普是拉吉普特拉贾家族公认的勇士。没想到，姐拉的意外受伤，令事情变得复杂起来，作为两个人的姑母，她真的不知道该偏向哪一个。

犹豫不决中，她将这件事告诉了阿克巴。阿克巴略一思索，觉得还是应该让姐拉的母亲先跟女儿谈谈。

停了停，他又说："姐拉还是个孩子呢，现在考虑这件事是不是早了点儿？"

皇后反驳道："早什么！在印度，许多女孩子长到十二三岁就出嫁了。姐拉已经十六岁了。"

见皇后一心想将姐拉嫁给自己的侄儿，阿克巴只好闭口不言。

第二天一早，皇后真的派人去请马尔格兰了，她毫不相瞒，将自己的打算以及目前出现的意外状况都向马尔格兰和盘托出。马尔格兰有点吃惊，她考虑了一下，还是答应帮皇后探探姐拉的心意。

晚上，姐拉从皇宫回到鱼庭，进门就嚷嚷着要吃饭。上午，萨利姆王子不想念书，装病在自己的寝宫休息，正好姐拉来了，两个孩子一商议，要了两盘点心，对外说中午不吃饭了，不许任何人打扰他。然后，他们从里面将殿门插住，悄悄从窗户翻了出去，跑到宫外疯玩到下午，还看了一场杂耍。黄昏时，两个孩子回到宫中，正要翻窗回屋时，被皇后逮个正着。皇后将他们狠狠训斥了一番，还扬言惩罚他们，多亏阿克巴下朝，皇后要安排用膳，姐拉才趁机溜走了。

卡普琳和马尔格兰一直等着姐拉回来，才与她一起用餐，姐拉说起她和萨利姆王子被皇后逮个正着以及被她狠狠责骂之事，笑得前仰后合。仆人们听到姐拉的笑声，心情也像两位夫人一样，变得愉悦起来，一扫白天的沉闷。

吃过饭，马尔格兰问女儿："晚上要不要陪母亲一起睡？"

姐拉惊奇地看着母亲，说声"好"。

外祖母活着时，姐拉就像外祖母的影子一样，连睡觉也不肯离开她的房间。有时候，玉哲也会赖着外祖母，外祖母就让玉哲睡在她和姐拉中间，每当这时，她都会讲有趣的故事给他们听。玉哲长到八岁那一年，母亲为他准备了一个独立的卧室，并告诫他，他是个男子汉了，以后不能再缠着外祖母了。唯独对姐拉，母亲从未做过同样的要求，外祖母去世后，姐拉仍旧睡在外祖母那张宽大的红木床上，轻软的丝绒被留着外祖母熟悉的气息，她常常哭着哭着就睡着了。那年离开喀什噶尔时，妲拉丢下了许多东西，却带走了外祖母的丝绒被和她们共同使用的双人枕，这早成了一种习惯，只有感受到外祖母的呵护，她才能安然入睡。

马尔格兰了解女儿，她让女儿将双人枕和丝绒被搬到了她的卧房。妲拉乖巧地偎着母亲的肩头，母亲的身上有一种馨香的味道，跟当年的外祖母一模一样。当母亲亲吻了一下妲拉的额头，抬身吹熄油灯时，妲拉的眼泪一下涌出了眼眶，她抱住母亲的脖颈，小声啜泣起来。

马尔格兰轻拍着女儿的后背。十六岁的少女，在母亲眼中还是孩子，却已被人爱慕，也许用不了多久就要嫁做人妇，马尔格兰突然发现，她还没有好好地宠过她的这个宝贝呢。

在母亲温存的爱抚下，妲拉渐渐平静下来，她很享受这样的感觉，能像这样被母亲抱在怀中，她觉得自己好幸福。

"想外祖母了？"母亲低低地问。

"嗯。想外祖母，还想艾姨母和舅父大人。母亲，我们什么时候才能回喀什噶尔啊？"

马尔格兰垫在妲拉颈下的手臂微微颤动了一下。回喀什噶尔？只怕永远不会回去了吧？这是她对阿克巴的承诺。今生今世，她欠这个男人太多，她能给他的，只有这么一个承诺。

"这里不好吗？"

"不是啊。就是想见见艾姨母和舅父大人，还有哥哥姐姐们。小时候不懂事，总觉得舅父大人不喜欢我，见我一次就训斥我一次。可来阿格拉的这些日子，我明白了，舅父大人其实是把我当成他自己的女儿一样宠爱，才会那么严格地管束我，才会把最好的东西全都留给我。记得那天，他和艾姨母来为我们送行，临别的时候，他抚着我的肩头对我说：'妲拉，要记得回来啊。'说完这句话，他的眼眶一下子红了。母亲，我就是忘不了他的那个样子。"

马尔格兰伸出手指，悄悄拭去滑落眼角的泪滴。当年，她答应过卡普琳姐姐和阿克巴大帝，说她很快会回来看望他们，结果这一别就是十六年。印度到喀什噶尔的路太遥远了，汗国的局势也不似莫卧儿帝国明朗、稳固，阿不都哈林汗的确英明果断，汗位继承人马黑麻王子却对其表叔尼格王心怀猜忌。幸亏尼格王委曲求全，百般忍让，而哥哥阿巴嘎又一心作画，远离宫廷，两家才能勉强自保。在这种情况下，马尔格兰早断了再回喀什噶尔的念头。另外，她也不能不担心，一旦妲拉离开阿格拉，阿克巴怨她食言，震怒之下，很可能令她一心守护的秘密公之于世。她了解丈夫，以哈沙慕的性格，绝对不可能接受这样的事实。

这一年多，马尔格兰倒是多次劝说长姐和哥哥来阿格拉与她、与卡普琳姐姐团聚，可他们一来故土难离，二来惧怕印度的炎热气候，始终不曾同意。

见母亲沉默不语，妲拉也就不再继续这个话题。母亲的怀抱舒适温暖，她有些困了，长长地打了个哈欠。

马尔格兰想起皇后还等着她回话呢。

"妲拉，这些日子，你有见过拉里和拉普吗？"在鱼庭，大家都随妲拉叫他们哥俩拉里和拉普。

"没有。这几天，皇帝陛下都让我陪萨利姆王子读书，我好烦。母亲，明天我能不能装病，不去皇宫了？"

"这么不喜欢读书吗？"

"母亲您又不是不知道，我看见那些字母就头疼。"

马尔格兰笑了。这孩子还真像她的生父，阿克巴就是这样，不喜欢读书，却聪明过人，有着非凡的领悟力。

"宝贝，母亲觉得那两个小伙子都很喜欢你，你喜欢他们吗？"

妲拉爽快地回答："喜欢，他们人挺好的。"

"更喜欢哪一个？"

妲拉大概没想过这个问题，好一会儿没回答出来。

"不好决定吧？"

"母亲怎么想起问这个？"

"皇后有意做媒，让你嫁给他们中间的一个，她托母亲问问你的心意。"

"原来是这样啊。为什么一定是他们中的一个？"

"她是皇后啊，我担心拒绝了她，我们与她以后不好相见。再说，母亲觉得那两个小伙子人还不错，不是不能接受。"

"母亲心里呢，相中哪一个？"

"这要你喜欢才好。"

"不是，要母亲喜欢才好。母亲更相中哪一个？"

"你这孩子！也罢，既然你觉得母亲的意见重要，母亲不妨直说了。母亲觉得拉里更踏实一些，他对你的关心也是发自内心的。拉普太好强，你的性子野，只怕时间久了，你们不一定能合得来。"

"是啊，拉普文武双全，早晚有一天皇帝陛下会对他委以重任，这样说来，还是拉里更合适。母亲，我决定了，要是拉里能等我三年，我就嫁给他。"

马尔格兰愣住了，"你说什么？三年？"

妲拉坚决地点了点头。

"为什么是三年呢？"

"三年后，我正好十九岁。小时候我与外祖母约好，我长大了出嫁，一定会选择外祖母出嫁的年龄。外祖母在天上看着我呢，我不会违背我与她之间的约定。

我这么做还有两个好处，一个是能多陪您和父亲，陪姨母、姨夫大人几年。您也看到的，哥哥、姐姐们成家后，几年回来不了一趟，鱼庭有多冷清，姨母和姨夫大人又有多寂寞！另一个是能多陪陪皇帝陛下。自从我来到印度，他一直那么疼爱我，就像父亲一样，我要报答他的疼爱。说来好笑，我也不知道怎么回事，每次看着皇帝陛下高高在上的样子，就会觉得他特别孤独。"

马尔格兰想起十六年前阿克巴独自站在城墙上为她送行的情景，那个时候，他也是高高在上，高高在上的身影有着一种无法言喻的沉重和孤独。

姐拉对自己的身世一无所知，仍如此在意那个人。这大概就是父女间血脉相依的情感，没有什么力量可以阻止，也没有什么力量可以斩断。

"三年，对拉里而言应该也算是个考验，你不怕失去他吗？"

"不怕。其实我并不想因为选择拉里而让拉普难受。三年会发生很多事情，万一到时候他们两个人都有了自己的生活，只能说明他们中的任何一个都不属于我。我不想嫁到离阿格拉很远的地方，若嫁给拉里，至少不会离开您和父亲太远。拉普不一样，他只是不愿意，他若愿意，以他的才能足以担当起省督的重任。他终究会远离阿格拉，可我，要和父母在一起。"

马尔格兰没想到看似无忧无虑的女儿竟有如此的主见和孝心，她感动，也欣慰。

"母亲。"

"嗯？"

"您不妨这样跟皇后回话，您就说，拉里和拉普都很好，我都喜欢，但我没想过要嫁给他们。在阿格拉，在拉吉普特，应该有好多好姑娘等着他们呢，他们没必要为了我耽搁婚事。我还没有玩够，不想成亲，过一段时间，我还打算回一趟喀什噶尔呢，我想姨母和舅父大人了。"

马尔格兰没说话。黑暗中，姐拉感觉母亲愣怔了一下。

"怎么了，母亲？"

"女儿啊……"

"是。"

"你千万不可以对大帝提起这件事。"

"什么事？"

"回喀什噶尔，这句话，千万不可以当面对他说。"

"为什么？"

"他……那么疼爱你，如果见不到你，他……"

"母亲，没那么严重，我又不是不回来了。"

"路途遥远，谁知道会发生什么样的事情。没有家人相陪，你一个人回去，让母亲如何放心得下？"

　　"我知道。父亲在这里的事业进行得很顺利，母亲要照顾他和玉哲，你们应该不会再回喀什噶尔了。可我无论如何都要回去一趟的，我想念在喀什噶尔的亲人，我相信他们也想念我。还有，我准备把舅父大人的孙子小诺儿带回来。您也知道，小诺儿最恋着我了，这里还有母亲和姨母，我有信心照顾好他。"

　　"这事不急。总之，在母亲允许之前，你不要对大帝说就是了。"

　　"好吧，我听母亲的。"

第九卷
余焰之炫

> 我的心，像红玫瑰的蓓蕾，被上了一层鲜血
> 能让我心的花蕾开放一万个春天之久吗
>
> ——巴布尔语

1

马尔格兰按照与女儿的商定回了皇后的话。皇后考虑到妲拉可能不好选择——说实话，她自己也不好选择——思来想去，只得将这件事暂且放下了。

为了经常见到妲拉，拉普经过考虑，真的做了阿克巴大帝的侍卫官。闲暇时他会陪妲拉和大帝练剑，妲拉在宫中反而与拉普相处的时间更多一些。

从成为帝国独一无二的主人开始，阿克巴陆续颁布了诸如禁止杀害女婴、没有经过新娘和新郎同意的婚姻属于无效、允许寡妇再嫁以及废除酷刑及动物献祭等符合人道主义观念的法令，这些法令的实施为他争取了更多的人心。但由于传统力量的强大，他没能成功地废除"萨提"（印度教寡妇自焚制，即丈夫去世火化时，妻子跳入火堆烧死），他能做到的就是规定"萨提"必须自愿，并且，为了确保他的法令被严格执行，他建立了一套严格的监督机制。

冬季来临前，阿克巴派出一批官员分赴各省，暗访是否仍有无端杀害女婴和强迫寡妇"萨提"之事发生，以及是否存在司法腐败，拉普在这批官员之列。拉普是为妲拉才接受了姑母的建议，如今反为官位所缚。行前，他请妲拉送他一件礼物，说这是他陪她练剑应得的报酬。妲拉倒是大方，把姨夫尼格王赐给她的匕首转送给了拉普。这是一把外观独特、削铁如泥的匕首，剑鞘由金子、象牙和珍贵的宝石镶嵌而成，十分名贵。拉普收下礼物后，又说："你要等我回来啊。我不在的时候，你不可以总跟拉里在一起，那样对我不公平。"

他用的虽是玩笑的口吻，态度却是极其认真的。

姐拉回答，用了和他一样的语气，"我都说了，有好多好姑娘等着你和拉里呢，眼睛不要总盯着我看。这几年，我不打算嫁人的。对了，说不定这一次你去旁遮普，就能遇上让你喜欢的女孩子。"

"遇上固然好，万一没遇上呢？总之，你要说话算数哦，即便你不肯嫁给我，也不可以嫁给拉里。"

"你和拉里有仇啊？"

"差不多吧——我不喜欢输给他。"

姐拉只当他是戏谑之语，丝毫没往心里去。

送别拉普，姐拉央求母亲出面，向阿克巴和皇后说情，给她半个月时间，她想到正在建设中的西克里城看望父亲、弟弟，还有姨父萨鲁。阿克巴和皇后都同意了。萨利姆王子从科特那里听说了这件事，也缠着母后要跟姐拉一起去，皇后被儿子缠不过，另行作出安排，派了一支皇家护卫沿途护送，确保儿子的安全。

姐拉的到来，给西克里的三个人带来了巨大的惊喜，极度繁忙的哈沙慕和萨鲁放下手下的工作，轮流抽出时间，带姐拉和王子参观了西克里城。玉哲更是每天陪着他们，权充导游。

经过近十年的修建，西克里城已粗具规模，一些重要的主体建筑正在进行室内装修。印度诸城中，西克里堪称一座首次将伊斯兰与印度传统建筑特色合二为一的城池，既体现了阿克巴所倡导的文化融合，也体现了阿克巴刚烈雄奇的尚武个性。整个城堡雄壮坚固，壁垒森严，构思奇特，异彩纷呈。其中，最给姐拉和王子带来震撼的是五层宫（即潘查玛哈尔）、枢密殿（迪万－伊－卡斯）以及清真寺大门。

329

五层宫是一座红砂石的五层高阁，从下向上逐层缩小，底层共有五十六根列柱，顶层只有一间四柱钟形小亭，在阿克巴将西克里正式作为卫城后，五层宫一直是后宫佳丽的游憩之所。

枢密殿是一座方形双层红砂石楼阁，楼顶平台四角各建有一座四柱钟形小亭，日后成为皇帝与军政大臣密商国事的地方。在楼阁中，有一根雕刻精美的立柱，延伸到巨大的圆形柱顶里。从这个圆形柱顶上，四个阳台岔开通向楼阁的四角，阳台带有低开口格子结构的石栏杆，楼阁的第二级平台通过楼梯与地面相连。

巍峨雄壮的清真寺大门是为纪念阿克巴征服古吉拉特而增建的凯旋门，它用大理石和沙石建成，是清真寺的南门，融合了波斯式的刚健明快和印度式的浑厚奇拔。大门约有四十五米高，中间拱门开到半圆顶，形成轮廓的四边形的四个角上有四个尖塔，宽阔的台阶通向入口，台阶的斜坡一直持续到地面。从下向上看，效果非常雄伟，使得这个大门成为这一类大门中无与伦比的不朽之作。

快乐的时间一晃而过，转眼到了妲拉和萨利姆王子辞行的日子。哈沙慕让女儿带给妻子一叠装订好的、关于西克里城的画稿，在哈沙慕的笔下，无论是巍峨壮丽的建筑物，还是巧夺天工的雕刻及壁画，经过他的艺术再现，无不美得令人震撼。每天晚上回到住处，无论多么辛苦，哈沙慕都会坚持作画一个时辰才去休息，在不能与妻子相见的日子里，这是他寄托思念的唯一方式。

妲拉明白父亲的心意。她望着父亲明显憔悴的脸色，深情地说道："父亲，您要保重身体，早点回家。我和母亲都在等您。"

哈沙慕掩饰不住内心的留恋，拥抱了女儿。分别数月，却仿佛分别了数年之久，与女儿的短暂相会，令他更加归心似箭。

妲拉拜别姨父。她问姨父："您有什么话要我带给姨母吗？您和父亲、玉哲不在，姨母和母亲都很牵挂您。"

萨鲁倒是笑容满面，拉拉她的小辫，"跟你姨母说，我很快回去。我很庆幸还有你留在她们身边，鱼庭有你，就不会寂寞。"

那边，萨利姆把玉哲拉到一边，正神情严肃地对他说着什么。他的话，只有玉哲一个人听得见："过些日子，等我向父皇禀明我的想法后，你先回宫来吧。据我所知，帝国细密画脱胎于波斯细密画，而波斯细密画的源头是蒙古忽必烈汗时代的宫廷绘画，特别是人物肖像画。几年前，我看过你那些花卉和自然风景的画稿，觉得你潜质非凡，这些天，我与你朝夕相处，更加坚信我之前的想法没错。我觉得，学无止境，要想超越前人，就必须博采众长，我打算得到父皇的允许，派人送你到波斯宫廷和布哈拉宫廷学习两到三年，在那里，你要虚心求教，把他们国中优秀的东西带回来。未来，我要你成为我身边最伟大的画师。"

这些话，玉哲简直不敢相信是出自一个十岁小孩之口。

玉哲不敢不应，内心却着实舍不得离开家，离开父母。

萨利姆如何不懂玉哲的心思？他决心已定。作为阿克巴大帝最钟爱的儿子，帝国继承人，除了大帝本人，谁也不敢轻易违背他的意志。

果不其然，萨利姆轻易说服了父皇。不出一个月，阿克巴颁下圣旨，玉哲恋恋不舍地辞驾，将要启程前往波斯王朝和统治中亚的布哈拉汗国游学。帖木儿帝国后期，波斯已完全脱离帝国统治，昔班尼汗强盛时，又率领乌兹别克人征服了河中地区，建立了布哈拉汗国。

颁旨前，阿克巴曾征询过哈沙慕和马尔格兰的意见。做父母的实在不愿意，他也不想太过勉强。没想到，马尔格兰开阔的眼界与心胸再次令他刮目相看，这位看似冷漠、柔弱的女子，似乎永远明白，她该怎么做，才是对一双儿女最好的爱。哈沙慕则不然，他是一百个放心不下，又怕儿子小小年纪承受太多的思亲之苦。见夫妻俩的意见不统一，阿克巴大度地让他们回去考虑考虑。

晚上，全家人坐在一起讨论这件事，卡普琳坚决地站在哈沙慕一边，萨鲁和姐拉则赞成马尔格兰的想法。争来争去毫无结果，马尔格兰要玉哲自己拿主意。玉哲从小最爱母亲，也最怕母亲，既然母亲觉得他的游学经历对他未来的人生是一笔巨大的财富，他不想令母亲失望。哈沙慕一夜未眠，清晨，他对妻子说："我陪儿子一起去吧，最晚三年，我一定把儿子完好地带回到你身边。"

马尔格兰没说话，哈沙慕看到她明净的双眸中渐渐盈满了泪水。

是啊，作为母亲，她又何尝舍得让年幼的儿子离开身边？放下不舍的心怀，她却更希望儿子像一只展翅高飞的雄鹰，在辽阔的天宇尽情翱翔。

哈沙慕爱怜地亲吻着妻子泪湿的眼睛，将她更紧地抱在怀中。他爱这个女人，爱她胜过世间的一切。离别在即，他对妻子说出了内心所想，事实上，这些话，他放在心里许久了，却一直羞于启齿："等我带着儿子从波斯回来，我宁可不在朝廷供职，也要让你陪伴在我身边，像我们在喀什噶尔时那样。每天，我要你吹骨笛、弹六弦琴给我听，只要我活着，我就再不会与你分离。"

马尔格兰安静地倾听着哈沙慕的心跳，她同样希望如此。丈夫不在身边的时光，对她而言总显得那样漫长。

"还有一件事。"哈沙慕的语气似乎有些犹豫。

"什么？"

"在来印度之前，你曾答应过我，绝不会让我失去你，失去姐拉。你答应过我的，你没有忘记吧？"

"没有。"

"你还答应过我，姐拉永远是我的女儿，你也没忘记吧？"

"没有。"

"你不可以言而无信。"

"当然。"

"三年的时光不算太短，万一哪天姐拉出嫁了，你一定要设法提前捎信给我。无论如何，我都会带着玉哲赶回来。"

"好。"

"马尔格兰。"

"嗯？"

"过几天我和儿子要走了，你对我说句话吧。"

马尔格兰知道他想听什么，脸一热，将他的手放在自己胸前，脱口而出的是："不。"

哈沙慕笑了。一切尽在不言中，他觉得，有心爱的妻子在等待他，再孤寂的旅程，再孤寂的日子他都能够忍受。

2

姐拉原想将父亲和弟弟送到喀布尔边境再返回，她对巴布尔大帝的开基之地充满好奇。她刚一说出她的打算，所有的人都反对，包括哈沙慕和玉哲，还包括阿克巴大帝和萨利姆王子。尤其是阿克巴，没有一点商量的余地。不过，为了安抚姐拉，阿克巴答应她，过些日子就带她和萨利姆往西克里附近打猎。莫卧儿帝国时期，到处可见茂密的森林，其间动植物种类极其丰富。

姐拉是个主意很正的孩子，既有主见，又不固执。不让去喀布尔，能去打猎也不错，尤其当她听说拉里也要随行时，她就将喀布尔完全抛开了。

哈沙慕和玉哲离开阿格拉的第三天，姐拉有幸见识了莫卧儿帝国盛大的朝会，朝会恢宏的场面令她大开眼界。

朝会时，皇帝的宝座被安置在接见大厅的尽头，由一个高台托起，皇帝可以从高台上俯视下面的人群。一根镀金的栏杆将皇帝和皇室家族的人隔开，皇室家族的人由一根银色的栏杆与高官和外交人士隔开，其他官员、军官和骑士由陶土的栏杆与士兵、侍从分开，士兵和侍从只能远远地看见皇帝。当皇家仪仗出现时，身着礼服的随从们高举战旗、武器、装饰着牦牛尾巴的标志物、缀上红色面料边的旗帜，簇拥着皇帝登上宝座。人群爆发出热烈的欢呼声，这欢呼声发自肺腑，二十余年的统治，为阿克巴赢得了宝贵的民心。皇帝落座，所有皇室家族成员、高官和外交人士以右手触地向皇帝致敬。姐拉随着姨父萨鲁在这一群人中，她有样学样，阿克巴知道她对皇家规矩一点不懂，也不去管她。少数享有特权者接受皇帝私人会见时需行跪拜礼，姐拉趁着皇帝指名召见姨父大人，忙慌慌地溜走了。

一名侍卫拦住了姐拉，姐拉说她肚子疼，侍卫信以为真，摆摆手，让她下去了。姐拉刚下高台，就听身后赛伊德唤道："小姐。"

赛伊德是阿奇尔的长子，如今在阿克巴的皇宫中担任宿卫一职。宿卫这个职位，与成吉思汗时代的宿卫相类，最得皇帝信任，薪酬最高，升迁最易。阿奇尔是个战争孤儿，自幼被阿图收养，阿图对养子极其疼爱，视若亲生，阿奇尔对父亲也敬重体贴，他们父慈子孝可谓羡煞旁人。十八年前，阿奇尔护送马尔格兰返回喀什噶尔，阿巴嘎为酬答阿图父子多年来忠心耿耿追随服侍父母和保护照拂小妹之功，亲自做媒，将自己三夫人的胞妹许配给阿奇尔，这样一来，阿奇尔就与这个家族产生了联系。阿图临终前，看到了次孙的出生，他很欣慰，嘱咐儿子，要一如既往地忠诚于雪弗夫人（当时御速已去世）和她的孩子们，阿奇尔对父亲发誓：他一定做到。

此次，马尔格兰全家重返印度，又是由阿奇尔带一众王府侍卫护送。同行的，还有他的妻子和两个儿子。阿奇尔的长子赛伊德武艺出众，骑射功夫出类拔萃，次子毕南年方十岁，是个名副其实的神童，有过目不忘、过耳成诵之能。阿克巴喜爱这两个孩子，将他们一并留在宫中。成年后，赛伊德被阿克巴擢为大将军，毕南多次作为阿克巴的使节出使欧洲及各汗国。阿奇尔在年前已被阿克巴派往拉合尔协助拉普，阿奇尔确有军事才能，阿克巴慧眼识英，但他对阿奇尔父子如此信任和重用，也颇能从一个侧面反映出他对马尔格兰难以忘情的微妙心理。

姐拉从小与赛伊德一起长大，俩人相处如姐弟一般，彼此鲜有客套，"赛伊德，你不是陪着皇帝陛下吗？怎么出来了？"

"陛下怕你走了，让我带你去御花园。"

"去御花园做什么？"

"陛下的意思，你先在御花园逛逛，消磨一会儿时间。等朝会结束了，还有皇子萨利姆的称重仪式呢。"

皇帝与皇子的称重仪式，是阿克巴时代形成的习俗，目的在于称量皇帝和皇子们的体重，以便按体重向他们分发同等重量的稀有物品，主要有十二种：金、银、丝绸、香水、铜、铁、黄油、淀粉、各种麦谷、盐等。

姐拉第一次受邀参加称重仪式，不免感到好奇："那是什么呀？"

赛伊德哪里知道，茫然地摇了摇头。

姐拉不再多问。赛伊德按照阿克巴的吩咐，与姐拉来到象苑，两个人先骑了一会儿大象，又到休息厅下了一会儿桌棋。看看时间差不多了，赛伊德引着姐拉来到张挂着红色帐篷的亭台式宫殿中，他们来得正是时候，称重仪式刚好开始。

只见萨利姆坐在巨大的天秤一端的秤盘上，周围地上摆放着成袋的金银、匕首、珠宝、金饰、丝绸等生日礼物。铺着涡卷花饰且中央织有舞女图案的地毯上，皇帝赤足而立，和王子曼一道手扶着皇子秤盘的吊绳。另有四位大臣将物品一一放入另一端的秤盘中，直到萨利姆被轻轻托起。

秤盘托起时，人们全都欢呼起来。

无论朝会还是称重仪式都让姐拉新奇不已，这些见所未见的场景足以弥补她不能给父亲和弟弟送行的遗憾。

萨利姆从秤盘上走下来时，顺手拿起一个光彩灼灼的纯金头饰递给姐拉。

姐拉惊讶地问："给我的？"

萨利姆笑了笑，附在她的耳边说道："和你很相配。"

"是吗？"

萨利姆取过头饰，亲手插在姐拉的头发上。姐发的头发随她的母亲，黑亮浓密。他注视了她好一会儿，赞叹道："真漂亮。"

姐拉悄声问："皇帝陛下有没有说，什么时候去打猎？"

萨利姆尚未回答，阿克巴的声音在姐拉身后响起，带着些微的责备："你这丫头，怎得这般性急！"

姐拉不妨被大帝听见，向萨利姆吐了吐舌头。萨利姆拉着她的手，两个人一起来到阿克巴的面前。

"姐拉，一会儿有萨利姆的宴会，你留下参加吧。我已派人去接你母亲和你姨母了。"

"是。"姐拉乖乖地应道。

几个人正说着话，就见拉里匆匆向这边走来。前些时候，阿克巴的朋友，在帝国享有盛誉的诗人费济患上咳疾，阿克巴派拉里前去为他诊治。经过精心治疗，费济的咳疾已痊愈，拉里是回来向大帝汇报的。

拉里在人群中看到姐拉，脸上顿时露出惊喜的笑容。本来有话要回阿克巴，这时也因为分神，忘了。

萨利姆见表哥一副喜不自禁的模样，不由咕哝了一句，颇有几分醋意，"真是的，又不是没见过姐拉……"

姐拉没听清，问道："你说什么？"

"没什么。姐拉，我们走吧。"

"去哪里？"

"去王宫啊，我有好东西要给你看。今天的生日礼物，你喜欢什么，你选，我全送给你。"

"真是小孩子，我要你的生日礼物做什么？你看拉里……"

萨利姆却不容她再往下说，强行将她拉走了。

拉里留恋地目送着姐拉的身影。

"里维尔，费济怎么样了？"阿克巴关切地询问。

"大人的病已不碍事，只需再休养一段就可以上朝了。"

"是吗？那我就放心了。对了，里维尔，你回内医院准备一下，后天我们出宫打猎，你也一起去。"

"后天吗？科特通知我是下个礼拜啊。"

"有什么办法呢？那小丫头等不及了——且由她罢。"

拉里嘴上应着，心里在想，大帝对姐拉的疼爱，果真非比寻常。

尽管时间上有点匆忙，狩猎的队伍还是按时出发了。晚上扎营后，拉里在河边找到正架火烤肉的姐拉和科特。一整天都在追逐猎物，连拉里都觉得相当疲惫，科特奉旨陪伴姐拉，坐在一边不住地打着瞌睡。只有姐拉，似乎从不知道疲倦为何物，她旺盛的精力与大帝本人简直如出一辙。

拉里在妲拉身边坐下来，妲拉看到他，有点惊讶："拉里，怎么是你？"

拉里淡然一笑，"怎么不能是我？"

"我以为你睡了。你来得正好，唉，你拿这个，帮我烤这只恰尔兹，我来烤草原鸪。我跟你说，草原鸪的肉味最鲜美了，你只要吃过一次，肯定终生难忘。恰尔兹体型比草原鸪略小，肉味也一样鲜美。我还捉到两只黑胸沙鸡，待会儿我们也烤来吃。科特就知道睡觉，根本不帮忙，我没那么多手，只能分开烤了。"

面对笑靥如花的妲拉，拉里的倦意也一扫而空。

说起来，他们已有好长一段时间没在一起了。自离开鱼庭，拉里一直很忙碌，宫中有许多病人需要他照顾，妲拉贪玩，也不惦记着去看他，两个人偶尔见上一面，也常常是互相问候一声或简单交谈几句就各自去忙各自的事情了。虽然如此，他们之间并没有产生距离感，这更像一种默契，他们一直都在彼此心中。

拉里眼睛盯着火，手上下意识地转动着恰尔兹。今天的他有些不同以往，若有所思，闷闷不乐。

妲拉注意到了，笑嘻嘻地问了一句："你怎么不开心的样子？有心事吗？"

拉里没有否认。

"说来听听。"

"嗯，也好。"

细细想来，看似繁华的宫廷里，妲拉竟是唯一可以让拉里祖露心迹的人。妲拉没想到，医术高超、受人尊敬的拉里，在风光的背后也有自己的烦恼。身为御医，每天面对的是皇帝、皇子和后妃们，每说一句话，每下一个药方，都必须小心再小心。那种如履薄冰的压力还在其次，重要的是，进入宫廷并不是拉里的理想。拉里当初随叔祖学医时，是想做一个像叔祖那样的大夫，心怀慈悲，不分贵贱，将自己的生平所学全部奉献给病患。可他的人生，在姑姑被立为皇后后发生了改变，有的时候，想到这一生可能就要这样度过，他真的有些心灰意冷。

妲拉被拉里忧伤的语气打动，好心地建议道："你不喜欢待在宫廷，可以辞去御医一职，开一家自己的医馆呀。"

拉里摇头叹气，"哪有那么容易！我听说姑母说，你想送你父亲和弟弟到喀布尔，不是也没被允许吗？"

妲拉微笑，"你想错了。我不是因为皇帝陛下反对才不去的，而是父亲和弟弟刚刚离去，母亲和姨父、姨母都很难过，我不想让他们感到太孤单。我每天入宫，也不是因为宫廷是我喜欢的地方，而是我的出现能给皇帝陛下带来快乐。对我而言，最重要的永远是人。外祖母去世后，我明白了一件事：人与人之间的缘分其实很短暂，有些人，无论你有多么珍惜，他们也会在某一天离你而去，永不再见。所以，我在做决定的时候，只会考虑我珍惜的人，只会听从我自己的心，这就是我所怀有的最简单的想法，可能想法简单吧，我才不会有那么多烦恼。"

拉里惊奇地看着妲拉。他没想到，这个看似快乐无忧的女孩竟有这样的见解，这样的心胸。她的话也让他茅塞顿开。不是吗？只要不一味地患得患失，他未尝不可以按照自己的心愿生活。

只是，在他未来要走的路上，他希望有妲拉相伴。

相伴一生。

"妲拉。"

"嗯？"

"我真开了医馆，你会来看我吗？"

"那还用说！有了病人，我都让他们去找你。只怕你到时忙不过来。"

"忙不过来，你来帮我啊。"

"你的意思是，希望我做你的助手？"

拉里心想，我的意思，是希望你做我的妻子，希望你永远都待在我的身边。他这样想，终究难以启齿。

草原鸨和恰尔兹的香气弥漫开来，妲拉使劲抽了抽鼻子，"你闻到了吗？好香啊。我们让科特去请皇帝陛下吧，这么难得的美味，该让他一起品尝才对。"

"你若不说这句话，明天我就把你撵回鱼庭去。"阿克巴洪亮的声音从拉里和妲拉身后传来。

两个年轻人吃了一惊，回头望去，只见阿克巴正笑眯眯地站在科特身边。科特醒是醒了，仍是一副无精打采的样子。

拉里看着容光焕发的大帝，又看看妲拉，一个奇怪的念头蓦然掠过脑海：为什么？大帝与妲拉，怎么看起来那么像一对父女呢？

3

大约二十天后，一行人满载而归。他们回城时是正午，妲拉在宫外拜别阿克巴。拉里见她急于回家，也找了个借口，向阿克巴告假，说他与城中一位朋友有约，讨论某个病症，正好跟妲拉顺路。其实，他是舍不得就这样与他钟情的姑娘分开。阿克巴假装一无所知，含笑应允了。

目送着两个年轻人远去，他心里禁不住有些替女儿犯愁：卫普和里维尔（拉普和拉里是妲拉周围的人对这两个年轻人的称呼）各有所长，而且都对妲拉用情至深，只怕将来，就算是顺其自然，妲拉也很难从他们中间做出选择。

一路上，妲拉与拉里说说笑笑，不知不觉地来到鱼庭跟前。妲拉停住脚步，问拉里："你不是要会朋友吗？你朋友开的医馆离鱼庭远吗？"

拉里明显愣怔了一下，"唔……不远，不远。"他支吾着，脸上不觉有些发烫。

妲拉不作他想，挥手与拉里道别。她正要踏上台阶，一匹快骑飞驰而至，马上的人在鱼庭面前勒住坐骑，他看了一眼妲拉，粗声粗气地问道："请问，这里是鱼庭吗？有一位马尔格兰夫人是否住在这里？"

"是啊。你是谁？"

"我是从喀什噶尔来的信使。我有一封信要交给马尔格兰夫人。"

"给我母亲的信？"

"夫人是小姐的母亲？"

"对。"

"既然如此，请小姐把信转给夫人吧。"信使说着，从信袋里取出一封信交给妲拉，打马离去。

妲拉看了一眼信封，认出是舅父的笔迹。这段日子，她一直都在惦记着舅父和艾姨母，她本来向母亲提出要回喀什噶尔一趟，母亲没同意。她抽出信来，认真地读着，不知为什么，她的脸色看起来有些沉重。

"你怎么了？发生什么事了吗？"拉里问。妲拉与信使对话的时候，并未注意到拉里尚未离开。

妲拉急忙将信收了起来，"舅父说，艾姨母年初生了一场病……抱歉，我要进去了，你呢？"

"我去朋友的医馆。"

"嗯。这一次，真的该说再见了。"

拉里觉得妲拉的语气不同寻常，便没做回答。妲拉心神不定，早转身向鱼庭走去，拉里默默目送着她。

妲拉的个性开朗活泼，不知忧愁，拉里还是第一次看到她的另一面。他想，信里的消息恐怕不会那么简单，明天，他必须问清楚才行。他是大夫，别的事还在其次，事关一个人的病情，他听说了，就不能置身事外。

第二天清晨，妲拉在母亲和姨母尚未梳洗前就进宫了，连早饭也没顾上吃。黄昏时，妲拉仍未回来，马尔格兰和卡普琳正猜想是不是阿克巴有事将妲拉留在了宫中，忽听家仆通报：科特求见二位夫人。

马尔格兰诧异，吩咐家仆将科特让进了会客厅。科特见到马尔格兰，顾不得行礼，劈头就问："夫人，小姐生病了吗？怎么今天一天都没进宫？大帝放心不下，让我过来看看。"

马尔格兰吃了一惊，"你说妲拉吗？她一早就进宫去了啊。"

"一早就进宫了？您确定？"

"她今天出门出得早，都没顾上向我和她姨母辞行，只是嘱咐女仆转告我们

337

一声。我和姐姐还以为大帝有事要她早早进宫呢。"

"不对，小姐根本没进宫。上午，她本来要陪萨利姆皇子读书，下午大帝跟她说好了要带她参观兵器库。下午下朝，大帝才知道小姐一天都没进宫，要不怎么派我来鱼庭问问情况。"

马尔格兰与卡普琳面面相觑，她们也不知道怎么回事。

"夫人，要不这样，我先回去向陛下禀报，陛下还在等我的消息。"

"也好，那就麻烦总管了。我一会儿去妲拉的房间看看，也许妲拉只是贪玩儿，请大帝不必太担心。"

"好吧。"

仅仅半个时辰，阿克巴带着一群侍卫来到鱼庭。他让侍卫等在门外，带着科特直奔会客厅。马尔格兰、卡普琳和萨鲁都等在这里，马尔格兰手中拿着两封信，看见阿克巴，急忙迎了上去。

她的本意，是想将信交给阿克巴，不料阿克巴抡起手臂，一掌落在她的脸上。

马尔格兰被他打得呆呆发愣，萨鲁、卡普琳、科特也惊得目瞪口呆。

"你是怎么答应我的？你说，你是怎么答应我的？"

"我……"

"妲拉到底去了哪里？她怎么会不见了？"

"您别着急，我这里，有妲拉留给我的两封信。妲拉，她回喀什噶尔去了。"

"回喀什噶尔？为什么？"

"阿巴嘎哥哥给我和姐姐写来一封信，哥哥在信中说，艾姐姐生了重病。信是妲拉先接到的，她担心姨母的病情，又怕她跟我和她姨母、姨父商量，我们一定不同意，她索性不告而别了。"

阿克巴眉头紧皱，面沉似水。

"这是妲拉的信，您先看看好吗？妲拉说，等她见过艾姨母，艾姨母的病有所好转，她一准儿回来。"

阿克巴没接信。马尔格兰想起什么，改口道："我念给您听吧。"

"不必了。科特，你过来。"

"是，大帝。"

"你回去安排一下，从皇家侍卫中，挑选四十位武艺高强、头脑机灵、善于随机应变的察合台人，让他们化装成皮货商人，也可以用其他身份，分成四队，从四个方向去追妲拉小姐。那丫头回喀什噶尔，必定走这四条路中的一条。他们有两个任务，一个是沿途探听小姐的消息，一旦确定她的行踪，随时随地将情况报我。另一个是，保护好小姐的安全，稍有差池，我决不轻饶。"

"要不要让赛伊德一起去？"

"在喀什噶尔，认识赛伊德的人不在少数，他回去，不利于这些人隐藏身份。现在这种时候，最好不要引起对方国家误会。"

"明白。还有一事请陛下明示：若在途中追到小姐，这些人该怎么做？"

"只能暗中保护着她去喀什噶尔了，还能怎么做？总之，他们最后都要在喀什噶尔会合，什么时候小姐返回阿格拉，他们再一起回来。"

"遵命，大帝。"科特应声而退。

阿克巴扫了马尔格兰一眼。他那一掌虽未十分用力，马尔格兰半边脸却变得又红又肿。看着她的脸上清晰地留着他的掌印，他说不上来是心疼多还是生气多，"你也一样。倘若姐拉发生了什么意外，我绝对不会原谅你。"他内心挣扎了好久，终究只是甩出这么一句。

"大帝，请您放心，姐拉是个机灵的孩子，她绝对不会有事的。她会回来，一定会回来，您很快就能见到她了。"

阿克巴冷笑，"很快？要我再等上十六年吗？"

"不会的，请您相信我。"

阿克巴转过身，似乎要走，却没有迈开脚步。他背对着马尔格兰默默站立，谁也不知道他在想些什么。良久，他转过身，注视着马尔格兰，"疼吗？"他的语气平淡，目光里却分明藏着内疚与懊悔。

马尔格兰摇摇头。

"别忘了，你答应过我的事。"

"是。"

"我先回去了。有消息，我会派人通知你们的。"

"谢谢大帝。"

三个人施礼，起身恭送阿克巴。目送着阿克巴离去，卡普琳一把将妹妹拉回会客厅，萨鲁也跟着她们回到屋中。卡普琳吩咐萨鲁关上门，刚才她太震惊以致说不出话来，又弄不清是什么状况，这会儿，她轻抚着妹妹的脸，心疼之余，怒气冲冲地抱怨道："大帝这是什么意思啊？他干吗要对你发那么大的火？再说了，他凭什么打你？他怎么可以打你呢？"

马尔格兰并不介意，"没关系，姐姐。这样，他心里或许会好受些吧？毕竟，我答应过他，不让姐拉离开印度。"

"不让姐拉离开印度？你为什么要答应他这种事？"

"这个……"

"你快说啊！"

"姐姐，姐夫，你们应该知道的，我是在姐拉出生后才嫁给哈沙慕的。"

卡普琳心头一震，"难道……难道……"

马尔格兰点了点头。

卡普琳与萨鲁面面相觑。卡普琳心想，难怪大帝对妲拉如此疼爱。萨鲁心想，难怪他第一次见到妲拉，就觉得似曾相识。

"你怎么从来没对我们说过呢？"

"那时候，我突然要离开，大帝一时无法接受，他……回到喀什噶尔后，我发现自己怀了身孕，家人都知道妲拉的父亲是谁。我唯独没敢告诉姐姐和姐夫，我担心你们在大帝面前不小心说出来。"

"可大帝怎么会……"

"这大概就是父女天性吧。大帝第二次见到妲拉就起了疑心，他派人去了喀什噶尔，证实了他的猜测。我与他说好，这也算是一种交易：他不与妲拉相认，我为他守住妲拉，不让妲拉离开印度。"

"原来如此。怪不得大帝那么生气。"

"是啊。"

"可你，为什么不让妲拉与大帝相认呢？"

"妲拉不适合宫廷。再者，妲拉从小在哈沙慕身边长大，他们父女间的感情十分深厚，我不想节外生枝。"

"你呀！"卡普琳叹口气，不再往下说了。马尔格兰的性格原本有些古怪，有主见，又不肯随波逐流，这些年，家人都宠爱她，无论她想做什么，大家一般都会由着她。她能说服大帝不与女儿相认，卡普琳与萨鲁自然不想多事，这是一方面；另一方面，从内心来讲，卡普琳也不希望妲拉被大帝接入宫廷，万一妲拉成为公主，她就不能每天见到她了。这孩子在鱼庭，不仅是妹妹和妹夫，也是她与丈夫的快乐源泉。她很清楚，鱼庭只要有妲拉在，就不会寂寞。现在的她，只盼望妲拉平平安安地回到她身边，回到她们大家身边。

萨鲁的想法与妻子有相同之处，也有不同之处。不同之处是，他万没想到，以阿克巴的个性，那么费心地去证实了妲拉的身世，最后竟能被马尔格兰说服。这还真不像是大帝的风格。

还有，他的妻妹也是。不肯将妲拉还给她的生父，却能坦然地向他和妻子承认一切。或许正是她的不矫情与敢作敢当的天性，才会让某人深陷其中，无法自拔吧？

"妹妹，你真的不担心妲拉吗？路途遥远……"

"姐夫，我想应该不会有事。我们且等等消息再说。"

"事到如今，除了等，我们还能做什么呢？不怨大帝埋怨你，你和夫人确实太惯着这小丫头了。"

"你还说呢？难道，你不比我们更惯着她吗？平常，她想做什么，你就让她做什么，她惹是生非的时候，数你最护着她。你……你居然还花了那么大工夫去给她买马，说什么要买全天下最好最快的马，现在好了，她骑上你送给她的最好最快的千里马，回喀什噶尔了——连大帝派人也不见得能追上她。你还敢说不是你的责任？"卡普琳憋了一肚子的气，立刻向丈夫撒了出来。

马尔格兰见姐夫一副张口结舌的模样，不由笑了。

经历了许许多多事情，她的笑容还是一样纯真。萨鲁终于开始理解，为什么当年阿达姆会说：这个女人的魅力在于，她从来没有意识到自己的魅力。

而姐拉，这个孩子如此讨人喜欢，恐怕也是因为她的身上集合了马尔格兰与阿克巴两个人的迷人之处吧？

姐拉竟是阿克巴的女儿！说起来，这还真是一桩奇妙的秘密。

4

姐拉在八个月之后回到了鱼庭。和她一起回来的，还有拉里。

拉里得知姐拉不告而别的原因后，选择了与她相同的方式，留下一封辞呈，悄然离开了宫廷。

喀什噶尔之行，拉里带上了他的助手。这位助手是察合台人，精通察合台语和印度语，拉里带上他，既是为了有个帮手，也是为了在喀什噶尔可以方便与人交流。尼格王是喀什噶尔的主人，找到他的府邸不难，拉里花费了一些银两，探听到姐拉比他早三天来到王府。如今王府上下，都在为王妃的病情焦虑不安，拉里买通了王府的一个家仆，托他带封信给姐拉。姐拉得知拉里也来到喀什噶尔，正等在府外，又惊又喜，急忙让带信的家仆将他请了进来。

两个人见面，姐拉顾不上问他怎么会来，一把拉住他的手，要他跟自己去给姨母诊治。拉里给王妃做了诊断，心中有数，开出药方，姐拉吩咐拉里的助手和几个仆人去照方抓药，她依然不辞辛苦地服侍在姨母床前。

王妃服了拉里的药后，最初几天，病情出现了加重的趋势。阿巴嘎对拉里的医术产生怀疑，不想再用他的药方。拉里告诉姐拉，王妃一定要服用他开的药，服药开始，的确会痛苦，可王妃的病必须全部发出来才可以痊愈。姐拉相信拉里，她恳求姨母继续接受拉里的治疗，王妃同意了。

阿巴嘎仍然心存疑虑，王妃背过姐拉，悄悄劝说阿巴嘎："姐拉知道我生病，竟瞒着父母，从那么远的地方一个人跑回来看望我，陪伴我，服侍我，她可是个女孩子啊，天知道路上会有怎样的危险在等着她，我想想都后怕。不瞒你说，当她出现我面前的那一刻，我就觉得，哪怕我马上闭上眼睛，也没有什么遗憾了。那个年轻人，他是追着姐拉来到这个地方的，他能这样做，足见他对姐拉的倾心。

我的想法是，他如此倾心妞拉，若没有特别的把握，不会贸然为我治疗。我们且相信他，给他一试的机会。万一，连他也救不了我，那只能说是我命中注定，绝不是这个孩子的过错。那时，请你一定不要埋怨他，要体谅他。"

阿巴嘎忍泪答应了。从小，阿巴嘎是在胞姐艾的照顾下长大，胞姐在他的心目中，占据着如母亲一般的位置。

拉里的治疗仍在继续。一个疗程结束，王妃的病情开始好转，且能正常进食了，阿巴嘎和妞拉这才松了口气。妞拉倒是不怀疑拉里的医术，她担心的是连拉里也救不回姨母，她好担心姨母会离开她，离开人世。

第二个疗程，拉里用了不同的处方，以调理为主，直至王妃的病彻底痊愈。阿巴嘎对拉里谢之不尽，准备了丰厚的谢礼，拉里一概拒而不纳。艾笑责弟弟不开眼，她说，什么礼物能比妞拉更重要呢？

妞拉有心情对拉里说声谢谢了，她问拉里："你怎么会来这里呢？"

拉里哭笑不得，"你才想起来问啊。"

妞拉调皮地眨眨眼，"那些天不是顾不上问嘛。奇怪，你是听谁说我回喀什噶尔了？我母亲吗？"

"你不告而别，皇帝大发雷霆，皇宫都快被掀翻天了，还用夫人告诉我吗？再说，那天在鱼庭门前，你看信的时候我注意到脸色很不好，就猜测是不是喀什噶尔这边发生了什么事情？"

"真聪明。"

"这也算夸我？听着没有一点诚意。你这个没规矩的小丫头，不怪大帝生你的气，换了是我，我一定让人把你绑起来，好好抽顿马鞭子。"

"皇帝陛下生气了？"

"岂止是生气，你知不知道大帝有多担心？他本来是个很有修养的人，若不是你偷偷溜走，我真不知道他发起火来有那么可怕。"

"回去我再跟皇帝陛下道歉吧。他若抽我马鞭子，也是没办法的事情。反正有你呢，你会为我治疗的对不对？"

"我可懒得管你。"

妞拉笑了起来。看着她快乐的笑颜，拉里有一种想要抱一抱她的冲动。

"拉里。"

"什么？"

"你也是偷跑出来的？还是皇帝陛下派你来的？"

"我递了辞呈，托御医院的主管转交皇帝。我选择了最近的路线，据说当年，巴布尔大帝就是沿这条路线从安集延出兵印度的，我以为一定可以追上你，没想到，你的速度竟然那么快。"

"那是当然。我带出来的两匹马，可都是姨父大人为我千挑万选的西域宝马，一般人肯定追不到的。"

"还好意思说呢，你这回把大家吓个够呛！你一路上没遇到危险吧？"

"没有啊。我会遇到什么危险呢？"

"路途遥远，谁知道会遇上什么样的事情？山区的路尤其不安全，你一个人，还是个女孩子，这万一迷路了，或者遇上劫匪，你……不对，你是女孩子吗？我简直怀疑。你就不知道怕吗？"

"有什么好怕的！我这个人，最有福了。再说，我比许多人有经验。不瞒你啊，这次，为了回喀什噶尔，我做了很充分的准备，该带的东西都带上了。我十岁的时候，曾经一个人骑马去汗廷玩，当时，我父母、姨母、舅父他们都吓坏了。过了七八天，我又平平安安地回来了。见我回到家里，母亲倒是没说什么，只不过责备了我几句，舅父大人却当真拿起马鞭子要抽我，若不是父亲和姨母护着，我恐怕真能被他打得几天爬不起来。"

"如此，也没见你长记性。"

妲拉冲拉里做了个鬼脸。拉里走过去，拿起她的手，放在自己的掌心中，然后握紧。妲拉吃了一惊，想要挣脱，没能做到，她的脸颊顿时飞红一片。看着她娇羞的模样如此可爱，拉里忍不住在她的额头上亲吻了一下。

妲拉任由拉里握着自己的手，乖乖地不再挣扎。

许久，拉里温柔地轻唤：“妲拉。”

“嗯？”

“我辞去御医的职位了。回到阿格拉后，我想开一个医馆，像叔父那样，做一个悬壶济世的大夫。你会帮我的，对吗？”

“我当然愿意帮你了。还有小诺尔，他也想跟你学医呢。”

“你说诺尔少爷？”

“是啊，这孩子最佩服的人就是你了。他跟我说，他以前不知道自己长大要做什么，现在，他找到目标了。他说这都是你的功劳。”

“诺尔少爷年纪还小，跟我学医，就意味着要离开喀什噶尔，离开他的家人，他做好这样的准备了吗？”

“阿格拉有姨母、姨父大人，有母亲，有我，有你。再过两年，父亲和玉哲也会回来，诺尔的身边有这么多亲人，他不会太孤单。何况，他随时都可以回喀什噶尔啊。当年，诺尔的母亲，我的表嫂是生病去世的，诺尔一直很想念母亲，我想，这大概也是他决心跟你学医的动力吧。”

“既然如此，我收下他没问题。妲拉，我最大的愿望是，未来的日子里，你能陪伴在我身边。”

"好。你治愈了姨母，我理应报答你。"

拉里注视姐拉清亮的双眸，慢慢松开了手。他的脸色变得严肃起来，大度如他，也无法遮掩失望的情绪。

姐拉轻轻拍了一下他的胳膊，"怎么了？生我气了吗？"

"你是为了报答我才同意跟我在一起，我情愿等待。"

"拉里，在十九岁以前，我不会嫁人的，这是小时候我与外祖母的约定。你能等我到那时，我一定跟你在一起，真正地在一起。"

"你为什么觉得我不能等呢？"

"还有两年呢，谁知道会发生怎样的事情？"

"仅仅是这个缘故吗？还是由于卫普的缘故？"

姐拉一时没反应过来，"卫普是谁？"

拉里本来心中不快，听她这么问，倒有些忍俊不禁，脸上滑过一丝笑意。

"哦，你是说拉普吗？他的名字太长了，我记不住。"

"要不你怎么总是乱给人家改名呢。"

"你这么一说我想起来了，你的名字也很长，叫什么什么来着。"

"是啊，他的记不住，我的也记不住，我们始终都是一样的。"

姐拉沉默了片刻。她知道，在这件事上她必须明确地向拉里表明态度，可她终究是个女孩子，有些话她可以跟母亲说，面对拉里她却有些难以启齿。在拉里与拉普之间，她原本不想伤害他们当中的任何一个，然而这段日子以来，她与拉里朝夕相处，拉里高超的医术以及他受到质疑时也一心救人的品德，都令她由衷钦佩。不知不觉中，她的心境开始发生变化：不似初时，现在的她，面对他会觉得羞涩，想起他会觉得温暖，离开他会觉得惦念。

而这样复杂奇妙的感觉，她对拉普从未有过。只是，她不得不承认，拉普英俊的外貌的确很容易讨女孩子喜欢……

"想什么呢，姐拉？"见姐拉默默出神的样子，拉里蓦觉心中有些不安。

他想知道姐拉的心意，又怕知道姐拉的心意。对于这个他第一眼看到就为之心动的女孩，他真的不想失去她。他的冷静，他的宽容，他的高傲，他的坚强，唯独用不在她身上。他需要她。除了她，除了行医，他可以放弃一切。

只要还能够行医，他就还是他。可是没有她相伴一生，他一定不会快乐。

"在想拉普吗？"拉里忍不住追问。

姐拉点了点头。

拉里心中一痛，苦笑，"你还真够直截了当。"

姐拉心想拉里可能误会了，正要解释，看到诺尔向他们这边跑来。诺尔边跑边挥手，他的手腕上套着一串用细绳串起的莫卧儿硬币，他挥手的时候，硬币互相碰撞，叮当作响，十分好听。

姐拉从阿格拉带回了一些在莫卧儿帝国发行的硬币作为礼物分发给周围的人。莫卧儿硬币种类很多，有各种面额的金币、银币和铜币，它们无论在金属纯度、重量足额还是工艺方面都堪称一流，很值得赏玩和留存。

阿克巴发行的金币，有二十六种不同的重量和价值，这些金币只在设于德里、孟加拉、艾哈迈达巴德和喀布尔的四个造币厂制造。主要的银币是八十六谷的卢比，阿克巴后来还发行了正方形的银卢比（加拉里）。主要的铜币"大姆"是阿克巴从舍尔沙发行的货币中借鉴来的，四十大姆等于八十六谷的一卢比。所有的商品交易基本上都由相当于十五卢比的圆形金"莫胡尔"、卢比和大姆进行及完成。事实上，阿克巴建立了远远优于同一时期欧洲国家的货币制度。

姐拉对这些事毫无概念，她只是觉得这些硬币特别可爱，才将它们带回来分发给亲人和朋友的。

诺尔跑到拉里面前，仰脸看着他，认真地说道："拉里先生，我说服祖父和父亲了，他们同意我拜您为师，跟您学医。请您收下我吧，等我将来成为一名杰出的大夫，我就可以像您一样，救治很多病人了。"

拉里自进入莫卧儿皇宫，为了与皇帝及宫廷中的其他人交流方便，一直都在有意识地学习察合台语。叶尔羌汗国是在原东察合台汗国基础上建立起来的国家，国语是察合台语，以拉里的口语基础，与王府的人做一般交流不成问题。复杂的，就得由他的助手和姐拉充当翻译了。姐拉像母亲，在语言上很有天赋，她到阿格拉不是很久，就可以相当熟练地使用当地语言了。

拉里看着诺尔小小的脸上流露出的坚定神情，深受感动，他俯身，温声问道："你真的想好了吗？学医可不是一桩简单的事情，何况你的理想是做一名杰出的大夫，那更要吃别人吃不了的苦。在家里，你是少爷，有那么多人侍候你，一旦成为大夫，你就要面对形形色色的病人，对于他们，你不仅需要具备与子女服侍父母一样的细致与耐心，有时，甚至还要有忍辱负重的觉悟。你能做到吗？"

姐拉将他的话翻译给诺尔，诺尔听不懂印度语。

诺尔毫不犹豫地说："我能。"

"好，你做好了准备，我就收下你了。"这回，拉里改用察合台语，稍微生硬点，不过诺尔能听懂。

"谢谢姑父！"

拉里和姐拉都是一愣。

"你说什么？"拉里问。

"您一定很喜欢姐拉姑姑吧？您打算什么时候和姐拉姑姑结婚呢？"

拉里被这个孩子问住了，接着，脸唰地一下红了起来，一直红到了耳朵根儿，

"小孩子懂什么！别乱说！"

"我才没乱说呢。你和姑姑不是互相喜欢吗？姑祖母说你会成为我姑父。"

拉里紧紧盯着妲拉，妲拉爱抚地拍了拍诺尔的小脑袋，"去告诉大家吧，拉里同意收你为徒了。"

"好。姑父，加油啊！"诺尔向拉里做了个鬼脸，跑走了。

拉里的心嘭嘭跳着。都说童言无忌，莫非……

"妲拉。"

"嗯？"

"诺尔少爷说的，是真的吗？"

妲拉的眼睛看着别处，自言自语，"舅父大人怎么也来了？"

拉里回头，四下寻找着，找了好一会儿，也没看到阿巴嘎的身影。等他回过头来，才发现妲拉不知何时悄悄溜走了。他回想着她害羞的模样，眼中心中都溢满了甜蜜。

5

妲拉的不辞而别令阿克巴既担心又震怒，整整八个月，他寝食难安。而今，妲拉回到阿格拉，他一方面感到欣慰，另一方面余怒未息。他不容分说，命人将妲拉关进御花园后面的禁宫中，传旨饿她几天，以示惩戒。

皇后和萨利姆王子都为妲拉求情，阿克巴不为所动。妲拉被关在禁宫中，不能见家人，不能出去活动，每天只有清水喝，开始她还能勉强忍着，第三天就饿得抗不住了。她心想大帝也该消气了，遂向科特请求面见阿克巴。阿克巴哪里舍得真把女儿怎么样，他只是小惩大戒，用这种方式让女儿牢记教训。

阿克巴下午散朝后来到禁宫。妲拉饿得头晕眼花，亏她体质惊人，还能按宫廷礼节拜见大帝。

阿克巴一脸怒容地俯视着女儿，并不说让她起身的话。

"皇帝陛下，我饿了，不是，我错了。"妲拉撒娇般地说。这个女孩子的天性，不会固执己见，更不会与真心疼惜她的人计较。她清楚阿克巴大帝如此生气都是太在意她的缘故，她只想平息他的怒气。

"你错了？错在哪里？"

"我不该偷偷跑回喀什噶尔，害得大家都为我担心。皇帝陛下，您消消气，以后，我再不敢了，我说真的。"

"你也知道自己这么做会让大家担心吗？"

"现在知道了，当时没顾上想那么多嘛。我担心要是不回去，就真的再也见不到艾姨母了。您不知道，我小时候，每次舅父大人责罚我，都是艾姨母护着我，她对我来说就像我的亲生母亲一样。这段日子，我好想念她，想念舅父大人。不过，我向您保证，我再不会偷跑了，这么做确实不妥。以后，我想去哪里，都会先征得您的同意，您一定会派人保护我的，不是吗？"

阿克巴无奈，"说得好听。"

"是啊，我从小爱说话，说多了嘴也变巧了。不瞒您说，我那么多表哥、表姐，没有一个能比得上我。"

阿克巴听她自吹自擂，嘴角一扬，脸上的表情松动了不少。

妲拉见他容色稍霁，不等他发话，站了起来。她最不耐烦跪着了，有一次，她甚至突发奇想，若哪一天轮到她做皇帝，她一定免除跪礼。"皇帝陛下，您不生我的气了吧？您大人大量，就饶了我吧。"

"也罢，权且饶你一次，下不为例。你这孩子，既然要认错，为什么不早点认？非要把自己饿三天。"

"我不多反省几天，您一定觉得我没诚意。我多饿几天，您就会心疼我了，到时，我一求情，您一准原谅我。"

阿克巴被她弄得彻底没脾气了。他注视着女儿，妲拉的脸色苍白，看样子这几天没少受罪。天下哪有不爱自己子女的父母，阿克巴看望妲拉前，已事先命人准备了汤饭。这会儿，科特见大帝怒气尽消，忙吩咐下去，工夫不大，侍女将一碗汤饭和一盘水果送入禁宫。妲拉说她饿了，真不掺假，她吃东西又从来不挑，转眼间，一碗汤饭，一盘水果让她打扫了个干干净净。

妲拉还想再吃，阿克巴不允许。他知道妲拉饿了几天，一下子不能吃太多。他责令妲拉在禁宫再待一宿，明天一早放她出来。说完这句话，他绷着脸离开了，他是怕再待下去，会被妲拉磨得心软，把她放出禁宫。以妲拉的性格，一旦出去，肯定乱吃东西，父母爱子女，总要为他们考虑到最细微的事情。

第二天一早，阿克巴派科特和赛伊德一道将妲拉送回了鱼庭。至此，除了拉里不再担任宫廷御医，生活似乎又恢复了原样。阿克巴开始本来不愿批准拉里的辞呈，皇后也劝说拉里，可拉里拿定主意，一定要自己开一家医馆，像他的叔父那样，救治更多的穷困患者。

为了拉里的事，妲拉要求面见阿克巴，跟大帝认真地谈了一次。妲拉告诉大帝，等她满了十九岁，她会嫁给拉里，在此之前，她想好好陪伴自己的父母、姨父姨母，还有大帝和皇后。

阿克巴心想妲拉不愧是马尔格兰的女儿，时常惹人生气，却始终不改坦率诚实的本色，她的心愿如此，阿克巴只能选择成全他未来的女婿。

说服阿克巴还不算最困难的事情，对妲拉而言，最困难的事情是她必须面对拉普。所幸这事不用急于一时，拉普还在拉合尔驻守，妲拉是那种今天不为明天愁的性格，拉普暂时不回来，她也就把他抛在了脑后。

拉里筹建医馆期间，萨鲁和曼都为他提供了许多帮助。新建的医馆规模中等，在阿格拉的繁华地带，找到一块合适的空地，特别是离鱼庭不远的空地，实在不是一件容易的事情。

在拉里的举荐下，随拉里一同前往喀什噶尔的助手回到御医院，接替了他原来的职位。医馆开业之际，他正式收诺尔为徒，又聘了几位当地人为他打理各种杂务，而此时，拉普正在从拉合尔返回阿格拉的途中。

拉普奉旨往旁遮普巡视时，拉合尔受到乌兹别克人的威胁，曼举荐弟弟往拉合尔抗击犯边的乌兹别克人。拉普巧用奇兵，一举消灭了乌兹别克人的骑兵主力，乌兹别克人不堪再战，不得不退回撒马尔罕。

一别一年多，拉普无时无刻不在想念着妲拉，这种牵肠挂肚的滋味他以前从未有过。他给妲拉写过两封信，都没接到回信，后来他才从别的渠道得知妲拉偷偷跑回了喀什噶尔，并且拉里也跟去了喀什噶尔，这个消息让他感到忧虑。如今，边界危机顺利解除，他请求还朝，得到允许。他将拉合尔的事务交给阿奇尔，马不停蹄地赶回阿格拉。医馆开业当天，他出现在妲拉与拉里的面前。

妲拉、拉里与拉普久别重逢，惊喜中又不免掺杂着几分不安。拉里到底是宫廷御医的身份，前来医馆庆贺开业的人并非很多，可都是些达官显贵及他们的家眷。拉里忙着招待客人，妲拉与拉普站在屋外，简单地交谈了几句，这之后，两个人就有些找不到话说了。

沉默片刻，拉普看了一眼正在屋中与客人一起饮茶、笑容满面的拉里，"妲拉，你和拉里到底怎么回事？"他直率地问道。

"怎么回事？你指什么？"

"你还记得我跟你说过的话吗？"

"哪句话？噢，是你说，不许我和拉里总见面是吗？"

"看来你还没忘。"

"拉普，既然你旧话重提，我也有话想对你说。"

"说吧。"

"你离开阿格拉不久，我回了一趟喀什噶尔。"

"我听说了。不是你一个人，还有拉里。"

"是啊，多亏了拉里，才治好了艾姨母的病。"

"你到底想对我说什么？"

"我喜欢拉里，不，我想，我会嫁给拉里。"妲拉原不善于拐弯抹角，面对拉普的质问，她不得不实话实说。

拉普丝毫不觉得意外。他有这样的预感，想到他被伤害的自尊，他的眼中只有愤怒。

"拉普，感情的事有时很复杂，有时又很简单。若不是这次喀什噶尔之行，我或许还不清楚自己的心意呢。拉普，你忘了我吧。"

"我曾经记住过你吗？"

姐拉稍稍垂下眼睑。拉普的个性很强，他无法马上接受这样的事实在所难免，她希望随着时间的推移，他能释怀，找到属于他自己的幸福。

"姐拉，我不会收回我说过的话。你可以不嫁给我，但你不可以嫁给拉里，否则，我永远不会原谅你。"

"拉普，你别这样。我知道，现在我说什么你也听不进去，可我真的珍惜你，把你当成我最好的朋友。"

拉普冷笑。此刻，所有的痛苦都被他藏在冰冷的心中。

"拉普，隔壁是病舍，你要不要先参观一下？等一会儿拉里送走了客人，我们一起回鱼庭吃饭吧。"姐拉转换了话题。

拉普哪有心情参观病舍，他断然拒绝了。拉里出来招呼拉普与客人见面时，拉普已经离开了。拉里与姐拉无言相视，彼此的眼神里都流露出几分沉重。

6

拉普被阿克巴任命为旁遮普的法务大臣，很快就要走马上任。姐拉在宫廷听到这个消息，特意去了一趟医馆，把这件事告诉了拉里。拉里名声在外，自医馆开业以来，前来就医的人很多，这使拉里一直处于极度忙碌之中。听说拉普就要离开，他决定无论如何与拉普见上一面，有些事，或许兄弟二人谈开更好。

为了给拉普送行，他让几位病情不是特别严重的患者先行回去了，说好让他们明天再来。傍晚，他歇了医馆，带着礼物来到拉普的府邸。到了府上他才听说，拉普下午进宫向大帝和皇后辞行后，直接动身去了旁遮普。

拉里失望之余，又感到些许轻松。至少暂时，他与拉普相见，只会让彼此尴尬。他的想法与姐拉相似，再过一段时间，等拉普完全平静下来，他们再来面对他们之间的种种纠葛吧。

返回医馆途中，拉里顺道来会师弟。他和师弟当年都是叔父的亲传弟子，他请师弟到他的医馆帮忙，师弟欣然应允。能得到师弟的帮助，拉里顿觉心中轻松了许多。很快，通过师弟的介绍，拉里又聘到一位能干的掌柜，至此，拉里的医馆一切走上正轨，他也能抽空到鱼庭看望姐拉了。

公元 1582 年，皇弟哈基姆再次试图反叛，阿克巴打败了他的入侵，夺回了异母弟对喀布尔的统治权。夏末，哈基姆在喀布尔病逝，阿克巴将拉贾·卫普派到喀布尔，接替了省督的位置。

同年，阿克巴亲自设计了自己的陵墓图纸。

这是最后一座用红色粗陶建成的陵墓。陵墓花园正南门，是一座以白色大理石嵌饰的红砂石大门，造型与装饰比西克里的布兰德大门更为典雅优美。大门正中央的凹壁是一个巨大的拱门，两侧的凹壁各有两个上下重叠的较小的拱门。在红砂石壁面上以白色和黑色大理石细条碎块镶嵌出几何形或花卉图案，左右对称，错综复杂，犹如波斯地毯或印度染织花团，豪华绚烂。门顶四角耸立着四座白色大理石贴面的尖塔，后来成为泰姬陵四角尖塔的范本。

陵墓的主体是一座逐渐缩小的五层平顶高塔，层层叠叠，平面呈方形，下面四层由红砂石建造，各层楼阁均带有印度式列柱游廊和成排钟形小亭。皇帝的灵柩预计是停放在四层的一个小房间里，在这个小房间里，四周的墙壁上绘着基督教义中讲述的情景，其中就有圣母玛利亚。此外，这间屋子里还将放置一些珍品、地毯、布料。最上层则由白色大理石建造，露天平台中央安置着阿克巴的大理石假棺，棺上铭文只有"阿克巴"一词。

萨鲁、费济、法兹勒看过图纸后，不得不钦服阿克巴匠心独具。

姐拉与拉里约定，她要在十九岁生日到来时嫁他为妻。随着姐拉生日临近，整个拉贾家族都在为即将到来的婚礼做着准备。

纵然里维尔贵为国戚，姐拉显赫的家世背景以及她本人在阿克巴心目中的特殊地位，都决定了拉贾家族不会小视这段婚姻。

姐拉与拉里成婚前的一个星期，哈沙慕带着儿子玉哲从波斯游学归来，回到了阿格拉。他们先进宫拜见了阿克巴大帝，萨利姆对玉哲这一趟波斯之行的画作一一过目，大为赞赏，请求父皇允许玉哲做他的画师，阿克巴同意了。

在萨利姆的王廷，玉哲是他的第一位专属画家。应该说，正是萨利姆独特的审美和艺术情趣，以及他对绘画艺术的独到见解，造就了一个新流派——以自然美景为表现主题，摒弃矫揉造作，追求清新质朴风格的田园画派的诞生，而年轻的玉哲，是这一画派当之无愧的领军者。

经过长达三年的分别，一家人幸福地团聚了。哈沙慕送给姐拉和拉里的结婚礼物是一对价值连城的玉璧，这是他在波斯宫廷为国王作画时国王赐给他的谢礼。一晃三年不见，心爱的女儿就快嫁作人妇，哈沙慕心中百感交集。在拜辞皇帝时，哈沙慕提出辞去宫廷画师一职，可惜未被允准。哈沙慕对皇帝的威严终究怀有几分畏惧之心，不敢固辞，只能退而求其次，提出愿在皇家画院担任教授。如此一来，他就不必受皇帝派遣，经常离开阿格拉了。

阿克巴的本意，很想为姐拉安排一个铺排奢华的婚礼，可乌兹别克人卷土重来，再次进犯拉合尔，阿克巴决定御驾亲征，彻底解决这个问题。出征日期很快确定下来，他除了留下祝福和贺礼，连姐拉的婚宴也未及参加。拉普奉命从旁遮普出发，随征拉合尔，自出任旁遮普省督，他与拉里、姐拉没有任何联系，得知二人婚期临近，他托人给姐拉捎来了一封信，信上没有一个字，姐拉猜想可能是一切尽在不言中的意思，她将信收了起来，过后便将此事忘怀了。

婚后，姐拉与拉里住在医馆附近的住宅，这里离鱼庭很近，姐拉每天都会回去看望父母和姨父姨母，除了不再住在鱼庭，一切与她婚前的生活并未有太多改变。诺尔一早从鱼庭步行到医馆，开始一天的学徒。他天赋极好，又能吃苦，小小年纪已能辨识各种药材，且对一般常见病的药方熟记于心。拉里说，诺尔有了这样的基础，再过一段时间就可以让这个孩子跟他学习看诊了。

无论在喀什噶尔还是在阿格拉，在拉里逐渐融入妻子家族的过程中，最令拉里羡慕的，还是这个家族人与人之间那种彼此关爱、亲密和睦的关系，这种关系在任何其他大家族都是难以想象的。拉里与姐拉婚后，鱼庭的每个长辈都把他当作自己的孩子一样疼爱，他很享受这种毫无戒心的亲情。渐渐地，享受变成留恋，在确定姐拉怀孕的那一天，他做出了一个决定：搬回鱼庭居住。

其后的家族会议上，曼公开表示支持堂弟的决定。他必须如此。在拉贾家族，拉里的行为实在算得上离经叛道。

曼在朝廷中的权势炙手可热，在家族中的地位无出其右，有他支持拉里，大家也只好对这件事睁只眼闭只眼了。

姐拉十分惦记出征在外的阿克巴大帝，她每个月的月初都要给大帝写一封信，这些信的内容稍长，姐拉喜欢将鱼庭和医馆发生的趣事讲给大帝听。有时，在她的信中还会夹着一两张她父亲或者玉哲的小画，这父子俩的画风不同，一个讲究繁复艳丽，一个追求清新雅静，比如同样是画姐拉，沙哈慕会不厌其烦地描摹姐拉的面目表情、动作、衣饰，玉哲则会将更多的笔墨放在姐拉周遭的事物上，通过对周遭事物的描绘，来达到衬托中心人物的目的。玉哲有一幅小像是画他母亲的，这也是马尔格兰唯一的一张肖像画。玉哲在他的这幅小画中，不仅倾注了对母亲的热爱，而且对明暗晕染的运用得心应手，颇有意大利绘画的笔致，将马尔格兰的优雅和庄重尽现笔端。姐拉背着母亲，将这幅小画悄悄寄给了大帝。她是觉得弟弟的这幅画画得极好，出于炫耀的心理才这样做的，不料正对了阿克巴的心思。阿克巴自从得到这幅小画后如获至宝，一直珍藏在他时刻都带在身边要人读给他听的一本书中。

这本书的名字叫：《巴布尔自传》。

姐拉的拳拳孝心无法不令大帝感动。大帝的三个儿子，他们无论哪一个，除了例行的问候之外再无只言片语。无论战事多么繁忙，收到姐拉的来信已成为阿克巴生活中一件必不可少的事情，至于回信，大帝会让法兹勒代笔。

法兹勒和哥哥费济都是穆斯林学者谢赫·穆巴拉克之子。阿克巴二十五岁那年与费济相识，从此，费济成为阿克巴最信任的大臣和最亲密的朋友。可能受父亲及家学渊源的影响，穆巴拉克的两个儿子长大后均以才情卓著享誉帝国，费济是帝国著名的诗人，他的弟弟法兹勒则是一位杰出的学者和历史学家。

费济得到阿克巴重用不久，将弟弟法兹勒引见给阿克巴。阿克巴像欣赏费济一样欣赏法兹勒，命他撰写《阿克巴本纪》。为给这部本纪提供资料，阿克巴又让自己的姑姑巴丹撰写《胡马雍本纪》。

也许是家族遗传发挥着不可思议的作用，从帖木儿王开始，这个家族就有代代相传的文化潜质。且不说帖木儿王的儿子沙哈鲁王、孙子兀鲁伯，甚至也不必说本身就是一位作家和诗人的巴布尔，单说巴布尔的女儿巴丹和外孙女萨利玛，她们虽是女性，却同样具有高深的文化修养。巴丹写作的天赋绝不亚于她的父亲，在阿克巴建立了稳固的统治之后，她应侄子所请，着手《胡马雍本纪》的创作，为后人研究莫卧儿历史留下了又一部具有珍贵价值的历史文献。萨利玛则是一位颇有建树的文学家，她用波斯文创作诗歌，她的许多诗作传颂一时。

算算妲拉的预产期临近，阿克巴更加急于结束与乌兹别克人的对峙。

7

妲拉在鱼庭平安产下自己的双胞胎女儿时，阿克巴正亲率大军击退了布哈拉汗军队的一次凶猛进攻。

此时，统治布哈拉汗国的是昔班尼汗的后人阿卜杜拉汗二世。阿卜杜拉汗二世无疑是布哈拉汗国最有作为的大汗，他当政期间，重又征服了呼罗珊和花剌子模，夺取费尔干纳和塔什干，并侵入哈萨克草原腹地。汗国也在他的统治下达到极盛。

像所有的成吉思汗后裔一样，包括帖木儿、巴布尔在内，都将波斯与印度视为蒙古帝国的一个组成部分。阿卜杜拉汗二世同样不例外，他在稳固了布哈拉政权在中亚的统治后，开始谋划夺取波斯和印度。

说来颇像某种历史的巧合或宿命，在阿克巴一手缔造了莫卧儿帝国的强盛之时，恰恰也是其他几个蒙古汗国的黄金时期。布哈拉汗国（由成吉思汗长子术赤后裔昔班尼建立，亦称乌兹别克汗国）在阿卜杜拉汗二世（1583—1598 年在位，1557 年起掌握实权）统治的四十一年，哈萨克汗国（由术赤后裔苏丹克烈汗和贾尼别克汗建立）在哈克那札尔汗（1538－1580 在位）至额什木汗（1598－1628 在位）统治时的九十年，叶尔羌汗国（由成吉思汗次子察合台后裔赛德建立，亦称喀什噶尔汗国）在第二代拉失德汗（1533 — 1559 在位）和第三代阿不都哈林汗（1559 — 1591 在位）统治时的五十八年，所有这些汗国均处在政治、经济、文化的鼎盛时期。

在所有这些强盛之主当中，阿克巴与他们哪一个相比都绝不逊色。

姐拉为两个女儿分别起名拉贾·查玛和拉贾·吉若，两个孩子的名字是姐拉为纪念外祖父御速所起。萨鲁接受过去的教训，与哈沙慕商议后，在第一时间派人将这个好消息通报给了远在拉合尔的阿克巴。恰好这一天，阿克巴与阿卜杜拉汗二世签订了一项互不侵犯、和平通商的协议，且不论这个协议在日后是否能为两个国家遵守，至少暂时，阿克巴解除了来自北部边境的威胁。

阿克巴将这两个外孙女儿来到人世视为祥瑞之兆，喜悦之余，赠送了一份厚礼给阿卜杜拉汗二世。作为回礼，阿卜杜拉汗二世亦将自己御厩中最神骏的两匹西域宝马送给了阿克巴。

俟乌兹别克人撤走，阿克巴仍命阿奇尔坐镇拉合尔，次日下令班师。他急于见到姐拉和两个婴儿，遂将大军留在后面，自己只带着几个武艺高强的随从日夜兼程。这一年阿克巴年过四旬，仍像年轻人一样不知疲倦，他充沛的精力和超常的体力连他年轻的随从们都不得不真心叹服。就在萨鲁派人送出消息的第十天，他犹如神兵天降一样出现在鱼庭。

353

马尔格兰让女仆抱出两个婴儿来给他看。两个婴儿都在熟睡，阿克巴注目端详着孩子可爱的小脸，内心深处充溢身为外祖父特有的喜悦。按照规矩，刚刚生产孩子还不到一个月的姐拉是不能与丈夫和父亲以外的男人见面的，姐拉也不知道大帝是自己的生身父亲。让人想不到的是，只过了一会儿，姐拉就换了一身衣服出来与大帝相见。这对父女，从来都是无视规矩和试图打破规矩的。

姐拉在阿克巴面前始终如一，亲热、随意、无话不谈。本来，阿克巴在姐拉生产前已为她物色了最好的乳母，姐拉遣走乳母，坚持由自己来给孩子哺乳。阿克巴理解不了她的做法，责备道："你怎么总喜欢标新立异呢？你好好看看，哪个有地位、有身份的女人会自己哺乳孩子？你要惹人笑话吗？"

姐拉笑嘻嘻地、若无其事地回答："笑话就让她们笑话好了。外祖母有四个孩子，他们每一个都是吃着外祖母的奶水长大的，外祖母总说，能亲自带大孩子的母亲，才是世界上最幸福的母亲。我要做像外祖母一样的母亲。我不像艾姨母和卡普琳姨母，她们都是真正的贵夫人，我也不像我母亲，母亲的身体太柔弱，我从骨子里就是个野丫头，既然如此，我干吗要装模作样地在乎别人的眼光？再说，每当我给孩子们喂奶的时候，看着她们细嫩的小脸，看着她们贪婪地吮吸着奶水的小嘴，还有，看着她们吃着吃着就甜甜入睡的模样，我真的觉得很开心，很幸福，也更加明白了为什么当年外祖母情愿辛苦，也要自己奶大孩子。"

阿克巴思索妲拉的话，想起他在幼年和少年时代只与乳母亲近的往事，发现自己被隐隐说服了。他不想承认这一点，只好转头责备拉里："你呀，你也是的，就由着妲拉胡来吗？"

拉里无奈地一笑，"这个……"说着，他看了妲拉一眼，再没往下说。显然，妲拉一旦打定主意，任何人都拿她没办法。

阿克巴不想再继续这个话题了。这些年来，他一直惯宠着妲拉，作为父亲，他太了解他的女儿了，这个孩子，就像草原上的一株小草、一粒石子、一条溪流、一座山丘，看着微小不起眼，却有着惊人的生命力，虽然身上有着不少的缺点，却纯朴善良、至情至性。

她的确与她的姨母不同，与她的母亲不同，她是他的女儿，她的身上流着如他一样无所畏惧的血。事实上，假如他不是身为巴布尔的孙子、胡马雍的儿子，他想必也会按照自己的心愿活着，活下去。

仆人们施礼，将两个孩子抱回了卧房。阿克巴看了马尔格兰和哈沙慕一眼，目光重又落在妲拉的脸上。他的表情倏然变得有些严肃，当他对大家说出如下一番话的时候，他的语气里绝没有商量的余地："你们听好了，你们每一个人都要听好我的决定。就三年吧，妲拉，我给你三年的时间。三年后，我要将这两个孩子接入宫中。我已跟萨利姆商议过，他很愿意将这两个孩子收为养女。当然，萨利姆虽是孩子的父亲，这两个孩子将在我的身边长大，她们将在宫中长大。从那时起，不，从今天起，她们就是我的孙女，就是帝国公主。"

阿克巴的话让所有的人都吃了一惊。妲拉也不例外，她紧紧盯着阿克巴的脸，阿克巴面无表情地看着她。

不期然地，阿克巴的耳边又响起他与马尔格兰初见时马尔格兰说过的话：我不喜欢宫廷。据他所知，马尔格兰的外祖母佐维然夫人说过这样的话，马尔格兰的母亲雪弗夫人说过这样的话，妲拉没说过，但她的行动无不表明她对宫廷的抗拒。这个家族的女子每一代都会有一个人特立独行，这是不可思议的血脉传承，她们的命运注定了她们离宫廷很近，她们的容貌才华注定了她们被人爱慕，事实上，她们即使远离宫廷，也可以按照自己的心愿活下去。

妲拉好一会儿没有说话，大厅里的气氛陡然变得微妙紧张。阿克巴不打算让步，他曾一次次向马尔格兰让步，为了马尔格兰，他甚至没有与自己的女儿相认。可这一次，他必须将两个外孙女接入宫廷，他必须让外孙女在他的身边长大成人。换句话说，他必须用这种方式来弥补女儿没有在他身边长大的遗憾。他已想好，万不得已时，即便他必须以皇权相迫，他也不会妥协。

妲拉叹了口气。她的目光与母亲的目光遇在一起，母亲的眼中闪过一道微弱的、哀求的光亮。她又看看拉里，拉里的目光里有着同样的内容。妲拉明白母亲和丈夫的意思，大帝这样做，无非是对她的疼爱的延伸，在人来人往、表面华丽的宫廷里，大帝其实一直都是那个最孤独的人。姐拉的内心对大帝充满了怜惜与感激，大帝的心意如此，她决定成全他。

"皇帝陛下。"

"怎么？"

"只有这两个孩子。"

"嗯？"阿克巴一时没明白姐拉的意思。

"我可以把这两个孩子送入宫廷，送到您身边。但是，只有这两个孩子，除了她们，其他孩子我不会再听从您的安排。"

"你是在跟我谈条件吗？"

"对。"

"你……"

"您若强迫我，我就离开印度——永远离开。"

"我不明白，你为何如此固执？"

"皇帝陛下，宫廷不适合我们。不适合外祖母，不适合母亲，不适合我，我总觉得也不适合我的孩子们。这只是我个人的想法。我答应您，孩子们长大后自己选择了宫廷，我一定尊重他们的选择。"

"你把话都说到了这份儿上，我且由你罢。"

姐拉微笑了。这三年多的时间，大帝待她就像她的亲生父亲一样，她曾对母亲说过，希望能报答大帝的恩惠，如今，答应大帝把孩子们送到他身边由他抚养，就是她报答他的一种方式。

"萨鲁。"

"在。"

"你家里来了客人，都不安排一顿茶饭吗？"

"大帝，我们得到通报那会儿，卡普琳就通知厨房安排酒席了。请您一定赏光，留在鱼庭吃一顿便餐吧。"

"那还用说吗？我都饿得走不动了。"

大家听了，不由得都笑起来。阿克巴的心情同样很愉快，他了解姐拉的个性，姐拉与她的母亲很相像，她实在不愿意，他纵然身为一国之君，也不能轻易勉强她。来鱼庭之前，他想了不少软硬兼施的办法，他没想到，姐拉只稍稍犹豫了一会儿，便痛快地答应了他的请求。从中，他能体味到姐拉对他的孝心。有这样一个孝顺的女儿，即使他们不能相认，他也感到心满意足。何况三年后，他就可以将两个可爱的外孙女接到身边亲自抚养了。

谈话间，仆人们摆上晚宴，在座的各位以前经常参加大帝举办的各种宴会，大家又都是亲戚，自然不会觉得太拘谨。妲拉正吃着饭，两个孩子醒了，妲拉匆匆拜辞。当晚，阿克巴就在鱼庭安歇了。

8

查玛和吉若三岁时，被阿克巴接入了阿格拉的皇宫。从此，她们由阿克巴和皇后亲自抚养长大。她们入宫后的十年间，妲拉先后又生下两个儿子和一个女儿，而这时，查玛和吉若已长成了十三岁的少女。

查玛和吉若从五岁时开始师从法兹勒，接受文学与历史的启蒙教育，法兹勒每周为她们授课两次。她们还有一个贴身对她们进行日常教育的老师，这就是毕南。毕南比姐妹俩年长十三四岁，两个孩子对法兹勒毕恭毕敬，对他可就没有那么客气了，总是变着法捉弄他，弄得毕南头疼不已。

一母双生的查玛和吉若在长相上几乎没有相像的地方。总的来说，查玛的容貌像外祖母马尔格兰，高挑的身材，粉嫩的小脸，五官精致，妩媚，性格像母亲，好动不好静，骑马、击剑、打猎、竞技样样精通；吉若像父亲家族的人，微黑的肤色，拉吉普特拉贾家庭族标志性的唇型，长长的睫毛下一双幽深明亮的大眼睛，随时随地闪动着好奇调皮的光芒。吉若的性格也像父亲，喜欢读书、下棋、弹琴，且思维敏捷，口才惊人。尽管姐妹俩长像、性格迥异，但她们都是公认的帝国之花。这些年，阿克巴和皇后，甚至萨利姆王子对小姐妹都爱若至宝，在他们精心的培育下，两个孩子聪明能干，已逐渐参与到宫廷事务中。

妲拉每个星期都会入宫一次，看望阿克巴、皇后和女儿们。三个小一点的孩子，从牙牙学语开始，都会轮流进宫陪伴两个姐姐。若有闲暇，查玛和吉若也会回到鱼庭探望外祖父母，姨外祖父母和父母弟妹。巴巴乌拉和佐维然的后人们始终保持着一个良好的传统，那就是亲人间——不只是夫妻，父母与儿女，还包括所有的兄弟姐妹——彼此亲密友爱，和睦相处，无论时间与空间都不会疏远他们的感情，而这，恰恰是令阿克巴和其他人羡慕不已的地方。

伴随了阿克巴一生的征服活动大致分成三个阶段：从 1560 年到 1576 年，统一了北印度各地，包括马尔瓦、拉吉普特、古吉拉特、孟加拉等地；1576 年到 1595 年，矛头指向西北，夺取了他祖先龙兴之地阿富汗，还吞并了脱离印度多年的信德和克什米尔；1591 年之后，他将征服目标确定为南方，这场将印度半岛南端并入帝国领土的战争一直持续到他的子孙后代。

纵使如此，阿克巴通常比较喜欢和平的生活，大多数情况下都借着条约和通婚来取得土地。

1592 年，随着北印度与阿富汗政权的稳定，帝国统治稳若磐石，阿克巴开始考虑征服南方。

在地理上，北印度与德干高原全然不同，彼此独立，文迪亚山脉成为南北之间的屏障。在印度历史上，一向只有北方侵入南方，从来没有相反的情况出现。阿克巴先派了四批使团出使德干诸王国，使者们鼓动唇舌，除了在坎德什取得部分成功之外，在其他地方都空手而归。

阿克巴知道他必须动用武力。他派次子穆拉德和养子汗坎南（本名阿布杜拉欣，前摄政拜拉姆汗之子，拜拉姆汗死后，为阿克巴收养）出征南方，赛伊德被阿克巴擢为将军，任征南军的先锋。初时，战事进展还算顺利，赛伊德勇谋兼备，一举夺取艾哈迈德纳加尔王国的贝拉尔城邦，又包围了道拉塔巴德王国。关键时期，穆拉德和汗坎南产生矛盾，无法好好合作，赛伊德的围攻受到掣肘，几个月后，他虽勉强攻下道格塔巴德，军队却失去了战争之初的锐气。

穆拉德与汗坎南不和的消息传到阿格拉，阿克巴十分失望，下令将二人一并撤换，改由阿布杜勒·法兹勒接替他们的位置。

穆拉德还未接到皇命，便因长期酗酒在德干去世，死时年仅二十九岁（穆拉德生于 1570 年，死于 1599 年）。

法兹勒奔赴德干后，因艾哈迈德纳加尔王国发动叛乱，国王被杀，法兹勒遂以赛伊德为主将，击败守城军队，将该王国收服。不料，第一个表示效忠皇帝的坎德什国王宣布脱离莫卧儿的统治，阿克巴决定御驾亲征。经过几个月的围攻，阿克巴首先攻克了坎德什的首都，继续前进，他被迫在牢不可破的阿西尔加尔城堡面前勒住战马。为了早日结束对阿西尔加尔的围攻，阿克巴采取了诱骗与贿赂双管齐下的方式，使被收买的军官自动打开了城门。

阿克巴匆匆忙忙地将他刚征服的三个南方王国组建成帝国的三个新省，他将这三个新省以及马尔瓦和古吉拉特一并交给三皇子丹尼亚尔统领，赛伊德奉命协助三皇子。做完上述安排，他马不停蹄地返回阿格拉。他如此焦急与他听说长子萨利姆已在阿拉哈巴德僭行独立有关。在出征德干前，阿克巴派萨利姆在拉贾·曼的协助下完成对最后一个还在抵抗的拉吉普特梅瓦尔酋长拉那·阿尔马的征服，萨利姆却在某些将领的一再鼓动下，萌生了反叛的念头。这些支持萨利姆的将领中，最关键的一个人就是喀布尔省督拉普（拉贾·卫普）。

对于儿子在阿拉哈巴德另立朝廷，阿克巴并未派出军队予以惩处。对他而言，即便萨利姆的行为不可原谅，儿子终究还是儿子，儿子反叛的事也只是家事。他派毕南前往阿拉哈巴德斡旋此事，毕南一到王宫就遭到萨利姆的监禁。为了救出先生毕南，说服养父萨利姆向大帝认错，查玛和吉若主动提出愿意充当大帝的使者，再赴王廷。对这姐妹二人来说，大帝和养父萨利姆都是她们的亲人，她们希望能用亲情的力量感化大皇子，和平化解这场危机。

阿克巴权衡再三，同意了两个孩子的请求。他写了一封措辞温和的信，提醒萨利姆要履行自己的职责。

9

萨利姆对两个养女的到来倒是挺欢迎，他在花园里接待了姐妹俩。查玛和吉若先按宫廷礼节拜见了大皇子，又以女儿的礼节拜见父亲。礼毕，萨利姆让她们在台阶下的地毯上坐了下来。

直到这时，查玛和吉若才有机会面对养父。他们看到萨利姆的一瞬间，不觉都倒吸了一口冷气。

眼前的这个人，面目浮肿，脸容憔悴，两眼无神，举动迟钝，看起来好似病入膏肓，又好似步入暮年。可他只有三十二岁啊，正是活力无限的壮年，怎么才两年未见就变成了这副样子？

到底发生了什么事？

"查玛啊。"萨利姆突然开了口。

"是，父王。"

"吉若。"

"是。"

"好稀奇，父王怎么会在这里看到你们？"萨利姆嘟囔着，好似大梦初醒之人，声音有气无力。

"是，父王。祖父有信给您，我们想见您，就把这个差事争取来了。"吉若简短地回答，她从怀中掏出信，交给近侍。

近侍将信呈给萨利姆。萨利姆不看，将信放在一边，吩咐近侍："你，去通知玉哲，让他来花园见两位公主。待会儿，我们就在花园用餐。公主们能来看我我太高兴了，我要亲自为她们接风。"

玉哲从波斯游学归来，就被萨利姆接到了自己的王府。这些年，萨利姆欣赏玉哲的才华，相应地，也给了他最好的待遇，在萨利姆的王廷，玉哲算是他的第一位专属画家。玉哲的性格像母亲，除了画画，与世无争。这次萨利姆僭越自立，玉哲被迫留在阿拉哈巴德，内心深处苦恼至极。

近侍离去，萨利姆上下打量着查玛和吉若。慢慢地，他的眼睛里就有了一些神采。

"查玛，吉若。"

"是。"

"你们跟父王有多长时间没见了？"

“两年了。”

“两年了吗？父王也觉得很久了。你们今年多大了？”

“十九岁，父王。”

“十九岁，多么美好的年龄，充满活力，充满魅力。看着你们俩，父王就知道为什么所有人都将你们称作'帝国之花'了。太美了，太漂亮了，尤其是吉若，你简直长得跟马尔格兰夫人一模一样。”

“我是吉若，长得像外祖母的是查玛。”吉若淡淡地纠正。

萨利姆使劲一挥手，怒道：“不许跟我顶嘴！你们谁也不许跟我顶嘴！我说谁是吉若，谁就是吉若！”

查玛和吉若对视一眼。她们开始发现养父的行为举止极不正常。

“十九岁，也到了该嫁人的年龄了。父王就给你们两个人做个媒好不好？对方是卫普省督，怎么样，不错吧？他的正室夫人几个月前去世了，他到现在还没立夫人呢。卫普，你们听说过这个名字吗？”

“父王，您是不是糊涂了？卫普大人可是我们的堂叔啊。”吉若依旧不紧不慢地回答。她的目光一直落在萨利姆浮肿的脸上，看着时而清醒、时而糊涂的养父，她琢磨着能将他带回阿格拉的方法。

萨利姆口里嘟囔着，“堂叔？卫普是你们的堂叔？他什么时候成你们的堂叔了？我怎么一点都想不起来了？卫普，他可是我最忠实的朋友啊，他是最支持我的人。我要奖励他，你们就是最好的奖品。”

“父王，这事不可能。你忘了吗？查玛跟我们的诺尔表哥定下了亲事，用不了多久她就要出嫁了。”

“查玛定亲了？我怎么不知道？”

“母亲给您写过信的啊。”

“给我写过信，有吗？”

“先不说这事了。父王，祖父的信，您还没看呢。”

“你祖父的信，在哪儿？”

“您的手边。”

萨利姆拿起信，默默地看了起来。看着看着，他的眼泪掉了下来，过了一会儿，他捂住眼睛，像个孩子一样号啕大哭。

查玛有些惶恐地看了吉若一眼，吉若表情冷漠，不为所动。吉若只忠于阿克巴大帝，对于皇子萨利姆，她名义上的父亲，她并不怀有多深厚的感情。

“父王，您要回去看望祖父吗？”

侯萨利姆稍稍平静下来，吉若若不经意地问。

“我当然要去见父皇了，我要向他认错。”

"您这样做就对了。祖父是您的父亲，他那么疼爱您，只要您肯认错，他一定不会跟您计较的。对了，父王，我和查玛给您带来了一坛上好的美酒，您先吩咐卫队给您准备马车，我和查玛陪您喝会儿酒，我们就出发怎么样？"

"上好的美酒？好，好啊，你们都来陪父王痛饮一番，父王要为你们接风。查玛你，真是个善解人意的孩子。"

吉若懒得再做解释了。

查玛有点不放心，小声问吉若，"还给他喝酒，行吗？"

"先把他弄回去再说。"吉若狡黠地一笑。

"你们说什么呢？大点声说出来，让父王听听。"萨利姆问。

"我们是说，您不如把毕南大人也放出来，还有我们的玉哲舅舅，我们几个人一道回阿格拉。路上人多，岂不多几个人陪您喝酒？"

"你说得对，就这么办吧。"

"还有，父王，您不如现在就吩咐侍卫们备车吧。看您如此想念祖父，我们何不马上启程？我和查玛，还有毕南大人和玉哲舅舅，我们都陪着您，我们边走边喝，不是更有情趣吗？"

萨利姆稀里糊涂，真的被吉若说服了。他传下命令，准备车轿酒食，又让人放出毕南，其后几天，父女三人以及玉哲、毕南就在车轿中饮酒聊天，萨利姆半醉半醒间，被查玛、吉若带回了阿克巴大帝的面前。

或者说，被骗到了阿克巴大帝的面前。

阿克巴见儿子气色委实不好，没有对他深责，而是传御医为他治疗。俟萨利姆的身体状况好转，阿克巴再次委派儿子去攻打拉那家族的阿马尔王。萨利姆不愿接受皇命，装病躲在宫中，阿克巴只当他酗酒过度，身体衰弱，遂命他返回阿拉哈巴德静养。结果，萨利姆一回封地便故态复萌，终日耽于玩乐，醉生梦死。

阿克巴对这个不可救药的儿子忍无可忍，下令派军队将他抓回阿格拉，予以严惩。还有一件事阿克巴并不知晓，萨利姆在法兹勒回朝述职的路上，派人将这位著名的历史学家、学者残忍地杀害了，对外却谎称法兹勒遇到了劫匪。

查玛、吉若再次劝止了祖父。她们二次出使阿拉哈巴德，与养父见面后，她们鼓动唇舌，以养父不回阿格拉，皇帝就要立养父长子库斯鲁为帝国储君相威胁，好不容易逼萨利姆做出了再次向父皇请罪的决定。

阿克巴有三个儿子，次子穆拉德在 1599 年因饮酒过度死于德干，三子丹尼尔也在 1604 年死于同一恶习。如今，萨利姆是阿克巴仅存的儿子。为了让儿子快点恢复正常，阿克巴严厉地训斥他，打他耳光，还将他关了起来。他让拉里前来帮助萨利姆戒掉酒瘾，这一次治疗产生了良好的效果，从萨利姆走出关押他的城堡开始，他变成了一个正常人，直到阿克巴去世，他的行为举止都令父亲满意。

至此，阿克巴完成了他对莫卧儿帝国的建设。他在近五十年的统治期间建立起一个强大的帝国，这个帝国足以与最强大的帝国竞争，且在对印度进行统治的近一个世纪中没有任何对手可与之抗衡。他的成功见证了莫卧儿人如何从纯粹的军事入侵最终转变为永久的印度王朝。

唯一的缺憾是，支持萨利姆叛乱的拉普始终拒绝离开喀布尔接受新的任命，喀布尔仍然处于独立状态。阿克巴顾及拉普是皇后的亲侄儿，且才能出众，曾为帝国立下汗马功劳，决定再给他一次机会。当然，宽恕的前提是，拉普必须在皇帝限定的时间之内回到阿格拉，向皇帝表示顺从。

查玛和吉若挂念堂叔安危，向祖父请命，要求前往喀布尔充当说客。阿克巴也不希望对喀布尔动用武力，不管怎么说，喀布尔是他祖父的开基之地，也是帝国重要的组成部分，只要有可能，和平解决确是最好的选择。

查玛、吉若二月到达喀布尔，三月，妲拉接到拉普的私信。信中，拉普明确告之妲拉，他已扣留查玛和吉若，妲拉还想见女儿，就一个人来喀布尔。倘若皇帝敢妄动刀兵，他会杀掉两个孩子，再与帝国军队决一死战。

妲拉担心女儿安危，不顾拉里和家人劝阻，执意前往喀布尔。阿克巴被拉普这种反常的行为弄糊涂了，为了救出两个孩子，他只能狠下心肠，同意妲拉去与拉普谈判。他希望妲拉此去能够说服拉普。他猜测以拉普的个性，应该不忍心对两个侄女下手。拉普的目标，或许从一开始就是妲拉。

361

10

四月，妲拉到达喀布尔。她一进入喀布尔就被卫兵软禁起来，第二天傍晚，拉普才命人将妲拉带到省督府。

省督府光线暗淡，仆从们在四周点燃了灯烛。随后，他们悄然退去了，偌大的总督府中，只剩下拉普和妲拉两个人。

自拉普出任喀布尔省督，妲拉和拉普转眼已有七年不曾见面。此前，妲拉、拉里偶尔在宫廷宴会上见到拉普，拉普对他们从来无话可说，他的态度，令人不舒服又无可奈何。妲拉理解不了为什么拉普迟迟不肯敞开心胸，她还跟拉里探讨过这个话题。拉里倒是能体谅拉普，他告诉妲拉，拉普从小聪明俊美，文武兼修，由于这个缘故，在众多孙辈中，他一向最得祖父拉贾·比哈里·茂尔的钟爱。他几乎是由祖父一手带大的，在祖父的百般呵护与娇惯下，他难免养成了颐指气使、目空一切的性格。祖父去世后，他便离开家族，开始了逍遥自在的生活，他纯粹是为了妲拉才同意担任朝廷官员，没想到，这反而令他失去了自由更失去了妲拉。这个打击对心高气傲的他来说根本就是常人难以想象的。像拉普这样具备各种才能和拥有杰出能力的人，好胜，是他的优点，太过好胜，则是他致命的缺点。

姐拉想想有道理，从此后再未旧话重提。

七年前，皇弟哈基姆在喀布尔病逝，阿克巴为了显示他对拉吉普特人一贯的友好政策，任命拉普出任喀布尔省督。如此一来，拉普就成为继兄长曼之后又一位在莫卧儿朝廷担任要职的拉贾家族成员。拉普走马上任前，拉里和姐拉曾想设宴为拉普钱行，拉普只淡淡说了一句"不必"就拒绝了他们的好意。

拉普不久辞驾远行。应该说，拉普坐镇喀布尔的七年间，将喀布尔治理得秩序井然，居民安泰富足，阿克巴对他的才能十分认可，经常给予表彰或奖赏。尽管如此，拉普从未亲自给过拉里和姐拉只言片语的消息。

而今，一别七年，异地重逢，两个人恐怕都是别有一番滋味在心头。

拉普坐在曾经属于哈基姆的王座上，面无表情地注视着姐拉。无视岁月在他脸上留下的痕迹，他英俊依旧，威武依旧。

"拉普。"姐拉轻唤。

"跪下吧。"拉普的声音倒是波澜不兴。

"啊？"

"你不是来求我的吗？"

姐拉惊讶地看着拉普，她没想到，拉普会提出这样的要求。

"查玛、吉若还在我的手上，你若想救她们，就跪下来求我吧。"

姐拉不再犹豫，面对拉普跪了下来。为了女儿，她原本做了最坏的打算，为救女儿，她又何惜一跪？

拉普俯视着姐拉，眼中蓦然闪过一道复杂的光亮。

"拉普，请你放了查玛和吉若吧，她们可都是你的侄女啊。"

"你来这里，只是为了这个吗？"

"不，不只是这个。我真心地希望你回到朝廷，向皇帝陛下认错，不要再与皇帝陛下对抗。你一定没有忘记，当年决定与皇帝陛下缔结和约、宣誓向皇帝陛下效忠的人，可是最疼爱你的祖父啊。"

"你，到底想说什么？"

"皇帝陛下一向视你为他最钟爱的臣子，只要你回到朝廷，向他认错，他肯定会原谅你的。请你不要辜负皇帝对你、对拉贾家族的信任，请你不要引发战争，让更多无辜的人死于非命。"

"你是怕我会被皇帝杀掉吧？"

"我当然怕。"

"为什么？"

"你是拉里的弟弟，是我孩子们的叔父，是我最珍惜的朋友，我怎么可能不为你担心呢？”

“最珍惜的朋友？仅此而已吗？”

“是。许多年前，在我的少女时代，我的确喜欢过你，喜欢过拉里，那时候，在我的心目中，你们都是我最珍惜的朋友。虽然，我觉得拉里更适合我，可我并不想因为选择拉里而让你难过。后来，拉里为了我，抛弃了御医的职位，帮我治好了艾姨母的病，我爱上了他，我所能做的，就是忠于自己的感情。我从没有想过要伤害你，即使我伤害了你，也绝非我的初衷。拉普，你要放下你的怨恨，二十年的时光，难道都不足以让你忘掉对我的怨恨吗？”

“有些恨一定可以忘记，有些恨只会在生命消失时才会消失。”

“你对我的恨，果真是这个样子的吗？”

“是的，是的。你给我了希望，又毫不在意地碾碎了我的希望，这种恨换了你，你会轻易忘怀吗？”

“你执意于此，我也无话可说。拉普，求你放了查玛和吉若吧，她们都还是孩子呢，她们会来喀布尔，是因为她们关心你，不想她们的叔叔受到伤害。”

“我知道，我没打算把她们怎么样。我只是用她们来换你，只要你死了，我立刻放了她们。”

妲拉心里明白，唯有如此，她与拉普的恩怨才能画上句号。

“好，我愿意这么做。”

拉普脸上的肌肉抽动了一下。

“愿意？你愿意？”片刻，他喃喃。

“我是母亲啊。可是拉普，你想过没有，我死了，你怎么办？你也会死的。”

“不能同生，何妨共死？”

“你……也罢。我还有一个请求。”

“什么？”

“把孩子们放了吧，让她们离开喀布尔。千万不要让她们知道我在这里，否则，她们一定不肯走的。”

拉普略一思索，点了点头。

“来人哪。”他高喝一声。

一名侍卫应声而入。

“去把查玛、吉若二位公主和随她们同来的人全放了，你带一支精锐骑兵，不做任何停留，把她们护送回阿格拉的皇宫。你让二位公主告诉皇帝，等我安排好喀布尔的事务，晚两日，我会亲赴朝廷向他负荆请罪。记住，夫人在我这里的事，一个字也不要对二位公主说起。”

“遵命。”

363

侍卫长躬身退出。拉普走下王座，来到妲拉面前。他的手上，握着一把匕首。

"这回，你总该放心了吧？"

"是啊。"

"你还记得这把匕首吗？"

妲拉当然记得。这是当年姨父尼格王的爱物，剑鞘由纯金、象牙、玉石、红珊瑚、祖母绿镶嵌而成，十分名贵。她离开喀什噶尔的时候，尼格王将这把匕首赐给了她，后来，她又转送给拉普。

"在旁遮普，在拉合尔，每当我感到孤独寂寞，看到这把匕首，都会想象着你在我身旁。可我最想念你的时候，你却与拉里在一起。"

"对不起，拉普。"

"我告诉过你，我不喜欢输给拉里。别的事别的人也就罢了，问题在于你。除了你，拉里喜欢什么我都可以让给他，我知道他根本争不过我，从小到大，他没有一件事可以赢过我。是的，我可以让给他，可我不喜欢被他挫败的感觉。这是我还他的。他让我痛苦，我要让他更痛苦。"

妲拉再也不想多说什么了。拉普的所思所想、所作所为不可理喻，她明知自己劝服不了他，只能努力平静地接受死亡。她想起拉里和孩子们，想起父母，想起正在病中的姨父萨鲁，想起姨母，想起大帝，心中充满了思念与悲伤，也充满了恐惧与不甘。然而，她别无选择。她用自己的一条命换来两个女儿平安无事，身为母亲，还能有什么事比孩子们平安活着更重要？

妲拉从拉普的手中接过匕首。

她没看到，拉普的眼中似有泪光闪过。

她有些跪不住了，直到现在，她仍旧不习惯长时间下跪。她从剑鞘中抽出匕首，匕首的寒光晃了一下她的眼睛。

别了，拉里，我只能将孩子们交给你了。别了，孩子们，代我照顾好你们的父亲，还有鱼庭中所有的人。别了，皇帝陛下。

妲拉用双手紧紧握住剑柄，她的手不由自主地颤抖了一下。仅仅片刻，她把心一横，反手将匕首刺向自己的肚腹。

她觉得肚腹处被什么东西重重地顶了一下，传来一阵钝疼。钝疼之后，她惊讶地发现，剑刃缩进了剑柄中。

"这……这匕首……这是怎么回事？怎么会这样？"

拉普从始至终都在默默俯视着她。此时，他在她的面前坐了下来。

"我换掉了匕首。很像吧？"他的声音闷闷的，似乎有些懊恼。

见妲拉愣怔不解，他又补充了一句："这样就够了。"

姐拉全身一软，再也跪不住，差点倒在地上。她用一只手撑住身体，坐了下来。泪水顺着她的面颊滚滚而下，这泪，不知是意外，还是悲怆。

"这样就够了。这样就够了。"拉普喃喃重复着，他移开视线，强忍着内心的剧痛，眼眶中渐渐蓄满了泪水。

姐拉呆呆地望着他，沉重的内疚几乎压得她透不过气来。如果，她从来不曾与这个人相识该有多好，如果，她从来不曾与他相识，就不必带给他如此长久的痛苦与折磨了。如果……为什么这世上偏偏没有如果？

"拉普，你……"

"二十年了，我多么想亲手杀了你，看着你死在我的面前，只有这样，我才能消除心中的怨恨。今天的一切都是我为你准备的，也是我曾经设想过无数次的。就在今天，你终于被我杀死了，我终于看着你在我的面前死去。这样就足够了。对我而言，我已如愿，这样就足够了。"

姐拉纵有千言万语，怎奈全都哽在喉中。

拉普站了起来，伸手扶起姐拉，久久凝视着她。他的眼中凝结着雾气，使他无法看清她的容颜。

不能同生，何妨共死？这是他对她说过的话。那一刻，她已死去，而他，也要随她同去。只要这样，就足够了。

"你先回你的住处去吧，明天，你就自由了。我还有些事情要处理，明天早晨，你来这里，我自会给你个交代。"

拉普走到门前，拉开了门，吩咐侍卫："你们送夫人回她的房间。"

"是。"

姐拉没动。拉普回到书案前，做了个手势，"记得明天早晨，要到这里来。"

侍卫在门口客气地催促："夫人，请吧。"

姐拉向门口走去，走了几步，又停下来，回头望着背向她站立的拉普，"拉普，假如有来生，假如来生我们还能相遇，请让那个爱上你的人是我，请让那个只能看着你的背影痛苦悲伤的人是我。"

他的爱情，她无以为报，这是她最真实的心愿，这是她最真诚的心愿。

拉普依旧只是无言地摆了摆手。

门，"嘎吱"一声关住了。

拉普将一把锃亮的匕首举在眼前，这才是姐拉送给他的那把匕首。忍了许久的泪水，终于，一滴一滴，滴落在刀身上，又滑了下来。

结束了，一切都结束了。

姐拉，你不会明白，我为什么一定要亲手杀了你？你肯定不会明白。在我很小的时候，祖父曾经给我讲过一个故事，他告诉我，我们在活着时杀了什么人，来生，那个人一定会带着死亡的印记找到害死他的人。

这才是我一定要亲手杀了你的原因！只有杀了你，来生，你才能带着死亡的印记找到我。无论如何，来生，我要你来找我！

还有，妲拉，有句话我必须告诉你——

假如有来生，假如来生我们还能相遇，假如那时的你会看着我的背影伤心难过，我一定会回头。

只要那个人是你，我怎么可能不回头？

第二天，妲拉来到省督府时，拉普已留下了所有省督的印信，离开了喀布尔。

没有人知道拉普去了哪里。妲拉将担忧与内疚深藏心底，收好印信，派人将喀布尔的情况火速通知给阿克巴大帝。不久，阿克巴派来新省督接管了喀布尔，五月，妲拉回到了鱼庭。

妲拉平安归来，家人松了口气。谁也没向她询问喀布尔发生的事情，妲拉只把内情告诉了丈夫。拉里劝妲拉不必太担心，他告诉妲拉，相信拉普一旦放开心怀，无论他人在哪里，都一定可以好好地活下去。

几年过去，直至一生，妲拉和拉里再未见过拉普。不过，他们偶尔会得知拉普的消息，他似乎行踪不定，凡是见到他的人，都说他生活得潇洒从容。

六月，萨鲁在鱼庭病故，享年八十一岁。

对于继承人的事情，阿克巴仍有些拿不定主意。在帝国中，有许多人都支持萨利姆的儿子库斯鲁。库斯鲁文武双全，很有威信。

1605 年 9 月 20 日，为了最终选定帝国继承者，阿克巴令两头大象角斗来看运气。其中一头大象代表着萨利姆，另一头大象则代表着库斯鲁。结果，代表萨利姆的大象取得了胜利。

斗象当晚，阿克巴生病倒下了。

拉里和诺尔倾尽全力，却无法阻止阿克巴的生命走向尽头。在一个令人悲伤的晚上，妲拉独自走进阿克巴的房间。

这是阿克巴的吩咐。

11

妲拉的心情十分沉重，也充满悲凉。从 1599 年到 1604 年的短短五年间，她先是失去了艾姨母、萨鲁姨父，接着又是最疼爱她的阿巴嘎舅父和卡普琳姨母离世。1604 年初，母亲开始不明原因地发烧，二月，母亲病重不治。直到现在，妲拉还清楚地记得那天下午，大家为母亲换好衣服，父亲坚持不让人将母亲的遗体抬到灵堂，他说，他要陪母亲最后一宿。晚上，父亲让所有的人离去，他一个人留在母亲身边。第二天，姐拉和拉里一早来到父母的卧房时，发现父亲穿戴整齐，与母亲并排躺在床上。他的一只手握着母亲放在小腹上的双手，已然长逝。

当时的一幕，令所有在场的人，包括闻讯赶来为母亲送行的大帝与皇后，无不心酸落泪。姐拉按照母亲生前的遗愿，将父母合葬在密林深处。这里没有陵园的讲究与庄重，却有她的父母所喜欢的宁静。与大自然为伴，听风唱歌，听雨弹琴，这是母亲生前就为自己设计好的长眠之地。

姐拉曾对拉里说过："人与人之间的缘分其实很短暂，有些人，无论你有多么珍惜，他们也会在某一天离你而去，永不再见。"不过五六年的时间，姐拉几乎失去了所有自己敬重的长辈，而这一次，竟是大帝。

这段日子以来，阿克巴饱受痢疾的折磨，拉里、诺尔以及宫廷中所有最杰出的御医都对此束手无策。他自知大限将至，抓紧时间对后事做出安排。他召来所有贵族，当着他们的面将象征着皇权的短剑亲手给他唯一活在世间的儿子戴上，他告诫儿子要善待这些人，同时要照顾好所有的亲族。大家都痛哭流涕，他却令他们先行离去。对他而言，他做完了所有能做的事情，剩下的时间，他要用来了却一桩心愿。

科特带着姐拉走入大殿时，大殿中只有阿克巴一个人。科特示意姐拉去见大帝，自己悄然退去了。

姐拉来到阿克巴的床边，跪了下去。阿克巴面容清瘦，往日神采奕奕的眼睛仿佛蒙上了一层雾翳。姐拉的眼泪不由自主地流了下来。

阿克巴的脸上微微露出笑容。

"好了，起来吧，坐在我的身边。你不是不喜欢跪嘛。"

姐拉听话地在床边坐下。阿克巴向她伸出手，她立刻将这只手合在自己的掌心中。

他们默默望着对方。悲怆的感情如潮水一般正在将姐拉吞没，奇怪的是，她居然还能镇静地坐在这里，看着他，听他说话。

"姐拉。"

"是。"

"这二十多天，辛苦查玛和吉若了。替我对她们说一声谢谢。"

"好。"

"查玛好动，像我一样，吉若好静，像她的外祖母。我原以为她们两个人中一定是吉若先出嫁，没想到反而是查玛……"

"吉若跟我谈过，至少目前，她没有嫁人的打算。"

"她太执拗，这也不是办法。"

"吉若是个有主见的孩子，您不用为她担心。我想，缘分到时，她一定会改变主意。要是自由自在的生活能让她感到幸福，也未尝不可。不管怎么说，未来，她的身边还有查玛，还有弟弟和妹妹，我想让她按照自己的心愿生活。"

"你，还真是马尔格兰的女儿。"

"若非我有这样的母亲，也不会比多数人都生活得幸福。"

"这个我相信。妲拉啊……"

"嗯。"

"你知道吗？"

"什么？"

"我这一生，其实一直怨恨着你的母亲。即使到现在，在我就要见到她的时候，我也无法消除对她的怨恨。"

妲拉流泪的脸上掠过一抹辛酸的笑意。

"是这样吗？"

"是的。"

"那么，您见到她之后，请您一定要直言不讳地告诉她。说不定母亲心里也很清楚呢。"

"听你这么说，我倒觉得宽慰了不少。"

368

阿克巴抽出手，轻拭着妲拉脸上的泪水。妲拉深深地凝望着他，这个男人，她的父亲，就要离她而去。在他离去之前，她想告诉他，她知道了自己的身世，这是母亲临终前才向她吐露的秘密。

不，或许不必母亲告诉她，在她与他长久相处的过程中，就已经把他当成了自己的父亲。

"妲拉。"

"您说，大帝。"

"有一件事，我必须告诉你。"

"什么？"

"我，其实……其实是你的父亲。生身父亲。"

妲拉并没有任何惊奇的表示。

"看来……你都知道？"

"嗯，母亲临终前告诉我了。"

"那么你……"

"我像爱父亲一样爱您，不管您是不是我的生身父亲，我都一样爱您。当然，我不否认，身上流着您的血，我很骄傲。母亲直到临终前，才肯告诉我真相，我想，这是不是您埋怨她的原因？"

"何止如此！那一天，当她从我身边逃掉的那一天，我的心痛得几乎都要窒息了。从那一天开始，我就在怨恨着她了。我从来没想过，这世上还有如你母亲一样冷酷的女人。而我呢，爱上了这样的女人还无法停止思念，这让我怎么能够释怀？这又让我怎么能够原谅自己？就这样，我做着皇帝，恨着她，等着她，当她终于回到我身边，她带回了你。十六年没见，一别十六年，她一点都没变，还是一如既往地可恶。你知道吗？她竟千方百计地阻止我认回自己的女儿。"

妞拉含泪而笑，"皇帝陛下，她有这么可恶吗？"

"当然。女儿，你一定要称呼我皇帝陛下吗？"

"父亲。"

"再叫我一声。"

"父亲。"

"我盼着你叫我一声'父亲'，盼了有二十多年。女儿，回到宫里吧，我要向世人公开你的身份。"

"不，父亲。"

"不？"

"我会作为您的女儿活下去。哪怕有一天生命结束，我也会为自己是您的女儿而感到自豪。可宫廷真的不适合我，就像宫廷不适合曾外祖母、外祖母、母亲，宫廷也不适合我。"

"回到宫廷，有这么难吗？"

"父亲，我常常在想，假如，您不是两位先帝的孙子和儿子，您还会选择做莫卧儿帝国的皇帝吗？"

"这个嘛……谁知道呢？"

"我能确定，我的身上流淌着您自由的血液。在远离宫廷的地方，请您让我，让您最心爱的孙女吉若，让我们都按照自己的心愿生活吧。"

"吉若吗？你的意思是……"

"查玛和吉若是我母亲的外孙女，她们的身上流着我母亲的血。即使从小在宫廷长大，她们仍旧不喜欢宫廷。查玛嫁给了诺尔，吉若不能离开您，她愿意忍受寂寞的宫廷，只是因为她崇拜您，热爱您，关心您。"

"原来是这样。"

"我们爱您。对我们来说，爱您才是世上最重要的事情。"

"我明白查玛和吉若出生的时候，你为什么肯答应我把她们接入宫中了。我也明白你们的孝心了。"

"谢谢您。"

"是我该谢谢你们才对。是我该谢谢马尔格兰才对。谢谢她肯为我生下你，

369

还把你教得这么好。”

“父亲。”

阿克巴的眼皮变得沉重了，“女儿，再叫我一声吧。”

“父亲。”

“女儿，我有些乏了。”

“您睡吧，我就在您的身边。”

“女儿。”

“是，我在。”

“其实，我早原谅你母亲了，从她把你带回到我身边的时候，我就原谅她了。”

“我知道。我知道。”

“我想她了。我总在想她，女儿。”

“母亲一生能遇到您，遇到将我养大的父亲，她没有任何遗憾。”

“是啊，女儿，我想睡一会儿，记得要叫我醒来。”

“好，父亲。”

阿克巴慢慢合上眼睛，“这是你的手吗？”

“是的，这是我的手。父亲，请握着我的手，好好地睡上一觉。”

阿克巴的声息越来越微弱，“告诉吉若……”

姐拉将耳朵贴在父亲的嘴唇上。

“替我转告她：谢谢她，谢谢她的母亲，谢谢她的外祖母。”

姐拉泪落如雨。

1605 年 10 月 17 日凌晨，阿克巴在睡梦中辞世。

10 月 21 日，萨利姆登上皇位，称号“努鲁德丁·穆罕默德·贾汉吉尔·巴提沙·加济”，人们通常称他为贾汉吉尔，意为“世界之主”。

这位集“温柔与残暴，正义与多变，文雅与粗鲁，良好的辨别力与孩子气”于一身的莫卧儿帝国第四代君主，一生酷爱酒和鸦片，酷爱艺术，统治初期，颇有建树，统治后期，将国家大事悉数交给皇后努尔·贾汗裁断。奇怪的是，这样一个人，竟能引领着莫卧儿帝国的巨舟继续平稳前行。

贾汉吉尔登基后的第二个月，诺尔与查玛准备返回喀什噶尔，吉若闻讯，以送行为借口，当天回到鱼庭居住。这也是她体面地摆脱贾汉吉尔的次子帕尔维兹王子纠缠的方式，对于这个比她小几岁的王子，她名义上的弟弟，吉若既无法为他的爱慕追求打动，又不愿伤害他，于是，逃避成了她最好的选择。

在更早的时候，吉若就向往着自由的生活。诚如姐拉对阿克巴所说，吉若肯留在寂寞的宫廷，只是为了报答阿克巴的抚育之恩、慈爱之情。阿克巴离开尘世之日，也是吉若与宫廷缘尽之时。

那一年，萨鲁在去世前留下遗嘱，将阿格拉的鱼庭留给了妲拉。如今，妲拉为拉里所生的五个子女中，次女、长子、次子均已成婚且都育有儿女。长子很早开始跟随父亲和表兄诺尔学习医术，他像父亲和表兄一样，对行医救人充满热忱。未及弱冠的他，已成为莫卧儿帝国名闻遐迩的大夫。次子从四岁开始学习绘画。他的舅舅玉哲自妻子病逝，再未续娶，考虑到他膝下无子无女，拉里与妲拉商议后，将次子过继给玉哲。此子十五岁成亲，他的儿子，玉哲的孙子只有三岁，却在绘画上表现出令人惊叹的天赋，这个孩子是玉哲的希望所在。妲拉的小女儿在阿克巴活着时，就被许配给一位省督的公子，两家已议定婚期。一旦小女儿成亲，三姐妹中，就只有吉若未曾婚配。妲拉不很明了女儿的心意，她与女儿长谈过一次，吉若表示，她不打算嫁人，若查玛和诺尔表哥离开阿格拉，她将随他们一起到叶尔羌汗国生活。

妲拉没有深劝女儿。她对满怀忧虑的丈夫说："缘分到时，她相信吉若会改变主意。何况，无论未来如何，这都是吉若自己的选择，无论女儿选择了怎样的人生，做父母的，都应该成为女儿的后盾。"

很快，吉若随诺尔和查玛一起离开了阿格拉。吉若让自己消失在了帕尔维兹王子的视线之外，没有丝毫的留恋与犹豫。几个月的艰难行程后，她和妹妹一家住进了喀什噶尔的小城堡。

查玛和诺尔此后再无机会返回印度，吉若其间几次回去探望父母。在吉若三十岁的时候，她的缘分降临了，她与一位比她小六岁的商人兼旅行家结为连理，她的丈夫名叫里查特，是一位兼有法国人和中国人血统的喀什噶尔人。

里查特的曾祖父生于法国一个小镇，因喜爱绘画和旅行，独自一人往波斯及中亚地区研究细密画，后与当地女子结为连理，在叶尔羌定居。里查特的曾外祖父是巴剌沙衮（曾为西辽国都，亦称虎思斡耳朵）人，其先祖是少数随耶律大石西迁的汉族将领，因战功被封为郡王。西辽为蒙古所灭后，这个家族中有些人回迁内地，有些人却留在了察合台汗国。里查特十八岁时，偶尔听到人们议论在小城堡住着一位有着异域风情的绝色佳人，他设法见到了她，这一面让他对她念念不忘。其后的六年，只要他人在喀什噶尔，都会想尽一切办法接近吉若，即使被她冷落，也决不放弃。六年的执着打动了吉若，她答应做他的妻子。婚后，吉若跟随里查特，足迹遍布法国、葡萄牙、布哈拉汗国、哈萨克汗国、中国、波斯、莫卧儿帝国，他们一生恩爱，不离不弃。他们的后代中，有一位在第七代皇帝执政期间做过莫卧儿帝国的宫廷乐师，这也是巴巴乌拉和佐维然的后代们与莫卧儿宫廷的最后的缘分。

姐拉与她的两个儿子和小女儿则永远留在了莫卧儿帝国。此后，姐拉的后代不断有人与当地人联姻，随着时光流逝，他们已与当地人无异。

12

阿克巴大帝为莫卧儿帝国的繁荣昌盛奠定了坚实基础，创造了先决条件。在他之后的三位继任者统治时期，莫卧儿帝国达到了鼎盛。

阿克巴去世后，他三十六岁的儿子萨利姆继承了他的帝位，这位莫卧儿帝国的第四代君主被人称作贾汉吉尔。

贾汉吉尔一生有四个儿子，长子库斯鲁自幼深得祖父阿克巴钟爱，也是帝国中最得人心的王子，有许多掌握着权势的王公贵族支持他。对权力的欲望，往往会令人做出疯狂的举动，库斯鲁在他父亲登临王位的五个月后发动叛乱，贾汉吉尔亲自领兵对他进行了镇压。作为失败者，可怜的王子被关入狱中，他在狱中被父亲弄瞎双眼，最终又被其三弟库拉姆用毒酒毒死。贾汉吉尔的次子帕尔维兹因嗜酒早逝，四子沙尔亚尔在父亲病逝后与库拉姆展开了短暂的帝位争夺，终因败北被兄长关进监狱，成为贾汉吉尔的第二个被弄瞎双眼的儿子。

莫卧儿帝国的第五代帝王沙贾汉（也就是库拉姆，库拉姆多年前因卓越的战功被赐名沙贾汉，意为世界之王）设法把所有与他竞争的人都"逐出人间"，而他因此得到的报应是：他活着时目睹了自己的儿子们骨肉相残，他亲眼看到他的两个儿子被处决，另一个儿子被驱逐出国，只有一个儿子，他那最能干、最勤奋、拥有最杰出的政治和军事才能的儿子，这个儿子的名字叫作奥朗则布，将他囚禁起来，直至八年后他在阿格拉的古堡中郁郁而终。

沙贾汉不是一个伟大的统治者，却坐拥了莫卧儿帝国的黄金时代。他不喜欢饮酒，但爱好骑射、击剑、打猎、诗歌、音乐和美术。他像他的祖父和父亲一样对各类宗教兼容并包，与此同时，他独特的审美情趣造就了这一时期众多的建筑物，如红堡、宫殿、花园、清真寺、孔雀宝座等，它们无一不是富丽堂皇、各具特色。而其中最著名的就是建筑史上的奇迹——泰姬陵。

正是因为泰姬陵，沙贾汉被作为千古情种载入史册。

沙贾汉的王后玛哈尔，原名姬曼，具有波斯血统，聪明美丽，能诗善画，长于音乐，沙贾汉为她赐名"蒙泰姬·玛哈尔"，意为"宫廷的王冠"，世人却喜欢将她简称为"泰姬"。她十九岁嫁给沙贾汉，婚后十九年间生了十四个孩子，其中只有四子二女活了下来。由于生育太多，她在三十八岁时病逝。她死后，沙贾汉不复再娶，唯动用二万余工匠和民夫，历时二十二年，耗资六千多万卢比，在风景秀丽的朱木拿河岸边为他心爱的妻子建造了一座举世无双的白色大理石陵墓。

他原想在朱木拿河对岸为自己修建一座黑色大理石陵墓，与泰姬陵隔河相望，永世相守，当中架一座桥相通，可惜没能如愿。只有悄悄降临的死亡让他还能安睡在爱妻泰姬的身边。

从此，莫卧儿帝国迎来了奥朗则布一个人的天下。

奥朗则布统治的五十年，其领土扩张达到帝国之最，囊括了整个南亚次大陆及阿富汗地区，与此同时，他的穷兵黩武也将帝国推向末日。

九十岁高龄的奥朗则布在对国家的无尽担忧中走完了一生。这是一个伟大与失误，成功与失败并存的一生。为防止身后三个儿子争夺帝位，奥朗则布立下遗嘱，将莫卧儿帝国平分给三个儿子，由三个儿子分而治之。

没有人想要理睬他的建议。

新一轮的帝位争夺战像前几次帝位争夺战一样在南亚次大陆重新上演，不同的是，这一次的胜利者失去了天意眷顾。

不予眷顾，也不予苛责，一切都是必然。

命运之眼静静俯视着日渐四分五裂的莫卧儿帝国，奥朗则布早在他自己的手上拉开了由盛及衰的命运之幕。其后的一百五十年，历经十一位皇帝，其中虽不乏个别英明之主，终究无法支撑行将倒塌的帝国大厦了。

公元 1857 年，英国殖民者带着他们的坚船利炮，挟裹着现代科技文明来了，无论末代皇帝巴克特大帝指挥的印度起义军如何英勇无畏，依然无法阻挡这样一支队伍。

德里沦陷，印度全境沦陷。

巴克特大帝拒绝出逃。他在王宫里，看着英国上尉翰德逊砍下了他的儿子和孙子的头颅,将王孙的鲜血喝了下去。他只将高贵的头颅扭向一边,平静地说道："感谢真主! 帖木儿的子孙没有玷辱他们的先祖。"

皇帝、皇后和太子被殖民者们关入缅甸的监狱，后来死于仰光。

立国三百三十一年的莫卧儿帝国宣告灭亡。

十年前(1847 年),哈萨克汗国灭亡 ;六十三年后(1920 年),布哈拉汗国灭亡。至此，作为世界征服者的蒙古人真正退出了世界历史舞台。

辉煌与失败，都在历史的长河中静静掩藏。
辉煌与失败，对所有曾经崇拜过大自然的蒙古人，逝而犹存!